Jan Guillou
Coq Rouge

SERIE PIPER
Band 5578

Zu diesem Buch

Der Geheimdienst Schwedens erwartet einen Terroranschlag der PLO – Carl Gustav Gilbert Graf Hamilton, Deckname »Coq Rouge«, wird eingeschaltet, ein Agent hochadeliger Herkunft mit marxistisch-leninistischer Vergangenheit, der alle Tricks beherrscht und doch geprägt ist von pazifistischem Haß auf die Gewalt. Seine Recherche führt ihn nach Nahost, wo ein weiblicher Offizier des israelischen Sicherheitsdienstes seine Geliebte wird und ihm die entscheidenden Hinweise auf die Attentäter liefert.

Jan Guillou, geboren 1944 in Södertälje bei Stockholm, lebt als Journalist und Schriftsteller in Schweden. Ein Artikel in der Wochenzeitschrift Folket i Bild/Kulturfront bringt Guillou eine Spionageklage ein. 1974/1975 muß er deswegen ins Gefängnis. 1975 hat einer seiner Artikel über die Aktivitäten der CIA zur Folge, daß zwei US-Diplomaten das Land verlassen müssen. Zuletzt erschien bei Piper im Frühjahr 1990 sein Roman »Der demokratische Terrorist«.

Jan Guillou

Coq Rouge

Roman

Aus dem Schwedischen von
Hans-Joachim Maass

Piper
München Zürich

SERIE PIPER
SPANNUNG
Herausgegeben von Friedrich Kur

Von Jan Guillou liegen in der
Serie Piper Spannung
außerdem vor:
Der demokratische Terrorist (5592)
Feind des Feindes (5632)
Im Interesse der Nation (5634)

Die Originalausgabe erschien 1986 unter dem Titel
»Coq Rouge. Berättelsen om en svensk spion«
im Norstedts Förlag, Stockholm.

ISBN 3-492-15578-2
Neuausgabe Mai 1991
5. Auflage, 32.–36. Tausend Juli 1994
(3. Auflage, 21.–25. Tausend dieser Ausgabe)

Umschlag: Federico Luci
Foto Umschlagrückseite: Michael Normann
Satz: Hieronymus Mühlberger, Gersthofen
Druck und Bindung: Clausen & Bosse, Leck
Printed in Germany

Für Birger E., I. und F.

I

Das Geschoß war durch das rechte Brillenglas des Opfers in den Kopf gedrungen, hatte das Auge durchschlagen, den oberen Teil des Stammhirns durchquert und sich dann beim Aufprall auf den Schädelknochen des Hinterkopfes gedreht. Daher gab es kein gewöhnliches Austrittsloch, sondern einen Krater im Hinterkopf, und die Druckwelle hatte etwa ein Drittel der Gehirnsubstanz hinausgepreßt.

Die starke Verunreinigung des Brillengestells durch Ruß- und Korditreste deutete darauf hin, daß der Schuß aus einer Entfernung von weniger als zwanzig Zentimetern abgefeuert worden war. Es gab keinerlei Spuren eines Kampfes.

Schon der bloße Tathergang hätte genügt, um sofort umfassende polizeiliche Ermittlungen in Gang zu setzen. Aber dies war in jeder Hinsicht ein Mord, der weit über das Alltägliche hinausging.

Die meisten Morde, die sich in Schweden ereignen, knapp zehn im Monat, sind triste Geschichten, die in der eigentlichen Bedeutung des Wortes nicht aufgeklärt werden müssen, weil Täter und Opfer sich kennen und sich in betrunkenem Zustand entweder totschlagen oder einander mehr oder weniger versehentlich erstechen; oder aber ein Ehemann ist der Meinung, sein Leben sei zu Ende, weshalb er seine Frau und schlimmstenfalls auch seine Kinder ermorden müsse. Dann packt ihn die Reue in dem Augenblick, in dem er Selbstmord begehen will; diese Mörder stellen sich selbst oder werden in der Regel betrunken am Tatort oder ganz in dessen Nähe festgenommen. Sie sind verwirrt und von tiefer Reue erfüllt. In gut der Hälfte aller Fälle kommt man zu der Ansicht, sie litten an einer psychischen Abnormität, die einer Geisteskrankheit gleichzustellen sei, was einen kürzeren oder längeren Aufenthalt in einer sogenannten geschlossenen psychiatrischen Anstalt nach sich zieht.

Die meisten schwedischen Mörder werden im Lauf eines Jahres

von dieser Therapie befreit, wobei die Dauer der Therapie gewöhnlich mit der gesellschaftlichen Stellung des Mörders zusammenhängt. Bei Minderbemittelten ist man so gut wie ausnahmslos der Ansicht, daß sie einen längeren Anstaltsaufenthalt benötigen als Wohlhabende. All dies geschieht mit dem stillen Einverständnis der Gesellschaft, und außerhalb des Bezirkes, in dem der Mord begangen wurde, wird die Angelegenheit nie Aufsehen erregen.

In diesem Fall jedoch war alles anders, ausgenommen vielleicht der Tod selbst. Aber genau besehen war diesmal auch der Tod anders, da er sofort eingetreten war.

Der Mord hatte zwischen sieben Uhr morgens, dem ungefähren Zeitpunkt, an dem das Opfer seine Wohnung verlassen hatte, und acht Uhr morgens stattgefunden, als man den Mann in seinem Dienstwagen an Manillavägen auf Djurgården fand, dreihundertvierzig Meter von der Brücke an Djurgårdsbrunns Värdshus entfernt. Der Ermordete hatte die Villa in Bromma demnach wie gewöhnlich verlassen und sich in seinen Wagen gesetzt. Daraufhin war er in die Stadt gefahren, hatte irgendwo den Mörder aufgelesen, und dann hatte die anschließende Autofahrt irgendwo auf Djurgården ihr Ende gefunden.

Die Mordwaffe lag noch im Auto, im Seitenfach der Tür neben dem Beifahrersitz. Der Mörder war nach dem Schuß noch sitzengeblieben, vielleicht um Fingerabdrücke oder andere Spuren zu entfernen. Dann hatte er die Waffe in das Seitenfach der Tür gesteckt, war ausgestiegen und weggegangen. Der Waffentyp war in der schwedischen Kriminalgeschichte noch nie aufgetaucht. Es war eine 7,62 mm Tokarew m/59 mit einem achtschüssigen Magazin, eine Standardwaffe der Roten Armee.

Der Reichspolizeichef erhielt die Nachricht, als er fünf Minuten nach neun in seinem Wagen zum Flughafen Arlanda unterwegs war. Bei der nächsten Abfahrt befahl er dem Fahrer umzukehren und fuhr mit Blaulicht in die Stadt zurück. Punkt zehn Uhr hatte er eine ansehnliche Zahl seiner untergebenen Abteilungsleiter zu einer Konferenz versammelt.

Von den in diesem Zusammenhang selbstverständlichen Teilnehmern abgesehen, den Leitern der Dezernate Gewaltverbrechen und Fahndung, war noch eine Gruppe anwesend, die nur selten in Mordermittlungen eingeschaltet wird. Ihre Anwesenheit war jedoch durchaus begreiflich, denn der Mann, der am Morgen ermordet worden war, war einer ihrer Kollegen aus der sogenannten »Firma«.

Axel Folkesson war stellvertretender Polizeipräsident in der Sicherheitsabteilung der Reichspolizeidirektion gewesen. Weniger formell könnte man sagen, daß er ein hoher Beamter der Sicherheitspolizei war, und wenn man das Ganze noch weiter verdeutlichen will – was die Abendzeitungen ohne Zweifel schon am selben Nachmittag tun würden –, läßt sich kurz sagen, daß der Mann, der die höchste operative Verantwortung für die Terroristenbekämpfung der schwedischen Sicherheitspolizei hatte, von einem Terroristen ermordet worden war.

Die Schlußfolgerung lag, gelinde gesagt, auf der Hand.

Wer einen hohen Sicherheitsbeamten in dessen eigenem Wagen erschießt, handelt vollkommen überlegt und muß sich der nachfolgenden Großfahndung wohl bewußt sein. Der merkwürdige Umstand, daß der Mörder die ungewöhnliche Waffe am Tatort zurückgelassen und sie überdies in die Seitentasche der Autotür gesteckt hatte, statt sie beispielsweise dem Opfer in die Hand zu legen, um wenigstens eine Zeitlang Unsicherheit um die Frage eines eventuellen Selbstmords zu schaffen, ließ zwei Deutungen zu.

Erstens mußte sich der Mörder vollkommen sicher sein, daß es unmöglich sein würde, die Tatwaffe mit ihm oder seiner Organisation in Verbindung zu bringen, und daß weder Waffe noch Tatort Fingerabdrücke oder andere Spuren aufwiesen. Zweitens mußte der Täter einiges über Polizeiarbeit wissen, da er sich nicht einmal die Mühe gemacht hatte, einen Selbstmord vorzutäuschen. Als er die Pistole in die Seitentasche steckte, war das eher so etwas wie ein arroganter Gruß an die künftigen Verfolger.

Die meisten Täter in der Haut des Mörders hätten die Waffe beim Verlassen des Tatorts mitgenommen. Ein Mörder dieser Art will nicht gefaßt werden. Wird er von irgendeinem zufällig auftauchenden Polizeibeamten oder einem Zeugen mit staatsbürgerlicher Verantwortung verfolgt, schießt er, um den Verfolger abzuschrecken oder um eventuell ein zweites Mal zu töten.

Kommt es zu keinem unerwarteten Zwischenfall, hätte er in diesem Fall die Waffe in den Djurgårdsbrunnskanal geworfen und wäre dann ohne auffällige Eile vom Tatort wegspaziert.

Dieser Mörder aber hatte entweder noch eine Waffe bei sich, oder er war erfahren genug, um einzusehen, daß es zwar keinen Zeugen für den Mord im Wagen geben konnte, daß es aber sehr wohl einen zufälligen und überflüssigen Zeugen geben könnte, wenn er die Waffe in den Djurgårdsbrunnskanal werfen würde.

Schon vor Beginn der technischen Untersuchungen waren die Polizeibeamten überzeugt, daß man es mit einer Person oder einer Gruppe zu tun hatte, die höchst professionell vorging.

Das alles erforderte sofortige Entscheidungen. Erstens erhöhte Wachsamkeit an den Grenzübergängen. Zweitens mußten die Kollegen von der Reichsmordkommission diesem Fall vor allen anderen Vorrang einräumen. Drittens sollte jede Information nach draußen, also den Massenmedien gegenüber, über ein oder zwei besonders abgestellte Beamte laufen, die aus der Abteilung Öffentlichkeitsarbeit bei der Reichspolizei kamen und dem Reichspolizeichef direkt unterstellt wurden.

Einerseits war es von höchster Bedeutung, von der Öffentlichkeit und eventuellen Zeugen Informationen und Hinweise zu erhalten. Aus diesem Grund war eine gewisse Publizität nötig.

Andererseits ließ sich leicht einsehen, daß der Druck der Massenmedien ungewöhnlich stark sein würde und daß die Besonderheit des Verbrechens zu Spekulationen führen würde.

Diese letzte Schlußfolgerung war eine so komische Untertreibung, daß die Beamten an diesem Tag zum erstenmal und für lange Zeit zum letztenmal lachten.

Viertens würde man zwei parallel arbeitende Fahndungsgruppen einrichten. Die beteiligten Abteilungen der »offenen« Polizeiarbeit würden wie gewohnt ihrer Arbeit nachgehen. Innerhalb der Sicherheitsabteilung würde man jedoch eine eigene Fahndungsgruppe einrichten, die in erster Linie nach dem Motiv zu dem Verbrechen suchen sollte. Da aber durchaus vorstellbar war, daß die Angelegenheit die Sicherheit des Reiches oder das Verhältnis zu einer fremden Macht berühren konnte, sollte die Kommunikation zwischen den beiden Fahndungsgruppen über den Chef von Abteilung B der Sicherheitsabteilung laufen. Grundsätzlich sollten alle Informationen aus der offenen Polizeiarbeit den Kollegen von der Sicherheitsabteilung so schnell wie möglich zugestellt werden. Die Fahndungsergebnisse jedoch, die eventuell bei der Sicherheitsabteilung einliefen, durften nicht an die Kollegen von der offenen Arbeit weitergeleitet werden, ohne daß sie zuvor der Sektionschef von Büro B oder notfalls der Reichspolizeichef persönlich gefiltert hatten.

Bevor der Reichspolizeichef zu Vier-Augen-Gesprächen mit den Chefs der Sicherheitsabteilung überging, fragte er, ob er noch irgendwelche Fragen beantworten könne. Es saßen rund zehn Männer im Raum. Ihr Durchschnittsalter lag um die Fünfzig, und ihre kumulierte Erfahrung in der Polizeiarbeit betrug sicher mehr als ein Vierteljahrtausend. Die meisten Fragen, die sie gern gestellt hätten, die aber niemand stellte, galten einer einzigen Sache: und zwar den beiden parallellaufenden Ermittlungen, wobei die eine Abteilung, nämlich die der Sicherheitsabteilung, der Arbeit der regulären Polizei irgendwie übergeordnet sein sollte.

Das würde Krach geben, das war allen klar. Die Gegensätze zwischen den beiden Gruppen bezogen sich auch schon in gewöhnlichen Fällen auf etwas, was die Sicherheitsleute bei den Kollegen von der offenen Arbeit als Mangel an Gesellschaftskunde und was diese Polizeibeamten wiederum voller Überlegenheit als den vollständigen Mangel seitens der Sicherheitsleute an normaler Polizeierfahrung betrachteten. Und jetzt, wo es galt, möglichst rasch einen Polizistenmörder zu finden, würden diese Gegensätze schnell eskalieren.

Der einzige, der Fragen hatte, war ein Vertreter der Abteilung Information von der obersten Polizeiführung. Er war als Liberaler bekannt, rauchte teure englische Pfeifen mit eigentümlichem Design und hatte überdies in Büro A der Sicherheitsabteilung gedient (wo er mit größter Wahrscheinlichkeit der einzige Liberale gewesen war). Dort war er mit der Begründung ausgestiegen, er fühle sich aufgrund seiner demokratischen Überzeugung als Sicherheitsmann nicht wohl. Er trug außerdem einen Cordanzug, sorgfältig gebügelt zwar, aber immerhin einen Cordanzug.

»Also, wenn es um die Information nach draußen geht, stellt sich ja sofort die Frage, was wir über Folkessons Arbeitsgebiet sagen sollen, ob wir bekanntgeben sollen, welche Art Mordwaffe verwendet worden ist . . . Ich meine, es war ja eine russische Waffe? Und dann die üblichen Fragen, ob wir Hinweise oder Spuren haben, ob wir etwas über Motive und derlei des Mörders wissen oder zu glauben meinen?«

Die Polizeibeamten um den ovalen, gemaserten Birkentisch hatten sich schon erhoben und scharrten mit den Stühlen. Ihre Erfahrung war mehr als ausreichend, um ihnen zu sagen, daß diese Fragen völlig überflüssig waren. All das, was hier aufgezählt worden war, würde schon am selben Nachmittag mehr oder weniger wahr und mehr oder weniger intelligent in den Zeitungen stehen. Hinzu kam noch, daß von allen Anwesenden gerade der Mann mit dem Cordanzug und der englischen Pfeife in der nächsten Zeit am allerwenigsten von Journalisten belästigt werden würde.

Und genau wie schon vermutet, schilderten die Massenmedien an diesem Tag Verbrechen und Motiv sehr viel deutlicher und schärfer, als es einer der Männer am Konferenztisch des Reichspolizeichefs hätte tun können; nicht notwendig wahrer, aber entschieden deutlicher und schärfer. Die Nachmittagszeitungen konnten nur wenige Stunden später und mit kleinen Varianten folgendes feststellen:

Chef der Sicherheitspolizei
im eigenen Wagen
von Terroristen
ermordet

Der stellvertretende Polizeipräsident Axel Folkesson, 56, bei der Sicherheitspolizei für die Überwachung von Terroristen zuständig, wurde heute morgen im Stockholmer Stadtteil Djurgården in seinem Wagen ermordet aufgefunden. Die Mordwaffe ist eine russische Armeepistole des Typs, den auch die palästinensischen Guerilleros verwenden. Der Mord wurde von eiskalten Berufsmördern ausgeführt, und die Sicherheitspolizei befürchtet jetzt, daß sich ein Terroristenkommando der berüchtigten Palästinenser-Organisation Schwarzer September in Stockholm aufhält. Es wird vermutet, daß die jüngst erfolgten Ausweisungen mutmaßlicher palästinensischer Terroristen in diesem Zusammenhang eine Rolle spielen. Die schwedische Botschaft in Beirut bekam zuletzt in der vergangenen Woche eine anonyme telefonische Drohung des Schwarzen September. Die Drohung galt gerade diesen Ausweisungen, und falls diese nicht aufhörten, werde sich die Organisation rächen. Axel Folkesson war bei der Sicherheitspolizei für die Ausweisungen von Terroristen verantwortlich.

Einer anderen Theorie der Polizei zufolge war Axel Folkesson der Terrororganisation auf die Spur gekommen und hatte versucht, Sabotageakte auf schwedischem Boden zu verhindern. Es ist üblich, daß die schwedische Sicherheitspolizei so arbeitet. Man schlägt zu, bevor Spione oder Terroristen Schaden anrichten können.

Aber wenn dies der Hintergrund des Mordes ist, dann muß Axel Folkesson einen folgenschweren Fehler begangen haben. Statt ihre Pläne aufzugeben, beschlossen die Terroristen, den schwedischen Sicherheitsbeamten aus dem Weg zu räumen ...

Der Reichspolizeichef las die Abendzeitungen erst gegen vier Uhr, eine Stunde, bevor er den beiden Nachrichtensendungen des Fernsehens wie versprochen Fragen beantworten wollte. Er hatte schon um die Mittagszeit beschlossen, persönlich für die Polizei zu sprechen, damit das, was an die Öffentlichkeit gegeben wurde, halbwegs unter Kontrolle blieb. Er war Beamter und war immer Beamter gewesen, hatte als Staatsanwalt Karriere gemacht und den Posten eines Kronanwalts erreicht und saß jetzt ein paar Jahre als Reichspolizeichef ab, bevor er Landeshauptmann werden und durch einen sozialdemokratischen Reichspolizeichef abgelöst werden würde, falls es bei der nächsten Wahl nicht zu einer bürgerlichen Regierung kam.

Seine Erfahrungen mit dem harten Druck der Massenmedien war folglich begrenzter, als wenn er eine gewöhnliche Polizeikarriere hinter sich gebracht hätte.

Jetzt saß er in einer Mischung aus Wut und Verblüffung mit Stockholms zwei Abendzeitungen vor der Nase und ertappte sich zum erstenmal seit vielen Jahren bei dem Wunsch, daß es in bestimmten Situationen eine Zensur geben sollte.

Was in den beiden Abendzeitungen stand, stimmte zwar recht genau mit einigen Theorien und Vermutungen überein, die im Polizeihaus im Lauf des Tages die Runde gemacht hatten. Natürlich lag der Schluß nahe, daß die Mörder Terroristen waren, das war eine durchaus mögliche Hypothese. Und natürlich war es möglich, daß Axel Folkesson selbst präventiv einen Kontakt gesucht hatte. Dieses Verfahren wird gelegentlich angewendet, wenn man einen Ausländer nachrichtendienstlicher Tätigkeit verdächtigt: Ein Sicherheitsbeamter wendet sich an eine Person, die im Verdacht steht, Informant einer fremden Macht zu sein, und tut dann so, als warne er den Verdächtigten in aller Freundschaft vor ungeeigneten oder gefährlichen Kontakten. Je nach Reaktion des Verdächtigten kann man in manchen Fällen eine Bestätigung dafür erhalten, daß dieser oder jener sowjetische Diplomat tatsächlich als Führungsoffizier bestimmter Informanten arbeitet (es hatte ein paar vereinzelte Operationen dieser Art gegeben, was die Presse später zum Anlaß nahm, so etwas zum Regelfall zu erheben; und die Sicherheitspolizei hatte diese Fälle dann als Erklärung dafür verwendet, weshalb man niemals Spione fasse, da man nämlich schon vorher »zuschlage«, bevor sie Spione werden könnten).

Natürlich ließ sich denken, daß der Täter Palästinenser war, wenn man in Axel Folkessons verschiedenen Arbeitsbereichen botanisierte. Die westdeutschen Terroristen waren in ihrer ersten, international ausgerichteten Generation ausgerottet, und die jetzt vorhandene dritte Terroristengeneration in der Bundesrepublik war, jedenfalls nach dem Urteil der westdeutschen Kollegen, an Aktionen in Schweden weder interessiert noch überhaupt dazu fähig.

Möglicherweise ließen sich Kurden oder Armenier als Alternative vorstellen, aber diese besaßen wiederum nicht die Kompetenz der Palästinenser, also waren Palästinenser als Täter wahrscheinlicher. Die russische Armeewaffe hatte die Gedanken wie selbstverständlich in Richtung Naher Osten geführt.

Die Spekulationen der Zeitungen waren an und für sich gar nicht so dumm, es sei denn in der Frage des »Schwarzen September«, denn die Kollegen von Axel Folkessons Abteilung hatten versichert, daß Schwarzer September eher so etwas wie ein Sammelbegriff ganz verschiedener palästinensischer Aktionen mit manchmal völlig unterschiedlichen Motiven und Urhebern sei.

Der Reichspolizeichef tobte, obwohl die Spekulationen weder dumm noch unrealistisch waren. Daß aber vage Arbeitshypothesen schon am ersten Tag in der Presse auftauchten, war ein offenkundiger operativer Nachteil (der ehemalige Staatsanwalt hatte seiner Sprache in zweijährigem Umgang mit dem Sicherheitsdienst einige Begriffe dieser Art einverleibt). Wenn nun das, was in den Zeitungen stand, völlig falsch war, würde der Gegner erfahren, daß ihm niemand auf der Spur war. Das war nicht gut. Denn *wenn* das Motiv nun wirklich gewesen wäre, Axel Folkesson aus dem Weg zu räumen, damit dieser eine größere Operation nicht mehr vereiteln konnte, war die Situation ja tatsächlich so, daß man keine Ahnung hatte, wo, wann oder wie etwas passieren würde.

In Schweden gibt es mindestens fünftausend denkbare Sabotageziele, wenn man nur die Sachziele rechnet. Hinzu kommen rund hundert Personen an der Spitze von Industrie, Polizei, Militär und Verwaltung, die sämtlich keinen Personenschutz genießen, und theoretisch ließe sich auch etwa das halbe diplomatische Corps als Zielscheibe von Terroraktionen denken. Wenn sich nun eine qualifizierte Terroristengruppe in Schweden aufhielt und mit ihren Vorbereitungen schon so weit gekommen war, daß man einen leitenden Mann beim Sicherheitsdienst lieber tötete als die Aktion abzublasen, und wenn diese Terroristengruppe schwedischen Boden betreten hatte, ohne daß sich beim Sicherheitsdienst auch nur der kleinste Hinweis darauf fand und ohne daß einer der verbündeten europäischen Sicherheitsdienste auch nur den kleinsten Tip gegeben hatte ... und wenn diese Terroristen nun durch die Presse darüber aufgeklärt wurden, daß die Luft rein war, konnte es jederzeit und überall, in ein paar Stunden oder Tagen, zur Katastrophe kommen.

Der Reichspolizeichef war fest entschlossen, alle Gerüchte zu dementieren. Das versuchte er wohl auch, aber der Versuch geriet so, daß das Auftreten des Reichspolizeichefs in Rundfunk und Fernsehen an diesem ersten Tag in allen Punkten als Bestätigung dessen diente, was man in den Fluren des Polizeihauses schon vermutet hatte und was dann per Telefon der Presse zugeflüstert worden war.

Und falls der Reichspolizeichef noch nach zwei Jahren als formal höchster Vertreter der Polizei naive Vorstellungen davon hatte, er könne mit seinen beamtenhaften und korrekten Aussagen die Massenmedien korrigieren, erhielt er an diesem Tag eine harte Lektion.

Das eigentliche Fernseh-Ritual hatte er schon mindestens zehnmal miterlebt. Auch die Fragen waren vorhersehbar. Die Fernsehleute würden natürlich wissen wollen, ob die palästinensische Terrororganisation Schwarzer September den hohen Beamten der Sicherheitsabteilung ermordet hatte, der unter anderem für die Jagd auf palästinensische Terroristen zuständig gewesen war. Die korrekte Antwort lautete, das wisse man nicht.

Wirklich fest stand nur, daß Axel Folkesson etwa um 7.30 Uhr in seinem Wagen erschossen worden und die Mordwaffe sowjetischer

Herkunft war und daß der Mörder mit einer Kälte und Gelassenheit gehandelt hatte, die nur einen Schluß zuließ: Er war ein Profi.

Die vorläufigen technischen Untersuchungen des Tages hatten nur die erwarteten negativen Ergebnisse erbracht. Die Waffe wies keine Fingerabdrücke auf, und die sieben restlichen Patronen im Magazin waren sorgfältig abgewischt und gesäubert worden. Die Fingerabdrücke, welche die Techniker bislang im Wagen selbst hatten sichern können, stammten, soweit sich bisher ermitteln ließ, entweder von Folkesson selbst oder einem Mitglied seiner Familie. Außerdem war der ganze Fahrgastraum um den Beifahrersitz herum sorgfältigst gereinigt worden. Der Mörder war nach dem Schuß also noch kurz im Wagen geblieben – eine Bestätigung seiner Kaltblütigkeit.

Man konnte davon ausgehen, daß der Mord einen politischen oder sicherheitspolizeilichen Hintergrund hatte. Soweit sich beurteilen ließ, hatte Folkesson alle persönlichen Gegenstände noch bei sich. In der Innentasche steckte seine Brieftasche, die mehrere tausend Kronen in Hundertern enthielt, Geld, über das er verfügte, um Tips oder Informanten zu bezahlen. Das hatte den Mörder also nicht im geringsten interessiert. Und im Handschuhfach des Wagens lag Folkessons Dienstpistole ohne Schulterholster. Die Waffe war mit einem vollen Magazin geladen, jedoch gesichert.

Man konnte folglich jedes finanzielle oder persönliche Motiv ausschließen, aber dies war bis auf weiteres eine nur auf Erfahrung gegründete Vermutung.

Es dürfte also keine Spekulationen geben, dachte der Reichspolizeichef, als das erste Fernsehteam sein Amtszimmer betrat und die Spotlights aufbaute. Die Nachrichtensendung *Rapport* sollte den Anfang machen, während das *Aktuellt*-Team noch draußen saß und wartete.

Der *Rapport*-Reporter trug einen grünen Parka mit der gelben Aufschrift *Sveriges Radio* auf der einen Schulter. Er warf die Jacke lässig auf einen der Besucherstühle, während sein Begleiter die Bühne für das kommende Verhör herrichtete.

Ein Techniker hielt dem Reichspolizeichef einen Belichtungsmesser direkt unter die Nase, im nächsten Augenblick kam ein anderer mit einer Filmklappe und schlug sie genau dort zusammen, wo sich soeben der Belichtungsmesser befunden hatte, während er gleichzeitig in eins der Mikrophone brummelte: »Die Kralle, A-01«.

Das war der Spitzname, den der Reichspolizeichef verabscheute, selbst aber nur selten zu hören bekam; in seiner Kindheit war eine Hand durch Kinderlähmung entstellt und nach innen gekrümmt worden, was den Spitznamen verständlich machte.

»Kamera läuft«, sagte der Kameramann, und dann begann das Verhör.

»Wissen Sie, wer hinter diesem Mord steckt?«

»Selbst wenn ich es wüßte, wäre nicht angezeigt, darüber zu sprechen.«

»Aber Sie wissen es nicht?«

»Kein Kommentar.«

»Aber Sie haben einen bestimmten Verdacht?«

»Wir verfolgen mehrere Spuren, ja.«

»Stimmt es, daß Herr Folkesson für die Überwachung palästinensischer Terroristen zuständig war?«

»Ja, das stimmt. Aber seine Zuständigkeit ging noch weiter, da sie jede unsere Sicherheit bedrohende Tätigkeit im Hinblick auf den Nahen Osten umfaßte, aber ich möchte betonen, die Gelegenheit benutzen zu unterstreichen, daß es keine bestimmten Hinweise gibt, jedenfalls keine, mit denen wir in der jetzigen Lage an die Öffentlichkeit gehen möchten, also Hinweise, daß es sich um die eine oder andere bestimmte Terrororganisation aus dem Umfeld des Nahen Ostens handeln könnte. Das sind alles reine Spekulationen, die den Massenmedien natürlich freistehen, aber ...«

»Können Sie ausschließen, daß es sich um palästinensische Terroristen handelt?«

»Nein, natürlich nicht. Es kann durchaus sein, daß bei unserer Fahndungsarbeit einige Palästinenser-Organisationen von primärem Interesse sein werden.«

»Wissen Sie, ob sich gegenwärtig palästinensische Terroristen in Schweden aufhalten?«

»Ja, aber aus fahndungstechnischen Gründen möchte ich dieser Frage hier nicht weiter nachgehen.«

»Welche Schlüsse ziehen Sie daraus, daß die Mordwaffe sowjetischer Herkunft ist?«

»Daß der oder die Mörder zu sowjetischen Waffen Zugang hatten.«

»Wie es beispielsweise palästinensische Terroristen haben?«

»Ja, aber so wie der internationale Waffenmarkt aussieht, kann sich so gut wie jeder sowjetische Waffen beschaffen. Aus dem Fabrikat der Waffe lassen sich also keine automatischen Schlußfolgerungen ziehen.«

»Welche Maßnahmen haben Sie ergriffen, um die Mörder zu fassen?«

»Es wäre nicht klug, darüber Auskunft zu geben.«

»Ist es nicht einfach so, daß Sie gar nicht wissen, nach wem Sie suchen?«

»Ich möchte betonen, daß die Situation außerordentlich ernst ist. Es handelt sich um ein Verbrechen, das in diesem Land ohne Beispiel ist. Wir sind in Schweden von derlei bislang verschont geblieben. Selbstverständlich betrachten wir mit größter Sorge, was sich hier ereignet hat, und wir gehen jetzt mit allen verfügbaren Mitteln mehreren guten Hinweisen nach.«

»Besten Dank«, sagte der Fernsehreporter plötzlich, und dann sammelten er und die drei Techniker ohne weiteren Kommentar ihre Taschen und Kabel zusammen, und gleichzeitig war das nächste Fernsehteam auf dem Weg ins Zimmer, um in etwa die gleiche Prozedur und die gleichen Fragen zu wiederholen.

Hinterher war der Reichspolizeichef überzeugt, so korrekt und klar geantwortet zu haben, daß weitere unnötige Spekulationen sich auf keinen Fall auf ihn selbst würden zurückführen lassen.

Aber als er sich ein paar Stunden später die abendliche *Rapport*-Sendung ansah, wurden sowohl er wie die Sache völlig anders dargestellt. Was ihn selbst betraf, konnte er sich zwar im Bild wiedererkennen und sich Dinge sagen hören und sehen, die er selbstverständlich geäußert hatte. Aber trotzdem geriet alles zum genauen Gegenteil dessen, was er von seiner Seite als Dementi ausgegeben hatte.

Die *Rapport*-Sendung widmete die ersten neun Minuten dem Mord selbst. Ein Ereignis, das einer Nachrichtensendung ganze neun Minuten wert ist, ist von der gleichen Güteklasse wie ein größerer Kriegsausbruch oder der Rücktritt eines Justizministers.

Erst wurden Bilder vom Tatort gezeigt, dann Bilder von Folkessons Wagen, in dem man an der Decke und auf dem Rücksitz Blut und Gehirnsubstanz sah. Es folgten Polizeibeamte am Tatort, Absperrungen, Polizeibeamte, die sich vor die Kamera zu stellen versuchten, so daß das Bild verwackelt wurde, dann folgten Aufnahmen von Axel Folkesson.

Dazu berichtete der Fernsehreporter, daß der Terrorismus seit mehreren Jahren zum erstenmal wieder in Schweden zugeschlagen habe und daß es sich diesmal vermutlich um einige der gefürchtetsten Terrororganisationen der Welt handle, nämlich um die palästinensischen Ausbrecherfraktionen, die sich von Jassir Arafats Bestrebungen abgewandt hätten, mit diplomatischen Methoden zu arbeiten (eingeblendetes Bild von Arafat, der Olof Palme begrüßt), und daß die schwedische Polizei und die Sicherheitspolizei jetzt in erster Linie mit der Theorie arbeiteten, daß es sich um eine Organisation handle, die dem sogenannten Schwarzen September nahestehe. Und *an dieser Stelle* wurde der Reichspolizeichef zum erstenmal mit der folgenden, völlig korrekt wiedergegebenen Äußerung eingeblendet:

»Wir verfolgen mehrere Spuren, ja.«

Und dann die nächste Frage:

»Stimmt es, daß Herr Folkesson für die Überwachung palästinensischer Terroristen zuständig war?«

Und dann die verstümmelte Antwort:

»Ja, das stimmt.«

Dann kam der Fernsehreporter selbst groß ins Bild, und der Reichspolizeichef notierte im stillen, daß sich der Reporter inzwischen ein Jackett angezogen und eine Strickkrawatte umgebunden hatte.

Der Fernsehreporter stellte ohne Umschweife fest, das wahrscheinliche Motiv der palästinensischen Mörder sei, daß die schwedische Sicherheitspolizei gerade gegen ein Terrorkommando auf schwedischem Boden zuschlagen wollte und daß die Terroristen damit geantwortet hätten, den verantwortlichen Leiter der Fahndung bei der Sicherheitspolizei zu töten. Danach erklärte der Reporter, es sei das erste Mal, daß der palästinensische Terrorismus Schweden ernsthaft getroffen habe, und daß dies die Polizeiarbeit noch mehr erschwere.

Und danach wurde der Reichspolizeichef erneut mit einem korrekt wiedergegebenen Zitat eingeblendet, das wiederum einen völlig anderen Sinn bekam, als er beabsichtigt hatte:

»Ich möchte betonen, daß die Situation außerordentlich ernst ist. Es handelt sich hier um ein Verbrechen, das in diesem Land ohne

Beispiel ist. Wir sind in Schweden von derlei bislang verschont geblieben. Selbstverständlich betrachten wir mit größter Sorge, was sich hier ereignet hat, und wir gehen jetzt mit allen verfügbaren Mitteln mehreren guten Hinweisen nach.«

Danach gab der Fernsehreporter eine Art politischen Kommentar ab, in dem er behauptete, das Ereignis werde für die in den letzten Jahren zunehmend palästinenserfreundliche Haltung Schwedens nicht ohne Folgen bleiben, und die zunehmend schwächere und zersplitterte Palästinenser-Bewegung werde jetzt erleben, wie die Unterstützung in Westeuropa nachlassen werde.

Der Rest des Beitrags bestand aus einem historischen Rückblick auf verschiedene palästinensische Terroranschläge, beginnend bei der Flugzeugentführung in Jordanien 1969 über den Terrorangriff auf israelische Sportler in München 1972 bis hin zum Mord an dem palästinensischen Friedensemissär bei der Sozialistischen Internationale (Bild von Olof Palme und dem palästinensischen Diplomaten Izzam Sartawi).

Manchmal wurde auch das Terroristengespenst par excellence genannt, Abu Nidal, und der Bericht endete mit der Vermutung, er halte sich gegenwärtig in Schweden auf: »... bei der Sicherheitspolizei wird jetzt befürchtet, daß das palästinensische Terrorkommando, das sich vermutlich noch im Lande befindet, unter dem Befehl Abu Nidals steht.«

Es folgten Kurzinterviews mit einigen Politikern, die ihrem Abscheu vor dem Terrorismus Ausdruck gaben, während sie gleichzeitig darauf hinwiesen, daß die Palästina-Frage sich nicht mit Gewalt lösen lasse und daß die Existenz Israels von allen Parteien anerkannt werden müsse.

Der Reichspolizeichef schaltete den Fernseher aus.

In diesem Augenblick war er fest entschlossen, sich nie mehr auf Fernsehinterviews einzulassen. Er rieb sich mit Daumen und Zeigefinger an der Nasenwurzel und versuchte bis fünfzig zu zählen, um den Kopf freizubekommen. Er verlor aber schnell die Geduld und schaltete die Direktleitung zu seinen Untergebenen ein. Es war Zeit für die nächste Konferenz.

Als erster betrat Sektionschef Henrik P. Näslund den Raum, der Mann, dem am Vormittag die operative Verantwortung für sowohl Fahndungsarbeit wie eventuelle Operationen übertragen worden war. Falls der Sektionschef auch in diesem Fall so gearbeitet hatte, wie es bei ihm üblich war, hatte zweifellos er die Massenmedien zu all diesen wilden Spekulationen verleitet, die jetzt sogar beim Sicherheitsdienst offen Unterstützung fanden.

»Ich finde diese spekulative Publizität höchst unglücklich«, sagte der Reichspolizeichef kalt. »Entweder liegen wir mit diesen vorläufigen Hypothesen völlig schief, und dann dürfen sie nicht in die Massenmedien. Oder aber sie treffen zu, und dann dürfen sie erst recht nicht bekannt werden.«

Der Sektionschef ließ sich dadurch keineswegs aus der Fassung bringen. Er strich sich ein paarmal durch sein nach hinten gekämmtes Haar – Bauernmanieren, dachte der Reichspolizeichef –, bevor er sich mit dem Fuß einen Stuhl heranzog und sich setzte. Dann lächelte er fröhlich und antwortete vollkommen unberührt auf die versteckte Beschuldigung, die man soeben gegen ihn vorgebracht hatte.

»Betrachte die Sache doch mal so. Entweder haben wir recht, und dann glauben diese Scheißkerle, daß wir hinter ihnen her sind, und das ist einmal ein operativer Vorteil in manchen Situationen, zum anderen könnte das eine Aktion verhindern, von der wir bislang nichts wissen. Oder aber wir liegen völlig falsch. Dann wird es zu einem operativen Vorteil, weil diejenigen, die wir suchen, der Meinung sind, daß wir uns auf der falschen Fährte befinden.«

Der Reichspolizeichef antwortete nicht. Er polierte mit ausdruckslosem Gesicht seine Brillengläser, während die anderen sein Dienstzimmer betraten.

2

Es ließ den Osloer Polizeibeamten Roar Hestenes völlig kalt, daß es regnete und daß sein Auftrag im Augenblick mit größter Wahrscheinlichkeit völlig sinnlos war und nur zu den Arbeiten gehörte, die eben erledigt werden müssen. Es war halb elf Uhr vormittags, exakt drei Stunden nach dem Zeitpunkt, zu dem Axel Folkesson in der Hauptstadt des Nachbarlandes gestorben war.

Aber davon hatte Roar Hestenes noch nicht die blasseste Ahnung. Er war ausnahmsweise einmal außerordentlich gut postiert.

Eigentlich war dies ein Fahndungsauftrag wie viele andere in seinen letzten beiden Jahren beim Drogendezernat. Man sitzt in einem Wagen und starrt auf eine Tür, bis man abgelöst wird, und einmal von zwanzig passiert etwas, und schlimmstenfalls hat man in einem Hauseingang gestanden und erreicht, daß man der Polizei als Exhibitionist gemeldet wird, die dann mit eingeschaltetem Blaulicht ankommt und im Handumdrehen sowohl ungesetzlichen Drogenhandel wie weiteres polizeiliches Eingreifen vereitelt, und bestenfalls sitzt man irgendwo in einer gemieteten Wohnung und betrachtet ein Fenster, bis man abgelöst wird und erst am Tag danach erfährt, daß die Gesuchten zwanzig Minuten nach der Ablösung auftauchten und gefaßt werden konnten.

In dieser Hinsicht gab es keinen Unterschied zwischen Drogendezernat und *overvåkingstjenesten* (Überwachungsdienst). Aber jetzt saß Hestenes im Café des Grand Hotel, als hätte der Wechsel vom Drogendezernat zur Sicherheitspolizei eine sofortige Erhöhung des Lebensstandards mit sich gebracht. Er war schon beim zweiten Kännchen Kaffee und seinem zweiten dänischen Smörrebröd angelangt und genoß insgeheim, daß er ohne weiteres ein komplettes Menü würde verzehren können, ohne daß jemand über die Kosten jammerte. Beim Überwachungsdienst der norwegischen Polizei fragt man kaum nach dem Tun und Lassen des Personals, nicht einmal nach Kosten und Auslagen.

Hestenes hatte außerdem eine perfekte Aussicht auf den Eingang des Hotels Nobel, der fünfzehn Meter von seinem Fenstertisch entfernt war. Niemand konnte heraus oder hinein, ohne daß er es sah, und er hatte schon neun Personen notiert, von denen er vier hatte identifizieren können. Die anderen waren Menschen, um die er sich aus verschiedenen Gründen nicht zu kümmern brauchte; ausländische Geschäftsleute gesetzten Alters, zwei ältere Frauen in norwegischer Kleidung, ein Teenager mit wuscheligem Haar, der vermutlich zum Personal gehörte, und so weiter.

Roar Hestenes hielt nach Terroristen Ausschau, und dies war Oslo, und er war sicher, daß nichts passieren würde.

Natürlich fing es so an.

Der Mann, der aus dem Taxi Nummer 1913 stieg, trug eine grüne Jägerjacke und hatte eine Tasche in der Hand, eine schwarze Pilotentasche von genau der Größe, die man bei Flügen als Handgepäck mitnehmen kann.

So reisen nur Profis, schaffte Roar Hestenes noch zu denken. Aber als der Mann in der grünen Jacke sich umdrehte, so daß Hestenes sein Profil erkennen konnte, und etwas zum Taxifahrer sagte, begriff Roar Hestenes, daß es jetzt losging. Er war seiner Sache vollkommen sicher. Es war eins von rund dreißig Gesichtern, die er auf Fotos studiert hatte, bevor er zu seiner Schicht ging. Aber jetzt war dieses Gesicht hier völlig real und durch ein Fenster aus weniger als fünfzehn Metern Abstand vor dem Grand Hotel zu erkennen. Eins von dreißig denkbaren und gefürchteten Objekten war soeben angekommen, und Roar Hestenes wußte, daß der Mann sein Zimmer nicht unter dem eigenen Namen gebucht hatte.

Der Auftrag, bei dem nichts passieren konnte, bestand also darin, ein Hotel zu überwachen, in dem vor der israelischen Delegation am nächsten Tag kein interessanter Gast ankommen würde. Aber sicherheitshalber oder zu reiner Beschäftigungstherapie oder aufgrund der Vorsehung oder weil die Leitung des Überwachungsdienstes einen sechsten Sinn besaß, hatte der Polizeibeamte Roar Hestenes jetzt einen seiner ersten Fahndungsaufträge als Sicherheitspolizist, und in der ersten Stunde dieses Auftrags spazierte ihm eins der denkbaren Objekte direkt vor die Nase, stieg aus einem Taxi und betrat das Hotel.

Hestenes handelte im folgenden völlig richtig. Erst wartete er drei bis vier Minuten. Das Objekt war offenbar schon im Hotel verschwunden. Es gab nur einen Ausgang.

Hestenes brach ohne erkennbare Eile auf. Draußen auf der Straße unterdrückte er einen Impuls, schräg über den Zebrastreifen hinwegzugehen, wartete statt dessen Grün ab, ging erst über die Karl Johans Gate, bog dann nach rechts über die Rosenkrantz Gate ab und ging das kurze Stück zur Telefonzelle. Nachdem er die Nummer 66 90 50 gewählt hatte, drehte er sich um, so daß er den Hoteleingang noch im Auge behalten konnte. Es läutete dreimal, bevor er seinen Chef erreichte, und in dieser Zeit konnte er noch sehen, wie im vierten Stock des Hotels Nobel in einem der Zimmer Licht gemacht wurde.

Hestenes teilte kurz mit, Objekt Nummer 17 habe sich soeben ein Zimmer genommen, also vor weniger als fünf Minuten, und der Betreffende sei mit Taxi Nummer 1913 vorgefahren, das sich mit größter Wahrscheinlichkeit noch in der Osloer Innenstadt aufhalte.

Er bekam natürlich Order, abzuwarten, bis Verstärkung eintreffe und er Funksprechkontakt habe. Soweit war alles normal und ähnelte der üblichen Drogenfahndung. Die nächsten dreißig Stunden würden jedoch erheblich von der üblichen Routine abweichen.

Für die Überwachung oder Verfolgung eines Rauschgiftkriminellen gibt es ein paar einfache Faustregeln. Man hat es mit einer Person zu tun, die entweder völlig selbstsicher ist und sich mühelos verfolgen läßt, oder aber mit jemandem, der schon in dem Moment, in dem er aus einer Tür tritt, vor dem eigenen Schatten Angst zu haben scheint und sich im folgenden verhält, als wären zwanzig unsichtbare Polizisten hinter ihm her.

Mit dem letztgenannten Typus kommt man nur schwer zurecht, aber mit drei oder vier Mann läßt es sich machen, wenn man sich in einer Stadt ohne großes U-Bahn-Netz befindet. Um eine Person, die eventuelle Verfolger abschütteln will, kreuz und quer durch das Londoner oder selbst das Stockholmer U-Bahn-Netz zu verfolgen, ist ein Personaleinsatz erforderlich, der mindestens fünfmal so groß ist. Aber dieses Problem hat man in Oslo nicht. Dort kann man normalerweise niemanden aus den Augen verlieren, wenn mehrere

Personen, die zueinander Funkkontakt halten und außerdem sowohl zu Fuß wie per Auto operieren, zusammenwirken.

Und so war es jetzt. Roar Hestenes stand noch immer an der Telefonzelle gegenüber dem Hotel Nobel an der Karl Johans Gate. Sein Kollege Atlefjord stand einen Straßenblock weiter in der Rosenkrantz Gate, und Kolle Selnes saß anderthalb Blocks weiter in der Karl Johan in einem Wagen hinter der Taxischlange vor dem Tostrupskeller. Ein Fehlschlag war also kaum möglich.

Das Objekt erschien nach drei Stunden und sechsundvierzig Minuten, und Hestenes sah den Mann als erster. Im selben Moment, in dem das Taxi vor dem Hotel vorfuhr, entdeckte Hestenes seine Kollegen. Das Objekt bestieg tatsächlich das Taxi, und Kollege Atlefjord teilte kurz über Funk mit, daß er jetzt zu seinem geparkten Wagen gehe und die Rosenkrantz Gate hinunterfahren werde, sobald er grünes Licht habe.

Kollege Selnes hinter der Taxischlange oben in der Karl Johan war schon gestartet.

Das Taxi mit dem Objekt bog von der Rosenkrantz Gate her um die Ecke auf die Karl Johan ein. Hestenes teilte seinen beiden Kollegen, die sich jetzt in weniger als zweihundert Meter Abstand vom Objekt in je einem Wagen befanden, mit, das Objekt sei losgefahren. Hestenes brauchte nur ein paar Minuten zu warten, da kam der nächste Kollege und holte ihn ab. Das Objekt hatte jetzt keinerlei Möglichkeit, den Verfolgern zu entkommen.

Sie verloren ihr Objekt jedoch innerhalb von drei Minuten aus den Augen, als Hestenes immer noch an der Telefonzelle stand und auf seinen Wagen wartete. Er hörte über Funk, wie das Ganze vor sich ging.

Es war frech, aber einfach.

Das Objekt war die Karl Johan nur zwei Straßenblocks hinuntergefahren. Dann war der Mann bei einer roten Ampel plötzlich ausgestiegen und im Eingang der Holmenkollen-Bahn verschwunden. Die beiden Kollegen saßen in der Autoschlange dahinter und schrien verzweifelt in ihre Funkgeräte.

Als Hestenes zu den Bahnsteigen hinunterlief, war das Objekt nicht mehr zu sehen. Entweder hatte der Mann soeben die Kolsås-Bahn genommen oder war einfach wieder hinausgegangen.

Es dauerte sieben Stunden, bis sie wieder Kontakt bekamen.

In der Nacht und in den frühen Morgenstunden hatte die Angelegenheit an Bedeutung gewonnen. Sie war dem Chef der gesamten Sicherheitspolizei vorgetragen worden, Geir Ersvold, und wurde anschließend dem operativen Chef vorgelegt, dem Polizeiadjutanten Iver Mathiesen, da der Fall eher in sein Zuständigkeitsgebiet fiel – Sabotage, inländischer Rechtsextremismus und ausländischer Terrorismus – als unter Spionage und ähnliche Verbrechen.

Mathiesen wiederum hatte einen älteren Polizeifahnder abgestellt, der jetzt das unmittelbare Kommando über Hestenes und seine beiden Kollegen übernahm, die um zehn Uhr ihre Morgenschicht begannen.

Der Vortrag war kurz.

Das Objekt sei um 01.36 Uhr ins Hotel zurückgekehrt, augenscheinlich nüchtern. Kommando A werde das Hotel jetzt bis 11.30 Uhr überwachen, wonach es von Kommando B abgelöst würde, das aus Hestenes, Atlefjord und Selnes bestand.

Das Objekt sei mit der Neun-Uhr-Maschine von Stockholm auf dem Flughafen Fornebu angekommen und habe dann das Taxi Nr. 1913 genommen. Der Mann habe kein Zimmer reserviert, aber offensichtlich eins bekommen und sich unter dem eigenen Namen eingetragen. Das Flugticket sei ebenfalls auf seinen richtigen Namen ausgestellt, aber ein Rückflug sei nicht gebucht. Es habe den Anschein, als hätte er darauf vertraut, ein Zimmer zu bekommen. Das Nebenzimmer werde erst um zwölf Uhr frei werden, und dann ziehe das technische Personal ein. Eine Telefonüberwachung sei schon eingeleitet worden, aber das Objekt habe das Telefon bislang nicht benutzt, und das sei vielleicht auch gar nicht zu erwarten.

Als das Objekt spät in der Nacht ins Hotel zurückkehrte, sei es aus Richtung Rosenkrantz Gate gekommen.

Folglich habe man keinerlei Beobachtungen machen können, die den Aufenthalt des Objekts in Oslo erklärten.

Wenn der Mann das nächstemal das Hotel verlasse, sei es absolut notwendig, Kontakt zu halten. Damit es nicht zu einer Wiederholung des Tricks mit der Holmenkollen-Bahn komme, sei ein Kollege schon unten in der Eingangshalle postiert worden. Der Betreffende werde sofort abberufen, falls das Objekt einen anderen Weg wähle (die Abteilung war durch Überstunden stark belastet und mußte sparsam mit ihren Fahndungsstunden pro Einheit umgehen).

Wenn das Objekt das Hotel verlasse, werde man sofort die Reservegruppe C aktivieren, um bei Schwierigkeiten eingreifen zu können.

Was jetzt bevorstehe, sei vermutlich ein entscheidender Kontakt. Es stehe zu befürchten, daß dieser Kontakt wiederum am nächsten Tag eine Terroristenaktion auslösen oder vorbereiten werde, nämlich bei der Ankunft der israelischen Delegation im Hotel.

Jeder Kontakt, den das Objekt von nun an herstelle, so unbedeutend er auch scheinen möge, müsse registriert werden. Die Spur könne zu einer palästinensischen Terrororganisation führen. Es gebe jetzt gute Gründe für die Annahme, daß eine palästinensische Organisation dieser Art eine größere Aktion in Skandinavien vorbereite. Kollegen aus dem befreundeten Ausland hätten bestimmte Hinweise in dieser Richtung.

Als die Sachlage klar zu sein schien, betrat Iver Mathiesen den Raum. Er blieb eine Weile mit den Händen in den Jackentaschen am Fenster stehen und blickte über den Fjord und den tristen Dezemberdunst hinaus. Die anderen warteten ab. Mathiesen zündete sich eine seiner englischen Zigaretten an und drehte sich um.

»Ich habe mit unseren israelischen Kollegen Kontakt aufgenommen«, begann er. »Nun ja, ich weiß, daß wir an dieser Zusammenarbeit nicht nur Freude gehabt haben« (er lächelte über die offenkundige Untertreibung; die Verbindungen zwischen den norwegischen und israelischen Sicherheitsdiensten hatten sich von der mißglückten Mordoperation der Israelis in Lillehammer nie richtig erholt, obwohl seitdem mehr als ein Jahrzehnt vergangen war), »aber in diesem Fall ist es nicht ohne Bedeutung, wie sie die Situation beurteilen. Sie sagen, sie erwarteten in der nächsten Zeit eine palästinensische Operation, aber nicht hier, sondern in Stockholm. Ihr habt doch sicher von dem gestrigen Mord an einem schwedischen Kollegen gehört, Folkesson von der Terroristenüberwachung.«

Mathiesen sog ein paarmal energisch an seiner Zigarette und ging langsam um den Konferenztisch herum.

»Die Schweden wiederum reden eine Menge dummes Zeug. Näslund behauptet wie üblich, mal diesen, mal jenen Verdacht zu haben, und daraus kann man keine Schlußfolgerungen ziehen. Und wir selbst haben, wie ihr wißt, keinerlei Hinweise auf die Anwesenheit palästinensischer Terroristen in Norwegen, keinerlei Hinweis außer diesem Burschen dort unten im Hotel Nobel. Und daraus sollen wir also jetzt Schlüsse ziehen. Welche Schlüsse? Du da, wie heißt du?«

»Hestenes.«

»Also, Hestenes, welche Schlußfolgerungen?«

»Entweder ist eine ganze Truppe qualifizierter Terroristen nach Skandinavien gekommen, ohne daß wir oder die Israelis oder, na ja, die Schweden auch nur den kleinsten Hinweis erhalten haben, oder ...«

Hestenes zögerte. Mathiesen drückte mit einer plötzlichen, entschlossenen Geste seine halbgerauchte Zigarette in der nächsten Kaffeetasse aus und fixierte Hestenes.

»Nun«, sagte er, »sprich weiter, Hestenes. Oder was?«

»Oder es handelt sich nur um falschen Alarm.«

»Genau das«, sagte Mathiesen und ging zur Tür, »genau das. Und wenn es sich um falschen Alarm handelt, kriegt ihr es heraus, wenn ihr darauf achtet, daß ihr diesen Hotelgast nicht noch einmal verliert oder ihm diesmal wenigstens etwas länger als drei Minuten auf den Fersen bleibt. So stehen die Dinge also«, sagte Mathiesen und drehte sich in der Tür um. »Entweder ist es gar nichts, oder es handelt sich um eine schlimmere Sache, als wir uns überhaupt vorstellen können.«

Er blieb eine Weile stumm, bevor er fortfuhr. »Seid jetzt so nett und laßt euch von diesem Scheißkerl nicht noch mal abhängen.«

Dann ging er, ohne die Tür zu schließen.

Um 11.28 Uhr löste Hestenes seinen Kollegen aus der Gruppe A ab und nahm die gleiche angenehme Position am Fenstertisch des Grand Hotel unten im Café ein, die er schon am Vortag eingenommen hatte. Seinen Mantel mit dem verborgenen Funksprechgerät hängte er neben sich über den Stuhl. Als er die Kaffeetasse umrührte, spürte er die Schwere seines Revolvers in der rechten Achselhöhle (Hestenes war Linkshänder). Zum erstenmal während seines Dienstes bei der Überwachungspolizei trug er eine Waffe.

Irgendwo dort oben im Hotel befand sich das Objekt. Vermutlich hatte der Mann vor zehn gefrühstückt, da der Speisesaal um diese Zeit schloß. Dann war er wieder auf sein Zimmer gegangen, wo er sich jetzt seit mehr als eineinhalb Stunden aufhielt.

Vielleicht auch nicht. Im Hotel hielt sich ja kein einziger Beamter auf. Die Kollegen vom Erkennungsdienst würden erst in zwanzig Minuten mit ihrem Gepäck ankommen. Im Augenblick spazierte das Objekt vielleicht im dritten und vierten Stock herum, wo in fünf oder sechs Stunden die israelische Delegation ihre Quartiere beziehen würde. Der Mann inspizierte die Örtlichkeiten, untersuchte die Hintertüren, erkundete, wie er das Hotel durch das Reisebüro im ersten Stock verlassen oder wieder betreten konnte. Das Hotel war merkwürdig abgeschnitten, weil im ersten Stock ein Reisebüro untergebracht war. Weder die Hoteltreppe noch der Fahrstuhl besaßen eine Verbindung mit dem Obergeschoß und dem dortigen Reisebüro.

Das war natürlich die richtige Methode, sich Einlaß zu verschaffen. Statt den Hauseingang zu nehmen – der Betreffende mußte ja davon ausgehen, daß er überwacht wurde –, drangen die Terroristen erst ins Reisebüro ein und brachten das dortige Personal zum Schweigen. Dann würden sie die Feuertür aufbrechen, die verschlossen war, wobei man sich fragen kann, wofür verschlossene Feuertüren gut sein sollen, und würden über die Hintertreppe unerwartet im zweiten oder dritten Stock ankommen. Dann wäre alles nur noch das Werk einiger Augenblicke, und während der ausbrechenden Panik würden sie sich auf dem gleichen Weg zurückziehen.

Sollte man also die Überwachung besser auf den Eingang des Reisebüros in der Karl Johan Gate konzentrieren als auf den Hoteleingang in der Rosenkrantz Gate?

Irgend etwas tat der Mann dort oben jedenfalls, es konnte alles mögliche sein, allerdings telefonierte er nicht. Der Mann dort oben war kein nervöser kleiner Dealer. Hier war es anders, hier wurde nicht mehr Räuber und Gendarm gespielt, wo die Polizei fast immer gewinnt.

Und falls die Pilotentasche des Mannes nun etwas anderes enthielt als Kleidung und Zahnbürste und Rasierapparat und *Newsweek*? Sagen wir sechs bis sieben Kilo TNT; eine solche Ladung, richtig plaziert, würde das ganze Hotel in die Luft jagen.

Nein, das würde nicht passieren. Da jetzt tatsächlich Befehl gegeben worden war zu suchen, würden die Techniker mühelos jeden Sprengstoff finden.

Der einzige Vorteil des Sicherheitsdienstes bestand im Augenblick darin, daß der Mann nichts von der Überwachung wußte. Oder doch? Warum sollte ein Profi nicht von dieser Möglichkeit ausgehen? Vielleicht war dies alles ein Scheinmanöver, aus dem sich später nie ein Beweis machen ließ. Vielleicht sollte dieses Objekt Nummer 17 nur die Aufmerksamkeit auf sich lenken und sich verfolgen lassen; der Mann war ja sogar unter eigenem Namen abgestiegen.

Plötzlich stand der Mann vor dem Hoteleingang, die Hände in den Taschen der grünen Jägerjacke. Die schwarze Tasche hatte er nicht bei sich, obwohl er jetzt offenbar das Hotel verlassen wollte. Also TNT? Nein, warum sollte er dann nicht die leere Tasche bei sich haben?

Es sah aus, als betrachtete er das Wetter. Er blickte zum Dach und dem Oberteil der Fassade des Grand Hotel hoch. In Wahrheit hatte er wohl eher die umliegenden Straßenecken in Augenschein genommen. Dann knöpfte er nachdenklich seine Jacke zu.

Hestenes hatte zur stummen Verblüffung seiner Tischnachbarn die Nachricht über Funk weitergeleitet (»B2 an B1 und 3 – Der Fuchs auf dem Weg nach draußen«) – und verließ dann das Lokal, während das Objekt gleichzeitig schräg über die Straße ging, direkt auf das Fenster zu, an dem Hestenes noch vor wenigen Sekunden gesessen hatte.

Hestenes stand am Eingang des Grand Hotel und sah das Objekt aus wenigen Metern Abstand an sich vorbeigehen.

So, jetzt werden wir mal sehen, ob du mich abschütteln kannst, dachte Hestenes, während er sich entschlossen seinen Mantel anzog und ein paar schnelle Schritte auf die Straße machte, worauf er sofort wieder in den Hoteleingang zurückstürzen mußte.

Das Objekt war an einem Schaufenster gleich neben dem Hoteleingang stehengeblieben. Es gehörte zu einem Uhrengeschäft, das eine beachtliche Kollektion der bei weitem teuersten Rolex-Uhren Oslos führte; sie lagen im Fenster als eine schreiende Aufforderung an motorisierte Diebe, Ziegelsteine zu werfen und anschließend gewisse Hehlereiprobleme zu bekommen (die teuersten Uhren kosteten an die 200 000 norwegische Kronen). Immer wenn Hestenes an diesem Schaufenster vorbeikam, blieb er stehen und sah sich die Uhren an. Einerseits entrüstete sich der Polizist in ihm, weil ihm diese Zurschaustellung wie eine Aufforderung zu einem Verbrechen vorkam, andererseits regte er sich als armer Bauernsohn vom Vestlandet bei dem Gedanken auf, daß es Landsleute gab, die Armbanduhren im Wert von zwei unversteuerten Jahresgehältern eines jüngeren Sicherheitspolizisten mit sich herumtrugen.

Aber jetzt mußte Hestenes zu einem schnellen Entschluß kommen. Es ging nicht an, noch mal auf die Straße zu hüpfen und dann wieder umzukehren. Er durfte auch nicht stehenbleiben und das Objekt aus den Augen verlieren. Er hatte es mit einem Profi zu tun und durfte nicht zögern.

Er trat hinaus und überquerte die Straße rasch in Richtung Stortinget. Als er die Auffahrt des Storting erreichte, blieb er stehen, bückte sich und »schnürte sich den Schuh zu«, während er nach dem Objekt Ausschau hielt.

Das Objekt war nicht zu sehen.

Hestenes drehte sich um, stand auf und griff mit einem Gefühl von Verzweiflung oder Angst, beichten zu müssen, daß es ihm gelungen war, den gestrigen Rekord zu schlagen, nach dem Funksprechgerät. Es konnte doch nicht sein; niemand kann sich einfach so in Rauch auflösen.

Im selben Moment, in dem er auf den Sendeknopf drückte, sah er die grüne Jacke in einer kleinen Menschenmenge vor Christian Kroghs Standbild. Das Objekt sprach mit zwei Personen, die Flugblätter verteilten und mit Sammelbüchsen klapperten. Die beiden jungen Leute hielten eine Flagge hoch, die Hestenes wohlbekannt war. Grün, Weiß, Rot und Schwarz – die Palästinenser-Flagge.

Hestenes meldete es über sein Funkgerät. Kollege Atlefjord sollte die beiden jungen Leute mit den Sammelbüchsen fotografieren. Er mußte ja ganz in der Nähe sein.

Hestenes gab seine Position durch und erreichte Atlefjord, der sich im Augenblick vor dem Eingang des Grand Hotel befand. Sie nickten sich zu.

Die Jagd ging weiter. Atlefjord fotografierte erst, ging dann zu den jungen Leuten hinüber und nahm sich eins der Flugblätter. (Wie sich später herausstellte, enthielt das Flugblatt nichts, was sich unmittelbar mit Terrorismus in Verbindung bringen ließ. Es enthielt drei Textpassagen mit den Überschriften:

VERTEIDIGT DIE UNABHÄNGIGKEIT DER PLO
SCHLIESST EUCH DER SOLIDARITÄTSARBEIT AN
UNTERSTÜTZT DIE HILFSKOMITEES DER PLO

Ferner wurde für etwas geworben, was man ein Solidaritätskonzert mit Tanz in dem Studententreff Château Neuf nannte; nichts davon hatte für die Fahndungsarbeit auch nur die geringste Bedeutung, aber die beiden jungen Leute, die kurz mit dem Objekt gesprochen hatten, konnten jetzt vorschriftsmäßig ins Sympathisantenregister aufgenommen werden, da die Bedingung in Paragraph 4, letzter Absatz, der Anweisungen für den Sicherheitsdienst erfüllt war, nämlich: »Eine Mitgliedschaft in einer legalen politischen Organisation oder legale politische Betätigung bildet allein noch keine Grundlage für die Einholung und Speicherung von Erkenntnissen.« (Mit einem Terroristen zu sprechen war mehr als »allein«.)

Hestenes setzte die Jagd fort.

Auf den nächsten beiden Straßenblocks nahm das Objekt mit niemandem Verbindung auf. Hestenes folgte ihm auf der anderen Straßenseite. Das Objekt sah sich nicht um, nicht einmal bei den zwei oder drei Gelegenheiten, bei denen es stehenblieb, um sich Schaufenster anzusehen.

Oder?

Nein. Roar Hestenes hatte immerhin ganze vier Jahre als Fahnder bei der Kripo und beim Drogendezernat gearbeitet. Wer vor einem Schaufenster stehenbleibt, um sich in der Spiegelung des Glases die andere Straßenseite anzusehen oder die Umgebung zu beobachten, verrät sich durch sein unnatürliches Verhalten; man merkt ihm an, daß er etwas anderes betrachtet als die Auslagen.

Der Spaziergang ging gemächlich ein paar Straßenblocks weiter. Plötzlich lief das Objekt quer über die Straße auf die Seite, auf der sich Hestenes befand, und betrat Oppegårds, einen Laden, in dem Stickereien verkauft werden, geflochtene Körbe und zu dieser Jahreszeit außerdem noch Weihnachtsschmuck.

Hestenes zögerte. Der Laden war so klein, daß man ihn nicht betreten konnte, ohne aufzufallen. Und er hatte es hier mit einem Profi zu tun, von dem zu erwarten war, daß er alle Personen in seiner Umgebung gespannt beobachtete. Wenn man sich offen zeigte, wäre die Gefahr allzu groß, daß der Mann einen später wiedererkennen würde. Andererseits hatte das Objekt jedoch kaum einen natürlichen Grund, einen Laden mit Stickereien und Weihnachtsschmuck zu betreten.

Hestenes gab über Funk seine Position durch. Anschließend näherte er sich entschlossen dem nächstliegenden Schaufenster. Er konnte in den Laden hineinsehen.

Das Objekt sah sich einige Sträuße mit Strohblumen an, ohne auch nur einmal den Blick zu heben und den draußen stehenden Hestenes anzusehen. Außerdem war der Laden hell erleuchtet, und es war nicht sonderlich wahrscheinlich, daß man in dem diffusen Dezemberlicht jemanden auf der Straße erkennen konnte.

Das Objekt wählte drei Sträuße mit Strohblumen aus, einen roten, einen grünen und einen blauen, wie Hestenes notierte, und reihte sich darauf in die Schlange vor der Kasse ein, um zu bezahlen. Die übrigen Personen in der Schlange waren ohne jeden Zweifel gewöhnliche norwegische Bürger und zudem ausschließlich Frauen mittleren Alters.

Hestenes konnte das Objekt in der Kassenschlange ständig im Auge behalten. Dort wurde definitiv kein Kontakt aufgenommen.

Das Objekt trat mit den Sträußen in einer weißen Plastiktüte mit rotem Weihnachtsdekor auf die Straße und setzte den Weg in Richtung Stortorvet fort.

Hestenes dachte nach.

Die Blumensträuße ließen sich als Erkennungssignale verwenden, teils einzeln, teils durch eine Kombination von Farben. Aber jetzt waren sie in der Plastiktüte verborgen.

Das Objekt ging schnell von der Kreditkasse zu den Blumenständen auf dem Stortorvet hinüber, hielt inne und wechselte ein paar Worte mit einer Verkäuferin an einem fahrbaren Blumenstand (Arne Dalens Gärtnerei und Gartencenter; die Verkäuferin wurde noch am selben Abend mit negativem Ergebnis verhört; sie erinnerte sich nicht mal an das Gesagte oder daran, ob norwegisch oder schwedisch gesprochen worden war).

Das Objekt steuerte geradewegs auf das große Warenhaus Glasmagasinet zu, wo das Weihnachtsgeschäft in vollem Gang war und wo sich Tausende von Menschen drängten und in Mengen hinein- und hinausströmten. Es war ein idealer Treffpunkt für einen schnellen Kontakt.

Also. Hier handelte es sich nicht um irgendwelche kleinen Gauner, hier ging es um Leute, die ihr Handwerk beherrschten.

Hestenes gab seinen Kollegen per Funk die neue Position durch und bat den Kollegen Atlefjord, bei der Zentrale die Reservegruppe anzufordern. Ein Warenhaus im Weihnachtsgeschäft läßt sich nicht mit drei Mann abdecken.

Die Verfolgung eines Menschen in einem Warenhaus kann schon schwierig genug sein, auch wenn das Fahndungsobjekt völlig unerfahren ist. Und wenn man einen Profi jagt, kann sich die Situation schnell zu einem Alptraum von Peinlichkeiten und unmöglichen Situationen entwickeln, und Hestenes' düstere Vorahnungen wurden schon bestätigt, als sich beide, er und das Objekt, im Erdgeschoß des Warenhauses befanden.

Das Objekt legte keinerlei Eile, Ungeduld oder Nervosität an den Tag. Der Mann hielt sich lange bei den Vitrinen mit Kristallglas und Vasen auf. Hestenes' Problem bestand darin, daß man durch die Vitrinen hindurchsehen konnte und daß sie überdies voller Spiegel waren, die eine wirkliche Kontrolle über die tatsächliche Blickrichtung des Objekts unmöglich machten. Außerdem mußte Hestenes ziemlich nahe an dem Mann dranbleiben, um ein eventuelles Signal oder einen Kontakt zu observieren, und während er das Objekt anstarren mußte, mußte er sich gleichzeitig den Anschein geben, als betrachtete er Gläser und Vasen in einer Preislage, von der er nicht einmal träumen konnte.

Bei einer Gelegenheit waren die beiden Männer nur vier Meter voneinander entfernt. Das Objekt hielt ein Weinglas in der Hand und schien tief in den Anblick des geschliffenen Musters versunken zu sein. Der Mann sah entspannt und völlig natürlich aus.

Der Mann dort in grüner Jägerjacke und Cordhose mit der weißen Plastiktüte, die drei Sträuße mit verschiedenfarbigen Strohblumen enthielt, sah wie irgendein x-beliebiger Skandinavier aus, jedoch mehr wie ein Sportler oder Freizeitmensch als wie ein politischer Intellektueller, war also eher Norweger als Schwede. Nichts an ihm gemahnte auch nur entfernt an einen Terroristen. Möglicherweise wirkte das Weinglas, das er jetzt gegen das Licht hielt, etwas unmarxistisch, weil es einen breiten Goldrand hatte und blitzende, geschliffene Muster.

Sie standen jetzt drei Meter voneinander entfernt, hatten aber ein paar Glasvitrinen und mehrere spiegelnde Wände zwischen sich; es gab keine direkte Blickrichtung zwischen ihnen, aber Roar Hestenes sah dem Terroristen über einen Spiegel in der Vitrine mit den goldgeränderten Gläsern ins Gesicht.

Der Terrorist wandte den Blick plötzlich von dem Glas ab, blickte direkt in den Spiegel und begegnete dem Blick von Roar Hestenes. Es konnte kaum mehr als eine Sekunde gewesen sein, aber Hestenes würde dieser Moment für immer wie eine Unendlichkeit vorkommen.

Der Terrorist lächelte fein. Fast unmerklich tat er, als prostete er Hestenes zu. Dann verschwand er. Übrig blieb das Glas.

Roar Hestenes war zehn Meter vom nächsten Ausgang entfernt, und diesen Weg hatte der Terrorist jedenfalls nicht genommen. Hestenes fühlte, wie er ins Schwitzen geriet.

Er konnte nur eins tun, auch wenn es peinlich war. Er begab sich ins Gedränge, traf draußen auf die kühle Luft, die er als Trost empfand, und teilte über Funk mit, daß einer der Kollegen im Warenhaus übernehmen müsse, da er selbst Gefahr laufe, observiert zu werden. Atlefjord befand sich schon im Warenhaus, hörte die Mitteilung in seinem Kopfhörer, und es gelang ihm rasch, das Objekt zu orten. Es ist aber eine teuflische Arbeit, in einem Warenhaus einen Profi zu verfolgen. Wenn es nur darum geht, eine kurze Mitteilung zu übergeben, läßt sich das ohne jeden persönlichen Kontakt machen. Das Objekt steht zu einem exakt verabredeten Zeitpunkt an einem verabredeten Ort, und wenn es bei dieser Gelegenheit drei Knöpfe seiner Jacke zugeknöpft hat statt nur einen oder zwei, übermittelt er eine Nachricht an eine Person, die das Objekt selbst vielleicht weder sieht noch kennt; vielleicht hält es auch den Schal in der einen Hand und betrachtet einen braunen Handschuh statt einen schwarzen oder grauen, und derjenige, der in diesem Augenblick die Nachricht erhält, kann unter Hunderten von Personen in der Nähe jeder beliebige sein.

Und selbst bei einer schwierigeren Operation, wie etwa einem *Drop*, wenn also eine schriftliche Nachricht oder ein Mikrofilm übergeben werden soll, kann eine Observation genauso unmöglich werden. Denn wenn das Objekt jetzt einen grauen Handschuh anprobiert und ihn in den Haufen mit den braunen Handschuhen zurücklegt, muß ein Mann das Objekt weiterverfolgen, während ein Kollege bleiben muß, um zu kontrollieren, wer als nächster die Hand in den grauen Handschuh steckt.

Ein trainierter Spion oder Terrorist kann all dies inmitten der Sicherheitsleute der Gegenseite erledigen.

Es stellte sich schnell heraus, daß Atlefjord und Selnes im Warenhaus ordentlich ins Schwitzen gerieten. Der Terrorist hatte sich von der Glasabteilung im Erdgeschoß in den ersten Stock und in die Abteilung für Damenunterwäsche begeben, wo er als einsamer Mann auffiel. Wenn man sich aber einen norwegischen Sicherheitspolizisten mit zugeknöpftem Mantel dazudenkt (Funksprechgerät und Dienstwaffe, also zugeknöpfter Mantel), der ohne Schuhe 1,95 Meter mißt, würde die Szene allmählich einer Filmparodie ähneln.

Atlefjord war also gezwungen, Abstand zu halten.

Und im folgenden sah es aus, als würde der Terrorist mit seinen Verfolgern spielen. Er spulte das ganze Programm wie aus dem Lehrbuch ab, wechselte urplötzlich die Richtung, in die er sich bewegte, und suchte den einen unmöglichen Ort nach dem anderen auf, beispielsweise am Ende der Abteilung Bettwäsche im zweiten Stock, wo jede Annäherung ebenso unmöglich ausgesehen hätte wie bei der Damenunterwäsche. Als das Ganze endlich zu Ende ging, hatte der Terrorist in der Hausratsabteilung im zweiten Stock für zweihundertfünfundachtzig Kronen eine kleine Kupferkasserolle gekauft. Er bezahlte mit einer American-Express-Karte auf den eigenen Namen, etwa so, als wollte er eine Visitenkarte überreichen oder auf jeden Fall festhalten, daß er zu genau diesem Zeitpunkt dagewesen war.

Und anschließend wurde es nicht lustiger. Der Mann ging auf dem kürzesten Weg zum Hotel zurück, ohne auch nur vor einem Schaufenster stehenzubleiben, ohne sich ein einziges Mal umzusehen – und die Kollegen hatten kaum Zeit gehabt, ihre Plätze in der Umgebung des Hotels einzunehmen, da erschien er auch wieder, diesmal mit leeren Händen.

Das Objekt setzte den Weg über die Rosenkrantz Gate fort, hinauf zu dem Uhrmacher, wo er von neuem stehenblieb und eine Rolex-Uhr in Weißgold mit Brillanten für 191 260 Kronen betrachtete (Selnes stand ganz in der Nähe und hatte einen guten Überblick); anschließend ging er ein kurzes Stück weiter und war fast wieder bei den Palästina-Aktivisten angelangt. Er schien das Storting zu betrachten. Er überquerte die Straße und betrachtete weiter das Storting. Fünf Sicherheitspolizisten in der Nähe folgten ihm jetzt gespannt mit den Blicken.

In diesem Moment erschien ein Taxi auf der anderen Straßenseite bei einem Taxenstand. Es gab keine Schlange, und das Objekt lief jetzt so hastig wie überraschend wieder auf die andere Straßenseite zurück und sprang in den Wagen, der sofort anfuhr.

Kurze, chaotische Umgruppierung auf Autos und eine Reihe von Funkmeldungen der Sicherheitsbeamten untereinander, die Fahrtrichtung und Taxinummer an die Reservegruppe durchgaben, die sich irgendwo in der Nähe befand. Niemand wußte wo.

Der weitere Verlauf geriet genauso peinlich wie die Verwicklungen im Warenhaus Glasmagasinet. Die Kollegen im ersten Verfolger-Auto hatten das Taxi jedoch nach ein paar Minuten entdeckt, und die Fahrt ging ohne weitere Umwege weiter, zum Stadtteil Tøyen und zum Munch-Museum.

Die Kollegen gingen wie nach dem Lehrbuch vor. Die beiden ersten, die Kontakt mit dem Objekt bekommen hatten, trennten sich. Einer von ihnen setzte die Verfolgung ins Museum fort, der andere blieb im Auto und berichtete über Funk. Innerhalb von fünf Minuten waren zwei weitere Kollegen da. Einer der Neuankömmlinge betrat das Museum. Sie waren also jetzt zu viert, zwei Mann drinnen und zwei draußen.

Da dies ein trüber Wochentag Anfang Dezember war, hielten sich nur wenige Besucher im Museum auf, und niemand von ihnen ließ spontan an den Nahen Osten denken. Die meisten waren ohne jeden Zweifel gewöhnliche Norweger. Eine Schulklasse kam vorbei.

Der Terrorist kaufte einen Ausstellungskatalog, den er später nur bei einer Gelegenheit öffnete, als wollte er ein Detail nachprüfen. An zwei Stellen hielt er sich besonders lange auf. Erst saß er fast zwanzig Minuten auf einer Bank vor vier frühen Gemälden aus den 1890er Jahren *(Madonna, Der Kuß, Das Mädchen und der Tod* und *Vampir)*. Soweit es sich erkennen ließ, wandte das Objekt seine Aufmerksamkeit ausschließlich den Bildern zu.

Anschließend ging der Mann um die Ecke und widmete einem Bild besonders viel Zeit, das zwar auch Frauen darstellte, jedoch völlig anders. (*Die Mädchen auf der Brücke*, etwa 1927).

An dieser Stelle nahm das Objekt mit einem älteren Herrn Kontakt auf. Es hatte den Anschein, als sprächen sie über das Bild.

Als der ältere Mann kurze Zeit später das Museum verließ, wurde er von den Kollegen fotografiert (und zwei Tage später war er sicher identifiziert; er hieß Germund Braathe, war ehemaliger Reeder, Millionär, lebte zurückgezogen in einer Villa in Østfold außerhalb von Moss).

Möglicherweise nahm der Terrorist auch Kontakt zu einer älteren Dame auf, der er zu Hilfe eilte, nachdem sie ihren Stock verloren hatte. Auch sie konnte später identifiziert werden (pensionierte Oberschwester vom Osloer Zentrum für Kinder- und Jugendpsychiatrie).

Daneben kam es nur noch zu einem weiteren Kontakt, den man ohne weiteres ignorieren konnte; der Terrorist hatte etwas zu einem der Schulkinder gesagt, einem etwa achtjährigen Mädchen.

Das war alles, was sich in zweiundvierzig Minuten ereignete.

Als wollte er seine Verfolger auf den Arm nehmen, spazierte der Terrorist anschließend wieder in die Stadt zurück, statt einen Bus oder ein Taxi zu nehmen. Zwei der Kollegen mußten bei den Autos abwarten, um später nachzukommen. Die beiden anderen nahmen zu Fuß die Verfolgung auf.

Der Terrorist ging ruhig die Tøyengata hinunter, als wäre er auf dem Rückweg in die Stadtmitte. Nach zweihundert Metern blieb er jedoch stehen, verweilte und blickte in den Botanischen Garten zur rechten Hand. Dann bückte er sich und »schnürte den Schuh zu«, und als er sich umsah, konnte er hinter sich nichts anderes als zwei Sicherheitsbeamte gesehen haben, mochten sie auch verschieden großen Abstand halten und auf verschiedenen Straßenseiten gehen.

Danach blickte sich der Terrorist kein einziges Mal mehr um. Er änderte jedoch plötzlich den Kurs und bog nach links in die Hagegata ein. Es sah aus, als wollte er direkt zur U-Bahn-Station Tøyens. Statt dessen bog er aber wiederum in Richtung Innenstadt ab und ging über die Sørligata, Jens Bjelkes Gate und Borggata schnurstracks zu dem neuen Polizeigebäude bei Grønland hinunter.

Als er dort angekommen war, ging er ein Stück die Auffahrt hinauf, betrachtete das Polizeihaus, trat zu einem Schild, auf dem zu lesen stand, daß das düstere Gebäude daneben Oslos altes Kreisgefängnis sei.

Dann kehrte er um und ging ohne stehenzubleiben und ohne sich umzusehen zum Hotel zurück.

Die Kollegen gruppierten sich rechtzeitig vor dem Hotel um. Der Terrorist erschien auf der Karl Johans Gate auf der Seite des Stortings. Aber statt beim Grand Hotel die Straße zu überqueren und sich wie gewohnt die Rolex-Uhren anzusehen, ging er geradeaus weiter, überquerte die Rosenkrantz Gate und ging zu dem kleinen grünen Zeitungskiosk, wo er vier oder fünf norwegische Tageszeitungen kaufte und unmittelbar darauf die danebenliegende rote Telefonzelle betrat.

Roar Hestenes war etwa dreißig Meter entfernt. Keiner der Kollegen befand sich näher an der Telefonzelle. Die Gefahr war groß, daß der Terrorist Hestenes schon früher, nämlich im Warenhaus Glasmagasinet, identifiziert hatte, aber dieses Risiko mußte er eingehen. Der Terrorist wandte ihm den Rücken zu.

Während Hestenes sich näherte, konnte er die Bewegungen zählen, als der Terrorist wählte. Sechsmal, also weder ein Fern- noch ein Auslandsgespräch. Nach kurzer Zeit legte der Terrorist den Hörer auf. Es hatte offensichtlich niemand abgenommen, nachdem er sechs oder sieben Signale abgewartet hatte (jedoch läßt sich eine Nachricht auch dadurch überbringen, daß man das Telefon für Mitteilung A eine bestimmte Zahl von Malen läuten läßt, für Mitteilung B eine andere Zahl).

Der Terrorist begann, eine neue Nummer anzuwählen. Hestenes stand jetzt direkt hinter ihm, weniger als einen Meter entfernt. Aber als Hestenes jetzt versuchte, so um die Telefonzelle herumzugehen, daß er wenigstens einige der Zahlen erkennen konnte, die der Terrorist wählte, bewegte sich der Mann dort drinnen entsprechend, so daß er dem Polizisten ständig die Sicht versperrte.

Das Gespräch war sehr kurz, und Hestenes konnte nicht hören, worum es ging, aber er hörte etwas auf schwedisch, was sich wie eine Bestätigung der Uhrzeit, 16.30, anhörte.

Kurz vor Ende des Gesprächs wandte sich der Terrorist hastig und überraschend um, und zum zweitenmal an diesem Tag sahen sich die beiden Männer direkt in die Augen. Und diesmal gab es keinen Zweifel. Der Terrorist lächelte und winkte Hestenes langsam und ironisch zu, legte auf, drängte sich hinaus und ging auf den Hoteleingang auf der anderen Straßenseite zu.

Danach wurde es womöglich noch peinlicher. Der Terrorist holte sein Gepäck aus dem Hotel und nahm unmittelbar darauf ein Taxi nach Fornebu, wo er seine Pilotentasche aufgab, die Plastiktüte mit den Strohblumen jedoch als Handgepäck bei sich behielt (die Tasche enthielt unter anderem neben Unterwäsche zum Wechseln zwei Extra-Hemden, Toilettenartikel, eine Kupferkasserolle mit Deckel, ein pro-palästinensisches Flugblatt in norwegischer Sprache sowie einen liniierten Schreibblock der Größe DIN-A-4 mit rund zwanzig handbeschriebenen Seiten voller Aufzeichnungen über Ereignisse in Afghanistan; das alles wurde nach dem üblichen Streit mit den Zollfahndern fotografiert, der der Frage galt, wer in Fornebu eigentlich das Sagen hatte, und auch diese Fahndungsaktion ergab nichts, was auch nur den geringsten Wert besessen hätte, und zu dieser Zeit erwartete das auch niemand mehr).

Der Terrorist ging dann eine Treppe hinauf, flanierte an der Cafeteria vorbei und betrat das fast leere Restaurant. Die Lunchzeit war längst vorbei, und für das Abendessen war es noch zu früh. Er setzte sich ganz hinten hin und behielt den einzigen Eingang des Restaurants im Auge. Er blieb eine Stunde und sechsundzwanzig Minuten sitzen, wobei er die Zeitungen las und Meereskrebse in Curry aß, die nach einem orientalischen Rezept zubereitet waren. Er trank Farris, ein Mineralwasser.

Die Sicherheitsbeamten hatten weitgehend resigniert. Das erste Team hatte Kaffee und Smörrebröd bestellt, was in einem Restaurant eine auffallend bescheidene Bestellung war, überdies eine Mahlzeit, deren Einnahme kaum mehr als eine halbe Stunde dauern konnte. Danach wurden sie von zwei Mann der Reservegruppe abgelöst.

Der Terrorist hatte den Flug nach Stockholm für die Maschine um 16.30 Uhr gebucht. Er blieb ruhig bis 16.15 Uhr sitzen und ging erst dann zur Paßkontrolle (in der Transithalle kaufte er fünf Minuten später eine Flasche Johnny Walker Black Label und zehn Schachteln amerikanische Zigaretten; nahm keinen sichtbaren Kontakt auf, sprach mit niemandem).

Auf dem Weg aus dem Restaurant faltete er jedoch das Blatt *Verdens Gang* auseinander. Die anderen Zeitungen hatte er auf dem Tisch zurückgelassen. Und genau in dem Moment, in dem er an Atlefjords Tisch vorbeikam, blieb er stehen und faltete die Zeitung zweimal, bevor er sie den beiden verlegenen Sicherheitsbeamten hinstreckte, sie kurz über den Tisch hielt und schließlich auf die Reste von Atlefjords Smörrebröd fallen ließ.

»Danke für die Begleitung und friedliche Weihnachten«, sagte er, ehe er seinen Weg fortsetzte.

Nur das, nicht ein Wort mehr.

Stöhn, dachte Atlefjord und senkte den Blick auf die Zeitung, um seinem Kollegen nicht in die Augen sehen zu müssen.

Mitten im Zeitungstext hatte der Terrorist mit einem Kugelschreiber eine Passage eingekreist, die sehr richtig davon handelte, daß die israelische Delegation im Lauf des Tages in Oslo erwartet werde und daß ihre Pressekonferenz im Hotel Nobel abgehalten werden solle, wo sie während ihres Oslo-Aufenthalts auch wohnen werde. Hotel Nobel war unterstrichen.

Eine Dreiviertelstunde später hielt Polizeiadjutant Iver Mathiesen im kleinen Konferenzraum des Überwachungsdienstes im dritten Stock des weißen Polizeihauses draußen bei Grønland einen zusammenfassenden Vortrag. Die Atmosphäre war verlegen.

Mathiesen faßte zunächst zusammen, was man tatsächlich wußte. Es war nicht sehr viel. Lediglich beim Besuch im Munch-Museum konnte Mathiesen etwas abschweifen und einen kurzen kunstgeschichtlichen Exkurs machen. Das Interessante an einem Vergleich der drei Frauenbilder aus den frühen 90er Jahren des 19. Jahrhunderts mit dem späteren Bild aus der Zeit um 1920 sei ja, daß die frühen Gemälde eine recht spannende Ambivalenz des Munchschen Frauenbildes verrieten; die Frau sei, wie eines der Gemälde sehr richtig heiße, ein »Vampir«, das heißt Verführerin, böse und eine Versuchung. Das Bild aus den zwanziger Jahren sei demgegenüber fast eine harmonische bürgerliche Idylle. Nun, das gehöre strenggenommen nicht zur Sache.

Interessant seien natürlich der demonstrative Abstecher zum Polizeihaus und noch deutlicher die kaum versteckten Hinweise im weiteren Verhalten des Verdächtigen. Er habe Hestenes zugewinkt und Atlefjord mit der Zeitschrift *Verdens Gang* eine Nachricht zukommen lassen.

Was das Vorhaben des Mannes betreffe, könne man nur feststellen, daß Anfang Dezember niemand auf eigene Kosten per Euroclass nach Oslo fliege, nur um Strohblumen und eine Kupferkasserolle zu kaufen. Da liege die entscheidende, unbeantwortete Frage.

Es bleibe die rein praktische Frage, wie, wann und warum der Mann entdeckt habe, daß man ihn verfolge. Der erste sichere Hinweis darauf sei also von Hestenes gekommen, dem Neuen in der Abteilung. Nun, wie ist es zugegangen?

Es wurde still im Raum. Die sieben Männer sahen Hestenes an, der einen unsichtbaren Ring auf die Tischplatte malte und sich räusperte, bevor er zu antworten versuchte.

Diese Frage sei gar nicht leicht zu beantworten. Der Verdächtige habe sich wie ein x-beliebiger Tourist verhalten. Sein Auftreten sei nicht verdächtig gewesen, er habe sich nicht umgesehen, jedenfalls nicht erkennbar. Wenn er, Hestenes, aber ehrlich sein wolle, müsse er zugeben, daß es nach einer Weile wie ein Spiel gewesen sei. Erst dieses Zuprosten im Glasmagasinet. Und dann habe der Mann in der Telefonzelle sogar gewinkt.

Atlefjord hatte etwa die gleichen Erlebnisse zu vermelden. Was ihn betraf, hatte das Ganze ja sogar mit einer Art scherzhaftem Hinweis auf das denkbare Terroristenziel geendet, mit dieser Zeitung, in der der Name des Hotels im Text unterstrichen worden sei.

Einer der Kollegen vom Erkennungsdienst betrat den Raum und legte Mathiesen ein Papier auf den Tisch. Dieser brauchte nur zehn oder fünfzehn Sekunden zu lesen. Dann lächelte er.

»Also schön. Dieser Bericht kommt kaum überraschend. Den Technikern zufolge befindet sich im Hotelzimmer nicht eine interessante Spur. Soweit sich beurteilen läßt, hat sich außer ihm niemand dort aufgehalten. Alle Flächen sind sorgfältig abgewischt, zu welchem Zweck auch immer. Er mußte doch wissen, daß wir seine Fingerabdrücke schon von der schwedischen Polizei haben. Im Bett nicht einmal ein Haar. Sogar die Zahnputzgläser waren abgewischt. Nun, welche Schlußfolgerungen haben wir daraus zu ziehen?«

Es gab nicht sehr viele Schlußfolgerungen, dagegen eine Arbeitshypothese.

Ein Terrorist war in die Stadt gekommen, um vor einer eventuellen Aktion gegen eine Gruppe israelischer Politiker im Hotel Nobel das Gelände zu sondieren. Aber nachdem er entdeckt hatte, daß man ihn beobachtete, habe er seine Aktion abgeblasen, seinen Überwachern höflich auf Wiedersehen gesagt und das Land verlassen. Das war alles.

Die Kollegen in Stockholm waren aus irgendeinem Grund aufgeregt und wünschten einen ausführlichen Bericht. Polizeifahnder Larsen erhielt den Auftrag, die Berichte der einzelnen Beamten zusammenzufassen und am nächsten Tag einen Gesamtbericht abzuliefern. Die Überwachung des Hotels lief mit verkleinerter Mannschaft weiter.

Mathiesen stand auf, und die anderen gingen zur Tür. In diesem Moment rief er Hestenes zurück. Er nahm seine goldgeränderte Brille ab und ließ sie auf seinem ausgestreckten Zeigefinger pendeln, während er sich in einen der Sessel hinten am Fenster setzte.

Draußen war es dunkel geworden. Die Schwärze des Fjords schnitt wie ein Keil in das glitzernde Licht auf beiden Seiten hinein. Roar Hestenes hatte sich wieder an den Konferenztisch gesetzt und betrachtete die braune, polierte Tischplatte. Der Tisch wirkte wie ein typischer, altmodischer norwegischer Wohnzimmertisch. Merkwürdig, dachte Hestenes, es ist, als wären wir immer noch ein Volk von Fischern und Bauern.

»Nun«, sagte Mathiesen schließlich von seinem Sessel aus, ohne den Blick von seiner Brille zu wenden, die er immer noch auf dem Zeigefinger balancierte. »Nun, was hast du für ein Gefühl?«

»Ich weiß nicht, was ich darauf antworten soll«, erwiderte Hestenes wahrheitsgemäß.

»Ich meine es so: Fühlst du dich verarscht?«

»Ja, das kann ich nicht leugnen. Es war vermutlich meine Schuld, daß er uns entdeckte. Mich hat er wohl zuerst gesehen.«

»Glaubst du, du hast einen Fehler gemacht?«

»Ja, weil er mich entdeckt hat.«

Mathiesen setzte die Brille auf und blickte zu Hestenes hoch. Er lächelte, aber durchaus nicht ironisch. »Du bist ein guter Polizist, Hestenes, das weiß ich. Das ist auch der Grund, warum du bei uns bist, aber ich finde nicht, daß du die Aktion als Mißerfolg ansehen solltest.«

»Manches spricht aber doch dafür, daß wenn er uns nicht entdeckt hätte ...«

»Ja, und was? ›*Der Sicherheitsdienst hat die Aufgabe, allen Verbrechen, soweit sie eine Gefahr für die Sicherheit des Reiches darstellen, vorzubeugen und ihnen entgegenzuwirken*‹ ... und so weiter. Das sind die ersten Zeilen in Paragraph 2 unserer Dienstanweisung. Was heißt das?«

»Also vorbeugen und entgegenwirken ...«

»Jetzt nimm mal an, daß wir eine Bande palästinensischer Terroristen in der Stadt haben. Dann sind sie immerhin so qualifiziert, daß sie ins Land gekommen sind, ohne daß wir, die Israelis oder sonst jemand auch nur den kleinsten Hinweis darauf erhalten haben. Die Erkundung besorgt ein Skandinavier, der sich ungehindert in Oslo bewegt. Ich halte es für einen außerordentlichen Glücksfall, daß du ihn entdeckt hast. Denn wenn die Brüder im Hotel jetzt eine Aktion in Gang gebracht hätten, ja, etwa so, wie du es dir überlegt hast, ich habe nämlich dein kleines Memorandum mit dem Hinweis auf den Weg über das Reisebüro und die Feuerleiter gelesen, nun, was wäre dann passiert?«

»Wir hätten sie vermutlich geschnappt.«

»Erstens, bist du dir dessen sicher? Na ja, nichts wie ran mit der ganzen Anti-Terror-Truppe, mit kugelsicheren Westen und Maschinenpistolen und Tränengas und allem Material, natürlich. Aber um welchen Preis?«

»Du meinst, uns hätte nichts Besseres passieren können?«

»Ohne Zweifel. Geh mal davon aus, daß wir es hier mit sehr viel qualifizierteren Gegnern zu tun hatten als je zuvor in Norwegen, und dabei schließe ich diese verfluchten israelischen Mörder oben in Lillehammer ein. Also, Leute mit jahrelanger Kampferfahrung im Nahen Osten, bewaffnet mit Handgranaten und AK 47, sieben bis acht Mann, die in zwei Gruppen gleichzeitig ins Hotel eindringen. *Wann* hätten wir sie also geschnappt?«

»Du meinst hinterher, wenn es zu spät gewesen wäre.«

»Ja. Versuch dir mal vorzustellen, was das bedeutet hätte.«

»Ja, aber, ich habe mein Objekt doch aus den Augen verloren.«

Mathiesen stand heftig auf und leuchtete fast vor Energie und Irritation – er erinnerte Hestenes plötzlich an den Eislaufstar Hjallis Andersen –, ging zu dem Dokumentenstapel am kurzen Ende des Konferenztischs und zog eine Aufnahme des schwedischen Terroristen hervor. Dann setzte er seinen Weg um den Tisch herum fort und legte das Bild vor Hestenes. Anschließend ging er noch eine halbe Runde um den Tisch, so daß er Hestenes genau gegenüberstand, beugte sich vor und stützte sich mit beiden Fäusten auf.

»Jetzt hör mal zu, Hestenes. Du hast den Drachen zu sehen bekommen, und betrachte das als eine gute Lektion und eine Erinnerung fürs Leben, und sei ja dankbar, daß der Drache dich nicht so unterschätzt hat wie du ihn. Unsere Aufgabe ist es doch, Terrorakten vorzubeugen, und diese Aufgabe haben wir heute glänzend gelöst. Aus diesem

Grund ist es zu keiner Operation gekommen, und geh jetzt in dein Zimmer und schreibe deinen Bericht, damit die Schweden ihn bekommen, und untersteh dich, diesen Tag als Mißerfolg anzusehen.«

Mathiesen blieb in der gleichen Haltung stehen und lächelte still vor sich hin, als Hestenes zu seinem Zimmer trottete. Ein guter Junge, dachte Mathiesen.

Ein paar Minuten später saß Hestenes still in seinem Zimmer, vor sich auf dem Schreibtisch das Foto. Sein Zimmer war klein und trist, mit einer Aussicht auf die Rückseite des Polizeihauses und die Einfahrt zur Tiefgarage mit dem Lieferanteneingang.

Der Mann auf dem Foto sah angenehm aus, ein norwegischer Frischluftfan. Aber, bildete sich Hestenes ein, da gibt es zwei völlig verschiedene Ausdrücke in den Augen dieses Mannes. Wenn man das linke Auge mit der Handfläche zudeckte, bekam das Gesicht einen humorvollen, sympathischen Ausdruck. Deckte man dagegen das rechte Auge zu, sah der Blick eiskalt aus. Dies war also ein Profi, den man nicht mal in einer Stadt wie Oslo verfolgen konnte, ein Profi, der seine Verfolger sogar begrüßte.

Der Drache, dachte Hestenes, ich war dem Drachen so nahe, daß ich ihn beinahe hätte greifen können.

Er blätterte eine Weile, bis er das richtige Formular gefunden hatte, legte das Bild des Drachen beiseite und begann mit der Abfassung eines quälend detaillierten Berichts. Er enthielt unter anderem den Hinweis, daß er am Nachmittag während seines Fahndungsauftrags zweimal entdeckt worden war. Es war nicht angenehm, das hinzuschreiben. Aber Mathiesen hatte vielleicht recht – wenn er sich bei diesem Weinglas im Warenhaus nun *nicht* dem Drachen enthüllt hätte, was hätte dann passieren können?

Es ist wahr, daß die Palästinenser bei ihren Aufträgen hauptsächlich den automatischen Karabiner AK 47 Kalaschnikow verwenden. Roar Hestenes hatte während eines Ausbildungsaufenthalts in der Bundesrepublik Deutschland selbst mit einer solchen Waffe geschossen. Zwanzig Schuß im Magazin, liegt völlig still und ausbalanciert, selbst bei Schnellfeuer aus der Hüfte. Erstaunlich hohe Präzision bei Einzelschüssen und bei Verwendung als Gewehr. Die AK 47 ist eine respekteinflößende, furchtbare Waffe.

Auf der Stuhllehne hinter ihm hing sein Schulterholster mit der Dienstwaffe, einer Smith & Wesson, Kaliber 38, Modell 10.

Er unterbrach das Schreiben und streckte wieder die Hand nach dem Foto mit dem Terroristen aus. Er deckte das humorvolle Auge zu und blickte eine Weile in das kalte Auge.

Es spielt ja keine große Rolle, dachte er, es spielt wirklich keine große Rolle, ob man nun ein guter Polizist oder ein Anfänger bei der Sicherheitspolizei ist, wenn man fünf oder sechs solchen Leuten begegnet und dabei selbst einen Revolver in der Hand hat, während die mit der AK 47 arbeiten.

Er zog die unterste Schreibtischschublade heraus und entließ das Bild in die vermeintliche Vergessenheit. Er schloß die Schreibtischschublade und beendete seinen Bericht für die schwedischen Kollegen.

3

Etwa zur gleichen Stunde, als der stellvertretende Polizeipräsident Axel Folkesson draußen in Djurgården in seinem Wagen starb, erwachte Carl Gustaf Gilbert Hamilton aus einem Alptraum.

Es hatte als vollkommen normale Havarieübung in dem achtzehn Meter tiefen Tauchtank in Karlskrona begonnen. Er war auf der roten Leiter in die Tiefe gestiegen, und als er unten auf dem Grund angelangt war, nahm er das Mundstück ab, zwängte sich aus dem Preßluftgerät, blies anschließend ein Viertel der Luft aus den Lungen, um beim Auftauchen durch die Druckveränderung keinen Lungenriß zu bekommen, und begann mit dem langsamen Aufstieg in dem schimmernden Licht des 35 angenehme Grad warmen Wassers.

Wenn man die Zehn-Meter-Marke erreicht hat, braucht man sich normalerweise keine Mühe mehr zu geben, sondern treibt automatisch nach oben; wenn man ertrinken will, wie die Ausbilder sich auszudrücken pflegten, muß man es immer in einer Tiefe unter zehn Metern tun, wenn der Wasserdruck den Körper hinunterpreßt, sonst treibt man nach oben.

Als er die Zehn-Meter-Marke erreichte und sich nach oben treiben lassen wollte, wurde das Wasser plötzlich kalt, und die acht starken Scheinwerfer im Tank erloschen gleichzeitig, während der Druck ihn nach unten zu saugen begann. Er passierte die Achtzehn-Meter-Marke, wo sich soeben der Boden befunden hatte und wo die erst rote, dann grüne, dann schwarze und schließlich weiße Leiter endete; der Boden löste sich in Dunkelheit auf.

Anfänglich machte er den Versuch, jede Panik zu vermeiden. Der Druck wurde aber stärker, und er sank unerbittlich und immer schneller in die Tiefe und war jetzt in einem dicken, mit Wasser gefüllten Rohr auf dem Weg in die Unterwelt, ohne den Ablauf der Ereignisse steuern oder beeinflussen zu können, und der Druck auf das Trommelfell ließ sich nicht mehr ausgleichen, dazu sank er viel zu schnell, und der Druck auf die Gesichtsmaske wurde allmählich so stark, daß das Plexiglas an den Augenbrauen und Wangenknochen anlag und die Augen nach innen und zur Seite gedrückt wurden, so daß er immer weniger sehen konnte; alles wurde schwarz, und als ihm aufging, daß er nicht überleben würde, kam die Panik.

Er wachte auf. Er hatte sich in den Laken verheddert und ein Kissen auf dem Kopf. Er brauchte ein paar Sekunden, um den Zusammenhang zu erkennen. Seit der Kindheit hatte er keine Alpträume mehr gehabt.

Er schleuderte die Bettwäsche mit einem Ruck zur Seite, richtete sich auf und stellte fest, daß er schwer und kurzatmig Luft holte, als befände er sich noch immer im Tauchtank in Karlskrona.

Jetzt reicht's aber, verdammt noch mal, sagte er sich, ging ins Badezimmer und stellte die Dusche auf Kalt.

Er keuchte unter dem Wasserstrahl. Er hatte kaltes Wasser schon immer verabscheut, zwang sich aber, ruhig stehenzubleiben, als wäre es eine Strafe, was es strenggenommen auch war. Jetzt muß endlich Schluß sein mit diesen Dummheiten.

Er stieg aus der Dusche und strich sich mit beiden Handflächen das Haar zurück, trat vor den Badezimmerspiegel und betrachtete kurz seine leicht blutunterlaufenen Augen. Zum erstenmal in seinem neunundzwanzigjährigen Leben machte ihn sein eigener Anblick entschieden mißvergnügt.

Er rasierte sich ruhig, sorgfältig und besonders lange. Dann ging er ins Wohnzimmer, stellte sich nackt mitten auf den Fußboden und sah sich um. Sein Körper hatte schon zu trocknen begonnen, aber es tropfte noch immer auf das dunkle Eichenparkett. Was er um sich herum sah, bekräftigte ihn nur in seiner stillschweigenden Abmachung mit sich selbst, in gewisser Hinsicht ganz entschieden die Lebensführung zu ändern. Es roch nach Rauch, nach verbrauchter Luft und nach Parfum. Unter Aschenbechern und Weingläsern auf dem Couchtisch neben ihm fand er eine mit Lippenstift geschriebene verschmierte Nachricht. Er las sie nicht; das unbeholfen gemalte Herz, das die Nachricht abschloß, genügte ihm. Da stand, sie müsse früh gehen, um ihr Kind im Heim abzugeben, was offenbar bei vielen schwedischen Müttern der Fall war. Wie schön, daß sie gegangen war.

Er überlegte, ob er die Wohnung jetzt sofort und ein für allemal aufräumen sollte, aber dann ging ihm auf, daß er sich schon jetzt verspätet hatte. Er ging zum Fenster und öffnete es. Die feuchte Kühle hüllte ihn sofort in eine weitere ernüchternde Strafe ein. Es schneite. Schwere, nasse, große Flocken, und direkt unter ihm lag schon eine mehrere Zentimeter dicke Schicht auf Sankt Georg und dem Drachen.

Etwa eine Viertelmillion Einwohner Stockholms sind alleinstehende Männer. Unter ihnen würde es kaum einen geben, der Carl Hamilton nicht um seine Wohnung in Gamla Stan, der Altstadt, mit Sankt Georg und dem Drachen unter dem Fenster und der herrlichen Aussicht auf Hausdächer und das Wasser des Strömmen beneiden würde.

Überhaupt hätten die meisten Männer Carl Hamilton beneiden können. Erstens war er reich. Außerdem war er auf besonders bequeme Art reich geworden. Vor sieben Jahren, bevor er ins Ausland gegangen war, hatte er Aktien im Wert einer guten halben Million geerbt. Er hatte einen Schulfreund, der bei der Börsenmaklerfirma Jacobson & Ponsbach so etwas wie ein Lehrling war, gebeten, sich um die Papiere zu kümmern, was dieser mit Nachdruck getan hatte – und zwar genau in jenen fünf Jahren, in denen die Aktienkurse an der Stockholmer Börse wie Raketen stiegen, Tag für Tag, Woche für Woche, Monat für Monat, Jahr für Jahr. Er selbst hatte sich nicht näher dafür interessiert, aber bei der Heimkehr entdeckte er, daß er mehrfacher Aktien-Millionär geworden war. Aber da er schon immer eine Abneigung gegen Aktien und Spekulationsgewinne gehabt hatte, verkaufte er sofort und verwandelte das Geld in Staatsanleihen und ein paar Immobilien. Und jetzt, ein paar Jahre später, stellte sich heraus, daß er gerade rechtzeitig verkauft hatte, bevor die Aktienkurse in den Keller gingen. Dafür waren die Immobilienpreise in die Höhe geschossen. So war er noch einmal mehrfacher Millionär geworden und wohnte daher so, wie er wohnte.

Außerdem war er ein ziemlich gutaussehender Mann, ehemaliger Handballspieler, ehemaliger Quarterback in einer amerikanischen Football-Universitätsmannschaft und überdies mit einem Grafentitel versehen, mit einer vollständigen Ausbildung in allen Regeln der Etikette, guten Manieren also, war Reserveleutnant der Marine und er hatte einen MA in Staatswissenschaft und elektronischer Datenverarbeitung von der University of Southern California; nach dem Ableben des Radikalismus der sechziger und siebziger Jahre und nach den Wertvorstellungen der neuen Zeit konnte man ihn ohne jede Ironie als einen *Offizier und Gentleman* bezeichnen. Er teilte diese Wertvorstellungen zwar nicht, auch wenn die fünf seltsamen Jahre in den USA sämtliche Voraussetzungen seines Lebens verändert hatten.

Dennoch hatte er sein Leben noch nie für so verfehlt gehalten wie jetzt, als er in seinem Wohnzimmer stand und durch die Dunkelheit auf das Wasser des Strömmen blickte, zu einem hell erleuchteten Schiff in der Ferne, falls man diese schwimmenden Hochhäuser im Finnland-Verkehr als Schiffe bezeichnen kann.

Die Kälte vom offenen Fenster her begann zu schmerzen. Er schloß es und kleidete sich rasch mit völlig neuen Kleidern an, übersprang den Frühstückskaffee und ging ins Schneetreiben hinaus.

Der Wagen stand nicht auf dem gewohnten Platz vor der Telegraphenstation gegenüber dem Königlichen Schloß. Er sah einen Augenblick auf seine nassen Halbschuhe hinunter und überlegte, ob er nach Hause gehen und ein »Bitte-warten-Sie« rufen sollte. Aber dann ging er mit unterdrückter Wut auf die Ström-Brücke zu, wobei ihm der Schneematsch um die Füße spritzte; er machte sich nicht einmal die Mühe, vorsichtig zu gehen. Der Wagen stand da, wo er ihn zwar erlaubterweise, aber doch unüberlegt vor dem Café Opera hatte stehen lassen. Dicker Schnee auf den Scheiben, kein Kratzer am Wagen. Er zog einen in Kunststoff eingeschweißten Ausweis mit dem kleinen Reichswappen aus der Tasche und kratzte die Scheiben frei. Hier würde er den Wagen künftig nicht mehr parken.

Auf der Fahrt zur Insel Kungsholmen schlitterte und rutschte er im Schneematsch hin und her. Amerikanische Wagen sind für skandinavische Winter nicht geeignet, und dieser Wagen mußte endlich verkauft werden. Das war ein weiterer Beschluß, an dem festgehalten werden mußte. Alle Beschlüsse des Tages mußten endgültig sein. Er hatte den Wagen aus Kalifornien mitgebracht, und anfänglich hatte das schwedische Nummernschild auf dem blauen kalifornischen Schild gesessen, so daß man den Text »The Golden State« immer noch lesen konnte. Das war nicht nur kindisch; es war eine weitere dieser völlig regelwidrigen Indiskretionen, mit denen er sich umgab, ein stummer, aber alberner Protest gegen den Job, in dem er vorübergehend gelandet war. »Vorübergehend« – das war jetzt zwei Jahre her. Der Job war wahrlich nicht das geworden, was er sich einmal vorgestellt hatte.

Auf Norr Mälarstrand wurde der Verkehr stärker. Die Straßenverwaltung hatte vor kurzem ein schwer durchdringliches Dickicht aus Zementblöcken an bestimmten strategisch berechneten Stellen aufgestellt, um unter den Autofahrern, die jeden Morgen und Abend gezwungen waren, über Kungsholmen zu fahren, so viel Irritation zu erzeugen, daß sie – so hatte sich die Stadtverwaltung das tatsächlich gedacht – aus Überdruß oder Zorn das Autofahren aufgeben und statt dessen mit Bus oder Bahn in die Stadt fahren würden.

Es dauerte fast zehn Minuten, die Verkehrsampel an Kungsholms Torg zu erreichen. Carl grübelte weiter über sein verpfuschtes Leben und seine guten Vorsätze, sich künftig zu bessern, nach.

Sie hatten ihn schon während seines Wehrdienstes angeworben, noch als er zum Marinetaucher ausgebildet wurde. Das war jetzt mehr als acht Jahre her. Er war damals politisch radikal gewesen oder, um es ohne Umschreibungen zu sagen – denn »radikal« war er ohne Zweifel auch jetzt noch –, Kommunist und Mitglied der Studentenorganisation Clarté, die sich seit einer Reihe von Jahren hauptsächlich auf »Marxismus-Leninismus-Maoismus« stützte, eine Phrase, die sich für alles verwenden ließ.

Das war ganz am Ende der politischen sechziger Jahre gewesen, das heißt ein paar Jahre nach dem Sieg Vietnams und der Befreiung Saigons 1975. Clarté hatte ihren besonders überzeugten Genossen die Aufgabe gestellt, die Streitkräfte zu unterwandern.

Was eigentlich damit gemeint war, blieb etwas unklar, aber es ging keineswegs um irgendwelche traditionellen pazifistischen Absichten, sondern die Idee lief vielmehr darauf hinaus, möglichst viele Genossen in möglichst vielen wichtigen Positionen in der Armee unterzubringen.

Das Ganze wurde damit erklärt, daß man diese politisch bewußten Genossen in der Stunde der Gefahr brauchen werde – nämlich beim Angriff der sozialimperialistischen Supermacht –, damit sie defätistische und landesverräterische, das heißt mitläuferisch prosowjetische Tendenzen bekämpfen könnten. Die bürgerliche Armee sei in nationaler Hinsicht nämlich nicht ganz zuverlässig.

Es darf nicht erstaunen, daß weder der Sicherheitsdienst der Streitkräfte noch die Sicherheitspolizei je begreifen konnten, welche

Absichten hinter dieser minimalen Links-Unterwanderung steckten. Bei den Sicherheitsdiensten saßen die Experten für die politische Linke und rauften sich die Haare, weil sie aus dieser neuen kommunistischen Variante nicht schlau wurden. Man neigte zu der Ansicht, das Ganze sei eine Art Trick.

Die sogenannten Fachleute in der Sicherheitsabteilung der Reichspolizeiführung (»Säpo«) hatten sich hartnäckig in den Kopf gesetzt, daß es sich um die Vorbereitung eines Staatsstreichs handelte: Wenn genügend Clartéisten die Streitkräfte unterwandert hätten, würden Heer, Luftwaffe und Marine unter roten Fahnen und dem klingenden Spiel des Musik-Korps der Roten Armee auf Stockholm marschieren.

Carl Hamilton, neuerdings wenigstens nach außen hin Offizier und Gentleman, lächelte über diese Erinnerungen, und damit lächelte er an diesem Tag zum ersten und einzigen Mal.

Die Anwerbung hatte im Monat März stattgefunden, ganz zu Anfang seiner Ausbildung zum Marinetaucher. Zu dieser Zeit fährt der auszubildende Jahrgang von Berga nach Karlskrona hinunter, um sich zum erstenmal mit dem Tauchtank bekanntzumachen und um ein paar grundlegende Dinge zu üben, die mit dem Aufstieg aus einer Taucherglocke, mit Atemtechnik und derlei zu tun haben.

Hoch oben in dem Turm, der den eigentlichen Tauchtank umschließt, ist es ziemlich eng. Der Übungsleiter sitzt auf einer Art Katheder nahe der Decke, und die Wehrpflichtigen schaukeln auf der Wasseroberfläche darunter wie Entenkinder, während drei Ausbilder die verschiedenen Tauchphasen vor dem Üben mit der Taucherglocke erläutern. Es folgen Einzelübungen in verschiedenen Tiefen, und ein Arzt kontrolliert, daß jeder nach dem Aufsteigen noch volle Kontrolle über seine körperlichen Funktionen hat. Schon in einer Tiefe von sechzig Zentimetern kann es auf höchst unerwartete Weise zu einem Lungenriß kommen. Ein Lungenbläschen platzt, und eine Luftblase saust durch den Blutkreislauf und bleibt irgendwo im Gehirn hängen. Wenn man Glück hat, bleibt das Luftbläschen dort und blockiert so nur den Tastsinn eines Fingers, so daß man es nach ein paar Stunden in der Druckkammer ohne Schwierigkeiten wegdrücken kann. Hat man Pech, bleibt das Luftbläschen unverrückbar mitten im Sprechzentrum.

Carl fühlte sich während der Übung merkwürdig beobachtet. Auf einem kleinen hölzernen Podium saß ein Mann von etwa fünfundfünfzig Jahren, der hier keine vernünftige Aufgabe zu haben schien, auch wenn ihn die jüngeren Ausbilder mit einer Mischung aus Selbstverständlichkeit und Respekt vor einem Vorgesetzten behandelten.

Am zweiten und letzten Übungstag saß er nicht mehr dort.

Während einer der letzten Übungen behauptete der Arzt, bei Carl seien im einen Auge einige kleine Blutgefäße geplatzt. Es sehe nicht gut aus, man müsse eine Kontrolluntersuchung vornehmen. Carl wurde in ein Krankenrevier beordert, während die anderen sich ankleideten, um nach Stockholm und zu ihrem Wochenendurlaub zurückzukehren.

Das Krankenrevier war leer. Man führte ihn in ein Zimmer, in dem seine Kleidungsstücke lagen. Er zog sich an, etwas beunruhigt, weil es irgendwo in ihm, obwohl er nichts spürte, trotz allem einen Defekt geben konnte, aber eine Spur mehr irritierte ihn, daß ein Wochenende zerstört zu werden drohte.

Nach einiger Zeit erschien ein Fregattenkapitän und bat ihn mitzukommen. Sein Urlaub sei aufgrund der Krankmeldung gestrichen; er sei aber nicht krank und brauche sich nicht zu beunruhigen. Sie würden zu einer kurzen Reise aufbrechen. Eine weitere Erklärung erhielt Carl nicht.

Der Fregattenkapitän fuhr ihn in einem Zivilwagen anderthalb Stunden nach Süden, während sie sich über die Ausbildung unterhielten, über die Zukunft der Marine, die Schlacht bei Trafalgar und andere offenkundige Belanglosigkeiten. Als die Provinz Blekinge zu Ende ging, folgten sie der Küste ein Stück nach Süden, durch Österlen, wo Schonen so aussieht, wie Schonen auf Bildern auszusehen pflegt, mit weichen, wogenden Hügeln, die zu dem blauen Meer hin abfallen. Es war März, und der Frühling war ungewöhnlich früh gekommen. Als sie sich Kivik näherten, war die Landschaft in Nebel gehüllt. Sie bogen von der Straße ab und fuhren zu einer kleinen Apfelplantage, und der Mann von dem Holzpodium oben im Tauchtank kam ihnen mit einer kräftigen Gartenschere in der Hand entgegen.

So begegnete Carl zum erstenmal dem Alten. Er hatte jedenfalls nie aufgehört, die Abkürzung so zu deuten, auch wenn »D. A.« nie anders als DA genannt wurde. DA war seit ein paar Jahrzehnten Leiter des geheimen Teils des militärischen Nachrichtendienstes.

Jedoch – seit den Presseskandalen vor einigen Jahren war durchaus zweifelhaft, ob man diesen Nachrichtendienst noch als »geheim« bezeichnen konnte. Die Genossen bei der Zeitschrift *Folket i Bild/Kulturfront* hatten ja sowohl DA wie einen großen Teil seiner Mitarbeiter beim Nachrichtendienst in ganzen Serien ausführlicher Porträts vorgestellt; die Verwicklungen um diese Affäre hatten damit geendet, daß ein paar Genossen von der Zeitschrift ins Gefängnis gingen, während die Regierung versicherte, an dem, was in der Zeitschrift gestanden habe, sei kein wahres Wort, und im übrigen sei es nicht üblich, daß der neue Nachrichtendienst linksgerichtete Organisationen verfolge, und auf jeden Fall habe er völlig andere Direktiven. Sollte es dennoch dazu gekommen sein, dann versehentlich, und im übrigen seien diese Fälle verjährt oder Ausnahmen, die sich künftig nicht wiederholen würden.

Und jetzt stand also Carl Hamilton, zweiundzwanzig Jahre alt und noch immer Mitglied der Clarté, auf der Terrasse des offiziell pensionierten Alten mit einem Glas hausgemachten Apfelweins in der Hand. Der Fregattenkapitän hatte sich zurückgezogen.

DA ähnelte seinen Fotos, sah aber in Farbe und Wirklichkeit und in dreidimensionalem, beweglichem Bild eher wie ein pensionierter Apfelpflanzer aus als wie der Chef oder ehemalige Chef des geheimsten Teils des militärischen Nachrichtendienstes. Pensioniert oder nicht, er war im Dienst. Denn auf dem Marmortisch auf der Terrasse lag eine Mappe, die rund fünfzig DIN-A-4-Bögen in Maschinenschrift zu enthalten schien. Auf der Mappe standen Carls Name und seine Personennummer.

DA erzählte eine Weile von seiner radikalen Jugend und seiner einfachen Herkunft, die sich ja von der Carl Hamiltons ganz wesentlich unterscheide. Und weil er aus guten Gründen davon ausgehen konnte, daß Carl alles las, was in *Folket i Bild/Kulturfront* über den Nachrichtendienst stand, dieses ganze Zeug von einer »sozialdemokratischen Spionageorganisation« und so weiter, nahm DA diesen Besuch jetzt zum Anlaß, ein paar Dinge richtigzustellen.

Alle Nachrichtendienste oder Sicherheitsorgane der ganzen Welt, welchem politischen System sie auch dienten, hätten hauptsächlich ein einziges Problem gemeinsam. Man laufe Gefahr, einen so einheitlichen Mitarbeiterkreis zu schaffen, das heißt politisch einheitlich, daß das Blickfeld verengt werde. In Westeuropa sei vor allem typisch, daß die Nachrichtendienste von konservativen Offizieren beherrscht würden, die im Fall Schwedens einen moskautreuen Kommunisten kaum von einem Mitglied des sozialdemokratischen Jugendverbands unterscheiden könnten, oder die im Fall der Bundesrepublik Deutschland unfähig seien, irgendwelche Nuancen zwischen der Baader-Meinhof-Bande und dem sozialdemokratischen Kulturbund zu erkennen, von den homosexuellen Eton-Boys in Großbritannien und deren ständigen Mißgriffen ganz zu schweigen.

Diese Homogenität führe nicht nur zu mangelnder Effizienz, sie sei überdies unangebracht und sogar gefährlich. In Schweden wolle man nun versuchen, eine etwas gemischtere Gesellschaft zu schaffen, und zu diesem Zweck habe man etwa die Hälfte der Mitglieder aus dem Offizierskorps rekrutiert und die andere Hälfte bei verschiedenen Organisationen der Arbeiterbewegung angeworben. Er, DA, habe persönlich die meisten dieser Anwerbungen verantwortet.

Im Augenblick bestehe die Gefahr, daß diese Strategie zerschlagen werde. Die neue bürgerliche Regierung habe es sich in den Kopf gesetzt, daß konservative Offiziere die einzige national garantiert zuverlässige Bevölkerungsgruppe des Landes seien, und man habe die Skandale der alten Nachrichtendienst-Affäre ausgenutzt, um so den neuen Dienst zu militarisieren, was die Organisation schwerfällig gemacht habe. Und jetzt kämen wir der Sache also etwas näher.

DA zeigte mit dem Daumen auf Carls Mappe vor sich und erklärte, da er trotz allem noch einen gewissen Einfluß auf den ganzen Laden habe, habe er auch die Absicht, seine eigene Anwerbungspolitik fortzusetzen und gelegentlich den einen oder anderen vernünftigen Mann einzuschleusen.

Er klappte die Akte auf und holte Carls vierzehn Tage alten Antrag heraus, nach abgeschlossener Grundausbildung zum Marinetaucher an der Seekriegsschule mit der weiteren Ausbildung zum Reserveoffizier der Marine zu beginnen. Hier, sagte der Alte und schlug mit dem Daumen wieder aufs Papier, hier haben wir, wie ich glaube, einen geeigneten Offizier gefunden, der zwar nicht durch und durch konservativ ist, aber aus einer fast verdächtig guten Familie kommt.

Carl war sprachlos. Er versuchte sich einzureden, daß alles nur ein Scherz sei, irgendein subtiler militärischer Test seiner Zuverlässigkeit oder was auch immer, aber wahr könne es nicht sein.

Es klang vollkommen unsinnig. Der Nachrichtendienst hatte es sich unter anderem zur Aufgabe gemacht, alle möglichen Organisationen zu unterwandern, angefangen bei gewöhnlichen ehrlichen FNL-Gruppen vom Lande bis hin zu radikalen Studentenorganisationen, unter denen natürlich auch die Clarté war; der Nachrichtendienst hatte persönliche Daten schwedischer Palästina-Aktivisten an Israel verkauft, er hatte »gewerkschaftliche Unruhestifter« gejagt und die Mitglieder aller verdächtigen Organisationen wie der Clarté registriert, als wären sie irgendwelche potentiellen Landesverräter. Oder etwa nicht? Ging man jetzt tatsächlich und ernsthaft davon aus, daß Carl so ohne weiteres in diesen Geheimdienst hineinspazieren würde, wenn man ihn nur riefe?

DA verlor weder die Geduld noch die Beherrschung. Er hielt einen langen Vortrag.

Erstens enthielten diese überall herumschwirrenden Pressemeldungen über die sogenannte Unterwanderung mehr als nur eine Halbwahrheit. Zweitens müsse man sich klarmachen, daß dieses Blatt *Folket i Bild/Kulturfront* nur die Bereiche der nachrichtendienstlichen Tätigkeit beschrieben habe, gegen die man protestieren wollte. Das sei an und für sich so sympathisch wie verständlich. Das Ergebnis sei aber unglücklicherweise ein grotesk verdrehtes Bild der Arbeit insgesamt.

Der Nachrichtendienst sei ein wichtiger Teil der Landesverteidigung, und seine Hauptaufgaben bestünden wahrlich nicht darin, Leute zu registrieren, die vor den staatlichen Schnapsläden mit Sammelbüchsen klapperten. In der operativen Abteilung habe es zwar einige solcher Aktivitäten gegeben, aber dabei habe man in erster Linie das Ziel verfolgt, die Operateure beschäftigt zu halten (hier hörte Carl zum erstenmal das Wort »Operateur«).

Die einzige wesentliche Aufgabe des Nachrichtendienstes bestehe darin, als eine Art Fühler des Landes zu arbeiten und Kenntnisse über militärische oder paramilitärische Tätigkeiten zu erwerben, die sich gegen Schweden richteten oder richten könnten. Wie gesagt.

Und jetzt sei man dabei, die Abteilung neu aufzubauen, jetzt würden Teile der militärischen Führung sowie die regierende bürgerliche Koalition Militärs vorgerückten Alters in die Organisation einschleusen. Das sei nicht gut.

Und gerade bei der Schaffung einer neuen Generation von Operateuren gebe es ein spezielles Problem. Die Achillesferse der früheren Organisation sei zugegebenermaßen der Mangel an kompetenten Operateuren gewesen. Es gebe in Schweden keine geeigneten Ausbildungsmöglichkeiten, und hätte es sie gegeben, hätte das übrigens nur direkt zu Beschwerden beim Justiz-Ombudsmann und bei der Zeitung *Expressen* und zu nationalem Wehgeschrei über ungeeignete und häßliche Methoden sowie zu anderem geführt, was der neuen Organisation nicht gerade zum Vorteil gereicht hätte.

Aber hier haben wir doch einen angehenden Reserveoffizier, nicht wahr? Nun, dann sei es vielleicht an der Zeit, den Vorschlag zu konkretisieren.

Es geht also um die Funktion als Operateur in der neuen, künftigen Organisation. Dafür gebe es in Schweden keine geeignete Ausbildung, und die werde es aus den genannten Gründen auch nicht geben können. Es gebe aber eine sehr konkrete Möglichkeit, nämlich folgende.

Carl werde ein Stipendium für eine Ausbildung in Staatswissenschaft und Datentechnik an der University of Southern California erhalten, und zwar bei einer Fakultät außerhalb von San Diego. Die Ausbildungszeit werde normalerweise mit drei bis vier Jahren veranschlagt. Alles werde vom Verteidigungsministerium bezahlt, obwohl es sich offiziell um ein gewöhnliches amerikanisches Universitätsstipendium für begabte ausländische Studenten handele. Carl werde mit seiner Universitätsausbildung zeitlich jedoch erheblich ins Hintertreffen geraten. Dafür werde man ein gewisses Verständnis haben, etwa wie bei bestimmten Spitzensportlern.

Man werde ihn nämlich für eine etwas kompliziertere Ausbildung bei einer Spezialschule der US-Navy und des FBI in San Diego einschreiben lassen. Hier gebe es die vermutlich beste Ausbildung von Operateuren in der ganzen Welt, zumindest jedoch der westlichen Welt. Das Angebot umfasse bis auf weiteres beide Ausbildungen.

Und mit einem nur einmonatigen Aufbaukurs an einer gewöhnlichen amerikanischen Militärakademie werde Carl seine ganze Ausbildungszeit in San Diego auf die vorgeschriebenen drei Jahre an der Seekriegsschule angerechnet bekommen. Man brauche nur ein wenig zu schummeln. Also, Carl werde mit einer Universitätsausbildung und gleichzeitig mit dem Patent eines Reserveoffiziers nach

Hause zurückkehren. Außerdem habe er ja noch immer die Möglichkeit abzuspringen. Man könne niemanden zum Nachrichtendienst zwingen, jedenfalls nicht in Schweden. Man könne jedoch bestimmte Angebote machen. Die endgültige Entscheidung brauche zudem erst in fünf Jahren zu fallen.

Das Angebot schien glänzend. Was die mehr als vierjährige Ausbildung zu einem *field operator* eigentlich bedeutete, davon hatte Carl nichts weiter als filmromantische Phantasievorstellungen. Auf schwedisch hörte sich das in den Worten des Alten völlig unschuldig an: »Operateur«.

Es war eine stark geschönte Umschreibung.

Fünf Jahre lang und zu Kosten von gewiß ein paar Millionen hatte Carl zwischen einem gewöhnlichen Studentenleben von ein paar Tagen pro Woche und einem geheimen Leben in San Diego hin- und hergependelt und eine umfassende Ausbildung bekommen: Wohnungseinbrüche, Einbrüche in Autos, Verfolgung mit Auto, Verfolgung ohne Auto, Lauschoperationen, Fotografieren mit Teleobjektiven, Tarnung und Maskierung, Funker-Ausbildung, Austausch von Mitteilungen, Sabotage, angefangen beim Sprengen von Automobilen bis hin zu der Kunst, ganze Kraftwerke auszuschalten, Ausbildung im Umgang mit osteuropäischen Handfeuerwaffen, mit westeuropäischen, israelischen und amerikanischen Handfeuerwaffen, mit Gewehren, automatischen Karabinern, Granatwerfern, dem Granatengewehr RPG, Infrarot-Zielfernrohren, Ausbildung im Häusernahkampf, Nahkampf im Gelände, Nahkampf im Dunkeln mit und ohne Feuerwaffen oder mit Messern, und all dies immer und immer wieder, vorwärts und rückwärts, und das Ganze fünf Jahre lang; kurz, eine gediegene Grundausbildung in allem, nur nicht im Zögern und in christlicher Ethik – ideal für einen *field operator*.

Außenstehenden hatte er nie etwas davon erzählt, nicht nur, weil dies alles natürlich mit strengster Geheimhaltung belegt war und weil man ihn als Ausländer besonders ermahnt hatte, keinen Skandal auf sich zu ziehen und der Ausbildungseinheit keine Schande zu machen, sondern vielleicht eher, weil er – abgesehen von den reinen Schießübungen – so etwas wie ambivalente Scham empfand.

Er war ja einmal Sportler gewesen; vielleicht hatten seine Gefühle etwas mit diesem Hintergrund zu tun. Als er zum erstenmal nach

San Diego kam, bestand seine körperliche Identität darin, daß er Marinetaucher der schwedischen Marine war, was völlig normal und anständig ist, und daß er zudem ein Handballspieler war, der in einer Mannschaft der höchsten schwedischen Spielklasse spielte. Handball ist ein hartes Spiel mit viel Körperkontakt, mit harten Zusammenstößen und einem gelegentlich intensiven Kampf mit einem fließenden Regelsystem, bei dem das Kriminalitätsniveau von Spiel zu Spiel ein wenig verschoben wird, je nachdem, was auf dem Spiel steht oder wer gerade Schiedsrichter ist. Es ist jedoch ein Spiel ebenbürtiger Gegner, und man kann nicht mogeln.

Der größte Teil der Ausbildung eines *field operator* ist in sportlicher Hinsicht jedoch Mogelei. Die Gegner haben selten auch nur die kleinste Chance.

Während die fünf Jahre in San Diego in Carl für den Rest seines Lebens Spuren hinterließen, während jedes Detail all dieser Regelverstöße so eingeübt worden war, daß es zu einem automatischen Reflex wurde, versuchte er gleichzeitig, alles aus seinem Bewußtsein zu verdrängen. Gelegentlich trieben die Erinnerungsbilder wie stumme Eisschollen vorüber. Er hatte nie jemandem etwas erzählt. Er war unerschütterlich loyal gewesen.

Und jetzt konnte man dennoch der Meinung sein, alles sei vergeudete Zeit gewesen. Denn bei seiner Heimkehr nach Schweden wartete kein Posten in dem neuen Nachrichtendienst auf ihn, sondern etwas, was der Alte entschuldigend »vorläufigen Dienst in Erwartung neuer Richtlinien« nannte, was im großen und ganzen ein Warten auf neue politische Komplikationen bedeutete. Erst hatte die neue bürgerliche Regierung mit dem jungen waffenverrückten Staatssekretär der Konservativen an der Spitze den Nachrichtendienst militarisiert, dann hatte die nachfolgende sozialdemokratische Regierung in hartem Kampf mit der Gewerkschaft in den Streitkräften versuchsweise Umbesetzungen vorgenommen, die jedoch zwangsläufig auf die Streitkräfte beschränkt blieben, und jetzt seien alle Posten besetzt, wie es hieß, und da Schweden nun mal Schweden ist, so sind auch Angehörige des Nachrichtendienstes durch verschiedene gewerkschaftliche Bestimmungen und Kündigungsschutzgesetze gesichert, die darauf hinauslaufen, daß jeder lebenslänglich angestellt ist, wenn er es erst mal geschafft hat, einen Vertrag zu ergattern.

Die militärische Führung hatte den Spezialrekruten des Alten mit einer gewissen Skepsis betrachtet, obwohl die auf der Apfelplantage verabredete Anrechnung der amerikanischen Ausbildung erfolgt war. Carl Hamilton war zwar der Mann des Alten, hatte aber auch eine kommunistische Vergangenheit. Die Herren sagten etwas vage, man werde eine geeignete Vakanz abwarten.

Damit war Carl Abteilungsleiter in der Sicherheitsabteilung der Reichspolizeiführung geworden, mit besonderen Arbeitsgebieten in der EDV-Einheit. Das war in doppelter Hinsicht eine Ironie, einmal wenn man die Art der Ausbildung in San Diego bedachte, zum andern wenn man sich den Status des Abteilungsleiters als Sicherheitsrisiko für das System vor Augen führte, in dem er jetzt selbst saß, für das System, mit dem er umging, das er modernisierte und an die neue Technik anpaßte.

Carl ging also davon aus, daß die Ausbildung in San Diego in der Praxis nie erprobt werden würde. Nach zwei Jahren als Abteilungsleiter schien diese Prognose völlig natürlich zu sein.

Sie war jedoch falsch. Innerhalb von zehn Stunden würde er Waffen gebrauchen, innerhalb von drei Wochen würde er vier Menschen töten.

Er hatte sich reichlich verspätet und mußte in Bergsgatan, Polhemsgatan und Kungsholmsgatan mehrere Runden drehen, bis er einen Parkplatz fand. Er parkte, ohne eine Münze in die Parkuhr zu stekken; es wäre doch zwecklos gewesen, da die Politessen aus unergründlicher Prinzipientreue gerade die Blocks um die Polizeihäuser auf Kungsholmen unter besonders sorgfältiger Bewachung hielten, so daß Polizeibeamte, die aufgrund ihres niedrigen Dienstgrads keinen Anspruch auf einen Platz in der Tiefgarage des Polizeihauses hatten, wie die Eichhörnchen rein und raus laufen mußten, um die Parkuhren mit Münzen zu füttern. Und – jedenfalls nach Carls persönlicher Erfahrung – früher oder später konzentrierten sie sich so unglücklich auf die Verbrechensbekämpfung, daß sie das Hinauslaufen vergaßen und damit in der Falle saßen. Er selbst bezahlte neuerdings lieber die Strafzettel – bündelweise.

Er betrat das Gebäude der Reichspolizeiführung durch den Haupteingang an Polhemsgatan, versuchte mit einem einfachen Gruß an dem ABAB-Wächter vorbeizukommen, wurde aber natürlich zum siebten oder achtenmal in diesem trüben Dezember gezwungen, die Plastikkarte mit dem kleinen Reichswappen vorzuzeigen; er fuhr mit dem Fahrstuhl in den Keller und ging durch den Gang zum nächsten Gebäude und nahm dort den Fahrstuhl bis zum zweithöchsten Stockwerk.

Home sweet home, knurrte er, als er an der Glas- und Stahltür den Code eingab. Auf dem Weg durch den Korridor mit den weißen Wänden und den eigentümlichen Bildern (das war ein Einfall dieses Kunstclubs) und den verstaubten, großblättrigen Topfpflanzen machte er zwei Beobachtungen. Der gelbbraune Kokosfaser-Teppich war voller Matsch und Fußspuren – hier schienen heute morgen schon viele Leute herumgelaufen zu sein. Und ganz hinten im Korridor stand eine Gruppe von Männern mit Kaffeebechern in den Händen, und mehrere Türen standen offen. Das war ungewöhnlich. Jeder Beamte im Sicherheitsdienst ist verpflichtet, beim Verlassen seines Dienstzimmers die Tür zu schließen. Die Leute standen nicht draußen im Flur und quatschten, wenn nichts Besonderes passiert war, beispielsweise ein entscheidendes Eishockey-Endspiel.

Carl betrat sein Zimmer direkt, ohne das Zimmer der Abteilungssekretärin zu passieren; er mochte nicht zeigen, daß er sich verspätet hatte. Er schloß seinen zwei Meter hohen Panzerschrank auf und entdeckte zu seiner Zufriedenheit, daß er sich richtig erinnert hatte. Dort unten standen ein paar trockene Schuhe. Er streifte Schuhe und Strümpfe ab, wrang die Strümpfe über dem Papierkorb aus und hängte sie auf den Heizkörper. Dann drückte er den Knopf seiner Gegensprechanlage zur Sekretärin.

»Guten Morgen, Britta, besser spät als nie. Heute, glaube ich, bin ich mit dem Kaffee dran«, sagte er und erwartete keine besondere Antwort.

»Du mußt sofort zu Näslund rauf, die erwarten dich im Konferenzraum C 1«, erwiderte sie in einem Tonfall, als sollte er vors Kriegsgericht.

Er seufzte und sah nur auf seine nackten Füße. Dann nahm er die Strümpfe von der Heizung, zog sie widerwillig an und bewegte ein wenig die Zehen, bevor er die Füße in die trockenen Schuhe steckte.

Auf dem Weg nach draußen schaute er bei der Sekretärin vorbei.

»Was will Näslund, ist was passiert?« fragte er mit der Hand auf dem Türgriff.

»Hast du denn nichts gehört«, sagte sie fast tonlos, »man hat Axel Folkesson erschossen, du weißt, den Sektionschef von Büro B.«

Er blieb mit der Hand am Türgriff stehen.

»Folkesson erschossen? Ist er tot? Wer denn, wann und wo?«

Sie schüttelte nur den Kopf. Es sah aus, als kämen ihr die Tränen. Er ging schnell eine Treppe hinauf und blieb eine Weile beim Eingang hängen, weil sein Code in diesem Stockwerk nicht funktionierte. Nach einer Minute kam ein Kollege vorbei und ließ ihn ein.

Im Konferenzraum saßen sechs Männer an dem ovalen, gemaserten Birkenholztisch mit den tomatenfarbenen Lederstühlen. Am einen schmalen Ende saß der Chef von Büro B, Henrik P. Näslund, in der Praxis der eigentliche Chef der schwedischen Sicherheitspolizei, da sein Büro für die entscheidenden Aufgaben zuständig war, die Jagd auf Spione und Terroristen. Zwei der anderen Männer erkannte Carl als Kollegen von der Sicherheitspolizei. Die anderen drei kannte er gar nicht, aber sie waren ohne Zweifel Polizeibeamte.

Näslund brachte Carls einleitende Versuche, die durch das morgendliche Verkehrsgewühl verursachte Verspätung zu entschuldigen, mit einer irritierten Handbewegung zum Schweigen. Es herrschte eine eigentümliche Stimmung im Raum.

»Okay«, sagte Näslund, »dann fangen wir an. Wir müssen also zwei parallel laufende Ermittlungen anlegen und die Ergebnisse hier in meiner Abteilung zusammenführen. Falls du die Kollegen noch nicht kennst, Hamilton, dies sind Ljungdahl, Persson und Assarsson vom Dezernat für Gewaltverbrechen, und dann Fristedt, der in derselben Abteilung gearbeitet hat wie Folkesson, und dann Appeltoft von der Ermittlungseinheit.«

Die fünf Männer nickten Carl mürrisch zu.

»Nun, wie euch klar sein dürfte, hat diese Angelegenheit Priorität vor allem anderem«, fuhr Näslund fort, »und wenn ich Priorität sage, dann meine ich es auch. Nichts darf dieser Sache vorgehen.«

Die fünf Polizeibeamten, oder die sechs, wenn man Carl Hamilton dazuzählte, die jetzt hier saßen und dem Chef von Büro B zuhörten, hätten sich unter normalen Umständen kaum an einen Kaffeetisch gesetzt.

Drei von ihnen waren gewöhnliche Polizisten und Ermittlungsbeamte, und angesichts der Natur dieser Angelegenheit durfte man davon ausgehen, daß sie zu den besten des Landes gehörten. Und solche Polizisten haben normalerweise keine hohe Meinung von ihren vornehmeren Vettern in der Sicherheitsabteilung, besonders nicht von jüngeren Sicherheitsbeamten mit akademischem Hintergrund statt fünfzehnjähriger Polizeipraxis, und Carl Hamilton war nur zu offenkundig so ein Taugenichts.

Und bei der eigentlichen Firma, also bei der Sicherheitspolizei, sah es nicht viel besser aus. Arne Fristedt und Erik Appeltoft waren beide Kriminalkommissare, die auf der Ochsentour Karriere gemacht hatten. Sie waren erst zehn bis fünfzehn Jahre lang gewöhnliche Polizeibeamte der üblichen Laufbahn gewesen und dann nach dem alten Modell handverlesen und in die Firma berufen worden, nach dem alten Ritus, demzufolge nur besonders gute Beamte rekrutiert wurden. Sie gehörten also zu der älteren Schule. Solche Sicherheitsleute waren Polizeibeamte und keine Volljuristen, die den Quereinstieg als Abteilungsleiter mit dieser neumodischen Erfindung geschafft hatten, die vor allem Näslund so weit entwickelt hatte, daß die Firma allmählich einem Seminar für jüngere Akademiker ähnelte. Zumindest aus der Perspektive der älteren Polizeibeamten.

Die jüngere Gruppe, zu der die Anwesenden jetzt mit gewissem Recht auch Carl zählten, pflegte eine Abwehrhaltung gegen dieses Vorurteil einzunehmen, verstanden sie sich doch kraft ihrer besseren und moderneren Ausbildung und möglicherweise auch ihrer größeren Intelligenz wegen eher als die alten Kommißbullen als Repräsentanten eines modernen Sicherheitsdienstes.

Aus diesen Gründen hätten die sechs Männer sich unter normalen Umständen nie vorstellen können, gemeinsam an einem Kaffeetisch zu sitzen.

Bei allen Polizisten jedoch, unabhängig von Karriere, Ausbildung und familiärem Hintergrund, gibt es ein paar Dinge, die Gegensätze dieser Art blitzschnell überbrücken. Ein Polizistenmord ist in dieser Hinsicht wichtiger als alles andere.

Eine halbe Stunde später stand Carl mit seinen älteren Kollegen Arne Fristedt und Erik Appeltoft vor Folkessons plombiertem Dienstzimmer. Arne Fristedt, offensichtlich der dienstältere der beiden Kriminalkommissare, hatte automatisch den Befehl über die beiden anderen. Er nickte seinem Kollegen Appeltoft bestätigend zu, die Plombe am Türschloß zu entfernen.

Sie betraten den Raum, in dem sie jetzt vielleicht die ersten wichtigen Spuren der Mörder oder des Mörders finden würden.

Das Zimmer war perfekt aufgeräumt. Es hatte zwei quadratische Fenster, die so hoch angebracht waren, daß sie keine Aussicht erlaubten. Die meisten Dienstzimmer sahen etwa so aus. Unterschiede gab es nur bei der Zahl der Fenster, entweder eins oder zwei, je nach Dienstrang des Inhabers. Der Grundgedanke dürfte mal gewesen sein, daß man durch Fenster, durch die man nicht hinausblicken kann, auch nicht hineinsehen kann, obwohl es in diesem Fall kaum einen Ort in der Nähe gab, der eine Einsicht in diese Räume hoch oben im zweiten Polizeihaus bot.

Der Schreibtisch war sorgfältig aufgeräumt. Eine Schreibunterlage aus hellem Leder, ein Foto von zwei heranwachsenden Mädchen und einer Frau, wohl deren Mutter. Daneben stand ein Mobile mit sechs hängenden Stahlkugeln. Neben dem Mobile lag ein Bürokalender. Das Zimmer sah dennoch persönlicher und wohnlicher aus als die meisten Diensträume der Sicherheitsabteilung. Das lag vor allem daran, daß die Wände voller Graphiken waren; Axel Folkesson war der Vorsitzende des Kunstclubs der Sicherheitspolizei gewesen.

Im übrigen enthielt der Raum zwei Sessel, eine Leselampe und einen kleinen Tisch. Auf dem Tisch stand ein Aschenbecher, geleert, und neben dem Aschenbecher ein Pfeifenständer mit vier sorgfältig gereinigten Pfeifen. Keine Tabakkrümel, keine Asche.

Am anderen Ende des Zimmers, hinter dem Schreibtisch, stand der große Panzerschrank, das gleiche Modell wie bei allen Beamten des Sicherheitsdienstes. Davor lag ein kleiner Flickenteppich in verschiedenen blauen Farbtönen.

Die drei Männer blieben eine Weile stumm. Erik Appeltoft hob eine der Stahlkugeln hoch und ließ sie dann los, so daß die Pendelbewegung begann; eine Zeitlang war im Raum nichts anderes zu hören als das Klicken der aneinanderschlagenden Stahlkugeln des Mobiles. Arne Fristedt zog ein kleines schwarzes Diktiergerät aus der Tasche.

»Also«, sagte er und schaltete das Diktiergerät ein, »dann fangen wir mal an:

Hausdurchsuchung, nein, quatsch, streich das, sagen wir Besichtigung von Polizeipräsident Axel Folkessons Dienstzimmer. Anwesend: Kriminalkommissar Arne Fristedt, Kriminalkommissar Erik Appeltoft und Polizeiassistent, nein, was zum Teufel bist du eigentlich, streich das mal, also Abteilungsleiter ... Abteilungsleiter Carl Hamilton. Es ist 10.16 Uhr, Datum 9. Dezember. Das Dienstzimmer ist in ordentlichem Zustand und wie üblich möbliert. Wir beginnen mit der Öffnung des Panzerschranks. Laut Bescheid des Sektionschefs ist der Code 365–356–389, und ... mach du mal auf, Hamilton ... und auch die Ordnung im Panzerschrank ist gut. Auf dem obersten Stahlregal liegt ein leeres Schulterholster für die übliche Dienstwaffe, daneben eine Schachtel mit Munition, fünfzig Stück 7,65 mm, sonst weiter nichts. Auf dem zweiten Regal liegen das Journal und etwas, was eine schriftliche Zusammenstellung bestimmter Beobachtungen zu sein scheint ... hm ... die offenbar etwas mit terroristischer Tätigkeit im Zusammenhang mit dem Nahen Osten zu tun haben. Der Bericht, den wir im folgenden A 1 nennen wollen, kann ausländischen Ursprungs sein, die Sprache ist Englisch. Neben dem Bericht liegt eine DIN-A-4-Akte mit der Nummer 16 B, die wir im Protokoll als A 2 bezeichnen, und auf dem großen Regal stehen 23 DIN-A-4-Aktenordner, numeriert bis 16 A, dann kommt ein Zwischenraum, und dann geht es mit 17 A und so fort weiter. Der untere Teil des Schranks enthält eine weitere Schachtel mit Munition 7,65 mm, ein paar Hausschuhe sowie zwei Notizblocks mit handgeschriebenen Aufzeichnungen. Die Notizblocks bezeichnen wir künftig als A 3.

Die Besichtigung geht beim Schreibtisch weiter. Außer Schmuckgegenständen und Fotos, von denen wir bis auf weiteres annehmen, daß es sich um Familienfotos handelt ... ach so, du bist sicher, na schön ... die also Aufnahmen von seiner Familie sind, liegt da ein gewöhnlicher Bürokalender mit verschiedenen Aufzeichnungen nach Tagebuch-Art. Bezeichnung B 1. Und wenn wir dann zu den Schubladen übergehen, so finden wir zunächst, daß sie unverschlossen sind ... Die oberste Schublade enthält folgendes: ein Schlüsselbund mit sieben verschiedenen Schlüsseln, Bezeichnung B 2, einige Bleistifte, ein Lineal, einen Taschenrechner der Marke Sony, einen Taschenkalender für das vergangene Jahr, Bezeichnung B 3 ...«

Die Inspektion erfolgte schnell und professionell. Eine erkennungsdienstliche Untersuchung des Zimmers hätte nichts ergeben, da sich außer Folkesson kaum jemand darin aufgehalten haben konnte. Die Tätigkeit des Sicherheitsdienstes ist, wie es heißt, strikt in Sektionen aufgeteilt. Das bedeutet in aller Kürze, daß ein Beamter weder weiß, noch wissen darf, woran der Kollege im Nebenzimmer arbeitet, noch weniger denkbar ist, daß es zu häufigen gegenseitigen Besuchen kommt.

Als das Protokoll fertig war, begannen die drei Männer, Stücke des Materials einzusammeln, die an Ort und Stelle untersucht werden konnten, wie etwa der Bürokalender auf dem Schreibtisch und das Journal aus dem Panzerschrank. Daraus hofften sie Aufschluß zu erhalten, womit sich Axel Folkesson in der letzten Zeit beschäftigt hatte.

Unter dem Datum des Tages war im Bürokalender eine einzige Aufzeichnung eingetragen. Dort stand:

301163 anrufen oder überprüfen

Sonst nichts.

Für den gestrigen Tag fand sich eine Notiz, die sich als Konferenztermin um die Mittagszeit mit dem Chef von Büro B entziffern ließ, sowie eine weitere Eintragung, unter der stand:

Wegen Plan Dalet Kontakt aufnehmen?

Unter den entsprechenden Daten im Journal, das im Panzerschrank gelegen hatte, entdeckten sie beide Eintragungen wiederholt, aber ohne nähere Angaben. Dagegen fand sich dort eine ausführlichere Eintragung von zwei Tagen vorher, am Montag, und diese Eintragung hatte im Bürokalender keine Entsprechung:

Teffen m. Shulamit Hanegbi. Warnt vor Plan Dalet. Kurz bevorstehend. Vertr. Mitteilung, darf nicht weitergegeben werden.

Die letzten drei Worte waren unterstrichen.

»Da«, sagte Fristedt und setzte seinen Zeigefinger auf die unterstrichenen Worte, »da haben wir also den ersten Hinweis. Wer zum Teufel ist dieser Shula-dingsbums?«

»Sicherheitschef der Israelis. Der Botschaft«, erwiderte Appeltoft.

Die drei Männer beugten sich über die Eintragungen. Der Sicherheitschef der israelischen Botschaft hatte vermutlich die Initiative ergriffen, da nichts darauf hindeutete, daß Folkesson den Kontakt gesucht hatte. Und bei einem persönlichen Zusammentreffen, denn ein Telefonat war ganz unwahrscheinlich, mußte er Folkesson vor irgendeinem »Plan Dalet« gewarnt haben, und zwei Tage später war Folkesson ermordet worden.

Fristedt traf ein paar schnelle Entscheidungen. Er selbst und Appeltoft würden sich um diese Telefonnummer kümmern, Folkessons ausländischen Bericht über Terrorismus und den Inhalt der Akte 16 B durchgehen, die offenbar mit Folkessons allerletzten Arbeitsaufgaben zu tun hatte, und außerdem würde man mit Näslund klären, worum es bei der Konferenz um die Mittagszeit am Vortag des Mordes gegangen sein konnte. Und Carl Hamilton durfte losfahren und diesen Sicherheitschef befragen. Bei den Israelis gebe es da keine Schwierigkeiten, man müsse nur vorher anrufen.

Fünf Minuten später riß Carl den Strafzettel von der Windschutzscheibe des Wagens, zerknüllte ihn und warf ihn weg. Dann fuhr er zum Stadtteil Östermalm und zur israelischen Botschaft in Torstenssonsgatan.

Die Botschaft war in einem der oberen Stockwerke untergebracht, und von außen sah die Tür wie eine gewöhnliche Wohnungstür aus. Auf der Innenseite war sie jedoch mit Panzertüren verstärkt, und man trat zunächst durch einen Metalldetektor in einen kleinen, geschlossenen Vorraum. Der einsame Wachtposten im Vorraum trug Jeans und Polohemd und kaute Kaugummi. Über ihm hing eine Videokamera.

»Legitimation, please«, grüßte er und schnipste mit den Fingern. Er warf kaum einen Blick auf die Plastikkarte mit dem kleinen Reichswappen, sondern schnippte sie mit Daumen und Zeigefinger schnell wieder durch die Luft. Carl schnappte unbeholfen nach der Karte, bis er sie wieder fest im Griff hatte. Normalerweise hätte ihn ein solches Verhalten provoziert.

Der Sicherheitsbeamte drückte einen Knopf der Gegensprechanlage und sagte etwas auf hebräisch, zeigte dann mit dem Daumen über die Schulter auf eine der geschlossenen Türen, und Carl ging hin und stellte sich vor die Tür; er ging davon aus, daß sie verschlossen war, was auch zutraf.

Nach einer Weile rasselte es im Schloß, und auf der anderen Seite stand ein kleinwüchsiger Mann von etwa fünfunddreißig Jahren. Wieder Kaugummi. Der Mann machte eine nachlässige Geste mit dem Kopf, Carl solle hereinkommen, und verriegelte dann wieder die Tür, bevor sie beide einen kurzen Flur hinuntergingen, wo der Israeli ohne anzuklopfen eine Tür öffnete, Carl mit der Hand in den Raum wies und den Flur weiterging, ohne etwas zu sagen.

Dort drinnen saß Shulamit Hanegbi. Carl war darauf eingestellt, einen jungen Sicherheitsoffizier vorzufinden, war aber dennoch erstaunt. Die Frau, die sich auf der anderen Seite des unordentlich überladenen Schreibtischs erhob, schien in seinem Alter oder sogar noch einige Jahre jünger zu sein. Außer ihnen befand sich niemand im Raum. In einem der Bücherregale hinter ihr lag eine 9 mm UZI-Maschinenpistole mit eingeschobenem Magazin, jedoch gesichert; der Tragriemen war stark abgenutzt. Die Waffe mußte schon seit etlichen Jahren in Gebrauch sein.

Sie war blauäugig, schwarzhaarig und sehr schön. Sie trug das Haar im Nacken zu einer Art Pferdeschwanz zusammengebunden, den sie sich in den Kragen ihres grünen Pullovers gesteckt hatte. Selbstverständlich wurde Carl Hamilton verlegen, und ebenso selbstverständlich wurde er durchschaut, was er an ihrem vorsichtigen, feinen Lächeln erkannte.

»Ich habe nicht gewußt, daß du eine Frau bist«, sagte er entschuldigend, nachdem er sich gesetzt hatte.

»Nun, was hat denn eine so hohe Priorität?« erwiderte sie, ohne auch nur so zu tun, als hätte sie Carls Bemerkung gehört.

Carl erklärte kurz, was am Morgen geschehen war, und berichtete von den Aufzeichnungen in Folkessons Panzerschrank. Also, was sei Plan Dalet überhaupt, worum gehe es bei der Warnung, warum habe die Sicherheitsabteilung der Botschaft sich entschlossen, sie zu äußern, worin bestehe der vermutete oder wahrscheinliche Zusammenhang zwischen dieser Warnung und dem Mord?

Shulamit Hanegbi hatte den Pferdeschwanz hervorgezogen und wickelte ihn sich immer wieder um den Zeigefinger, während sie zuhörte. Sie verriet mit keiner Miene, was sie dachte, oder ob sie etwas von dem, was sie zu hören bekam, überhaupt überraschte. Als Carl mit seinem Vortrag fertig war, seufzte sie und streckte die Hand nach einer kleinen gelben Zigarettenschachtel in dem Gewimmel auf dem Schreibtisch aus, nahm die Schachtel in die Hand und machte eine fragende Geste, aber Carl schüttelte den Kopf. Sie zündete sich eine Zigarette an, trat ans Fenster und blickte auf die

Straße. Carl stellte fest, daß sie sich nicht direkt vor das Fenster stellte, sondern neben die Gardine. Es war wie ein automatisches Verhalten, sich nie zu einer größeren Zielscheibe als unbedingt notwendig zu machen.

So blieb sie eine Weile halb abgewandt stehen, ohne etwas zu sagen. Carl wartete. Die Fragen waren ja kristallklar gewesen und bedurften keiner weiteren Erklärung.

Schließlich ging sie zu ihrem Platz am Schreibtisch zurück, rutschte auf den Stuhl und zog heftig an der übelriechenden Zigarette, bevor sie Carl fest in die Augen blickte und endlich antwortete.

»Wir Israelis sind meist nicht sonderlich bürokratisch. Aber soviel ich weiß, liegen die Dinge hier so, daß ich ganz einfach nicht das Recht habe, deine Fragen zu beantworten. Ich gehe davon aus, daß du berechtigt bist, sie zu stellen, du bist ja ein Angestellter des schwedischen Sicherheitsdienstes und darfst fragen, wen und was du willst. Die Kontakte zwischen uns müssen aber wohl den normalen Weg nehmen, also über den Leiter von Büro B. Tut mir leid, aber so ist es nun mal.«

»Ja, aber dann wird mein Chef zu deinem Chef gehen und die Fragen wiederholen, und dann kommt mein Chef von deinem Chef zu mir und meinen Kollegen zurück, die mit der Ermittlung beschäftigt sind, und dann gehen vierundzwanzig Stunden nur für eine Formalität drauf. Soll ich dich so verstehen?«

»In operativer Hinsicht klingt das nicht sonderlich praktisch, das gebe ich zu.«

»Nun? Und?«

»Ich befinde mich in einer unangenehmen Lage, ich kann nicht viel mehr sagen.«

»Aber es stimmt natürlich?«

»Was denn?«

»Daß du ihn gewarnt hast?«

»Ich werde vermutlich in eine Lage kommen, in der ich das abstreiten muß. Aber das mußt du doch verstehen, und ich natürlich genauso, daß wenn Axel, es tut mir übrigens wirklich leid, daß ihm das widerfahren ist, er war ein netter Mann, aber wenn Axel eine solche Aufzeichnung gemacht hat, was ich im Grunde bedaure ... Tja, es wäre eigentlich blöd von mir, es zu leugnen.«

»Vor wem hast du ihn gewarnt? Vor Palästinensern?«

»Dieser Gedanke liegt, gelinde gesagt, sehr nahe. Aber ich kann deine Fragen nicht beantworten. Tut mir leid.«

»Ja, es sollte dir leid tun. Stell dir mal die umgekehrte Lage vor. Hättest du diesem verfluchten Schweden nicht eins auf die Schnauze gegeben, wenn er sich geweigert hätte, dir zu helfen?«

»Es fällt mir wirklich schwer, mir die umgekehrte Situation vorzustellen, und das aus mehreren Gründen.«

»Was bedeutet Dalet? Ist das ein Ortsname oder was?«

»Also gut, diese Zeit kann ich dir wenigstens ersparen. Dalet ist die hebräische Entsprechung des Buchstaben D. Plan Dalet bedeutet also kurz und gut Plan D.«

»Und wer hat sich Plan Dalet ausgedacht?«

»Sorry. Das geht nicht, mehr sage ich jetzt nicht.«

Carl schwieg eine Weile und sah in ihre Augen, wurde durch ihr Aussehen abgelenkt, versuchte aber, irgendeine gefühlsmäßige Reaktion zu erkennen, und sei sie noch so klein. Die Situation war vollkommen absurd.

»Wir versuchen einen Mörder zu fassen«, machte er einen neuen Anlauf.

»Ich bin mir dessen sehr wohl bewußt«, erwiderte sie mit dem gleichen reglosen Gesichtsausdruck, und so blieben sie beide wieder eine Weile stumm. Er bekam eine plötzliche Eingebung, mit der er zumindest ihren Gesichtsausdruck aufzubrechen hoffte.

»Können wir abends vielleicht mal zusammen essen, selbstgegrillte Schweinekoteletts oder so was?«

Sie lächelte tatsächlich. Sie lächelte erst, dann lachte sie auf, blickte auf den Tisch und strich sich das Haar mit der gleichen Geste zurück, mit der sie ihren Gesichtsausdruck glättete.

»Das klingt im Moment wie ein doppelt ungehöriger Vorschlag«, entgegnete sie.

»In Ordnung, Lammkoteletts?«

Sie dachte eine Weile nach, offensichtlich über ganz andere Dinge als Lammkoteletts. Dann bat sie um seine private Anschrift. Er legte seine Visitenkarte auf den Tisch und ging.

Unten auf der Straße knüllte er den zweiten Strafzettel des Tages zusammen, bevor er den V-Acht mit einem brüllenden Aufheulen starten ließ und lärmend um den Block zu Strandvägen hinunterfuhr.

Diese Israelin wußte etwas, was von größter Bedeutung war und was sie auf keinen Fall erzählten wollte. Sie hatte Folkesson vor einer palästinensischen Operation mit der Bezeichnung Plan Dalet gewarnt, aber das konnte ja die Bezeichnung oder Übersetzung der Israelis sein. Obwohl sie den schwedischen Sicherheitsdienst einmal gewarnt hatte, war die Sache jetzt so geheim geworden, daß nichts weiter mehr darüber gesagt werden durfte. Das paßte nicht zusammen. Es würde vermutlich zu einer diplomatischen Angelegenheit werden, wenn nichts anderes half, aber unterdessen wuchs der Vorsprung der Mörder, und eventuell rückte auch Plan Dalet näher, ohne daß die Firma erfuhr, wann, wo und wie. Warum hatte er übrigens diese alberne Einladung zum Essen ausgesprochen? Und warum hatte sie um seine private Adresse gebeten?

Carl Hamilton ging auf direktem Weg zu Näslund ins Zimmer, ohne anzuklopfen. Näslund telefonierte gerade und machte eine Handbewegung, die ein Mittelding zwischen »Scher dich zum Teufel« und »Setz dich« war. Carl gab der letzteren Deutung den Vorzug und setzte sich.

Bei dem Telefonat ging es um die Ereignisse des Tages, aber der Teilnehmer am anderen Ende konnte nicht in der Firma sitzen, da Näslund gelegentlich meinte, das habe ich nicht gesagt, und ganz so kann man das nicht deuten, ja, etwa so, da ist sicher was dran, und so weiter. Er unterhielt sich also mit einem Journalisten. Carl blickte demonstrativ auf seine Uhr, und Näslund, der sich zunehmend belästigt anhörte, beendete das Gespräch mit der Entschuldigung, er müsse in eine wichtige Konferenz und werde später zurückrufen.

»Nun«, sagte er und wandte sich Carl zu. Er sah aus wie ein Gebrauchtwagenhändler mit Halbstarken-Vergangenheit in den fünfziger Jahren. Man hätte ziemlich viel in dieser Richtung vermuten können, wenn man nach seinem Aussehen urteilte, aber keineswegs, daß er der Chef des empfindlichsten Teils des Sicherheitsdienstes war. Carl überkam eine intuitive Abneigung gegen den Mann. Er wirkte unzuverlässig, obwohl das vielleicht nur am Aussehen lag.

Carl berichtete kurz vom Ergebnis seines Gesprächs in der israelischen Botschaft.

Näslund brummte, er werde die Israelis anrufen, und machte einige Aufzeichnungen. Dann wechselte er das Thema.

»Du fragst dich vielleicht, warum ich dich in diese Fahndungsgruppe gesteckt habe?« begann er.

Es gebe besondere Gründe. Einmal könne es zu einer komplizierten Suche in den EDV-Dateien nach verschiedenen Terroristen und deren Hilfsgruppen im Land kommen, zum anderen gebe es da noch etwas. Näslund wußte ja sehr wohl, was sonst niemand in der Firma wußte, nämlich welche Ausbildung der junge gräfliche Akademiker in Kalifornien neben dem Universitätsstudium und der EDV-Ausbildung genossen hatte. Und die Fahndungsarbeit könne sich ja plötzlich und besorgniserregend auch ins Feld verlagern, es könne also zum offenen Kampf kommen, und ältere Kollegen wie Fristedt und Appeltoft hätten bei innerer Fahndungsarbeit und Analyse außerordentliche Verdienste. Dagegen sei es kein angenehmer Gedanke, daß noch mehr unausgebildetes Personal der Firma mit der Person zusammenstoßen könne, die Sicherheitsbeamten aus zwanzig Zentimetern Abstand ins Auge schieße.

»Aber das muß unter uns bleiben«, schloß Näslund seine Erklärungen ab, die eher Andeutungen als Erklärungen waren.

Carl antwortete nicht, sondern wartete auf nähere Erläuterungen. Das war Näslund unangenehm, aber er vertiefte die Angelegenheit trotzdem nicht.

»Kurz gesagt. Im Fall einer Konfrontation im Feld würde ich es lieber sehen, wenn du in diese Lage gerätst und nicht deine älteren Kollegen. Ist das klar?«

Carl nickte, daß er begriffen hatte, auch wenn es nicht ganz den Tatsachen entsprach. Er hatte den möglichen Fertigkeiten Appeltofts und Fristedts im Umgang mit Handfeuerwaffen keinen Gedanken gewidmet, weil er davon ausgegangen war, daß sie darin genauso kompetent waren wie alle Sicherheitsleute auf der ganzen Welt. Aber das war offensichtlich nicht der Fall.

»Wenn das so ist, gibt es ein kleines Problem«, meinte Carl.

»Ich weiß«, entgegnete Näslund, »das habe ich heute herausgefunden. Keiner von euch dreien hat in den letzten drei Jahren die obligatorischen Schießübungen abgelegt. Ihr dürftet also gar keine Dienstwaffe tragen. Aber ich habe das arrangiert, ihr fahrt heute nachmittag nach Ulriksdal, ich habe draußen Bescheid gesagt.«

»Ach so, aber das habe ich nicht gemeint«, erwiderte Carl. »Mein praktisches Problem betrifft den Waffentyp.«

»Das kann ich mir wirklich nicht vorstellen. Du hast doch wohl keine Angst, bei der obligatorischen Schießprüfung der schwedischen Polizei durchzufallen«, grinste Näslund.

»Nein, das glaube ich nicht. Aber ich habe eigene Waffen. Darf ich die statt dieser Walther-Pistole anwenden?«

»Was für Waffen?«

»Eine italienische Pistole und einen amerikanischen Revolver, je nach Aufgabe. Brauchst du Marke und Waffenscheinnummer und so was?«

»Nein, das ist schon in Ordnung so. Ich hatte nur Angst, du hättest etwas extravagantere Waffen im Auge. Vergiß nicht, daß wir deine Ausbildung für uns behalten, das habe ich DA versprochen, als ich dich herholte. Einverstanden?«

»Ja, einverstanden.«

Carl ging in sein Dienstzimmer und fand einen Zettel auf dem Schreibtisch. Appeltoft teilte mit, sie müßten wegen des Zielschießens sofort die Arbeit abbrechen, sobald er zurück sei. Carl öffnete seinen Panzerschrank und nahm seine weinrote Aktentasche heraus, die von außen wie jede x-beliebige Beamten-Aktentasche aussah. Bei einer Durchleuchtung auf einem Flughafen würde sich zeigen, daß sie eine Fotoausrüstung enthielt. In Wahrheit barg sie einen großen Teil von Carls persönlichem Arsenal.

Jetzt war die Frage Pistole oder Revolver. Die Entscheidung hing in erster Linie vom Ziel ab. Wenn das Ziel ein lebender Mensch war, würde Carl ohne Zögern seinen Revolver wählen, einen Smith & Wesson Combat Magnum Kaliber 38; er hatte rund fünfzig verschiedene Marken und Modelle durchprobiert, bis er herausgefunden hatte, daß gerade diese Waffe ihm am meisten lag.

In San Diego war ihnen fast unbegrenzte Wahlfreiheit eingeräumt worden, und die neuen Rekruten mußten den ersten Monat damit zubringen, genau die Waffen zu finden, die ihnen am besten paßten – gefordert wurden ein Revolver und eine Pistole –, und danach mußte jeder bei diesen Waffen bleiben. Dieser Revolver war Carls zweites persönliches Exemplar; nach dreißigtausend Übungsschüssen wird die Waffe gegen eine neue ausgetauscht.

Zweimal hatte er den Revolver auf einen lebenden Menschen

gerichtet. Beim erstenmal hatte er gezögert, war fast getötet worden, und dafür hatte er sich ein paar Tage später einen heftigen Anpfiff eingehandelt. Eine dieser dunklen Eisschollen der Erinnerung trieb sacht im Hinterkopf vorbei. Dann schüttelte Carl sein Unbehagen ab und legte den Revolver in die Tasche zurück.

Denn jetzt ging es um Zielscheibenschießen, das war etwas anderes. Einmal garantierte die Pistole eine größere Präzision, und zum anderen hat ein Revolver nur sechs Schüsse. Carl wußte nicht, wie die Übungen und Schießproben in Schweden ablaufen, ihm war nur bekannt, daß die Polizei eine Pistole im Kaliber 7,65 mit acht Schuß im Magazin verwendet.

Seine Pistole war eine Beretta 92 S 9 mm mit fünfzehn Schuß im Magazin. In San Diego hatte man ihm zum Abschied ein neues Exemplar geschenkt. Seine Ausbilder hatten sie als Sonderanfertigung bestellt, und es war ihnen irgendwie auch gelungen, über die amerikanische Botschaft in Stockholm ein Bild seines Familienwappens zu erhalten. Mitten auf dem weißen Perlmuttgriff – die Standardausführung hatte dunkelbraunes Walnußholz – saß folglich ein schwarzer Wappenschild mit drei roten Rosen und einem silbernen Halbmond. Der Schild wurde von einer fünfzackigen Krone in Gold gekrönt. Das war völlig richtig. So sah das Familienwappen der Hamiltons aus, des gräflichen Geschlechts Nummer 86.

Carl wog die Pistole in der Hand. Geladen wog sie etwas mehr als ein Kilo, war zweihundertsiebzehn Millimeter lang und einhundertsiebenunddreißig Millimeter hoch. Wenn er gelegentlich einen Pistolenschützenclub in Danderyd besuchte, hatte er nur diese Waffe bei sich. Der Revolver hätte unnötiges Aufsehen erregt.

Er lud nachdenklich ein paar Magazine, schob eins in den Kolben, zog die Jacke aus und schnürte mit gewohnten Griffen das Schulterholster fest. Ein Zusatzmagazin und eine Patronenschachtel steckte er in die Jackentaschen. Er zog sich das Jackett an, rückte die Krawatte zurecht und suchte die beiden Kriminalkommissare auf, die unten im Kaffeeraum im Flur wie Gewitterwolken dasaßen und auf ihn warteten.

»Hast du schon mal unsere Schießprüfungen abgelegt?« wollte Fristedt wissen.

»Nein«, erwiderte Carl vollkommen wahrheitsgemäß. Er hatte

keine Ahnung, wie es bei den schwedischen Schießprüfungen zugeht.

»Kannst du schießen?« fragte Appeltoft mit einem feinen Lächeln, das Carl nicht entgehen konnte.

»Ja«, erwiderte er. Er blickte aber gleichzeitig weg, um nicht zu zeigen, daß er sich von dem höhnischen Glitzern in den Augen der anderen hatte provozieren lassen.

Die beiden älteren Polizeibeamten wechselten einen raschen, amüsierten Blick, weil sie Carls reservierte Haltung mißverstanden und weil sie sich diesen kleinen Scherz mit dem jungen Abteilungsleiter geleistet hatten.

Auf dem Weg in die Tiefgarage faßten sie schnell zusammen, was sie bisher herausgefunden hatten. Carl erzählte von der israelischen Sicherheitsbeamtin, die sich aus Gründen, die er nicht begreifen könne, geweigert habe, mehr zu bestätigen oder zu erklären, als daß sie mit Folkesson gesprochen hatte und daß Plan Dalet auf hebräisch nur Plan D bedeutet.

Fristedts Gespräch mit Näslund hatte nichts erbracht. Näslund behauptete, er und Folkesson hätten sich bei ihrem Treffen am Tag vor dem Mord nur über Dinge unterhalten, die mit Terrorismus und dem Nahen Osten nichts zu tun gehabt hätten. Das ergab keinen rechten Sinn. Denn wenn Folkesson einem terroristischen Unternehmen auf die Spur gekommen war, hätte er es doch erwähnen müssen?

Appeltoft hatte herausgefunden, daß die Telefonnummer 301163 zu einem Kurzwarenladen in Sibyllegatan im Stadtteil Östermalm gehörte. Es schien unwahrscheinlich, daß Folkesson in einem Kurzwarenladen privat zu tun gehabt hatte. Man hatte sicherheitshalber seine Frau fragen wollen, sie aber nicht angetroffen.

Die verschiedenen Berichte, aus deren Unterbringung in Folkessons Panzerschrank man den Schluß ziehen konnte, daß sie seine letzte Arbeit gewesen waren, betrafen zwei verschiedene Gebiete. Beim ersten ging es um Attentate in Europa, die von Palästinensern gegen Diplomaten und ähnliche Ziele verübt worden waren oder gegen andere Palästinenser. Der ausländische Bericht handelte vorwiegend von solchen Dingen und bestand zum Teil aus allgemeinen taktischen Analysen der Terroristenorganisationen in Europa und ihrer Fähigkeit oder ihren Plänen, sich bei Sympathisanten Verbindungslinien und logistische Stützpunkte zu verschaffen.

Das Ganze war also nicht so angelegt, daß man sofort erraten konnte, womit sich Folkesson in den letzten Tagen beschäftigt hatte, nur daß es dabei um Palästinenser gegangen war. Für Folkesson mußte das so etwas wie Routine-Material gewesen sein.

Appeltoft fuhr den Volvo, Fristedt saß auf dem Beifahrersitz und Carl hinten. Polizeibeamte setzen sich automatisch so. Wer das Kommando führt, sitzt neben dem Fahrer, der Rangniedrigste sitzt hinten.

Die beiden Kriminalkommissare machten saure Gesichter. Es erschien ihnen völlig idiotisch, die Arbeit zu unterbrechen, nur um zu einem Schießplatz zu fahren. Dieser Näslund zeigte sich oft sehr pingelig, wenn es um Paragraphen und Bestimmungen ging, und jetzt ging es in erster Linie um die Vorschriften für den Schußwaffengebrauch im Dienst, Abschnitt FAP 104/2, die wiederum auf einer Königlichen Verordnung aus dem Jahre 1969 beruhten. In der offenen Polizeitätigkeit zirkulierten die Beamten laufend im Schießübungssystem, aber in der Firma – in der niemand mehr Schußwaffen verwendet hatte, solange man sich zurückerinnern konnte – war es üblich, daß ältere Beamte wie Appeltoft und Fristedt ihre Waffen einfach in den Panzerschrank legten und sie dann weder bei sich trugen noch mit ihnen übten.

Appeltofts und Fristedts Irritation richtete sich überdies etwas diffus gegen Carl. Denn Carl war ja ein typischer Näslund-Schützling, einer dieser akademischen Neuzugänge, die vermutlich zu Näslund laufen und petzen würden, falls etwas Unpassendes gesagt oder getan wurde. Um Carl absichtlich zu provozieren oder um vielleicht seine Reaktionen zu testen, begannen die beiden älteren Beamten jetzt mit etwas Firmenklatsch über Näslund.

»Du hast sicher von seiner Großtat mit dem Jukkasjärvi-Mann gehört?« fragte Fristedt.

Carl, der in Wahrheit sehr wenig mit Näslund zu tun gehabt hatte und vom Firmenklatsch kaum etwas wußte, schüttelte den Kopf, und Fristedt erzählte mit sichtlicher Schadenfreude.

Es war eins der teuersten und größten Fiaskos der Firma gewesen. Näslund war damals Distriktsstaatsanwalt irgendwo da oben in der Lappenhölle (Fristedt war Stockholmer, und alles, was nördlich von Gävle lag, war schlicht »die Lappenhölle«).

Näslund hatte in der Region die Verantwortung für Sicherheitsfragen und wollte sich bei dieser Gelegenheit bis nach Stockholm einen Namen machen, denn er war einem Großspion auf der Spur. In Jukkasjärvi.

Sechs Jahre lang waren die örtlichen Fahnder der Firma umhergeschlichen, hatten Lauschoperationen durchgeführt und Gerüchte gesammelt und in anderen Bezirken sogar Verstärkung requiriert, um den Großspion festzunageln. Und am Ende hatte Distriktsstaatsanwalt Näslund beschlossen, die endgültigen Beweise zu sichern. Er organisierte eine Aktion mit zwanzig Mann, darunter rund zehn Spezialisten aus Stockholm, mit einem Hubschrauber (dessen Aufgabe, gelinde gesagt, unklar war), mit schußsicheren Westen und allem technischen Drum und Dran. Die Streitmacht marschierte auf Jukkasjärvi zu – man schlug »einen eisernen Ring um Jukkasjärvi« – und nahm den Mann in seiner Wohnung fest, stopfte seinen gesamten Hausrat in numerierte schwarze Kunststoffsäcke, und danach trat Distriktsstaatsanwalt Näslund – damals wie auch später immer – vor die Presse und trompetete den großen Triumph hinaus, was für einen gefährlichen Staatsfeind man unschädlich gemacht habe.

Vier Monate später war man gezwungen, den Mann freizulassen, der sich als Spanner erwiesen hatte – daher die bestimmten eigentümlichen Verhaltensweisen, die zu einigem unklaren Gerede geführt hatten; es ist nicht leicht, in der Geographie, die die Lappenhölle zu bieten hat, ein Spanner zu sein –, und überdies hatte er bei einer gesicherten Gelegenheit eine einwöchige Kreuzfahrt nach Leningrad unternommen.

Von Spionage jedoch nicht der leiseste Hauch, auch nicht von einem Verbrechen gegen die Sicherheit des Landes. Näslund konnte einen Spanner aus Norrland also nicht von einem Kim Philby unterscheiden. Und wegen dieser strahlenden Tat war er so gut wie augenblicklich nach Stockholm berufen und zum Leiter von Büro B gemacht worden.

Es war fast so, als hätte jemand in der Regierung bewußt beabsichtigt, der Firma zu schaden. Wie sollte man sich sonst erklären, daß sie auf die Idee gekommen waren, den Helden von Jukkasjärvi zum Chef zu machen? Sein einziges Verdienst bestand ja darin, daß er in der Presse so viel log, von Jukkasjärvi an bis in alle Zukunft. Das werde Carl schon bald herausfinden, schloß Appeltoft.

»Wenn du also in den Zeitungen liest, womit wir uns beschäftigen, und dich nicht richtig wiedererkennst, dann mach dir nichts draus. Ich oder Fristedt oder diese Kriminaler von der offenen Arbeit – das sind gute Leute – haben mit diesen Presseberichten nichts zu tun. Hier geht es nur um Näslund, damit du's weißt.«

»Damit es unter uns nicht zu unnötigen Mißverständnissen kommt«, fügte Fristedt hinzu.

Carl zuckte die Achseln. Er begriff ihre unterdrückte Aggressivität gegen Näslund nicht, dazu wußte er über die Firma zu wenig.

Inzwischen waren sie bei der Polizeischule von Ulriksdal angekommen. Ein für diesen Anlaß herbeibeorderter Ausbilder sollte sich um ihre Schießübungen kümmern. Damit rückte auch Appeltofts und Fristedts kleiner Scherz näher, der sich strenggenommen eher gegen Näslund als gegen Carl richtete. Sie hatten mit dem Ausbilder zuvor einige Abmachungen getroffen.

Am Schießstand befanden sich fünfzehn Tafeln in einer Reihe nebeneinander. Hinten an der holzverkleideten langen Wand hatte der Ausbilder ein Ziel befestigt, eine ⅓-Gestalt mit den Maßen 52 × 48 Zentimeter (man sieht einen Kopf mit Helm, ein Gesicht und den oberen Teil des Rumpfes). Der Ausbilder hatte zwanzig Meter vom Ziel entfernt Gehörschutz und Munitionsschachteln hingelegt.

Im Übungsprogramm der Polizei war dies eine Aufstellung für Übung Nummer acht, bei der in einer Zeit, die zwanzig Sekunden nicht überschreiten darf, normalerweise fünf Schuß abgegeben werden müssen, und von diesen fünf Schüssen müssen drei Teffer sein, damit die Übung als bestanden gilt.

Das Ziel sollte normalerweise jedoch stillstehen. Hier hatte der Ausbilder nach Absprache ein wenig improvisiert, denn er hatte die Zieltafel in einem der Stahlgestelle befestigt, die man für bestimmte Zeiträume wegklappen konnte.

»Hast du hier schon mal geschossen?« fragte der Ausbilder Carl mit einem fröhlichen Lächeln.

»Nein«, erwiderte Carl, »nicht aus diesem Abstand auf ein solches Ziel.«

Der Abstand erschien ihm nämlich für ein so großes Ziel reichlich kurz.

»Ist deine Waffe in Ordnung?« fuhr der Ausbilder fort, der gleichzeitig Appeltoft zublinzelte, vermutlich ohne daß Carl es sehen sollte.

»Ja«, erwiderte Carl, ohne im mindesten zu zeigen, daß er es bemerkt hatte.

»Okay. Diese Drittelfigur taucht auf, wenn ich Bescheid sage, und dann bleibt sie sieben Sekunden. Verschwindet für drei Sekunden, kommt für sieben wieder, und so weiter. In diesem Zeitraum mußt du fünf Schuß abgeben, ist das klar?«

»Nun ja«, sagte Carl, »in *sieben* Sekunden. Ist die Figur sieben Sekunden lang zu sehen und drei Sekunden lang verschwunden?«

»Ja. Irgendwelche Unklarheiten?«

»Nein.«

»Wir schießen also jeder drei Serien. Bist du bereit?«

Carl zog das Jackett aus und setzte sich den Gehörschutz auf. Er hatte die schwedische Übungspraxis noch nie gesehen, und dies war also ein Teil des Scherzes, aber er wußte auch nichts von der in Schweden üblichen Ausgangsstellung, nämlich mit gezogener Waffe, die schon auf das Ziel gerichtet ist.

Er fühlte sich provoziert. Wäre er zehn Jahre älter gewesen, hätte er sich nicht provozieren lassen, aber in den Blicken von Fristedt und Appeltoft lag etwas, was ihn ärgerte. Die beiden hatten ebenfalls ihre Jacken ausgezogen, standen mit auf der Brust verschränkten Armen da und lächelten ihn an.

»Nimm's nicht so schwer, Junge«, tröstete Appeltoft mit gespieltem Mitgefühl.

Carl stand breitbeinig mit dem Rücken zum Ziel – seine gewöhnliche, antrainierte Ausgangsstellung beim Schnellschießen. Die Übung, die nach seiner Erfahrung die größte Ähnlichkeit mit dieser hatte, fand bei größerem Abstand und auf eine schwarze Ganzfigur statt, die ein rotes Herz von der Größe einer Faust hatte, das auf die linke Seite des Brustkorbs aufgemalt war. Die Ganzfigur drehte sich wie eine Duellschießscheibe, tauchte drei Sekunden auf, verschwand für eine beliebige Zeit zwischen einer und zehn Sekunden, tauchte dann wieder drei Sekunden auf, und so fort. Bei dieser Übung kam es auch darauf an, fünf Schuß abzufeuern – jedoch in drei Sekunden – und drei Schuß in dem roten Herzen zu plazieren (das ein Fünftel so groß war wie diese Drittelfigur). Carl ging auf, daß er diese Übung mit verschiedenen Waffen mehrere tausendmal absolviert haben mußte.

Carl gab durch ein Kopfnicken nach hinten zu erkennen, daß er bereit war. Die drei Polizeibeamten blickten sich verblüfft an, als sie sahen, welche Ausgangsstellung Carl gewählt hatte. Appeltoft zuckte die Achseln.

»Fertig!« rief der Ausbilder.

Carl ließ die Hände an den Seiten herabhängen. Der Rücken war noch immer dem Ziel zugewandt.

Appeltoft war derjenige der drei Männer, der sich hinterher am deutlichsten erinnerte, was eigentlich geschehen war.

Im selben Moment, in dem die Maschinerie dort unten die Zielscheibe umdrehte, wirbelte Carl herum und zog und entsicherte seine Waffe mitten im Schwung. In der nächsten Bewegung sank er in etwas, was in schwedischer Ausbildersprache wohl am ehesten »hockende Schießstellung mit Stützhand« genannt wurde, und feuerte zwei Schüsse in dichter Folge ab und dann, nach einer kurzen Pause, drei weitere Schüsse. Darauf drehte er sich wieder in seine Ausgangsstellung zurück, und *danach*, wie es schien nach einer Ewigkeit, waren die sieben Sekunden vergangen, und das Ziel wurde weggeklappt.

Die gleiche Prozedur wurde vor den Augen der sprachlosen Polizeibeamten noch zweimal wiederholt. Als Carl zum letztenmal seine schwere ausländische Pistole ins Schulterholster schob, befanden sich noch zwei Patronen in der Luft auf dem Weg zum Fußboden. Sie fielen klirrend in die absolute Stille.

Flapp, klang es, als die durchlöcherte Zielgestalt weggeklappt wurde.

Niemand sagte etwas. Der Ausbilder ging selbst hinunter, um die Zielfigur zu holen. Einer der Treffer lag an der Helmkante der Figur. Die anderen vierzehn Schüsse saßen dicht beieinander im Gesicht der Figur.

»Tjaha«, sagte der Ausbilder, während er die Zielfigur Appeltoft und Fristedt hinhielt und ihnen dabei einen Blick zuwarf, der etwa sagen sollte, *und ihr habt mir erzählt, der ist ein grüner Neuling*: »Für einen Anfänger schon ganz schön. Aber was hast du für eine Waffe, mein Junge?«

»Eine Beretta 92 S mit 9-mm-Hochgeschwindigkeitsmunition Parabellum. Ich habe die Erlaubnis des Sektionschefs, sie statt einer Walther zu verwenden. Ich kann die Übung natürlich mit einer Walther wiederholen, aber dann muß man ja zwischenladen.«

Carl gab sich äußerste Mühe, ohne jeden Gesichtsausdruck zu antworten. Es tat ihm schon leid.

»Wo hast du das gelernt?« fragte Fristedt mit leiser Stimme.

Carl schüttelte den Kopf.

»*No comment*«, sagte er.

»Ja, nach dieser Anfängerprobe können wir vielleicht zu den echten alten Experten der Sicherheitspolizei übergehen«, sagte der Ausbilder säuerlich, »aber dann machen wir es wohl lieber mit einer Walther und fünf statt fünfzehn Schuß pro Serie, könnte ich mir vorstellen.«

Appeltoft seufzte, holte seine Waffe hervor und stellte sich in die vorschriftsmäßige Ausgangsposition der schwedischen Polizei. Sie schossen eine halbe Stunde lang auf verschiedene, bedeutend leichtere Ziele. Appeltoft bewältigte seine Proben mit recht gutem Ergebnis, und Fristedt, der die Pistole ganz offenkundig verabscheute, nur mit knapper Not. Carl ließ es im folgenden ruhig angehen und schoß gerade nur so, wie es die verschiedenen Übungen erforderten. Jedoch ohne auch nur einen Schuß zu verfehlen.

Im Auto auf dem Rückweg in die Stadt herrschte anfänglich nachdenkliches Schweigen. Draußen war es inzwischen pechschwarz geworden, und es regnete. Nachdem sie Norrtull passiert hatten und in Richtung Kungsholmen unterwegs waren, schrien ihnen die hellerleuchteten Schlagzeilen-Plakate der Zeitungen entgegen.

»Mach dir nichts draus, am liebsten solltest du gar nichts lesen, denn sonst wirst du nur wütend«, sagte Fristedt.

»Oder du fragst dich, ob wir diese Ermittlungen betreiben oder die Presse«, erläuterte Appeltoft weiter.

Die beiden Kriminalkommissare hatten einen kollegialeren und etwas weniger väterlichen Tonfall angelegt, wenn sie jetzt mit Carl sprachen.

Sie waren unterwegs, um die Kollegen von der »offenen Arbeit« zu treffen, wie man in der Firma die reguläre Polizei nannte. Ljungdahl, Chef des Dezernats für Gewaltverbrechen, erwartete sie mit den Ergebnissen der erkennungsdienstlichen Untersuchungen und weiteren Erkenntnissen des heutigen Tages.

Ljungdahl erschien mit einem dünnen Stapel technischer Berichte in der einen Hand und einer Plastiktüte mit einer Pistole in der anderen. Man hatte ihnen im Verlauf des Tages ein gemeinsames

Arbeitszimmer eingerichtet, mit Panzerschrank, Kaffeemaschine und *zwei* Fenstern (Merkmal einer Chefposition), mit drei Sesseln und einem kleinen Konferenztisch aus gelbweißer, gemaserter Birke. Eine der Sekretärinnen hatte gerade Kaffee gekocht, und der letzte Rest Wasser gurgelte aus der Maschine und tropfte in den Filter, als sie den Raum betraten.

Ljungdahl war ein sehr hochgewachsener Mann mit grauem, kurzgeschorenem Haar und dicken, kräftigen Armen. Er war für sein hitziges Temperament und seine unbestreitbare Geschicklichkeit bekannt. Er war einer dieser wenigen Polizeibeamten, denen fast alles gelingt und die fast nie Klagen auf sich ziehen (sofern man nicht bis in seine Vorzeit als Streifenpolizist zurückging, als der eine oder andere Randalierer, wie es in der Polizeisprache heißt, möglicherweise einen Anflug von spürbarer Grobheit hätte beklagen können; seine Hände waren von der Größe kleinerer Bratpfannen).

»Summa summarum«, sagte Ljungdahl, »hat die technische Untersuchung etwa das ergeben, was zu erwarten war. Dies ist die Mordwaffe (er hielt die Plastiktüte hoch, ließ sie mit einem kleinen Knall auf den Tisch fallen und lächelte darüber, daß der junge Abteilungsleiter wie vor Angst zusammenzuckte), und an der haben wir keinerlei Fingerabdrücke gefunden, weder außen noch auf einer der Patronen. Der Täter ist eine Person, die nichts dem Zufall überläßt. Entweder hat er Handschuhe angehabt oder, was wahrscheinlicher ist, die Waffe hinterher abgewischt.«

»Warum ist das wahrscheinlicher?« wollte Fristedt wissen.

»Weil es leichter ist, sich das Ganze so vorzustellen«, entgegnete Ljungdahl. »Es hätte für euren Kollegen sicher merkwürdig ausgesehen, wenn der Mann mit Handschuhen im Wagen gesessen hätte. Wir gehen ja davon aus, daß es ein freiwilliges Treffen war und nicht so eine verdammte Entführung. Außerdem ist die gesamte Umgebung des Beifahrersitzes in Folkessons Wagen sorgfältig abgewischt worden.«

Fristedt und Appeltoft nickten zum Zeichen ihres Einverständnisses mit diesem Gedankengang.

»Darf ich die Waffe mal ansehen und anfassen?« fragte Carl.

»Aber gern«, sagte Ljungdahl, »das haben wir ja selbst getan, und die technischen Ergebnisse stehen schon fest.«

Carl öffnete die Plastiktüte, legte die Pistole vor sich und wühlte in der Jackentasche nach seinem Schlüsselbund. Am Schlüsselbund saß ein Gegenstand, der wie ein wohlausgerüstetes Taschenmesser aussah. Er klappte ein kleines Instrument heraus, das wie ein Schraubenzieher aussah.

Die Pistole vor ihm hatte auf dem Handgriff des Kolbens einen großen fünfzackigen Stern, und um den Stern herum standen die Buchstaben CCCP. Die Herkunft der Waffe war somit selbst für einen Amateur offenkundig.

»Eine Tokarew 7,62, ein sehr ungewöhnliches Kaliber«, sagte Carl und legte sein Instrument auf den Tisch. Dann machte er mit der Hand eine schnell ausholende Bewegung, so daß eine Kugel, die im Lauf gesteckt hatte, auf den Tisch hüpfte.

»Das war der Grund dafür, daß mir vorhin etwas unbehaglich war, als du die Waffe so fallengelassen hast«, sagte Carl erklärend zu Ljungdahl, »denn bei dieser Waffe gibt es keine normale Sicherung. Es ist eine vereinfachte Variante des Colt-Browning-Modells 38, aber gerade diese Tokarew ist 1959 modifiziert worden und später noch einmal, es gibt sie auch in einem Modell für die Marine, aber dies ist die Armeevariante. Sieht nicht aus, als wäre sie besonders oft in Gebrauch gewesen.«

Fristedt und Appeltoft wechselten einen kurzen, entzückten Blick und schielten dann ihren verblüfften Kollegen von der offenen Arbeit an, während Carl seine Überlegungen fortsetzte.

»Acht Schuß im Magazin wie beim Original«, fuhr Carl fort, zog das Magazin heraus und legte es auf den Tisch. »Keine Präzisionswaffe, aber sie ist ja für den militärischen Gebrauch gedacht. Kann man in irgendeinem Waffenregister der Russen feststellen, wo die herkommt?«

»Das wissen wir nicht, es scheint ja nicht einmal eine Seriennummer zu geben«, brummte der verblüffte Kriminalbeamte.

»Das liegt daran, daß die Seriennummer aus irgendeinem Grund auf der Unterseite des eigentlichen Laufs sitzt«, sagte Carl, zog den Mantel aus, ergriff sein auf dem Tisch liegendes Instrument und nahm die ganze Waffe in weniger als zehn Sekunden auseinander.

»Hier ist sie«, fuhr Carl fort, während er den freigelegten Lauf in der Hand drehte und ihn Fristedt hinüberreichte.

Fristedt notierte die deutlich sichtbare Seriennummer, die auf der Unterseite des Laufs eingraviert war, genau dort, wo Carl angegeben hatte, dann schob er den Lauf wieder zu Carl hinüber, der die Pistole rasch zusammensetzte.

»Ja, uns bleibt heute dann nicht mehr viel zu tun«, fuhr Ljungdahl fort, der sich von seinem Erstaunen über Carls Darbietung schon erholt zu haben schien. »Wir haben telefonisch mit drei oder vier Personen Verbindung gehabt, die nach dem Erscheinen der Zeitungen anriefen. Zwei scheinen die üblichen Irren zu sein, einer ist schon von früher her für absonderliche Beobachtungen bekannt, aber dann haben wir noch eine ältere Dame. Sie sagt, sie sei mit dem Hund spazieren gewesen und habe sich in der Nähe befunden, als ein Mann aus dem Wagen gestiegen sei. Sie sagt, sie sei sich sowohl des Wagens wie des Orts sicher.«

»Dann hat sie den Mörder also gesehen«, stellte Fristedt fest.

Ljungdahl nickte und fuhr fort.

»Wir hören uns heute abend an, was sie zu sagen hat, dann könnt ihr morgen früh alle Einzelheiten haben, habe ich mir gedacht. Und was Fußabdrücke und derlei betrifft, ist alles in die Hose gegangen, denn es sind zu viele Touristen um das Auto herumgetrampelt, aber wir haben vermutlich nichts Wesentliches versäumt, was das Auftreten des Täters betrifft.«

»Wie ging es zu, als die Waffe abgefeuert wurde? Habt ihr eine Vorstellung davon?« fragte Fristedt, während er wie absichtslos die sowjetische Pistole betrachtete, die Carl wieder in die Plastiktüte gesteckt hatte.

»Nun ja. Folkesson sitzt auf seinem Platz hinterm Lenkrad und hat den Wagen angehalten. Während sie sich unterhalten – falls die Fahrt dorthin nicht unter Drohung mit Waffengewalt erfolgt ist –, zieht der Täter seine Waffe und richtet sie in einer Entfernung von etwa zehn Zentimetern auf das Opfer, das im Augenblick des Schusses das Gesicht auf jeden Fall dem Täter zugewandt hat. Als das Opfer den Täter ansieht, schießt dieser ihm direkt ins Auge. Ungefähr so. Wir haben es folglich mit einem schlimmen Typ zu tun. Das ist soweit unser Material für heute, und was habt ihr gefunden? Darf man fragen, ohne gegen die Sicherheit des Reiches zu verstoßen?«

Fristedt ignorierte die Ironie, dachte aber nach, bevor er antwortete.

»Wie du weißt, ist uns ja Sherlock Holmes persönlich als Filter vorgeschaltet worden –, was nicht unsere Idee gewesen ist. Aber wir wissen definitiv nicht, wen Folkesson abholen sollte oder warum. Wir haben Hinweise darauf, daß er von einer ausländischen Botschaft vor einem bevorstehenden Terroranschlag gewarnt wurde, und da kann es ohne Zweifel einen Zusammenhang geben, aber wir wissen nichts Genaues.«

»Das ist ja sehr erhellend«, seufzte Ljungdahl, »was zum Teufel sollen wir jetzt tun?«

»Wir trinken erst mal Kaffee«, sagte Appeltoft und ging zu dem Stapel mit Plastikbechern und roten und blauen Becherhaltern neben der Kaffeemaschine. Er goß vier Tassen ein und stellte sie zusammen mit einem Paket Zucker auf den Tisch. Außer Carl nahm niemand Zucker.

»Ach ja, da ist noch etwas, das wir erwähnen könnten«, sagte Appeltoft, während er aus unerfindlichen Gründen seine Tasse ohne Zucker umrührte. »Diese Telefonnummer gehört doch zu einem Kurzwarenladen in Sibyllegatan auf Östermalm. Was machen wir damit?«

»Das übernehme ich«, sagte Carl. »Ich erkundige mich nach dem Besitzer, seiner Verwandtschaft und noch ein paar Dingen und jage das Ganze durch unsere Computer.«

»Wie lange dauert das?« wollte Fristedt wissen.

»Das weiß ich nicht, vielleicht kommt gar nichts dabei raus, aber ein paar Stunden wird es schon dauern.«

Die Arbeitsaufteilung bis zum nächsten Morgen wurde dann schnell vorgenommen. Ljungdahl wollte die Dame mit dem Hund selbst aufsuchen. Fristedt sollte versuchen, mit den russischen Kollegen Kontakt aufzunehmen. Die anderen zuckten bei diesem Vorschlag zusammen; »die russischen Kollegen« war kein sonderlich gebräuchlicher Terminus, da der KGB und dessen militärische Entsprechung, GRU, die ewig gegnerische Mannschaft waren. Aber warum sollte man nicht fragen? Die Russen konnten ja wohl kaum verdächtig sein oder sich etwa selbst als Verdächtige begreifen? Aber andererseits weiß man ja nie, wie die Russen reagieren, sie würden vermutlich eine Provokation wittern. Vielleicht sollte Fristedt mit Sherlock Holmes persönlich konferieren, das heißt mit Näslund, bevor er diese Verbindung herstellte?

»Nein«, sagte Fristedt. »Ich glaube nicht, daß ich die Zeit finde, Näslund noch so spät zu stören.«

Damit war die Frage blitzschnell erledigt.

Appeltoft sollte die Berichte mit nach Hause nehmen, um weiterzulesen und zu sehen, ob dabei etwas herauskam. Damit gingen die Männer auseinander.

Ljungdahls Auftrag war der leichteste und angenehmste. Er pfiff leicht amüsiert vor sich hin, als er sich ins Auto setzte, um zu einer alten Dame im Stadtteil Gärdet zu fahren. Er sollte nur eine Zeugin befragen, was er schon mehrere tausendmal getan haben mußte, bevor er Abteilungschef wurde. Er hatte selbst mit der Dame gesprochen, als sie anrief, und seine Intuition sagte ihm nach kurzer Zeit, daß sie sich absolut vernünftig anhörte und tatsächlich etwas gesehen haben konnte, was von Bedeutung war.

Er sollte nicht enttäuscht werden. Genau wie er erwartet hatte, wohnte sie allein, unter Familienfotos und Kristalleuchtern und mit einem Pudel – der direkten Ursache für die Zeugenaussage also, und Ljungdahl stellte zufrieden fest, daß er sogar die Hunderasse richtig geraten hatte. Sie servierte ihm Kaffee und Gebäck und nannte ihn *Herr Wachtmeister*. Ljungdahl schnurrte wie eine Katze.

Es falle ihr schwer, morgens zu schlafen, und darum gehe sie dann mit dem Hund spazieren, auch bei schlechtem Wetter wie heute. Sie habe die Wohnung zwanzig nach sieben verlassen. Sie sei sich dieser Zeit sicher, weil die Morgenzeitung gerade gekommen sei, und die komme immer um Viertel nach sieben.

Sie sei über das freie Feld zum Djurgårdsbrunns Värdshus hinuntergegangen, das sei ihre gewöhnliche Route, aber auf der anderen Seite der Brücke sei ihr Weg nicht immer gleich, das hänge vom Wetter und ihrer Laune ab. Damals sei sie aber nur ein paar hundert Meter auf Manillavägen gegangen, als sie sich entschlossen habe umzukehren.

Sie sei schon auf dem Rückweg gewesen, als sie einen geparkten Wagen bemerkte. Die Innenbeleuchtung war eingeschaltet, und sie habe gesehen, daß zwei Personen auf den Vordersitzen gesessen hätten. Das sei ihr aufgefallen, denn sonst sei ja niemand in der Nähe gewesen, weder Autos noch Menschen. Als sie fast beim Wagen angekommen sei, sei das Licht im Wagen wieder ausgemacht worden, und ein Mann sei rechts ausgestiegen und auf sie zugegangen, obwohl der andere noch sitzengeblieben war.

Süßer Jesus, daß die Tante das überleben durfte, dachte Ljungdahl. Er war vollkommen sicher, daß ihr Bericht den Tatsachen entsprach. Alles, was sie über den Standort des Wagens und dessen Aussehen gesagt hatte, stimmte zwar nicht mit den Zeitungsberichten vom Nachmittag überein, jedoch mit den wirklichen Tatsachen.

»Wie sah der Mann aus?« fragte Ljungdahl.

»Darüber kann ich leider nichts Genaues sagen. Er hatte so eine grüne Jacke mit Kapuze an, und die zog er sich sofort über, als er aus dem Auto stieg.«

»In welchem Abstand haben Sie sich in diesem Moment etwa befunden?«

Ja, Herr Wachtmeister, wissen Sie, ich kann Entfernungen nicht so gut abschätzen, aber es hätten da vier oder fünf Autos zwischen uns stehen können.«

»Aha. Der Mann stieg aus und zog sich die Kapuze über, und was haben Sie dann getan?«

»Ich blieb stehen, denn Maja war gerade dabei ... ja, Herr Wachtmeister, Sie verstehen.«

»Ja, ich verstehe. Der Mann ging also an Ihnen vorbei, während Sie stehenblieben?«

»Ja, wir waren nur etwa einen Meter voneinander entfernt, und da fragte ich ihn, ob etwas nicht in Ordnung sei, weil der andere im Wagen sitzenblieb.«

»Und was antwortete er?«

»Gar nichts. Er blickte nur auf die Erde und ging direkt an mir vorbei. Das fand ich natürlich merkwürdig, aber es kann ja auch ein Ausländer sein, dachte ich mir.«

»Warum haben Sie das gedacht? Sah er wie ein Ausländer aus?«

»Das kann ich nicht sagen. Ich habe ihn wegen der Kapuze nicht richtig gesehen, und außerdem blickte er auf die Erde.«

»Wie groß war er, war es ein großer oder ein kleiner Mann?«

»Er sah recht kräftig aus, war aber nicht sehr groß, nur etwas größer als ich selbst.«

»Wie groß sind Sie?«

»Einen Meter siebzig. Aber er ging leicht vornübergebeugt. Zwischen einem Meter fünfundsiebzig und einem Meter achtzig, würde ich schätzen.«

»Sie haben nichts von seinem Gesicht gesehen?«

»Doch, er hatte keinen Bart, aber wahrscheinlich einen Schnurrbart. Dann glaube ich, daß er dunkle Augen hatte, aber das kann auch an der Dunkelheit gelegen haben.«

»Haben Sie sein Alter schätzen können? Auch wenn man jemanden nicht deutlich sieht, bekommt man ja einen Eindruck davon, ob dieser Mensch alt oder jung ist.«

»Er war nicht so alt. Damit meine ich, vielleicht nicht so alt wie Sie, Herr Wachtmeister. Aber ich glaube, daß es ein Mann Mitte Dreißig gewesen ist, vielleicht auch ein junger Mann, denn er trug solche Jeans.«

»Da sind Sie sicher?«

»Ja, denn als er nicht antwortete, dachte ich, das ist typisch für diese ungezogenen Leute mit Jeans. Das war vielleicht dumm von mir, aber so habe ich jedenfalls gedacht.«

»Sie sind also sicher, daß er eine grüne Jacke mit hochgezogener Kapuze trug und Jeans?«

»Ja, absolut, das kann ich beschwören.«

»Nun, das wird kaum nötig sein, wenn Sie ihrer Sache sicher sind. Haben Sie gesehen, was er an den Füßen trug?«

»Nein, darauf habe ich nicht geachtet.«

»Und Sie sind sicher, daß er nichts sagte, als Sie ihn ansprachen?«

»Ja, völlig sicher.«

»Aber Sie wissen nicht, ob er Sie verstanden hat?«

»Nein, aber er muß ja bemerkt haben, daß ich etwas zu ihm sagte. Aber er blickte trotzdem nicht auf, sondern ging einfach vorbei.«

»Schien er es eilig zu haben?«

»Nein, nicht direkt. Er ging mit entschlossenen Schritten, könnte man sagen, aber er rannte nicht oder so.«

»Sie haben davor keinen Schuß gehört, keinen merkwürdigen Laut?«

»Nein, o nein. Dann hätte ich ja Angst bekommen, und das hatte ich nicht.«

Ljungdahl ging das Ganze noch dreimal durch. Es war kein Zweifel möglich. Die alte Dame hatte den Mörder gesehen, und hier war jedenfalls der Anfang einer Personenbeschreibung. Und dazu weitere Hinweise auf das Verhalten des Mörders, das auf Ljungdahl einigen Eindruck machte. Ein völlig verängstigter Gelegenheitsmörder, der in Panik vom Tatort flüchtet, hätte die Dame zur Seite gestoßen und wäre gelaufen, hätte sie angeflucht, schlimmstenfalls geschossen und wäre dann Hals über Kopf weggerannt. Dieser Mann in Jeans und grüner Jacke wußte genau, was er tat. Daß er nicht antwortete, konnte daran gelegen haben, daß er Ausländer war und sich nicht verraten wollte, vielleicht hatte er auch nichts verstanden. Aber auch ein Schwede, der so kaltblütig aufgetreten wäre, hätte darauf verzichtet, seine Stimme zu verraten.

Ljungdahl klappte sein Notizbuch zu. Er zog es vor, sich Aufzeichnungen zu machen, obwohl er bei Vernehmungen gleichzeitig ein Tonband laufen ließ. Er griff immer auf seine eigenen Notizen zurück und nicht auf die unendlich mühseligen wörtlichen Abschriften. Er verbeugte sich, bedankte sich für den Kaffee, fuhr zurück nach Kungsholmen und gab das Band zum Schreiben weg, bevor er zum Feierabend nach Hause fuhr.

Fristedt war direkt in sein Zimmer gegangen und hatte die Nummer der sowjetischen Botschaft gewählt. Beim Wählen lächelte er über die Absurdität der Situation. Am anderen Ende nahm jemand ab, der gebrochen Schwedisch sprach. Fristedt fragte nach Michail Subarow und wurde gleich durchgestellt.

Man kann den KGB also tatsächlich per Telefon erreichen, dachte er, während er darauf wartete, mit dem Residenten höchstpersönlich verbunden zu werden, das heißt mit dem Schweden-Chef des KGB. Das Gespräch war kurz und wurde in englischer Sprache geführt.

Als er sich in seiner Eigenschaft als Kommissar der Sicherheitsabteilung der Reichspolizeiführung vorstellte und gleichzeitig um ein baldiges Zusammentreffen in einer äußerst wichtigen Angelegenheit bat, folgte zunächst ein langes Schweigen.

»Rufen Sie in offiziellem Auftrag an?« wollte der Resident wissen.

Fristedt dachte nach. Was heißt offiziell. Es war ja nicht gerade ein heimliches Telefongespräch, und außerdem wurden sie in diesem Moment von mindestens zwei, vermutlich drei Sicherheits- oder Nachrichtendiensten auf Band aufgenommen.

»Ja«, erwiderte er, »es ist eine offizielle Angelegenheit, die ich Ihnen persönlich darlegen möchte, und es ist sehr dringend.«

Wieder ein langes Schweigen.

»Dann schlage ich vor, daß Sie sofort in die Botschaft kommen«, erwiderte der KGB-Chef schließlich.

Kaum eine Viertelstunde später saß Fristedt in Subarows Zimmer oder zumindest in einem großen und spärlich möblierten Dienstzimmer mit zugezogenen Gardinen im oberen Stock des Botschaftsgebäudes. Die Wände waren mit Gemälden geschmückt, die offenbar verschiedene Episoden in Lenins Leben zeigten. Hinter dem Schreibtisch, an dem Subarow saß, hing ein großes Foto von Gorbatschow. Fristedt notierte beiläufig, daß das Porträt, das da früher gehangen hatte, vermutlich eins von Breschnjew, größer gewesen war. Man sah auf der Eichentäfelung noch immer die Umrisse des früheren Bildes.

Ein jüngerer Diplomat – oder vielleicht auch nur ein Marinesoldat oder etwas ähnliches, wie es bei der CIA der Fall gewesen wäre – bot Fristedt ein kleines Glas mit armenischem Cognac an und zog sich dann schnell zurück.

»Also«, sagte der Resident, »dies ist ja ein ungewöhnlicher Besuch, aber ich möchte Sie zunächst willkommen heißen und zweitens den großen Respekt unserer Botschaft vor dem schwedischen Sicherheitsdienst zum Ausdruck bringen, den Sie vertreten, Herr Kommissar.«

Fristedt glaubte, die Andeutung eines Lächelns zu erkennen. Er verneigte sich jedoch leicht zum Dank, und dann kippten sie beide ihren Cognac. Fristedt hatte das Gefühl, so sei es am stilechtesten, was sich auch als völlig korrekt erwies.

»Und damit«, fuhr Subarow fort und stellte das leere Cognacglas mit einem Knall auf den Schreibtisch, »zum Geschäft. Was können wir für Sie tun? Eine sehr dringende Angelegenheit, sagten Sie?«

Fristedt überlegte sorgfältig. Er wies zunächst darauf hin, daß er selbst kein Diplomat sei, aber hoffe, die Angelegenheit trotzdem richtig zu erklären, ohne gegen irgendwelche diplomatischen Regeln zu verstoßen. Es gehe also darum, daß einer der Unseren heute morgen ermordet worden sei. Es gebe Grund zu der Annahme, daß die Mörder Ausländer seien, aber es gebe keinerlei Anlaß zu vermuten, daß sie sowjetische Staatsbürger seien oder aus einem kommunis... Fristedt korrigierte sich und sagte sozialistischen

Land. Die Mordwaffe sei allerdings eine Armeepistole sowjetischen Fabrikats ...

Weiter kam er nicht, als er schon von Subarow unterbrochen wurde, der seine Entgegnung mit einem Gesichtsausdruck herausbellte, der plötzlich jede Freundlichkeit verloren hatte.

»Die Botschaft der Union der Sozialistischen Sowjetrepubliken bedauert natürlich dieses Ereignis, und es ist unsere Hoffnung, daß Sie die Mörder aufspüren und bestrafen werden. Unser Land hat mit dieser Angelegenheit jedoch nichts zu schaffen.«

»Nein, dessen sind wir uns bewußt«, beharrte Fristedt und wünschte sich gleichzeitig weit weg, »aber Sie können uns in einem Punkt helfen, das ist es, worum wir Sie bitten.«

»Und wobei?« fragte Subarow kalt.

»Ich habe hier die Seriennummer der Waffe. Wir hoffen, daß Sie uns mit deren Hilfe das Herkunftsland nennen können; ich meine nicht das Land, in dem die Waffe hergestellt worden ist, sondern in welchem Land sie gelandet ist ... äh ... bevor sie hier landete, falls Sie verstehen.«

»Ich verstehe genau, was Sie meinen. Und wie Sie vielleicht wissen, befindet sich unser Land unglücklicherweise in einer Situation, in der wir zu Aufrechterhaltung des Friedens eine beträchtliche Waffenproduktion unterhalten müssen. Wir würden uns wünschen, daß es nicht so wäre, aber das sind die Realitäten. Eine einfache Handfeuerwaffe der von Ihnen erwähnten Art kann bei jedem beliebigen unserer Verbündeten gelandet sein, die wir nicht in Verruf bringen wollen, oder bei unseren Feinden oder deren Feinden. Ich bedaure, aber wir möchten nicht unverschuldet in die Sache verwikkelt werden.«

»Bedeutet das, daß Sie uns nicht helfen wollen?«

»Wenn Sie mit meinem Bescheid nicht zufrieden sind, müssen Sie das schwedische Außenministerium bitten, offiziell vorstellig zu werden. Aber unter uns, lieber Kollege, ist der Bescheid, den ich Ihnen soeben gegeben habe, mit großer Wahrscheinlichkeit auch das, was Sie nach einem offiziellen Antrag zur Antwort bekommen. Es ist sehr angenehm gewesen, Sie auf diese inoffizielle Art und Weise kennenzulernen.«

Und damit erhob sich der KGB-Chef und reichte Fristedt zum Abschied die Hand.

Fristedt fluchte auf dem ganzen Heimweg vor sich hin. Er wollte jedoch nicht aufgeben. Ans Außenministerium war überhaupt nicht zu denken, aber es gab eine Möglichkeit an der Grenze oder vermutlich schon jenseits der Grenze zu einem Dienstvergehen. Wenn die Ermittler jedoch nicht in Erfahrung brachten, woher die Waffe stammte, würden weitere Nachforschungen unmöglich werden, so wie es jetzt aussah. Und ein Kollege war ermordet worden. Nein, dann lieber ein Dienstvergehen.

Carl ging in sein Zimmer, entfernte die Abdeckhaube von der Tastatur und schaltete den Bildschirm ein. Zunächst wählte er den Zentralcomputer an, der erst die Fragen stellte, wer sich und warum er sich melde. Carl gab seinen Erkennungscode ein und begann eine Arbeit, die ihn weniger als eine Stunde kostete, die aber vor nur zehn Jahren, in einem völlig anderen technologischen Zeitalter, mehrere Tage erfordert hätte, vermutlich sogar für mehrere Personen.

Kurzwarenladen in Sibyllegatan Nummer XX. Wer ist der Eigentümer? fragte er das Immobilien- und Adressenregister.

Eigentümer war eine alleinstehende Frau Anfang Fünfzig.

Welche nahen Verwandten? fragte er im zentralen Melderegister.

Sechzehn Namen, darunter eine Tochter Anfang Zwanzig, tauchten auf dem grünen Bildschirm auf. Carl studierte die Namensliste und die Adressen. Einige ältere Verwandte, einige entferntere Verwandte auf dem Land. Nein, die Tochter schien am interessantesten zu sein, aber er speicherte alle Namen.

Welche Angestellten? befragte er die Steuerrolle.

Drei Namen. Zwei ältere Frauen, eine jüngere Frau im selben Alter wie die Tochter. Auch die wurden gespeichert.

Er nahm die Namen der beiden jüngeren Frauen und befragte das Immobilien- und Adressenregister, falls unter deren Adressen noch andere Personen wohnten. Die Tochter bewohnte mit einem Studenten eine Zweizimmerwohnung in Hägersten, das im Kurzwarenladen angestellte Mädchen wohnte allein.

Das war Schritt Nummer eins.

Der nächste Schritt war spannender, denn jetzt wollte Carl in das Register des Sicherheitsdienstes hineingehen. Dazu war erforderlich, daß er eine besondere Anfrage eingab, wieder seine Identität nannte, sowie seine *security clearance*, die darüber entschied, wie tief er in den Geheimnissen des Reiches wühlen durfte. Nach einer Sekunde kam die Antwort: OK.

Darauf prüfte Carl, ob die Personen, die er sich notiert hatte, im Datenspeicher des Sicherheitsdienstes verzeichnet waren.

Die Antwort kam blitzschnell. Ein älterer Verwandter in Vänersborg war Kommunist seit 1946. Die Tochter der Besitzerin des Kurzwarenladens wohnte mit einem siebenundzwanzigjährigen Studenten namens Nils Ivar Gustaf Sund zusammen, der seit sieben Jahren Mitglied der schwedischen Palästina-Gruppen war. Vor zwei Jahren war er Redakteur der Zeitschrift *Palästinensische Front* gewesen. Sund war dreimal im Nahen Osten gewesen und hatte außer beim letztenmal dabei mehrere Länder besucht. Beim letztenmal vor zwei Jahren hatte er nur den Libanon besucht. Im übrigen verwies der Computer auf Berichte über Sund, die offenbar im Archiv der Firma gespeichert waren.

Carl dachte eine Weile nach, während er die grünen, flimmernden Texte betrachtete. Falls es einen Zusammenhang zwischen Folkesson und der Tochter der Ladenbesitzerin gab, würde dieser vielleicht zu dem Palästina-Aktivisten weiterführen. Aber warum war die Tochter nicht gespeichert? Junge Leute dieser Art dürften kaum zusammenwohnen, wenn ihre Interessen stark voneinander abwichen. Bei zwei zusammenwohnenden Zwanzigjährigen war es beispielsweise höchst unwahrscheinlich, daß der eine Clartéist war und der andere Sozi. Warum war das Mädchen nicht gespeichert?

Die sogenannte Gesinnungsdatei ist jedoch alles andere als perfekt. Gewöhnliche Menschen, gewöhnliche Beamte, müssen erst die Angaben sammeln, bevor sie in den fehlerfreien Computern landen können. Es konnte so gewesen sein, daß man das Mädchen einfach übersehen hatte. Oder es lag an einer gesetzlichen Formalität. Den Jungen konnte man speichern, weil er diese Auslandsreisen gemacht und bestimmte Führungspositionen bekleidet hatte, das reichte als gesetzlicher Grund aus, ihn im Register zu speichern. Aber sie war vielleicht nur einfaches Mitglied ohne Führungsposition, ohne Auslandsreisen? Das konnte ein Grund dafür sein, daß sie nicht verzeichnet war. Carl ließ sich das Mietshaus in Hägersten geben und betrachtete die Namen der dortigen Mieter. Das Durchschnittsalter war gering, vielleicht untervermietete Wohnungen, niedrige Mieten,

Studenten. Carl hatte einen Einfall, glich das Mieterregister mit dem Säpo-Register ab und wurde sofort fündig.

Zwei weitere Personen, die in dem Mietshaus wohnten, waren in der Palästina-Bewegung aktiv. Die Spur aus dem Kurzwarenladen führte also zu vier Palästina-Aktivisten in Hägersten. Da war der Zusammenhang mit der von Folkesson notierten Telefonnummer.

Carl schrieb eine Bestellung beim Archiv nieder, das am nächsten Morgen das Grundmaterial über die vier Aktivisten liefern sollte. Dann schaltete er den Bildschirm aus, zog die Abdeckhaube über die Tastatur und ging auf die Straße hinunter.

Aus unerfindlichen Gründen kein Strafzettel am Wagen. Es regnete und war dunkel. Ihm fiel ein, daß er den ganzen Tag nichts gegessen hatte, und so hielt er auf dem Heimweg vor einer Hamburger-Bar.

Zu Hause räumte er eine Stunde lang in wütendem Tempo auf und wechselte die Bettwäsche. Dann ließ er sich in seinen Lesesessel fallen, griff zu den Kopfhörern der Stereoanlage und legte ein Klarinettenquintett von Mozart auf.

Ihm war unbehaglich zumute. Es waren also Palästina-Aktivisten, die er jagte, Genossen, die in etwa wegen der gleichen Sünden gespeichert worden waren wie er selbst. Er hatte ja auch einmal so eine Reise nach Beirut gemacht, vor ziemlich vielen Jahren, als Beirut noch nicht durch mehrere Kriege in Schutt und Asche gelegt worden war. Damals konnten er und die Genossen noch von Büro zu Büro gehen und einen Vertreter der palästinensischen Befreiungsbewegung nach dem anderen sprechen. Er hatte es selbst getan. Wo stand er jetzt?

Nein, es war zwar unbehaglich, aber er konnte sich nicht davonstehlen. Es lag ein ganzer Ozean von Unterschieden zwischen gewöhnlicher legaler Solidaritätsarbeit und Terrorismus. Weder er selbst noch einer der Genossen in der Clarté wäre je auf den Gedanken gekommen, sich an der Ermordung schwedischer Polizeibeamter zu beteiligen.

Es war eine unangenehme Lage, aber keine schwierige moralische Frage. Die Genossen, die Polizisten ermordeten oder dabei halfen, waren letztlich keine Genossen, ebensowenig wie die Baader-Meinhof-Bande etwas mit Sozialismus zu tun hatte. Aber gab es denn überhaupt schwedische Terroristen? Jetzt, so viele Jahre nach der linken Welle? Oder vielleicht gerade darum? Was in den Massenbewegungen der sechziger und siebziger Jahre unmöglich war, konnte inzwischen vielleicht Realität sein, nachdem die Linke auf unbedeutende kleine Sekten zusammengeschrumpft war. Ein Ausbruch von Verzweiflung?

Wie er sich auch drehte und wendete: Carl Gustaf Gilbert Hamilton, neunundzwanzig Jahre, ehemaliges Mitglied der Clarté, unter anderem deswegen von den Sicherheitsdiensten registriert sowie wegen unerwünschter Auslandsreisen in dem Register gespeichert, das er jetzt benutzte, dazu Reserveleutnant der Marine und Abteilungsleiter beim Sicherheitsdienst des Reiches; dieser er selbst, der ein anderer Mensch geworden war, mit dunklen Eisschollen in sich, Erinnerungsbildern an die fünfjährige Ausbildung zum *field operator*, beteiligte sich jetzt an der Jagd auf Palästina-Aktivisten.

Er schlief mit den Kopfhörern ein. Die Mozart-Platte lief weiter.

Erik Appeltoft saß zu Hause in der Küche auf einem einfachen Holzstuhl. Er hatte abgewaschen, den Müll hinuntergebracht und den Tisch abgedeckt; seitdem seine Frau im vergangenen Jahr einen Herzanfall erlitten hatte, hatte er den größten Teil der Haushaltsarbeit übernommen, jedenfalls das meiste von dem, was nach siebzehn Uhr zu erledigen war. Sie waren seit einunddreißig Jahren verheiratet, aber in den letzten achtzehn Jahren, in denen er in der Firma gearbeitet hatte, hatten sie nie über seinen Job gesprochen.

Offiziell ist es verboten. Kein Angestellter beim Sicherheitsdienst des Reiches ist berechtigt, wie es heißt, privat über Angelegenheiten zu sprechen, die mit geheimem Material zu tun haben. Und alles, was die Firma betrifft, muß als geheim betrachtet werden. In dieser Hinsicht gab es bei den Kollegen zwei verschiedene Schulen. Sie verhielten sich entweder wie Appeltoft oder so wie Fristedt etwa, der alles mit seiner Frau ausdiskutierte, zwar nicht gerade mit den Kindern, aber immerhin mit seiner Frau. In der Firma selbst wurde nicht über diese Dinge gesprochen; jeder mußte das Problem nach eigener Veranlagung und nach eigenem Gewissen lösen. Fristedt hatte irgendwann beiläufig angedeutet, daß er ganz einfach nicht denken könne, wenn er alles für sich behalten solle.

Aber Appeltoft behielt alles, was die Firma betraf, für sich, wenn er zu Hause war. Er wußte trotzdem sehr wohl, daß seine Frau schnell an seinem Gesicht ablesen konnte, was los war, wenn er nach Hause kam. Jetzt vor dem Essen war sein Gesicht sicher wie ein offenes Buch gewesen. Sie hatte beide Abendzeitungen vor sich liegen, und wenn er überhaupt nicht auf die Sache einging, war ihr klar, daß er beruflich damit zu tun hatte. Also kam es zu der gewohnten Prozedur. Sie trank nach dem Essen ihre Tasse Kaffee und ging zum Fernsehen ins Wohnzimmer. Er wischte sorgfältig den Küchentisch ab und breitete die vertraulichen Akten vor sich aus.

Das Material aus Folkessons Panzerschrank wies hier und da schwache Unterstreichungen mit Bleistift auf. Appeltoft wußte, daß Folkesson solche diskreten Unterstreichungen vornahm; sie hatten vor ein paar Jahren zusammengearbeitet, bevor Appeltoft auf eigenem Antrag von Büro B nach Büro C versetzt worden war, wo er sich mit strategischer Analyse beschäftigte, wie es hieß. Das lief darauf hinaus, daß er manchmal die gesammelten internationalen Erkenntnisse über verschiedene Variationen des *modus operandi*, das typische Verhaltensmuster von Spionen oder Terroristen, auf dem laufenden halten mußte. Normalerweise war das eine stille Arbeit an der Grenze zur Langeweile, aber er hatte sich aufgrund seiner persönlichen Abneigung gegen Näslund von Büro B versetzen lassen.

Das schwedische Material, mit dem sich Folkesson ein paar Tage vor seinem Tod möglicherweise beschäftigt hatte, war Appeltoft daher mehr als wohlbekannt. Es war ein Memorandum mit der Überschrift *Zusammenfassende Darstellung des modus operandi im modernen Terrorismus*.

Appeltoft hatte sich einen Notizblock geholt, auf dem er jetzt die Passagen notierte, die Folkesson an dem im übrigen recht dürren Text offenbar interessiert hatten.

Die erste Unterstreichung fand sich im ersten Satz unter der Zwischenüberschrift *Indirekter Terrorismus – Ersatz-Terrorismus*. Der indirekte Terrorismus richtet sich gegen Menschen oder Objekte, die mit dem Staat oder der Behörde zu identifizieren sind, den die Terroristen angreifen wollen. Die beiden Worte *oder Behörde* waren unterstrichen.

Am Rand stand hier ein kleines gekritzeltes Fragezeichen.

Die nächste Markierung fand sich unter der Zwischenüberschrift *Direkter Terrorismus – Repressiver Terrorismus*. In dieser Passage ging es um Mord und Attentate sowie die Schwierigkeiten eines Sicherheitsdienstes, solchen vereinzelten Gewalttaten zu begegnen, und am Ende war ein ganzer Absatz unterstrichen:

... Die Gründe für das aus der Sicht des Auftraggebers erfolgreiche Ergebnis dürften vor allem in folgenden Umständen zu finden sein:

a) logistische Unterstützung im Operationsland
b) sorgfältige Planung
c) Schnelligkeit der Operation
d) der direktimportierte Mörder
e) Möglichkeit zu schneller Flucht aus dem Zielland
f) keine unmittelbaren Mittäter im Zielland

Zwei Zeilen waren doppelt unterstrichen, nämlich die mit den Hinweisen auf *logistische Unterstützung im Operationsland* und den *direktimportierten Mörder*.

Dann dauerte es noch ein paar Seiten, bis sich wieder eine Spur von Folkessons besonderem Interesse zeigte. Aber bei der Zwischenüberschrift *Logistische Unterstützung* gab es viele dicke Unterstreichungen. Und die nach Folkessons Ansicht interessanten Passagen waren offensichtlich die folgenden gewesen:

»... internationaler Terrorismus setzt einen langen Zeitraum für den Aufbau logistischer Stützpunkte voraus. Diese Unterstützung ist für eine internationale Terrororganisation von äußerster Wichtigkeit. Eine logistische Unterstützung kann sich in den verschiedensten Formen und Arten manifestieren. Gerade hier spielen die Sympathisanten oder Mitglieder der verschiedenen Organisationen eine große Rolle.«

Das Wort *Sympathisanten* war dick unterstrichen. Und weiter:

»Der internationale Terrorismus könnte ohne logistische Unterstützung nicht existieren. Bei der Terroristenbekämpfung muß daraus die Konsequenz gezogen werden, die logistische Unterstützung zu beschneiden.

Einige Beispiele für logistische Unterstützung sind:

a) vorbereitende Propaganda,

b) Personen, die Papiere und Reisedokumente herstellen und bereitstellen, welche die Terroristen bei der Fahrt vom Ausgangsland zum Zielland brauchen,

c) Personen, welche die Gewohnheiten des Opfers im Zielland erkunden und darüber Bericht erstatten, beispielsweise Muster des Personenschutzes, Wohnung, Arbeitsplatz, Bewegungsbilder, Fotos von Objekt/Opfer etc.

d) Personen, welche die Attentäter unterstützen, wenn diese sich bei der Fahrt zum Zielland in fremden Ländern aufhalten oder sie passieren,

e) Personen, die im Heimatland Reisepapiere beschafft haben,

f) Personen, die entweder im Zielland oder im Ausland Waffen beschafft haben und sie im letztgenannten Fall ins Zielland transportieren,

g) Personen, die im Zielland in Erscheinung treten und für Transporte, Anmietung von Fahrzeugen und so weiter verantwortlich sind,

h) Personen, die den Attentätern im Zielland vorübergehend Wohnraum beschaffen, sie mit Nahrung versorgen, Karten, Kursbücher, Fahrausweise für den Nahverkehr und ähnliches beschaffen,

i) Personen, die sonstwie behilflich sind, beispielsweise durch Propaganda vor, nach und während der Zeit der Tat, durch Überwachung dessen, was die Behörden im Zielland aus Anlaß des Angriffs unternehmen, Inszenierung sonstiger Unruhen, um das Handeln der Behörden zu zersplittern etc.

Der Aufbau einer Basisorganisation, die sich später zu logistischer Unterstützung nutzen läßt, kann in der Hauptsache auf zwei verschiedene Arten erfolgen. Entweder setzt man im Zielland schon vorhandene Kader von Sympathisanten ein, oder die Organisation muß durch Etablierung einzelner Vertreter der Organisation im Zielland die Voraussetzungen für eine organisierte Einschleusung zuverlässiger, aktiver Mitglieder ins Zielland schaffen. Selbstverständlich führt der erstgenannte Weg schneller zum Ziel – zur Durchführung des Attentats ...

In diesem Abschnitt schien der Punkt *h*, die Frage der Unterstützung der Attentäter im Zielland durch Beschaffung von Wohnraum, Nahrung, Karten und so weiter, Folkessons besonderes Interesse erweckt zu haben.

Weiter unten im Text fand sich ein dicker Strich unter *schon vorhandene Kader von Sympathisanten* und *führt schneller zum Ziel.*

Appeltoft grübelte eine Weile.

Folkesson hatte sich also über schwedische Sympathisanten Gedanken gemacht, die bei der Wohnraumbeschaffung und dergleichen logistische Unterstützung bieten konnten. Hingegen würden die Terroristen ihre Waffen selbst einführen, selbst ausländische Reisepapiere besorgen und für die Transporte stehen?

In diesem Fall mußte man mit wohlorganisierten Terroristen rechnen. Die Unterstützung durch Sympathisanten mochte zwar wichtig sein, aber inwieweit hatte sie direkt mit der Aktion zu tun?

Ein paar Seiten zuvor gab es ja schon eine Unterstreichung bei dem *direktimportierten Mörder*.

Also. Eine Aktion, die hauptsächlich von außen gesteuert wurde, wobei den Terroristen große Hilfsmittel zur Verfügung standen. Hinzu kam eine begrenzte logistische Unterstützung durch Sympathisanten in Schweden.

Folkesson selbst war diesem »direktimportierten Mörder« zweifellos begegnet, denn er hatte sich als ausgewachsener Profi erwiesen.

Aber Folkesson konnte kaum das Ziel gewesen sein. Oder? Worauf sollte seine frühere Unterstreichung eigentlich hinweisen: *oder Behörde*?

Der Sicherheitsdienst war in hohem Maße eine Behörde. Obwohl er selbst, Folkesson, dort ein Fragezeichen an den Rand gesetzt hatte. Bedeutete dies, daß er sich ein denkbares Ziel vorgestellt und sich gefragt hatte, ob dieses Ziel eine Behörde sei? Oder bedeutete es, daß die Firma die fragliche Behörde sein konnte?

Appeltoft schrieb seine Aufzeichnungen ins reine, legte das *Modus-operandi*-Material beiseite und holte sich frischen Kaffee, bevor er mit dem ausländischen Bericht weitermachte. Die Akte war mehr als zehn Jahre alt. Ihre Herkunft wurde nicht genannt, aber Appeltoft brauchte nicht lange zu lesen, bis ihm klar war, daß es sich um eine israelische Quelle handeln mußte.

Das Material bestand hauptsächlich aus einem Verzeichnis palästinensischer Terroroperationen, die in zwei Hauptkategorien eingeteilt waren. Die erste Kategorie betraf Aktionen, die sich gegen Araber gerichtet hatten:

Ghassan Kanafani, in Beirut am 8. Juni von einer Autobombe getötet. Funktion: Redakteur der PFLP-Zeitung *Al Hadaf* (»Das Ziel«). Vermutlicher Urheber des Verbrechens: DPFLP.

Bassam Sharif, Briefbombe, schwer verletzt. Nachfolger Kanafanis. Bestätigter Urheber des Verbrechens: DPFLP.
Dr. Anis Sayegh, Briefbombe, leichte Verletzungen. Funktion: Chef bei der Forschungszentrale der PLO in Beirut. Vermutlicher Urheber des Verbrechens: PFLP-Oberkommando.
Palästinensische Buchhandlung in Paris, am 4. September durch einen Sprengkörper zerstört. Bestätigter Urheber des Verbrechens: die irakische Abweichlerfraktion ALF, die unter Leitung von Abu Nidal aus der PLO ausgeschert ist.
Abu Khalil, Briefbombe, schwere Verletzungen, 24. Oktober. Funktion: Repräsentant der PLO in Algerien. Vermutlicher Urheber des Verbrechens: As Saika (von Syrien unterstützte Abteilung der PLO).
Wail Zaeter, in einem Hotelfahrstuhl ermordet. Funktion: extremistischer Exilschriftsteller. Bestätigter Urheber des Verbrechens: Rased.
Omar Sufan, Briefbombe, leichte Verletzungen. Funktion: Vertreter der Al Fatah in Stockholm. Vermutlicher Urheber des Verbrechens: PFLP.
Ahmed Abdallah, Briefbombe, leichte Verletzungen, 30. November. Funktion: Vertreter des palästinensischen Studentenverbands in Kopenhagen. Bestätigter Urheber des Verbrechens: PFLP.
Mahmoud Hamshari, durch eine per Funksignal am 8. September ausgelöste Bombe ermordet. Funktion: Vertreter der PLO in Paris. Bestätigter Urheber des Verbrechens: Rased.
Hussein Abu Khair, durch eine per Funksignal ausgelöste Sprengbombe ermordet. Funktion: Vertreter der PLO auf Zypern. Vermutlicher Urheber des Verbrechens: Schwarzer September.
Ziad Helou, Autobombe, leichte Verletzungen. Funktion: Mitglied des Schwarzen September. Vermuteter Urheber des Verbrechens: Rased.
Bassel Kubaissy, aus nächster Nähe erschossen. Funktion: Vertreter der PFLP. Vermuteter Urheber des Verbrechens: Rased.

So ging es mit weiteren zwanzig Namen weiter. Vor mehr als zehn Jahren hatte zwischen den verschiedenen palästinensischen Organisationen zwei Jahre lang fast so etwas wie ein Bürgerkrieg getobt.

Dieser Teil des Berichts stand jedoch in starkem Gegensatz zum folgenden Abschnitt, bei dem es ausschließlich um größere Palästinenser-Aktionen gegen Botschaften, Reisebüros, einzelne Diplomaten und so weiter ging. Die meisten Ereignisse waren schon so bekannt, daß sich jeder Nachrichtendienstmann Europas an sie erinnern würde.

Die Zahl der Angriffe gegen Einzelpersonen, bei denen sich die Araber offensichtlich gegenseitig liquidierten, wurde kurz nach 1973 geringer, und dann kam eine lange Pause bis zu einem recht aktuellen Ereignis, als nämlich ein gewisser Hissam Sartawi beim Treffen der Sozialistischen Internationale in Portugal ermordet wurde. Das Verzeichnis führte die PFLP, die Volksfront zur Befreiung Palästinas, als »bestätigten« Urheber des Verbrechens auf.

Die Berichte über Palästinenser-Angriffe gegen nicht-palästinensische Ziele umfaßten dagegen die Zeit vor 1973 bis in die jüngste Zeit.

In der israelischen Zusammenstellung hatte Folkesson nicht eine einzige Notiz gemacht und keine Unterstreichungen vorgenommen. Was hatte ihn dann interessiert? Angriffe auf Einzelpersonen unter Arabern oder Angriffe auf diplomatische und vergleichbare Ziele? Das ließ sich nicht erraten. Man konnte jedoch feststellen, daß die letztere Kategorie häufiger war und sich nicht nur auf einen Zeitraum konzentrierte, der schon mehr als ein Jahrzehnt zurücklag.

Appeltoft zuckte plötzlich zusammen, als er aus dem Wohnzimmer ein vertrautes Geräusch hörte. Er ging hinein und sah seine Frau wie erwartet mit offenem Mund vor dem rauschenden Fernseher schlafen. Er hob sie vorsichtig aus dem Sessel und trug sie ins Schlafzimmer. Sie wachte auf und begann, sich schlaftrunken auszuziehen. Er half ihr, deckte sie zu und küßte sie auf die Stirn, bevor er in die Küche zurückkehrte.

Logistische Unterstützung durch schwedische Sympathisanten hatte es seines Wissens nur in einem gesicherten Fall gegeben. 1977 hatte ein westdeutscher Stümper der Terroristenbranche eine Aktion vorbereitet, mit der die damalige Einwanderungsministerin Anna-Greta Leijon entführt werden sollte. Zumindest hatte er versucht, seine Umgebung davon zu überzeugen, daß er eine solche Aktion vorbereitete. Ein westdeutscher Räuber namens Rudi Hecht, der sich eine Strafmilderung verschaffen wollte, ging zur Firma, landete bei Axel Folkesson und erbot sich, eine Terroristenbande zu verraten, wenn man seinen Raubüberfall als Gegenleistung in etwas anderes verwandelte und ihm zusicherte, daß er in Schweden bleiben dürfe. Überdies sollte man ihm noch garantieren, daß er in einer bestimmten Steuersache keine Schwierigkeiten bekam.

Folkesson hatte sich auf diesen Handel eingelassen, und das Ganze endete damit, daß eine Anzahl mehr oder weniger beteiligter Ausländer als mehr oder weniger schuldige Terroristen des Landes verwiesen wurden. Die beiden, die in der Bundesrepublik gelandet waren, Kröcher und Adomeit hießen sie, erhielten natürlich einen warmen Empfang und wurden nach gewohnter bundesdeutscher Art zu zwanzig bis dreißig Jahren Haft verurteilt. Die anderen Ausländer, die man nach Großbritannien, Griechenland und Kuba geschickt hatte, wurden nicht einmal vor Gericht gestellt.

In Schweden gab es jedoch noch ein rundes Dutzend schwedischer Sympathisanten, die wegen Sabotage und Menschenraub und ähnlicher Delikte angeklagt wurden. Die Strafsache wurde jedoch nicht einem der gewöhnlichen Spionage-Staatsanwälte überantwortet, sondern einem ganz bestimmten Distrikts-Staatsanwalt aus Norrland anvertraut, der nach Stockholm reiste und dem es mit Hilfe Folkessons und anderer Angehöriger der Firma gelang, die meisten dieser jungen Leute verurteilen zu lassen. Die Anklage gegen den Denunzianten wegen schweren bewaffneten Raubüberfalls wurde in »Diebstahl« umgewandelt.

So war es gewesen, wie sich Appeltoft erinnerte. Näslund war nicht sofort nach seinem glänzenden Einsatz bei der Ergreifung des Meisterspions von Jukkasjärvi Chef von Büro B geworden. Er hatte außerdem die Strafsache gegen die angeblichen jungen Terroristen gewonnen, und damit war er reif für die große Beförderung. So war es zugegangen.

Und das sollte das einzige bekannte Beispiel für schwedische Jugendliche sein, die sich tatsächlich als logistische Terroristen betätigt hatten? Doch, so war es.

Und jetzt sollte es um junge Leute gehen, die mit der Palästina-Bewegung in Verbindung standen?

Appeltoft hatte da seine Zweifel. Ein Beispiel dieser Art hatte es seit zwanzig Jahren nicht mehr gegeben. Näslund jedoch würde schon beim bloßen Gedanken in Begeisterung geraten, auch wenn es noch gar keine Verdächtigen gab.

Appeltoft kramte seine Papiere zusammen und steckte sie in seine Aktentasche, die er sorgfältig verschloß, bevor er in der Küche das Licht ausmachte und ins Badezimmer ging. Er wusch sich das Gesicht mit kaltem Wasser. Er ertappte sich bei dem Gedanken, welch ein Glück es war, daß Näslund diesmal keine jungen Schweden auf Lager hatte.

Er hatte ja keine Ahnung davon, was Carl Hamilton, dieser komische Wildwestheld, auf seinem grünen Computerbildschirm gefunden hatte.

4

Carl betrat den Raum drei Minuten nach acht. Die beiden anderen saßen schon da, ihren Kaffee in Plastikbechern vor sich. Sie nickten einander zu. Appeltoft goß einen dritten Plastikbecher voll und schob Carl das Zuckerpaket hin.

»Also, dann können wir loslegen«, sagte Fristedt, »und das Ergebnis meiner gestrigen Anstrengungen läßt sich ganz kurz zusammenfassen. Ich bin beim KGB gewesen und habe die gebeten, uns zu helfen, und die haben kurz und bündig gemeint, ich soll mich zum Teufel scheren.

»Wen hast du getroffen?« fragte Appeltoft.

»Subarow höchstpersönlich«, erwiderte Fristedt.

Appeltoft ließ einen Pfiff hören: »Teufel auch.«

»So weit also zu dieser Sache, aber ich werde es mit einer neuen Variante versuchen«, fuhr Fristedt fort. »Und wie steht's bei dir?«

Die Frage war natürlich an Appeltoft gerichtet. Anders als Juristen halten Polizeibeamte ihre internen Vorträge in der Rangordnung von oben nach unten.

Appeltoft zog seine Notizen aus der Aktentasche und referierte zunächst die Fakten. Die erste Notiz galt dem Fragezeichen bei *oder Behörde.* Dann wandte sich das Interesse der Anwesenden Appeltofts Bericht der wichtigsten Punkte aus den beiden Memoranden über den internationalen Terrorismus und vor allem dem terroristischen Umfeld zu.

»Sympathisanten und logistische Unterstützung im Zielland werden ja ziemlich herausgestellt, obwohl das in diesem Fall schwedische Palästina-Aktivisten sein müßten«, schloß Appeltoft seinen Bericht. Er überlegte eine Weile, bevor er fortfuhr:

»Eins kann ich aber jetzt schon sagen, daß es nämlich keine klaren Präzedenzfälle gibt. Ich habe heute morgen nachgesehen, und das einzige in dieser Richtung ist ein schwedisches Mädchen, das vor sieben oder acht Jahren ein paar Palästinensern dabei half, in einem Wohnwagen Handfeuerwaffen nach Uppsala zu schmuggeln. Die schienen aber eher Gangster gewesen zu sein, und sie ein ganz normales Mädchen, das sich in einen dieser Typen verliebt hatte. Es ist also kein guter Vergleichsfall.«

Fristedt machte sich einige kurze Notizen.

»Und du«, sagte er und blickte zu Carl hoch, »hast du in den Maschinen was gefunden?«

»Ja, und das scheint mit den Hinweisen übereinzustimmen, auf die Appeltoft gestoßen ist.«

Carl legte kurz die Ergebnisse seiner Arbeit dar: Die Tochter aus dem Kurzwarenladen in Sibyllegatan lebe mit einem Veteranen der Palästina-Bewegung zusammen. Und im selben Haus wohnten zwei weitere bekannte Palästina-Aktivisten. Die Telefonnummer führe also indirekt zu vier Sympathisanten.

»Nun, das wird Näslund mächtig aufmuntern«, meinte Appeltoft düster.

Sie überlegten kurz. Dieses Mädchen hatte die Firma angerufen und war zu Folkesson durchgestellt worden – das könnte man in den Telefonprotokollen der Firma nachprüfen; hatte sie vor etwas warnen wollen, in das sie nicht hineingezogen werden wollte, und dann die Telefonnummer ihrer Mutter am Arbeitsplatz hinterlassen, weil sie zu Hause keine Anrufe von der »Säpo« wünschte?

Das war vorstellbar, aber nur theoretisch.

»Ach was!« sagte Fristedt, »wir sollten hier nicht herumsitzen und raten. Näslund will uns Punkt zehn Uhr zu einer Konferenz bei sich sehen, und bis dahin solltet ihr von diesem Zeug Abschriften und ein paar Kopien machen lassen.«

Jeder ging wieder in sein Zimmer, Appeltoft und Carl, um ihre schriftlichen Zusammenfassungen zu schreiben, und Fristedt, um etwas Erstaunlicheres zu tun.

Als er in seinem Zimmer war, rief er die kleine Abteilung der Firma an, die sich um Personenschutz und derlei zu kümmern hatte, und bat um ein Verzeichnis der Botschaftsveranstaltungen der kommenden Tage.

Innerhalb von zehn Minuten hatte er die aktuelle Wochenübersicht auf dem Tisch und studierte mit großem Interesse, welche Botschaften in den nächsten Tagen welche Feierlichkeiten und ausländische Besucher haben würden. Er fand schnell, wonach er suchte, und kreuzte eine ziemlich interne Begebenheit der rumänischen Botschaft am folgenden Tag an: die Feiern aus Anlaß des 42. Jahrestages der rumänischen Volksarmee. Die nächste Möglichkeit tauchte erst am Ende der folgenden Woche auf. Dann würde die iranische Botschaft ein Kriegsjubiläum feiern, das etwas mit dem Irak zu tun hatte. Das war eine schlechtere Alternative.

Punkt zehn Uhr begann die Konferenz bei Näslund.

Erst berichtete Ljungdahl über die Personenbeschreibung, die man jetzt vom Täter hatte, folglich einem Mann in grüner Jacke und Jeans, einer grünen Jacke mit Kapuze, etwa Mitte Dreißig oder jünger, zwischen 1,75 und 1,80 Meter groß, vermutlich glattrasiert, vielleicht Schnurrbart und unbekannter Nationalität, aber ein Auftreten, das die bisherigen Erkenntnisse über den Hergang des Verbrechens bestätigte.

Fristedt faßte das Ergebnis der internen Ermittlungen der Firma zusammen und verteilte die schriftlichen Berichte. Während er sprach, zog Näslund einen Kamm aus der Tasche und strich sich das Haar an den Schläfen nach hinten. Näslund war offenkundig auf dem Sprung.

»Meine Herren, das Bild wird allmählich klarer, und für nur vierundzwanzig Stunden ist das gar nicht schlecht gepinkelt«, sagte er, als Fristedt geendet hatte. Man sah ihm an, daß er noch etwas besonders Interessantes von sich geben wollte, weil er seine gewohnte Kunstpause machte, während er den Blick um den Tisch schweifen und bei jedem kurz verweilen ließ.

»Ich glaube nämlich, daß wir diesen Mann mit der grünen Jacke haben«, fuhr er fort. »Die norwegischen Kollegen haben so einen Burschen gestern in einem Hotel zu Besuch gehabt, das für palästinensische Terroristen ein perfektes Ziel gewesen wäre. Und damit wird auch der Zusammenhang mit dieser Logistik klar, den Hamilton hier rausgefunden hat. Gute Arbeit übrigens, Hamilton.«

Dann schwieg er in Erwartung einer der selbstverständlichen Fragen. Das war sein übliches Spiel.

»Aha, das ist ja eine gute Nachricht«, sagte Ljungdahl, »und darf man fragen, ob man diesen Mann mit der grünen Jacke hat identifizieren können oder ob unsere Personenbeschreibung verbessert worden ist?«

»Er ist einwandfrei identifiziert«, entgegnete Näslund triumphierend, »und es ist kein Niemand. Es ist nämlich Erik Ponti, Auslandschef beim *Echo des Tages*, falls den Herren das bekannt ist.«

Die Anwesenden starrten den Abteilungsleiter ungläubig an.

»Das soll der Mörder sein?« fragte Fristedt.

»Ein reichlich hochgestellter logistischer Helfer, falls es den Tatsachen entspricht«, knurrte Appeltoft leise und handelte sich einen kurzen Blick Näslunds ein.

»In dieser Mappe«, fuhr Näslund fort, »findet sich das Wichtigste über diesen sogenannten Journalisten, und die Verbindung zwischen ihm und den vier Aktivisten in Hägersten darf als absolut erwiesen betrachtet werden.«

»Wie das?« wollte Fristedt wissen.

»Das seht ihr selbst, wenn ihr das Material durcharbeitet. Jetzt müssen wir folgende Schritte unternehmen. Als erstes machen wir bei diesen Typen draußen in Hägersten und bei Ponti eine Telefonüberwachung. Auch wenn das in Pontis Fall kaum zu einem Ergebnis führen wird, wissen kann man es nie. Dann bleibt die Frage, ob wir oder die offene Polizei die Fahndungseinsätze in Hägersten organisieren sollen, und dann schlage ich vor, daß du das mit der Fahndung besprichst, Ljungdahl, oder möglicherweise mit dem Drogendezernat, falls die uns ein paar Leute ausleihen können, aber das werden sie schon können, wenn sie hören, worum es geht. Und dann wünsche ich, daß ihr (er wandte sich an die drei Mann von der Firma) zunächst dieses norwegische Material durchgeht und dann schnell wie der Blitz, am liebsten heute noch, einen Mann nach Norwegen schickt, damit er sehen kann, ob in Oslo noch mehr zu holen ist. Und dann solltet ihr natürlich noch in den Kreisen um diese vier herum in unseren Dateien und sonstigen Registern suchen. Meine Herren. Wir sind also schon so weit gekommen, daß wir einen entscheidenden Schlag vorbereiten, so daß ich die Bedeutung absoluter Diskretion in dieser Sache nur unterstreichen kann.«

Näslund sprang auf, erklärte die Konferenz für beendet und ging fröhlich vor sich hinpfeifend direkt zum Reichspolizeichef, falls man die Tour Fahrstuhl – Gang – Fahrstuhl – Flur so beschreiben kann, aber das war jedenfalls Näslunds Gefühl.

Zehn Minuten später hatte er einen der furchtbarsten Anpfiffe seines Lebens bekommen. Die Kralle wurde fast hysterisch, als er

Näslunds Vorschlag vernahm, und dabei war die Kralle immerhin dafür bekannt, in jeder Lebenslage die Beamtenwürde zu wahren und niemals die Beherrschung zu verlieren.

»Ich höre wohl nicht richtig!« schrie der Reichspolizeichef im Falsett, »korrigiere mich, wenn ich mich irre, und setz dich übrigens, aber dein Vorschlag kommt mir doch ein bißchen übereilt vor.«

Der Reichspolizeichef sank in seinem Stuhl zurück und holte Luft, während er die Brille abnahm und sie mit einer geschickten Bewegung seiner gesunden Hand zu putzen begann. »Also. Du willst die Staatsanwaltschaft einschalten und einen der bekanntesten Journalisten des Landes verhaften lassen. Na schön, ich teile deine Beurteilung, was diese Person betrifft, aber du bist genauso Staatsanwalt gewesen wie ich. Gratuliere, Herr Staatsanwalt. Jetzt stell dir mal einen Haftprüfungstermin vor hundert Journalisten in diesem Scheiß ... in diesem ominösen Terroristensaal vor. Warum sollen wir den Redakteur jetzt festnehmen? Weil er eine grüne Jacke trägt und in Oslo ein bißchen seltsam aufgetreten ist, ja! Mit diesem Beweis gegen einen dieser Ärsche Sjöström oder Silbersky oder irgendeinen anderen dieser illustren Advokaten als Verteidiger ... Nein, ich will den Gedanken nicht mal weiterdenken. Komm mir mit Beweisen, dann werde ich mit dir Champagner trinken, aber bis auf weiteres, Gott soll uns schützen, wirst du dich mit ganz normaler Telefonüberwachung begnügen müssen. Heißt es so? Ja. Und kein Wort zur Presse über diese Sache, muß ich dir das noch sagen?«

»Aber es gibt unzweifelhafte Zusammenhänge ...«, machte Näslund einen neuen Anlauf.

»Ja, das sehe ich schon. Du hast vielleicht recht. Viel Glück. Aber schnapp dir diese Extremisten, wo sie am schwächsten sind. Konzentriert euch vorläufig auf die jungen Leute dort draußen in Hägersten. Und noch etwas, keine Fahndungseinsätze gegen diesen Ponti, außer der Telefonüberwachung natürlich.«

»Aber warum das denn?«

»Falls nun diese Geschichte der Norweger zutrifft, gibt es ja rein ... äh ... operative Gründe. Man soll keine schlafenden Hunde wecken, du weißt schon. Außerdem. Stell dir vor, die Sache kommt raus, ›Säpo verfolgt *Sveriges Radio*‹, wie würde das wohl aussehen. Nein, versuch's auf dem Weg über die anderen, aber rühr mir diesen Ponti nicht an, bevor du dich ganz warm angezogen hast. Ich habe mich hoffentlich klar ausgedrückt?«

»Sehr.«

Das war ein Rückschlag für Näslund. Er schüttelte jedoch rasch sein Unbehagen ab. Er hatte es im Gefühl, daß das Ganze trotz allem klappen würde. Dieses sichere Gefühl hatte er schon früher gehabt.

Fristedt und Appeltoft gingen unter dumpfem Schweigen in ihr gemeinsames Arbeitszimmer zurück, während Carl ein paar Schritte hinter ihnen hertrottete. Fristedt trug Näslunds Dokumentenbündel über den Tatverdächtigen.

Fristedt warf die Akten auf den Konferenztisch.

»Aha«, sagte er, »hier haben wir also Näslunds direktimportierten Mörder vom schwedischen Rundfunk. Schöner Job für den, der ihn kriegt, zu *Sveriges Radio* hinaufzugehen und einen der bekanntesten Journalisten des Landes als Mörder festzunehmen. Wer's glaubt, wird selig.«

Sie schwiegen eine Weile. Jedem von ihnen waren die unerhörten Konsequenzen klar, falls sich das Ganze als Irrtum herausstellen sollte. Näslund hätte ebensogut einen Reichstagsabgeordneten oder einen General als Täter präsentieren können.

»Da gibt es noch etwas, was mir Kummer macht«, sagte Appeltoft nach einigen Minuten drückenden Schweigens. »Folkesson und dieser Ponti kannten sich recht gut, und das schon seit vielen Jahren. Wer darüber alles weiß, ist unser Kollege Roffe Jansson.«

»Dann bitten wir Roffe Jansson herzukommen«, sagte Fristedt und griff zum Telefon.

Roffe Jansson erschien innerhalb von drei Minuten. Er hatte in der allerersten Zeit mit Folkesson zusammengearbeitet, als die heutige Terroristen-Abteilung von Büro B nur aus ihm selbst und Folkesson bestand. Das war Ende der sechziger Jahre, als der Terrorismus allmählich in Mode kam, als Palästinenser Flugzeuge entführten und die Baader-Meinhof-Bande ihre ersten Anschläge verübte.

Als es um die schwedischen Palästina-Sympathisanten ging, hatte Folkesson sich in den Kopf gesetzt, daß offene Kontakte am besten seien, und überdies seien sie ja nur zwei Mann in der Firma, die sich diesen Aufgaben widmen könnten, so daß es völlig sinnlos sei, in der Gegend herumzulaufen und zu fahnden.

Statt dessen hatten Folkesson und Jansson ganz einfach die Palästina-Gruppe in Stockholm besucht, die damals in einem Keller an Karlavägen hauste. Und sie gingen einfach hin, stellten sich vor, guten Tag, wir sind von der Säpo und würden mit euch gern über die Gefahr von Terroranschlägen sprechen, was habt ihr dazu zu sagen.

Den besten Kontakt bekamen sie mit einem jungen Studenten und künftigen Journalisten namens Erik Ponti. Er hatte sie nach Hause eingeladen und recht viel Mühe darauf verwandt, ihnen den Unterschied zwischen Solidaritätsarbeit, also der Herausgabe dieser Zeitung, von Demonstrationen und so weiter sowie den bewaffneten Aktionen klarzumachen, mit denen sich die Palästinenser selbst beschäftigten. Er hatte die Sicherheitsbeamten überdies zu überzeugen versucht, daß die Gefahr bewaffneter palästinensischer Aktionen in Schweden außerordentlich gering sei, da es zur politischen Strategie der PLO gehöre, sich bei der sozialdemokratischen schwedischen Regierung die gleiche Unterstützung zu beschaffen wie die Vietnamesen. Diese Strategie würde durch Bomben und Attentate zunichte. Damals wirkten diese Worte Pontis vielleicht etwas blauäugig. Die Zeit gab ihm jedoch recht, das ließ sich nicht leugnen. Denn wenn man nachdachte, hatte es seitdem, seit fast zwanzig Jahren, in Schweden tatsächlich keine palästinensischen Terroranschläge mehr gegeben. Ja, möglicherweise bis gestern.

Dieser Ponti sei jedenfalls ein guter Kontakt gewesen. Und Folkesson habe ihn auch aufrechterhalten, um gelegentlich einen anderen Standpunkt zu hören, also keine »Informationen«, sondern Meinungen. Und Ponti hatte von Zeit zu Zeit angerufen, nachdem er Journalist war, um sich die Meinung der Firma zu verschiedenen Ereignissen anzuhören. Einmal hatte die Firma übrigens eingreifen müssen, um zu verhindern, daß ein verurteilter israelischer Spion (es war um irgendeine Flüchtlings-Spionage gegangen, über die Ponti geschrieben hatte) losrannte und Ponti erschoß. Damals hatte Ponti selbst Folkesson angerufen, ziemlich lustig übrigens, wenn man es nachträglich bedachte, und gesagt, er würde gern seinen Waffenschein behalten, die Firma solle sich gefälligst selbst um diesen Israeli kümmern, der jetzt von Uppsala aus mit einem geladenen Revolver im Wagen unterwegs sei. Ja, er hatte sogar gescherzt, wenn ein Israeli ihn erwische, würde die Firma die Schuld bekommen, sie tue also gut daran, sich zu beeilen. Es wurde natürlich sofort eine Großfahndung nach diesem Israeli ausgelöst, der zwanzig Minuten später bei Norrtull bewaffnet festgenommen wurde. Die Sache kam in die Zeitungen. Seitdem war Ponti aber ein angenehmer Kontakt gewesen, und obwohl Jansson jetzt nach einigen Jahren andere Aufgabengebiete erhalten hatte, wußte er jedoch, daß Folkesson und Ponti sich zumindest ein paarmal getroffen hatten. Etwa so sehe es aus.

»Wenn Ponti also eines Abends angerufen und gesagt hätte, ich muß dich morgen früh sehen, und es ist verdammt wichtig, wäre Folkesson dann darauf eingegangen?« wollte Fristedt wissen.

»Ja, sofort«, erwiderte Roffe Jansson.

Iver Mathiesen saß in seinem Zimmer im vierten Stock des neuen weißen Polizeihauses draußen bei Grønland in Oslo und studierte die Dienstvorschriften. In Paragraph 8 der Dienstvorschriften des Überwachungsdienstes werden einige grundsätzliche Forderungen aufgestellt. *»Jedes Mitglied des Überwachungsdienstes soll genau über seine Pflicht aufgeklärt werden, über alles, wovon er dienstlich Kenntnis erhält, strengstes Stillschweigen zu bewahren – die Schweigepflicht gilt (auch) gegenüber anderen Polizeibeamten, die nicht zum Überwachungsdienst gehören.«*

Der schwedische Polizeibeamte, der jetzt im Flugzeug saß, war folglich von der Schweigepflicht betroffen. Aber, in Paragraph 7 gab es eine Zusatzklausel: *»Zeugen und andere Quellen dürfen keine Auskünfte überwachungsmäßiger oder sicherheitsmäßiger Art erhalten, es sei denn, dies ist für den Überwachungsdienst unumgänglich, um Auskünfte oder Beistand zu erhalten ...«*

So konnte man es lösen. Wenn man den schwedischen Kollegen als Quelle und als »Beistand« betrachtete, gab es keinerlei formale Hindernisse, Informationen aller Art auszutauschen. So konnte man es angehen, unabhängig davon, was sie nun über die recht ausführlichen Berichte hinaus erfahren wollten, die sie am frühen Morgen erhalten hatten. Er drückte auf den Knopf seiner Gegensprechanlage und bat die Sekretärin, Roar Hestenes heraufzuschikken.

Gut eine Stunde später stand Roar Hestenes draußen in Fornebu und betrachtete die Fluggäste, die die Stockholmer Maschine verließen. Er stellte sich drei in Frage kommende Männer mittleren Alters als den schwedischen Kollegen vor, bevor er um das Gebäude herum zum Ausgang beim Zoll ging, um den Kollegen zu begrüßen.

Carl Hamilton hatte keine solchen Schwierigkeiten. Unter den Wartenden entdeckte er einen Mann in seinem eigenen Alter in blauer Windjacke der schwedischen Marke Fjällräven, in einem roten Strickpullover, irgendwelchen Sporthosen und Ecco-Schuhen. Der Norweger betrachtete einen Neuankömmling in der Gruppe hinter Carl, als dieser zu ihm trat und seinen Kollegen überraschte.

»Hej«, sagte er, »ich bin Carl Hamilton von der Sicherheitsabteilung in Stockholm.«

Die Autoschlange schlich auf der krummen, kleinen Straße dahin, an der zwischen Fornebu und der Autobahn von Drammen ständig umgebaut wurde. Sie sprachen während der Fahrt kaum ein Wort. Beide waren sie neu beim Sicherheitsdienst, und beide waren sie sich des anderen nicht sicher.

Typischer schwedischer Snob, dachte Hestenes. Krokodilledergürtel, Aktenkoffer in weinrotem Leder, grauer Anzug und gestreifter Schlips; der Schwede sieht aus wie ein Vorstandsassistent von Electrolux, wie ist der bloß in der Firma gelandet?

Karikatur von Norweger, fehlt nur noch die Zipfelmütze, dachte Carl. Wenn man von so einem verfolgt wird, braucht man jedenfalls keine Angst zu haben, daß es einer vom Schwarzen September ist.

»Um es genau zu sagen: Ich weiß nicht recht, worüber wir sprechen dürfen und worüber nicht«, sagte Carl. »Aber ich habe natürlich viele Fragen. Ich habe unterwegs deine Berichte gelesen.«

»Ich auch nicht, ich bin ziemlich neu in diesem Job, also beim Überwachungsdienst. Vorher war ich bei der Drogenfahndung«, erwiderte Hestenes.

Eine halbe Stunde später saßen sie oben bei Mathiesen in Grønland.

»Also«, sagte Mathiesen, »setz uns ins Bild, dann klären wir dich auf, so gut wir können. Ich habe eigentlich nur eine Frage: Da ihr euch für unseren Mann im Hotel Nobel so interessiert, wißt ihr überhaupt, was der dort wollte?«

Carl versuchte nachzudenken, bevor er antwortete. Es war eine merkwürdige Situation. Hier saß er bei einem ausländischen Sicherheitsdienst und sollte Informationen über schwedische Staatsbürger austauschen. Durfte man das so ohne weiteres? In Stockholm hatte man ihm nur gesagt, er solle nach Oslo fliegen und Licht in ein paar Unklarheiten bringen, aber kein Mensch hatte einen Ton gesagt, ob er selbst auf Fragen antworten dürfe. Immerhin ging es ja um Dinge, die früher oder später ohnehin herauskommen würden.

»Wir glauben, daß es zwischen diesem Ponti und dem gestrigen Mord an einem unserer Kollegen einen Zusammenhang geben kann. Die Personenbeschreibung stimmt in etwa, bis auf ein oder zwei Punkte, und überdies gibt es eine Verbindung zwischen dem Journalisten und einigen anderen Verdächtigen.«

»Was stimmt denn nicht an der Personenbeschreibung?« wollte Hestenes wissen.

»Schnurrbart, jedoch ungewiß, aber vor allem die Hosen. Wir sind ziemlich sicher, daß der Mörder gewöhnliche blaue Jeans trug, aber du hast etwas von einer graublauen Cordhose geschrieben. Unsere erste Frage lautet also, ob man diese graublaue Cordhose mit gewöhnlichen Jeans verwechseln kann?«

»Absolut nicht«, entgegnete Hestenes. »Das waren ganz passable Hosen, mit denen man sogar in norwegische Restaurants reinkommt, absolut keine Jeans, in Jeans kommt man nicht rein. Und außerdem waren sie heller, bedeutend heller als die meisten Jeans.«

»Aber Jeans können doch ziemlich hell werden, wenn man sie wäscht«, wandte Mathiesen ein.

»Ja«, entgegnete Hestenes nachdenklich, »aber ausgewaschene Jeans sind von ziemlich uneinheitlicher Farbe, und außerdem sieht man die Nähte an den Seiten der Hose. Hier handelt es sich ohne Zweifel um eine gleichmäßig graublaue Farbe. Taubenblau heißt das, glaube ich. Keine Nähte, keine Farbunterschiede. Nein, es waren absolut keine Jeans, nicht mal etwas, was man Cordjeans nennen könnte.«

»Na schön«, sagte Mathiesen, »das war also die Jeans-Frage. Was können wir sonst noch für dich tun?«

»Ich würde gern wissen, ob ihr irgendwelche Hinweise darauf habt, daß norwegische Palästina-Aktivisten oder Palästinenser in Norwegen irgendwelche bewaffneten Aktionen vorbereitet haben. Dann würde ich gern die Beschattung vor Ort mit Hestenes noch mal durchgehen, mir die Pläne ansehen, an denen das Objekt ihn offensichtlich entdeckte. Und dann habe ich noch einige Fragen über die Zeiträume, in denen ihr das Objekt nicht im Auge hattet. Das wär's in etwa.«

Mathiesen wühlte in ein paar Papieren vor sich auf dem Schreibtisch. Die Frage nach einem potentiellen Terroristenanschlag durch norwegische Palästina-Aktivisten hatte er natürlich vorhergesehen.

Die Antwort war jedoch einfach und eindeutig nein. Die norwegische Palästina-Bewegung wurde seit dem Ende der sechziger Jahre von den ML-Leuten beherrscht, also der marxistisch-leninistischen Partei AKP/ML. Und die ML-Leute widmeten sich strikt und diszipliniert konventioneller politischer Tätigkeit, die hauptsächlich ihre Zeitschrift *Klassekampen* betraf. Im Augenblick widmete sich *Klassekampen* hauptsächlich verschiedenen Frauenfragen, dem Kampf gegen die bürgerliche Kernfamilie, dem Kampf gegen die Pornographie, die man verbieten wolle etc. Der norwegische Überwachungsdienst konnte über die ML-Leute im großen und ganzen nur Gutes sagen. Sie ließen sich in ihrem Blättchen so leicht studieren. Dort stand vorher mit hundertprozentiger Sicherheit geschrieben, was sie vorhatten. Und die einzigen gewalttätigen Aktionen, in die sie verwickelt gewesen waren, waren ein paar Geschichten im Norden Norwegens, die unzweifelhaft nichts mit Nahost-Terrorismus zu tun hatten. Es ging da um ein paar Umweltfragen, den Ausbau des Alta-Flusses mit Wasserkraftwerken, Hilfe für die dort oben lebenden Samen, Prügeleien mit Streifenpolizisten und so weiter. Diese Gewalttätigkeit war aber nur gewöhnliche Demonstranten-Randale gewesen, die Weigerung, den Weisungen von Polizeibeamten zu folgen und sich zu entfernen, geschlossene Demonstrantenketten quer über ein paar Straßenabschnitte, wo die Bagger durchfahren sollten, und so weiter.

Zu Gewaltakten kam es bei politischen Extremisten in Norwegen eigentlich nur bei den *Høyregutterne*, das heißt den mehr oder weniger nazistischen Grüppchen, die dem Überwachungsdienst Probleme machten. Die Rechts-Gruppen hatten eine Schwäche für Einbrüche in Munitions- und Waffenlager der Heimwehr sowie in Dynamit-Vorräte, und es gab ein paar häßliche Beispiele dafür, daß sie tatsächlich Gewaltaktionen begangen hatten. 1977 hatten sie eine Oktober-Buchhandlung in Tromsö in die Luft gesprengt, 1979 hatte einige von ihnen Bomben in eine 1.-Mai-Demonstration geworfen, und 1981 war es innerhalb dieser Rechts-Gruppen zu einem Doppelmord gekommen.

Aber in der linken Ecke ging es meist um Frauenkampf. Und was die Palästina-Bewegung betraf, so wurde sie von ML-Gruppen kontrolliert, was im Grunde eine Garantie dafür war, daß es nicht zu Gewalttaten kam. Vom Standpunkt des norwegischen Überwachungsdienstes aus rechnete man eher von schwedischer Seite mit derlei Gefahren oder von eventuellen palästinensischen Terroristen, die auf dem Umweg über Schweden nach Norwegen kamen. Es gab einen Fall, der sich zumindest als terroristische Expedition via Schweden deuten ließ, obwohl es jetzt schon einige Jahre her war. Mochten die Israelis sich in der Lillehammer-Affäre auch blamiert haben, als sie den offenkundig völlig unschuldigen marokkanischen Kellner Ahmed Bouchiki erschossen, so mußten sie trotzdem ziemlich gute Hinweise darauf gehabt haben, daß etwas bevorstand. Und die inoffiziellen israelischen Erklärungen liefen darauf hinaus, daß ein paar Terroristen von Schweden aus nach Norwegen gekommen seien; Carl könne einen diesbezüglichen Bericht über diese Geschichte mitnehmen, wenn er wolle.

»Aber dieser schwedische Journalist, warum hat sein Auftauchen euch so alarmiert?« fragte Carl.

Mathiesen warf Carl einen fragenden Blick zu. Dieser hatte das unbehagliche Gefühl, etwas besonders Unpassendes gefragt zu haben.

»Also gut«, sagte Mathiesen nach kurzem Schweigen, »wir haben ja kein eigenes Material über diesen Mann. Aber den Berichten zufolge, die wir von euch in Stockholm erhalten haben, ist er ja ein *target* von höchster Priorität. Ich habe so einen zusammenfassenden schwedischen Bericht hier, ein paar Jahre alt zwar, aber ziemlich eindeutig.«

»Könnte ich eine Kopie mit nach Hause nehmen, oder zumindest das Datum und eventuell das Aktenzeichen, damit ich ihn leichter in unserem Archiv finde?« fragte Carl und hatte das Gefühl, auf noch dünneres Eis geraten zu sein.

Mathiesen grübelte kurz, bis er zu dem Ergebnis kam, daß es ja kaum untersagt sein konnte, schwedisches Material des schwedischen Sicherheitsdienstes einem Besucher zu geben, der selbst zum schwedischen Sicherheitsdienst gehörte, und falls es die Ermittlungen beschleunigen könne, dann werde es natürlich gehen.

Er rief eine Sekretärin herein und bat sie, ein paar Papiere zu kopieren. Dann gehe es noch um die Beschattung und über die Zeiträume, in denen sie nichts über die Aktivitäten des Objekts wüßten? Nun, darüber könne Hestenes sicher Auskunft geben.

Mathiesen gab ihm die Hand, Carl bekam die kopierten schwedischen und israelischen Berichte in einem versiegelten Umschlag und ging mit Hestenes zum Glasmagasinet, das wegen des Weihnachtsgeschäfts immer noch geöffnet war.

Hestenes fühlte sich wie ein Idiot. Der Schwede nahm ihn zur Glas-Abteilung im Erdgeschoß mit und begann, die Bewegungsabläufe des Objekts sowie seine Plazierung zu rekonstruieren, ferner die verschiedenen Positionen von Hestenes während des ersten Teils der Beschattung, der offensichtlich zur Entdeckung geführt hatte. Von Zeit zu Zeit machte sich der Schwede Notizen. Es dauerte etwa eine halbe Stunde.

Als sie zu dem draußen geparkten grünen Volvo kamen, stellte Carl fest, daß kein Strafzettel an der Windschutzscheibe steckte. Das hätte überdies gar keine Rolle gespielt, da es ein Dienstwagen war.

»Wo wollen wir uns unterhalten, in der Firma oder in einem Lokal?« fragte Hestenes.

»Fahr zu einem Lokal. Einem Lokal außerhalb der Stadt, wo wir niemandem begegnen, dem wir nicht begegnen sollten.«

Sie schwiegen auf der Fahrt zum *Frognerseteren*. Um diese Jahreszeit würden keine Touristen da sein und keine anderen Ausflügler als ein paar Leute von irgendeinem Betriebsausflug. Das Restaurant war tatsächlich kaum besetzt und würde in eineinhalb Stunden ohnehin schließen. Sie bekamen einen Platz mit Aussicht auf Oslo, das sie unten im Nebel und im Regen an den schwach flimmernden Lichtern erkannten.

»Hier ungefähr fängt Hardangervidda an«, sagte Hestenes, um das unangenehme Schweigen zu brechen. »Ich bin so ein Norweger, der es liebt, auf Tour zu gehen, weißt du. Wenn man hier anfängt, kann man mehrere Tage durch die Wildnis gehen, wenn man will. Läufst du Ski?«

»Ich habe ein paar Jahre im Ausland gewohnt, da wurde nichts draus, aber sonst schon. Ich gehe manchmal auf die Jagd, und du?«

»Ja, wenn ich im Herbst zu Hause bin, in Vestlandet ist das.«

»Was jagt ihr da? Elche gibt's dort sicher nicht. Feder- und Niederwild?«

»Auch, und Hirsch. Hirsche haben wir in Norwegen, aber nicht so viele Elche, außer an der schwedischen Grenze, natürlich. Ihr habt ja 'ne teuflische Menge Elche in Schweden.«

»Ja, es wäre gut, wir könnten manchmal tauschen. Du kämst zur Elchjagd nach Schweden und ich zur Hirschjagd. Aber wir sollten uns jetzt lieber unserem Job zuwenden ...«

Carl zog seine Notizen von der Flugreise aus der Tasche.

Hestenes habe das Objekt also entdeckt, als es um 10.30 Uhr das Hotel betreten habe, und da sei das Objekt direkt vom Flughafen gekommen, das sei sicher?

Stimmt.

Und dann habe Hestenes per Funk Verstärkung angefordert und vor dem Hotel an einer Telefonzelle eine neue Position bezogen?

Stimmt.

Die Verstärkung sei nach etwa zwanzig Minuten angekommen. Dann habe sich das Objekt genau drei Stunden und sechsundvierzig Minuten im Hotel aufgehalten?

Ja, soweit ...

Da war also schon das erste Loch von fast vier Stunden. Habe man sorgfältig geprüft, welche Leute in dieser Zeit das Hotel betreten hätten? Denn es hätte dort drinnen ja ohne weiteres zu Treffen kommen können, nicht wahr?

Ja, aber keiner, der das Hotel betreten habe, habe irgendwelche Verbindungen mit Terrorgruppen gehabt, es seien meist Geschäftsleute gewesen, gewöhnliche Besucher, gewöhnliche Norweger.

Dann ging es darum, wie man den Mann aus den Augen verloren habe. Entweder habe er Kolsaas ausgetrickst oder sei gleich wieder von dem Eingang zur Bahn auf die Straße getreten?

Hestenes wurde immer unbehaglicher zumute. Dieser Schwede war kein richtiger Polizist, das roch er förmlich. Er begriff schnell, stellte gute Fragen und hielt sich mit quälender Konzentration an den möglichen Schwachpunkten des Berichts auf. Trotzdem war er ein Schreibtischhengst und kein Kollege von der Feldarbeit. Hestenes bereute schon, daß er die voreilige Zusage, die Jagd zu tauschen, akzeptiert hatte, aber die war wahrscheinlich nicht ganz ernstgemeint gewesen. Diesen zu adretten Schweden konnte man sich kaum mit der Waffe in der Hand auf der Jagd vorstellen. Der würde das Wild nur weidwund schießen oder sonstwie Unfug anstellen.

»Eines ist mir nicht ganz klar«, sagte Carl, als sie wieder im

Volvo saßen und nach Oslo zurückfuhren, »und das muß auch dir aufgefallen sein. Nehmen wir an, dies ist unser Mann. Er hat einen unserer Kollegen aus nächster Nähe in den Kopf geschossen, und dann schafft er es, die Neun-Uhr-Maschine nach Oslo zu nehmen, und dann entdeckst du ihn, und so weiter. Was passiert dann?«

»Nun, er entdeckt, daß er verfolgt wird, bläst eventuelle Aktionen ab und kehrt nach Stockholm zurück.«

»Natürlich. Aber einmal winkt er dir zu, zum andern gibt er den Kollegen, die ihn draußen in Fornebu überwachten, zu verstehen, daß ihm klar sei, warum sie ihn verfolgt hätten. Diese Passage in der Zeitung über das Hotel Nobel hatte er doch angestrichen, nicht wahr?«

»Ja, darüber habe ich natürlich auch nachgedacht. Du meinst, wozu diese Scherze, wozu uns zeigen, daß es ums Nobel und die Israelis gegangen sei, daß man die Sache aber abgeblasen habe? Das kann natürlich ein Täuschungsmanöver gewesen sein, um uns auf eine falsche Fährte zu locken.«

»Ja, aber warum sollte er die Polizei grüßen und guten Tag sagen, seht her, ich bin ein Terrorist, aber diesmal schnappt ihr mich nicht?«

»Er ist ein eiskalter Hund, er weiß, daß wir Beweise haben müssen, er weiß aber auch, daß wir hinter ihm her sind. Eigentlich sagt er kaum mehr, als wir schon wissen, und er weiß, daß wir es wissen.«

»Wollte er etwa seinen Aufenthalt in Oslo von uns bestätigen lassen, damit er ein unumstößliches Alibi für den Mord bekommt?«

»Aber das bekommt er ja nicht. Ihm muß doch klar sein, daß wir leicht herausfinden können, mit welcher Maschine er gekommen ist, und daß er für den Mord trotzdem Zeit gehabt hätte.«

Auf dem Rückweg nach Oslo drehten und wendeten sie alle Möglichkeiten, ohne eine logische Erklärung zu finden. Vor dem Hotel Nobel hielten sie an und stiegen aus. Hestenes zeigte die verschiedenen Positionen an der Telefonzelle sowie den Tisch im Café des Grand, dann verabschiedeten sie sich vor dem Hoteleingang. Der norwegische Überwachungsdienst hatte für Carl das Zimmer des Objekts sowie das Nebenzimmer reserviert.

Als er sich am Empfang eintrug, fragte er nach der Konferenz und wurde auf die gleiche Etage verwiesen, in der auch die Bar und der

Speisesaal lagen. Dort war alles voller Israelis, die gerade eine Pressekonferenz abhielten, und sobald Carl den Fahrstuhl verließ, stürzten sich zwei norwegische Kollegen wie die Geier auf ihn, er möge sich bitte ausweisen. Sie entschuldigten sich schnell, als sie die Plastikkarte mit den drei Kronen sahen.

Bei der Pressekonferenz schien es um die Notwendigkeit zu gehen, im Süden Libanons wieder eine Sicherheitszone zu erobern, da die schiitischen Moslems immer drohender aufträten.

Carl fuhr mit dem Fahrstuhl in den dritten Stock und betrat sein Zimmer, in dem vor weniger als achtundvierzig Stunden der mutmaßliche Mörder gewohnt hatte. Gleich neben der Tür lag rechts das Badezimmer, in dem man nicht einmal auf den Zahnputzgläsern Fingerabdrücke gefunden hatte.

Im Zimmer standen ein weißes Doppelbett mit Messingkugeln an den Bettpfosten, ferner ein Mahagonischreibtisch und eine kleine Sitzgruppe am Fenster. Es schien sinnlos, nach Spuren zu suchen. Das, was ohnehin nicht da war, hatten schon die Leute vom norwegischen Erkennungsdienst nicht gefunden.

Carl legte den Zimmerschlüssel auf den Schreibtisch, zog sein Jackett aus und trat ans Fenster. Dort unten sah er die Telefonzelle, aber das Licht vom Zimmer spiegelte sich in der Fensterscheibe. Er machte die Zimmerbeleuchtung aus und ging zum Fenster zurück.

Bis zur Telefonzelle waren es weniger als fünfundzwanzig Meter. Und dort unten hatte also der »unauffällige« Polizist Hestenes Stunde um Stunde gestanden. Man hätte ihn auch dann entdeckt, wenn man nur ein paarmal zufällig aus dem Fenster gesehen hätte. Auf der anderen Seite der Karl Johans Gate verkündete eine Leuchtreklame, daß es drei Grad über Null war. Der Regen prasselte gegen die Fensterscheibe.

Carl dachte eine Weile voller Reue daran, daß er am Vortag mit seinen Schießkünsten angegeben hatte. Das war dumm gewesen, indiskret und dumm, da jedem Anwesenden klar sein mußte, daß es etliche Jahre Ausbildung erfordert, eine Schnellschußtechnik mit einer schweren Waffe zu entwickeln. Das erste halbe Jahr seiner Ausbildung war nur darauf verwendet worden, bei Schüssen auf stillstehende Ziele eine akzeptable Präzision zu erreichen.

Die Grundregel lautete, daß einer der ersten beiden Schüsse ein Treffer sein mußte. Der Rest war eher ein Training, das der psychologischen Sicherheit dienen sollte. Man mußte aber schnell treffen, mit einem oder zwei Schüssen, und durfte niemals zögern.

Ihr seid keine gottverdammten Bullen, vergeßt das nicht. Ihr sollt nicht beurteilen, ob oder wann oder warum oder etwas in der Richtung, wenn ihr einmal in eine Lage kommt, in der ihr mit einer entsicherten Waffe in der Hand dasteht. Der Feind, das sind dann keine verfluchten vollgefixten Nigger, sondern in eurem Fall ist der Feind nüchtern und tödlich. Die Bullen benutzen verschiedene automatische Waffen, Llama Police Special und andere Kanonen, die über mehrere Meter eine Menge Munition verspritzen. Ich will solchen Scheiß nicht in euren Händen sehen, das hier ist kein Spiel, kein Feuerwerk. Also, zwei Schuß, und beide Schuß Treffer.

Immer und immer wieder, Tausende von Malen auf die Silhouette mit dem roten Herzen. Und trotzdem hatte er bei der ersten Übung unter realistischen Bedingungen gezögert. Es war etwas, was zur Ausbildungszusammenarbeit der Burschen vom FBI mit der normalen Polizei gehörte. Nach zweijähriger Ausbildung nahm man sie in Zweiergruppen nach Los Angeles mit, wo man sie für ein oder zwei Wochen der normalen Polizei zuteilte. »Normale Polizei« war vielleicht nicht die richtige Bezeichnung, denn damit meinte man hier das Einsatzkommando, das bei Überfällen und Wohnungsschlägereien in dem unendlich großen und unendlich düsteren schwarzen Stadtteil Watts eingesetzt wurde. Die Grundregel bei diesen Standardeinsätzen war einfach. Drei Mann an die Wohnungstür, einer direkt davor, je einer an der Seite. Wenn die Tür nach innen aufging, trat man sie auf und rannte direkt ins Zimmer, den Revolver gezogen vor sich. Die Kollegen folgten auf dem Fuß, der eine sicherte den Einsatz schußbereit nach rechts, der andere nach links ab.

Als Carl zum erstenmal die Mittelposition gehabt hatte, stand er plötzlich vor einer schwarzen Frau in den Zwanzigern, die auf dem einzigen Möbelstück des Zimmers lag, einem unordentlichen Bett, und ihr Kind stillte. Carl senkte seine Waffe verlegen auf den Fußboden und wollte sich gerade entschuldigen, als die Frau unter einem der Kissen mit einer hastigen Bewegung eine vernickelte Pistole hervorzog und im selben Augenblick starb, weil einer der Polizisten hinter Carl ihr zwei Schüsse direkt in die Brust feuerte. Ohne das Kind zu treffen. So wie Carl verhielt sich nur ein *Rookie*, ein *Greenhorn*, ein gottverfluchter Anfänger, und der Chefausbilder unten in San Diego hatte zehn Minuten lang über diesen einzigartigen Beweis von totaler Unfähigkeit getobt. Carl war nach diesem Vorfall noch lange düster zumute gewesen, und das aus mehreren Gründen.

Und dort unten an der Telefonzelle hatte der Norweger mehrere Stunden voll sichtbar gestanden. Im Warenhaus das gleiche. Eine Menschenmenge ist ständig in Bewegung, wer stehenbleibt, fällt besonders auf, und wenn der, der besonders gut zu sehen ist, außerdem ein Polizeibeamter in zugeknöpftem Trenchcoat mit Funkgesprächgerät und Dienstwaffe ist, braucht man kein ausgekochter Profi sein, um Unrat zu wittern. Und wenn man sich nun einen Journalisten mit halbwegs normaler Auffassungsaufgabe vorstellt ...

Aber weiter dachte Carl nicht, da fünf Meter entfernt ein Schlüssel oder Nachschlüssel vorsichtig, äußerst vorsichtig in die Tür gesteckt wurde. Carl riß sich auf dem Weg zur Badezimmertür, die er glücklicherweise angelehnt gelassen hatte, die Krawatte ab. Es gelang ihm, ins Badezimmer zu schlüpfen und die Tür fast ganz zuzuziehen, ohne daß ein Laut zu hören war. Jetzt erst, in der Dunkelheit hinter der Badezimmertür, begann er zu überlegen. Eine Putzfrau oder ein Hotelangestellter mit einem normalen Auftrag würde die Tür so nicht öffnen.

Er hörte ein schwaches Klicken, als das Türschloß aufging. Eine Sekunde lang fiel Licht vom Flur ins Zimmer und verschwand wieder. Jemand hatte sich einen kurzen Augenblick in der Türöffnung gezeigt und die Tür schnell hinter sich zugezogen. Er stand jetzt eineinhalb Meter entfernt.

Carl fühlte eher, als daß er es hörte, wie der andere vorsichtig ins Zimmer hineinging und bald an der Badezimmertür vorüberkommen würde. Carl drückte sich an die Türfüllung, um den Körper zu schützen, während er sich gleichzeitig vorneigte, um zu sehen, wann der andere an der Badezimmertür vorüberkam. Nur eine Sekunde später entdeckte er die Gestalt, die sacht weiter ins Zimmer ging. Die rechte Hand hielt eine schwarze Pistole, und dies war der einzig denkbare Augenblick, denn der andere würde bald herausfinden, daß das Zimmer leer und das Fenster geschlossen war. Falsch wäre gewesen, die Tür aufzustoßen, dann hätte Carl den Pistolenarm vielleicht erst packen können, wenn es zu spät war. Carl schob mit dem linken Fuß sanft die Badezimmertür auf, während er sich gleichzeitig schnell nach der Pistolenhand ausstreckte und sie an die Zimmerdecke hob, um für eine dieser Bewegungen Platz zu haben, die er mehr als zehntausendmal geübt haben mußte.

Im nächsten Augenblick saß er auf dem anderen, der mit dem Gesicht zum Teppich auf dem Fußboden lag und seinen eigenen Revolver im Nacken spürte. Es war ein Revolver Kaliber 38. Carl erkannte die Waffe am Handgriff.

»*Don't move*«, flüsterte er, »*whatever you do just don't move.*«

Der andere stöhnte leise. Falls er draußen vor der Tür einen Helfer haben sollte, hätte dieser weder das Stöhnen noch den kurzen Aufprall auf den Teppichboden gehört.

Carl stand auf und zog den anderen hoch, der wegen seiner Schulterverletzung ächzte. Er zog den Mann ins Zimmer, warf ihn aufs Bett und ging dann herum, so daß er die Tür im Blick und das Telefon neben sich hatte. Dann machte er Licht und richtete den Revolver auf den Mann auf dem Bett.

Der Anblick war nicht das, was er erwartet hatte. Vor ihm lag ein gewöhnlicher Norweger in den Vierzigern, der eine blaue Sportjakke der Marke Fjällräven und hellbraune Ecco-Schuhe trug. Der Norweger verzog vor Schmerz das Gesicht.

»Bist du von der Polizei?« fragte Carl auf schwedisch.

Der andere stöhnte und nickte.

»Ist jemand vor der Tür?«

Der Polizeibeamte nickte wieder.

»Gut, ruf ihn rein«, sagte Carl und drehte den Revolver in der Hand, so daß er ihn demonstrativ am Lauf festhielt.

Als der andere Polizeibeamte zögernd die Tür öffnete, gab ihm Carl mit der Pistole ein Zeichen, hereinzukommen, und legte die Waffe dann auf den Nachttisch.

»Verzeiht, aber ich konnte doch nicht wissen, daß ihr Kollegen seid«, sagte er, zog seinen Ausweis aus der Brusttasche und warf ihn dem ramponierten Mann auf dem Bett zu, der ihm in einem späteren Bericht als Polizeifahnder Knut Halvorsen vorgestellt wurde, stellvertretender Abteilungsleiter der Spezialeinheit der Polizei, die in Norwegen etwas volkstümlicher die Terrorpolizei genannt wird.

Die beiden hatten sich kurz zuvor für einen sofortigen Einsatz entschieden, als sie den Mann in eins der Zimmer treten sahen, das die Kollegen vom Überwachungsdienst versiegelt hatten. Der Fremde habe das Licht ausgemacht, und sofort hatten sie geglaubt, er sei möglicherweise dabei, ein Verbrechen vorzubereiten. Es sei keine Zeit mehr gewesen, um mit den Kollegen vom Überwachungsdienst Kontakt aufzunehmen, und außerdem hätten die weniger kompetenten Sicherheitsleute das Ganze mit Sicherheit vermasselt. Daher diese schnell improvisierte Aktion.

Knut Halvorsen war weiß im Gesicht und hatte vor Schmerz Tränen in den Augen, als er, auf seinen Kollegen gestützt, das Zimmer verließ.

Fristedt und Ljungdahl saßen in einem gemieteten Volkswagen Scirocco mit halbbeschlagenen Scheiben auf einer leeren Straße draußen in Hägersten. Wenn jemand bei der Zulassungsstelle nach dem Halter fragen würde, würde die Spur zur drittgrößten Autovermietung Schwedens führen. Falls dieser Jemand hartnäckig blieb, zum Autovermieter ging und weiterfragte, würde er erfahren, daß der Wagen vorübergehend an einen Handelsvertreter namens Erik Svensson, wohnhaft Hornsgatan in Stockholm, vermietet war. Einen Erik Svensson in Hornsgatan gab es selbstredend nicht, aber er war einer der häufigsten Automieter der Firma.

Ljungdahl hatte sich im Lauf des Tages um die praktischen Dinge gekümmert. Bei einem pensionierten Major und Lektor schräg gegenüber den beiden Wohnungen im ersten und dritten Stock waren Fahndungsbeamte eingemietet worden. Verstärkung würde innerhalb von fünf Minuten zur Stelle sein, falls etwas Unerwartetes geschah, und beide Straßenenden wurden von Fahndern überwacht. Soweit war die Lage unter Kontrolle. In beiden Wohnungen brannte Licht, aber von den anderen Fenstern im Haus waren die meisten dunkel, was immer man daraus auch schließen mochte.

Ljungdahl maulte vor sich hin. Er war überzeugt, daß es einen Zusammenhang zwischen dem unbekannten Mörder, wie er unverdrossen den Mann bezeichnete, den Näslund bei der Konferenz am frühen Morgen nicht ohne einen gewissen Triumph identifiziert hatte, sowie den vier jungen Leuten geben müsse, denen jetzt ein Aufgebot an Polizeiüberwachung zuteil wurde, als wären sie die gefährlichsten Verbrecher des Landes.

»Ist es sicher?« fragte er zum drittenmal, »wir haben in Folkessons Kalender nur eine Telefonnummer?«

»Ja, es ist sicher«, seufzte Fristedt. »Vielleicht steckt nichts dahinter, es kann ja ein vollkommen anderer Zusammenhang bestehen, aber es schadet ja nichts, mal nachzuprüfen. Übrigens, kannst du nicht mal den Ventilator anstellen?«

»Zehrt um diese Jahreszeit ziemlich an den Batterien, aber es trifft ja keinen Armen«, sagte Ljungdahl und stellte den Ventilator an der Windschutzscheibe an. Allmählich entstand ein kleines Loch an der beschlagenen Scheibe. In den nächsten Minuten sagte keiner der beiden etwas.

»Was für ein Zusammenhang besteht eigentlich zwischen diesen Figuren und diesem Ponti, von dem Näslund sprach? War da wirklich etwas, oder waren es wieder mal nur eure üblichen Vermutungen?« fragte Ljungdahl. Sein Vertrauen in die polizeilichen Fähigkeiten des schwedischen Sicherheitsdienstes war begrenzt.

»Als ich mir die Papiere ansah, konnte ich keinen klaren und unmittelbaren Zusammenhang erkennen, aber Appeltoft beschäftigt sich heute abend mit diesen Sachen, und falls da was ist, kannst du dich drauf verlassen, daß er es findet. Soll ich dich erst nach Hause fahren, oder fährst du mich?«

Ljungdahl wohnte in der Nähe von Västerbroplan, und sie fuhren unter Schweigen hin. Die beiden Polizeibeamten hatten durchaus Vertrauen zueinander, aber Ljungdahl, der von der offenen Polizei kam, worauf er ein paarmal ironisch hingewiesen hatte, hatte das Gefühl, daß die Sicherheitsleute ihm wichtige Informationen vorenthielten.

Fristedt begriff genau, was Ljungdahl glaubte, und das machte auch ihn übellaunig.

Sie trennten sich vor Ljungdahls Wohnung, und Fristedt übernahm den Wagen und fuhr zu seinem Haus in Bromma. Als er ankam, war seine Frau noch auf. Sie hatte Tee in der Thermoskanne, und im Kühlschrank lagen ein paar mit Plastikfolie zugedeckte Butterbrote.

Sie warf einen erstaunten Blick auf die Zeitungen unter dem Arm ihres Mannes. »Steht es so schlecht? Mußt du erst in der Presse nachlesen, was du eigentlich treibst?« fragte sie.

»Nicht was ich treibe. Ich wollte nur sehen, was Näslund seine

Jungs schreiben läßt. Irgendwas an der ganzen Geschichte stimmt nicht, und ich weiß nicht, was es ist, aber irgendwas stimmt nicht.«

Er goß sich Tee ein, während er von der tristen Routine des Tages berichtete. Er sei mit verschiedenen Schriftstücken zwischen Näslund und dem Staatsanwalt der dreizehnten Abteilung des Gerichts hin und her gelaufen. Das sei nötig gewesen, um die bürokratischen Vorschriften für eine Telefonüberwachung zu erfüllen. Der Staatsanwalt habe bei den vier Palästina-Aktivisten keine Einwände gehabt, aber das fünfte Telefon gehöre einem der bekanntesten Journalisten des Landes – Fristedt nannte den Namen nicht, und seine Frau fragte auch nicht –, und da habe er plötzlich kalte Füße bekommen. Der Staatsanwalt habe wohl schon vor Augen gehabt, wie Näslund als nächsten Schritt eine Festnahme verlangen würde, und dann würde die Staatsanwaltschaft ja die gesamte Verantwortung übernehmen müssen. Das habe ihn wohl mehr beunruhigt als die Lauschoperation, und mit diesem Quatsch seien der ganze Nachmittag und der frühe Abend draufgegangen.

Fristedt seufzte und begann seine Zeitungen durchzusehen. Er wußte sehr wohl, welcher Journalisten sich die Firma bediente, ignorierte alles andere und suchte gleich nach deren Namen.

Es ging ihm nicht so sehr darum, sich über Dinge zu informieren, die ihm unbekannt waren. Er wollte vielmehr wissen, welches Bild Näslund verbreitete und wie er es aufbaute. Die Journalisten der Firma verbreiteten in *Expressen* wie in *Svenska Dagbladet* jeweils die gleiche Version. Die schwedische Botschaft solle von einer bislang unbekannten palästinensischen Terrorgruppe in Beirut telefonisch eine Drohung erhalten haben. Wenn Schweden nicht aufhöre, palästinensische Flüchtlinge auszuweisen, so müsse Schweden mit einer Racheaktion rechnen. Die Artikel betonten, daß Axel Folkesson der Mann gewesen sei, der bei der Säpo entschied, welche Araber auszuweisen seien.

Fristedt grübelte eine Weile. Seine Frau saß ihm gegenüber auf dem Sofa und strickte. Sie wußte, daß er sie brauchen würde.

»Korrigiere mich, falls ich mich irre«, sagte er, »aber ist es nicht ein bißchen komisch, wenn Palästinenser-Organisationen in Beirut den Wunsch haben sollen, daß nach Schweden geflüchtete Palästinenser hierbleiben? Man sollte doch meinen, daß sie ihre Leute lieber zurückhaben wollen?«

»Schon, sofern sie sie nicht herschicken, um ihre Exil-Organisation aufzubauen«, erwiderte seine Frau, ohne von ihrer Handarbeit aufzusehen.

Fristedt las eine Weile weiter.

»Kannst du mal das Lexikon holen und beim arabischen Alphabet nachschlagen?« brummte er.

Seine Frau erhob sich ohne ein Wort, holte ein Nachschlagewerk und blätterte ein Weilchen.

»Hier ist es«, sagte sie. »Nun?«

»Wie heißt der Buchstabe D auf arabisch?«

»Daal, mit langem a.«

»Das kann natürlich auch eine Übersetzung sein«, knurrte Fristedt, während er die Piranhas im Aquarium seines heranwachsenden und ständig abwesenden Sohns betrachtete.

Der Mann der Firma in der Redaktion von *Expressen* schrieb, die »Säpo« habe sichere Hinweise darauf, daß eine arabische Terror-Aktion mit der Bezeichnung Plan Dal unmittelbar bevorstehe. Dal, so wurde weiter erklärt, besage nicht viel, da dies nur die arabische Bezeichnung des Buchstaben D sei.

Aber dieser Hamilton hatte doch gesagt, daß es *dalet* heiße und daß dies die hebräische Bezeichnung des Buchstaben D sei.

»Kannst du jetzt mal das hebräische Alphabet aufschlagen?« fragte er.

D heißt auf hebräisch dalet. Fristedt war mißmutig; er hatte das Gefühl, in einer Sackgasse gelandet zu sein. Er war derjenige, der in der Ermittlungsgruppe der Firma bislang am wenigsten erreicht hatte.

Appeltoft saß mit sehr gemischten Gefühlen an seinem Küchentisch und las in Akten, die mit einem grünen Geheim-Stempel versehen waren. Das bedeutete, daß normales Fußvolk, dem er sich selbst zugehörig fühlte, normalerweise nicht das Recht hatte, in solche Akten Einblick zu nehmen. Näslund hatte mit seiner Unterschrift jedoch eine Art Ausnahmegenehmigung erteilt, und das bedeutete, daß der Ermittlungsgruppe der Firma in Sachen Folkesson jetzt die Gunst erwiesen wurde, den Zusammenhang zwischen dem Auslandschef beim *Echo des Tages* und den vier außerordentlich wohlbewachten jungen Palästina-Aktivisten in Hägersten zu verfolgen.

Näslund hatte das Material in so etwas wie eine schulmeisterliche Ordnung gebracht, und Appeltoft hatte soeben den ersten kleinen Stapel durchgearbeitet. Er mußte sich eingestehen, daß er selbst nicht wußte, was er glauben sollte. Das Ganze schien phantastisch. Bestimmte Zusammenhänge ließen sich jedoch nicht übersehen.

Seit zehn Jahren operierte eine Reihe falscher Journalisten mit linksextremistischer Vergangenheit bei einigen der einflußreichsten Massenmedien des Landes. Sie hatten diese systematisch unterwandert und Schlüsselpositionen erlangt.

Die Unterwanderungswelle hatte kurz nach 1975 eingesetzt, als die offene Links-Bewegung in Schweden wie in anderen westeuropäischen Ländern zu verebben begann. Eine sehr kleine Gruppe mit unzweifelhaften internen Verbindungen, das ließ sich nicht leugnen, hatte es im Lauf einiger Jahre geschafft, sich vor allem bei *Sveriges Radio* in Schlüsselpositionen vorzuarbeiten. Der gemeinsame Hintergrund der meisten Infiltranten war das linke Blatt *Folket i Bild/ Kulturfront*, dem es vor ein paar Jahren gelungen war, dem empfindlichsten Teil des Nachrichtendienstes der Streitkräfte einen Schlag zu versetzen.

Einer der ehemaligen Redakteure dieses Blattes war jetzt Moderator der größten Magazinsendung des Fernsehens. Ein Mann aus der damaligen Verlagsleitung von *Folket i Bild/Kulturfront* war inzwischen Moderator und Abteilungsleiter bei der größten Magazinsendung des Zweiten Programms. Und in dem Fernsehmagazin, das im Zweiten Programm der Nachrichtensendung *Rapport* folgt, saß eine Moderatorin, die mit einem Mann verheiratet war, der ebenfalls in der Verlagsleitung von *Folket i Bild/Kulturfront* gesessen hatte, und beide hatten überdies eine Zeitlang bei der sowjetisch gelenkten Zeitung *Norrskensflamman* (Flammendes Nordlicht) gearbeitet. Aber jetzt war es dem Mann irgendwie gelungen, bei *Expressen* einen Job als Kulturredakteur zu erhalten.

Am wichtigsten in diesem Zusammenhang war natürlich Erik Ponti. Er hatte freiberuflich für *Folket i Bild/Kulturfront* gearbeitet, und zwar zu der Zeit, als die Zeitung gegen den militärischen Nachrichtendienst zuschlug. Jetzt war er Auslandschef beim *Echo des Tages*.

Statistisch gesehen, konnte das alles kaum als Zufall betrachtet werden.

Um so beunruhigender sei dem Bericht zufolge das Auftreten der Gruppe. Denn den Infiltranten sei es die ganze Zeit gelungen, sich wie richtige Journalisten zu verhalten. Sie träten sogar mit so auffallender Kompetenz auf, daß sie in den letzten Jahren immer höhere Positionen erklommen hätten, sie seien in ihrem Auftreten normalen Journalisten also zum Verwechseln ähnlich. Und sie verrieten bei ihrer Arbeit nie ihre wirklichen Absichten.

Die letzte Bemerkung hatte Appeltoft in tiefes Grübeln versetzt. Wenn nun diese Personen so überzeugend auftraten wie richtige Journalisten, bedeutete das denn nicht vernünftigerweise, daß sie Journalisten *waren*?

Der Bericht war vom »Briefträger« persönlich unterzeichnet, dem Leiter des gesamten Sicherheitsdienstes, der nur selten mit internen Angelegenheiten zu tun hatte, sowie von Näslund. Sie hatten ihrem Dossier, das für die Regierung erstellt worden war, einen diffusen Vorschlag beigefügt, wie man der Infiltrantengruppe beikommen könne.

Den Papieren ließ sich nur entnehmen, daß man den Vorschlag verworfen haben mußte. Beigefügt war aber auch ein Zeitungsausschnitt aus *Expressen*, in dem einer der Journalisten der Firma den Briefträger mit seinen allgemeinen, aber etwas dunklen Formulierungen seiner Befürchtungen angesichts der andauernden Infiltration von *Sveriges Radio* und der gefährlichen Verstellungskünste dieser Gruppe zitierte. Eine handschriftliche Notiz auf der Kopie des Zeitungsausschnitts bestätigte, daß es nicht zu weiteren Maßnahmen gekommen war, man habe die Gruppe nur darauf aufmerksam gemacht, daß man sich ihrer Infiltration bewußt sei. Dann stand da noch etwas kaum Leserliches, es gebe arbeitsrechtliche Hindernisse gegen ein direktes Einschreiten, was die Anstellungsverhältnisse der Gruppe betreffe.

Appeltoft vermutete, daß die Firma sogar von der Regierung verlangt hatte, einige der bekanntesten Rundfunk- und Fernsehjournalisten des Landes mit der Begründung zu entlassen, daß sie in Wahrheit eine kommunistische Infiltrationsgruppe seien.

Es war nicht schwer zu verstehen, daß die Firma mit diesem Vorschlag bei den Politikern auf Granit gebissen hatte.

Über drei der Journalisten gab es besondere Berichte und Memoranden, aber offenkundig in einer begrenzten Auswahl. Der Leiter der *Fakta*-Redaktion beim Ersten Programm hatte enge Verbindungen zu verschiedenen westdeutschen Terroristen gehabt. Hier gab es unzweideutige Belege, unter anderem einige Fotos, die den künftigen Fernsehmann bei Solidaritätstreffen in Stockholm zeigten, bei denen es offensichtlich um Proteste gegen die Behandlung einsitzender westdeutscher Terroristen durch die Justizbehörden der Bundesrepublik gegangen war. Mehrere der Personen, die auf den Fotos mit einem Kreis gekennzeichnet waren, wurden später als Terroristen verurteilt oder waren bei Verfolgungsjagden und ähnlichen Gelegenheiten erschossen worden.

Die zwei anderen Journalisten, über die eine zusätzliche Dokumentation beigefügt war, waren Erik Ponti und einer der Auslandschefs der Nachrichtensendung *Rapport*. In den sechziger Jahren hatten sie gleichzeitig als Redakteure der Zeitschrift *Palestinsk Front* gearbeitet. Sie kannten sich gut und hatten gemeinsam drei oder vier Reisen zu verschiedenen Orten im Nahen Osten unternommen. Zwei ehemalige Palästina-Aktivisten hatten sich also einen entscheidenden Einfluß auf die Auslandsberichterstattung des Rundfunks und des Fernsehens gesichert. Der Mann von *Rapport* sei überdies, worauf besonders hingewiesen wurde, Jude und spreche fließend hebräisch.

Appeltoft sortierte alles aus bis auf das Material über Erik Ponti.

Erik Pontis Lebenslauf begann völlig normal. Er war Wirtschaftsstudent gewesen und hatte 1967 zur Journalistenhochschule gewechselt. Im selben Jahr hatte er die Zeitschrift *Palestinsk Front* der Palästina-Gruppen mitbegründet. In den nächsten Jahren folgten die üblichen Reisen nach Libanon und Jordanien; ferner die üblichen Behauptungen von einer »Ausbildung« in Guerilla-Lagern.

Appeltoft zweifelte aus Erfahrung an dieser angeblichen Ausbildung, die fast immer und beinahe automatisch unterstellt wurde. Einige Mädchen aus diesen Gruppen hatten zwar unter ein paar Stacheldrahtverhauen hindurchkriechen und vielleicht sogar ein paar Schüsse mit der Maschinenpistole abfeuern dürfen, und wollte man den Teufel an die Wand malen, was viele wollten, so gehörte dies unzweifelhaft zum *modus operandi* der frühen Palästina-Bewegungen.

Ponti war während seiner Wehrdienstzeit jedoch zum Gebirgsjäger und Unteroffizier ausgebildet worden. Diese Ausbildung war ausreichend. Er hatte vier Waffenscheine für Jagdwaffen, was in diesem Zusammenhang schon interessanter war. Zwei Schrotflinten, eine davon mit Stativ und im Kaliber 12. Eine Waffe im Kaliber 16, doppelläufig.

Reh, Hase und Federwild, dachte Appeltoft. Na und?

Ein Elchstutzen im Kaliber 308 Winchester. Hier wurde darauf hingewiesen, daß dies die gleiche Munition sei wie bei den automatischen Armee-Karabinern AK 4. Aber ja, aber was spielte das für eine Rolle, wenn jeder die Munition frei kaufen konnte? Möglicherweise war aber die letzte Waffe auf der Liste interessanter. Ein Revolver im Kaliber 22, mit einem Waffenschein als Wildpistole, also eine Waffe, die man zur Tötung weidwunder Tiere oder von Tieren verwendet, die in Fallen geraten sind.

Ponti war wie jeder Jäger mit Waffen gut versorgt und hatte einen recht qualifizierten Wehrdienst hinter sich. Er war aber nie zu Übungen einberufen worden (die Streitkräfte verzichteten nach Möglichkeit darauf, Linksextremisten zu Übungen einzuberufen).

Im folgenden wurde es jedoch interessanter. Ponti wurde nachdrücklich als eine Art »Sicherheitschef« innerhalb der Palästina-Bewegung bezeichnet. Einige Jahre lang, zwischen 1969 und 1975, hatte Ponti aus den Palästina-Gruppen einen Maulwurf nach dem anderen herausgepickt, und man vermutete aus guten Gründen, daß Ponti bei den Attacken von *Folket i Bild/Kulturfront* gegen die Informanten der Streitkräfte in verschiedenen linken Organisationen mehr als nur einen Finger im Spiel gehabt hatte. Unter anderem war man der Meinung, daß es Ponti gewesen sein mußte, der den Mann des Nachrichtendienstes in der Führungsspitze der Palästina-Gruppen ausfindig gemacht hatte. Aus irgendeinem Grund hatte Ponti es vorgezogen, sich im Hintergrund zu halten.

Dagegen gab es eindeutige Belege dafür, daß Ponti einen von den Israelis in die Palästina-Gruppen eingeschleusten Schweden erwischt hatte. Der hatte dort angeblich irgendwelche bewaffnete Aktionen vorbereiten sollen. (Dem lag natürlich der Gedanke zugrunde, das Ganze in letzter Minute hochgehen zu lassen. Die weitere Arbeit der pro-arabischen Extremisten wäre dadurch erheblich erschwert worden, es hätte sie isoliert und daran gehindert, neue Leute anzuwerben. Zudem hätte es ihre Schlagkraft bei Gewaltaktionen erheblich reduziert.)

Die Schwierigkeiten, die Palästina-Aktivisten in den Griff zu bekommen, hatten den israelischen Nachrichtendienst am Ende dazu gebracht, einen professionell ausgebildeten *under cover agent* nach Schweden zu schicken, der sich der Gruppe anschließen sollte. Es war eine außerordentlich gut vorbereitete Aktion gewesen.

Zunächst hatten die Israelis auf dem Weg über einige schwedische freiberufliche Fotografen die Nachricht ausgestreut, ein amerikanischer Vietnam-Wehrdienstverweigerer sei von Saigon geflohen und habe sich in Beirut der Al Fatah angeschlossen. Bei der Teilnahme an einem palästinensischen Überfall vom Süden des Libanon aus sei er als einziger Überlebender gefaßt worden. Im weiteren Verlauf sollte der Amerikaner im israelischen Ramleh-Gefängnis gesessen haben, aber die Israelis hätten ihn nicht vor Gericht stellen wollen, da er amerikanischer Staatsbürger sei. Statt dessen wollten sie ihn in irgendein europäisches Land ausweisen, wo er keine Gefahr lief, in die USA zurückgeschickt zu werden. Dort wäre er nämlich aufgeflogen.

Eine Kopie des von dem Israeli benutzten Reisedokuments lag jetzt vor Appeltoft auf dem Tisch. Es war ein gewöhnlicher israelischer Passierschein mit französischem und hebräischem Text, Nummer 101375. Der richtige Name des Mannes war Ben Tevel, und sein amerikanischer Name lautete Richard Holmes aus einer Kleinstadt in Indiana.

Es war den Israelis gelungen, die Geschichte des amerikanischen Palästina-Helden unter dänischen Palästina-Aktivisten zu verbreiten, und folglich hatte die eigentliche Einschleusung in Dänemark begonnen.

Der israelische Agent »flüchtete« zunächst nach Dänemark und suchte dort Schutz bei den dänischen Palästina-Aktivisten. Die fanden wie erwartet heraus, daß es allzu riskant sei, einen amerikanischen Wehrdienstverweigerer, einen Deserteur, in einem NATO-Land zu behalten. Darum hatten sie sich an ihre schwedischen Genossen in Stockholm gewandt, die Ankunft des Amerikaners avisiert und die Schweden gebeten, sich um ihn zu kümmern. Soweit war die Aktion perfekt gelaufen.

Dann platzte alles im Verlauf von ein paar Stunden. Es war nämlich Erik Ponti, der den Mann auf dem Stockholmer Hauptbahnhof abholte.

Die Fortsetzung der Geschichte fand sich auszugsweise im schriftlichen Bericht des Israelis. Ponti hatte sich erst mit dem Israeli hingesetzt und ein Verhör eingeleitet, wann, wo, wie und weshalb, welches Gefängnis und so weiter. Das hatten die Israelis auch vorhergesehen, und ihr Mann war kein Amateur.

Es war nicht klar, ob Ponti schon zu diesem Zeitpunkt Verdacht geschöpft hatte. Nach etwa einer Stunde nahm er den Israeli jedoch in eine größere Wohnung in der Nähe von Norra Bantorget mit, wo eine Art Wohngemeinschaft linken Zuschnitts lebte. Zunächst hatte alles normal ausgesehen. Dann hatte Ponti jedoch einen unbekannten Palästinenser gebeten, das Verhör in einem kleineren Zimmer fortzusetzen. Dabei war es fast ausschließlich um die Zustände im Ramleh-Gefängnis gegangen, welche Häftlinge in welchem Korridor gesessen hätten, wie es dort aussehe, und so weiter. Nach Auffassung des Israelis konnte es in seiner Geschichte insofern kaum Fehler geben.

Danach hatten der Palästinenser und Ponti flüsternd ein paar Worte gewechselt, und anschließend hatte Ponti gesagt, es sei Zeit zu gehen, und hatte den israelischen Agenten zu einem Taxistand direkt unterhalb der Wohnung gebracht. Während sie auf einen Wagen warteten, erklärte Ponti ruhig, aber mit einer Stimme, die keinen Einwand duldete, daß wenn dieser Infiltrationsversuch in Beirut erfolgt wäre, die Taxifahrt mit dem Tod des Israelis geendet hätte. Ponti bat ihn, seine Auftraggeber zu grüßen und ihnen zu sagen, der nächste Infiltrant werde eher verschwinden als mit freundlichen Grüßen zurückzukehren. Kurz bevor Ponti den Israeli verließ, hatte er noch auf eine Waffe in der Innentasche seines Jacketts gedeutet und gesagt, der Mann habe zehn Stunden Zeit, aus Stockholm zu verschwinden, sonst werde man sich das Angebot freien Abzugs und unversehrter Rückkehr vielleicht noch mal überlegen.

Der israelische Nachrichtendienstmann hatte die Drohung ernst genommen und sofort die Rettungsleine gezogen; er war folglich zur nächsten Telefonzelle gegangen und hatte die Telefonnummer angerufen, bei der er sich nur im äußersten Notfall melden durfte.

Die Israelis hatten bei den Schweden Polizeischutz für den Mann bis zum nächsten Morgen verlangt und ihn anschließend nach Israel zurückgeflogen.

Drei Jahre später trat Ponti bei einem ähnlich ernsten Zwischenfall in Erscheinung. Die Israelis hatten einen der Kuriere des Schwarzen September aufgespürt, Kamal Benamane, der sich nach Stockholm begeben hatte, um zusammen mit einem weiteren der gesuchtesten palästinensischen Feinde Israels, Ali Hassan Salameh, den Mord an Israels Botschafter in Stockholm, Max Varon, vorzubereiten.

Den Israelis war es also irgendwie gelungen, wie, war nicht klar, sich außerordentliche Informationen zu beschaffen. Von einer nur nachträglichen konstruierten Aktion konnte keine Rede sein, da sie sofort eine Gruppe von Spezialisten nach Skandinavien schickten, um den Mördern zuvorzukommen.

Die Spur führte zunächst zu den Palästina-Gruppen in Stockholm und zu Ponti. Dann hatten die beiden Palästinenser eine Art Täuschungsmanöver unternommen, das die Israelis dazu brachte, via Oslo noch mehr Leute einzuschleusen und sich dann nach Lillehammer zu begeben, wo sie den falschen Mann erschossen, während Benamane und Salameh in Stockholm saßen und mit Ponti in dessen Wohnung konferierten. Nach dem Mord in Lillehammer verschwanden die beiden Palästinenser spurlos.

In einem nachträglich hinzugefügten schwedischen Kommentar hieß es, die israelische Aktion habe jedenfalls den positiven Effekt gehabt, die Terroristen aus Skandinavien zu verjagen. Die logistische Unterstützung der Palästinenser durch Ponti werde man vor Gericht nicht nachweisen können. Telefonüberwachung und ähnliche Observierungen hätten wie erwartet keine Ergebnisse gebracht.

Zusammenfassend wurde gefolgert, daß Erik Ponti der Mann sei, der für die schwedische Unterstützung und Beratung zuständig sei, wenn palästinensische Terroristen auf schwedischem Boden Aktionen vorbereiteten.

Appeltoft hatte fünf oder sechs Jahre in stiller Büroarbeit Planung und Ausführung von Terroranschlägen und dem Verhalten von Terrorgruppen und anderen Untergrundorganisationen studiert. Bis zu diesem Moment an seinem Küchentisch hatte er es für recht unwahrscheinlich gehalten, daß ihm zwei völlig neue Vorgehensweisen auf einmal begegnen würden.

Eine Gruppe von Journalisten, die keine Journalisten waren, sondern etwas anderes, aber trotzdem geschickt genug, sich in die einflußreichsten Positionen ihrer Branche hochzuarbeiten? Was wurde damit bezweckt, was hatte es für einen Sinn, wenn sie ihre Absichten sogar »geschickt« verbargen und Ereignisse auf eine Weise kommentierten, die im großen und ganzen mit den Ansichten anderer, »richtiger« Journalisten übereinstimmte?

Und wenn Ponti nun einer solchen Untergrundorganisation angehörte, warum hatte dann nur er einen operativen Kontakt zu ausländischen Terroristen?

Überdies hatte Ponti die Palästina-Bewegung etwa um die Zeit verlassen, als er beim *Echo des Tages* Reporter wurde. Die anderen Angehörigen der Gruppe hatten ein ähnliches Entwicklungsbild. In den mit Grün gestempelten Berichten wurde das damit erklärt, die Gruppe wolle sich offiziell von ihrer extremistischen Vergangenheit entfernen. Das konnte natürlich eine logische Erklärung sein.

Diese Schlußfolgerung machte aber auch den entscheidenden Schritt nicht leichter. Denn die Verbindung zwischen Ponti und den vier Aktivisten draußen in Hägersten war unbedeutend. Ponti und der älteste der vier, Nils Gustaf Sund, fanden sich auf einer Delegiertenliste beim Kongreß der Palästina-Bewegung von 1975. War das der Beweis, daß sie sich kannten?

Na und?

Appeltoft fühlte sich veralbert. Er goß sich noch mehr kalten Kaffee ein und versuchte mit einem Bleistift, das Beziehungsgeflecht aufzumalen, das Näslund zufolge in dieser Auswahl von Berichten mit grünen Stempeln so klar hervortreten sollte.

Aha.

Eine geheime Gruppe von Nicht-Journalisten hatte es geschafft, sich bei Rundfunk und Fernsehen einstellen zu lassen, und diese Leute traten wie richtige Journalisten auf. Die personellen Verbindungen innerhalb der Gruppe waren zweifelsfrei nachgewiesen und statistisch gesehen nicht zufällig. Dennoch zählte die Gruppe bis vor etwa zehn Jahren zu einer klar umrissenen Elite in einem bestimmten Sektor der linken Organisationen des Landes. Der Zweck dieser langfristigen Operation war unklar.

Erik Ponti war in der Gruppe derjenige, den man, wenn überhaupt jemanden, mit palästinensischem Terrorismus in Verbindung bringen konnte, und er hatte Funktionen innegehabt, die am ehesten an eine Art Gegenspionage der Linken denken ließ.

Ponti und der Besuch in Oslo paßten zusammen. Er war schließlich ein paar Stunden nach dem Mord an Folkesson dort gewesen.

Die Verbindung zwischen Ponti und den vier draußen in Hägersten war jedoch schwach. Man konnte nur feststellen, daß er einen dieser Leute kannte.

Ponti konnte mit Waffen umgehen und hatte die Möglichkeit gehabt, sich diskret mit Folkesson zu treffen.

Aber das Motiv?

Dieses Mädchen im Kurzwarenladen sollte mit Folkesson Kontakt aufgenommen haben, um vor einer bevorstehenden Gewalttat zu warnen? Ponti sollte von der Sache Wind bekommen, und statt die Aktion abzublasen, einen schwedischen Polizeibeamten ermordet haben, dann ruhig nach Oslo geflogen sein und mit den norwegischen Kollegen gescherzt haben?

Appeltoft fühlte sich skeptisch und unzulänglich zugleich. Er war sein Leben lang Polizist gewesen, seit dem Wehrdienst und der darauffolgenden kurzen Ausbildung zum Landjäger. Mehr als dreißig Jahre lang hatte er sich darin geübt, beweisbare von unbeweisbaren Hypothesen zu trennen, aber hier zerschmolz alles plötzlich zu einem Brei. Er betrachtete das Sortiment von Näslunds Berichten auf dem Küchentisch. Da mußte es noch anderes geben, was Näslund nicht herausrücken wollte. Diese Akten überzeugten nicht, auch wenn manches merkwürdig aussah.

Es gab zwei Personen, die Bescheid wußten, mindestens zwei. Ponti ließ sich nicht so ohne weiteres verhören. Seine Stellung bei *Sveriges Radio* machte ihn so gut wie sakrosankt, diesen Mann konnte man nicht einfach zu unangenehmen Verhören abholen.

Das Mädchen in Hägersten – wovor hatte sie Folkesson zu warnen versucht? Ja, sie schien die einzige logische Möglichkeit zu sein, weiterzukommen. Das war eine einfache Schlußfolgerung, das sah Appeltoft ein. Er konnte jedoch keine Alternative erkennen. Er begann, den Papierstapel wegzuräumen. Es war sehr spät geworden.

Roar Hestenes begriff zunächst nicht, warum er mitten in der Nacht aufgewacht war. Seine Frau hatte sich in ihrem Nachthemd verheddert und schlief neben ihm. Hatte sie geträumt und ihm im Schlaf einen Tritt gegeben? Dann hörte er wieder das Läuten des Telefons.

Er tastete nach der Lampe auf dem Nachttisch, bis er den Hörer zu fassen bekam.

»Ja, Hestenes.«

»Mathiesen hier, entschuldige, daß ich so spät anrufe. Aber was für einen Eindruck hattest du von diesem Schweden Hamilton?«

Hestenes versuchte, einen klaren Kopf zu bekommen, bevor er antwortete.

»Nun ja. Etwas snobistischer Typ, Schreibtischhengst. Smart und vermutlich sorgfältiger Arbeiter, aber kein richtiger Polizist, wenn du verstehst, was ich meine. Warum fragst du?«

»Nun, es hat ein kleines Unglück gegeben. Einer der Burschen von der Terrorpolizei schlich sich heute abend zufällig zu ihm ins Hotelzimmer. Sie glaubten, da sei was im Gange, und sie sagten, sie hätten nicht die Zeit gehabt, uns zu benachrichtigen. Knut Halvorsen wäre um ein Haar totgeschlagen worden und liegt im Krankenhaus. Ich wollte nur wissen, ob du einen Kommentar dazu hast?«

Roar Hestenes begriff nichts.

»Nun ja«, sagte er, »auf mich wirkte er wie irgendein beliebiger Schreibtischhengst. Also Halvorsen höchstpersönlich?«

»Ja, kein Geringerer. Entschuldige bitte, ich dachte nur, du hättest vielleicht eine spontane Erklärung, was das eigentlich für ein Bursche ist. Gute Nacht.«

Hestenes lag noch eine Weile wach und dachte nach. Halvorsen war im Polizeikorps wohlbekannt und wurde sowohl von sich selbst wie von den meisten Kollegen als einer der härtesten Beamten des Landes angesehen. Aus diesem Grund war er ja auch bei der Terrorpolizei gelandet. Und dann diese Oberklassenfigur mit Krokodilledergürtel? Unbegreiflich.

Mathiesen saß noch mit der Hand auf der Gabel, entschloß sich dann aber, nicht in Stockholm anzurufen. Es gab ja keinen Grund zur Klage, nur zur Neugier. Eher zum genauen Gegenteil von Klage, übrigens. Mathiesen lächelte.

Bei der Terrorpolizei herrschte die Auffassung vor, sie und nur sie seien die harten Jungs, und beim Überwachungsdienst gebe es nicht genug ordentliche Leute. Hamilton war zwar Schwede, aber doch ein Sicherheitspolizist, ein ganz gewöhnlicher Sicherheitsbeamter.

Es würde nicht allzu lange dauern, bis Mathiesen Grund bekam, sein Urteil in diesem Punkt dramatisch zu revidieren. Bei der nächsten Begegnung mit Carl Hamilton in den Berichten der schwedischen Kollegen würde es um den blutigsten Zusammenstoß gehen, in den skandinavische Sicherheitsbeamte je verwickelt worden waren.

Carl Hamilton hatte seine Berichte in seine rote, diebstahlsichere Aktentasche eingeschlossen und im Hotelzimmer zum zweitenmal das Licht ausgemacht. Diesmal würden keine Kollegen stören. Seine Maschine ging früh am nächsten Morgen, und er hatte nur noch ein paar Stunden.

Er versuchte seine Lektüre zusammenzufassen, aber das war nicht leicht. Was er gelesen hatte, war nicht sonderlich erhellend. Das Interesse der Norweger an Ponti beruhte ganz einfach darauf, daß er in schwedischen Berichten als Terrorist bezeichnet wurde, als ein überdies einflußreicher Terrorist mit einer Menge angeblicher Verbindungen zu allen möglichen Staaten und Organisationen, angefangen beim Schwarzen September bis hin zu Libyen. Ponti hatte sich ein halbes Jahr in Libyen aufgehalten, ohne daß sich das journalistisch oder in einer Erklärung niedergeschlagen hätte, warum er sich dort überhaupt aufhielt. Es war nur einmal zu einer Begegnung mit Ghaddafi gekommen.

Es gab offenbar eine Menge Belege dafür, wie Ponti vor rund zehn Jahren in der antiimperialistischen Bewegung etliche Infiltranten aufgespürt und taktisch unschädlich gemacht hatte. Carl Hamilton wußte sehr wohl, wer Ponti war, und war ihm sogar ein paarmal begegnet. Damals war es bei der Linken auch kein Geheimnis gewesen, daß ausländische wie schwedische Sicherheitsdienste alles in ihrer Macht Stehende taten, um Leute in die verschiedenen Linksgruppierungen einzuschleusen. Und es stimmte auch, daß Ponti bei der Abwehr dieser Versuche eine bedeutende Rolle gespielt hatte, das wußte jeder Clartéist.

Die Aufspürung und Enttarnung von Informanten oder Infiltranten war ja eine vernünftige Abwehrtätigkeit. Sich an offensiven Aktionen zu versuchen, war etwas völlig anderes. Der Kern der Linken, welche die antiimperialistischen Organisationen sowie *Folket i Bild/Kulturfront* beherrschte, wozu man ja auch Ponti rechnen konnte, hatte in der »Frage individuellen Terrors« eine sehr strikte und bewußte Politik betrieben. Die ideologische Grundlage dieser

Haltung fand sich in Lenins Polemik gegen die frühen russischen Anarchisten, deren Politik als reaktionär verurteilt worden war. War das aber in der Sicherheitsabteilung bekannt? Hier stimmte etwas ganz entschieden nicht.

Und die Nachrichten aus Oslo konnten die Hypothese von Ponti als Mörder nicht im mindesten stützen. Die Personenbeschreibung wich in einem entscheidenden Punkt von der Pontis ab: Jeans statt einer taubenblauen Cordhose. Und dann noch diese Scherze mit den Sicherheitsbeamten auf dem Flughafen Fornebu?

Es fiel Carl schwer, einzuschlafen. Er hatte das Gefühl, versagt zu haben. Er war sicher, etwas Wichtiges übersehen zu haben.

5

Carl kam direkt vom Flughafen Arlanda und eine Dreiviertelstunde später als Fristedt und Appeltoft, die sich in der Frage, was jetzt zu tun sei, schon einigen Schlußfolgerungen genähert hatten. Falls Carl nicht wieder einmal mit unerwarteten Ergebnissen auftauchte. Die beiden älteren Polizeibeamten hatten sich in dem Punkt unsicher gefühlt, aber trotzdem gewettet. Appeltoft hatte einen Zehner darauf gesetzt, daß Carl ohne entscheidende Funde aus Oslo zurückkehren werde, und Fristedt hatte eher um der Wette willen als aus fester Überzeugung dagegengehalten.

»Wir haben gewettet«, sagte Appeltoft und schob Carl einen Plastikbecher mit Kaffee und das Zuckerpaket hin, »also mach es kurz.«

»Du hast fünf Minuten, dann müssen wir uns entscheiden, bevor wir zu Sherlock Holmes gehen«, fügte Fristedt hinzu.

Carl zerstieß die beiden schnell schmelzenden Zuckerstücke mit dem Plastiklöffel, bevor er antwortete.

»Das Ergebnis läßt sich noch kürzer zusammenfassen«, sagte er. »Erstens war dieser Fahndungseinsatz gegen Ponti von der Art, daß jeder hätte entdecken können, daß er verfolgt wird. Amateurhaft oder weil sie zu wenige Leute hatten, oder aus beiden Gründen, aber so ist gewesen. Zweitens hatte er keine Jeans an, sondern eine Cordhose. Der Polizist, der den Bericht geschrieben hat, ist sich da völlig sicher. Und ja ... die Schlußfolgerung dürfte auf der Hand liegen. Hätte er sich eine andere Hose angezogen, hätte er wohl auch die auffälligere Jacke ausgetauscht. Drittens ist es tatsächlich so, daß die nicht mal wissen, was er in Oslo tat, da er die meiste Zeit außer Sichtweite war. Er kann alles mögliche getrieben haben. Viertens werde ich nicht schlau daraus, warum er mit seinen Verfolgern herumalberte. Ein Alibi wird er sich damit kaum verschafft haben wollen, außerdem flog er ja unter seinem eigenen Namen. Und so verhält sich einfach kein Mörder. Jedenfalls nicht nach meiner Meinung. Also. Ich habe nichts im Reisegepäck, was Sherl ... was Näslunds Hypothese stärkt.«

Fristedt zog einen Zehn-Kronen-Schein aus der Tasche und schob ihn wortlos zu Appeltoft hinüber, der ihn mit einem vergnügten Grinsen in die Brusttasche seines Jacketts steckte. »Eine ausgezeichnete Zusammenfassung, wie ich finde«, sagte Appeltoft.

Fristedt hatte sich beim Kontaktmann der Firma im Außenministerium erkundigt, was es mit den telefonischen Drohungen der Palästinenser gegen die schwedische Botschaft in Beirut auf sich habe, ob man dort den Zusammenhang finden könne, den Näslund in *Svenska Dagbladet* und *Expressen* hatte drucken lassen.

Das war aber nicht der Fall. Die Botschaft mußte jede Woche rund zwanzig mehr oder weniger wirre und mehr oder weniger drohende Telefongespräche entgegennehmen. Man führte ganz routinemäßig Buch darüber, und die Ernte der Vorwoche hatte zwar ein paar Gespräche erbracht, in denen von Terroraktionen gegen die schwedische Polizei die Rede war, falls dieser oder jener Palästinenser nicht in Schweden bleiben dürfe. In der Botschaft hatte man daraus aber nur den Schluß gezogen, daß irgendwelche Verwandte Druck ausüben wollten, womit sie ihren Leuten jedoch einen Bärendienst erwiesen. Es gab für die Palästinenser keinerlei vernünftigen Grund, die schwedische Botschaft zu bedrohen, damit sie noch mehr Flüchtlinge produzierte.

Dann war da noch die Frage, ob *daal* oder *dalet*, arabisch oder hebräisch? Was hatte sie eigentlich gesagt, dieser weibliche Sicherheitsoffizier der Israelis?

Carl dachte nach. Sie hatte gesagt, es sei Hebräisch, der Plan heiße Plan Dalet, und sie könne es ohne Bedenken sagen, da Carl es früher oder später ohnehin herausfinden werde. Mit anderen Worten: Sie hatte mit keinem Wort angedeutet, es könne eine arabische Bezeichnung sein.

»Ruf sie an«, sagte Fristedt, »ruf sie sofort an.«

Carl zögerte.

»Ja aber, es ist nicht sehr wahrscheinlich, daß sie ...«

»Versuch's doch jedenfalls, ruf jetzt sofort an«, sagte Fristedt und schob Carl das Telefon hin.

Es wurde ein sehr kurzes Gespräch. Die Botschaft teilte mit, Shulamit Hanegbi sei in einer dringenden Privatangelegenheit nach Israel gereist und werde in frühestens drei Monaten in Schweden zurückerwartet.

»Aha, das war also nichts«, seufzte Fristedt, »und es ist die Frage, ob Sherlock Holmes uns seine These über das arabische *daal* und die telefonische Drohung gegen die Botschaft entwickeln wird. Aufrichtig gesagt, zweifle ich daran. Willst du wieder einen Zehner setzen, Appeltoft?«

Appeltoft grunzte, das sei angesichts der Chancen der vorigen Wette nicht mehr als gerecht.

»Du kannst den Zehner ja gleich zurückkriegen, damit wir's nicht vergessen«, fuhr er fort und schob den Geldschein Fristedt über den Tisch, der ihn zufrieden lächelnd in die Tasche steckte.

Appeltoft berichtete kurz von seinen nächtlichen Studien, allerdings höchst summarisch, da er schon vor Carls Ankunft ausführlicher darauf eingegangen war.

Soweit es aber diesen Ponti und einige seiner Genossen betraf, hingen noch ganze Wolken eigentümlicher Verdächtigungen in der Luft, das war klar. Dabei war nichts mit Händen zu greifen. Es gab nichts, was ein Eingreifen begründen könnte. Auch das war klar.

»Wir haben uns auf einen Vorschlag geeinigt, den wir Sherlock jetzt in zehn Minuten vorlegen wollen«, sagte Fristedt zu Carl, »und sag, wie du selbst denkst. Es ist gut, wenn wir uns einig sind, aber sag trotzdem, was du meinst.«

Carl brauchte nicht zu zögern. Es klang wie eine kluge Schlußfolgerung. Man würde sich diskret an dieses Mädchen heranmachen und sie fragen, worum es bei ihrem Kontakt mit Folkesson gegangen war. Wenn die Hypothese stimmte, daß sie Folkesson vor etwas hatte warnen wollen, dürfte sie jetzt nicht zurückhaltender geworden sein. Und falls die Hypothese irrig war, würde man jedenfalls etwas Genaueres erfahren.

Der Vorschlag fand bei der Konferenz im Zimmer von Näslund jedoch keine Gnade. Die Zahl der Teilnehmer an der großen Konferenz war außerdem um fünf oder sechs Mann erweitert worden, die man für besonders geschickte Vernehmungsbeamte hielt, und um ein paar Leute, die sich um die immer aufwendigere Telefonüberwachung kümmerten.

Fristedt legte in kaltem Tonfall dar, was seine Gruppe bisher erreicht hatte. Ihm entging nicht, wie mißgelaunt Näslund war, das entging kaum jemandem im Raum, aber Fristedt ließ sich nicht stören. Zusammenfassend kam er zu dem Schluß, daß es keinerlei Hinweise auf Verbindungen zwischen dem verdächtigen Täter und den vier Links-Aktivisten in Hägersten gebe. Es werde zwar außerordentlich interessant sein, den Verdächtigen in dem einen oder anderen Punkt zu verhören, aber eine annehmbare Grundlage für ein polizeiliches Eingreifen gebe es nach Meinung der Ermittlungsgruppe nicht. Statt dessen könne man sich vorstellen, dieses Mädchen zu befragen, das mit Folkesson Kontakt hatte, sie also nicht festzunehmen, sondern sie zu einem eher informellen Verhör zu bitten. Und damit endete Fristedt.

»Und wie habt ihr euch diese Operation gedacht, wer soll sich ihr nähern und wie?« wollte Näslund wissen, während er das Haar an den Schläfen irritiert nach hinten kämmte.

»Ich«, sagte Carl und bereute es im selben Moment, als er Näslunds feindseligen Blick entdeckte und ein schiefes Lächeln bei einigen der anderen.

»Ach, tatsächlich, und wie, wenn ich bitten darf?« sagte Näslund mit betont leiser Stimme.

»Ich bin ja jünger als ihr, trage Freizeitkleidung und so weiter. Außerdem haben wir diese vier ständig im Auge, da muß sich eine Gelegenheit ergeben, wenn man nur ein bißchen wartet.«

Carl hatte ohne lange nachzudenken geantwortet, kam aber jetzt zu dem Schluß, daß der Vorschlag doch vernünftig war. Es gab kaum Alternativen, und sie verloren immer mehr Zeit.

»Nun ja«, sagte Näslund und steckte den Kamm ein, »es ist vielleicht kein ganz vernünftiger Vorschlag, aber im Augenblick strömen die Ergebnisse der Telefonüberwachung herein. Wenn wir ein bißchen warten, vermeiden wir jedes Risiko, indem wir zuschlagen und alle vier einkassieren.«

»Was sind das für Ergebnisse, die ihr bei der Lauschoperation bekommen habt, oder sollen die vor uns Polizisten geheimgehalten werden?« fragte Ljungdahl, ohne mit einer Miene zu zeigen, ob die Ironie beabsichtigt war.

Näslund machte seine gewohnte dramatische Kunstpause.

Stöhn, dachte die versammelte Mannschaft. Aber niemand eilte Näslund mit einer Frage zu Hilfe.

»Im Lauf der Nacht hat sich ein klarer Zusammenhang mit einer Gruppe von Palästinensern in Uppsala ergeben, die wir schon vorher in der Frage der besonderen Bestimmungen des Ausländergesetzes über Gewalttaten et cetera, et cetera im Auge gehabt haben. Im Augenblick wird das Material gerade bearbeitet, aber wahrscheinlich werden wir mehrere Fliegen mit einer Klappe schlagen, so daß wir diese Ausweisungsfrage gleichzeitig mit der anderen lösen können.«

Carl sah, wie Appeltoft und Fristedt einen kurzen, vielsagenden Blick mit dem ungefähren Inhalt austauschten, jetzt ist aber der Teufel los.

»Die Lage ist also gewissermaßen hervorragend«, fuhr Näslund begeistert fort. »Sobald die Telefonüberwachung genügend Material erbracht hat, schlagen wir gegen die Terroristen in Uppsala und gleichzeitig gegen die logistischen Terroristen in Hägersten los. Wir überwachen rund zwanzig Anschlüsse, und alle Anhänger dieser Anti-Israel-Bewegung sind in Fahrt und reden am Telefon, als bekämen sie's bezahlt. Wir können also damit rechnen, bald nicht nur dieses Mädchen einzukassieren, sondern auch ihre Genossen, und das ist ja ohne Zweifel eine bessere Grundlage für eine Vernehmung dieses Mädchens, wenn wir die anderen in sicherer Verwahrung haben und das Ergebnis einer Hausdurchsuchung kennen, auf das wir uns stützen können.«

Näslunds Begeisterung wirkte kein bißchen ansteckend. Die Polizeibeamten in der Runde blickten auf die Tischplatte oder kritzelten Kreise in ihre leeren Notizblocks.

»Aber braucht die Staatsanwaltschaft denn keine bessere Unterlage für ein Eingreifen in Hägersten«, sagte Appeltoft leise und ohne Näslund anzusehen. »Ich meine, wir können doch keine Verbindung zwischen denen in Hägersten und dem Tatverdächtigen herstellen, um nur ein Beispiel zu nennen, und woher sollen wir dann einen Grund zur Festnahme nehmen, von der Hausdurchsuchung ganz zu schweigen?«

Das war ein Einwand, der genausogut von einem Rechtsanwalt hätte kommen können. Appeltoft hatte bei seiner Argumentation ohne Zweifel das Gesetz auf seiner Seite. Die Polizei in Schweden kann zwar jeden jederzeit zu einem Verhör rufen. Aber für das Recht, zu sogenannten Zwangsmittel zu greifen, beispielsweise einer Hausdurchsuchung, die in der Regel mit einem Festnahmebeschluß einhergehen sollte, ist ein begründeter Tatverdacht erforderlich.

Näslund ließ sich jedoch nicht im geringsten erschüttern.

»Ich bin immerhin fast fünfzehn Jahre lang Staatsanwalt gewesen«, begann er.

(Und diese Laufbahn endete mit dem glänzenden Erfolg beim Jukkasjärvi-Mann, dachte Appeltoft.)

»Und ich habe die grundlegenden Unterrichtsteile der Polizeischule im Strafprozeßrecht im Kopf, wenn du entschuldigst, Appeltoft«, fuhr Näslund mit einem plötzlich feindseligen Tonfall fort, »und was das Material der Staatsanwaltschaft betrifft, wird es im Moment gerade abgeschrieben. Ihr bekommt den Bericht in einer Stunde. Wir sollten uns jetzt also zunächst den praktischen Vorbereitungen der Einsätze in Hägersten und Uppsala widmen.«

Die rein praktischen Dinge ließen sich leichter diskutieren, und dieser Frage wurden die letzten zwanzig Minuten der Sitzung gewidmet. Das gesamte Sonderkommando durfte einberufen und in zwei Gruppen eingeteilt werden, eine für Hägersten und eine für Uppsala (das bedeutete insgesamt mehr als fünfzig Polizeibeamte in sogenannter Schutzausrüstung und mit sogenannter Sonderbewaffnung, das heißt mit schußsicheren Westen, Stahlhelmen mit Visier und Maschinenpistolen statt Pistolen). Bestimmte Straßen sollten mit Gittern abgesperrt werden, während die Einsatzkommandos vorrückten. Die Frage des Timings war natürlich von grundlegender Bedeutung. Alles müsse unbedingt gleichzeitig erfolgen. Und so weiter. Es hörte sich an, als ob Näslund eine mittlere Feldschlacht plante.

»Es gibt ein paar Dinge, die ich nicht begreife«, sagte Carl, nachdem er, Fristedt und Appeltoft unter mürrischem Schweigen in ihr eigenes kleines Hauptquartier zurückgekehrt waren.

Fristedt lächelte sanft. Appeltoft lachte auf. Es war ein bitteres Lachen.

»Ach so, was du nicht sagst, mein junger Freund. Du glaubst wohl, wir könnten dich sofort ins Bild setzen«, meinte Appeltoft.

»Erstens«, sagte Carl, »gibt es doch kaum einen Zusammenhang zwischen diesen Palästinensern in Uppsala und dem hier? Dabei muß es doch um eine alte Ermittlung in einer völlig anderen Sache gehen?«

»Stimmt«, bestätigte Fristedt.

»Und zweitens«, fuhr Carl fort, »wäre es doch so etwas wie *overkill*, fünfundzwanzig Mann in schußsicheren Westen gegen vier schlafende Studenten einzusetzen?«

»Auch das stimmt«, sagte Appeltoft.

»Das erste nennen wir den ›Kröcher-Dreh‹, das ist eine hausinterne Bezeichnung, oder wie man das nennen soll«, sagte Fristedt. »Es läuft aber darauf hinaus, daß man einen Einsatz bewußt größer anlegt, wenn es sich nur machen läßt, das ist fast wie ein physikalisches Gesetz, und Näslund ist da nicht mal schlimmer als seine Vorgänger. Als die Firma diesen Kröcher und diese anderen Irren anschleppte, ich weiß nicht genau Bescheid, weil ich mit der Sache nie befaßt war, verwickelte man noch ein paar Palästinenser in die Sache. Die hatten zwar nichts mit der Kröcher-Bande zu tun, sollten aber gleichzeitig mit ihm außer Landes geschafft werden. So kann sich die Öffentlichkeit überzeugen, daß die Firma ihr Handwerk versteht und Terroristen gleich waggonweise einbuchtet.«

»Der zweite Punkt ist für Näslunds Publicity gedacht«, sagte Appeltoft. »Wir drei könnten ja mit zwei Wagen nach Hägersten fahren und diese jungen Leute abholen, ohne daß die Nachbarn etwas merken würden und dazu noch problemlos. Das würde in den Zeitungen aber nicht die gleiche Wirkung haben.«

»Wenn die Argumente schwach sind, Stimme heben und wütend aussehen?« sagte Carl.

»Genau«, sagte Fristedt.

»Du lernst schnell«, sagte Appeltoft.

»Wir müssen uns mit einem trösten«, fuhr Fristedt fort. »Denn auch wenn es unnötigen Lärm gibt, kriegen wir diese Leute jedenfalls zum Verhör, und vor allem das Mädchen, das mit Folkesson Kontakt hatte. Wir werden wenigstens etwas mehr erfahren, und das müssen wir auch.«

Sie maulten eine Weile vor sich hin, ohne etwas zu sagen oder die geringste Initiative zu ergreifen. Alle drei fühlten sich an die Wand gedrängt, als wäre es ohne jede Bedeutung, was sie künftig taten. Die Näslundsche Dynamik hatte ihnen schon den Schneid abgekauft.

»Über eins denke ich schon die ganze Zeit nach«, sagte Fristedt zu Carl, als das Schweigen allen dreien auf die Nerven zu gehen begann, »du bist nicht zufällig ein Mann Näslunds, wie?«

»Was meinst du damit?«

»Nun, er hat dich doch nicht in die Firma gebracht, du kommst doch aus einer anderen Ecke, nicht wahr?«

»Doch, es ist Näslund gewesen, der formal für meine vorübergehende Anstellung hier verantwortlich ist, aber ich bin keineswegs sein Rekrut, falls du das meinst.«

»Die Polizeischule hast du auch nicht besucht, nicht wahr?« wollte Appeltoft wissen.

»Nein, ich habe ein Examen von einer amerikanischen Universität, und dann bin ich noch Reserveleutnant der Marine.«

»Hm«, meinte Appeltoft.

»Du hast eine Art Spezialausbildung, nicht wahr?« fragte Fristedt plötzlich etwas direkter.

»Wenn du noch mehr Fragen stellst, wird es peinlich. Ich mag euch, und wir versuchen, gemeinsam einen Job zu tun, aber ich darf auf solche Fragen nicht antworten, und du darfst vermutlich auch nicht fragen. Ihr könnt eine Menge Dinge, die ich nicht kann, das ist ganz offenkundig, aber ich kann einiges, was ihr nicht könnt, und im besten Fall haben wir alle den Nutzen davon, aber bitte stellt keine Fragen mehr, ich habe nämlich nicht die Absicht, euch anzulügen.«

»Scheißegal«, sagte Fristedt, »du verstehst uns falsch. Aber es ist so, daß dieser verfluchte Sherlock Holmes eine eigene Anwerbungsmethode hat, die darauf hinausläuft, in der Firma eine Menge großschnauziger Akademiker einzuschleusen, die etwa so aussehen wie du. Und die rennen dauernd zu ihm und tratschen über alles und alle, die werden sozusagen zu seiner Säpo in der Säpo. Appeltoft und ich haben zunächst gedacht, du wärst auch so einer. Das ist alles.«

»Und jetzt glauben wir es nicht mehr«, sagte Appeltoft.

Eine Sekretärin kam mit einem Umschlag herein, den sie automatisch dem dienstältesten Beamten im Zimmer überreichte. Es waren Abschriften eines Telefongesprächs zwischen Nils Gustaf Sund von seinem privaten Anschluß mit Erik Ponti an dessen Dienstapparat bei *Sveriges Radio*. Die Abschrift war in drei Kopien ausgefertigt.

»Du lieber Himmel«, brummelte Fristedt und reichte Appeltoft und Carl je ein Exemplar.

Das Gespräch hatte einer Notiz am oberen Rand zufolge um 19.07 Uhr begonnen. Es war nicht sonderlich lang:

SUND: Hallo, hier ist Nils Sund, ich rufe im Auftrag der Palästina-Gruppe in Stockholm an. Du kennst mich vielleicht nicht, aber zuletzt haben wir uns ...

PONTI (unterbricht ihn): Natürlich kenne ich dich. Na, wie geht's euch denn so?

SUND: Ich weiß nicht, können wir überhaupt so offen reden, die hören vielleicht die Telefone ab.

PONTI: Rufst du von zu Hause an?

SUND: Ja.

PONTI: Es spielt keine Rolle, ob sie lauschen oder nicht. Komm zur Sache.

SUND: Also wir finden, das *Echo des Tages* sollte diese Propaganda entlarven, und dir ist sicher klar, warum wir dich anrufen.

PONTI: Ja, das ist klar. Was soll ich denn entlarven?

SUND: Diese Propaganda, irgendwelche Fedajin hätten diesen Kommissar ermordet. Die Zeitungen sind ja voller Lügen.

PONTI: Wie zum Beispiel?

SUND: Etwa daß die PLO schwedische Behörden bedrohe, weil ein paar Palästinenser nach Hause geschickt werden sollen, ich meine in den Libanon, denn das ist doch sicher alles, worauf sie bauen können.

PONTI: Ja, sie können nicht beweisen, daß es Palästinenser sind, das scheint mir ziemlich klar zu sein, und in dem Punkt könnt ihr ganz beruhigt sein. Aber ich kann im Augenblick nichts unternehmen, jetzt heißt es nur abwarten. Die sind am Ball.

SUND: Ja aber, wir haben doch gehofft, daß du im *Eocho des Tages* sagen könntest, wie die Dinge liegen, daß es nur die übliche Säpo-Propaganda ist, denn so ist es doch wohl?

PONTI: Ja, wie ich gesagt habe. Soviel ich weiß, haben sie für nichts Beweise. Aber ihr müßt meine Situation verstehen.

SUND: Wie bitte? Daß du jetzt so abgehoben hast, daß du die palästinensische Sache nicht mehr unterstützen kannst, weil man beim Rundfunk objektiv oder für Israel oder für sonst was ist?

PONTI: Nein, durchaus nicht. Keineswegs. Aber die Dinge liegen so: Die gegnerische Seite muß jetzt die Initiative ergreifen, die müssen früher oder später ein paar Karten auf den Tisch

legen, und in dem Moment muß man zuschlagen. Ich kann nicht einfach nur raten oder kritisieren, was Näslund in der Presse an Tratsch verbreitet, ich muß mich an Fakten halten.
SUND: Und was sollen wir deiner Meinung nach tun?
PONTI: Das müßt ihr selbst entscheiden, aber ihr habt ja eine ganz andere Freiheit als ich. Ich kann nicht einfach meinem ganz allgemeinen Abscheu vor dummem Gerede in der Presse Ausdruck geben, auch wenn ich glaube, gute Gründe für diese Auffassung zu haben. Aber aus meiner Sicht müssen sie mehr aus der Deckung gehen, konkrete Fehler machen, und dann kann ich zuschlagen. Ich werde auch nicht zimperlich sein. Aber so wie die Dinge liegen, ist meine Stunde noch nicht gekommen.
SUND: Aber wenn wir ein paar Aktionen durchführen, könntet ihr das doch aufgreifen.
PONTI: Ja, das ist durchaus möglich, dann wird es eine Nachricht. Eure Meinungen können nämlich zu Nachrichten werden, aber nicht meine, ich arbeite nur mit Tatsachen. So ist das. Viel Glück bei euren Aktionen, und nehmt hinterher mit mir Verbindung auf, dann werden wir sehen, wie der nächste Schritt aussehen könnte.
SUND: Können wir uns am Telefon eigentlich über solche Dinge unterhalten?
PONTI: Mein Telefon wird nicht abgehört, jedenfalls nicht hier beim Sender. Aber du kannst ja beim nächstenmal von einer Zelle aus anrufen, wenn es dich beruhigt, obwohl es keine Rolle spielt, wenn sie lauschen. Das bringt sie nicht weiter, wenn man sich nur ein wenig vorsieht.
SUND: Hast du eine Ahnung, wer diesen Säpo-Mann erschossen hat? Kann es ein Palästinenser gewesen sein?
PONTI: Ich weiß darüber nicht mehr als du. Wahrscheinlich wird es nie herauskommen, aber es hat keinen Sinn, jetzt zu spekulieren. Startet die Aktionen, die ihr für geeignet haltet, und laßt dann von euch hören. Das wär's dann erst mal, nicht wahr?
SUND: Ja, wir lassen von uns hören. Hej.
PONTI: Hej.

Unter der Abschrift fand sich unter der Überschrift *Anmerkungen* ein Text, in dem einige Deutungsmöglichkeiten empfohlen wurden:

»Pontis erste Frage, wie es den Leuten denn gehe, muß so aufgefaßt werden, daß er über ein oder mehrere geplante Vorhaben informiert ist. Sund wagt nicht, direkt zu antworten, sondern fragt, ob das Telefon abgehört wird, was Ponti warnt, da er sich danach erkundigt, ob Sund von seinem Privatanschluß aus anrufe. Im folgenden behauptet Ponti zweimal, ›die haben keine Beweise‹, und es gelte abzuwarten, bevor man zuschlage. Was Ponti betrifft, würde er gern hart zuschlagen, aber erst später. Auf die besorgte Frage des Aktivisten, ob die Polizei dem Mörder auf der Spur sein könne, versichert Ponti ruhig, die hätten keine Beweise, und man werde den Mörder vermutlich nie fassen. Darauf gibt er den Aktivisten eine Art grünes Licht, geeignete Maßnahmen zu ergreifen, irgendeine Aktion zu starten. Daraus ist vernünftigerweise zu schließen, daß wir mit unmittelbar bevorstehenden Aktivitäten zu rechnen haben.«

»Die letzte Schlußfolgerung ist sicher völlig korrekt«, bemerkte Carl, als er sah, daß die beiden anderen zu Ende gelesen hatten. »Die werden nämlich irgendwo demonstrieren, beispielsweise vor dem Redaktionshaus von *Expressen*, oder sie werden eine Flugblatt-Aktion starten, oder falls sie etwas Spektakuläreres inszenieren wollen, werden Palästinenser aus Protest gegen Verfolgungen oder derlei in den Hungerstreik treten und sich in Schlafsäcken auf Sergels Torg legen, dann können sie Ponti anrufen und Interviews anbieten.«

»Warum glaubst du das?« fragte Fristedt.

Carl zögerte mit der Antwort. Er würde aber nicht weiter argumentieren können, wenn er die Antwort schuldig blieb.

»Weil ich selbst einmal zu den Palästina-Gruppen gehört habe. Nun, ich war meist bei der Clarté aktiv, aber auch die Clarté hat ja die Sache der Palästinenser unterstützt, folglich ... Jedenfalls hätten wir damals so gehandelt. Das ist nichts Besonderes, so sind wir immer vorgegangen, und das ist für Ponti sicher genauso selbstverständlich wie für mich.«

»Du bist Miglied einer kommunistischen Organisation gewesen?« fragte Appeltoft in einem viel zu neutralen Tonfall.

»Ja. Und ich war auch kein Infiltrant, falls ihr das glauben solltet, ich war normales Mitglied, und außerdem ist es für die Firma kein Geheimnis, ich bin sogar als Verdächtiger registriert.«

»Teufel auch«, sagte Appeltoft.

»Kommen wir wieder zur Sache«, sagte Fristedt. »Warum ruft dieser Aktivist ausgerechnet Ponti an?«

»Das ist gar nicht verwunderlich. Ponti ist einer der Gründer der Palästina-Bewegung in Schweden und außerdem Auslandschef beim *Echo des Tages*. Für eine anti-imperialistische Bewegung der Art, mit der wir es jetzt zu tun haben, ist es das A und O, gegen den Strom von *Expressen* und anderen Zeitungen anzuschwimmen und eigene Botschaften an die Öffentlichkeit zu bringen«, erklärte Carl irritiert. Das alles war doch selbstverständlich.

»Aber wie kommt Ponti dazu, so verdächtig korrekt festzustellen, daß es gegen den Mörder keine Beweise gibt? Woher weiß er das?« beharrte Fristedt.

»Darauf kann ich vielleicht antworten«, meinte Appeltoft. »Ponti hat eine zwanzigjährige Erfahrung mit der Arbeitsweise verschiedener Sicherheitsdienste, er wußte ja sogar von dieser Geschichte mit Näslund, ich meine, warum in manchen Zeitungen soviel dummes Zeug steht. Und wir haben ja tatsächlich niemanden festgenommen, so daß sich jeder an den fünf Fingern abzählen kann, daß wir mit den Beweisen Schwierigkeiten haben. Wir dürfen nicht vergessen, daß wir es mit einem fähigen und intelligenten Menschen zu tun haben.«

Sie wurden von der Sekretärin unterbrochen, die mit einem neuen Umschlag für Fristedt ins Zimmer trat. Er öffnete ihn, ohne etwas zu sagen. Dann las er ein paar Sekunden, bevor er das Papier auf die auf dem Tisch liegenden Akten fallen ließ.

»Pfui Teufel, damit könnt ihr euch befassen, ich geh jetzt in die Stadt und begehe ein Dienstvergehen«, sagte er und schob den Aktenhaufen mit sichlichem Widerwillen über den Tisch zu Carl und Appeltoft. Dann stand er auf und ging.

Carl warf einen Blick auf den Aktenhaufen. Es war ein Bericht über geplante Gewalttaten innerhalb der schwedischen Palästina-Bewegung.

»From Sherlock Holmes with love«, sagte Appeltoft, »willst du, oder soll ich?«

»Ich übernehme das, nein, lieber du, wir haben ja drei Exemplare, jeder hat eins. Was wird deiner Meinung nach jetzt passieren?«

Appeltoft seufzte. Er wußte nur zu gut, was bald passieren würde. Und ihm war klar, daß auch Fristedt das wußte und daß er deshalb fast demonstrativ das Haus verlassen hatte.

»Die sind zu dem Schluß gekommen, daß irgendwelche Aktionen unmittelbar bevorstehen, und haben sich auf ein paar Palästinenser in Uppsala eingeschlossen. Die Polizeiaktion wird wohl innerhalb der nächsten vierundzwanzig Stunden erfolgen, würde ich denken«, sagte er müde.

»Aber die werden doch überwacht? Die können ja nichts tun, ohne daß wir es sehen, die können keinen Schritt gehen, ohne daß wir sie daran hindern und uns zudem Beweise sichern könnten«, wandte Carl ein.

»Wie recht du hast, wie recht du hast«, sagte Appeltoft und rieb sich mit Daumen und Zeigefinger die Augen. »Mir gefällt diese Geschichte genausowenig wie dir, aber das Ganze bringt wenigstens etwas Gutes mit sich. Wir kriegen sie ins Haus und können sie verhören, und dann erfahren wir etwas Konkreteres. Wir werden dann etwas mehr wissen. Versuch mal, es so zu sehen.«

Auf der Autofahrt nach Hause lauschte Fristedt einem lokalen Musiksender und versuchte, an nichts zu denken. Stadtnachrichten: Auf Västerbron war ein Milchlaster umgekippt. In einem privaten Impfzentrum wurde gestreikt. Die Friedensbewegung wollte im Haus des Volkes eine Art Protesttreffen abhalten. Acht Fälle von Trunkenheit am Steuer in der letzten Nacht. Wetter wie gehabt.

Als Fristedt den Schlüssel in die Tür steckte, schlug ihm aus dem Wohnzimmer donnernde Rockmusik entgegen, und als er den Flur betrat, hatte er das Gefühl, als würde das ganze Haus vibrieren. Der achtzehnjährige Sohn lag wie hingegossen auf einem der Sofas. Die Schuhe hatte er anbehalten, er rauchte und blickte an die Decke; alleiniger Herr im Haus.

»Vielleicht stellst du das mal etwas leiser!« brüllte Fristedt, als er eilig am Wohnzimmer vorüberging und so tat, als bemerkte er die Rauchwolken nicht. Er wollte nicht schon wieder die alte Diskussion vom Zaun brechen. Die beiden Töchter der Familie waren ausgeflogen, eine war Stewardeß und mit einem Flugkapitän verheiratet, die andere studierte in Umeå Medizin, und das Haus war zu groß geworden. Sie sprachen schon lange von Verkauf; man sollte vielleicht besser in einer Wohnung wohnen, wenn man älter wurde.

Fristedt zog sich aus, duschte und begann sich zu rasieren. Wenn man älter wurde – genau so war es nämlich. Er versuchte, sich beim Rasieren nicht im Spiegel zu betrachten.

»Stimmt es, daß du den Polizistenmörder jagst?«

Der Sohn stand in der Badezimmertür. Die Frage war ausnahmsweise einmal nicht ironisch, nicht wie gehabt: Wieviele Spione hast du denn heute geschnappt, Alter? Eine Frage, die ja immer eine negative Antwort nach sich ziehen mußte.

»Geh rein und setz dich, ich komme nach, sobald ich fertig bin«, entgegnete Fristedt, um Zeit zu gewinnen. Er wollte seinen Sohn nicht abweisen, wenn der ausnahmsweise mal vernünftig fragte, er wollte einem Oberschüler aber auch nicht von geheimen Erkenntnissen berichten. Er rasierte sich zu Ende, betupfte die Wangen mit Rasierwasser, hüllte sich in ein Handtuch und ging ins Wohnzimmer, wo er seinen Sohn bei den Piranhas fand.

»Setz dich«, sagte Fristedt kurz.

Sie setzten sich gegenüber. Er sah, daß der Sohn unter dem linken Auge eine leichte Rötung hatte.

»Was hast du mit dem Auge gemacht?« fragte er.

»Ach, so'n Arsch hat gesabbelt: ›Gehn wir Bullen erschießen im Park, gehn wir Bullen erschießen im Park‹.«

»Hast du dich in der Schule geschlagen?«

»Ja, aber es war nichts. *Stimmt* es denn?«

»Wer hat das gesagt?«

»Mama.«

»Wenn das so ist, stimmt es natürlich, aber sie hätte das nicht sagen dürfen. Du weißt, wie es ist, ich darf zu Hause nicht über meinen Job reden, wie es mir paßt. Deine Schwestern waren der Meinung, daß es so besser war.«

»Ja, aber ist es denn wahr? Könnt ihr den Burschen fassen?«

»Ich hoffe es, weiß es aber nicht. Warum willst du es denn unbedingt wissen?«

»Du hättest ja der Tote sein können.«

Das war ein Gedanke, der Fristedt bislang nicht gekommen war. Solange er in der Firma gearbeitet hatte, war dort niemand ermordet worden. In Schweden wurden überhaupt keine Polizisten ermordet, sondern nur in seltenen Fällen von betrunkenen kleinen Gaunern, die den Kopf verloren, totgeschossen. Dies aber war die erste Liebeserklärung seines Sohnes, die er seit mehr als einem Jahr erhalten hatte. Fristedt versuchte, die seltene Gelegenheit zu nutzen.

»Ich werde heute abend ein Dienstvergehen begehen. Es kann damit enden, daß ich rausfliege und Ermittler im Sittendezernat werde oder beim Diebstahlsdezernat. Ich habe so etwas noch nie getan, ich habe mich immer an unsere verdammten Dienstanweisungen gehalten. Das ist auch der Grund, warum du nie etwas über meine Arbeit hast erfahren dürfen.«

»Tust du es, um den Mörder zu erwischen?«

»Ja. Es ist zumindest ein Versuch, eine bessere Spur zu bekommen als die, die wir jetzt haben, denn wir haben bislang nur Dreck, was in ein paar Tagen auch in den Zeitungen stehen mag.«

»Dann ist es sicher in Ordnung.«

»Was ist in Ordnung?«

»Ich meine, ein Dienstvergehen zu begehen.«

»Ich danke dir für diese Worte. Ich werde dich daran erinnern, wenn unsere Finanzlage eine Erhöhung deiner Apanage verhindert, weil dein Alter bei der Sitte dann eine geringere Gefahrenzulage erhält.«

»Ist es gefährlich?«

»Nein, wieso?«

»Du hast eine Pistole bei dir, das habe ich so gut wie nie bei dir gesehen.«

»Heute abend jedenfalls nicht. Es ist nicht mein Job, jemanden zu erschießen, sondern zu begreifen, wie diese Geschichte zusammenhängt.«

»Tust du das?«

»Nein. Aber ich werde nicht lockerlassen, bis ich es weiß. Ist das in Ordnung, soweit es dich betrifft?«

»Sehr.«

»Gut. Sag Mama, daß ich nicht weiß, wann ich heute abend nach Hause komme. Falls es später werden sollte, rufe ich gegen zehn an.«

Er stand auf und ging auf das Schlafzimmer zu, um ein weißes Hemd und einen besseren Anzug aus dem Schrank zu holen.

Auf dem Weg zur rumänischen Botschaft pfiff er vor sich hin. Teenager waren manchmal unberechenbar. Der Junge war ja ein Nachzügler und hatte nicht die gleichen Einwände wie seine älteren Schwestern gegen das, was die »Säpo« angeblich mit Umweltschützern und Friedensfreunden machte. Für den Jungen war er trotzdem jahrelang mal der »blöde Alte«, mal der »Scheißbulle» gewesen.

Für eine Stunde, wie er sie eben erlebt hatte, würde Fristedt gern einmal pro Woche ein Dienstvergehen auf sich nehmen.

Vor dem Eingang an Östermalmsgatan erkannte er zwei Kollegen, die ein Auge auf die Gäste der Botschaft hielten. Als er vorüberging, nickten sie einander diskret zu.

Fristedt hatte seit mehreren Jahren keinen Botschaftsempfang mehr besucht, aber es hatte sich nichts geändert. Jugoslawisches Zusatzpersonal servierte Getränke, neuerdings fast die Hälfte Alkoholfreies auf besonderen Tabletts. Da hatten wohl die Araber das diplomatische Leben beeinflußt. Inmitten des größten Raums stand ein riesiger Tisch mit Lachs, Stör, Kaviar und verschiedenen rumänischen Spezialitäten. Fristedt begnügte sich mit einem Glas Apfelsinensaft, bevor er unter den kleinen Gruppen von Militärs zu suchen begann. Es war ja das Jubiläum der rumänischen Volksarmee, also mußten alle wichtigen Leute hier sein, die meisten sogar in Ausgehuniformen, die dem sonst routinemäßigen Treffen einen etwas operettenhaften Glanz verliehen.

Aber Jurij Tschiwartschew, vielmehr Oberst Jurij Tschiwartschew, würde mit an Gewißheit grenzender Wahrscheinlichkeit in Zivil auftreten, wie Fristedt glaubte.

Er irrte sich. Und das machte die Sache etwas delikater, da die Obristenuniform der Roten Armee für die anwesenden Augenpaare, welche die Topleute der eigenen oder der Gegenseite bewachten, auch unter einer großen Zahl anderer Uniformen ganz besonders auffällig war.

Fristedt lehnte sich gegen eine Säule, hielt sich abseits und wartete auf den rechten Moment. Der ließ recht lange auf sich warten, da der sowjetische Oberst ständig eine Schar scharwenzelnder Ostblock-Offiziere um sich hatte. Friestedt begann schon fast zu fühlen, wie ihm die Gelegenheit entglitt; lächerlich kam er sich jetzt schon vor. Aber plötzlich stellte der Oberst sein Glas auf ein Tablett und ging mit entschlossenen Schritten auf den großen Eßtisch in der

Mitte zu, als wollte er sich seiner Begleitung entledigen, da niemand hinter ihm herschwänzelte. Dies war der richtige Augenblick.

Als der Chef der GRU, des militärischen Nachrichtendienstes der Sowjetunion, am einen Ende des großen Eßtisches in der Kaviardose wühlte, fand er sich plötzlich diskret von einer Zivilperson angesprochen, die er nicht kannte.

»Ich heiße Arne Fristedt und bin Kommissar beim schwedischen Sicherheitsdienst und würde Sie sobald wie möglich gern sprechen. Privat. Es ist ein legales Anliegen, aber wir brauchen Ihre Hilfe«, sagte Fristedt in einem Englisch, das er mehrmals geübt hatte. Kürzer ließ es sich nicht sagen.

Das Gesicht des Obersten hellte sich auf, und er wandte sich Fristedt plötzlich mit lächelndem Gesicht, aber nichtlächelnden Augen zu.

»Nein, wie angenehm«, sagte der GRU-Chef, gab Fristedt die Hand und fuhr im nächsten Atemzug fort: »Diurgårdsbrunns Värdshus, Punkt zehn Uhr.« Drehte sich um und ging.

Fristedt blieb stehen und tat, als wühlte er auf dem Tisch unter den Speisen. Was zum Teufel meinte der Kerl? Sollten sie sich etwa praktisch am Tatort treffen?

Fristedt blieb noch eine Viertelstunde, bevor er wieder nach Hause fuhr. Es waren noch mehr als drei Stunden bis zum verabredeten Zeitpunkt.

Carl hatte seinen Wagen verkauft und stehenden Fußes einen neuen, kleineren, diskreteren, schnelleren und teureren gekauft. Die Differenz hatte er bar bezahlt, und zwar in einer Gemütsverfassung, die für Geschäfte nicht die geeignetste war. Dann hatte er einen Hamburger gegessen, war nach Hause gefahren und in den verschlossenen Raum gegangen, in dem er ein paar Trainingsgeräte aufbewahrte, die er in jüngster Zeit heftig vernachlässigt hatte und auf die er jetzt noch heftiger losging, um auf irgendeine unmögliche Art handgreiflich seine Irritation loszuwerden. Er hatte seine zwanzig oder fünfundzwanzig Nahkampfübungen trainiert. Ein *field operator* sollte sich ständig mit diesen Dingen beschäftigen und sein begrenztes Arsenal in Schuß halten. Diese Übungen hatten nichts mit den Ballettvorstellungen zu tun, die man im Kino und in bestimmten mehr oder weniger suspekten Sportarten bewundern kann. Das war sozusagen die Grundvoraussetzung für den Ausbildungsabschnitt in San Diego gewesen.

Jungs, dies ist keine gottverfluchte Vorstellung à la Bruce Lee, hier ist es ernst. Wenn einer dämlich genug ist, sich in sportlicher Habtachtstellung aufzubauen, dann erschießt ihn oder schlagt ihm mit einem Spaten auf den Schädel. Und sollte es sein, daß euch dieses oder ein anderes geeignetes Instrument fehlt, oder sollte es zuviel Lärm geben, muß euch klar sein, daß ihr an keiner gottverdammten Olympiade teilnehmt und daß es auch nicht um die Silbermedaille geht. Und falls sich einer von euch je mit so einem Pyjama-Ringkampf oder ähnlichem abgegeben hat, werden wir es ihm bei Gott austreiben, und wenn es nicht anders geht, dann mit Gewalt, he-he.

Jedes Wort davon war wahr. Um die Grundsätze zu unterstreichen, war die Ausbildung anfänglich der normalen halbmilitärischen Karate-Linie gefolgt, alles in der bewußten Absicht, daß die Ausbilder ihre Schüler anschließend handgreiflich darüber aufklären würden, daß Gewalt tatsächlich keine Olympiade und die Silbermedaille nicht gut genug war. Wem beispielsweise plötzlich ein Auge fehlt, dem nützt auch der schwärzeste Karategürtel nichts mehr.

Nach der einjährigen Grundausbildung blieb nur noch lebenslange Wiederholung. Nur wenige Grundübungen, dafür schauerlich unsportlich, waren das Modell.

Carl saß frisch geduscht im Bademantel und mit beginnenden Trainingsschmerzen und einem schmerzenden rechten Knie da, dem Ergebnis von hundert Wiederholungen einer Übung gegen einen Sandsack, die im Fall eines Zusammenstoßes mit einem Menschen sicher zwei oder drei gebrochene Rippen und vermutlich starke innere Blutungen bedeutet hätte.

Der Bericht über all diese geplanten Gewalttaten der Palästina-Gruppen war ein Bluff gewesen, nicht nur, weil all diese Pläne unwahrscheinlich waren – angeblich sollten jüdische Kinderheime niedergebrannt, die Synagoge in die Luft gesprengt, Schulkinder getötet, Diplomaten erschossen sowie noch anderes verübt werden –, oder weil sämtliche sogenannten Pläne nur Theorie geblieben waren. Der entscheidende Grund dafür, daß Carl den ganzen Bericht abtun konnte, lag woanders: Er stammte von einem bezahlten

Denunzianten. Es wurde in dem Bericht zwar nirgends angedeutet, dort wurde alles vielmehr so dargestellt, als stammten die Angaben aus mehreren und völlig verschiedenen Quellen. Das Ganze roch aber nach einem bezahlten Denunzianten, und mit Hilfe der Computer hatte es nur etwa eine Stunde gedauert, das herauszufinden.

Im Grunde ging es nur um reine Mathematik. Es gab Berichte von sechs verschiedenen politischen Gruppierungen in Stockholm, die mehr oder weniger miteinander verschmolzen. Es gab eine begrenzte Zahl von Zeitangaben. Folglich konnte der Computer schnell und unsentimental den objektiven Umstand klären, daß es nur einer einzigen Person möglich war, alle diese Kenntnisse gleichzeitig zu besitzen.

Als Carl danach das allgemeine Fahndungsregister des Sicherheitsdienstes nach genau dieser Person befragt hatte, hatte der Computer geantwortet, gerade diese Person sei vor Datenspeicherung geschützt. Das bedeutete, daß einer dieser Friedensfreunde und Palästina-Aktivisten, die in diesem Moment in Stockholm tätig waren, nicht zum Gegenstand der sogenannten Gesinnungsschnüffelei geworden war, obwohl er infolge seiner einzigartigen und fleißigen Tätigkeit ein typischer Fall dafür war, was Gesetz und Gesetzeskommentare geradezu als vorbildlichen Fall der Datenspeicherung bezeichneten: »nicht bloß auf der Grundlage bestimmter politischer Auffassungen, aber gleichwohl aufgrund dessen, daß eine solche Person durch ihre Aktivitäten gezeigt hat, daß sie ihre verbrecherischen Absichten ernst meint« (Revolution ist verboten, aber es ist nicht verboten, Mitglied einer Partei zu sein, die eine Revolution befürwortet; jedoch ist es Grund genug, die Sache ernstzunehmen, den Verbrechensverdacht folglich, wenn die fragliche Person eine »leitende Stellung« besitzt oder in mehreren vergleichbaren Organisationen aktiv ist).

Der Computer schützte einen Denunzianten, dessen Namen Carl schon in den gewöhnlichen ergänzenden Mitgliedsdateien der fraglichen Organisationen gespeichert fand.

Das war eine rein juristische Spitzfindigkeit. Menschen können sozusagen »nebenbei« registriert werden. Im Berufsslang der Sicherheitsdienste nennt man das mit einer witzigen Formulierung »Neben-Akkreditierung«. Zu der Zeit, als die Computer noch nicht die Arbeit erledigten, bedeutete das, daß das Register auf »Fahndungsmaterial« verweisen konnte, und beim Fahndungsmaterial, das in einem besonderen Archiv aufbewahrt wurde, gab es Mitgliederlisten verschiedener verdächtiger Organisationen. Aber Mitgliedsverzeichnisse und ähnliches »Fahndungsmaterial« waren im Sinne des Gesetzes nicht »registriert«.

Seit der Machtübernahme der Computer betrug der Unterschied zwischen dem einen oder anderen eine Hundertstelsekunde. Nur die blinkenden Codebezeichnungen oben in der linken Ecke des Computerschirms sagten etwas über die Klassifikation des Wissens aus, das die meisten Staatsbürger Datenspeicherung nennen würden und nichts sonst.

Kurz gesagt: Es lief ein bezahlter Denunziant herum und erfand phantastische Gewaltdrohungen. Dazu wurde er ermuntert und erhielt anschließend neue Aufträge, was zu neuen interessanten Beobachtungen über kommende Gewaltaktionen führte, die jedoch nie Wirklichkeit wurden, und dann wieder zu weiteren bezahlten Aufträgen.

Das ist ein klassischer Fehler, den alle Nachrichten- und Sicherheitsdienste begehen. Beim theoretischen Teil der Ausbildung in San Diego hatte man ihnen eine große Menge komischer Beispiele dafür genannt, was im Firmenslang das Schweinebucht-Syndrom heißt. (Die total mißlungene Invasion Kubas zur Amtszeit Präsident Kennedys in der Bay of Pigs etwa wird damit erklärt, daß die Informanten ihr Wunschdenken pflegen, um von ihren Führungsoffizieren bezahlt zu werden; die Führungsoffiziere fassen das Wunschdenken ihrer Informanten mit noch mehr Wunschdenken gegenüber ihren Vorgesetzten zusammen, und diese wiederholen das Ganze noch einmal, so daß der Präsident am Ende den überzeugenden Eindruck erhält, daß die kubanische Bevölkerung sich wie ein Mann gegen die Unterdrücker erheben werde, sobald sich draußen auf See die Flagge der Vereinigten Staaten zeige; so kam es in der Schweinebucht, wie es kommen mußte: 250 Tote gleich am Strand, der Rest von einer wütenden lokalen Bevölkerung gefangengenommen.)

Ein Schweinebuchtler! Und das sollte einen weiteren Beweis für die Gefährlichkeit der Palästina-Aktivisten liefern.

Carl widerstand einer plötzlichen Versuchung, sich landfein zu machen, auszugehen, Bier zu trinken und sich für die Nacht ein Mädchen zu suchen. Er stand auf, ging in die Küche und machte statt dessen Tee. Solange diese Geschichte andauerte, würde es so bleiben.

Er saß lange mit seinem Teebecher da und versuchte, bei dieser Jagd auf ehemalige Genossen sich selbst zu finden. Er nahm sich die Abschrift des Telefongesprächs von Sund und Ponti vor und las sie wieder von Anfang bis Ende durch. Es war am vernünftigsten, das Gespräch ganz unvoreingenommen zu lesen, wie er es eben getan hatte. Bei einer Konferenz erhält jemand, der für Propaganda zuständig ist, den Auftrag, mit guten Zeitungsleuten Verbindung aufzunehmen, um der Welle allgemein araberfeindlicher Spekulationen entgegenzutreten, möglicherweise auch, um die Ziele der Palästina-Bewegung zu vertreten. Selbstverständlich wird dieser Jemand Ponti anrufen. In der Bewegung kennt jeder seine Veteranen-Vergangenheit bei der Linken und in der Palästina-Bewegung, und außerdem ist er ein einflußreicher Mann in einem der einflußreichsten Medien. Ja? Und dann hört sich das Gespräch genauso an, wie es sich anhörte.

Und Ponti sagt, er werde »hart zuschlagen« oder etwas in der Richtung? Ja, natürlich, und wenn man ihm die Chance dazu gibt, wird er sie auch nutzen, wenn beispielsweise der Sicherheitsdienst losrennt und vier unschuldige junge Leute schnappt und sie wegen Mordes anklagt.

Oder?

Man konnte das Gespräch natürlich auch auf Näslunds Weise lesen, zwar nicht genauso selbstverständlich, aber es war immerhin möglich.

Aber Erik Ponti als Mörder, als bezahlter Killer? Warum dann nicht auch gleich Jan Myrdal oder ein anderer Schriftsteller?

Weil die Kehrseite von Pontis Geschichte tatsächlich etwas merkwürdig war. Weil Ponti eine Art Agentenjäger der Linken gewesen war, umschwirrt von seltsamen Gerüchten, die bis in Carls Clarté-Gruppe gedrungen waren, wo man sonst nicht gerade zu flüstern pflegte, wenn die Namen von Genossen und Sympathisanten fielen. Ponti war nie ein gewöhnlicher Links-Aktivist gewesen, und es stimmte ja auch, daß gerade er einen Maulwurf nach dem anderen aufgespürt hatte.

Carl goß sich ein großes Glas zwölfjährigen Whiskys ein. Dann würde er versuchen zu schlafen. Diese beiden älteren Polizeibeamten, Appeltoft und Fristedt, ließen sich nicht durch irgendwelche Dummheiten beeindrucken. Sie schienen durch und durch ehrlich zu sein. Ihre Berufsauffassung war ganz professionell. Aber ihr fast resigniertes Verhalten?

In einem Punkt hatten sie möglicherweise, um nicht zu sagen höchstwahrscheinlich, völlig recht. Wenn diese Aktivisten und eine Reihe von Palästinensern zum Verhör hereingeschleppt würden, würden sowohl die Verhöre wie alle Hausdurchsuchungen eine Flut neuen Materials ins Haus spülen. Und das war auch nötig. Carl kippte den Whisky, machte das Licht aus und ging im Dunkeln aufs Schlafzimmer zu. Er hatte keine Neigung zu Angst vor der Dunkelheit, im Gegenteil. Er war der wohlbegründeten Auffassung, daß er selbst die Gefahr war, die in der Dunkelheit lauerte.

Fristedt hatte eine ziemlich billige japanische Digitaluhr, die dafür auf die Sekunde genau ging. Er war zu dem Schluß gekommen, daß es am höflichsten war, wenn er selbst als erster am Treffpunkt erschien, damit eventuelle Beobachter sehen konnten, daß er allein war. Das Restaurant war natürlich nur halbvoll, da es an diesem trüben Abend Anfang Dezember schon dreißig Sekunden vor zehn geworden war.

Er wählte einen Tisch in einer Ecke, wo man von außen nicht beobachtet werden konnte. Zwei Sekunden nach zehn erschien der Chef der GRU an seinem Tisch, in einen grauen Anzug gekleidet.

»Ich setze mich, als wären wir alte Freunde«, grüßte er, zog den Stuhl heran und streckte die Hand nach der Speisekarte aus, als wäre alles ein und dieselbe Bewegung. Der Russe blätterte mit geheucheltem Interesse in der Speisekarte, möglicherweise auch tatsächlich interessiert, das konnte Fristedt nicht ausmachen, bevor er die Speisekarte wieder zuklappte und sich Friestedt zuwandte.

»Ich habe mich entschieden. Ich glaube, ich nehme so einen Maränenkaviar und etwas Bier und Wodka. Nun, bester Herr Kommissar, lassen Sie mich hören?«

»Ich brauche Ihre Hilfe. Richtiger gesagt, unser Sicherheitsdienst braucht Ihre Hilfe, und ich habe mich schon an Ihren zivilen Kollegen gewandt, aber das ist nicht gerade gut gegangen.«

»Ich weiß, und ich weiß auch, worum es geht«, sagte Jurij Tschiwartschew im selben Augenblick, in dem der Kellner sie unterbrach.

Der GRU-Chef bestellte seinen Maränenkaviar, Wodka und Bier, und nach einem fragenden Blick an Fristedt bestellte er für ihn das gleiche.

»Diese Sache ist für uns sehr wichtig, und ich freue mich, Sie zu sehen«, fuhr Fristedt fort. »Aber es geht keinesfalls um etwas, was die Sowjetunion belasten könnte. Wir sind ein neutrales Land, und unter Kollegen leisten wir uns immer gegenseitig Hilfestellung, wenn es um andere Länder geht. Daher bin ich der Meinung gewesen, es auch jetzt tun zu können.«

»Das ist ein sehr sympathischer Gedanke«, unterbrach ihn der GRU-Chef, und Fristedt ging erst jetzt auf, daß sie das Gespräch auf schwedisch führten und daß der ihm gegenübersitzende sowjetische Nachrichtendienstmann ein fast fehlerfreies Schwedisch sprach.

»Ich habe übrigens ein paar Erkundigungen eingezogen, auf die ich allerdings nicht näher eingehen will«, fuhr Tschiwartschew fort, »aber ich teile Ihre Auffassung, daß diese Aktion weder uns noch einen unserer Verbündeten belasten kann. Folglich wünschen wir Ihnen viel Glück bei der Jagd nach dem Mörder, denn wenn man ihn aufspürt und einer geeigneten Strafe zuführt, entgehen wir alle ... sagen wir, einem bleibenden Unbehagen durch Verdachtsmomente?«

»Also«, sagte Fristedt, »ich habe die Seriennummer der Waffe und würde gern wissen, woher sie kommt. Das ist alles.«

Sie wurden unterbrochen, als das Essen aufgetragen wurde, und sie aßen eine Weile schweigend.

»Ich bin ziemlich sicher, daß Sie innerhalb von achtundvierzig Stunden eine positive Antwort erhalten können«, lächelte der Russe endlich, »und ich glaube verstanden zu haben, daß dies für Sie eine wichtige Angelegenheit ist, möglicherweise für Sie ganz persönlich, wenn ich daran denke, daß Sie ein wenig ... sagen wir, unkonventionell aufgetreten sind?«

»Ja, das stimmt, das kann man ruhig sagen, ich meine, daß es sowohl wichtig ist wie daß ich unkonventionell gehandelt habe«, entgegnete Fristedt.

»Schön. Wir sehen uns in achtundvierzig Stunden wieder, nein, lieber nicht hier, wir sehen uns in achtundvierzig Stunden hier in der Nähe am Tatort, dann werden Sie eine Antwort bekommen. Genügt Ihnen das?«

»Ja, und ob.«

»Gut. Das bedeutet, mein lieber Kommissar, daß Sie, ach, wie sagen es doch unsere anglo-amerikanischen Freunde, *you owe me one.*«

Fristedt wurde schwindelig. Bei einem französischen, britischen, amerikanischen, israelischen oder westdeutschen Kollegen hätte es dieses letzten Hinweises überhaupt nicht bedurft; das war eine berufliche Selbstverständlichkeit. Für einen schwedischen Sicherheitsbeamten war es jedoch nicht gerade angezeigt, dem militärischen Nachrichtendienst der Sowjetunion etwas *schuldig* zu sein.

»Ja, das stimmt. Aber natürlich nur im Rahmen der Gesetze und in diesem Fall mit einer gewissen Freude«, erwiderte Fristedt und lächelte entzückt, weil er sich so pfiffig aus der Affäre gezogen hatte. Tschiwartschew lächelte ebenfalls, wenn auch aus schwerer deutbaren Gründen.

»Nur noch eine kleine Frage, bevor wir uns trennen«, fuhr Fristedt fort, »warum wollten Sie mich gerade hier treffen, in der Nähe des Tatorts?«

»Weil es meiner Neigung zu Scherzen entgegenkommt und weil gerade hier niemand seinen Augen trauen würde, wenn er uns zusammen sähe. In achtundvierzig Stunden, Genosse Kommissar?«

Der Russe erhob sich, wischte sich mit der Serviette den Mund ab und reichte Fristedt mit der gleichen Bewegung die Hand. Er hatte das Wort »Genosse« nicht besonders betont; es hörte sich eher wie eine gewohnheitsmäßig übersetzte Höflichkeit der russischen Sprache an.

Appeltoft saß auf einem Stuhl und betrachtete ein Loch über dem großen Zeh des einen Strumpfes. Früher wurden Strümpfe noch gestopft, dachte er. Neben ihm stand eine fast leergetrunkene Flasche Misket Karlovo, und er fühlte sich leicht betrunken. Bulgarischer Wein, damit bin ich beinahe schon ein Sicherheitsrisiko, flatterten seine Gedanken weiter. Das abendliche Fernsehprogramm war fast zu Ende, es lief der letzte Teil eines langwierigen Liebesabenteuers in Australien, bei dem die Heldin erst von Krokodilen angefressen wurde, dann nach plastischen Operationen als Fotomodell Karriere machte und schließlich auf die große Ranch zurückkehrte, um ihre furchtbaren Rachepläne zu verwirklichen und sich dabei in einen anderen zu verlieben, oder wie auch immer. Frau Appeltoft war hart geblieben; sie hatte die früheren Folgen gesehen.

Sie hatten ein wenig über das kommende Weihnachtsfest gesprochen, ob man es in der gemeinsamen Kindheitslandschaft Hälsinglands verbringen wolle, ob es möglich sei, das Häuschen mitten im Winter warm zu bekommen, ob sich das jüngste Enkelkind erkälten werde, das heißt, falls es gelingen sollte, die Tochter und deren Mann zum Mitkommen zu überreden. Sie ließen ja so gut wie nie von sich hören. Es hatte den Anschein, als wollten sie Weihnachten allein feiern, obwohl sie es nicht offen sagten.

Seine Tochter war siebenundzwanzig, arbeitete als Apothekenhelferin und wählte vermutlich die Kommunisten; sie war der Meinung, die Polizei im allgemeinen und die Säpo im besonderen seien die Repressionsinstrumente des Kapitals, um die Arbeiterklasse in Knechtschaft zu halten, und so weiter.

Aber sogar in der Firma gab es ja neuerdings Kommunisten. Appeltoft fiel es schwer, die Vorstellung zu akzeptieren, daß dieser Hamilton, der ja außerdem aus der oberen Oberklasse stammte, Kommunist war oder zumindest gewesen war. Neuerdings warf man Strümpfe mit Löchern weg, und Kommunisten durften in der Firma arbeiten.

Er dachte wieder an seine Tochter, und dabei wurde ihm noch düsterer und unbehaglicher zumute. Als er sich den Rest des Weins eingoß, vergoß er etwas und warf seiner Frau einen unruhigen Seitenblick zu, aber sie hatte nur Augen für den Fernseher. Seine Melancholie hatte einen besonderen Grund, und der hatte etwas mit seiner Tochter zu tun.

Er hatte sich nicht die Mühe gemacht, die Akten über diesen Ponti mit nach Hause zu nehmen, das war viel zuviel Material. Aber die vier jungen Leute in Hägersten, die wohl nicht mehr allzu lange in Freiheit bleiben würden, hatte er im Laufe des Abends studiert. Über die gab es nicht viele Unterlagen.

Am wichtigsten war natürlich Anneliese Rydén. Sie war das Bindeglied zwischen Folkesson und den anderen Palästina-Aktivisten. Sie hätte man zu einem stillen Gespräch bitten sollen, statt sich auf das einzulassen, was jetzt geschehen würde.

Sie war dreiundzwanzig Jahre alt. Sie hatte sich offenbar vor zwei

Jahren den Palästina-Gruppen angeschlossen, als sie den vier Jahre älteren Nils Gustaf Sund kennenlernte, der ein längeres und belastenderes Verhältnis zum Nahen Osten hatte. Sie war aber noch nicht einmal dort gewesen. Sie hatte schon auf dem Gymnasium einige Krankenpflegekurse belegt, eine Ausbildung an einer Schwesternschule begonnen, die sie dann abgebrochen hatte. Danach hatte sie ein Jahr bei ihrer Mutter im Kurzwarenladen an Sibyllegatan gearbeitet.

Zwei Stockwerke über ihr und ihrem Freund wohnte Petra Hernberg. Die Sechsundzwanzigjährige arbeitete – und dies war die Ursache für Appeltofts Melancholie – als Apothekenhelferin in der wunderschönen Jugendstil-Apotheke *Elgen* (»Der Elch«) an der Kreuzung Engelbrektsgatan und Karlavägen. Sie hatte zwei Jahre im Vorstand der Palästina-Gruppe in Stockholm gesessen, aber am belastendsten war, daß sie sich »aus unbekanntem Anlaß« ein ganzes Jahr in Beirut aufgehalten hatte. Sie hatte früher dem Jugendverband der Kommunistischen Partei angehört, war aber ausgetreten und gehörte jetzt irgendeiner linken Extremistengruppe an oder sympathisierte mit ihr.

Ihr Verlobter oder vielleicht auch Mann, obwohl junge Leute dieser Art ja lieber nur zusammenziehen, statt zu heiraten, war das interessanteste Gruppenmitglied. Er hieß Anders Hedlund, war einunddreißig Jahre alt, Veteran der Palästina-Bewegung, hatte sich zur gleichen Zeit wie Petra Hernberg drei Monate in Beirut aufgehalten – vielleicht haben sie sich dort kennengelernt, dachte Appeltoft –, und auch er war »aus unbekanntem Anlaß« in Beirut gewesen. Aber außerdem hatte er in der Bundesrepublik an einer Art Terroristen-Seminar teilgenommen, das insgeheim von Libyen finanziert wurde, und sich zwei Monate in der libyschen Hauptstadt Tripolis aufgehalten, natürlich »aus unbekanntem Anlaß«. Er war der einzige der vier, dem direkte Terroristen-Kontakte nachgewiesen werden konnten. Aber dann blieb immer noch ein großes Fragezeichen hinter dem einjährigen Aufenthalt seiner Frau/Freundin in Beirut.

Es bestand also die Möglichkeit, daß Anneliese Rydén etwas davon erfahren hatte, was dieser Anders Hedlund plante, und daß sie Folkesson anonym einen Tip geben wollte.

Aber wenn man sie jetzt zusammen mit den anderen festnahm?

Würde sie sich dann nicht sperren und sich mit ihren Genossen solidarisieren, würde ihr nicht klar sein, daß es herauskommen würde, wenn sie ihre Genossen unter solchen Umständen verpfiff?

Es wäre besser, sehr viel besser gewesen, sie einfach nur zu befragen. Aber Näslund war ein Idiot. Es war traurig, daß ein so empfindliches Unternehmen wie die Firma von einem Idioten geführt wurde. Aber so war es. Und dagegen ließ sich nichts machen.

Appeltoft sehnte sich nach der Zeit als gewöhnlicher Polizist zurück, das gestand er sich ohne Umschweife ein. Aber jetzt war es zu spät.

6

Es war drei Minuten vor vier. Draußen war es noch völlig dunkel, aber es regnete nicht mehr. Carl konnte unten auf der Straße nur die Lichtreflexe einer Straßenlaterne hinten an der Ecke erkennen. Im Haus gegenüber waren alle Fenster dunkel, und so war es seit zweieinhalb Stunden. In einer bestimmten Zwei-Zimmer-Wohnung im dritten Stock war das Licht zuletzt ausgemacht worden, und genau dort würde es auch zuerst wieder angehen.

Im Zimmer hinter ihnen saß ein entzückter Rentner im Morgenrock und hielt sein Versprechen, sich still zu verhalten wie eine Maus; man hätte ihn ohnehin nicht aus dem Haus jagen können, denn es war seine Wohnung.

Arnold Ljungdahl erhielt per Funk die knisternde Mitteilung, die Aktion oben in Uppsala beginne wie geplant. Die Nachricht lautete kurz »Ebba Grün zu fahrplanmäßiger Abfahrt bereit«.

»Mir gefällt das nicht, mußt du wissen«, flüsterte Ljungdahl in der Dunkelheit, »und frag dich mal selbst, dann wirst du schon sehen.«

Carl antwortete nicht. Ljungdahl leitete das ganze Unternehmen, und Carl fühlte sich eher wie ein Zuschauer. Der Sinn des Vorhabens war ihm weitgehend unklar, und da war es besser, den Mund zu halten.

»Jedenfalls ist uns das Tränengas erspart geblieben«, brummte Ljungdahl und griff nach seinem Walkie-talkie. »Weißt du, daß Näslund ursprünglich Tränengas einsetzen lassen wollte? Ich meine, wenn eure Terroristen wirklich so gefährlich sind, würden sie sich Gasmasken aufsetzen, ihre Waffen nehmen, und dann wäre der Teufel los. So ist es auf jeden Fall besser, glaub mir.«

»Ich glaub' dir alles«, erwiderte Carl.

»Los, Verband Nummer eins, Ebba ist grün«, sprach Ljungdahl in sein Funksprechgerät. Dann war eine Minute lang, die wie eine Ewigkeit erschien, nur Stille zu hören.

Ein kleiner Dodge-Bus fuhr brummend vor dem gegenüberliegenden Hauseingang vor und hielt. Die Scheinwerfer gingen aus. Fünf Gestalten, die wie Taucher aussahen, torkelten aus dem Heck des Busses auf die Straße und rückten auf die Eingangstür zu. Es war ein leises Rasseln zu hören. Carl traute seinen Augen nicht.

Nachdem sie kurz an der Tür gefummelt hatten, verschwanden die fünf Taucher im Haus, und dann folgte wieder eine ewig lange, einminütige Stille.

»Gruppe eins vor Ort«, fauchte es aus Ljungdahls Empfänger.

»Los, Gruppe zwei«, befahl Ljungdahl in seinen Sender.

Es wiederholte sich in etwa die gleiche Prozedur.

Als die zweite Einsatzgruppe meldete, man sei bereit, erteilte Ljungdahl den Befehl zum Losschlagen. Fünf Sekunden später donnerten schwarz-weiße Polizeiwagen mit eingeschalteten Sirenen und blitzendem Blaulicht die Straße hinunter.

Die folgenden Szenen würde Carl Hamilton, Offizier und Gentleman, niemals vergessen.

Anneliese Rydén hatte immer einen leichten Schlaf, wenn sie zuviel rauchte. Sie hatten sich am vorhergehenden Abend bei Wein und Unmengen Zigaretten zusammengesetzt und die Frage hin und her diskutiert, was zu tun sei. Die anti-arabische Propaganda in der Presse schien nach dem Polizistenmord orgiastische Exzesse zu feiern. Sie hatten vergeblich versucht, Zeitungen, Rundfunk und Fernsehen anzurufen, und ein paar Leserbriefe verfaßt, die vermutlich nie abgedruckt wurden.

Ihr war nicht klar, warum sie aufwachte. Aber als sie sich aufrichtete, hörte sie – und das wurde zu einer ihrer bleibenden Erinnerungen –, wie es ein paar Stockwerke höher hämmerte und pochte (als Einsatzgruppe Nummer eins die Türfüllung der Wohnungstür der Genossen zertrümmerte).

Ihr war klar, daß in ihrem Zimmer das Licht eingeschaltet war, aber sie meinte trotzdem zu träumen. Der Anblick, der sich ihr bot, war vollkommen unwahrscheinlich: Das Doppelbett war von grünen Monstern umringt, die große runde Stahlhelme mit schmalen schwarzen Sehschlitzen trugen und Maschinenpistolen auf sie richteten.

»Polizei! Keine Bewegung, liegenbleiben und nicht rühren!«

brüllte das Monster, das am nächsten stand, und im nächsten Moment sprangen zwei der anderen auf sie und Nisse zu, der sich gerade aufzurichten versuchte, und drückten sie beide ins Bett, drehten sie um und bogen ihnen die Arme auf den Rücken.

Fünf Sekunden später wurde Anneliese nackt und mit Handschellen auf dem Rücken rückwärts zur Wohnungstür geschleift, wo neue Hände sie ergriffen und die Treppe hinunterschleppten.

Carl sah das ganze Schauspiel von der anderen Straßenseite.

Vier oder fünf Polizeibusse waren mit heulenden Sirenen vorgefahren, und ihnen folgten zwei Krankenwagen und ein paar Zivilfahrzeuge. Die Besatzung war auf die Straße gesprungen, hatte die Hecktüren der Krankenwagen geöffnet und dann an den Hauswänden auf der Straßenseite Deckung gesucht, warum, war unbegreiflich, aber alle taten das gleiche. Dann waren aus dem Haus Gebrüll, verzweifelte Schreie und aufgeregte Kommandorufe zu hören gewesen, und im selben Moment wurde die ganze Straße in gleißendes Licht getaucht.

»Warum zum Teufel . . .?« fragte Carl.

»Das Licht ist für das Fernsehen, die kriegen sonst keine guten Bilder«, erwiderte Ljungdahl mit einer Stimme, die auf fest zusammengebissene Zähne schließen ließ.

Als erste Person wurde eine nackte, schreiende und in dieser Szenerie winzig wirkende Frau auf die Straße geschleift. Sie war hysterisch und zappelte vergeblich in den Armen von vier Polizisten ohne Schutzausrüstung. Sie stießen sie in den nächsten Polizeiwagen, ein paar Mann sprangen hinterher und warfen eine Decke über sie. Der Wagen startete mit brüllendem Motor und eingeschalteter Sirene, als im selben Moment ein Mann aus dem Haus geschleppt wurde. Er leistete keinerlei Widerstand.

»Ich glaube, die erste war die, die du in aller Stille interviewen solltest«, sagte Ljungdahl.

Carl antwortete nicht.

»Das wird jetzt wohl nicht mehr so leicht sein«, fuhr Ljungdahl fort, während ein weiteres Mädchen aus der Tür gegenüber auf die Straße geschleppt wurde, während die Blitzlichter zuckten.

»Die Abendpresse ist auch da«, stellte Ljungdahl fest.

Wenn man die Männer für die Absperrung der Straße dazuzählte, waren an der Operation hier draußen in Hägersten an die vierzig Mann beteiligt.

In Uppsala, wo um die gleiche Zeit in einem Studentenviertel sieben Palästinenser festgenommen wurden, war die Streitmacht doppelt so groß gewesen. Wie Zeitungen, Rundfunk und Fernsehen am nächsten Tag betonten, sei es einer der größten und dramatischsten Einsätze der schwedischen Polizeigeschichte gewesen. Das Unternehmen sei jedoch glänzend und ganz nach Plan verlaufen.

Nach dem Abtransport der Festgenommenen folgte der nächste Schritt. Die beiden Wohnungen wurden fotografiert und Stück für Stück demontiert: man filzte Kommode um Kommode, Kleiderschrank um Kleiderschrank, Bücherregal um Bücherregal. Alle Gegenstände wurden sorgfältig aufgelistet und dann in schwarze Kunststoffsäcke gesteckt. Den Beschlagnahmungsprotokollen zufolge enthielten diese Kunststoffsäcke 5163 größere und kleinere Gegenstände. Es waren Müllsäcke, wie sie auch bei der Müllabfuhr verwendet werden.

Die sieben Palästinenser, die man in zwei Studentenwohnheimen in Uppsala geschnappt hatte, brauchten nicht offiziell etwa vorläufig festgenommen zu werden, da sie ausländische Staatsbürger waren: man konnte sie auf unbestimmte Zeit »in Verwahrung nehmen«. Rechtsgrundlage war das Terroristengesetz, das ein solches Vorgehen bei Personen erlaubt, wenn diese für Organisationen in Schweden tätig sein könnten, die in dem Verdacht stehen, Gewalttaten etcetera. Den Palästinensern mußten also bis auf weiteres weder Verbrechen noch Vorbereitungen dazu nachgewiesen werden, und die neugebildete Ermittlungsgruppe in Büro B, die sich um diese sieben zu kümmern hatte, hatte damit alle Zeit der Welt. Die Palästinenser selbst hatte man auf verschiedene Untersuchungsgefängnisse oder Polizeiwachen in Strängnäs, Eskilstuna, Uppsala, Visby und Norrköping verteilt. Das wurde natürlich mit Sicherheitsvorkehrungen begründet, hatte aber eigentlich nur einen wohlkalkulierten Effekt, nämlich daß die Verdächtigen kaum Gelegenheit erhielten, ihre Pflichtverteidiger zu sprechen, weil Rechtsanwälte sich erfahrungsgemäß kaum die Hacken abrennen, um festgenommene Klienten zu besuchen, die allzuweit von Stockholm entfernt einsitzen.

Die Ermittlungen gegen die Palästinenser sollten künftig separat bei der Gruppe von Büro B geführt werden, die Näslund direkt unterstellt war. Nur wenn etwas herauskam, was möglicherweise direkt mit den vier Schweden oder dem Tatverdächtigen zusammenhing, sollte Fristedts Gruppe informiert werden.

Für die Palästinenser kam im Grunde nur der »Kröcher-Dreh« in Frage, eine wirksame Methode, vor der Öffentlichkeit den bedrohlichen und ernsten Hintergrund der ehrgeizigen und erfolgreichen Polizeieinsätze zu unterstreichen.

Fristedt vermutete, daß ihm selbst, Appeltoft und Hamilton nur sehr magere Ergebnisse beschieden sein würden, was die vorsorglich eingesperrten Araber betraf. Diese Vermutung erwies sich als völlig richtig, obwohl die Sache in den Massenmedien ganz anders aussah.

Bei den Schweden sah es schon kritischer aus. Ein schwedischer Staatsbürger kann nach dem Wortlaut des Gesetzes nicht einfach als Terrorist angesehen werden und hat daher bestimmte gesetzliche und staatsbürgerliche Garantien, die Ausländer nicht haben. Ein vorläufig festgenommener Schwede muß in der Regel nach sechs Stunden freigelassen oder aufgrund eines staatsanwaltlichen Beschlusses verhaftet werden, unter bestimmten Umständen nach zweimal sechs Stunden.

Folglich mußten einige Beamte in zwei Schichten Überstunden machen, die ganze Nacht, den Morgen und jetzt bis in den Nachmittag hinein, um die beschlagnahmten Gegenstände aus den Wohnungen in Hägersten zu sortieren. Der Staatsanwalt hoffte, so einen etwas griffigeren Festnahmegrund als Mordverdacht zu finden. Wenn es nur gelang, Material für eine vorläufige Festnahme zu erhalten, konnte man unter Hinweis auf bestimmte Ausnahmeregelungen, die die Sicherheit des Reiches betrafen, die vier Schweden bis zu zwei Wochen festhalten, bis ein Gericht eine weitere Freiheitsberaubung beschließen mußte, das heißt die Verhaftung. Und in dieser Zeit würden die Ermittlungen erhebliche Fortschritte machen.

Das war eine einfache und recht oft praktizierte Strategie. Wenn die Polizei die Wohnung eines Verdächtigen einmal auf den Kopf stellt, taucht immer irgend etwas auf, was Verdachtsmomente liefert. Die Menschen würden staunen, wenn sie wüßten, was für viele seltsame kleine Dinge sich in ihrer Wohnung befinden, sobald man sie juristisch unter die Lupe nimmt.

Der Einsatz war bis jetzt über Erwarten gelungen. Es stand absolut fest, daß es kein Problem sein würde, die vier vorläufig festzunehmen.

Oben in der Sicherheitsabteilung hatte man die beschlagnahmten Gegenstände auf zwei langen Tischen in einem leergeräumten Konferenzzimmer sortiert. Alle Gegenstände wurden numeriert und registriert sowie in drei verschiedene Kategorien eingeordnet: 1) Gegenstände, die einen Verbrechensverdacht begründen, 2) Protokolle, Bücher, Zeitungen und Zeitschriften, Briefe sowie andere Dokumente und 3) sonstige Gegenstände.

Unter letztere Kategorie fielen Schlüssel, Toilettenartikel sowie Fotos/Fotoausrüstungen bis hin zu exotischen Reiseandenken à la Schnabelschuhe und arabische Sitzkissen.

Am interessantesten waren zunächst natürlich die Gegenstände, die sich unter eins einordnen ließen, Dinge, die einem Festnahmebeschluß zugrundegelegt werden konnten. Und hier hatte sich genügend Material angesammelt.

In Nils Gustaf Sunds und Anneliese Rydéns Wohnung fanden sich Festnahmegründe wegen Hehlerei und Vergehen gegen das Rauschmittelgesetz. Eine Stereoanlage der Marke Marantz im Neuwert von etwa 7500 Kronen war Diebesgut. In einer der Schreibtischschubladen in dem gemeinsamen Wohn- und Schlafzimmer hatte man eine fast ganz mit Haschisch gefüllte Streichholzschachtel gefunden. Das beschlagnahmte Rauschgift wog jedoch nicht mehr als elf Gramm (das Drogendezernat muß erst bei beschlagnahmten Drogenmengen ab fünfundzwanzig Gramm ermitteln; andererseits ist auch der Besitz einer kleinen Drogenmenge *grundsätzlich* ein strafbares Vergehen).

In Petra Hernbergs und Anders Hedlunds Wohnung hatten die beschlagnahmten Gegenstände eine bessere Grundlage für eine vorläufige Festnahme ergeben, nämlich wegen unerlaubten Waffenbesitzes. Dieses Vergehen war zu einem Teil uninteressant, da es in erster Linie um eine Schrotflinte der Marke Husqvarna von etwa 1910 ging, eine Waffe mit Hähnen (der eine Hahn war übrigens schadhaft), die an einer Wand hing. Es fehlte jedoch ein Waffenschein, was für alle Schußwaffen dieser Art erforderlich ist, die nach 1890 hergestellt worden sind. Vor Gericht würde dies kaum etwas bringen, aber hier lag auch nicht das Hauptinteresse der Ermittler.

Die zweite Beschlagnahmung war nämlich interessanter: Ein Waffenmagazin ausländischer Herkunft, das vermutlich zu einer automatischen Waffe gehörte. Im Magazin befanden sich zehn scharfe Schuß einer unbekannten Marke. Die juristische Beurteilung war in diesem Punkt etwas unklar, aber der Staatsanwalt hatte seinem Festnahmebeschluß auch diesen Munitionsbesitz zugrundegelegt. Das sah jedenfalls besser aus, als wenn man sich nur auf die alte Husqvarna-Flinte berufen hätte.

Dies war außerdem nur das vorläufige Ergebnis, das sich der Staatsanwalt innerhalb der ersten sechs Stunden gewünscht hatte. Damit war er zufriedengestellt und konnte Verhöre und die weiteren Ermittlungen ruhig der Sicherheitsabteilung überlassen, wo Näslund jetzt neben der Gruppe, welche die beschlagnahmten Gegenstände untersuchen sollte, vier weitere Männer für Verhöre der drei Festgenommenen eingesetzt hatte. Fristedt und Appeltoft sollten Anneliese Rydén übernehmen, die junge Frau mit dem mutmaßlichen Kontakt zu Axel Folkesson.

Fristedt, Appeltoft und Carl saßen in ihrem Ermittlungszimmer und wühlten in den Beschlagnahmeprotokollen. Alle drei waren unrasiert und hatten blutunterlaufene Augen. Der Kaffee quoll ihnen fast schon aus den Ohren, und das Zimmer war in Fristedts Pfeifenrauch gehüllt. Normalerweise vermied er es möglichst, in Anwesenheit nichtrauchender Kollegen zu rauchen, aber jetzt waren die Umstände ein wenig speziell. Er hatte sich die unbekannte Munition bringen lassen, weil er ahnte, daß Carl etwas sehen könnte, was den Kollegen entgangen war. Das leicht gekrümmte Magazin wurde in einer Plastiktüte hereingebracht. Carl erkannte es sofort wieder.

»Das hier«, sagte er, nachdem er die Plastiktüte geöffnet und die Patronen mit ein paar schnellen ruckartigen Bewegungen auf den Schreibtisch gedrückt hatte, »ist eine der bekanntesten Waffen der Welt. Auf Bildern habt ihr sie bestimmt schon mal gesehen. Das Kaliber ist 5,65, und die hier haben zudem eine weiche Spitze, es ist also Kalaschnikow AK 47 ... Mal sehen, die weiche Spitze bedeutet, glaube ich, daß die Munition russischer oder tschechischer Herkunft ist, aber das Magazin selbst ist chinesisch beschriftet, seht ihr.«

Er zeigte auf die Unterseite des Magazins, und dort befanden sich deutlich Schriftzeichen, die kaum etwas anderes als chinsische sein konnten.

Carl zog seinen Schlüsselbund mit dem taschenmesserähnlichen Instrument aus der Tasche und klappte einen kleinen Pfriem aus, mit dem er im Magazin herumtastete.

»Die Feder ist hin«, sagte er, »damit würde man kaum schießen können. Sie ist vielleicht zu lange gedrückt gewesen oder auch einfach zu alt. Die Munition dürfte wohl noch in Ordnung sein, schreckliche Dinger. Hohe Ausgangsgeschwindigkeit; die weiche Spitze ist nach der Genfer Konvention übrigens verboten, falls das in diesem Zusammenhang von Bedeutung ist. Es ist vielleicht ein unerlaubter Munitionstyp?«

»Woher soll ich das wissen«, bemerkte Fristedt. »Aber es ist ja schon interessant genug, daß es sich um eine typische Terroristenwaffe handelt.«

»Ja, wir sollten uns aber trotzdem erst mit dieser Anneliese befassen«, wandte Appeltoft ein. »Hat sie schon einen Anwalt?«

»Ja, alle haben einen Anwalt, das heißt dieser Anders Hedlund hat Schwierigkeiten gemacht und wollte sich einen eigenen Anwalt nehmen. Ich weiß nicht, wie es ausging, aber die drei anderen haben Pflichtverteidiger von irgendeiner Liste erhalten, einer Liste mit den Anwälten, die gerade dran sind«, antwortete Fristedt.

»Wir sollten so schnell wie möglich mit ihr sprechen, sie sitzt ja bald zehn Stunden hinter Schloß und Riegel. Man weiß ja nicht, wie einer darauf reagiert, das ist bei jedem anders«, überlegte Appeltoft weiter.

Was die drei anderen betraf, die übrigens von Kollegen verhört werden sollten, war man offenbar zu dem Entschluß gekommen, sie noch mindestens eineinhalb Tage in der Haft schmoren zu lassen, bevor man sie verhörte. Bei Personen, die keine Gewohnheitsverbrecher sind, pflegt ein solches Einsperren zu sehr effektiven Ergebnissen zu führen.

»Ich darf sie nicht sehen. Darf mich keinem dieser Leute zeigen, aber ich finde, ihr solltet jetzt so schnell wie möglich mit Anneliese sprechen«, brummte Carl. Näslund hatte befohlen, daß Carl keinem der Festgenommenen unter die Augen kommen durfte, was durchaus verständlich war. Fristedt und Appeltoft hatten die längste Zeit beim Sicherheitsdienst des Reiches hinter sich, und da ließ es sich leichter verschmerzen, daß ihre Gesichter bekannt wurden und ihre Namen in Protokollen standen, als daß Carls Gesicht bekannt wurde und man seinen aufsehenerregenden Nachnamen in dem künftigen Ermittlungsmaterial finden würde.

Fristedt und Appeltoft nahmen den Fahrstuhl zu dem unterirdischen Gang und dann wieder den Fahrstuhl hinauf zu den Haftzellen. Der Oberaufseher hatte beide Abendzeitungen aufgeschlagen vor sich, und einige seiner Kollegen beugten sich über ihn.

»Hallo. Fristedt von der Sicherheit«, sagte Fristedt und hielt seinen Ausweis hoch – er gehörte ja nicht zu den von Person bekannten Polizisten, die hier jeden Tag Festgenommene zum Verhör führten.

Ein Aufseher begleitete sie den Korridor hinunter und schloß die Zellentür auf. Appeltoft und Fristedt wechselten einen schnellen, besorgten Blick, bevor sie die Zelle betraten.

Anneliese Rydén lag der Länge nach auf der Pritsche, in einer Stellung, als schliefe sie, aber ihre Augen waren offen. Sie bewegte sich nicht, als die beiden Männer eintraten. Fristedt und Appeltoft blieben neben der Pritsche stehen, aber sie rührte sich noch immer nicht. Sie atmete ruhig und gleichmäßig.

»Hoch mit dir, Mädchen, Zeit für einen Spaziergang«, sagte Fristedt und berührte behutsam die Schulter des Mädchens.

Sie erhob sich langsam, wie eine Schlafwandlerin, und zog sich ein Paar Turnschuhe mit drei Streifen an. Die Schnürsenkel fehlten. Sie begleitete die beiden Beamten in Appeltofts Zimmer, ohne unterwegs auch nur einen Ton zu sagen. Auf der aufgeräumten Schreibtischplatte stand ein Tonbandgerät, daneben lag eine Mappe mit Unterlagen für das Verhör. Das Verhalten der jungen Frau war nicht sonderlich vielversprechend. Menschen, die inhaftiert werden, geben sich in der Regel wilden Überlegungen über den Grund der Festnahme hin und sprudeln meist mit Fragen los, wann sie wieder nach Hause kommen dürften, warum man sie festgenommen habe, ob sie einen Rechtsanwalt bekommen hätten, wer sonst noch gefaßt sei, fragen nach allem.

»Setz dich«, sagte Fristedt und nahm hinter dem Schreibtisch Platz. Das Mädchen sank auf den Stuhl auf der anderen Seite, Appeltoft setzte sich etwas weiter weg in einen der Besucherstühle.

»Wie geht es dir eigentlich?« fragte Fristedt weich, erhielt aber keine Antwort. »Es sieht jetzt so aus«, fuhr er fort, »das heißt, wir sollten uns vielleicht erst vorstellen, ich bin Arne Fristedt, und das ist mein Kollege Erik Appeltoft. Wir arbeiten in der Sicherheitsabteilung der Polizei und haben ein paar sehr wichtige Fragen an dich.«

»Bin ich bei der Säpo?« fragte sie und blickte zum erstenmal auf. Ihr Blick flackerte im Zimmer umher. Fristedt nickte und holte tief Luft, bevor er fortfuhr.

»Dies ist kein Verhör. Jedenfalls jetzt noch nicht. Das bedeutet nicht, daß es ohne Bedeutung ist, was wir jetzt sagen, aber es wird nicht in die Protokolle aufgenommen. Verstehst du das?«

Sie nickte und blickte zu Boden. Für Fristedt befand sie sich in einem der tiefsten Schockszustände, die er jemals bei Festgenommenen erlebt hatte, die er in seinen Jahren als Polizeibeamter bei der offenen Arbeit wohl zu Tausenden verhört hatte.

»Dieser Mann«, sagte er und schob ihr ein Bild von Axel Folkesson hin, »hat bei uns gearbeitet und ist vor ein paar Tagen ermordet worden. Hast du davon gehört?«

Sie warf einen hastigen Blick auf das Foto und nickte.

»Hast du ihn gekannt?«

»Nein«, erwiderte sie leise, ohne aufzublicken.

»Hast du ihn je getroffen oder mit ihm gesprochen?«

»Nein, nie.«

»Hast du ihn angerufen oder er dich?«

»Nein, hab ich doch gesagt«, sagte sie mit etwas lauterer Stimme. Gut, dachte Appeltoft, vielleicht wird sie jetzt munter.

»Wir haben jedenfalls Grund zu der Annahme«, fuhr Fristedt fort.

»Aber es stimmt nicht. Ich wußte nicht mal, wer er war, bevor es in den Zeitungen stand. Warum sollte ich jemanden von der Säpo kennen.«

In ihrer Stimme war ein Anflug von Aggressivität. Fristedt und Appeltoft wechselten einen schnellen Blick. Appeltoft nickte.

»Er hatte sich am Tag vor seinem Tod deine Telefonnummer in seinem Kalender notiert. Hast du dafür eine Erklärung?«

»Nein.«

»Das deutet doch darauf hin, daß ihr in irgendeiner Form in Verbindung gestanden habt, nicht wahr?«

»Haben wir aber nicht.«

»Kannst du dir erklären, wie er zu deiner Nummer gekommen ist? Ach nein, es war ja nicht deine Nummer, sondern die des Ladens deiner Mutter. Warum hatte er die?«

»Woher soll ich das wissen.«

»Es ist nicht etwa so gewesen, daß du uns einen Tip geben wolltest, etwas sagen wolltest, was dir bekannt war?«

»Nein, ich bin keine von denen, die zur Säpo rennen.«

»Aber es ist doch möglich, daß einem Dinge bekannt werden, die einem nicht schmecken. Und dann sollen nicht mal die Kumpels erfahren, daß man der Polizei einen Tip gegeben hat. Was du sagst, bleibt unter uns, darauf kannst du dich verlassen.«

Dies war natürlich gelogen.

»Schon möglich, aber ich weiß jedenfalls nichts davon. Wenn er Mamas Telefonnummer hatte, dann wollte er vielleicht etwas von ihr?«

»Das ist nicht sehr wahrscheinlich.«

»Mit mir hat es jedenfalls nichts zu tun.«

»Ist das ganz sicher?«

»Ja, sage ich doch!«

Fristedt und Appeltoft wechselten wieder einen Blick. Appeltoft nickte wieder.

»Na schön«, seufzte Fristedt mit gespielter Resignation, »dann also ein normales Verhör.«

Er stellte das Tonbandgerät an und rasselte mit müder Stimme die üblichen Formalien herunter:

»Verhör Anneliese Rydéns in der Sicherheitsabteilung in Stockholm am 11. Dezember 198 . . . um 14.35 Uhr. Vernehmungsbeamter Kriminalkommissar Arne Fristedt. Vernehmungszeuge Kriminalkommissar Erik Appeltoft.

»Darf ich dich zunächst fragen, Anneliese: Wie geht es dir heute?«

»Beschissen, natürlich.«

»Hast du irgendwelche Wünsche? Was könntest du in der nächsten Zeit in der Zelle gebrauchen?«

»Was denn brauchen, Toilettenartikel und so was?«

»Ja, und Kleidung.«

»Ich könnte meinen Kulturbeutel gebrauchen, eine Zahnbürste und ein paar Kleider.«

»Darum kümmern wir uns. Aber jetzt bin ich verpflichtet, dir zu sagen, daß du gestern von Oberstaatsanwalt K. G. Jönsson für vorläufig festgenommen erklärt worden bist, wegen Verdachts auf Hehlerei und Vergehens gegen das Rauschmittelgesetz. Und jetzt muß ich dich fragen, was du dazu zu sagen hast?«

»Darauf will ich nicht antworten.«

»Darf ich das so verstehen, daß du kein Verbrechen gestehen willst?«

»Ich habe kein Verbrechen begangen.«

»Weißt du, worauf sich die Beschuldigungen beziehen?«

»Nein.«

Fristedt stellte das Tonbandgerät ab. »Jetzt hör mal zu, Mädchen. So kann es nicht weitergehen, denn sonst bleibst du hier viel zu lange und unnötig sitzen. In deiner Wohnung befand sich eine Streichholzschachtel mit elf Gramm Hasch. Das muß dir doch bekannt sein?«

»Das kann aber kaum der Grund gewesen sein, daß ihr mit hundert Mann in schußsicheren Westen die Wohnung stürmt und mich mitten in der Nacht nackt aus dem Zimmer schleift?«

»Nein, aber du weißt, wovon ich spreche. Ist es dein Hasch?«

»Darauf will ich nicht antworten.«

»Aha. Und dann ist da noch die Stereoanlage. Die ist gestohlen, das weißt du sicher.«

Sie sah erstaunt auf. Ihre Reaktion wirkte völlig echt.

»Nein, davon hatte ich keine Ahnung.«

»Weißt du, woher sie stammt?«

»Darauf will ich nicht antworten.«

»Du wirst wohl müssen. Von wem hast du sie gekauft?«

»Ich habe sie nicht gekauft.«

»Von wem hat dein Freund sie gekauft?«

»Darauf will ich nicht antworten.«

»Und woher kommt das Hasch, ist es vielleicht derselbe Lieferant?«

»Darauf will ich nicht antworten.«

»Wenn du so weitermachst, bleibst du vielleicht mehrere Wochen hier sitzen, und das ist es doch nicht wert. Du bist nicht vorbestraft, wie ich sehe. Das bedeutet, daß du für diese Sachen ein Urteil auf Bewährung kriegst. Hilf uns jetzt, dann sorgen wir dafür, daß du möglichst bald hier rauskommst.«

Sie antwortete nicht. Fristedt stellte das Tonbandgerät wieder an und sprach direkt aufs Band.

»Weißt du, woher das gestohlene Tonbandgerät der Marke, Verzeihung, die gestohlene Stereoanlage der Marke Marantz kommt?«

»Darauf will ich nicht antworten, habe ich doch gesagt.«

»Und das Vorhandensein einer Streichholzschachtel mit Haschisch in deiner Wohnung willst du auch nicht erklären?«

»Nein.«

»Na schön, damit wird das Verhör für heute beendet. Uhrzeit 14.41.«

Dann erhob sich Fristedt eilig und tat, als wollte er nach dem Mädchen greifen, und als er sie scheinbar nicht erwischte, ging er plötzlich wie im Zorn aus dem Zimmer, wobei er Appeltoft schnell zunickte.

Appeltoft wartete eine Weile, bevor er anfing.

»Du verstehst«, sagte er, »wir gehen allen Spuren nach, die wir im Moment zu fassen bekommen, kleinen wie großen, wir gehen einfach allem nach. Mögen dies auch Kleinigkeiten sein, wir sollten sie trotzdem klären, damit du nach Hause kommst und wir zu wichtigeren Dingen übergehen können?«

»Was sollen wir denn überhaupt angestellt haben?« fragte sie und sah Appeltoft zum erstenmal in die Augen. »Ihr glaubt doch nicht, daß wir etwas mit diesem Polizisten zu tun haben. Warum habt ihr uns überhaupt festgenommen?«

»Es kann ja sein, daß wir auf der falschen Fährte sind, und du weißt, wie groß die Aufregung ist, wenn es um einen erschossenen Polizisten geht. Aber wenn du uns diese Dinge erklären kannst, werde ich dafür sorgen, daß du nach Hause kommst.«

»Sicher?«

»Aber ja«, log Appeltoft mit einer Routine, die ihm dennoch Gewissensbisse machte, »wenn wir diese Kleinigkeiten aus der Welt schaffen, sehe ich keinen Grund, dich noch länger festzuhalten.«

»Ja, aber wenn ich jemanden verpfeife...«

»Es braucht nicht herauszukommen. Im Augenblick führen wir nur ein Gespräch. Das Verhör ist zu Ende.«

»Ja, aber es ist so furchtbar unangenehm.«

»Hör mal. Du solltest nicht so denken. Du sitzt in der Tinte, und deine Freunde auch. Aber hilf uns dabei, diese kleine Sache aufzuklären, dann können wir uns wieder wichtigeren Dingen zuwenden. Weißt du, woher das Hasch und diese Stereoanlage kommen?«

»Ich wollte nicht, daß wir die kaufen. Ich sagte, du kannst Gift darauf nehmen, die ist gestohlen, denn er ist so ein Typ, dieser ...«

»Ja, wer denn?«

»Das will ich nicht sagen.«

»Du schaffst dir nur selbst Probleme. Und außerdem haben wir ja deine Mutter ...«

Der Hinweis auf die armen Eltern war ein Standardkniff. Aber Appeltoft spürte den Ruck an der Angelschnur, und er spürte noch mehr, daß er neue Spuren und Erkenntnisse brauchte, und wenn er dazu buchstäblich eine kleine weinende Mutter ins Zimmer führen mußte.

»Weiß Mama von ...?«

»Ja, davon gehe ich aus. Aber du kannst schon heute wieder bei ihr sein und erklären, daß es nichts Schlimmes war, wenn du mir nur ein bißchen hilfst. Dann werde ich dir helfen, das verspreche ich.«

»Ist es sicher, daß nicht rauskommt, daß ich es gewesen bin?«

»Ja, das ist sicher, das bleibt unter uns.«

»Aber er ist ein gefänrlicher Typ, der läuft mit Waffen herum, ich weiß nicht ...«

»Da brauchst du dir keine Sorgen zu machen, davor können wir dich schützen. Ist er Palästinenser?«

»Mmh.«

»Wo wohnt er?«

»In Södertälje.«

»Wohnt er allein?«

»Nein, er teilt die Wohnung mit zwei Libanesen. Aber mit denen haben wir nichts zu tun gehabt. Er hat einen Bruder, der bei der Palästina-Gruppe in Södertälje mitmacht, und es war so ... obwohl er selbst nicht zu uns gehört. Wir wollen mit solchen Leuten nichts zu tun haben.«

»Was meinst du damit?«

»Nun ja, mit Verbrechern, wir sind keine Verbrecher.«

»Wo in Södertälje wohnt er?«

»Granövägen heißt die Straße, glaube ich, das ist ein Viertel mit vielen Ausländern.«

»Wie heißt er?«

»Ich weiß nicht, ob ich das sagen soll ...«

»Wir wollen doch nicht ganz Granövägen auf den Kopf stellen, um die Wohnung zu finden, es ist doch besser, wir erledigen das etwas diskreter. Du weißt ja selbst, wie es sonst geht.«

»Abdelkader Mashraf ... aber sein Bruder hat mit seinen Geschäften nichts zu tun.«

»Aha, es steht also Mashraf an der Tür?«

»Ja, ich glaube, es ist seine Wohnung, er wohnt da schon seit mehreren Jahren. Diese Libanesen wohnen nicht so lange da.«

»Und sie sind bewaffnet?«

»Ja. Aber sag nicht, daß ich was gesagt habe.«

»Nein, das Versprechen kann ich wirklich halten.«

»Komme ich jetzt raus?«

»Ich werde sehen, was ich tun kann, aber der Staatsanwalt muß entscheiden. Im Augenblick müssen wir erst mal in die Haftzelle zurück.«

Appeltoft fühlte sich wie ein Verbrecher, als er die zunehmende Verzweiflung in den Augen des Mädchens sah. Sie war ein zartes Wesen, vermutlich kaum einen Meter fünfzig groß, klein wie ein Reh und schlecht gekleidet. Sie hatte nur das an, was man ihr nach der Festnahme zugeworfen hatte.

»Aber du sagtest doch ...«

»Ist es sicher, daß du keinen Kontakt mit Folkesson gehabt hast?«

»Nein, habe ich doch gesagt, nein! Nein, nein, nein und nochmals nein! Scheißbullen, gottverfluchte Scheißbullen!«

Fristedt betrat den Raum, und sie versuchten mit vereinten Kräften, das hysterische Mädchen zu beruhigen. Anschließend brachten sie sie vorsichtig in die Zelle zurück und benachrichtigten den diensthabenden Polizeiarzt, er solle ihr etwas Beruhigendes geben. Dann kehrten sie in ihren Konferenzraum zurück, um die neue Lage zu besprechen. Carl erwartete sie schon ungeduldig, erkannte aber schon an ihrem Gesichtsausdruck, daß das Ergebnis nicht so war wie erhofft.

»Sie will keinerlei Kontakte mit Folkesson zugeben«, sagte Appeltoft kurz und griff nach der Kaffeekanne. Er überlegte es sich und stellte sie mit einer Grimasse des Abscheus wieder hin.

»Am schlimmsten ist, ich glaube ihr, ich glaube, daß sie die Wahrheit sagt«, sagte Fristedt.

»Ich habe einiges andere aus ihr herausbekommen, möge Gott mir verzeihen, was mich genauso glauben läßt, daß sie eine Verbindung mit Folkesson nicht leugnen würde«, erklärte Appeltoft, überlegte es sich noch einmal und goß sich Kaffee ein. Er richtete einen fragenden Blick auf die beiden anderen, die den Kopf schüttelten.

Anschließend gingen sie die nächsten denkbaren Schritte durch. Unter den Festgenommenen war Hedlund mit der Munition für eine AK 47 offenbar der interessanteste. Aber der mußte erst mal dort sitzenbleiben, wo er saß. Aber. Falls es eine Verbindung zu diesen Hehlern oder Dieben in Södertälje gab, war das schon etwas eiliger.

Es gab zwei mögliche Verfahrensweisen. Sie konnten Näslund benachrichtigen, der vermutlich noch einmal einen Großeinsatz mit kugelsicheren Westen und abgesperrten Straßenblocks inszenieren würde, jedoch erst in vierzundzwanzig Stunden. Das war keine glänzende Idee.

Die zweite Möglichkeit: Sie konnten selbst nach Södertälje fahren und diese Burschen greifen, die jedoch eventuell bewaffnet waren. Auch kein glänzender Gedanke.

»Überlaßt sie mir«, sagte Carl ruhig und in einem Tonfall, der seine beiden älteren Kollegen überzeugte, daß er nicht zuviel versprach. Außerdem hatten sie beide eine Erinnerung fürs Leben: Carls Darbietung mit der großen ausländischen Automatik-Pistole.

»Wir fahren alle drei«, sagte Appeltoft.

»Ich kann nicht, ich muß mir heute abend Punkt zehn einen Tip abholen, und eine zweite Chance kriege ich vielleicht nicht«, bemerkte Fristedt.

»Das macht nichts«, sagte Carl, »Appeltoft und ich werden auch so mit diesen drei Leuten fertig.«

Sie schwiegen eine Weile, dann nickte Fristedt.

Carl ging in sein Zimmer, öffnete den Panzerschrank, schnallte sich Holster und Revolver um und steckte noch zehn Ersatzpatronen in das Innenfutter seiner Hose, in dem sich eine lange Reihe kleiner Fächer befand, die an einen Patronengürtel erinnerten und die ein chinesischer Schneider in San Diego in Carls sämtliche Anzug- und Freizeithosen eingenäht hatte, dazu eine größere Stoffhülle im Kreuz.

Carl prüfte die Sicherung seiner Pistole und steckte sie in die Stoffhülle auf dem Rücken. Er zog die Jacke an, rückte die Krawatte zurecht und steckte sich ein Ersatzmagazin für die Pistole in die Jackentasche, bevor er den Panzerschrank schloß und zu Appeltoft hinüberging.

Appeltoft hatte unterdessen Adresse und Telefonnummer gefunden und einen Stadtplan von Södertälje aus dem Schrank geholt.

»Am besten fahren wir gleich los«, sagte er, »denn jetzt werden in den Medien stündlich neue Schreckschüsse abgegeben, und da verschwinden diese Typen vielleicht.«

Carl fuhr seinen neuen Wagen mit einhundertachtzig Stundenkilometern nach Södertälje. Das war, was Straßenzustand und Gesetz ihm erlaubten.

Sie nahmen das Mietshaus in Augenschein. Es lag am Rande der Stadt in einem Viertel mit niedrigen, langgestreckten Wohnhäusern. Die drei Araber wohnten im zweiten Stock am Ende eines der Häuser. In der Wohnung brannte Licht; gelegentlich waren mindestens zwei Personen zu erkennen. Das Haus hatte keinen Dachboden. Folglich gab es nur eine Möglichkeit, hineinzukommen, und nur einen Fluchtweg.

»Keller wird es in diesen Häusern doch geben, mit Waschküchen und so?« fragte Carl.

»Ja, vermutlich durch Gänge verbunden, aber bei solchen Ausländern dürften die Verbindungstüren verschlossen sein.«

»Macht nichts«, sagte Carl, »komm, wir gehen jetzt rauf und schnappen sie uns.«

Carl betrat das Haus durch eine Eingangstür in der Mitte des langgestreckten Gebäudes, und Appeltoft trottete hinter ihm her. Sie gingen zur ersten Kellertür hinunter, und als Carl die Türklinke drückte, fand er sie verschlossen. Er seufzte und zog das seltsame kleine Instrument an seinem Schlüsselbund aus der Tasche, suchte einen Dietrich heraus und öffnete die Tür so schnell, als hätte er den richtigen Schlüssel besessen.

So gingen sie durch drei verschlossene Türen, an den Kellern und Waschküchen vorbei, weiter, bis sie das richtige Treppenhaus erreicht hatten. Niemand sah sie, als sie leise die drei Treppen hinaufgingen. Vor der Tür lauschten sie kurz. Aus der Wohnung war orientalische Musik zu hören.

»Perfekt«, flüsterte Carl, »der Plattenspieler läuft. Komm zwei, drei Meter hinter mir in die Wohnung und konzentriere dich auf die linke Seite, ich nehme die rechte. Alles klar?«

Carl hatte seinen massigen schwarzen Revolver gezogen und sich gleichzeitig mit dem Rücken an die Wand neben der Tür gestellt, wobei die Revolvermündung an die Decke zeigte. Dann steckte er mit der linken Hand behutsam den Dietrich in das Sicherheitsschloß. Das Schloß ging auf, und sie warteten ein paar Sekunden, aber aus der Wohnung war immer noch nur die Musik zu hören.

Appeltoft hatte seine Pistole gezogen, sie schußbereit gemacht und hielt die Waffe unbewußt genauso wie Carl.

»Noch etwas«, flüsterte Carl, »wenn du unterwegs eine Toilettentür siehst, bleib stehen und kontrolliere, bevor du weiter vorgehst. Okay?«

Appeltoft nickte. Er spürte, wie die Furcht ihn allmählich starr machte, als würden ihm die Beine in wenigen Sekunden nicht mehr gehorchen.

»In drei Sekunden«, flüsterte Carl, und Appeltoft zählte drei Sekunden, die er als einzigen, unerbittlich kurzen Moment empfand, bis Carl mit der linken Hand die Tür aufstieß und in die Wohnung stürzte.

Fristedt ging davon aus, daß es am höflichsten sei, sich dem Treffpunkt aus der am besten einsehbaren Richtung zu nähern. Er hatte seinen Wagen auf dem Parkplatz kurz vor dem Restaurant Djurgårdsbrunns Värdshus abgestellt und war dann an dem Lokal vorbeiflaniert, im Licht der Straßenbeleuchtung deutlich sichtbar, und dann über die Brücke zum Treffpunkt weitergegangen. Er war pünktlich, wie verabredet, minus zehn Sekunden, und in der Nähe schien sich kein Mensch aufzuhalten.

Als er beim Tatort angekommen war, blieb er stehen. Im selben Augenblick löste sich eine Gestalt aus dem Dunkel hinter einem der Alleebäume zehn Meter weiter, und der GRU-Chef kam ihm entgegen.

»*Dobre vetjer*, Herr Kommissar«, grüßte der sowjetische Oberst und gab Fristedt die Hand. »Ich glaube, mir ist ein Vorschlag eingefallen, wie wir uns einigen können. Wollen wir einen kleinen Spaziergang machen?«

Fristedt nickte, und sie gingen auf einem kleinen Weg, der von der Straße abging, in den großen Park hinein. Der Russe schwieg ein Weilchen, bevor er sein Anliegen vorbrachte.

»Sie verstehen, Herr Kommissar, bei unserer Arbeit hat man manchmal ein großes Problem mit Diensten, die man anderen erweisen will oder die man ihnen zugesagt hat, und ich habe Kummer mit einer Angelegenheit, bei der Sie mir hoffentlich helfen können.«

»Ich kann natürlich nichts versprechen«, entgegnete Fristedt mißtrauisch, während er sich gleichzeitig fragte, ob der Russe wirklich so dumm war, schon bei der zweiten Begegnung ohne Umschweife einen Anwerbungsversuch zu starten.

Der Vorschlag war jedoch nicht so beschaffen, daß er den Verdacht einer weiteren Verpflichtung gegenüber dem sowjetischen Nachrichtendienst nahelegte. Der GRU-Chef nannte den Namen eines hohen schwedischen Beamten bei der Einwanderungsbehörde in Norrköping, behauptete, der fragliche Mann liefere dem iranischen Nachrichtendienst in Stockholm regelmäßig Angaben über oppositionelle iranische Studenten in Schweden. Der Schwede werde sehr gut bezahlt und das Geld bei den Treffen bar übergeben. Es finde ganz einfach und altmodisch ein Austausch von Umschlägen statt, und so könne es doch gelingen, den Mann schon bei einer ersten Übergabe zu fassen, nicht wahr? Der Kontaktmann des Schweden besitze keine diplomatische Immunität, wenn man also bei der richtigen Gelegenheit zuschlage, könne man gleich beiden Männern das nötige Beweismaterial abnehmen.

»Wissen Sie, wann und wo diese Treffen stattfinden?« wollte Fristedt wissen.

»Ja, ich weiß, wann die nächste Begegnung erfolgen soll und wo. Wenn ich Ihnen Zeit und Ort nenne, können Sie diesen Mann dann festnehmen?«

»Ja, das scheint mir durchaus möglich zu sein. Ich würde aber gern wissen, warum.«

»Ich bin einem Freund einen Gefallen schuldig, und Sie können mir helfen. Diese Figur in Ihrem Einwanderungs-Ministerium hat Freunden von mir geschadet, und wir wollen ihn weghaben. Das ist alles. Können Sie das arrangieren?«

»Und das ist also die gesamte Gegenleistung, einen schwedischen Verbrecher fangen?«

»Ja.«

»Wenn das so ist, sehe ich keine Hindernisse. Es wäre allerdings nicht so gut, wenn die Angaben nicht stimmen.«

»Seien Sie versichert, daß sie zutreffend sind. Wir sind uns also einig?«

»Ja, ich darf von jedem Menschen Hinweise annehmen, der mich auf ein Verbrechen aufmerksam macht. Wenn Sie solche Tips haben, werde ich sie mit dem gleichen Ernst behandeln, als kämen sie von irgendeiner anderen ... äh ... qualifizierten Quelle.«

»Gut«, sagte der GRU-Chef und zog einen kleinen blauen Umschlag aus der Innentasche, »hier habe ich alle Angaben, die Sie brauchen.«

Fristedt zögerte. Sie standen mitten in einem Eichenwald in Djurgården, es war ein dunkler, später Dezemberabend, und in der Nähe war kein Mensch zu sehen. Es konnte aber trotzdem sein, daß dieser Augenblick aus der Nähe fotografiert oder gefilmt wurde. Wie Fristedt gehört hatte, besaßen neuerdings sogar die Russen die dazu nötige hochwertige Ausrüstung.

»Ich weiß nicht, ob ich von Ihnen einen Umschlag annehmen darf, dessen Inhalt mir unbekannt ist. Lassen Sie uns lieber noch ein Stück in eine Richtung gehen, die ich bestimme«, erwiderte Fristedt.

Der Russe gluckste in der Dunkelheit amüsiert vor sich hin.

»Sehr gern, Herr Kommissar, sehr gern. In welche Richtung sollen wir gehen?«

Fristedt schlug einen Weg ein, von dem er vermutete, daß er zur großen Djurgårdsbrücke und zur Rückseite des Freilichtmuseums Skansen führte. Sie gingen eine Weile schweigend nebeneinander her.

»Unterdessen können wir ja über diese Pistole sprechen«, sagte der GRU-Chef nach einer Weile. »Ich kann über die Waffe folgendes sagen. Sie wurde irgendwann Ende der sechziger Jahre hergestellt, anschließend in einem Bereitschaftslager aufbewahrt und kam folglich erst nach dem Export in den Gebrauch. Im September 1973 befand sich die Waffe unter großen Lieferungen an Syrien; wie Sie sich vielleicht erinnern, brach im Nahen Osten kurze Zeit darauf, im Oktober, ein Krieg aus. Nun ja. Die Waffe ging also an die syrische Armee und landete mit allergrößter Wahrscheinlichkeit bei einem Offizier der Armee oder der Panzerverbände. Es ist schwierig, dem Verbleib der Waffe nachzuspüren, so daß wir dies nicht genau wissen. Die einfachen syrischen Infanteristen tragen jedoch keine Pistole. Um aber noch weiter in die Geschichte der Waffe einzudringen, müßten wir den militärischen Sicherheitsdienst der Syrer bemühen, und das möchten wir nicht. Möglicherweise könnten wir diesen Standpunkt noch einmal überdenken, falls Ihnen daran sehr gelegen sein sollte. Aber so, wie es aussieht, würde eine solche Anfrage von unserer Seite Aufmerksamkeit erregen und vielleicht zu unnötigen Konsequenzen führen, daß jemand etwa unnötigerweise bestraft wird. Verstehen Sie?«

»Nein. Wieso sollte jemand eine unnötige Strafe erhalten?«

»Aber ja. Wenn wir unseren Scharfsinn gebrauchen, Herr Kommissar, muß es doch so sein: Ihr Mörder dürfte kaum ein Offizier der regulären syrischen Armee sein, der eine eigene Dienstwaffe einfacher Art, zugegebenermaßen etwas einfacherer Art, nach Schweden mitnimmt, um dort einen Offizier des schwedischen Sicherheitsdienstes umzubringen. Nicht wahr?«

»Ja, da gebe ich Ihnen recht.«

»Na also. Der Besitzer der Waffe hat die Pistole auf dem Schwarzmarkt verkauft oder ist bestohlen worden. Und wenn wir jetzt harten Druck ausüben, um ihn verhören zu lassen und so weiter, würde dies zu unnötiger Aufmerksamkeit führen, abgesehen davon, daß sich für den fraglichen Offizier wahrscheinlich tragische Konsequenzen ergäben, was uns vielleicht egal sein könnte. Begreifen Sie jetzt?«

»Nein.«

»Es liegt an den Zuständen im Nahen Osten, verstehen Sie?«

»Nein.«

»Also, es würde herauskommen. Im Nahen Osten bleibt nichts geheim. Wenn wir einen solchen Vorstoß unternehmen, wird im Lauf einer Woche in fünf Hauptstädten des Nahen Ostens bekannt sein, daß der sowjetische Nachrichtendienst den Weg einer Waffe verfolgt, die in Stockholm eingesetzt worden ist. Das birgt Risiken in sich. Verstehen Sie jetzt?«

»Ja.«

»Gut. Wenn Ihnen die Angelegenehit sehr wichtig ist, müssen sie wieder an mich herantreten. Die Nachricht, die ich Ihnen geben kann, sieht also so aus, daß die Waffe im September 1973 an die syrische Armee geliefert worden ist, daß es eine militärische Waffe ist, daß in Syrien nur Offiziere diese Waffe verwenden sowie daß sie vermutlich bei den Panzerverbänden oder der Armee gelandet ist. Haben Sie das verstanden?«

»Ja, verstanden.«

Sie waren auf einem kleineren Weg am Djurgårds-Kanal gelandet und standen in der Nähe einer Straßenlaterne. Fristedt betrachtete den mageren russischen Nachrichtenoffizier. Die Situation hatte etwas Unwirkliches an sich.

»Ich werde mir die Sache durch den Kopf gehen lassen und danke Ihnen für Ihre Angaben. Und was diesen Beamten bei der Einwanderungsbehörde betrifft, werden wir versuchen, ihn zu schnappen, und damit würde ich gern um die . . . Angaben bitten.«

»Auf Wiedersehen, Herr Kommissar«, sagte der Russe, gab Fristedt die Hand, machte auf dem Absatz kehrt und verschwand in die Dunkelheit.

Fristedt blieb stehen und blickte völlig konsterniert hinter ihm her. Was war nun mit diesem Mann, der Angaben über Flüchtlinge verkaufte?

Fristedt ging auf die Djurgårds-Brücke zu. Das Wetter war scheußlich; er zog den Mantel enger und steckte beide Hände in die Taschen.

In der rechten Manteltasche steckte ein Umschlag.

Abdelkader Mashraf saß, die Knie bis zum Kinn hochgezogen, auf der grünen, mit Kunststoffgewebe bezogenen Pritsche und starrte mit leerem Blick auf die drei Meter entfernte Stahltür ohne Türgriff. Es fiel ihm schwer, seine katastrophale Lage zu überdenken, und seine Gemütsverfassung schwankte angesichts dessen, was jetzt vermutlich in Form von Gefängnis oder schlimmstenfalls Ausweisung nach Gaza, in Wahrheit also nach Israel auf ihn wartete, zwischen Selbstmitleid und Demütigung: das, worauf er schon so lange gefaßt war und wovon er so viel phantasiert hatte, war am Ende also eingetroffen, jedoch ganz anders.

Er hatte immer gesagt, lebendig werde er sich nie ergeben, er, Abdelkader Latif Mashraf, sei nicht so ein Jammerlappen wie seine kleinen Brüder, die mit Flugblättchen herumliefen und glaubten, man käme mit Propaganda und Demokratie und Diskussion weiter.

Der verfluchte Zionisten-Agent, der Abdelkader Latif Mashraf zu nahe komme, werde an den falschen Palästinenser geraten. Was hatte er doch geprahlt – jetzt, nachträglich, würden es ja alle so betrachten –, er werde nicht zögern, wenn die Stunde gekommen sei. Er hätte liebend gern gezeigt, daß er ein gefährlicher Mann war, ein Mann, der eine Waffe trug und dem man tunlichst aus dem Weg ging.

Und er *hatte* auch nicht gezögert, er hatte es immerhin versucht. Es war nur so, daß alles so schnell ging, daß er nicht zum Zug kam, obwohl sein Revolver weniger als eineinhalb Meter entfernt lag und obwohl er sich auf das Sofa gestürzt und die Hand unter das nächste Sitzkissen gesteckt hatte, als er draußen im Flur etwas hörte. Er hatte den Revolvergriff schon in der Hand, als er einsah, daß es zu spät war.

Über ihm stand der israelische Agent – er hielt ihn zunächst dafür – und richtete einen schwarzen Revolver direkt auf sein Gesicht, also einen Revolver und keine Pistole, wie sie die schwedische Polizei verwendet.

Außerdem hatte der Mann englisch gesprochen, und obwohl Abdelkader nicht jedes Wort verstand, war der Inhalt unmißverständlich:

Eine einzige kleine unvorsichtige Bewegung der Hand, die du da unter das Kissen hältst, dann stirbst du, mein Junge. Kapiert? Na, schön vorsichtig jetzt. *Ganz* langsam ziehen wir jetzt die Hand raus, dann werden wir sehen, was wir da haben . . .

Im nächsten Augenblick war er irgendwie zu Boden geschlagen worden, lag auf dem Rücken und sah den eigenen Revolver auf sich gerichtet. Der andere hatte höhnisch über die Waffe gelacht:

Ach so, mein Junge, du hältst dich wohl für Clint Eastwood. Eine 44er Magnum, was? Und wie hättest du dich auf den Beinen halten wollen, wenn diese Kanone losgeht? Also los, wo sind die Dinger? Du hast fünf Sekunden, mein Junge, wo ist das Zeug! Dich kleinen Scheißer wollen wir nicht, nur das Zeug, red schon, solange du noch lebst, sonst kannst du an deiner eigenen gottverfluchten Magnum lutschen!

Und als er den riesigen Revolverlauf an seinem Mund spürte, schrie er hysterisch, es liege alles im Sofa, es sei ins Sofa eingenäht, auf der Rückseite, und bitte nicht schießen . . .

Anschließend waren er und die beiden anderen mit erhobenen Armen und gespreizten Beinen gegen eine Wand gestellt worden, und so hatten sie eine Viertelstunde stehen müssen, bis uniformierte Polizisten erschienen und sie abholten.

In der Zwischenzeit hatte er entdeckt, daß sie nur von zwei Männern angegriffen worden waren, die sich untereinander überdies auf schwedisch unterhielten. Erst da war ihm aufgegangen, daß es nur schwedische Polizisten waren.

Sie hatten sein Messer aus seiner Innentasche genommen, das Sofa auf der Rückseite aufgeschlitzt und die Waffen gefunden.

Abdelkader Mashraf machte sich keine Illusionen, was seine restlichen Verstecke in der Wohnung betraf. Natürlich würden sie alles finden.

Appeltoft und Carl waren wieder in ihrem gemeinsamen Arbeitszimmer. Sie hatten die beschlagnahmten Waffen mitgenommen und den Rest der Gruppe Arnold Ljungdahls gegeben. Es war ein ansehnliches Arsenal, das vor ihnen auf dem Tisch lag.

»Mein Gott, ist das ein Kracher«, sagte Appeltoft, »ich begreife nicht, warum du den so witzig gefunden hast.«

Carl nahm den riesigen Revolver in die Hand und wog ihn ein paarmal in der Luft, während er vor sich hin lächelte.

»Versuch mal, mit so einem Ding zu schießen, dann wirst du sehen, was passiert. Der Revolver hat einen Rückstoß wie ein Elefantenstutzen, und die Präzision ist etwa so wie bei der Artillerie einer alten Hansekogge«, grinste Carl. »Als Schwanzverlängerung hat die Knarre jedoch unleugbar ihr größtes Verdienst, und als Clint damit anfing, sie in seinen Filmen zu verwenden, soll sie sich in den USA wie verrückt verkauft haben.«

»Clint?« fragte Appeltoft, ließ die Frage aber in der Luft hängen, da wichtigere Dinge bedacht werden mußten. Zum Beispiel: Waren dies bewaffnete Terroristen oder bewaffnete Verbrecher?

Carl neigte dazu, sie für Verbrecher zu halten. Diese Clint-Eastwood-Waffe war nur ein Spielzeug, im Kampf Mann gegen Mann völlig unbrauchbar. Die zweite, kleinere Waffe war interessanter, eine Browning Automatik, Kaliber 32 mit sieben Patronen im Magazin.

Der gestohlene AK-4-Karabiner war zwar ohne Munition, aber

die konnte man ohne Waffenschein in jedem beliebigen Jagdgeschäft kaufen, da die 308-Winchester bei den Elchjägern des Landes eines der gebräuchlichsten Kaliber ist. Die Tatsache, daß die passende Munition der Waffe in der Wohnung nicht zu finden war, deutete jedenfalls darauf hin, daß ihr Eigentümer, welcher der drei kleinen Gauner es auch sein mochte, nicht vorgehabt hatte, die Waffe in allernächster Zeit zu gebrauchen.

Der große Bargeldbestand – bislang waren in Schuhkartons, die im Kleiderschrank gestanden hatten, 246 345 Kronen gezählt worden – deutete eher auf Hehlerei oder Rauschgifthandel hin. Das würden Ljungdahls Leute herausbekommen.

»Wir können also davon ausgehen, daß sie keine Terroristen sind, sondern gewöhnliche Verbrecher«, sagte Appeltoft zusammenfassend.

»Ja, der Meinung bin ich auch«, sagte Carl. »Und außerdem bin ich der Meinung, daß sie nicht die Alarmbereitschaft hatten, die man sich bei Terroristen vorstellt.«

Appeltoft sah ihn eine Weile zweifelnd an, bevor er einwandte: »Ja, aber dieser Bursche hatte doch die Hand an der Waffe, als du ihn schnapptest.«

»So stelle ich mir jedenfalls keine Terroristen vor. Dann hätte er den Revolver schon schußbereit und gezielt in der Hand gehabt, und der automatische Karabiner hätte etwas praktischer gelegen als ausgerechnet in die Rückseite eines Sofas eingenäht, unter so einem dämlichen Wandbehang mit flüchtenden Hirschen.«

»Und wenn er ihn schußbereit gehabt hätte ...?«

Appeltoft beendete die Frage nicht. Als Polizeibeamter wollte er nichts weiter davon erfahren, was Carl mit seinem letzten Satz hervorgesprudelt hatte. Juristisch hatte Carl eine Amtspflichtverletzung begangen, und wenn es einem dieser kleinen Gauner einfiel, die Angelegenheit zu melden, würde Appeltoft die Rolle des einfachen Streifenpolizisten spielen müssen, der von den auffallend interessanten Dingen, die sich vor seinen Augen abgespielt haben sollten, nie etwas gehört oder gesehen hatte.

Carl hatte sich bei seiner Replik abgewandt und beschäftigte sich mit einer der Waffen, die er zum drittenmal untersuchte.

»Wenn dieser Scheißkerl seine 44er Magnum hochgekriegt hätte, wäre er gestorben. Das schlimmste dabei wäre gewesen, daß Näslund dann wohl seinen Mörder bekommen hätte. Oder was meinst du?«

Carl drehte sich um und sah Appeltoft an.

Das war eine sehr unangenehme Frage. Nicht so sehr, weil sie darauf anspielte, daß der tatsächliche Chef der schwedischen Sicherheitspolizei skrupellos war, sondern vor allem aus dem einfachen Grund, daß sie jetzt keine vernünftige Spur mehr hatten, um den Mörder zu finden.

»Ich verstehe, was du meinst«, sagte Appeltoft leise, »und für mich ist es am schlimmsten, daß ich dir recht geben muß. Es ist unheimlich, wie schnell du bestimmte Dinge lernst.«

»Aber wir drei wollen doch den Mörder finden?«

»Ja, das wollen wir. Aber können wir's auch?«

»Wo sollen wir jetzt suchen? Unter diesen Palästinensern, die sie oben in Uppsala geschnappt haben? Hat das einen Sinn?«

»Nein, das glaube ich nicht. Das ist nur Theater, obwohl man es ja nie genau wissen kann.«

»Sollten die aber aus Versehen auf etwas stoßen, erfahren wir es doch?«

»Wahrscheinlich.«

»Wenn wir die also erst mal außer acht lassen, was haben wir dann noch?«

Anneliese Rydén durfte man als erschöpfte Quelle betrachten. Es war zwar unerklärlich, warum Axel Folkesson diese Telefonnummer notiert hatte, aber bei näherem Hinsehen hätte es sich ja auch um einen Tip von einer völlig anderen Person handeln können, die geglaubt hatte, sie oder ihr Freund wüßten etwas. Und das hätte eine falsche Vermutung sein können.

Von den drei anderen Schweden schien nur einer interessant zu sein, und zwar genau dieser Hedlund, der offiziell des »unerlaubten Waffenbesitzes« verdächtigt wurde. Dabei ging es vor allem um diese besonders interessante Munition in seinem Besitz, zudem aber darum, daß er für die Munition ein Magazin besessen hatte, das heißt ein Magazin einer AK 47. Denn das war eine richtige Terroristenwaffe. War dieses Magazin vielleicht der vergessene Rest eines größeren Arsenals, das vorher weggeschafft worden war?

Das war natürlich eine Möglichkeit. Dann sollte man sich die bei Hedlund beschlagnahmten Dinge wirklich näher ansehen, denn

Vernehmungsergebnisse waren aus der Ecke offensichtlich nicht zu erwarten: Hedlund hatte sich als einziger der vier Festgenommenen nicht einschüchtern lassen.

Er hatte kurz und arrogant mitgeteilt, er gedenke auf Fragen nicht zu antworten und akzeptiere den ihm zugewiesenen Rechtsanwalt nicht; er wolle sich einen eigenen Pflichtverteidiger aussuchen. Dann hatte er mit einem der bekanntesten Anwälte des Landes zugeschlagen. Der fragliche Star-Anwalt hatte sich wie ein geölter Blitz eingefunden, das Mandat akzeptiert und mitgeteilt, sein Mandant werde nur in Gegenwart eines Anwalts auf Fragen antworten, ferner sei er, der Anwalt, wegen eines wichtigen anderen Falls momentan verhindert und könne erst eineinhalb Tage später einer Vernehmung beiwohnen.

»Also«, sagte Appeltoft, »fürs erste müssen wir an diesen Hedlund anders herankommen. Hast du einen Vorschlag?«

»Ja«, erwiderte Carl, »ich will mir mal seine Bücher ansehen, vielleicht finde ich heraus, was für ein Typ er ist. Du übernimmst die Briefe und das andere Zeug, und dann setzen wir uns wieder zusammen.«

»Aber erst morgen früh, ja?« sagte Appeltoft müde. Er fühlte sich wie ein sehr alter Sicherheitsbeamter.

»Natürlich«, sagte sein entschieden jüngerer Kollege, falls er überhaupt ein Kollege war, aber es schien jedenfalls so zu sein, »natürlich, ich hab nichts dagegen. Denn im Augenblick kapiere ich nichts mehr, und dann ist es auch Zeit, schlafen zu gehen.«

Das Telefon läutete. Appeltoft nahm ab und antwortete mit einem kurzen Grunzen. Dann sagte er nur noch jawohl und legte auf.

»Das war Näslund«, sagte er. »Sherlock Holmes will dich sofort sehen, er macht offenbar auch Überstunden. Wir sehen uns morgen?«

Sie nickten einander zu und trennten sich.

Sektionschef Henrik P. Näslund war strahlender Laune. Alles, das heißt fast alles, war wie geschmiert gelaufen oder gar über alle Erwartung gut. Die vier Linksextremisten waren aus rechtlich einwandfreien Gründen vorläufig festgenommen. Die Ergreifung der sieben Palästinenser würde dem Terroristen-Gesetz zufolge zu drei oder vier Ausweisungen führen, und falls bei dem restlichen Unternehmen etwas schiefging, wäre das Deckung genug. Außerdem war dieser Hamilton losgerannt und hatte bei palästinensischen Terroristen und Drogenhändlern in Södertälje ein ganzes Waffenlager gefunden. Insoweit war die Operation also gelungen. Wenn man den Ermittlungen der kommenden Woche mit einem Mindestmaß an Optimismus entgegensah, müßten die Verhöre, die Ergebnisse sämtlicher Hausdurchsuchungen sowie die Analyse der Hunderte interessanter Telefongespräche, die man jetzt gespeichert hatte, wohl konkrete Hinweise ergeben (die in arabischer Sprache geführten Telefonate zu übersetzen, würde allerdings etwas mehr Zeit erfordern). Für Näslund war es am wichtigsten, daß die Aktion insgesamt kein Fehlschlag wurde. Und *das* Ergebnis hatte er schon in der Tasche. Was jetzt noch blieb, war jedoch ziemlich schwierig, nämlich den verdächtigen Journalisten einzukreisen, der ja ein cleverer Hund war, der sich keine Blöße gab. Näslund hatte jedoch die Witterung einer Möglichkeit; er hatte sich bei der offenen Arbeit erkundigt, wie es bei der Festnahme in Södertälje zugegangen war. Hamilton war vielleicht der Mann, der das Problem radikal lösen konnte.

Näslund blickte mit gespanntem Interesse auf Carl, als dieser unrasiert, mit schiefem Schlipsknoten und dem Jackett lässig über der Schulter ins Zimmer schlenderte und sich ohne Aufforderung auf den gegenüberliegenden Stuhl setzte.

Es war fast dunkel im Raum. Die einzige Beleuchtung war Näslunds diskrete grüne Schreibtischlampe. Näslund warf einen kurzen Blick auf Carls Revolverholster, bevor er etwas sagte. Er hatte sich noch nicht entschieden, ob er einen weichen oder einen harten Kurs fahren sollte. Das mußte sich wohl ergeben.

»Eine schnelle Arbeit, die du da unten in Södertälje geliefert hast«, begann er vorsichtig.

»Ja, wir hielten die Sache für eilig.«

»Wäre es nicht besser gewesen, ein wenig zu beraten, statt einfach draufloszumarschieren?«

»Es war wie gesagt eilig, wir entschieden uns und fuhren sofort los, nachdem wir den Tip bekommen hatten. Die Hauptsache ist doch, daß es gutgegangen ist.«

»Ich finde dieses Vorgehen aber riskant. Es waren immerhin gefährliche Leute, und wir hätten leicht alle verfügbaren Kräfte einsetzen können. Aufrichtig gesagt, bin ich nicht ganz entzückt, wie ihr die Sache erledigt habt, auch wenn sie gutgegangen ist.«

»Es waren nur drei Mann, und das wußten wir.«

»Und du bist sicher, das allein erledigen zu können?«

»Ja, ohne Zweifel. Und es ist ja schnell und gut abgelaufen.«

Näslund mißfiel der arrogante Ton. Er war es nicht gewohnt, daß man so zu ihm sprach. Er hatte jedoch eine Idee, die er im Auge behalten wollte, und entschloß sich daher rasch, Carls Verhalten zu ignorieren.

»Aber wenn dieser Terrorist nun Zeit gehabt hätte, seine Waffe zu ziehen, was wäre dann passiert?«

»Er hätte nicht die geringste Chance gehabt. Es war eine viel zu unhandliche Waffe. Aber du meinst die Probleme mit den nachfolgenden Ermittlungen und so?«

Carl lag mehr, als daß er saß. Er war müde und empfand instinktive Abneigung gegen Näslund; er war nicht daran interessiert, eine theoretische Möglichkeit zu diskutieren, die ihm nur peinlich vorkam.

»Was wäre also passiert, wenn er Zeit gehabt hätte, diese Waffe auf dich zu richten?«

Carl zögerte. Wurde von ihm erwartet, daß er irgendeine clevere Antwort gab, er verhalte sich streng nach Dienstvorschrift, etwa nach dem Muster: »Dann hätte ich ihm den Revolver aus der Hand geschossen, ohne die Einrichtung mehr als nötig zu beschädigen«, oder etwas in dieser Richtung? Warum wurden bei solchen Fragen Lügen erwartet? Carl entschloß sich, ohne Rücksicht auf eventuelle Rügen die Wahrheit zu sagen.

»Wenn er diesen Revolver hochbekommen hätte, hätte ich zwei Schüsse direkt auf ihn abgegeben. Ich hätte auf den Oberkörper gezielt, um sicher zu sein, daß ich treffe. Die Kugeln wären im Herz-Lungen-Bereich eingedrungen. Er hätte zwar noch einige Überlebenschancen gehabt, obwohl das nicht feststeht. Ich hätte ihn aber auf jeden Fall kampfunfähig gemacht, und in einer solchen Situation hat man keine andere Möglichkeit, als so zu schießen.«

»Ich verstehe«, sagte Näslund ruhig, »ich glaube, ich verstehe genau, was du meinst.«

Carl wartete in sichtlich mißtrauischer Haltung. Er war seiner Sache sicher, und außerdem war alles etwa so verlaufen, wie man es vernünftigerweise hatte erwarten können. Es gelingt nur wenigen Menschen, eine Waffe hochzureißen und schußbereit zu machen, wenn sie so überrascht werden. Die amerikanische Polizeistatistik ist in dieser Hinsicht absolut unmißverständlich.

Aber Näslund hatte sich für die weiche Tour entschieden. Von einem offiziellen Tadel konnte keine Rede sein, im Gegenteil, Näslund gefiel, was er zu hören bekam. Es gefiel ihm sogar *sehr*.

»Der Verdächtige ist, soviel ich sehe, eine besonders gefährliche Person«, fuhr Näslund fort und machte eine seiner Kunstpausen. Carl richtete sich unbewußt ein wenig auf, bevor Näslund fortfuhr.

»Und wir haben ihn jetzt im Auge, um zu sehen, was er unternimmt.«

Näslund machte eine neue Kunstpause, bevor er weitersprach.

»Und was glaubst du, Hamilton? Was wird er deiner Meinung nach unternehmen?«

»Falls wir von demselben Mann sprechen, glaube ich, daß er gar nichts unternimmt, sondern nur zur Arbeit geht und sich völlig normal verhält«, entgegnete Carl in einem Tonfall, der empfindsameren Ohren als denen Näslunds ironisch vorgekommen wäre.

»Ganz meine Meinung«, fuhr Näslund fort, »und so wird es wohl eine Zeitlang bleiben, während wir unser Material bearbeiten, das schon jetzt bedeutend ist. Aber wenn wir damit fertig sind, wird es vielleicht brenzlig, das ist dir hoffentlich klar?«

»Inwiefern?« fragte Carl kurz und mißtrauisch.

»Wenn es so weit ist, daß wir diesen Scheißkerl schnappen, wünsche ich, daß du dabei bist, verstanden?«

»Möchtest du, daß ich ihn töte?«

»Hast du Angst vor ihm?«

»Nein. Du willst also, daß ich ihn töte?«

Näslund antwortete nicht sofort, was ein Fehler war, falls er vorgehabt hatte, seine Absichten zu verbergen. Vielleicht wollte er aber gerade diese zu erkennen geben, während er gleichzeitig zum Schein etwas anderes sagte. Aber was er sagte, legte den Grundstein zu einer lebenslangen Feindschaft zwischen den beiden Männern.

»Du verstehst doch sicher, Hamilton, daß ich ein ruhiges und sauberes Ende dieses Unternehmens vorziehen würde. Ich möchte aber nur klar zum Ausdruck bringen, daß wir es unter Umständen mit einem ungewöhnlich widerlichen Burschen zu tun bekommen werden, und ich wünsche nicht, daß so einer etwa Gelegenheit bekommt, sich über deine älteren Kollegen herzumachen. Also *wenn*, ich betone es ausdrücklich, *wenn* es zu einer ähnlich schnellen Konfrontation mit dem Verdächtigen kommen sollte wie in Södertälje, wünsche ich, daß du die Sache in die Hand nimmst. Ist das klar?«

»Ja, ich glaube genau zu verstehen, was du meinst. Sein privates Telefon wird also abgehört, das Diensttelefon aber nicht. Und ein paar Mann sind ihm in mehreren Schichten auf den Fersen, ist das die Lage?«

»Ja, stimmt genau. Unterdessen suchen wir in unserem Material nach weiteren Hinweisen, und es kann schon früher zu einer Entscheidung kommen, als wir ahnen.«

Carl bremste sich gerade noch rechtzeitig. Er hatte Näslund nach möglichen anderen Tätern fragen wollen, jedoch intuitiv darauf verzichtet. Er empfand plötzlich einen noch stärkeren Widerwillen gegen den wichtigtuerischen kleinen Gebrauchtwagenhändler-Typ auf der anderen Seite des Schreibtischs. Aber Carl war noch keine Dreißig. Er würde nicht sein ganzes Leben in diesem Rattennest bleiben; dies war nur ein vorübergehender Job. Folglich war es am besten, Sherlock Homes gar nicht zu sagen, was man dachte.

Carl nickte und erhob sich, zog sich das Jackett über die Schultern und ging hinaus. Näslund blickte noch eine Weile auf die geschlossene Tür und fühlte sich sehr zufrieden.

Teufel auch, dachte er. Verdammt und zugenäht, das ist vielleicht die Lösung!

7

Fristedt war als erster gekommen und hatte eine Weile gezögert, ob er eine Sekretärin hereinrufen sollte, um die Kaffeemaschine in Gang zu setzen, oder ob er sie selbst anwarf. Aber da Appeltoft jeden Augenblick auftauchen konnte, beschloß er, das Risiko, auf frischer Tat ertappt zu werden, nicht auf sich zu nehmen (Appeltoft war ja eher ein häuslicher Typ, jedenfalls gemessen am Durchschnitt der Firma). Es war Fristedt zweimal gelungen, etwas falsch zu machen; einmal hatte er vergessen, die Kanne unterzustellen, beim zweitenmal war der Kaffeefilter übergelaufen. Als die beiden anderen jetzt nacheinander erschienen, hatte Fristedt die Lage jedoch unter Kontrolle. Mit gespielter Gleichgültigkeit servierte Fristedt einem erstaunten Appeltoft und einem Carl, der das historische Ereignis überhaupt nicht zur Kenntnis nahm, frischen Kaffee.

»Ich möchte euch etwas im Vertrauen sagen. Ihr dürft es allerdings nicht weitergeben, aber sollte es in Zukunft Schwierigkeiten geben, möchte ich es jedenfalls gesagt haben«, begann Fristedt. Die beiden anderen setzten sich hin, ohne Fragen zu stellen.

»Ich habe in Erfahrung gebracht, wo diese Pistole herkommt, jedenfalls einen Tip aus gutunterrichteter Quelle bekommen«, fuhr Fristedt fort. »Sie wurde im September 1973 von der Sowjetunion an Syrien geliefert, nur kurze Zeit vor einem dieser Kriege. Die Waffe landete bei einem Offizier der Panzerverbände oder der Armee. Dort enden meine Spuren.«

»Woher weißt du das?« fragte Appeltoft.

»Das ist ja gerade das Problematische. Ich habe mit dem GRU-Chef Verbindung aufgenommen. Wir sind in Djurgården herumgeschlichen. Es war der reine Zirkus, aber er hat trotzdem geplaudert. Das Problem besteht darin, daß er um einen Gegendienst gebeten hat.«

Appeltoft hätte sich um ein Haar verschluckt, winkte Fristedt aber abwehrend zu, er solle weitersprechen.

»Nun ja, mein erster Gedanke war wie deiner, Appeltoft, aber so scheint es nicht zu sein«, fuhr Fristedt fort und berichtete über die Einzelheiten des Gesprächs. »Also ein klarer Fall von Flüchtlingsspionage, mit anderen Worten illegale nachrichtendienstliche Tätigkeit. Name, Zeit, Ort. Der Russe behauptete, wir könnten ihn bei der Übergabe schnappen. Wie ihr seht, habe ich ein Problem.«

»Wieso denn? Wenn es stimmt, brauchen wir doch nur hinzugehen und den Scheißkerl abzuholen. Das spielt doch keine Rolle«, wandte Carl ein.

»Nun, ich weiß nicht. Die Russen sind ja nicht gerade dafür bekannt, daß sie uns etwas gratis liefern«, überlegte Fristedt weiter.

»Nein, aber wir fragen sie ja auch nie«, lächelte Appeltoft. »Ich halte das nicht für ein Problem. Wenn es stimmt, wird sich die Firma diesen Kerl schnappen müssen.«

»Aber warum wollen die Russen, daß wir ihn festnehmen?« wollte Fristedt wissen. »Wo liegt der Haken?«

»Vielleicht gibt es keinen. Er ist vielleicht von ihrer Gehaltsliste abgesprungen und zu jemandem gelaufen, der besser zahlt, und deswegen stellen sie ihm ein Bein. So vielleicht« sagte Appeltoft ruhig. Seine ersten Befürchtungen hatten sich schon gelegt.

»Vielleicht hat es auch etwas mit dem politischen Spiel Iran/Irak/Sowjetunion zu tun, wovon wir nichts erkennen können und nie etwas erfahren werden«, warf Carl ein.

»Außerdem geben die Russen damit ihr Debüt im Club«, bemerkte Appeltoft. »Wennerström wurde uns von der CIA geliefert, Bergling hier in der Firma war ein Geschenk der Israelis, und wenn ich mich recht erinnere, waren es die Amerikaner, die uns diesen Scheißbullen in der Ausländer-Abteilung präsentierten, der Flüchtlinge an den Irak verkaufte. Lustig übrigens, die Amerikaner geben uns einen Bösewicht, der Flüchtlinge an den Irak verkauft, und jetzt antworten die Russen, indem sie uns einen neuen Bösewicht liefern, der an den Iran verkauft. Ich finde, wir sollten uns erst dann Sorgen machen, wenn sich der Tip als falsch herausstellt, aber das müssen wir erst abwarten.«

Es gab mehrere Möglichkeiten, die sie kurze Zeit erwogen. Der Russe wollte vielleicht zeigen, wie absolut zuverlässig die Angaben über die Pistole waren, und verpackte sie daher in andere Angaben, die sich als wahr erweisen würden, vielleicht nach dem Szenarium?

Oder war es tatsächlich der Beginn einer Verbindung à la Leistung gegen Gegenleistung? Oder hatte der Russe einen Köder ausgeworfen, um sich den Säpo-Kommissar zu angeln, der unkonventionell genug gewesen war, sich auf eigene Faust davonzustehlen?

Das würde sich zeigen. Fristedt entschied, er werde mit den richtigen Leuten über eine Festnahme des Mannes bei der Einwanderungsbehörde sprechen. Wie sie von der Geschichte der Tokarew-Pistole erfahren hätten, würden sie verschweigen. Diese Geschichte komme ihm übrigens absolut glaubwürdig vor.

»Und um wieviel schlauer sind wir nun, wenn wir davon ausgehen, daß die Angaben über die Pistole stimmen?« fragte Fristedt.

»Nicht sehr viel klüger«, brummte Carl enttäuscht, da er sich schon eine Weile mit dem Problem beschäftigt hatte und nicht zu besonders aufmunternden Schlüssen gekommen war. »Denn dann sind wir im Jahr 1975, als die syrische Armee in den Libanon eindringt, und damit landet die Pistole in Beirut, und dort kann sie jede beliebige Palästinenser-Organisation in die Finger bekommen haben, und damit wären wir wieder beim Ausgangspunkt.«

Die beiden anderen blickten Carl düster an. Er schien nur allzu recht zu haben.

»Viel Geschrei um wenig Wolle, sagte die Alte, als sie das Schwein schor«, versuchte Fristedt zu scherzen, ohne auf Resonanz zu stoßen. »Nun, was machen wir jetzt?«

»Carl und ich sind der Meinung, wir sollten uns auf die Verhöre der beiden Palästina-Aktivisten konzentrieren, über die wir am wenigsten wissen. Das können du und ich machen. Und Carl wird die Bücher dieses Hedlund durchsehen, weil sich dort ein Hinweis finden kann. Ich übernehme seine Korrespondenz und einiges andere.«

»Ja gut. Wir haben gestern nicht mehr miteinander sprechen können, aber im Morgen-*Echo* habe ich gehört, daß diese Sache in Södertälje gutgegangen ist. Es waren also nur ganz normale Gauner?« sagte Fristedt.

»Ja, den Eindruck haben wir. Hasch-Dealer, Hehler, kleine Diebe, wie unsere Spur dorthin schon vermuten ließ. In der Ecke werden wir also auch nicht weiterkommen«, erklärte Appeltoft. »Deshalb sollten wir uns auch auf Hedlund und das Vernehmungsmaterial konzentrieren.«

Carl ging ein Stockwerk tiefer, wo etwas weiter hinten im Korridor ein Konferenzraum für das Sortieren, Numerieren und die vorläufige Klassifizierung der beschlagnahmten Gegenstände auf zwei langen Tischen noch immer andauerte. Das Gesetz verlangt nämlich exakte Beschlagnahmeprotokolle.

Einer der Tische war den Habseligkeiten des Paares Hernberg/Hedlund vorbehalten. Die numerierten Gegenstände wurden auf drei abgegrenzte Sektionen des Tisches gelegt, eine Sektion für Hedlund, eine in der Mitte für entweder/oder und eine dritte für Hernberg.

Carl bekam einige hektographierte Kopien in die Hand gedrückt, in denen alles säuberlich aufgeführt war, und ging am Tisch entlang, während er von Zeit zu Zeit einen Gegenstand in die Hand nahm, ein Buch, ein paar Notizen oder Fotos sowie Protokolle von Konferenzen und dergleichen. Er war nicht ganz konzentriert und außerdem verlegen, weil er in die Intimsphäre zweier Menschen eindrang, die nur wenig jünger waren als er selbst. Stärker war aber noch das Unbehagen von der Begegnung mit Näslund am Abend zuvor; dieses Treffen wühlte noch in ihm; er hatte schlecht geschlafen.

Was die Beamten aus der gemeinsamen Bibliothek mitgenommen hatten, schien eine eher zufällige Auswahl zu sein. »Verdächtige« Literatur waren offenbar Bücher Lenins und Sara Lidmans. Carl hatte jedoch das Gefühl, daß hier wenig kundige Köpfe zugegriffen hatten. Er mußte sich unbedingt das Bücherregal und die anderen Dinge in der Wohnung ansehen, um ein vollständiges Bild zu erhalten. Er notierte sich, was sonst von Interesse sein konnte, ignorierte bis auf weiteres die Korrespondenz, da Appeltoft das übernehmen würde, und ließ sich die Erlaubnis geben, die Wohnung von Hernberg/Hedlund aufzusuchen.

Fristedt und Appeltoft hatten sich darauf geeinigt, sich zunächst Petra Hernberg vorzunehmen, um so eventuell Hinweise auf Hedlund zu bekommen, bis dieser selbst verhört werden konnte.

Petra Hernberg war am Abend zuvor nur kurz und absichtlich verwirrend und brutal befragt worden (grundsätzlich ist vom Gesetz vorgeschrieben, daß der vorläufig Festgenommene/Verhaftete unverzüglich von der Beschuldigung in Kenntnis gesetzt werden und das Recht bekommen muß, dazu Stellung zu nehmen). Aus der kurzen Abschrift des Verhörs ging wie erwartet hervor, daß das Mädchen sich weigerte, sich des unerlaubten Waffenbesitzes und der Teilnahme an einem Mordkomplott schuldig zu bekennen. Der letzte Vorwurf war etwas verwirrend.

»Habt ihr sie wirklich gefragt, ob sie an einem Mordkomplott teilgenommen hat?« fragte Appeltoft, als er und Fristedt die beiden Kollegen trafen, die sie beide seit vielen Jahren kannten und die beide zu den besten Vernehmungsbeamten gerechnet wurden.

Doch, das hätten sie getan. Genau darum gehe es doch, nicht wahr? Sie hätten das Mädchen zu sich hochgeholt und eine Münze geworfen, wer den Bösewicht und wer den Retter spielen solle, und der Bösewicht habe mit der Vernehmung des Mädchens begonnen. Sie sitze im Augenblick in einem Verhörzimmer.

»Welchen Eindruck macht sie?« fragte Fristedt.

Die beiden Kollegen meinten, sie stehe noch immer unter Schock, mache aber einen ziemlich ausgeglichenen Eindruck. Sie scheine eine intelligente und reife Person zu sein. Man könne schon mit ihr reden, wenn man Zug um Zug vorgehe und sie nicht provoziere.

Fristedt und Appeltoft durften sich Petra Hernberg für höchstens zwei Stunden ausleihen. Als sie das kahl möblierte Verhörzimmer betraten, saß sie am Fenster und blickte hinaus.

»Hej, ich heiße Arne, und dies ist mein Kollege Erik«, grüßte Fristedt, als sie hineingingen und sich setzten. »Wir arbeiten hier im Haus an einer anderen Ermittlung, die aber mit deiner Festnahme und der einiger anderer zusammenhängt, und darum möchten wir uns mit dir unterhalten, wenn es dir recht ist?«

Fristedts Ton war korrekt, freundlich und in seiner Selbstverständlichkeit überzeugend. Er besaß die Gabe, nach einer schweren Schuld auf eine Weise zu fragen, daß es sich anhörte, als brauche er ein Streichholz für seine Pfeife.

Sie nickte, stand auf und setzte sich auf die andere Seite des Schreibtischs, an dem Fristedt saß. Sie sah gepflegt aus, süß und gepflegt, und ihre Haltung war eher abwartend als feindselig. Man konnte sie sich leicht in einem weißen Kittel vorstellen, wie eins dieser Mädchen, die in der Apotheke auf einen zukommen, und das war ja auch ihr Beruf. Vielleicht ist sie *nur* das, dachte Appeltoft, der sich in einiger Entfernung hingesetzt hatte und sie etwas indiskreter mustern konnte.

»Warum habt ihr das mit uns getan?« fragte sie ruhig.

Fristedt blätterte kurz in den Papieren, als wollte er etwas nachschlagen.

»Es war ein großer Einsatz, und wir sind an mehreren Orten zugleich gewesen, was du natürlich nicht wissen kannst«, sagte Fristedt.

Das Mädchen schüttelte den Kopf.

»Du bist des unerlaubten Waffenbesitzes und der Teilnahme an einem Mordkomplott verdächtig, und du hast die Vorwürfe geleugnet, wie ich sehe«, fuhr Fristedt in seinem selbstverständlichen Ton fort.

»Was soll das denn heißen, unerlaubter Waffenbesitz, daran glaube ich nicht, und was soll das mit dem Komplott bedeuten? Glaubt ihr, ich hätte jemanden ermordet?«

Beide musterten sie kurz, bevor Fristedt seine Rolle weiterspielte.

»Was den unerlaubten Waffenbesitz angeht, betrifft das zwei Dinge. Einmal eine Schrotflinte, was ja nichts Besonderes ist, aber kennst du die Waffe?«

»Dieses Ding, das an der Wand hing, aber das ist ja eine Antiquität, eine Art Muskete. Wollt ihr etwa sagen, daß ich deswegen hier sitze ...«

»Nun, das Ding können wir außer acht lassen, aber Munition für eine chinesische Maschinenpistole, was hast du dazu zu sagen?« unterbrach Fristedt schnell. Jetzt kam ein wichtiger Moment. Die Kriminalkommissare spannten sich unbewußt an.

Das Mädchen sah konsterniert aus. Sie dachte entweder nach, ohne zu begreifen, worum es ging, oder spielte aber hervorragend Theater.

»Das ist doch Quatsch, so was müßte mir doch bekannt sein?« sagte sie schließlich.

»Ein Magazin für eine chinesische AK 47, du weißt, so ein automatischer Karabiner mit gebogenem Magazin«, fuhr Fristedt ruhig fort.

Jetzt ging dem Mädchen ein Licht auf.

»Ach so«, sagte sie, »wenn es nur das ist. Dieses Ding hat jahrelang in irgendeiner Kiste gelegen. Es ist eine Art Souvenir, vielleicht etwas kindisch und vor allem überflüssig. Das ist aber eine Sache, die ich vor recht langer Zeit aus Beirut mitgebracht habe.«

»Wozu?« fragte Fristedt kurz und selbstverständlich.

»Nun ja, es ist etwas kindisch, aber ... äh, es war damals üblich, daß sich die Leute der Bewegung dort unten aus den Patronen der Kalaschnikow oder Klaschinkow, wie sie in Beirut sagen, Halsschmuck machen ließen. Man nahm eine Patrone, durchbohrte sie und hängte sie sich um den Hals. Damit konnte man seine revolutionäre Gesinnung zeigen, ich meine, es war kein *Glitzerschmuck*.«

»Wer hat dir das Magazin geschenkt?«

»Ein Palästinenser, in den ich ziemlich verliebt war und dessen Namen ich nicht nennen werde.«

»Ach nein. Aber aus dem Halsschmuck wurde offenbar nichts?«

»Nein, wurde es nicht. Der Geschmack ändert sich, könnte man vielleicht sagen. Außerdem wagte Anders kein Loch reinzubohren, weil da was mit dem Zündhütchen war oder so, und damit blieb das Ding liegen, und danach habe ich es bis jetzt vergessen.«

»Aber es war noch ein Magazin dabei?«

»Ja, aber ich glaube, es war kaputt. Außerdem waren die Patronen so ja am besten untergebracht.«

»Warum hast du den Mist nicht weggeworfen?«

»Das hatte ich mal vor, aber dann ist mir eingefallen, daß es vielleicht nicht ganz richtig ist, explosives Zeug in die Mülltonne zu werfen. Der Müll wird draußen auf einer Müllkippe in Lövsta verbrannt, und das würde ja ... ja, und dann wollte ich irgendwo hinfahren und es ins Wasser werfen, aber das kam mir auch albern vor, und so blieb das Ding liegen.«

Fristedt und Appeltoft wechselten einen schnellen Blick. Appeltoft nickte. Das bedeutete, daß sie die Geschichte glaubwürdig fanden.

»Aber was soll das mit dem Mord, geht es um den Säpo-Mann?« fragte sie.

»Ja«, erwiderte Fristedt ruhig, »da scheint es einen Zusammenhang etwa zu euch vier und einer Reihe anderer Personen zu geben, die im Augenblick auch hier im Haus sitzen. Was hast du dazu zu sagen, abgesehen davon, daß du dich für unschuldig hältst?«

»Nichts.«

»Warum nicht?«

»Weil ich die Anschuldigung nicht verstehe.«

»Ach nein«, sagte Fristedt und ging hinaus. Appeltoft übernahm die Vernehmung.

Er erklärte, Spuren seien Spuren, und es könne immer etwas geben, was man selbst zunächst nicht sehe, auch wenn man nicht direkt beteiligt sei. Anschließend unterhielten sie sich kurz über politische Morde. Sie hielt ihm einen Vortrag darüber, daß es für eine bewußtseinsbildende Bewegung politisch falsch sei, sich mit solchen direkten Aktionen abzugeben. Appeltoft achtete nicht so sehr darauf, was sie sagte, sondern wie sie es sagte.

Er fragte sie, was sie ein ganzes Jahr in Beirut getan habe, und sie erzählte wie selbstverständlich, sie habe in einem der größten Flüchtlingslager, Bourj El Barajneh, auf einer kleinen Krankenstation für Tuberkulosefälle gearbeitet. Von den skandinavischen Palästina-Sympathisanten hätten viele solche freiwilligen Arbeiten gemacht, mehrere dutzend Mädchen aus Schweden, Norwegen und Dänemark arbeiteten in solchen Institutionen. Damals habe sie auch ihren Freund kennengelernt, der auf einer Solidaritätsreise nach Beirut gekommen war.

»Gehörst du außer der Palästina-Bewegung noch weiteren politischen Organisationen an?« fragte Appeltoft plötzlich und geradeheraus.

»Geht euch das eigentlich was an?«

»Nein, wie du weißt, haben wir in Schweden ein Wahlgeheimnis, aber ich frage, um zu sehen, ob ich eine Antwort bekomme.«

Sie seufzte und dachte eine Weile nach. An ihrer Art zu reagieren war etwas, was Appeltoft störte. Sie kam ihm etwas zu entgegenkommend vor und interessierte sich etwas zu wenig für die Mord-Beschuldigung.

»Ich habe mal zwei Parteien angehört, bin aber aus beiden ausgetreten«, erwiderte sie schließlich, »und wenn du wissen willst, welche, erst VPK, Linkspartei Kommunisten, und dann SKP.«

»SKP steht für Schwedens Kommunistische Partei, nicht wahr?«

»Ja, ich dachte, das wüßtet ihr.«

»Normalerweise ist das nicht mein Gebiet. Und diese Parteien, aus denen du ausgetreten bist, hältst du also nicht für fähig, politische Morde zu begehen?«

Endlich reagierte sie. Sie ballte die Fäuste und beherrschte sich mühsam, um nicht zu explodieren. Dann antwortete sie mit zusammengebissenen Zähnen.

»Das war nicht der Grund für meine Austritte, und jetzt will ich nicht mehr über Politik diskutieren, denn jetzt stelle ich eine Frage. Wenn jemand keinen Mord begangen hat, könnt ihr dann trotzdem Beweise zusammenschustern? Ich meine, so wie ihr uns festgenommen habt, seid ihr nicht hinter uns her gewesen, um eine Schrotflinte zu beschlagnahmen.«

Appeltoft wartete, während er sie beobachtete. Sie war dabei, die Beherrschung zu verlieren. Sie hatte Angst. Zum erstenmal war ihr anzusehen, daß sie wirklich Angst hatte.

»Nein, dieser Einsatz wurde nicht angeordnet, um eine Schrotflinte zu beschlagnahmen, da kannst du ganz sicher sein. Aber eure Spuren in Hägersten führten direkt zu einem Ort, an dem wir bedeutend interessantere Waffen gefunden haben. Sagt dir das etwas?«

»Ich will einen Anwalt. Und außerdem hast du meine Frage nicht beantwortet. Nun?«

»Wenn du unschuldig bist, kannst du nicht verurteilt werden, und wir schustern keine Beweise zusammen, wenn es sie nicht gibt. Das kann ich dir versprechen.«

»Natürlich. Wer's glaubt, wird selig.«

»Aber so ist es. Es kann passieren, daß wir einer Menge Spuren und Zusammenhängen nachgehen, die eine bestimmte Vermutung nahelegen, aber am Ende, wenn alles entwirrt ist, kann sich ein vollkommen anderes Bild ergeben. Und wenn du unschuldig bist, kannst du nicht nur uns helfen, damit wir schneller auf die richtige Spur kommen, sondern auch dir selbst, dann kommst du nämlich schneller raus.«

»Wie denn?«

»Indem du alle unsere Fragen beantwortest. Sollten wir uns irren, wird es sich herausstellen. Irren wir uns nicht, kannst du nach deinem Anwalt rufen, und dann wird es sich zumindest am Ende erweisen. Aber Beweise, die es gar nicht gibt, ›schustern‹ wir nicht zurecht. Dann würden weder ich noch die meisten anderen, die ich hier kenne, noch hier arbeiten.«

»Was wird mit mir passieren?«

»Du wirst höchstens eine Woche lang verhört werden, schätze

ich. Dann findet ein Haftprüfungstermin statt. Weißt du, was das ist?«

»Ja, ein Gericht entscheidet hinter verschlossenen Türen, ob die geheimen Beweise ausreichen, mich noch länger eingesperrt zu halten.«

»Ja, so ungefähr. Es kann natürlich passieren, daß du in Haft bleibst, aber der Staatsanwalt muß dem Richter seine Gründe vorlegen. Der unerlaubte Waffenbesitz deines Freundes und dein Magazin mit zehn Schuß werden nicht ausreichen. Die Frage ist also, was aus dem Mordverdacht wird.«

»Seid ihr nicht verpflichtet, alle Verhöre auf Band aufzunehmen?«

»Dies ist kein richtiges Verhör, und unsere Kollegen werden dir alle diese Fragen noch einmal stellen.«

»Und warum unterhalten wir uns dann miteinander?«

»Weil mein Kollege und ich andere Aufgaben haben, die mit dem Mord zu tun haben, während du nachher deine sozusagen regulären Vernehmungsbeamten kennenlernen wirst.«

»Wieviele Leute habt ihr festgenommen?«

»Außer euch vieren aus Hägersten sind rund zehn Personen festgenommen worden.«

Sie sah sofort erleichtert aus, atmete hörbar auf. Das war ein wichtiger Hinweis für Appeltoft, der sich bis jetzt Vorwürfe gemacht hatte, zu weit gegangen und zu entgegenkommend gewesen zu sein und den Kollegen möglicherweise ihre nächsten Verhöre verdorben zu haben. Ihre letzte Reaktion ließ jedoch erkennen, daß er seiner Sache sicher sein konnte. Ihn überkam Lust, dem Mädchen die Wange zu tätscheln, aber er verzichtete. Sie war immerhin sechsundzwanzig.

Er stand auf und lächelte sie scheu an.

»Diese Geschichte wird dein Leben lang eine scheußliche Erinnerung bleiben, aber wenn du wirklich unschuldig bist, wie du sagst, bist du in einer Woche draußen, glaub mir. Beantworte nur die Fragen der Vernehmungsbeamten, dann geht alles leichter.«

Dann verließ er den Raum, um Fristedt zu erzählen, warum er der sechsundzwanzigjährigen Apothekenhelferin keine Mittäterschaft bei einem Mord zutraute. Appeltoft fühlte sich erleichtert – aus mehreren Gründen.

Carl hatte sich nach einigem Hickhack Zutritt in die versiegelte Wohnung in Hägersten verschafft. Dort sah es aus, als wäre eingebrochen worden, was strenggenommen auch passiert war. Carl interessierte jedoch nur das Bücherregal, in dem hier und da zwar ein paar Lücken klafften, wo die Beamten an Büchern beschlagnahmt hatten, was einem normalen Beamten des Sicherheitsdienstes auffiel und verdächtig vorkam. Carl war jedoch mehr als in nur einer Hinsicht unnormal. Er konnte jetzt an den Buchreihen entlangschlendern und zustimmend nicken oder grunzend das Gesicht verziehen. Anfänglich entdeckte er Bücher, die er erwartet hatte, angefangen bei Frantz Fanon über Jean-Paul Sartre, Stefan Beckman bis hin zu Göran Palm; Erinnerungen an die sogenannten sechziger Jahre.

Hier stand aber noch eine Menge anderes, was die Beamten hatten stehenlassen. Zwei kleine Abteilungen im Bücherregal fielen als besonders merkwürdig auf. Erstens standen da acht Bücher, die sich mit Krapotkin beschäftigten.

Das gehörte nicht zur normalen Bibliothek eines Linken; die klassische Bombenleger-Theorie war sogar schon zur Russischen Revolution auf dem Müllhaufen gelandet. Der einunddreißigjährige Gymnasiallehrer Hedlund, der Geschichte und Schwedisch als Hauptfächer hatte, dürfte kaum einen Anlaß haben, in klassischem Anarchismus zu unterrichten.

Die deutschsprachige Literatur war fast vollzählig im Bücherregal geblieben. Die Beamten sprachen kein Deutsch; Carl verglich mit seiner Liste und seinen Erinnerungen. Ja, unter den beschlagnahmten deutschen Büchern waren Werke, die schon auf dem Umschlag verrieten – durch rote Sterne und derlei –, daß sie in sicherheitspolitischer Hinsicht verdächtig waren. Aber rund zehn Bücher mit tristen Umschlägen, erschienen bei einer »Freien Universität« in Bremen, standen noch im Regal. Hier fand sich die gesammelte ideologische Rechtfertigung der Baader-Meinhof-Bande und ähnlicher Organisationen. Es waren Bücher, die man in Schweden nicht einmal in den Buchcafés der Linken erhielt, wo diese Werke so gut wie ausnahmslos als eine Art Schmutz- und Schundliteratur beurteilt wurden.

Carl sah sich die Erscheinungsjahre verschiedener Bücher an. Das ungefähre Bild sah dann so aus: Ein konventioneller intellektueller

Linker Modell 1968 gleitet Ende der siebziger Jahre langsam zu unkonventionelleren Ideen hinüber, nicht nur in Richtung Terrorismus als ideologischer Konstruktion, sondern er beschäftigt sich auch mit Albernheiten wie Psychologie, Traumdeutung und Orgontherapie.

An der Wand über dem selbstgebauten großen Doppelbett à la IKEA hing ein Zeitungsausschnitt ohne Text. Es war das Foto eines jungen Menschen in Handschellen. Carl erinnerte sich vage an das Bild, betrachtete es näher, stellte fest, daß es amerikanische Handschellen waren, und dann fiel es ihm wieder ein. Es zeigte einen schwedischen Friedensaktivist, der irgendwo in den USA verurteilt worden war, weil er mit einigen anderen in eine Fabrik eingedrungen war und irgendwelche technischen Apparaturen, die bei der Kernwaffenproduktion verwendet wurden, mit Blut beschmiert hatte.

Zu direkten Aktionen übergehen, dachte Carl. Gegen den kapitalistischen Staat zuschlagen, daß man es sieht und hört, gegen die Schwachpunkte zuschlagen, die repressiven Tendenzen des kapitalistischen Staates hervorlocken, sie dazu bringen, die Maske abzulegen und ihr wahres, blutiges Gesicht zu zeigen, in kleinen Gruppen arbeiten, niemandem vertrauen, verbergt euch mitten im Volksmeer, isoliert euch nicht in allzu seltsamen Berufen oder Verhaltensweisen – Carl hielt in seinem Gedankengang inne und lächelte ironisch über sich selbst –, umgeht die Kontrolle der Massenmedien durch den bürgerlichen Staat, indem ihr sie zwingt, immer wieder die Ergebnisse eurer spektakulären Aktionen sowie die Verfolgung und Rache des Staates darzustellen.

Ungefähr so. Ungefähr so dachten diese Figuren. Anders Hedlund war kein normaler linker Aktivist und vermutlich ein sehr untypischer Palästina-Aktivist. Er hatte sich als einziger der vier Festgenommenen von Hägersten nicht einschüchtern lassen. Außerdem war in seiner Wohnung das Magazin einer AK 47 gefunden worden. Carl dachte, am Ende nimmt die Sache vielleicht doch noch Gestalt an.

Appeltoft hatte nicht lange auf Fristedt einreden müssen, um ihn von seiner Schlußfolgerung zu überzeugen. Hätte dieses Mädchen Petra an einer Verschwörung teilgenommen, hätte es sie nicht geradezu erleichtert, daß noch zehn weitere Personen festgenommen worden waren. Es gebe nur eine vernünftige Erklärung, daß sie nämlich sofort gefolgert habe, sie selbst und wahrscheinlich auch ihr Freund seien nur aus Versehen festgenommen worden. Außerdem habe sie gesagt, das Magazin sei kaputt gewesen. Und das habe ja auch Carl sofort festgestellt. Diese Logik sei unumstößlich.

»Deine Tochter arbeitet in einer Apotheke, nicht wahr?« lächelte Fristedt.

»Ja, und ich kann nicht leugnen, daß mich das irgendwie beeinflußt hat«, erwiderte Appeltoft scheu. »Aber ich habe nicht gemogelt.«

»Nein, das würde ich keinen Augenblick vermuten«, entgegnete Fristedt schnell, »wollen wir oben einen neuen Besuch machen?«

Sie hatten zwei Alternativen. Aber als sie in der Abteilung für die Vernehmungen saßen, blieb rasch nur eine übrig. Anneliese Rydén hatte einen Zusammenbruch erlitten, war den Äußerungen der Beamten zufolge völlig apathisch, antworte nicht, wenn man sie anspreche, und außerdem habe sie der Polizeiarzt mit so vielen Beruhigungsmitteln vollgepumpt, daß sie ohnehin kaum zurechnungsfähig sei. Sie liege in ihrer Zelle.

Anders Hedlund saß ebenfalls in seiner Zelle. Er maulte noch immer und weigerte sich nach wie vor, mit den Vernehmungsbeamten zu sprechen. Er hatte sogar das Angebot abgelehnt, einige praktische Dinge wie Rasierapparat und derlei besorgt zu bekommen. Blieb also nur noch Annelieses Freund, Nils Ivar Gustaf Sund, siebenundzwanzig Jahre, Veteran der Palästina-Bewegung.

Die ihn vernehmenden Kollegen verließen die Zelle und zuckten die Achseln, als sich Fristedt und Appeltoft nach dem Stand des Verhörs erkundigten. Der Bursche sei ein Jammerlappen, weine und rufe nach seinen Eltern und seiner Freundin und fluche. Es sei schwierig, etwas Vernünftiges aus ihm herauszubekommen.

Nils Ivar Gustaf Sund sah auch so aus, wie man nach dieser Beschreibung erwarten konnte. Er hatte einen Stoppelbart, unordentliches Haar, war nachlässig gekleidet, hatte blutunterlaufene Augen und sprach im Falsett. Fristedt stellte sich und Appeltoft mit Vornamen vor und erklärte, sie seien mit der Mord-Ermittlung beauftragt.

Der Mann, der wie ein Junge aussah oder jedenfalls jünger wirkte, als er tatsächlich war, war vom Polizeiarzt nicht mit Medikamenten vollgestopft worden, machte aber einen solchen Eindruck. Er sprach unzusammenhängend, manchmal direkt wirr, und die Worte strömten nur so aus ihm heraus, ob man ihn nun ansprach oder nicht. Er schrie, er leide an Klaustrophobie und wolle nicht wieder eingesperrt werden.

Appeltoft, der diesmal den Anfang machen sollte, versuchte, daran anzuknüpfen. Es sei vielleicht möglich, eine weitere Einzelhaft aufzuheben, wenn man sich nur gegenseitig etwas helfe. Aber das funktionierte nicht, und Appeltoft wurde brutal und unverschämt und verließ zornig den Raum. Jetzt war Fristedt an der Reihe, den netten und verständnisvollen Beamten zu spielen. Er machte nach diesem Standardmodell weiter, aber auch er kam nicht von der Stelle.

Fristedt ging hinaus und konferierte mit den anderen. Die Vernehmungsbeamten hatten dem Verdächtigen noch nicht mitgeteilt, daß man den Hehler erwischt hatte, den Lieferanten der Drogen und der Stereoanlage. Fristedt überredete seine beiden widerstrebenden Kollegen, diesen Dreh anzuwenden. Zunächst ging er zu dem Festgenommenen und versuchte noch einmal eine Weile freundlich zu sein, aber auch das führte zu nichts. So wurde wieder gewechselt, und damit spielte Appeltoft erneut den Bösewicht (diese elementare Vernehmungstechnik setzt voraus. daß man es mit Anfängern zu tun hat; bei erfahrenen Verbrechern bleibt sie wirkungslos, da diese Art der psychologischen Kriegführung allzu bekannt ist).

»Die Zeit drängt, mein Junge. Weißt du eigentlich, daß wir den Burschen geschnappt haben, der dein Hasch geliefert hat? Und das Tonbandgerät. Er heißt Abdelkader und wohnte in Södertälje. Wir werden ihn jetzt für ein paar Jahre einbuchten, wußtest du das schon?«

Sund verstummte augenblicklich. Der Schuß hatte also gesessen.

»Warum laßt ihr euch mit solchen Leuten ein. Weißt du, was für Waffen er zu Hause hatte? Und jetzt bitte nicht herumfaseln, sondern antworten. Wir wollen diese Geschichte nämlich aus der Welt haben, und ich habe nicht soviel Zeit wie meine Kollegen. Nun!«

»Sitzt Abdelkader wirklich?« fragte Sund in einem völlig anderen Tonfall als bisher. Er schien völlig vernichtet.

»Ja, und nicht nur er. Nach unserem Besuch bei euch haben wir etwa ein Dutzend Araber festgenommen, aber dieser Typ besaß ja genug Waffen, um einen Krieg aus eigenen Mitteln zu beginnen. Was weißt du darüber?«

Weiter kam Appeltoft nicht. Sund wurde hysterisch, versuchte, sich gegen die gepanzerte Fensterscheibe des Vernehmungszimmers zu stürzen und war kaum noch zu bändigen.

»Tut mir leid«, sagte Appeltoft, als er aus dem Zimmer ging und Sund seinen nicht sonderlich entzückten Kollegen überließ.

Sie trafen sich unten in der Cafeteria am Schwimmbecken im zweiten Polizeihaus, um etwas Abwechslung und Kuchen zu bekommen. Carls Jagdeifer hatte sich rasch abgekühlt, da er der Deutung von Petra Hernbergs Reaktion auf die Festnahme weiterer Verdächtiger zustimmen mußte. Auch ihre Angabe, sie – und nicht der hochnäsige und offenbar recht unangenehme Anders Hedlund – habe das Magazin mit den zehn Patronen einer AK 47 in die Wohnung gebracht, wirkte durchaus wahrscheinlich. So konnte diese Beschlagnahme nicht mit Hedlund in Verbindung gebracht werden.

»Schade«, meinte Carl, »denn ich habe das Gefühl, daß wir bei ihm fündig werden könnten. Er ist ein Terroristen-Sympathisant, das steht fest.«

»Ja, aber«, wandte Appeltoft mit einem großen Bissen im Mund ein, »daraus kann man doch nichts wirklich sicher schließen. Die Leute haben allen möglichen Mist in ihren Bücherregalen, ich habe beispielsweise mehrere Bücher über Dampfmaschinen, interessiere mich aber überhaupt nicht dafür.«

»Bei einem Linken verhält sich das anders«, erklärte Carl. »Ein Linker hat einfach nicht so viel unpassende Literatur im Regal. Ein Marxist-Leninist etwa hat keine eineinhalb Regalmeter Trotzkis, ein Trotzkist hält sich nicht die gesammelten Werke Mao tse-Tungs, und ein KPML-Mann hält sich den ganzen Stalin, aber bestimmt nicht Althusser.«

»Warum denn nicht? Soll man denn nicht den Gegner studieren? Ich dachte immer, das täten sie alle?« wollte Fristedt wissen.

»Nein, die Bücher sind ein Teil ihrer Identität. Das ist wie bei religiösen Sekten. Das Blendwerk des Teufels hat man einfach nicht im Haus, man hat nur das, womit man sich identifizieren will – Bücher, die von Freunden wiedererkannt werden, wenn sie einen besuchen und wenn man dann bei Wein und Salat zusammenhockt. Es ist einfach so, glaub mir.«

»Dann werden wir uns deiner Sachkenntnis wohl beugen müssen, Kommunismus ist ohnehin nicht mein Gebiet«, murmelte Appeltoft, während ihm im Hinterkopf rasch ein Bild seiner Tochter in weißem Apothekerkittel vorüberglitt. »Du meinst aber, er ist ein Terroristen-Sympathisant?«

»Ja, und ich habe es im Gefühl, daß dieser Eindruck sich noch verstärken wird, wenn wir seine Korrespondenz durchsehen, die Konferenzprotokolle und ähnliches.«

»Dann nichts wie ran«, sagte Fristedt. »Jeder arbeitet bis morgen für sich. Du siehst dir weiter diesen Hedlund an, Erik, und du, Carl, untersuchst sämtliches Material der Firma über Hedlund und Ponti, und ich selbst werde in einer Graphik zusammenstellen, was wir wissen und was nicht.«

»Warum denn Ponti, das ist so verteufelt umfangreich ...« stöhnte Carl.

»Weil keiner von uns ordentliche Arbeit geleistet hat, weil wir diesen Teil irgendwie abschließen müssen, das müssen wir einfach.«

Kurze Zeit darauf saß Fristedt allein in ihrem gemeinsamen Arbeitszimmer und versuchte, das vorhandene Material in Form einer Graphik in einen inneren Zusammenhang zu bringen. Er notierte alles, die Pistole, Folkessons hinterlassene Aufzeichnungen, die festgenommenen Palästina-Aktivisten und deren Verbindung mit dem Hasch-Dealer und den kleinen Gaunern in Södertälje bis hin zu den noch vage Terrorismus-verdächtigen Palästinensern, die man in Uppsala gefaßt hatte.

Als Fristedt die verschiedenen Dinge miteinander verband, sah er deutlich, was er schon recht lange im Gefühl gehabt hatte. Es gab nicht sehr viel, was sie sicher wußten. So klafften einige große logische Lücken, etwa bei der nicht nachweisbaren Verbindung zwischen Folkesson und dieser kleinen Anneliese, die jetzt oben in ihrer Zelle lag.

Von den vier jungen Schweden schien im Augenblick nur dieser Hedlund interessant zu sein. Wenn jedoch auch diese Spur ins

Nichts führte, sähe die Sache wirklich düster aus. Dann blieb noch die theoretische Chance, daß der rein irrtümliche, nun ja, sehr glückliche Einsatz gegen die Palästinenser, wie Fristedt sich selbst korrigierte, etwas ergeben hatte. Das würde sich noch herausstellen. Fristedt sah jedoch resigniert ein, daß er selbst keineswegs der Leiter der Ermittlungen war. Näslund dirigierte die Gruppe, die Telefongespräche, beschlagnahmte Gegenstände und möglicherweise neue Telefongespräche analysierte, und zum anderen eine weitere völlig neue Gruppe, die sich mit den Palästinensern beschäftigte. Und die hatten nach den bisherigen Erkenntnissen mit dem Ganzen nichts zu tun. Daneben konnte in der Firma sowieso alles passieren, ohne daß Fristedt etwas davon wußte. Näslund liebte es, einige Zeit verstreichen zu lassen, bis er dann sorgfältig portionierte Informationsbröckchen austeilte.

Es gab jedoch noch eine andere Möglichkeit zu erfahren, welche Absichten und Theorien Näslunds weiterer Strategie zugrunde lagen. Fristedt hatte jedoch eine grundsätzliche Abneigung gegen diesen Weg, aber das hatte rein irrationale Gründe oder, richtiger gesagt, lag es an seiner starken Abneigung gegen die Massenmedien.

Er sammelte das gesamte Material im Arbeitszimmer zusammen, verschloß es im Panzerschrank, kontrollierte aus alter Gewohnheit, daß er nichts vergessen hatte, zog sich Mantel und Mütze an und ging nach Hause.

Am Zeitungskiosk des Hauptbahnhofs kaufte er zwanzig Minuten später die Zeitungsausgaben der beiden letzten Tage *Dagens Nyheter, Svenska Dagbladet* und *Expressen.* Er fuhr nach Hause und nahm zerstreut schweigend seine Mahlzeit ein. Dann brachte er wie gewöhnlich Abwasch und anderes hinter sich und ging in sein kleines privates Arbeitszimmer, holte Papier und Kugelschreiber und breitete die Zeitungen vor sich aus.

Er wollte sich auf die Journalisten der Firma konzentrieren und dabei besonders auf Artikel achten, die sich entweder direkt oder zwischen den Zeilen auf Näslunds übliches Sprachrohr zurückführen ließen, Polizeipräsident Karl Alfredsson.

Alles sah so aus, wie es Fristedt von Näslunds Schlachtplan erwartet hatte. In den Blättern wurde noch davon gefaselt, der Mörder befinde sich entweder unter den sieben festgenommenen Palästinensern in Uppsala, bei der verdeckt operierenden Drogen-

Bande in Södertälje oder sei vielleicht auch durchs Netz geschlüpft, aber in diesem Punkt »schweigt man sich bei der Säpo aus«, und Karl Alfredssons Mann in *Svenska Dagbladet* versicherte, die Säpo habe bestimmte, entscheidende Anhaltspunkte gesichert, die man aus fahndungstechnischen Gründen nicht enthüllen wolle, was durchaus verständlich sei.

O ja, es war schon »verständlich«, da es solche Anhaltspunkte gar nicht gab. Fristedt starrte auf eine erste Seite mit den Schlagzeilen:

Säpo zerschlägt
NEUE ARABISCHE TERRORBANDE

Anschließend suchte Fristedt in *Expressen* nach Kommentaren der wohlinformierten israelischen Quelle der Zeitung – eines Journalisten, der genauso gut informiert schien wie ein ganzer israelischer Nachrichtendienst. Und er besaß tatsächlich ein paar besondere Hintergrundsinformationen, über die die Journalisten der Firma offensichtlich nicht verfügten.

Die arabische Terroraktion »Plan Dal« passe zu dem ständigen Bürgerkrieg der rivalisierenden palästinensischen Organisationen innerhalb der PLO sowie der PLO gegen verhandlungswillige »Verräter« in der arabischen Welt ... Es folgte eine Aufzählung einer großen Zahl von Fällen, bei denen Palästinenser sich gegenseitig oder aber arabische Politiker umgebracht hatten (Fristedt hatte das leise Gefühl, die Liste schon mal gesehen zu haben). Und wenn die Säpo jetzt, worauf alles hindeute, ein solches Unternehmen vereitelt habe, bestehe die große Gefahr, daß die palästinensischen Terroristen ein neues Todeskommando nach Schweden entsendeten, um entweder den ursprünglichen Plan zu Ende zu führen oder aus Rache gegen die Säpo zuzuschlagen. Ein denkbares Ziel in Schweden sei die ägyptische Botschaft, die seitdem verstärkt überwacht werde.

Am Endes des von dem israelischen Sprachrohr geschriebenen Artikels standen ein paar Zeilen, die Fristedt nach einem Rotstift greifen und sie unterstreichen ließen: »Auch wenn die palästinensischen Terror-Organisationen für Terroraufträge fast ausschließlich Palästinenser auszusuchen pflegten, kann man gerade in diesem Fall Tendenzen erkennen, daß sie auch mit schwedischen Tätern oder einem schwedischen Täter operieren, wie eine hochgestellte Quelle bei der Säpo gegenüber *Expressen* äußerte.«

Fristedt grübelte lange nach. Neben dem erwarteten Geplapper und der erwarteten Selbstverständlichkeit, mit der die verschiedenen festgenommenen Gruppen zusammengewürfelt wurden, als wären sie eine einzige, bestens getrimmte und eingespielte Armee, fanden sich noch zwei seltsame Nachrichten. Erstens wurde mit keinem Wort angedeutet, der Mord an Folkesson habe etwas mit dem »Plan Dal« zu tun. Zweitens erkannte man in den Andeutungen, die von der Firma selbst und nicht aus der gewohnten Quelle des *Expressen*-Redakteurs stammten, die Umrisse eines schwedischen Mörders.

Das sah nicht gut aus. Da sprach jemand hartnäckig von einem schwedischen Mörder, und da beschwor jemand neue Terrorakte geradezu herauf.

Fristedt wurde in seinen düsteren Gedanken von seinem Sohn unterbrochen, der eintrat, nachdem er zunächst geklopft hatte. Der Sohn hatte natürlich auch Zeitung gelesen, sich jedoch ganz auf die Abschnitte mit angeblichen »Todeslisten« unter den beschlagnahmten Gegenständen und auf ähnliche Routine-Lügen konzentriert.

»Ist es deine Gruppe gewesen, die gestern abend diese Bande in Södertälje festnahm?« fragte der Junge.

»Ja, das waren wir. Aber diesmal keine kugelsicheren Westen und solche Dinge.«

»Aber hier steht doch, daß sie ein ganzes Waffenlager mit russischen Maschinenpistolen und Handgranaten und eine Menge anderes Zeug hatten?«

»Erstens ist es nicht wahr. Ich habe dir doch gesagt, daß du nie glauben darfst, was über meine Arbeit in der Zeitung steht«, lächelte Fristedt. »Zweitens hatten diese Burschen nicht die kleinste Chance, denn selbst wenn du es nicht glaubst, haben wir *sehr* fähige Leute in der Firma, wenn es darauf ankommt.«

Fristedt dachte über das nach, was er soeben gesagt hatte. Er mochte diesen Hamilton, aber unter dieser wohlpolierten, höflichen und angenehmen Oberfläche spürte er noch etwas anderes liegen, etwas Seltsames und Schreckliches, was sich gelegentlich nur erahnen ließ.

Appeltoft saß mißmutig an seinem Küchentisch und schuftete. Die Korrespondenz des Gymnasiallehrers Anders Hedlund umfaßte Hunderte von Briefen, die zwar den systematischen Vorteil aufwiesen, in zwei DIN-A-4-Ordnern chronologisch geordnet zu sein, zugleich aber den für Appeltoft entscheidenden Nachteil, daß sie zu einem großen Teil auf deutsch abgefaßt waren.

Zunächst hatte er es etwa eine Stunde mit einem Wörterbuch versucht, jedoch ohne Erfolg. Mochte er am Ende auch begriffen haben, was die Worte sprachlich bedeuteten, verstand er doch nicht die Argumentation. Am Ende hatte er drastisch die Methode geändert. Und nach einigen Stunden war es ihm gelungen, sämtliche in der Korrespondenz vorkommenden Personennamen zu notieren und bei jedem festzuhalten, in welchem Brief er vorkam. Hamilton mußte die Namen durch den Computer jagen, und anschließend würden sie vielleicht zu den Deutschen gehen müssen, zum Verfassungsschutz, der sicher sagen konnte, ob einer oder mehrere der vielen deutschen Namen von Interesse war. Außerdem konnte dieser Hamilton vermutlich Deutsch.

Aber wie Sisyphus, der den Stein soeben den Berg hinaufgerollt hatte, entdeckte auch Appeltoft, daß er auch jetzt noch nicht begriff, worum es ging, als er zu dem Haufen mit beschlagnahmten schwedischen Konferenzprotokollen übergehen wollte.

Was sollte es bedeuten, daß rein objektive Voraussetzungen für bewaffnete Aktionen vorlägen, daß es aber weitgehend an subjektiven Voraussetzungen fehle, was zum Teil mit der diplomatischen Strategie der PLO und zum Teil mit bislang ungelösten Gegensätzen unter den kleinbürgerlichen Elementen in der Bewegung sowie den Fürsprechern einer revolutionären/proletarischen Linie zusammenhänge?

Würde seine eigene Tochter dieses Kauderwelsch kapieren?

Carl hatte versucht, sämtliche Beobachtungen und Behauptungen über den Journalisten Erik Ponti, die die Firma in bald zwei Jahrzehnten angesammelt hatte, gründlich durchzuarbeiten. Manche Abschnitte, die entweder vorhersehbar waren oder auch nur allgemeines Gewäsch enthielten, hatte er schnell überflogen. Aus dem ganzen Material ergab sich etwa folgendes Bild.

Vieles war in sich schlüssig und richtig. Erik Ponti hatte demselben Flügel der schwedischen Linken angehört wie er selbst, wenn auch eine halbe Generation früher. Das meiste war deshalb bekannt. Die pingelige Aufzählung der Reisen hierhin und dorthin beruhte vermutlich auf tatsächlichen Begegnungen. Ponti war mit Arafat, Ghaddafi, Georges Habash, Nasser, Kamal Dschumblatt und so gut wie jedem Mann von einiger Bedeutung im arabischen Teil des Nahen Ostens zusammengetroffen. Die selbstverständliche Tatsache jedoch, daß eine große Zahl dieser Begegnungen mit Sicherheit zu gewöhnlichen Zeitungsartikeln oder Rundfunkinterviews geführt hatten, war in dem Material mit irritierender Konsequenz ausgelassen worden.

Eine Akte enthielt eine Kopie mit Berichten über Ponti, die an ausländische »Firmen« der Branche gegangen waren. Im Detail waren diese fast immer völlig korrekt, in den Schlußfolgerungen jedoch total irreführend. Der westdeutsche Verfassungsschutz erfuhr beispielsweise bei einer Gelegenheit, daß Ponti erstens der schwedische Links-Aktivist sei, der mehrere nachweisbare Terroristenkontakte im Nahen Osten besitze, zweitens auch von zwei später verurteilten westdeutschen Terroristen aufgesucht worden sei und daß er sich seit ein paar Monaten »aus unbekanntem Anlaß« in Libyen aufhalte.

Falls Ponti irgendwann zu Beginn der siebziger Jahre in eine westdeutsche Straßensperre geraten und unverschämt geworden wäre, hätten die Beamten nach Befragung des zentralen Polizeicomputers schon eine Sekunde später ihre Waffen gezogen, bereit, ihn bei einem »Fluchtversuch« zu erschießen.

Und die Norweger wollten wissen, daß Ponti in der Liste bekannter schwedischer Organisationen palästinensischer »Tätigkeit« im Land hoch oben stehe und überdies enge Verbindungen zum internationalen Terrorismus habe und vermutlich »Mordkommandos« dirigiere.

Und so weiter.

Und dann noch diese journalistische Verschwörung. Die ließ sich jedoch auch ganz anders deuten: Damals, in den fröhlichen sechziger Jahren, waren ja mehr oder weniger alle »Journalisten« gewesen. Pontis militärischer Hintergrund wurde als besonders verdächtig hingestellt. Den hatte ihm jedoch der schwedische Staat angedeihen lassen, schon lange bevor ein Wort wie »logistischer Terrorist« überhaupt erfunden war.

Carl hatte die Arbeit unterbrochen, um in seinen abgeschlossenen Trainingsraum zu gehen und mit ein paar Übungen seine Aggressionen loszuwerden. Erst dann setzte er sich wieder mit den Hedlund-Akten hin. Denn Hedlund war ein unsympathischer Typ, wenn man sich allein an das politische Bild hielt.

Das firmeneigene Material war jedoch mager. Ein paar Reisen, einige wenige »Führungspositionen« und derlei, aber nichts, was einen bestimmten Verdacht begründet hätte.

Das war ein deprimierendes Ergebnis. Carl hatte schon beim ersten Blick auf Hedlunds Bücherregal die Jagdlust in sich aufsteigen spüren. Hedlund war die einzige Hoffnung; alle anderen Spuren schienen im Sand zu verlaufen.

Und dann auch Ponti, das angedeutete Ziel von Näslunds nächster Attacke. Der Mann, den Carl übernehmen und nach der versteckten Andeutung sogar erschießen sollte.

Damit kam die Ermittlung zu einem absoluten Stillstand. Carl begriff eines selbst nicht ganz, er hatte Fristedt und Appeltoft nichts davon berichtet, was Näslund offenbar vorschwebte. Es war keine Frage mangelnden Vertrauens, sondern lag vielleicht daran, daß der Gedanke zu unwahrscheinlich wirkte.

Carl fühlte, daß er nicht weiterkam. Er griff mit einer schnellen und entschlosenen Bewegung nach dem Telefon, überlegte es sich aber und blickte auf die Uhr. Es war erst halb zehn.

Er hatte sich entschieden.

Er kleidete sich rasch an, rasierte sich und ging hinaus. Die Gasse in Gamla Stan war anscheinend völlig verlassen, aber er sah sich nicht um, sondern ging auf dem kürzesten Weg zum Café Opera.

Vor dem Eingang hatte sich noch keine Schlange gebildet, was ihn freute; so brauchte er sich nicht mit seinem Ausweis an der Schlange vorbeizumogeln. Der schlimmste Ansturm des Stockholmer Nachtlebens hatte noch nicht eingesetzt. Carl setzte sich an den langen Bartresen und bestellte sich ein Bier, während er sich so drehte, daß er den Eingang im Auge behalten konnte. Es gab nur einen Eingang, und er würde niemanden übersehen. Es tauchte jedoch kein denkbarer Verfolger auf. Nach einer Viertelstunde ging er in den Vorraum hinaus, steckte ein Fünf-Kronen-Stück in das kleine rote Telefon und wählte eine der fünf oder sechs Telefonnummern, die er auswendig kannte.

Der Mann, den er sprechen wollte, war nicht zu Hause. Glücklicherweise konnte dessen Frau ihm aber mitteilen, daß er in seiner Stockholmer Wohnung sei.

Langsam und ohne sich umzusehen ging Carl zum U-Bahn-Eingang des Hauptbahnhofs und verschwand in der Menge. Er glaubte zwar nicht, daß ihm jemand folgte, doch zur Zeit befand er sich in einer Lage, die etwas professionelle Vorsicht erforderte. Er nahm den erstbesten Zug, der in den Bahnhof einlief, und fuhr dann etwa eine halbe Stunde lang nach einem besonderen System durch die Stadt. Es hätte einen sehr großen Personaleinsatz erfordert, ihn zu verfolgen, obwohl er sich kein einziges Mal umsah.

Endstation war Karlaplan.

Es regnete, und die Straßen Östermalms waren fast menschenleer. Er ging Karlavägen hinunter und bog vor Grevgatan ab, nahm dann wieder eine Querstraße und dann Grevgatan fast bis zu Strandvägen hinunter, bis er da war. Er stellte fest, daß in der Wohnung, die einmal die Operationsabteilung des geheimen schwedischen Nachrichtendienstes beherbergt hatte, Licht brannte. Jetzt gehörte das Haus dem Alten, der sich darin eine Stadtwohnung eingerichtet hatte. Er war zu Hause, und die Straße war in beiden Richtungen völlig menschenleer.

Carl tippte das Erkennungssignal in die Gegensprechanlage, dreimal kurz und dreimal lang. Niemand antwortete, aber das Türschloß ging auf.

Trotz allem Gerede von seiner Krankheit in den letzten Jahren sah der Alte gesund aus. Er wirkte sogar jünger als bei der ersten Begegnung unten in Kivik. Carl wurde herzlich empfangen und schnell zu einem Glas Apfelwein des Hauses eingeladen. Der Alte war stolz auf seinen Apfelwein, »das wußten alle«, das heißt nicht alle in der Firma, sondern alle im *Unternehmen*, was etwas völlig anderes war.

Der Alte erkundigte sich begeistert nach Einzelheiten aus San Diego und der dortigen Ausbildung, da im Augenblick schon zwei weitere Schweden unterwegs waren. Und dann berichtete er von mancherlei Mühen bei der Kommunikation zwischen der Leitung der Streitkräfte und der Regierung; die endgültige Entscheidung über den neuen Typus von Operateuren hänge noch immer in der Luft, und außerdem fänden im nächsten Jahr Wahlen statt, und je nachdem, ob diese oder jene Regierung ans Ruder komme, könnten die Ergebnisse für das Unternehmen völlig unterschiedlich ausfallen. Das sei den Politikern im Moment aber egal.

»Und wie geht es dir bei der Polizei?« wollte der Alte schließlich wissen.

Wenn der Alte »Polizei« sagte, meinte er im internen Jargon des Nachrichtendienstes nie etwas anderes als die Sicherheitspolizei. Die sonstige Polizei gab es in seinem Sprachschatz nicht, ebensowenig das Sozialamt oder das Finanzamt.

Carl berichtete kurz und knapp vom Stand der festgefahrenen Ermittlungen. Aber das sei nicht das einzige Problem, und er sei nicht nur aus dem Grund hier. Die festgefahrene Lage sei eine Sache, aber daneben geschähen mancherlei seltsame Dinge, so daß man bei der Arbeit ständig behindert werde. Man könne nicht das ganze Feld überblicken und folglich nichts sehen.

»Genau«, sagte der Alte und stand auf, um noch mehr Apfelwein zu holen. Er besann sich eines Besseren und hielt mit fragender Miene eine Flasche Whisky hoch. Carl nickte, und der Alte verschwand, um Eis zu holen.

»Seitdem du das letztemal hiergewesen bist, ist die Küche renoviert worden«, sagte er bei der Rückkehr und antwortete auf Carls Bericht. »Gerade das ist Stärke und Schwäche der Polizei zugleich, das sind die Auswirkungen der strikten Abschottung der verschiedenen Abteilungen.«

»Inwiefern?« fragte Carl.

Der Alte nahm sich Zeit, die Zusammenhänge zu erklären. Die Polizei, nämlich die Sicherheitspolizei Schwedens, arbeitete mit strikt voneinander getrennten Sektionen. Niemand wisse, womit der Zimmernachbar sich beschäftige, und so weiter. Das sei ein sicherheitsmäßiger Vorteil. Wenn sich ein Maulwurf in der Firma breitmache wie dieser Bergling, den sie vor ein paar Jahren geschnappt hätten, könne der Maulwurf nur begrenzten Schaden anrichten, weil ihm der Überblick fehle.

Der Nachteil sei offenkundig und rein operativer Natur, wie Carl soeben anschaulich geschildert habe. Die beiden getrennten Ermittlungsgruppen, die jetzt gleichzeitig, aber nebeneinander her arbeiteten, stünden unter Umständen kurz vor der Lösung, die aber niemand sehen könne, weil sie das Zusammensetzen der verschiedenen

Puzzlestücke voraussetze. Daher dieses ewige Herumtappen im dunkeln. Aber die Führung, Näslund nämlich, besitze natürlich diesen Überblick.

»Und gerade das macht mir Kummer«, sagte Carl, »denn einmal traue ich ihm nicht...«

»Ach was! Er ist ein Idiot, genau wie sein Vorgänger, dieser Israel-Narr Frånlund oder wie er noch hieß...«

»Und zum andern hat er mir mehr oder weniger offen vorgeschlagen, ich solle bei einem künftigen Einsatz einen schwedischen Journalisten töten«, fuhr Carl fort.

»Und wen?« fragte der Alte leise.

»Erik Ponti vom *Echo des Tages*, falls du weißt, wer das ist.«

»Gott der Gerechte! Ponti soll der Mörder sein?«

»Näslund tut, als hielte er ihn dafür, aber in unserem Material deutet nichts darauf hin.«

»Wie sieht euer Material aus? Nimm dir Zeit und laß dir nichts Wichtiges entgehen, denn sonst setzen wir nicht nur dich als Operateur, sondern noch viel mehr aufs Spiel. Nun?«

Carl berichtete eingehend von Erik Pontis Aufenthalt in Oslo und von dem einzigen Telefonat, das Ponti mit den übrigen Festgenommenen in Verbindung brachte, sowie von dem unklaren Material, das die Firma über Ponti gespeichert habe.

Der Alte sah aus wie ein Uhu, während er dort im Dunkeln einer Ecke unter einem Gemälde lauschte, auf dem ein großer gallischer Hahn zu sehen war. Seine Augenbrauen waren auf eine Weise buschig, die darauf hindeutete, daß er sie bürstete oder sonstwie zurechtmachte. Als Carl geendet hatte, blieb der Alte stumm sitzen und sah in sein Glas.

»Näslund ist ein Idiot«, sagte der Alte schließlich. »Dieser Scheißkerl erkennt nicht die Konsequenzen eines solchen Unternehmens. Es würde den größten Skandal geben, der uns oder die Polizei insgesamt je betroffen hat. Und du würdest mit Namen und Bild in allen Zeitungen stehen, und die Sache würde vor den Justiz-Ombudsmann gezerrt, vor den Justizausschuß des Reichstags, vor das Disziplinargericht der Polizei, vor sämtliche gerichtlichen Instanzen und den Verfassungsausschuß des Reichstages, vor den Europäischen Gerichtshof und am Ende vor den Teufel selbst. So ein Idiot!«

Carl sah ihn zum allererstenmal derart erregt. Der Alte goß sich einen zweiten Whisky ein, ohne an seinen Gast zu denken.

»Und abgesehen davon, daß es eine idiotische Operation ist, hat dieser Ponti natürlich nicht das geringste mit dieser Sache zu tun, oder was meinst du?« fragte der Alte, während er sich Mühe gab, kontrolliert zu erscheinen. Er wartete jedoch nicht die Antwort ab, sondern fuhr fort:

»Und außerdem würde die gesamte Planung der neuen Operateure im Unternehmen zum Teufel gehen, denn auch deine Hintergrundgeschichte würde ans Licht gezerrt werden, und am Ende würden wir alle mit langen Nasen dastehen. Nun, wo waren wir stehengeblieben. Ach ja. Und außerdem hat Ponti mit der Sache nichts zu tun, oder?«

»Nein, ich glaube nicht«, sagte Carl. »Ich glaube nicht, daß Näslund mehr weiß als die, die an der Sache arbeiten, ich meine, wer diesen Beamten ermordet haben kann. Aber ich habe das Gefühl, Näslund will zwei Fliegen mit einer Klappe schlagen. Nach außen hin ist es ihm lieber, daß wir den Mörder aufspüren und töten, statt ihn nur zu finden, und gleichzeitig möchte er Ponti etwas heimzahlen.«

»Stell dir vor, das glaube ich auch«, sagte der Alte nachdenklich. »Aber noch ist Polen nicht verloren. Dann werden wir ihn wohl bremsen müssen?«

»Und wie?«

»Die Schwäche in Näslunds Konstruktion liegt darin, daß Ponti mit größter Wahrscheinlichkeit nichts mit der Sache zu tun hat. Die Stärke seiner Position liegt darin, daß gerade bei Ponti das Ermittlungsmaterial etwas widersprüchlich ist, vor allem diese Norwegen-Reise, nicht wahr?«

»Ja, soweit ich sehen kann.«

»Nun. Dann finden wir heraus, warum Ponti sich in Norwegen aufhielt, und damit ist diese Spur für euch am Ende.«

»Inwiefern?«

»Du mußt ihn fragen. Das ist meist eine gute Methode. Frag ihn einfach, was zum Teufel er in Oslo getrieben hat.«

Carl ließ sich den vollkommen logischen, aber dennoch unmöglichen Vorschlag durch den Kopf gehen. Er versuchte zu sagen, das heiße natürlich, jede nur denkbare Dienstvorschrift des Sicherheitsdienstes zu übertreten. Der Alte entgegnete seelenruhig, die Polizei könne sich ihre Dienstvorschriften in den Hintern stecken. Es gebe einen Unterschied zwischen den Geboten Gottes und den Verordnungen der Menschen.

»Außerdem«, erklärte der Alte weiter, »erweisen wir der Polizei doch einen Dienst. Es geht darum, sie vor einer der schlimmsten Krisen zu bewahren, in die sie ihre dämlichen Schädel überhaupt verwickeln können. Nun ja, davon abgesehen haben wir ein gewisses Eigentinteresse. Ich habe mir nicht vorgestellt, daß du nach so einer Geschichte von der Polizei zur Reichssteuerverwaltung versetzt wirst, nein, ich meine die Schiffahrtsverwaltung in Norrköping, da ist nämlich einer unserer Informanten gelandet, als er sich in, ach, das gehört nicht hierher, blamierte. Nun, zur Sache, wie sieht unsere operative Planung aus?«

Jetzt fiel dem Alten ein, daß Carls Glas leer war, und er goß ihm mit einer Hand ein, der ein leichtes Zittern anzumerken war, das entweder mit seiner Krankheit oder seiner Erregung zusammenhing.

Der Alte erkundigte sich genau nach allen Details, die mit Ponti zu tun hatten. Sie ließen ihn überwachen. Sie hörten sein privates Telefon ab, öffneten vermutlich auch seine Post. Vielleicht könne man auch an seine Post beim Rundfunk herankommen. Aus bestimmten technischen und juristischen Gründen lasse sich sein Anschluß bei *Sveriges Radio* jedoch nicht abhören. Da gebe es also die Kontaktmöglichkeit. Wenn der Alte aber selbst den Kontakt übernähme, wäre das zu riskant, wenn man daran denke, was ein so registriertes Gespräch für Mißverständnisse auslösen könne. Man müsse nämlich ein gewisses Risiko eingehen; diese Journalisten ließen oft Tonbänder mitlaufen. Nun, Carl müsse diesen Kontakt übernehmen und das auf eine bestimmte Art und Weise, die der Alte ausführlich beschrieb.

»Und ich bin natürlich ganz allein auf diese Idee gekommen?« fragte Carl.

»Natürlich, du kannst das Unternehmen und mich nicht gut hereinziehen.«

»Gut. Ich treffe mich mit Ponti mitten in der Nacht auf einem verlassenen U-Bahnsteig. Er hat für alles eine annehmbare Erklärung, denken wir etwa so?«

»Ja, so stellen wir uns das vor.«

»Und wenn er keine einleuchtende Erklärung hat, wenn er wider Erwarten doch der Mörder ist?«

»Diesen Gedanken will ich gar nicht erst denken. Und was ich nicht denken will, will ich schon gar nicht sagen. Du solltest aber normale Sicherheitsvorkehrungen treffen, du bist ja dafür ausgebildet.«

»Aber wenn es zwischen uns zu einer ... zu einer Konfrontation kommt, was mache ich dann? Werfe ich meine Waffe hinterher in den Mälarsee oder so?«

»Diese letzte Frage habe ich nicht gehört«, entgegnete der Alte kalt. »In diesem Fall würdest du bei Näslund jedoch auf ein gewisses Verständnis stoßen. Aber wie gesagt. *I didn't hear that.*«

Carl lehnte sich im Sofa zurück und schloß die Augen.

»Es ist spät geworden. Ich melde mich irgendwie, sobald diese Aktion zu Ende ist. Bleibst du noch in der Stadt?«

»Ja«, erwiderte der Alte kurz angebunden, »ich bleibe noch ein paar Wochen, von Weihnachten abgesehen, und wo ich dann zu finden bin, weißt du.«

Der Alte begleitete Carl zur Tür. Im Flur betrachtete Carl die Wand, die mit verschiedenen Schußwaffen geschmückt war. Es waren konventionelle Jagdwaffen und eine alte Mauser.

»Du weißt doch, daß es verboten ist, Waffen an der Wand hängen zu haben, bei denen der Verschluß nicht entfernt worden ist«, sagte Carl in einem müden Versuch, die Stimmung aufzumuntern.

»Ja, ich weiß«, erwiderte der Alte, »aber solche kleinlichen Gesetze sind für die Polizei da und nicht für uns. Ich habe es im Gefühl, daß diese Operation gelingt. Mach dir keine Sorgen und laß von dir hören, so schnell du kannst.«

Carl ging die drei Treppen hinunter, ohne Licht zu machen. Als er auf die Straße trat, sah er sich sorgfältig um, aber in beiden Richtungen war die Straße anscheinend menschenleer. Er flanierte sehr langsam in die Altstadt zurück. Es regnete noch immer.

Der Alte blieb noch lange auf seinem Sofa sitzen. Er rauchte langsam eine große Zigarre, strikt gegen die strengen Anweisungen der Ärzte, aber im Moment meinte er, größere Sorgen zu haben.

Der Alte war Offizier und war es immer gewesen, seit er Ende des Weltkrieges als Arbeitersohn einberufen worden war. Er war fünf Jahre geblieben und Fähnrich geworden. Dann hatte er sich entschlossen zu bleiben. Früher waren sozialdemokratische Offiziere Mangelware gewesen, und das war unzweifelhaft einer der Gründe gewesen, warum Tage Erlander gerade den Alten einmal handverlesen hatte, um den neuen militärischen Nachrichtendienst aufzubauen; und dort saß der Alte jetzt seit fast dreißig Jahren. Für ihn war Carl eine militärische Waffe, die Schweden brauchte. Er betrachtete Carl mit den gleichen Gefühlen, die einen altgedienten Luftwaffengeneral überkommen, der einen Militärflugplatz besucht und zwei Jäger mit brüllenden Nachbrennern steil aufsteigen sieht. Wir können uns verteidigen, wir werden uns nicht ergeben!

Jedoch kostete schon eine einzige Maschine des Typs Viggen AJ 37 zwischen vierzig und fünfzig Millionen Kronen, und für diese Summe konnte man fast zehn Operateure vom Kaliber Carl Hamiltons zusammenbekommen, und das war eine Waffe, die Schweden mehr als alles andere fehlte. Das gesamte schwedische Territorium lag im großen und ganzen einladend da, offen für die nachrichtendienstliche Tätigkeit allerlei fremder Mächte, von Freunden wie Feinden, vor allem von Feinden. Und mit der »Polizei« war in diesem Kampf nicht zu rechnen. Die »Polizei« bestand aus Kommissaren im gesetzteren Mittelalter und aus jüngeren Akademikern, die sich hauptsächlich damit beschäftigten, in der Presse ihre Effektivität und Dynamik unters Volk zu bringen, und die, wie beispielsweise in dieser wirren Operation, mit ein paar vermeintlich undurchsichtigen Arabern, Kurden, Armeniern oder anderen Dunkelhaarigen aufwarteten. Die Polizei war für Schweden kein Schutz, keine Waffe.

Und so wie der Nachrichtendienst heute aussah, bestand er aus Büroangestellten oder Leuten, die an Radarschirmen hockten. Das Territorium aber lag derweil offen da, die Küsten waren schutzlos, und Stockholm war ein Tummelplatz fremder Mächte. Und so würde es bleiben, solange dem Nachrichtendienst Personal fehlte, das sich ins Feld begeben, den Feind aufspüren, seine Bewegungen kontrollieren und seine Operationen stören konnte.

Folglich sah der Alte Carl Hamilton mit den Augen eines Luftwaffenchefs, der das erste Exemplar eines neuen Kampfflugzeugs zu sehen bekommt, das den Maschinen des Feindes in jeder Hinsicht ebenbürtig ist und das jetzt auf der Landebahn einschwebt; eine ziemlich typische amerikanische Maschine, auf den Schwingen jedoch drei frisch aufgemalte Kronen auf blauem Grund.

Wenn dieser Idiot Näskvist, oder wie er sonst heißen mochte, bei der »Polizei« Carl in eine Operation hineinschubste, die dazu verurteilt war, im schrecklichen hellen Licht der Öffentlichkeit zu enden, wurde die gesamte neue Waffengattung in Gefahr gebracht, bevor sie überhaupt aufgebaut war.

Der Alte überlegte, ob er mit ein paar ausländischen Freunden Kontakt aufnehmen sollte, was möglicherweise zu einer raschen Aufklärung dieses Mordes führen konnte, aber er verwarf den Gedanken wieder, weil dieses Vorgehen ein alles überschattendes Sicherheitsproblem in sich barg. Immerhin bestand das Risiko, daß man sich damit an jemanden wandte, der mit der Sache zu tun hatte oder viel zu enge Verbindungen mit der Organisation hatte, die hinter dem Mord stand. Was auf das gleiche hinauslief.

Überdies war der Alte ein Mann, den das Leben gelehrt hatte, nichts Übereiltes zu tun. Er entschloß sich, vorläufig abzuwarten und Hamiltons Störmanöver zu beobachten. Das war seine Bezeichnung der herannahenden Konfrontation Hamiltons mit einem allzu bekannten Journalisten.

8

Carl hatte einen erfolgreichen Vormittag an seinem Computer hinter sich. Appeltofts Namensliste mit Funden aus Hendlunds Korrespondenz umfaßte sechsundvierzig Namen, und davon hatten sich im Sortiment des schwedischen Sicherheitsdienstes gut zwanzig wiedergefunden. Damit ergab sich ein recht eindeutiges Bild von Hedlunds Kontakten. Er sympathisierte sowohl mit der älteren wie der jüngeren Generation westdeutscher Terroristen, darüber konnte es keinerlei Zweifel geben. Denn die Namen, die sich nicht in den schwedischen Dateien befanden, waren mit Telex und der Bitte um rasche Antwort an die westdeutschen Kollegen geschickt worden, und die hatten mit fast parodistischer deutscher Tüchtigkeit innerhalb weniger Stunden geantwortet: Mindestens fünf der fraglichen Personen wurden in der Bundesrepublik wegen verschiedener terroristischer Taten steckbrieflich gesucht, und der übrige Personenkreis konnte insgesamt dem sogenannten Sympathisanten-Umfeld zugerechnet werden.

Die Deutschen wiederum hatten um alle nur erdenklichen Hinweise gebeten, wann, wieso und in welcher Form die gesuchten Personen aufgefallen waren, und Carl hatte schon vor dem Lunch eine lange Reihe von Angaben auf den Weg bringen können, die vermutlich zumindest in einigen Fällen zu Festnahmen oder jedenfalls zu interessanten Fahndungshinweisen führen konnten.

Danach war er dazu übergegangen, die Dokumentation zu studieren, die Appeltoft durchgesehen hatte, ohne sie zu verstehen, das heißt schwedische Konferenzprotokolle, Aufzeichnungen, Diskussionsentwürfe und Briefe.

Fristedt hatte hereingeschaut, um sie darüber aufzuklären, daß sämtliche Vernehmungsunterlagen Hedlunds über dessen Terroristen-Kontakte, oder zumindest möglichst viele davon, bis zwei Uhr fertig sein müßten. Dann werde sich allmählich Hedlunds Anwalt einfinden, um beim ersten Verhör anwesend zu sein. Je besser informiert die beiden Vernehmungsbeamten seien, um so vorteilhafter.

Carl war mit seiner Liste denkbarer Vernehmungspunkte schon recht weit gediehen, als das Wecksignal seiner Armbanduhr piepste. Es erinnerte ihn daran, daß er sich das *Echo des Tages* anhören mußte; er war gespannt, ob Ponti selbst oder einer seiner Mitarbeiter in der Redaktion etwas über die laufende Terroristen-Affäre brachte.

Es war der dritte oder vierte Beitrag. Er beschäftigte sich mit einem sehr sorgfältig ausgewählten Schwachpunkt in dem stromlinienförmigen Gesamtbild, das die übrigen Massenmedien inzwischen so gut wie vorbehaltlos akzeptiert hatten. Der größere Teil des Beitrags bestand aus zwei über Kreuz zusammengeschnittenen Interviews, bei denen zum einen die Einwanderungsministerin, die für künftige Ausweisungsbeschlüsse gegen die palästinensischen Terrorismus-Verdächtigen die formale Verantwortung hatte, und zum andern der Sprecher der Sicherheitspolizei, Karl Alfredsson, in einem einzigen Punkt hart bedrängt wurden. Welches Bindeglied gebe es zwischen den vier schwedischen Verdächtigen und den sieben Palästinensern?

Sowohl die Ministerin wie Karl Alfredsson erklärten zunächst, alle diese Dinge seien geheim. Sie hörten sich wie Papageien an, als sie kurz nacheinander das Gleiche daherplapperten. Aber dann ging Ponti – der die Interviews selbst führte – auf die Frage ein, ob diese geheimen Beweise bei einem kommenden Haftprüfungstermin der vier Schweden nicht doch vorgelegt werden müßten? Da sie schwedische Staatsbürger seien, könne man sie ja nicht gut aufgrund geheimer Beweise verhaften?

Nein, natürlich nicht. Es sei aber möglich, daß die Sache hinter verschlossenen Türen verhandelt werde. Nun, und falls es nicht zu einer Verhaftung komme? Dann würden sie auf freien Fuß gesetzt werden und plaudern, nicht wahr? Also sei es doch nur eine Zeitfrage, bis alle Welt wisse, daß es keinerlei Bindeglied zwischen den beiden Gruppen gebe?

Wieder wurden die gleichen Antworten heruntergeleiert, das sei alles geheim, geheim, geheim. Die Vertreter von Regierung und Sicherheitspolizei machten einen komischen und unzuverlässigen Eindruck. Das war jedoch nicht der entscheidende Punkt. Auffällig war, daß Ponti mit solcher Präzision den schwachen Punkt herausgefunden hatte. Man erhielt den Eindruck, daß er *wußte*, daß eine Verhaftung der vier Schweden weder selbstverständlich noch etwas war, was sie mit den sieben Palästinensern in Verbindung bringen würde.

Sehr gut, sehr intelligent, dachte Carl. Oder lag es einfach nur daran, daß Ponti besondere Kenntnisse vom Hintergrund besaß, und woher stammten in diesem Fall seine Informationen?

Carl stellte das Radio ab, als die Nachrichtensendung auf andere Ereignisse einging, und sah eilig noch einmal seine Liste für das Verhör Hedlunds durch. Dann ging er zu Fristedt hinüber, wo die beiden Vernehmungsbeamten warteten, und legte seinen Standpunkt dar. Er berichtete von den Angaben der westdeutschen Kollegen und fügte hinzu, sie würden vielleicht schon im Lauf des morgigen Tages erfahren, ob ihre Hinweise in der Bundesrepublik zu Festnahmen geführt hätten.

Anschließend ging er in die Stadt, um einen Anschluß anzurufen, von dem er aus guten Gründen annehmen durfte, daß er nicht abgehört wurde. Von seinem eigenen Anschluß aus wollte er nicht anrufen oder zumindest kein unnötiges Risiko eingehen. Er ging zu dem staatlichen Alkohol-Laden unten am Kungsholm Tor hinunter, um dieses Anliegen mit einem anderen zu verbinden, und mit der *System*-Tüte in der Hand ging er zur Telefonzelle neben dem Zeitungskiosk auf der anderen Straßenseite hinüber und wählte *Sveriges Radio* an. Er hatte sich sorgfältig überlegt, was er sagen würde.

»Hallo«, begann er, »ich arbeite in der Sicherheitsabteilung der Reichspolizeiführung. Meinen Namen will ich nicht nennen, aber ich möchte dich so schnell wie möglich sehen, am liebsten heut abend.«

»Und woher soll ich wissen, daß du auch der bist, für den du dich ausgibst?« fragte Ponti mit der Selbstverständlichkeit, die Carl vorgesehen hatte.

»Es geht um deinen Besuch in Oslo neulich. Du bist mit der Neun-Uhr-Maschine hingeflogen und am folgenden Tag mit der Maschine um 16.30 Uhr zurückgeflogen, nachdem du unseren norwegischen Kollegen zugewinkt hast. Das hat zu einigen Spekulationen geführt. Muß ich mehr sagen?«

Ponti seufzte in den Hörer.

»Nein, das ist nicht nötig«, erwiderte er. »Aber es gibt da ein Problem.«

»Und welches?«

»Ich werde beschattet, macht das etwas?«

»Ja, das geht nicht. Kannst du sie abschütteln? Weißt du, wie man das anstellt?«

»Ja, wenn ich will. Man könnte beinahe sentimental werden, das erinnert mich an alte Zeiten. Ich nehme den Wagen und steige dann in die U-Bahn um.«

»Gut. Um 21.43 Uhr fährt eine Bahn von Slussen nach Välingby, kannst du die nehmen?«

»Im ersten oder im letzten Wagen?«

»Nun, sagen wir im ersten Wagen, ich spreche dich irgendwo unterwegs an.«

»Du bist hoffentlich allein?«

»Ja, und du auch.«

»Woher soll ich wissen, daß keine Teufelei dahintersteckt?«

»Das kannst du nicht wissen. Aber du kannst davon ausgehen, daß ich dich nicht angerufen hätte, wenn es nicht verdammt wichtig wäre.«

Am anderen Ende wurde es eine Weile still.

»In Ordnung. Erster Wagen in der Bahn von Slussen 21.43 Uhr. Falls ich es aus irgendeinem Grund nicht schaffe, komme ich mit einem der zwei nächsten Züge.«

Dann legte er auf.

Die Vernehmung des Terrorismus-Sympathisanten Anders Hedlund endete rasch mit einem Fiasko. Der bekannte Staranwalt saß im Vernehmungszimmer und behandelte die beiden Beamten wie Schuljungen. Zunächst verlangte er, die Anschuldigungspunkte unter Angabe der gesetzlichen Grundlagen zu erfahren. Dieser Bitte wurde selbstverständlich entsprochen. Dann verlangte er zu wissen, welche Sachverhalte seinen Mandanten belasteten, aber das erfuhr er nicht, denn jetzt sollte die Vernehmung stattfinden. Und damit begannen die Vernehmungsbeamten in ihren Aufzeichnungen zu wühlen und stellten, als wollten sie rasch wieder die Initiative ergreifen, eine allgemein gehaltene Frage nach einigen Namen, die sich in Hedlunds Korrespondenz gefunden hatten, und baten um eine Erklärung.

Sie wurden blitzschnell von dem Antwalt unterbrochen, der seinem Klienten sagte, er brauche weder seine politischen Sympathien darzulegen, noch etwas über Bekannte zu sagen, die mit dem eigentlichen Verdachtsmoment, dem unerlaubten Waffenbesitz, nichts zu tun hätten.

Der Klient selbst sprach weder jetzt noch im folgenden ein Wort.

Die Beamten versuchten es noch einmal mit der Frage, wie es möglich sei, daß Hedlund zu steckbrieflich gesuchten Terroristen in der Bundesrepublik enge Verbindungen habe. Wieder unterbrach der Anwalt mit dem Hinweis, hier gehe es nicht um den Verdacht, angebliche Verbrechen begangen zu haben; da Hedlund schwedischer Staatsbürger sei, könne er wegen einiger Bekanntschaften nicht als Verbrecher angesehen werden, und daher gebe es keinen Anlaß, auf solche Fragen zu antworten.

Aber es gehe doch um den Verdacht, mit Personen in Verbindung gestanden zu haben, von denen befürchtet werde, sie könnten in Schweden Gewalttaten unterstützen, versuchte es einer der Vernehmer, der den Wortlaut des Terroristengesetzes offenbar nur halb verstanden hatte.

Keineswegs, entgegnete der Anwalt, und stellte ein kleines schwarzes Tonbandgerät auf den Tisch, Verdächtigungen dieser Art dürften gegen schwedische Staatsbürger nicht geltend gemacht werden. Entweder nähmen die Beamten jetzt zu konkreten Verdachtsmomenten Stellung, oder aber sie würden sich weiterhin auf allgemeine politische Gespräche beziehen, und in dem Fall gebe es keinerlei Anlaß, sich hier dazu zu äußern.

Die Vernehmungsbeamten protestierten gegen das Tonbandgerät des Anwalts. Was in diesem Raum gesprochen werde, sei bis auf weiteres vertraulich und dürfe allenfalls von den Vernehmungsbeamten auf Band aufgenommen werden.

Der Streit fand ein schnelles und peinliches Ende. Der Anwalt bat darum, unter vier Augen mit seinem Klienten zu sprechen. Das Gespräch dauerte nur fünf Minuten, und danach erfuhren die Beamten, bis auf weiteres kämen Vernehmungen nicht in Frage. Zunächst müsse der Staatsanwalt persönlich *erstens* schriftlich mitteilen, daß er, der Anwalt, kein Tonband benutzen, sondern sich nur Aufzeichnungen mit Bleistift machen dürfe, *und zweitens* müsse der Staatsanwalt die Verdachtsmomente schriftlich konkretisieren. Sofern es bloß um den Besitz einer älteren Schrotflinte der Marke Husqvarna gehe, erkenne sein Klient den Sachverhalt an, aber ein Verbrechen oder eine verbrecherische Absicht würden von ihm bestritten.

Damit rauschte der Anwalt aus dem Zimmer, und die Vernehmungsbeamten waren mit ihrem höhnisch lächelnden Sympathisanten des westdeutschen Terrorismus allein.

Das kurze Nachspiel hatte mehrere interne Streitigkeiten zur Folge. Die Vernehmungsbeamten erklärten Näslund die Lage und teilten ihm mit, es werde sehr schwierig sein, Hedlund über einen Haftprüfungstermin hinaus festzuhalten. Näslund ging zu Staatsanwalt K. G. Jönsson und bat diesen unter Hinweis auf einige gesetzliche Bestimmungen, welche die Sicherheit des Reiches etc. betrafen, die Festnahmezeit zu verlängern. Der Staatsanwalt jedoch, der wußte, daß er und niemand sonst sich zu verantworten hatte, falls es später zu einem Verfahren vor dem Europäischen Gerichtshof käme, vor dem ein neues Beispiel unangemessener Haftzeiten in Schweden verhandelt werden würde, bekam einen Tobsuchtsanfall; Näslund habe ihm ja fest versprochen, wenn man nur eine Haussuchung durchführen und eine Festnahme vornehmen könne, würden Beweise ans Licht kommen. Aber es gebe ja Beweise, beharrte Näslund, denn das Ergebnis der Hausdurchsuchung bei Hedlund könne wiederum zur Festnahme eines oder mehrerer Terroristen in der Bundesrepublik führen. Und dies werde wiederum zu neuen Hinweisen führen: Vor diesem Hintergrund sei ein Verhaftungsgrund ja ganz offenkundig, nämlich die Fluchtgefahr. Der Staatsanwalt bekam einen neuen Wutanfall und schrie, Fluchtgefahr oder nicht, hier müsse ein Gericht davon überzeugt werden, daß der Besitz einer unbrauchbaren Schrotflinte von 1910 ein formaler Verhaftungsgrund sei!

Näslund bekam nicht mehr als drei Tage Zeit, mit neuen Ergebnissen aufzuwarten. Danach würden die Schweden auf freien Fuß gesetzt – ohne Haftprüfungstermin.

Es war ein klarer Tag, kalt und für die Jahreszeit ungewöhnlich hell. Carl, Fristedt und Appeltoft schien eine rote Nachmittagssonne ins Gesicht, als sie sich wieder trafen, und Carl berichtete mit spürbarem Eifer von seinen Funden in den privaten Briefen und der Protokollsammlung Hedlunds.

Was die betreffe, habe Hedlund Konferenzprotokolle aus mehreren Jahren und von mehreren Organisationen gesammelt, ohne daß sich beim ersten Blick eine greifbare Systematik ergebe. Sämtliche Konferenzprotokolle hätten jedoch einen gemeinsamen Nenner: Bei jedem Vorschlag, »zu direkten Aktionen überzugehen«, sei jemand, der gewiß und aus guten Gründen kein anderer als Hedlund sein könne, überstimmt worden. »Direkte Aktionen« – das sei ein Begriff der Linken, ein sehr vager zwar, aber aus dem Zusammenhang müsse geschlossen werden, daß Hedlund an Sabotage und ähnliche Anschläge gedacht habe. Das gehe jedenfalls aus den Gegenargumenten hervor.

Die überwiegend deutschsprachige Briefsammlung habe den Nachteil, daß Hedlunds eigene Briefe, die sämtlich beantwortet worden seien, nicht in Kopie vorlägen. Man müsse also versuchen, den deutschen Briefen und Argumenten zu entnehmen, was Hedlund selbst geäußert hatte. Dann ergebe sich etwa folgendes Bild.

Hedlund selbst sei für direkte Aktionen, aber »kleinbürgerliche Elemente« in seiner Umgebung seien es nicht. Hedlund meinte, es gebe in der schrumpfenden progressiven Bewegung – in seinem Jargon also etwa »die Linke« – keine Sympathie für direkte Aktionen, und daher könne man in dieser Richtung nichts unternehmen. Jedenfalls solange nicht, wie keine dramatischen Ereignisse den Genossen die Augen öffneten.

Die Genossen machten sich nämlich Illusionen, was die bürgerliche Demokratie angehe, und erst wenn diese Illusionen zerstört seien, könne man sich ein weiteres Vorgehen vorstellen.

Der letzte Gedankengang sei besonders interessant, fast gespenstisch interessant, meinte Carl. Denn im Augenblick erhielten etwa Anneliese und dieser Sund einen gründlichen Nachhilfeunterricht in »bürgerlicher Demokratie«, oder etwa nicht?

Es sei jedoch merkwürdig, daß es zwischen Hedlund und seiner Freundin Petra keinen offenkundigen Zusammenhang gebe. Da die beiden zusammenwohnten, sollte man eigentlich davon ausgehen können. Es fänden sich jedoch keine tatsächlichen Beweise dafür, und es könne sein, daß auch Petra Hernberg eins dieser »kleinbürgerlichen Elemente« sei, die sich direkten Aktionen widersetzten.

»Wenn also einer von diesen vieren unser Mann ist, dann ist es Hedlund«, schloß Carl.

Er hatte im Lauf des Vormittags einen fast persönlichen Abscheu gegen Hedlund entwickelt, der offensichtlich einer dieser Irren war, die man früher bei der Clarté oder anderen Organisatoren immer noch rechtzeitig hatte hinauswerfen können. Leute wie Hedlund hatte es immer gegeben, aber sie hatten in der Linken kaum je Einfluß oder Vertrauensstellungen erlangt.

Ja, das sei ein brauchbarer Gedankengang, meinte Fristedt. Das Problem liege darin, daß man diesen Hedlund nicht verhören könne, dem es ja sogar gelungen sei, sich einen richtig unangenehmen Anwalt zu besorgen. Und der habe den Kollegen mit mörderischer Effektivität den Tag verdorben, als sie aus Hedlund etwas herausbekommen wollten.

Näslund hatte ihnen ein paar Berichte über mehrere Verbindungen zwischen den sieben Palästinensern und den vier Schweden heruntergeschickt, aber soweit Fristedt bei einem hastigen Überfliegen hatte erkennen können, war das meiste unbrauchbar. Ein paar aufgezeichnete Telefonate bewiesen, daß einige der Palästinenser mit einer Reihe von Schweden Kontakt gehabt hatten und sich über das Sorgen machten, was in den Zeitungen gestanden hatte. An und für sich durchaus verständlich. Das Material schien jedoch nicht viel mehr als solche erwarteten und rein mathematischen Zusammenhänge zu enthalten.

Vielleicht wolle sich Carl am Abend dieser Sache annehmen? Fristedt und Appeltoft wollten sich unterdessen mit dem graphischen Arbeitsmodell weiterbeschäftigen, so daß man das Ganze an der Wand aufzeichnen und beim Überlegen vor sich sehen konnte.

Dann blieb nur noch die Hoffnung, daß es den Deutschen bei ihren Einsätzen in der kommenden Nacht gelang, etwas Handfestes herauszufinden. Falls sich die ganze Sache zu einer deutschen Angelegenheit entwickelte, würde man es jedenfalls recht bald erfahren, denn die deutschen Kollegen waren nicht gerade dafür bekannt, auf ihren Lorbeeren auszuruhen, wenn sie in ihrem Land die Witterung von Terrorismus-Verdächtigen aufnahmen. Das würden sie also früher oder später erfahren, von Schweden aus konnte man darauf keinen Einfluß nehmen.

Carl nahm die Mappe mit den Berichten über die festgenommenen Palästinenser und ihre Verbindung mit den festgenommenen Schweden mit und ging in sein Dienstzimmer. Zunächst jagte er die

Palästinenser durch den Computer. Der Computer teilte sie unsentimental in Anhänger der Al Fatah auf, drei Mann, in Anhänger der PFLP, zwei Mann, und Anhänger des PFLP-General Command, zwei Mann. Aus unerfindlichen Gründen wurde die letztgenannte Organisation als terroristisch eingestuft, während die PFLP als »möglicherweise terroristisch« davonkam. Der Al Fatah wurde nicht zugetraut, in Schweden Gewalttaten mit internationalem Hintergrund zu begehen. Daraus ließe sich eine sofortige Schlußfolgerung ziehen. Zwei der Palästinenser würden mit Sicherheit des Landes verwiesen werden, und drei würden bleiben dürfen.

Das ausgewählte Material über die einzelnen Personen und deren mehr oder weniger verdächtige Unternehmungen, das Näslund heruntergeschickt hatte, führte nicht zu besonderen Schlußfolgerungen.

Einer der PFLP-Anhänger hatte an einem bestimmten Tag und zu einer bestimmten Uhrzeit Nils Gustaf Sund angerufen. Das Gespräch, das in Abschrift beigefügt war, war ganz trivial. Es ging darum, ob es für das, was in den Zeitungen stand, daß nämlich irgendeine Palästinenser-Organisation den »Terroristenchef« der »Säpo« ermordet habe, einen tatsächlichen Grund gebe oder nicht.

Ein beigeheftetes, säuberlich getipptes Memorandum stellte fest, daß der Palästinenser, der Sund angerufen hatte, auch alle anderen Palästinenser kannte.

Etwas anderes war auch gar nicht zu erwarten, da sie alle in zwei Studentenheimen in Uppsala wohnten, die weniger als zweihundert Meter auseinanderlagen.

Ferner seien Sund nachweislich die anderen drei festgenommenen Schweden bekannt, was ebenfalls offenkundig war, da sie alle der gleichen Palästina-Gruppe angehörten und überdies im selben Haus lebten.

Folglich konnten alle sieben Palästinenser nachweislich mit sämtlichen vier Schweden in Verbindung gebracht werden, und folglich sei es zu »intensiven internen Kontakten« gekommen.

Die letzte Formulierung würde schon in den morgigen Zeitungen stehen, wortwörtlich, aber Carl würde es nicht zu lesen bekommen. Er hatte sich entschlossen den Rat seiner älteren Kollegen und Vorgesetzten zu beherzigen und die Zeitungen nicht zu lesen. Kurz nach sechs ging er nach Hause und trainierte in seinem verschlossenen

Zimmer. Anschließend ging er zu einem jugoslawischen Restaurant in der Altstadt und aß einen Grillspieß. Er saß an einem Tisch, von dem aus er den Eingang ständig im Auge behalten konnte. Gegen halb neun ging er zur U-Bahn Gamla Stan und leitete damit sein Verschwinden ein. Er hatte noch viel Zeit. Er fühlte sich hellwach und guten Mutes, weil er deutlich spürte, daß er sich einem Durchbruch näherte. In der linken Achselhöhle spürte er das beruhigende Gewicht seiner Smith & Wesson Combat Magnum.

Als er den vordersten Wagen des U-Bahn-Zuges bestieg, der um 21.43 Uhr von Slussen abgefahren war, wählte er den hintersten Eingang und stellte sich neben die Tür, so daß er den ganzen Wagen unter Aufsicht hatte. Er erkannte Ponti sofort, der an der vordersten Tür stand. Außerordentlich, dachte Carl, völlig perfekt und völlig richtig.

Als der Zug lärmend in den Bahnhof St. Eriksplan einfuhr, war der Wagen nicht mehr als halbvoll. Ponti da vorn zeigte mit keiner Miene, ob er auf Carl reagiert hatte oder nicht.

Am Bahnhof Thorildsplan stieg Carl aus, ging auf dem Bahnsteig schnell zur vordersten Tür und gab Ponti ein Zeichen, kurz vor dem Schließen der Türen auszusteigen. So standen sie sich auf einem fast verlassenen U-Bahnsteig Auge in Auge gegenüber. Beide blickten automatisch nach hinten, aber dort war nur ein weiterer Fahrgast ausgestiegen, eine ältere Frau, die dem Ausgang zustrebte. Sie nickten einander zu.

»Ich heiße Carl und arbeite bei der Sicherheit«, begrüßte ihn Carl.

»Ich habe das dunkle Gefühl, dich schon mal gesehen zu haben«, erwiderte Ponti. Dann sah er sich um, bevor er fortfuhr.

»Jetzt bin ich an der Reihe, falls du nichts dagegen hast. Wir gehen hier nicht hoch, sondern warten auf den nächsten Zug, sonst fahre ich sofort in die Stadt zurück. Bist du damit einverstanden?«

Carl nickte. Sie gingen langsam auf die Mitte des Bahnsteigs zu.

»Nenn mir eine Zahl zwischen eins und drei«, lächelte Ponti, als der nächste U-Bahn-Zug endlich quietschend auf den Bahnsteig zufuhr.

»Eins«, sagte Carl, und Ponti nickte.

Sie bestiegen den Zug und sahen sich beide um, ohne etwas Verdächtiges zu entdecken. Ponti machte Carl ein Zeichen, an der Tür stehenzubleiben, und als sie nach nur einer Minute nach Kristineberg kamen, stieg Ponti gerade in dem Moment aus, als die Türen wieder geschlossen werden sollten.

»Du hast eins gesagt, und dies war der erste Halt. Ich bin allein und werde nicht verfolgt, jetzt weißt du's«, sagte Ponti.

Carl nickte.

»Wo hast du das alles gelernt?« fragte er, als sie auf den Ausgang zugingen.

»Du bist ein paar Jahre jünger als ich und kannst dich nicht daran erinnern. Aber Ende der sechziger Jahre und noch ein gutes Stück in die siebziger Jahre hinein hatten wir ewig die Säpo auf dem Hals. Wir mußten es *the hard way* lernen. Und in der Palästina-Bewegung, in der ich mitmachte, wurden wir von Infiltranten aller Art geradezu überflutet. Nun, was willst du? Wollen wir eine Runde durch den Schloßpark drehen?«

»Wir gehen in die andere Richtung«, entgegnete Carl und lächelte über Pontis ironisches Lächeln, das wohl bedeuten sollte, also gut, spielen wir weiter.

»Warum bist du nach Oslo geflogen, und warum hast du unseren Kollegen dort zugewinkt? Ich will dich nicht unterbrechen, aber ich wünsche die Geschichte möglichst komplett, damit ich dir glauben und dich verstehen kann.«

»Ist dies ein Verhör?«

»Nein. Aber es ist wichtig für mich, daß ich alles weiß. Hinterher kann ich dir vielleicht sagen, aus welchen Gründen. Es kommt darauf an.«

Ponti ging eine Weile schweigend neben ihm her und machte dann eine fragende Geste, in welche Richtung sie gehen sollten. Carl nickte zustimmend, und sie ließen sich beide von der Dunkelheit verschlucken.

Pontis Bericht war vollkommen logisch. Er sei nach Oslo gereist, um mit dem norwegischen Fernsehen über den Verkauf von Fernsehreportagen aus Afghanistan zu verhandeln. Das müsse auf freiberuflicher Basis geschehen, weil die Gewerkschaftsvertreter beim schwedischen Rundfunk und Fernsehen Dienstreisen nach Afghanistan aufgrund von Schwierigkeiten mit Gefahrenzulagen und der Betriebshaftpflicht und anderer schwedischer bürokratischer Hemmnisse nicht guthießen. Man müsse diesen Krieg also auf freiberuflicher Basis darstellen. Ausnahmen würden nur bei lateinamerikanischen Kriegen gemacht.

Solche Reportagen kosteten Geld, und dazu brauche man Vorschüsse, und Vorschüsse würden nur in kleinen Portionen ausgehändigt, weil es da wieder andere gewerkschaftliche Bestimmungen gebe. Es sei ihm jedoch gelungen, mit dem norwegischen und dem dänischen Fernsehen Verbindung aufzunehmen, und er sei in Oslo gewesen, wo er mit den Norwegern handelseinig geworden sei. Sie seien um die Mittagszeit in sein Hotel gekommen, und dort habe man einige Stunden konferiert. Anschließend habe er sich mit einem guten Freund von *Dagbladet* getroffen, dem dortigen Leiter des Auslandsressorts. Nein, das habe er schon vor dem Abflug telefonisch vereinbart. Ja, und dann noch diese Geschichte mit dem Taxi – ach so, haben die mich da schon verfolgt? –, ja, als das Taxi auf die Karl Johans Gate gekommen sei, habe er sich erinnert, daß er mit der Kolsaas-Bahn nur ein paar Stationen nach Monte Bello fahren und dort die Treppe hinaufgehen müsse. Daher habe er es sich anders überlegt und sei aus dem Taxi ausgestiegen.

Anschließend sei er den ganzen Tag beim Auslandschef des *Dagbladet* gewesen. Sie seien alte Freunde.

Am nächsten Tag habe er lange auf den Anruf eines befreundeten Schriftstellers gewartet, Jon Michelet, weil sie unter Umständen zusammen essen wollten, falls die Mandelentzündung der Tochter nicht einen Strich durch die Rechnung mache. Der Freund habe aber nicht angerufen. So sei er statt dessen ausgegangen und habe ein paar Weihnachtsgeschenke für seine Frau gekauft. Dabei habe er entdeckt, daß er Verfolger hatte, die ihm vorgekommen seien, als hätten sie über den Köpfen große Plakate mit der Aufschrift getragen: *Norwegische Sicherheitspolizei bei der Arbeit*.

»Die machten mir beinahe eine Freude, es war ja schon so lange her, daß ich das erleben durfte«, gluckste Ponti. »Nun, nachdem ich sie entdeckt hatte, ließ ich das ganze Standardprogramm ablaufen, außerdem fing es ja so hübsch in einem großen Warenhaus an.«

»Dem Glasmagasinet«, lachte Carl.

»Genau. Und ich spulte das ganze Programm ab, Handschuhe ausprobieren, Damenunterwäsche und so fort. So ging es weiter, und als sich herausstellte, daß ich diesen zweiten Kumpel doch nicht erwischen würde, habe ich einen Platz in der nächsten Maschine gebucht und bin mit dem Überwachungsdienst auf den Fersen zum Flughafen rausgefahren.«

»Aber warum hast du ihnen zugewinkt?«

Die Erklärung war einfach. Ponti hatte die Tageszeitungen gekauft und sich hingesetzt, um systematisch nach einer Erklärung für das Interesse der Polizei zu suchen, falls es eine solche gab. Dann hatte er entdeckt, daß eine israelische Delegation in seinem Hotel absteigen würde, und damit war die Sache klar. Sie hatten ihn für einen Terroristen gehalten.

»Aber wozu dieser Abschiedsgruß?« beharrte Carl.

»Ich wollte denen zeigen, daß ich dieses Mißverständnis begriffen hatte, ich wollte ihnen nur eine kleine Freundlichkeit erweisen. Wenn ich ein Terrorist wäre, hätte ich darüber keine Scherze gemacht. Ich dachte, das wäre offenkundig.« Sie gingen eine Weile schweigend nebeneinander her.

»Ich glaube dir«, sagte Carl schließlich. »Aber ich will diese Geschichte kontrollieren, bevor du eine theoretische Chance hast, etwas zu arrangieren. Wie fangen wir es an?«

»Das ist nicht meine Sache. Du wirst mich etwas in Verlegenheit bringen, aber das macht nichts. Du wirst aber auch die Firma in Verlegenheit bringen.«

Carl zuckte zusammen, als er Ponti ganz unbeschwert das betriebsinterne Slangwort für den Sicherheitsdienst des Reiches nennen hörte. Sie standen in der Nähe einer Telefonzelle.

»Hast du Ein-Kronen-Stücke?« fragte Carl. Sie wühlten in den Taschen, bevor sie zehn Stück zusammenhatten, und damit entschuldigte sich Carl und betrat die Telefonzelle, während Ponti sich höflich so hinstellte, daß er zwar zu sehen war, jedoch nicht mithören konnte. Carl rief Hestenes in Oslo an und bat ihn, Papier und Bleistift bereitzuhalten. Es dauerte nicht mehr als fünf Minuten.

»Und jetzt darf ich wohl ein paar Fragen stellen?« erkundigte sich Ponti.

Carl nickte stumm.

»Warum?« fragte Ponti so kurz wie selbstverständlich.

»Weil ich in Erfahrung bringen muß, ob dein Besuch in Oslo eine natürliche Erklärung hat und daß sich diese nachprüfen läßt, so daß wir dich in einer bestimmten Untersuchung außer acht lassen und uns anderen Dingen zuwenden können.«

»Und warum das?« fragte Ponti wieder.

Sie waren ans Wasser gekommen. Es war eine kalte und sternklare Nacht, und oben auf der Tranebergs-Brücke war nur noch wenig Verkehr. Kein Mensch in der Nähe. Carl blieb lange Zeit reglos stehen und überlegte. Er hatte noch nie etwas verraten, hatte keinem Menschen erzählt, womit er sich in einer bestimmten Institution am Pazifik nördlich von San Diego beschäftigt hatte, wo er sich immerhin so oft aufgehalten hatte, daß eine Frau, die ihm sehr nahegestanden hatte, am Ende überzeugt war, er habe sie betrogen.

Ihm war klar, daß er keineswegs verpflichtet war, Ponti noch mehr zu erzählen, und daß es überdies riskant war, da Ponti Journalist war. Ponti besaß jedoch auch Kenntnisse, die nützlich werden konnten. Außerdem wollte Carl noch aus reiner Neugier einige weitere Fragen stellen.

»Die Dinge liegen so«, begann Carl und holte tief Luft. »Die Personenbeschreibung des Mörders paßt recht gut auf dich. Der Mörder soll es gerade noch geschafft haben, mit der Neun-Uhr-Maschine nach Oslo zu fliegen. Es gibt Gründe für die Annahme, daß Folkesson einer palästinensischen Terror-Aktion auf der Spur war. Ein denkbares Ziel war diese israelische Delegation in Oslo.«

Carl verstummte und zögerte. Er konnte Pontis Gesichtsausdruck nicht sehen, entdeckte nur, daß dieser sacht den Kopf schüttelte.

»Ihr seid doch nicht bei Trost. Erst soll ich Axel Folkesson erschossen haben, den ich übrigens recht gut gekannt habe. Dann soll ich mich fröhlich auf den Weg nach Oslo gemacht haben, um Israelis in die Luft zu sprengen. Ihr müßt mich für einen verdammt unvorsichtigen Terroristen halten, damit diese Geschichte stimmen kann. Und als ich – *surprise surprise* – zu meinem Erstaunen entdeckte, daß die norwegische Polizei die Israelis tatsächlich bewachte, womit nicht unbedingt zu rechnen war, soll ich also mein Gepäck genommen haben und zu meiner grauen Alltagsmaloche in Stockholm zurückgeflogen sein. Da hat wohl wieder die Intelligenz-Reserve der Firma zugeschlagen. Daß ihr noch die Kraft habt, euch noch selber auszuhalten.«

»Wir, die wir die ganze Zeit mit den Ermittlungen beschäftigt gewesen sind, haben diese Theorie immer bezweifelt. Das ist auch der Grund, warum ich auf diese Weise mit dir Kontakt aufgenommen habe, und dabei riskiere ich eine ganze Menge. Wenn es herauskommt, fliege ich raus. Ich hoffe, du weißt das.«

Ponti ging langsam zum Ufer hinunter. Sie befanden sich in der Nähe einer Badeanstalt und eines Spielplatzes mit Schaukeln, die sich in dem schwachen Wind verlassen bewegten. Carl ging hinter Ponti her und fuhr mit seiner Erklärung fort.

»Wir also glauben nicht an diese Hypothese, und ich habe selbst alles nur mögliche getan, um Erklärungen dafür zu finden, was du in Oslo vorhattest, aber das haben unsere norwegischen Kollegen unmöglich gemacht.«

»Inwiefern?«

»Die hatten nicht geprüft, welche Norweger das Hotel betraten. Die hielten nur nach arabischen Terroristen Ausschau und gingen davon aus, daß du draußen in der Stadt einen Treff hattest und nicht im Hotel. Darum sind ihnen diese beiden Burschen vom norwegischen Rundfunk nicht aufgefallen. So einfach ist es. Und daher blieb der Verdacht gegen dich bestehen, also nicht bei uns, die mit der Ermittlung betraut sind, wohl aber ... nun, also in einer anderen Ecke der Firma.«

»Näslund!« schnaubte Ponti. »Ich verabscheue die Firma aus zwei Gründen. Der eine Grund ist, sagen wir, rein persönlich, weil man seit den sechziger Jahren auf uns Jagd gemacht hat. Der zweite Grund ist meine ehrenwerte Entrüstung als normaler schwedischer Steuerzahler, denn in dieser Eigenschaft kann ich nämlich verlangen, daß der Sicherheitsdienst nicht von Idioten geleitet wird. Und was habt ihr? Den Helden von Jukkasjärvi. Und für so was sollen wir Geld hinblättern.«

Ponti setzte sich auf ein altersschwaches kleines Kinderkarussell, dem er einen Fußtritt gab, so daß es quietschend und schaukelnd zu rotieren begann.

»Du willst mich jetzt mindestens eine Stunde festhalten, nicht wahr?« fragte er. »Ich meine, damit die norwegischen Kollegen sich unterdessen beim Rundfunk und beim *Dabladet* blamieren können?«

»Wird was aus der Reise nach Afghanistan?« fragte Carl, um Pontis absolut präzise Schlußfolgerung nicht bestätigen zu müssen.

»Ja, wie ich hoffe, im Sommer. Im Winter geht es nicht, da

kommt man auf den Bergpässen nicht weiter. Meine Abreise ist für die Zeit kurz vor Mittsommer geplant. Falls ich dann nicht schon wegen eines Polizistenmordes verurteilt bin.«

»Da besteht wohl keine Gefahr. Hast du selbst eine Vorstellung, wer Folkesson getötet haben könnte?«

»Die Russen kann man wohl ausschließen, aber das ist schon alles. Hast du Folkesson gekannt, weißt du, womit er sich beschäftigte?«

»Nein, ich habe nur eine ungefähre Vorstellung. Er war für den Nahen Osten verantwortlich.«

»Setz dich, dann werd ich dir etwas von Folkesson erzählen. Ich habe ihn nämlich mehr als zwanzig Jahre gekannt.«

Carl setzte sich auf die andere Seite des Karussels, das sich immer noch bewegte.

Den Anfang der Geschichte erkannte Carl wieder. Folkesson und Roffe Jönsson hatten eines schönen Tages mit der damaligen Palästina-Gruppe in Stockholm Kontakt aufgenommen. Es war noch eine idyllische Zeit, und die »Terroristen-Abteilung« der Firma bestand im großen und ganzen nur aus zwei Mann. Im Lauf der Jahre war die Abteilung jedoch gewachsen und die zweitgrößte Firma geworden, und mit der Zeit hatten auch verschiedene ausländische Sicherheitsdienste begonnen, Tips zu liefern und Bestellungen abzugeben, nach dem Grundsatz Leistung gegen Gegenleistung, und das in einem solchen Umfang, daß das Ausland einen zunehmenden Einfluß auf die Arbeit erhielt, so daß sich normale Methoden nicht mehr anwenden ließen. Außerdem war ja jeder politische Flüchtling in Schweden verpflichtet, der Polizei seinen gesamten Lebenslauf zu erzählen, das heißt der Einwanderungsbehörde, also Folkesson. Er hatte viele solcher Flüchtlinge gezwungen, Informanten zu werden; er hatte ja tatsächlich die Macht zu entscheiden, ob sie in Schweden bleiben durften oder nicht, ob ihnen erlaubt werden sollte, eine Ehefrau oder einen Onkel ins Land nachzuholen.

»Wenn man einmal von moralischen Aspekten absieht und die Dinge nur praktisch zu sehen versucht, ist das Unangenehme daran, daß jeder x-beliebige dieser Informanten plötzlich durchdrehen konnte. Soviel ich weiß, kann dieser Mord ebensogut ein privater Racheakt sein wie ein politisch wohlüberlegter Terrorakt. Habt ihr euch Folkessons Informantenstall mal angesehen?«

»Darauf will ich nicht antworten«, entgegnete Carl, während ihm gleichzeitig einfiel, daß in der Firma noch kein Mensch auch nur in die Nähe dieses Einfalls gekommen war. »Aber was hältst du von der Hypothese, daß es eine Palästinenser-Organisation gewesen ist?«

Ponti zuckte die Achseln.

»Das kommt mir nicht sonderlich wahrscheinlich vor, aber man kann es nicht ausschließen. Unter den Palästinensern gibt es ungeheuer viele Verrückte.«

»Warum ist es nicht sehr wahrscheinlich?«

»Aus rein statistischen und historischen Gründen. Keine palästinensische Organisation hat in Schweden je einen Terroranschlag begangen. Das gehört nicht zu ihrer Strategie. Das schließt natürlich nicht aus, daß irgendeine kleinere Sekte dieser oder jener Richtung auf den Einfall kommt, gerade diese Strategie zu zerschlagen, und dann knallt es. Ich weiß es wirklich nicht. Hätte ich es gewußt, hättest du es auch erfahren, denn dann hätte ich im *Echo des Tages* darüber berichtet.«

»Obwohl du die Palästinenser unterstützt?«

»Ich unterstütze die Palästinenser, und in der letzten Zeit hatte ich gegen Folkesson Arbeitsmethoden einiges einzuwenden, aber ich bin nicht für Morde an schwedischen Polizeibeamten, falls du das glauben solltest. Gerade weil ich die palästinensische Sache im großen und ganzen unterstütze, bin ich nämlich gegen solche Dinge.«

»Weil Terrorakte mehr schaden als nützen?«

»Ja, aber ich habe nicht die Absicht, mich mit einem Vertreter der Firma auf eine Diskussion über moralische Fragen einzulassen. Gibt es noch etwas, was du wissen willst?«

»Ja, obwohl es mit dieser Ermittlung nicht unmittelbar zu tun hat, aber es gibt ein paar Dinge, die mir noch nicht klar sind.«

Carl war bewußt, daß er sich auf zunehmend dünneres Eis begab. Was er zu fragen gedachte, würde gleichzeitig ihre gesammelten Erkenntnisse über Ponti verraten. Seine Neugier zwang ihn jedoch zu fragen, und seine Intuition sagte ihm mit plötzlicher und überraschender Stärke, daß er wichtige Erkenntnisse gewinnen konnte.

»Die Israelis schickten einen *under cover agent*, einen bestens ausgebildeten Experten, der Anfang der siebziger Jahre eine sehr sorgfältig geplante Aktion durchführen sollte. Du hast den Burschen nach nur wenigen Stunden entlarvt.«

»Ja, ich erinnere mich daran, das gehört sogar zu den schönsten Erinnerungen meines Lebens. Nun?«

»Wie zum Teufel hast du das angestellt?«

Ponti lachte leise vor sich hin (Carl verfluchte die Dunkelheit, die ihn daran hinderte, das Gesicht des anderen zu erkennen).

»Komm drehen wir noch eine Runde. Es freut mich zu hören, daß euch diese Geschichte immer noch beschäftigt hält. Aber in deinem Job ist es wie in meinem: Manchmal ist die Erklärung so naheliegend, daß man sie nicht findet. Von der Moral her ist es wirklich eine hervorragende Geschichte.«

Sie gingen langsam am Ufer entlang und kamen an eine Treppe, die zur Stadt führte. Es war jedoch spät am Abend, und nur wenige Menschen waren noch unterwegs, und niemand würde sie sehen.

Die Einschleusungsaktion der Israelis war wirklich gelänzend gewesen. Als Ponti die Geschichte des Mannes zum erstenmal hörte, nachdem er ihn am Hauptbahnhof abgeholt hatte, war er nur zu dem Schluß gekommen, daß die Geschichte kaum nachprüfbar wäre, daß alle Details vermutlich stimmten und daß man die Geschichte am besten gleich für wahr halten sollte. Jedoch waren die Palästina-Gruppen gerade in jenen Jahren zur ständigen Zielscheibe von Provokateuren und Infiltranten nicht nur der Firma, sondern auch des militärischen Nachrichtendienstes, pro-israelischer Privatspione und der Israelis selbst geworden.

Und an diesem Abend befand sich zufällig Ghassan Kanafani in Stockholm, in einer rein privaten Angelegenheit, die etwas mit einer Journalistin von *Dagens Nyheter* zu tun hatte, auf die Ponti aber weiter nicht einging. Tatsache war aber, daß ein Palästinenser, den man in einer linken schwedischen Wohngemeinschaft für einen Jedermann halten konnte, der aber kein Jedermann war, sich zufällig in einer Wohnung nicht weit vom Hauptbahnhof entfernt aufhielt.

Erik Ponti hatte den Mann, der schon bald als israelischer Agent entlarvt wurde, in die Wohnung der Wohngemeinschaft mitgebracht. Ponti hatte dem palästinensischen PFLP-Führer en passant die Angelegenheit erklärt, und sie hatten sich geeinigt, daß Kanafani dem eventuellen Sympathisanten und amerikanischen Wehrdienstverweigerer unter vier Augen auf den Zahn fühlen sollte.

Hinterher war Kanafani seiner Sache absolut sicher gewesen. Die Geschichte des Mannes war äußerst geschickt ausgedacht. Er hatte unter anderem die verschiedenen Korridore des Ramleh-Gefängnisses exakt beschrieben, richtig angegeben, welcher Häftling in welcher Zelle saß, und so weiter. Er gab an, ein halbes Jahr in Zelle vierzehn gesessen zu haben. Und die von ihm genannten Zellengenossen saßen auch tatsächlich dort. Vor allem Abdul Hassan Latif. Abdul Hassan Latif war jedoch nicht unter der Folter zusammengebrochen, hatte nie gestanden und war nur aufgrund von Vermutungen, welchem Verband er angehörte, verurteilt worden. Und jetzt hatte der israelische Agent genau die Geschichte von Abdul Hassan Latif als Al-Fatah-Mann erzählt, wie sie in den Augen der Israelis aussah. Der Israeli sagte außerdem, Abdul Hassan Latif habe ihm all dies in Zelle Nummer vierzehn im Vertrauen mitgeteilt.

Abdul Hassan Latif gehörte jedoch der PFLP, einer völlig anderen Gruppe und einem völlig anderen Verband an, als die Israelis geglaubt hatten. Er war außerdem einer der ältesten Kindheitsfreunde Ghassan Kanafanis. Er hätte diese israelische Theorie einem amerikanischen Zellengenossen aus mehreren Gründen nie anvertraut. Niemals.

»Seitdem habe ich mich immer gefragt, ob dieser Agent Kanafani eigentlich wiedererkannte und ob er begriff, wie das Ganze vor sich ging«, schloß Ponti seinen Bericht ab. »Aber jetzt höre ich von dir, daß diese Angelegenheit bei den Firmen im In- und Ausland immer noch zu Spekulationen führt. Ja, die Israelis müssen sich schon gewundert haben, warum ihr Mann aufflog.«

Sie hatten inzwischen Atterbomsvägen erreicht, lehnten sich gegen eine Mauer und blickten auf die dunklen Wasserflächen und die Lichter der Essinge-Inseln und des Verkehrs auf der Essinge-Autobahn. Die Straße hinter ihnen war menschenleer.

»Was hast du anschließend mit dem Burschen gemacht?« fragte Carl in einem Tonfall, der sein gespanntes Interesse nicht verraten sollte.

»Ich brachte ihn zu einem Taxenstand an Norra Bantorget und sagte, er solle seinem guten Stern danken, daß er nicht in Beirut, sondern in Stockholm aufgeflogen war. Hier in Stockholm begnügten wir uns damit, israelische Agenten einfach wegzuschicken. Anschließend sagte ich ihm noch, wir würden uns wohl nie mehr wiedersehen.«

»Hast du ihn bedroht?«

Ponti lachte auf.

»Ach so, hat er das in seinem Schlußbericht geschrieben? Nun ja, er muß die Situation als etwas unangenehm empfunden haben. Und Operateure, die im Feld versagen, müssen sich ja immer irgendwie erklären. Wenn Kanafani an dem Abend aber nicht zufällig in der Stadt gewesen wäre, hätte ich den Burschen nie erwischt. Er war wirklich ein Profi. Und es war eine sehr gut vorbereitete Operation. Kennst du die Vorgeschichte?«

Carl nickte. Er hatte den Kopf voller Folgefragen, um seinen eigenen Kontrollapparat in Gang setzen zu können. (Wie hieß diese Frau bei *Dagens Nyheter*? Kann sie bezeugen, daß Kanafani damals in Stockholm war? Weiß noch jemand von der Geschichte? Wie lange Zeit danach wurde Kanafani ermordet? Er wurde doch in seinem Wagen in Beirut in die Luft gesprengt? Waren es die Israelis? Kann es einen Zusammenhang geben?)

Carl entschloß sich aber, auf solche Kontrollfragen zu verzichten. Die Geschichte mußte wahr sein, weil sie so vollkommen logisch war, weil sie tatsächlich etwas erklärte, was kein Analytiker der verschiedenen Sicherheitsdienste hatte erklären können. Genau so mußte es zugegangen sein, als der israelische Under-cover-Agent Ben Tevel entlarvt wurde.

»Teufel auch«, sagte Carl nach einer Weile, »aber diese Geschichte hat ewig dagelegen und an uns genagt, weil kein Mensch eine Erklärung finden konnte.«

»Was meine Gefährlichkeit und so weiter beweist?«

»Ja, etwa so.«

Sie gingen schweigend weiter. Carl konnte sich nicht mehr konzentrieren, weil ihm widersprüchliche Gedanken durch den Kopf gingen. Wie man es auch betrachtete, die Situation war absurd. Wenn Ponti nun in all diesen Jahren als hochgradig verdächtig eingestuft wurde, nur weil niemand Erklärungen für Dinge wie diese Tevel-Geschichte gefunden hatte, lag es daran, daß man mehr auf geheime Telefonüberwachung vertraute als auf die Möglichkeit, einfach hinzugehen und zu fragen. Oder bin ich selbst naiv, dachte Carl, weil ich auch jetzt noch wie in früheren Jahren davon ausgehe, daß die Menschen die Wahrheit sagen, weil es häßlich ist zu lügen?

Nein, die Vernunft sagte ihm ja auch einiges, und Pontis Erklärung der Norwegen-Reise würde sich bis ins kleinste Detail nachprüfen lassen. Jedoch würde die Vernunft vielleicht erst später zu ihrem Recht kommen. Carl entschloß sich, noch ein paar Fragen zu stellen, was ein weiteres Dienstvergehen war, da er den Verdacht der Firma indirekt verriet. Aber da er A gesagt hatte, sollte er lieber gleich die Gelegenheit benutzen, B zu sagen.

»Eine sehr kleine Gruppe von Journalisten mit einer Vergangenheit bei *Folket i Bild/Kulturfront* sitzt heute so wie du in einflußreichen ...«

»Ja, ich weiß«, unterbrach ihn Ponti, »und ich weiß auch, was für eine intelligente Theorie ihr darüber habt, da der Briefträger sogar in *Expressen* von unserer Verschwörung gefaselt hat. Ein Glück für ihn, daß ihn niemand so recht verstanden oder begriffen hat, welche Leute er meinte.«

»Nun, und wie sieht es wirklich aus?«

Ponti seufzte.

Ihm zufolge war die Erklärung ziemlich einfach. Ende der sechziger Jahre hätten viele Studenten nach einem Einstieg in den Journalismus gesucht. In einem früheren oder auch späteren politischen Jahrzehnt hätten sie in der Industrie, der Wissenschaft oder an der Börse statt im Journalismus Karriere gemacht. Oder, anders gesagt, damals seien »alle« Angehörigen der studentischen Linken Journalisten gewesen. Sie hätten ja alle irgendwelche Flugschriften und Memoranden verfaßt, und das Schreiben sei nun mal die einfachste und natürlichste Form des studentischen politischen Kampfes. So fange es auch bei vielen Journalisten an. Man schreibe, um die Welt zu verändern, um »das Bewußtsein der Massen zu wecken« oder um zumindest ungerechte Gesetze zu bekämpfen.

Aber da in diesen Jahren so gut wie »alle« in einem gewissen Sinn Journalisten wurden, gab es unter all diesen Studenten eine bestimmte Zahl hochbegabter junger Leute, die normalerweise einen völlig anderen Beruf ergriffen und sich darin bestens behauptet hätten. Wenn man etwa den Moderator von *Studio S* betrachtete, der hätte in den siebziger Jahren als Strafrechtsdozent weitergearbeitet, der USA-Korrespondent und spätere Auslandschef von *Rapport* wäre Professor der Volkswirtschaft geworden, der Mann vom *Malmö*-Magazin wäre den gleichen Weg gegangen wie der Kollege von *Studio S*, wenn er in den achtziger und nicht in den sechziger Jahren mit dem Studium begonnen hätte. Ponti selbst hätte »normalerweise« etwa Manager werden können.

Beim Fernsehen und beim Rundfunk waren all diese Leute allmählich und völlig unabhängig voneinander eingestellt worden; sie hatten sich in ihrem Metier schon vorher durchgesetzt, und einige besaßen noch weitere, für den Journalismus ungewöhnliche Qualifikationen.

Es war tatsächlich eine unerhört komische, ironisch komische Verschwörungs-Idee, die der Briefträger in *Expressen* lanciert hatte, daß sie alle *im Grunde* keine Journalisten seien, sondern nur verkleidete Linksextremisten. Wer sich zu dieser Meinung verstieg, begriff nichts von Journalismus oder vom Konkurrenzkampf in dieser Branche, begriff nichts von der Linken der sechziger Jahre, begriff überhaupt nichts anderes als mathematische und personelle Zusammenhänge, etwa wer wen kannte.

Carl und Ponti hatten inzwischen Gjörwellsgatan erreicht und standen so, daß das Verlagshaus von *Dagens Nyheter/Expressen* das Blickfeld beherrschte.

»Dort oben aber«, nickte Ponti, »sind erst in den letzten Jahren ein paar Leute von der alten Linken gelandet, und das waren einige aus unserer B-Mannschaft. Soviel ich weiß, hat man die ganz schnell und leicht zu gewöhnlichen Skandalreportern umbauen können. Da oben sitzen drei oder vier alte Clartéisten und SKP-Leute und schreiben das Wort ›Terroristen‹ hin, wenn sie statt dessen Araber schreiben sollten. Das ist im Grunde ein größeres Rätsel als die Phantastereien des Briefträgers über mich und die Fernsehmoderatoren.«

»Woher weißt du soviel über die Firma?« wollte Carl wissen. Er hatte das Gefühl, Ponti vom Thema Journalismus abbringen zu müssen, wenn die restliche Zeit nicht ausschließlich damit hingehen sollte. Denn obwohl Ponti mit ruhiger Stimme erzählte, spürte man die Vibrationen seiner verhaltenen Wut.

»Die Firma?« sagte Ponti und machte den Eindruck, als sei er unsanft aus tiefem Grübeln gerissen worden. »Ach ja, die Firma. Weißt du, einmal liegt es natürlich an unserer harten Jugend, oder wie man das nennen soll, als wir kreuz und quer durchs Land gejagt wurden, als wären wir Verbrecher und Landesverräter. Aber außerdem habe ich im Lauf der Jahre ein paar gute Kontakte zur Firma bekommen.«

»Ist das nicht etwas merkwürdig?«

»Nein, nicht sonderlich. Das liegt vor allem an den Gegensätzen innerhalb der Firma, glaube ich. Die Älteren fühlen sich von Näslund und dessen neuer Garde an die Wand gedrückt und ungerecht behandelt, und außerdem haben sie oft das Gefühl, daß alles zum Teufel geht, und daher der Drang an die Öffentlichkeit.«

»Und dann weinen sie sich bei dir aus?«

»Ja, manchmal. Wenn du mal nachdenkst, gibt es zwischen dir und mir ja einen entscheidenden Unterschied. Ich kann nicht eine Sekunde darauf bauen, daß unter uns bleibt, was ich dir sage, ein solches Versprechen von dir ist wertlos. Wenn ich dir aber etwas zusage, ist das etwas völlig anderes.«

»Und wieso?«

»Nun, nicht aus persönlichen, sondern aus juristischen Gründen. Wenn du mir als ›anonymer Gewährsmann‹ etwas anvertraust, wird deine Anonymität durch das Grundgesetz geschützt. Es wäre ein Verbrechen, dich als Quelle zu enthüllen, abgesehen davon, daß es ein noch schlimmeres Verbrechen gegen das Berufsethos wäre. Eines schönen Tages kannst du dir das vielleicht zunutze machen, und dann werden wir uns sicher einigen.«

Sie gingen am Verlagsgebäude von *Dagens Nyheter/Expressen*, der sowjetischen Botschaft und dem Verlagshaus von *Svenska Dagbladet* vorbei zu Västerbroplan hinunter. Das war möglicherweise eine etwas auffällige Route, aber das Wetter und die späte Stunde hielten die Straßen menschenleer. Bald würden sie sich jedoch trennen müssen. Es war nur noch einen Kilometer bis zu den Polizeihäusern auf Kungsholm.

Carl dachte über mehrere Dinge zugleich nach. Er war sehr zufrieden, Erik Ponti als Verdächtigen streichen zu können, denn er mochte ihn. Um so mehr konnte er sich in der nächsten Zeit auf diesen Hedlund konzentrieren, den er um so stärker verabscheute. Aber würde Ponti ihm helfen können?

»Ich möchte gern deine Meinung zu einem Problem hören«, sagte Carl, ohne eine Antwort zu erwarten, bevor er das Problem geschildert hatte. »Wenn die Palästinenser nun kein Interesse an Terrorakten in Schweden haben, wenn es folglich nur eine kleine Abweichlerfraktion wäre, die der PLO-Führung sozusagen ein Bein stellen will, könnte man das irgendwie belegen?«

»Das mußt du sie schon selbst fragen«, erwiderte Ponti kurz und selbstverständlich, als ginge es darum, eine Nachbarsfrau zu einem Routineverhör zu bringen.

»Und wie zum Teufel soll ich das anstellen?«

»Wenn es um etwas geht, was der PLO mißfällt, oder um eine Sache, mit der sie nichts zu tun haben, werden sie es dir vielleicht erzählen. Wenn es sich um Palästinenser handelt, *wissen* sie es jedenfalls. Ob sie dir etwas sagen, kann man ja erst wissen, wenn du gefragt hast.«

»Wenn ich wen gefragt habe?«

»Den palästinensischen Sicherheits- und Nachrichtendienst.«

»Gibt es den?«

»Darauf kannst du Gift nehmen. Die sind im Nahen Osten mindestens die Nummer zwei.«

»Guten Tag, ich komme vom schwedischen Sicherheitsdienst und möchte gern wissen, ob Sie die Angewohnheit haben, unsere Offiziere zu ermorden?«

»Ja, warum denn nicht. Der Mann, den du suchst, heißt Abu al-Houl.«

»Und wer ist das?«

»Der Chef des palästinensischen Nachrichtendienstes. Nur wenige Menschen sind ihm begegnet. Abu al-Houl bedeutet übrigens ›Sphinx‹.«

»Und wo finde ich ihn?«

»In Beirut, vermutlich. Oder auch in Tunis, aber ich glaube eher in Beirut.«

»Kannst du einen solchen Kontakt herstellen?«

Sie waren unter den Brückenpfeilern von Västerbron stehengeblieben und blickten über einen verlassenen, mit halbgefrorenem Schneematsch bedeckten Rasen auf den Anfang von Norr Mälarstrand. Ponti grübelte. Schließlich entschied er sich.

Es werde nicht leicht werden. Aber Carl müsse zunächst nach Beirut fliegen und einen schwedischen Arzt aufsuchen, der in der Tuberkulosestation des Flüchtlingslagers Bourj el Barajneh arbeite, einer Einrichtung der skandinavischen Palästina-Gruppen. Er, Ponti, werde Carl einen Empfehlungsbrief mitgeben, aber nur für diesen schwedischen Arzt. Falls es Carl gelinge, den Arzt von seinen guten Absichten zu überzeugen, werde dieser Carl mit »Jihaz as Rased« in Verbindung bringen, wie die Organisation heiße. Denn Jihaz as

Rased sei für die Sicherheit der skandinavischen Genossen in Beirut verantwortlich. Und der nächste Schritt sei allein eine Frage von Carls Verhandlungsgeschick.

»Ist es ein gefährlicher Versuch?« fragte Carl.

»Ja, in höchstem Maße, wenn du den Versuch machst, sie hereinzulegen. Sonst könnte es höchstens damit enden, daß sie dich bitten, dich zum Teufel zu scheren, und dann weißt du jedenfalls, daß sie keine Lust haben, dir ihre Standpunkte zum Ableben des alten Folkesson mitzuteilen.«

»Du schreibst also einen solchen Brief für mich, einen Brief an diesen schwedischen Arzt, und sagst genau, wie es sich verhält?«

»Ja, du kannst ihn morgen haben. Aber dazu muß ich noch einmal deine Kollegen abschütteln, und dann gibt es wieder Berichte darüber, wie verdächtig ich mich aufführe.«

»Adressiere ihn an die Sicherheitsabteilung der Reichspolizeiführung, Postfach soundso – die Nummer steht im Telefonbuch –, und richte den Brief an Arne Fristedt, Kriminalkommissar.«

»Bist du das?«

»Nein.«

»Na schön. Eure Jungs sind hinter mir her, um zu sehen, ob ich mich als Mörder entlarve?«

»Ja.«

»Dann benehmen sie sich aber sehr seltsam. Sie lassen mich nämlich merken, daß sie mich verfolgen. Wozu?«

»Bist du sicher?«

»Ja, kein Zweifel. Ich soll sehen, daß ich verfolgt werde.«

»Ich weiß nicht warum, aber es hat den Anschein, als wollten sie dir Angst einjagen. Ich muß dir übrigens einen entschiedenen Rat geben. Es gibt keine Beweise gegen dich, was dir inzwischen wohl klar geworden ist. Aber sollte man dich festnehmen, leiste um Gottes willen keinen Widerstand, und paß auf, daß keine Waffe in der Nähe ist.«

»Danke für den Tip. Das werde ich mir wirklich merken«, sagte Ponti, machte auf dem Absatz kehrt und ging.

Carl blieb stehen. Er war sich nicht klar, ob Pontis letzte Reaktion Zorn oder etwas anderes verriet. Dann fielen ihm mehrere Dinge ein, die er hätte sagen sollen, bevor es zu spät war, sowie ein paar Fragen zu Jihaz as Rased.

Plötzlich ging ihm auf, daß »Rased« die »unbekannte Palästinenser-Organisation« war, die in der Aufzählung interner palästinensischer Mordaktionen in Europa mehrmals aufgetaucht war.

Carl wartete, bis er Ponti auf dem Weg zu Norr Mälarstrand nicht mehr sehen konnte, ging dann zu Västerbroplan hinauf und hielt ein Taxi an.

Auf dem Heimweg fühlte er sich zufrieden. Es war komisch, daß Ponti und der Alte den gleichen selbstverständlichen Rat gegeben hatten: Frage sie doch, geh hin und frage sie.

Eine der festgenommenen Schwedinnen, Petra Hernberg, hatte in der Tuberkulosestation von Bourj el Barajneh gearbeitet. Vielleicht konnte sie ein paar wichtige Tips geben, obwohl er es sich kaum vorstellen konnte.

Als er zu Hause war, setzte er sich an seinen nur selten benutzten Schreibtisch und schrieb das Gespräch mit Erik Ponti so wortgetreu auf, wie er sich erinnern konnte. Er war schon jetzt überzeugt, daß die Nachprüfungen von Roar Hestenes in Oslo ein eindeutiges, bestätigendes Ergebnis bringen würden.

Am folgenden Morgen wurde die Arbeit in der Firma durch den bundesdeutschen Verfassungsschutz geprägt. Von sieben bis zwölf Uhr ratterten einmal pro Stunde Telex-Meldungen in der Telefonzentrale der Stockholmer Reichspolizeiführung ins Haus. Die Geschichte wurde rasch unüberschaubar.

Es hatte den Anschein, als wären in der Bundesrepublik rund fünfzehn junge Leute entweder festgenommen oder aus mancherlei Gründen verhört worden. Einer der Festgenommenen war ein steckbrieflich gesuchter Terrorist, den man in Bremen aufgespürt hatte. Dieser und die folgenden Einsätze in der ersten Nachthälfte hatten in Bremen rasch zu Hinweisen geführt, die zu neuen Einsätzen in Hamburg geführt hatten.

Es schien unmöglich, die Bedeutung der deutschen Aktivitäten nach nur wenigen Stunden richtig einzuschätzen, abgesehen von der konkreten Tatsache, daß ein gesuchter Terrorist tatsächlich festgenommen worden war.

Näslund setzte schon am Morgen eine weitere Arbeitsgruppe ein.

Es gab eine aus bestimmten historischen Gründen etwas überdimensionierte Gruppe »deutscher« Experten in der Firma, die in den letzten Jahren nicht sonderlich viel zu tun gehabt hatten, nachdem der westdeutsche Terrorismus fast vernichtet schien. Zum einen hatte es in der Bundesrepublik eine bedeutende Zahl von Abschüssen gegeben, zum andern saßen rund dreißig Edel-Terroristen seit vielen Jahren in Krefeld hinter Schloß und Riegel. Der spezialangefertigte Gerichtsbunker in Düsseldorf war seit mehreren Jahren nicht mehr benutzt worden.

Im Windschatten dieser dramatischen Mitteilungen aus der Bundesrepublik flatterte ein etwas kürzerer und trivialerer Bericht des Polizeibeamten Roar Hestenes vom norwegischen Überwachungsdienst ins Haus.

Hestens war es gelungen, bis ins Detail zu klären, was Erik Ponti in den vielen Stunden getan hatte, in denen man ihn aus den Augen verloren hatte. Er bestätigte alle Hinweise, die Carl ihm am Abend zwar gegeben hatte. Man schenkte diesen Angaben definitiv Glauben.

»Aha«, sagte Fristedt, »da sitzen wir nun mit unseren gewaschenen Hälsen und stehen dumm da. Es ist natürlich schön, daß die Norweger sich endlich dazu bequemt haben, die Sache mit Ponti zu klären, so daß wir die fallenlassen können. Aber nun geht unsere ganze Zeit für diese Geschichte mit Hedlund und den Deutschen drauf. Was sollen wir jetzt anfangen?«

»Ich habe mir gedacht, ich fliege nach Beirut«, sagte Carl unschuldig. Als er jedoch die verblüfften Gesichter der beiden anderen Männer sah, war ihm klar, daß er alles erzählen mußte – wie er Ponti getroffen und Hestenes angerufen hatte.

Appeltoft und Fristedt schwiegen zunächst, nachdem er seinen Bericht beendet hatte.

»Nun, ich habe im Grunde nichts dazu zu sagen«, sagte Fristedt, »denn wenn man sich hinter dem Rücken Näslunds mit russischen Spionen treffen kann, müßte es doch mit dem Teufel zugehen, wenn man nicht auch einen normalen Journalisten von *Sveriges Radio* aufsuchen kann.«

»Immerhin hat es ein Ergebnis gebracht«, sagte Appeltoft und blickte weg. Im Grunde mißfielen ihm solche Methoden. Dienstvorschriften und Regeln waren nach Appeltofts Meinung keineswegs dazu da, ignoriert zu werden.

Es würde nicht leicht werden, Carls Reise nach Beirut zu begründen. Erstens konnten sie nicht erwarten, daß Näslund sich für den Gedanken begeisterte, daß die Firma mit dem Feind fraternisierte. Zweitens würde es ihnen schwerfallen zu sagen, wer genau den Vorschlag gemacht hatte und wer helfen sollte, die Verbindung herzustellen.

Fristedt hielt es jedoch für eine gute Idee. Möglicherweise könnten die Palästinenser die Herkunft der Mordwaffe klären? Wer sonst sollte der Spur einer Pistole folgen können, die sich irgendwo in Beirut selbständig gemacht hatte? Aber wie zum Teufel sollte man das Sherlock Holmes erklären?

»Ich habe eine Idee«, sagte Appeltoft düster. Er schwankte zwischen seiner Mißbilligung neuer Ideen und seiner Überzeugung, daß man jede Möglichkeit nutzen müsse, neue Erkenntnisse zu gewinnen. Denn so wie die Dinge lagen, waren sie dem Mörder Axel Folkessons keinen Deut näher als am ersten Tag.

Appeltofts Idee war einfach. Er wies zunächst darauf hin, daß Petra Hernberg in dieser TB-Station in Beirut gearbeitet habe. Sie müsse folglich die dort arbeitenden schwedischen Ärzte kennen. Außerdem wohne sie mit diesem Deutschenfreund zusammen, und so wie es aussehe, werde in den nächsten Tagen alles »Deutsche« höchste Priorität erhalten. Man könne sich also in etwa mit ihr unterhalten, daß es besonders dringend sei, daß jemand nach Beirut fliege, um die dortige freiwillige Hilfe der Schweden zu untersuchen und deren mögliche Verästelungen zu anderen linken Organisationen in Westeuropa, besonders zu solchen in der Bundesrepublik. Hedlund war ja gleichzeitig mit Petra Hernberg in Beirut gewesen. Aber vielleicht sei das als Begründung ein bißchen dünn?

»Wir sollten es jedenfalls versuchen«, sagte Fristedt. »Komm mit, Erik, wir gehen zu dieser Petra und stellen ihr ein paar gezielte Fragen. Dann kannst du dich impfen lassen und ein Flugticket besorgen und was du sonst noch brauchst.«

»Fällt Näslund auf so was rein?« wollte Carl wissen.

»Mach dir keine Sorgen. Wenn wir nur sagen, es gibt noch mehr *Deutsches* zu holen, dann freut er sich. Das bringt ihm Pluspunkte bei der Kilowattgruppe. Er hat den Deutschen ja geholfen, wenigstens einen richtigen Terroristen zu fassen, und damit wird er zum Star der Truppe. Wir sagen ihm nur Deutschland, dann beißt er an. Deutschland, Deutschland über alles. Komm jetzt, Erik, wir gehen zu Petra.

»Was ist die Kilowattgruppe?« hakte Carl nach.

»Das besprechen wir ein andermal. Das ist der Rotary-Club der internationalen Sicherheitsdienste.«

9

Über Hamburg schälte Carl das Cellophan von seinem Teller mit kalten Putenfleischscheiben und Waldorfsalat. Irgendwo dort unten waren bundesdeutsche Sondereinheiten dabei, aus einer unbekannten Zahl verwirrter Studenten Angaben herauszuklopfen. Aus dem Terroristen bekamen sie vermutlich nichts heraus; Carl hatte den stereotypen Gerüchten der deutschen Linken, die deutsche Polizei wende ausgeklügelte Foltermethoden an, nie Glauben geschenkt.

Fazit war bisher: ein festgenommener Terrorist, wenn auch rein zufällig und überdies in der Bundesrepublik, zwei libanesische und ein palästinensischer Hasch-Verkäufer und Hehler, zwei festgenommene schwedische Palästina-Aktivisten, die man wegen eines unbedeutenden Rauschmittelbesitzes und des Besitzes einer gestohlenen Stereoanlage geschnappt hatte, eine schwedische Apothekenhelferin, festgenommen wegen Besitzes zehn kriegerischer kleiner Souvenirs, sowie ein festgenommener schwedischer Terroristen-Sympathisant und Besitzer einer Schrotflinte von 1910, ferner sieben in Verwahrung genommene politische Flüchtlinge aus dem Nahen Osten, die mit dem Ganzen überhaupt nichts zu tun hatten. Bei der Sache selbst ging es um die Frage einer Terroraktion unter dem Codenamen Plan Dalet sowie um den Zusammenhang zwischen Plan Dalet und dem Mord an einem hohen schwedischen Sicherheitsbeamten.

Und in dieser Sache hatte es den Anschein, als wären alle Festnahmen vergeblich gewesen, sofern man sich nicht auf eine Verbindung Hedlund/Bundesrepublik verließ, aber es war ein allzu optimistischer Gedanke, daß sich daraus etwas ergeben könnte.

Carl war zutiefst erleichtert, der Kleinarbeit, dem Herumtappen und der im Sande verlaufenden Denkarbeit im Polizeihaus auf Kungsholmen entronnen zu sein. Die Maschine überflog gerade ein Wolkenfeld; er knabberte pflichtschuldigst an den Putenfleischscheiben und ließ sich eine kleine Flasche »Gratis«-Champagner der Marke Pommery bringen. Als junger Geschäftsmann flog er Euroclass und sah auch wie ein solcher aus. Maßanzug, Krawatte und dazu ein Aktenkoffer in Bordeuxrot. Nichts an seinem Äußeren oder seinem Gepäck deutete auf etwas anderes hin, als daß Carl Hamilton ein junger Mann aus der Computerbranche war. Nach sorgfältigem Überlegen hatte er jede Form von Bewaffnung in Schweden zurückgelassen. Erstens würde er auf zwei der Terrorismus-gefährdetsten und am besten kontrollierten Flughäfen der Welt landen, Athen und Beirut – ein Problem, das man höchstwahrscheinlich irgendwie hätte lösen können –, und zum andern war er auf dem Weg in eine Stadt, die sich im Kriegszustand befand. Dort war eine zivile Identität ein besserer Schutz als Waffen.

Er versuchte, abzuschalten und an andere Dinge zu denken als an die, mit denen er sich jetzt eine Woche lang, die ihm wie ein Monat vorkam, ununterbrochen beschäftigt hatte. Er lehnte sich zurück und reiste in Gedanken nach Kalifornien, diesem gigantischen Vergnügungspark. Er sah Tessie vor sich, als sie sonnengebräunt und mit ein paar weißschimmernden Fischen auf der Harpune aus dem Wasser stieg.

Tessie O'Connor mit dem breiten, weißen, amerikanischen Lächeln. University of Southern California, ein breiter, schaukelnder, offener Wagen in langsamer Fahrt an der Pazifikküste, Palmenalleen, die grauen Kriegsschiffe draußen in der Bucht, der salzige Wind, die Wellen, die Surfbretter, die schwierige, aber lustige erste Umstellung auf amerikanischen Football, diese Mischung aus Handball und Fußball mit einem guten Schuß erlaubter Rauhbeinigkeit; er war aber schließlich so gut geworden, daß man ihn im letzten Semester in die Universitätsmannschaft aufgenommen hatte.

Tessie O'Connor mit dem breiten Lächeln unter den *cheerleaders* vor dem Match.

Er hatte ihr nie etwas von seiner Neben-Ausbildung gesagt, hatte kein einziges Wort geäußert oder auch nur einen kleinen Hinweis verlauten lassen, keinem Menschen gegenüber. Ebensowenig hatte er sich jemals zu Streitigkeiten provozieren lassen, um seine Umgebung dann zu verblüffen. Das hatte das Verhältnis zu Tessie am Ende unerträglich gemacht; die Tatsache, daß er ständig abwesend war, ohne es ihr erklären zu können. Und was hatte er jetzt davon?

In der Wirklichkeit, draußen bei der Feldarbeit, hatte er einer offiziell verdächtigen Person jetzt klare, ausführliche und gelinde gesagt indiskrete Informationen gegeben. Wenn er damals gewußt hätte, daß er das später einmal tun würde, hätte er Tessie alles erklärt. Er vermißte sie plötzlich sehr und schmerzlich.

Er versuchte, die Erinnerung mit einem rationalen Argument wegzuwischen. Es hätte doch nie funktioniert. *It wouldn't work*. Er mußte nach Schweden zurück; sie studierte Jura, was ihr in Schweden nichts genützt hätte. Hätte er aber in den USA bleiben können? Ein Job als Programmierer? Football-Profi? Nein, das hätte auch nicht funktioniert.

Er versuchte, sich selbst von außen zu sehen, als säße er neben sich. Adretter junger Mann mit guter Ausbildung, in guten Verhältnissen lebend, linke Vergangenheit, die ihm wahrscheinlich nicht anzumerken war. Auf Geschäftsreise in den Nahen Osten.

Und die Innenansicht? Adretter junger Mann, in guten Verhältnissen lebend, linke Vergangenheit, die ihm wahrlich nicht anzumerken war?

Junger Reserveoffizier mit Spezialausbildung, der beim militärischen Nachrichtendienst hätte landen sollen, sich statt dessen aber bei einer paranoiden Sicherheitspolizei wiederfand, bei der er sich an der Jagd auf ehemalige Genossen beteiligte? Seine Mutter würde in ihrem Himmel wohl lächeln müssen, und sein vergrämter Vater, den er seit dem Bruch nicht wiedergesehen hatte (»Keine goootverfluchte Bolschewiken-Brut in meinem Haus«), würde seit vielen Jahren wohl zum erstenmal lachen.

Nein, es war nicht wahr, das war ungerecht. Typen wie dieser Hedlund waren wahrlich keine Genossen. Und der Zweck des ganzen Unternehmens war, einen Mörder zu suchen und einer Terroraktion auf die Spur zu kommen.

Näslund konnte diese vier Palästinenser aus dem Land werfen, wann immer es ihm paßte. Darauf hatte Carl keinerlei Einfluß.

Er ließ sich eine neue Viertelflasche »Gratis«-Champagner bringen, lehnte sich zurück, schloß die Augen und kehrte zu der Sonne zurück, die vor der kalifornischen Küste im Meer versank.

Auf dem Athener Flughafen war der SAS-Flug zu Ende. Vor dem Schalter der Middle East Airlines in der Transithalle fand sich Carl in einem Chaos wieder. Die MEA war gegenwärtig die einzige Fluggesellschaft, die Beirut anflog. Die Maschine war kräftig überbucht, und vorn am Schalter drängte sich eine aufgebrachte, ziemlich gemischte Gesellschaft. In mindestens drei Sprachen gleichzeitig erklärten die Leute, warum sie unbedingt diese Maschine nehmen müßten. Immer wieder drängten sich in der Schlange andere Passagiere an Carl vorbei, aber er beschloß kühl zu bleiben und keinen Streit anzufangen. Als er endlich den Schalter erreicht hatte, passierte genau das, was er vorhergesehen hatte. Die Boden-Stewardeß warf einen schnellen Blick auf sein Ticket und erklärte bedauernd, die Reservierung sei zu spät erfolgt, die nächste Buchung sei erst für einen Flug in vierundzwanzig Stunden möglich, ob ihm das recht sei.

Carl wurde nicht laut, aber bat darum, den Supervisor zu sprechen. Und als der irritierte männliche Vorgesetzte, dem sicher schon zwanzig Leute in den Ohren gelegen hatten, um Druck zu machen, nach einiger Zeit auftauchte, nahm Carl ihn behutsam beiseite und teilte ihm kurz mit, er sei ein schwedischer Polizeibeamter auf einer Dienstreise nach Libanon, wo er von der libanesischen Polizei gerade mit dieser Maschine erwartet werde. Er sei überzeugt, die Sache lasse sich ruhig und diskret ordnen, ohne jeden Streit. Carl überreichte dem Mann das Ticket und erklärte, er werde hinten in der Bar warten. Der Supervisor verschwand, still vor sich hinmurmelnd. Carl setzte sich in die Bar. Zum erstenmal hatte er das angenehme Gefühl, genau der zu sein, der er sein sollte: ganz allein im Einsatz und seiner Fähigkeit ausgeliefert, zu improvisieren und zu lügen, wenn gelogen werden mußte, und die Wahrheit zu sagen, wenn das erforderlich war. Er hatte seine griechische Pernod-Variante noch nicht einmal ausgetrunken, als eine Boden-Stewardeß der MEA mit seinem Ticket in der Hand erschien und ihm mitteilte, es sei alles in Ordnung.

Als die Boeing 707 der MEA Zypern überflog, war der Himmel wolkenlos. Die Maschine kreiste lange über dem Libanon und dem Mittelmeer. Es war offenbar schwierig, eine Landeerlaubnis zu erhalten, aber der Kapitän teilte den Fluggästen über Lautsprecher nichts davon mit. Carl spürte, daß seine Arbeit näherrückte. Er hatte sich in die Lektüre der praktischen Tips der Petra Hernberg vertieft, die Appeltoft als Vernehmungsprotokoll getarnt hatte. Petra Hernberg hatte eine Menge anscheinend trivialer, aber doch sehr nützlicher Hinweise gegeben: wie das Flüchtlingslager Bourj el Barajneh bewacht wurde, wo die Tuberkulose-Station lag, wie man sich durchfragte, womit sich das Ärzteteam normalerweise beschäftigte, wenn nicht gerade Kriegszustand herrschte und Chirurgie am laufenden Band gefordert wurde, wo man am besten wohnte, welcher Angehörige der schwedischen Botschaft mit den weniger feinen schwedischen Untertanen im Libanon Kontakt hielt – die freiwilligen Helfer der Palästina-Bewegung fielen selbstverständlich in diese Kategorie; und noch wichtiger war die Frage, was man sagen mußte, wenn man in Straßensperren geriet. Man mußte wissen, welche Organisation für und welche gegen ausländische Helfer in den Flüchtlingslagern war.

Als die Maschine zum Landeanflug ansetzte, schwebte sie in geringer Höhe mit ausgefahrenen Landeklappen über einem großen Gebiet mit rotem Sand und einem Gewimmel kleiner weißer Häuser und Blechhütten ein; hier und da waren große, dem Erdboden gleichgemachte Gebiete zu sehen, über die Bulldozer hinweggefahren waren. Das waren die Flüchtlingslager Sabra und Shatila; Carl erinnerte sich im selben Augenblick, in dem er das Bild sah. Ein einziges Massaker – sechshundert Morde. Und jetzt ging es darum, sich an die Verteidiger der Lager zu wenden und sie um Mithilfe bei der Aufklärung eines einzigen, aber für ihn besonders wichtigen Mordes zu bitten, da es ein schwedischer Mord war. In der Sekunde, in der die Maschine mit quietschenden Reifen auf der Landebahn aufsetzte, fühlte Carl eine Welle des Selbstzweifels in sich, die aber rasch wieder verebbte.

Die Luft war mild und mit dem ewigen Flughafen-Weihrauch der Kerosin-Abgase erfüllt. Die Ankunftshalle ließ den wimmelnden Athener Flughafen im Vergleich als ein deutsches Wunder an Organisation und Ordentlichkeit erscheinen. Jeder, der sich den vielen parallelen Menschenschlangen anschließen oder sie verlassen wollte, schien ein besonders schwieriges Problem darzustellen, und überdies mußten alle Passagiere zwischen verschiedenen Offiziellen oder Nicht-Offiziellen, die mal mit, mal ohne Uniform waren, ein Spießrutenlaufen bewältigen; die Kontrolleure kontrollierten das, was bei der vorhergehenden Kontrolle gerade kontrolliert worden war. Junge Männer in Zivil wanderten zwischen den verschiedenen Kontrollinstanzen beiläufig hin und her, und trugen ihre Waffen, in der Regel 32 APC Colt Automatic, wie Carl im Vorübergehen feststellte, völlig offen. Dies waren Angehörige paramilitärischer Miliz-Organisationen, die sich weigerten, den letzten Rest uniformierter Staatlichkeit anzuerkennen, die es auf dem einzig funktionierenden Flughafen des Libanon immer noch gab.

Carls Visum war natürlich in Ordnung, und selbstverständlich hatte er nichts zu verzollen, aber auch das schien verdächtig zu sein und einiger Aufklärungszeit zu bedürfen. Uniformierten Kontrolleuren gab Carl die Auskunft, er sei Polizeibeamter, Nicht-Uniformierten erklärte er etwas unbestimmter, er »sei auf dem Weg zur schwedischen Botschaft«. Man machte sein Gepäck auf und durchwühlte es bei drei verschiedenen Kontrollen. Nach einer Stunde hatte er die Paßkontrolle hinter sich und wurde von sieben wartenden Taxifahrern überfallen; er reichte seine Reisetasche blitzschnell dem ersten, der ihm über den Weg lief.

Vor dem Haupteingang standen zwei Jeeps mit Trauben bärtiger, dunkeläugiger Männer. Sie trugen automatische Karabiner, leichte Maschinenpistolen und sogar diverse Panzerabwehr-Waffen. Sie gehörten verschiedenen moslemischen Milizen an.

Das Taxi war ein uralter dunkelgrüner Mercedes 190; der linke vordere Kotflügel wies Einschußlöcher auf, die mit Kunststoff notdürftig geflickt waren. Der Ausweis des Fahrers am Armaturenbrett verriet, daß er Ahmed soundso hieß und folglich Moslem war.

»Wohin wollen Sie, Mister, ich fahre nur nach West-Beirut. Sind Sie schon mal in Beirut gewesen?«

»Ja, aber das ist lange her, 1976. Ich will zur schwedischen Botschaft. Die liegt irgendwo in West-Beirut, wenn ich mich recht erinnere.«

Der Taxifahrer gab keine Antwort, denn im selben Moment gerieten sie auf dem Weg in die Stadt in die erste von drei privaten Straßensperren. Zwei junge Männer zeigten mit ihren Karabinern auf den Rücksitz und fragten Carl, wer er sei, woher er komme und wohin er wolle, und baten um seinen Paß, in den sie flüchtig hineinblickten, bevor sie das Taxi durchwinkten.

»Sagen Sie lieber gleich, wer Sie sind, die sagten nämlich, Sie seien Schwede. Dann geht es schneller«, erklärte der Taxifahrer.

»Wieso? Ist es gut, Schwede zu sein?«

»Das einzige Land, das nicht versucht hat, im Libanon einzumarschieren. Das ist gut. Aber 1976, als Sie zum letztenmal hier waren, war alles noch ganz anders. Damals gab es noch nicht so viel Krieg, heute *very bad.*«

An der nächsten Straßensperre war die Miliz mit amerikanischen Waffen ausgerüstet, wie Carl feststellte. Vermutlich eine andere Gruppe als die vorige.

»Schwede«, sagte Carl und durfte so gut wie augenblicklich weiterfahren.

Als sie in die Stadt hineinkamen, sah alles viel schlimmer aus, als Carl es sich trotz eines Jahrzehnts Krieg in den Fernsehnachrichten hatte vorstellen können. Manche Stadtviertel erinnerten an Bilder, die er vom Zweiten Weltkrieg gesehen hatte. Es waren Gebiete, die mit amerikanischer, israelischer oder möglicherweise auch drusischer Artillerie beschossen worden waren. Aber auch in den wenigen Vierteln, die einigermaßen unbeschädigt aussahen, waren die Hausfassaden mit kleinen Kratern übersät, an denen unter dem Putz grauer Zement hervortrat, als litten die Häuser Beiruts an einer ansteckenden Krankheit, die einen Ausschlag zur Folge hatte.

Als das Taxi die Hauptstraße Beiruts erreichte, die Hamra Street, landete es in einem Stau. Ringsumher herrschten Gedränge und Menschengewimmel, manchmal waren Ruinen zu sehen, manchmal nicht. Allmählich erkannte Carl, wo er sich ungefähr befand.

»Ein guter Tag, heute nicht soviel Krieg«, erklärte der Taxifahrer.

Als sie da waren, verlangte der Fahrer eine Summe, die mehreren hundert schwedischen Kronen entsprach, und Carl schien ihn fast zu schockieren, als er nicht zu handeln versuchte, sondern die entsprechende Summe in Dollar gab.

»Du solltest es nicht bedauern, daß du nicht mehr verlangt hast, denn dann hätte ich gehandelt und dir nur die Hälfte geboten«, scherzte Carl zum Trost.

Vor dem Eingang befand sich ein Schild mit dem schwedischen Staatswappen in Gelb und Blau und der königlichen Krone. Es war ein recht moderner Neubau, der einigermaßen unbeschädigt wirkte. Die Botschaft war in einem der Obergeschosse untergebracht. Im Treppenhaus landete Carl in einer Schlange von Libanesen und Palästinensern, die ihm mit Geldscheinen in den Händen Angebote machten, schwedische Visa zu kaufen. Soweit Carl verstand, betrug der reguläre schwarze Preis, den man in der Schlange erwartete, tausend Kronen, aber mancher war auch bereit, bis zum Doppelten zu gehen. Soweit Carl sich erinnerte, waren schwedische Visa gratis. Saß da jemand in der Botschaft, der private Visum-Geschäfte machte?

Ein Telex des Stockholmer Außenministeriums hatte Carls Ankunft angekündigt, und ein rangniedriger Diplomat war über die normale Bürozeit hinaus geblieben, um ihn in Empfang zu nehmen. Dem recht jungen, recht wohlgenährten und recht hochmütigen Botschaftssekretär war anzusehen, daß ihn Carls Anliegen nicht im mindesten interessierte. Er war jedoch offenkundig derjenige, der sich um die Schweden zweiter Klasse zu kümmern hatte, die sich nur in Beirut aufhielten, um in den Flüchtlingslagern zu helfen.

An der Wand über dem Schreibtisch des jungen Diplomaten hing ein großes Farbposter mit einem Motiv aus Dalarna, komplett mit Maibaum und allem. Außerdem siezte ihn der Diplomat, was in Schweden im täglichen Umgang meist nicht üblich ist.

»Diese Personen, die Sie hier suchen, werden die eines Verbrechens verdächtigt?« fragte der Diplomat mit einer leicht verächtlichen Betonung des Wortes *Personen*.

»Nein, aber es ist wichtig für uns, daß ich sie sprechen kann. Am liebsten würde ich wissen, wo sie wohnen«, entgegnete Carl kurz angebunden.

»Darf ich fragen, worum es geht? Das macht die Sache vielleicht leichter?«

»Nein. Es geht um eine Angelegenheit des Sicherheitsdienstes. Ich kann nur sagen, daß sie keineswegs irgendwelcher Verbrechen verdächtigt werden. Weißt du, wo sie wohnen? Kann ich sie sozusagen privat erreichen, ohne erst ins Lager Bourj el Barajneh fahren zu müssen? Ich möchte möglichst wenig Aufmerksamkeit erregen.«

Carl hatte schon jetzt das sichere Gefühl, daß ihm die schwedische Botschaft kaum begeisterte Hilfe leisten würde.

»Personen dieser Art haben ja etwas ungenaue Adressen, und wir haben im Grunde kaum Kontakt mit ihnen. Natürlich, wir wissen, wer sie sind und wie viele es sind, trotz allem sind es ja Schweden.«

»Ihre privaten Adressen hast du also nicht?«

»Nein, leider nicht.«

»Ich muß sie also da draußen im Flüchtlingslager suchen?«

»Es scheint so, ja.«

»Wenn ihr aus irgendeinem Anlaß den Auftrag erhieltet, alle Schweden in Beirut zu evakuieren, würdet ihr diese Helfer also nicht erreichen können?«

»Ist dies eine Art Verhör?«

»Nein, durchaus nicht. Ich bin nur neugierig geworden. Denn trotz allem, wie du schon sagtest, sind sie ja Schweden. Ihr seid doch für ihre Sicherheit verantwortlich?«

»Hier im Libanon ist jeder Reisende selbst für seine eigene Sicherheit verantwortlich. Sollte aber eine Evakuierung aktuell werden, rechnen wir damit, daß die Leute sich von selbst melden, falls sie interessiert sind.«

Carl resignierte. Eigentlich war er schon jetzt zum Gehen bereit, aber er hatte strikte Anweisung, noch etwas vorzubringen.

»Mein Auftrag ist so geartet, daß ich in Gefahr geraten kann. Ich möchte ein paar Telefonnummern haben, unter denen ich euch zu jeder Tageszeit erreichen kann.«

»Hier arbeiten wir während der Geschäftszeit wie auch sonst in der Verwaltung, und das gilt auch für die Polizei«, entgegnete der junge Diplomat hochmütig. Carl verspürte ausnahmsweise eine fast körperliche Aggressivität, bekam handfeste Lust, dem vor ihm sitzenden Taugenichts eins aufs Maul zu geben. Aber er beherrschte sich etwa so gut, wie man es ihm beigebracht hatte.

»Ich glaube, du hast nicht ganz verstanden, was ich gesagt habe«, sagte er sanft. »Ich bin nämlich im Auftrag des Sicherheitsdienstes der Schweden, Goten und Wenden hier, und dieser Auftrag kann mich nicht nur in Gefahr bringen, sondern könnte auch für euch an der Botschaft ein Inferno bedeuten, falls mir etwas Unangenehmes zustößt. Also, her mit den Telefonnummern und Namen, die ich brauche, und dann sag mir gefälligst, in welchem Hotel ich wohnen sollte.«

Eine halbe Stunde später schrieb sich Carl in einem mittelgroßen Hotel namens Plaza ein, das an einer Querstraße der Hamra Street lag und das wie andere noch immer geöffnete Hotels in Beirut über reichlich freie Zimmer verfügte.

Anschließend verbrachte er kurze Zeit damit, sich im dritten Stock zu orientieren. Er sah sich um, ob und wo sich Notausgänge befanden, welche Balkons miteinander in Verbindung standen, wie die Türschlösser funktionierten sowie nach anderen Dingen, die sich im Ernstfall als nützlich erweisen konnten.

Dann setzte er sich eine Stunde hin, um ein letztesmal seine Aufzeichnungen zu memorieren. Die Notizblätter verbrannte er und spülte sie dann nacheinander ins Klo. Danach verstreute er sein mitgebrachtes Material, Computer-Broschüren und Geschäftspapiere im Zimmer, merkte sich genau, in welcher Ordnung die Papiere dalagen, befestigte zehn Zentimeter über dem Fußboden ein Haar an der Tür, verließ das Hotel und fand sehr schnell ein Restaurant, das eine genauso wunderbare kleine libanesisch-französische Mahlzeit servierte, wie es lange vor Kriegsausbruch üblich gewesen war. Es gab sogar noch reichlich von dem besonderen libanesischen Roséwein, an den er sich in dem Moment erinnerte, in dem er die Flasche sah. Beim Essen hörte er aus der Dunkelheit, wie in der Ferne Schußsalven abgefeuert wurden. Da sich aber keiner der Restaurantgäste im mindesten darum zu kümmern schien, zog er daraus den einfachen Schluß, daß alles so war, wie es sein sollte.

Der Taxifahrer weigerte sich, näher als auf zweihundert Meter an das Lager Bourj el Barajneh heranzufahren. Dort befand sich offenbar die Straßensperre einer Miliz, die ihm nicht behagte. Carl stieg aus, bezahlte und konnte ohne größere Schwierigkeiten mit seiner Erklärung passieren, er sei ein schwedischer Arzt und wolle im Lager Bekannte treffen. Anschließend fragte er sich schnell zu dem skandinavischen Krankenrevier durch.

Die Menschen wohnten in kleinen, weißverputzten Betonschuppen, die wie weiße Würfel aussahen. Carl sah meist schwarzgekleidete Frauen, die fast ausnahmslos etwas trugen, große Konservendosen mit Wasser auf dem Kopf, Körbe mit Obst oder anderen Dingen, die man nicht sehen konnte, Kinder in Bündeln, Tragetaschen aus Netzkunststoff, die von Schuhen bis zu Ziegelsteinen alles enthalten konnten. Er sah nur wenige junge Männer und keine bewaffneten Milizionäre. Im Verlauf weniger hundert Meter rechnete er aus, daß er die Wohnungen von mehreren tausend Menschen passiert haben mußte.

Die Krankenstation bestand aus drei weißen, hintereinanderliegenden Hauswürfeln. In dem ersten Raum, den er betrat, saßen schwarzgekleidete Frauen. Einige hatten farbenprächtige palästinensische Stickereien um Hals und Brust, einige waren mit, einige ohne Kinder gekommen, und warteten mit der im Nahen Osten üblichen unerschütterlichen Geduld. Eine Frau hielt ihn für einen Arzt, sprang sofort auf und hielt ihm unter einem Strom von Worten einen Säugling mit feuchten, fiebrigen Augen hin. Er konnte nur verlegen und in einem Englisch, das sie nicht verstand, erwidern, er sei kein Arzt und flüchtete sich dann schnell zu einem palästinensischen Mädchen in Schwesterntracht, die an dem einzigen Tisch des Raums saß. Auf den Wandbänken saßen nur wartende Patienten. Carl sagte, ohne sich vorzustellen, er sei Schwede und suche Dr. Gunnar Bergström.

Sie bat ihn zu warten, während sie in ein angrenzendes Haus ging. Er stand mitten im Zimmer, ohne zu wissen, wohin er sollte. Alle Sitzplätze waren besetzt. Er stellte sich an die Tür und wies mit Nachdruck die Angebote einiger Frauen zurück, die aufstehen und ihm ihren Platz anbieten wollten.

Ein dunkler, zartgliedriger Mann in weißem Kittel, der etwa zehn Jahre älter war als er selbst, trat ein und zog sich gleichzeitig ein paar Gummihandschuhe aus.

»Ich habe gerade eine Frau entbunden; es war eine ungewöhnlich schwere Geburt«, war seine Begrüßung.

Sie gaben sich die Hand. Carl sah sich um und ging davon aus, daß außer ihnen niemand schwedisch sprach.

»Ich komme von der schwedischen Sicherheitspolizei. Ich brauche deine Hilfe und möchte mit dir sprechen, sobald du Zeit hast«, begann Carl ohne Umschweife.

»Ich muß in einer Viertelstunde operieren, ich weiß nicht . . . Hilfe wobei?«

Der Arzt blickte Carl zweifelnd an.

»Weder du noch sonst jemand hier ist eines Verbrechens verdächtig, laß mich das ganz schnell sagen, damit es keine Mißverständnisse gibt. Wir brauchen wirklich Hilfe. Wann hörst du auf zu arbeiten?«

»Ich kann in etwa drei Stunden aufhören, wenn es wichtig genug ist. Und das ist es offensichtlich?«

»Ja. Können wir uns irgendwo treffen, vielleicht in dreieinhalb Stunden bei Wimpy's in der Hamra Street?«

»Ich kann schon hören, daß du Schwede bist. Aber du mußt verstehen, daß das ein etwas komischer Vorschlag ist. Wie heißt du, und woher soll ich wissen, daß du bei der Säpo bist?«

»Ich habe einen Brief bei mir, einen Brief von jemandem, den du kennst. Du kannst einen bestimmten Idioten in der schwedischen Botschaft anrufen und dir bestätigen lassen, daß jemand vom Sicherheitsdienst mit dir sprechen will, aber ich will meinen Namen nicht nennen. Reicht das?«

»Darf ich mal den Brief sehen?«

Sie führten ihre Unterhaltung in leisem und alltäglichem Ton. Die anderen Menschen im Raum mußten den Eindruck gewinnen, daß zwei Ärzte sich in leicht besorgtem Ton unterhielten. Vielleicht waren wieder bestimmte Medikamente ausgegangen.

Der Brief Erik Pontis war sehr kurz und auf Geschäftspapier von *Sveriges Radio* geschrieben. Carl hatte ihn wie vereinbart in einem Umschlag erhalten, der an Fristedt adressiert war. Das Schreiben lautete:

Hej Gunnar,
ich habe gute Gründe anzunehmen, daß der Landsmann von der Säpo, der dich in Beirut mit diesem Brief in der Hand sucht, deine Hilfe braucht. Mach das Beste daraus, denn es kann wichtig sein und in deinem wie in meinem Interesse liegen.

Erik Ponti

»Okay«, sagte der Arzt. »Dies ist ja ein sehr alter Bekannter von mir, dem ich vertraue. Also bei Wimpy's in der Hamra?«

Sie gaben sich die Hand und verabschiedeten sich.

Carl machte einen langen Spaziergang mit dem Jackett über der Schulter. Die Luft war lau wie an einem schwedischen Frühlingstag. Er spazierte die Strandpromenade an der Corniche entlang, an die er sich als an die Paradestraße erinnerte, die einen in Beirut fast an die französische Riviera denken ließ. Jetzt waren große Teile der Corniche durch Wellblechhütten entstellt; hier lebten Flüchtlinge, die aus Flüchtlingslagern oder zerbombten Stadtteilen geflüchtet waren, Palästinenser und moslemische Libanesen durcheinander. Die privaten Strandbäder hatten sich auch in Hüttenstädte verwandelt. Carl meinte, vor allem ein Bad wiederzuerkennen, in dem er und die Genossen einmal gesessen und darauf gewartet hatten, zum Informationschef der PLO Zutritt zu erhalten. Sie hatten

Seeigel gegessen und gegrillte Krabben à la provençale. Ein Restaurantschild mit abgeblätterter Farbe hing immer noch da.

Eine halbe Stunde später war er auf der Uferstraße bis in die Stadt gekommen, bis zu dem Gebäude, das einmal das St. George Hotel gewesen war. Dort hatten sie sich eines Tages frech Einlaß verschafft und direkt von der Hotelterrasse aus im Meer gebadet. Jetzt war das gesamte Gebäude eine schwarze, verbrannte Ruine ohne Fenster. Das Sprungbrett war unbeschädigt geblieben; es stand wie ein ironisches, trotziges Mahnmal über der blauen Wasserfläche.

Das Mittelmeer war unveränderlich blaugrün. Von dort draußen waren seit seinem letzten Besuch in Beirut zweimal amerikanische Marineinfanteristen an Land gegangen. Die Israelis waren dreimal ins Land eingedrungen, einmal sogar bis in die Stadt. Die militärische Abwehr der PLO war so geschwächt, daß die Flüchtlingslager nicht mehr geschützt werden konnten, und darum war es in mehreren aufeinanderfolgenden Jahren zu Massakern gekommen. Erst hatten die christlichen Milizen zugeschlagen, dann die Israelis, dann schiitische Milizen. Vielleicht waren insgesamt zehntausend Palästinenser umgebracht worden, seitdem Carl und die Genossen das Beirut besucht hatten, in dem die PLO in dem aufreibenden Kampf um den Libanon einer der stärksten militärischen Faktoren gewesen war. Heute war die PLO vermutlich eine der militärisch schwächsten Gruppen, die zudem die größte Zivilbevölkerung zu schützen hatte.

Die Organisation, für die Carl auf dieser zweiten Beirut-Reise arbeitete, unterstützte vorbehalt- und kompromißlos Israel. Wenn es ihm gelingen sollte, auch auf dieser zweiten Beirut-Reise einen Kontakt mit der PLO herzustellen, warum sollten sie ihn dann nicht als israelischen Agenten betrachten?

Er war gezwungen, ständig in Bewegung zu bleiben; sobald er stehenblieb, wurde er von bettelnden Kindern umringt. Er ging zum Hotel zurück – niemand war in seinem Zimmer gewesen, wie er feststellte – und zog sich Jeans an. Dann legte er sich aufs Bett und blickte lange an die Decke, ohne zu denken oder zu träumen.

Der schwedische Arzt erschien siebzehn Minuten zu spät bei Wimpy's. Carl, der sich noch nicht wieder an die Gewohnheiten des Nahen Ostens angepaßt hatte, hatte sich schon überlegt, einfach wegzugehen. Den anderen schien seine Verspätung jedoch nicht im mindesten zu stören, dagegen wirkte er nachdenklich und durch Carls Anliegen beunruhigt.

»Woher soll ich wissen, wer du bist, und daß du nicht darauf aus bist, für mich und meine Genossen irgendeine Teufelei auszuhekken? Und wenn der Brief von Ponti nun eine Fälschung ist?« waren seine ersten Worte, als er sich einen weißen Kunststoffstuhl heranzog.

Carl wußte die Offenheit zu schätzen. Er war sicher, diesen ersten Schritt bewältigen zu können. Probleme würde es erst später geben können.

Er erzählte von dem Mord an Folkesson und der vorläufigen Arbeitshypothese der Sicherheitsabteilung, daß es sich um eine Palästinenser-Operation gehandelt habe (Carl vermied es, die Verfolgung Erik Pontis zu erwähnen). Jetzt aber sei es angebracht, weitere Kreise zu ziehen. Falls es eine palästinensische Operation irgendeiner Abweichler-Fraktion gewesen sei, könne das nicht im Interesse der PLO liegen, und daher sei es für sie vielleicht interessant, sich an der Jagd auf den Mörder zu beteiligen. Auf jeden Fall müßten Ergebnisse erzielt werden. Vier Genossen – ja, Carl verwendete unbekümmert dieses Wort – der Palästina-Bewegung seien gegenwärtig festgenommen worden, obwohl es dazu eigentlich keine Gründe gebe. Sobald sich jedoch neue Spuren ergäben, könne man sie vielleicht freilassen. Überdies könne der Sicherheits- und Nachrichtendienst der PLO noch bei einigen anderen Dingen helfen, auf die Carl aber nicht näher einging. Er wolle jedoch mit ihnen in Verbindung treten. Nur das, sonst nichts. Und falls er Carls Identität als schwedischer Sicherheitsbeamter anzweifle, brauche er nur einen bestimmten hochnäsigen Sekretär der schwedischen Botschaft anzurufen.

Der Arzt überlegte. Er bestellte sich ein belgisches Bier und eine Schale mit Pistazien, bevor er etwas sagte. Aber statt direkt zur Sache zu kommen, begann er von den Schweden zu erzählen, die seit rund zehn Jahren mithalfen, die medizinische Versorgung in Beirut in Gang zu halten. Was er sagte, hatte mit der Sache strenggenommen nichts zu tun, aber Carl unterbrach den Arzt nicht.

Die Palästina-Bewegung habe immer mit friedlichen, legalen und demokratischen Methoden gearbeitet. Wer sich der öffentlichen Debatte und der Propaganda widmen wollte, tat dies, und wer *action* wollte, also konkrete Taten, habe immer die Möglichkeit gehabt, sich der medizinischen Hilfsarbeit anzuschließen. Unabhängig von der Kriegslage seien die Bedürfnisse hier ja unendlich. Da sei es widerwärtig, immer die Säpo auf den Fersen zu haben, daß man in *Expressen* immer wieder lesen müsse, die Säpo »wisse«, daß manche Schweden beim »Schwarzen September« in »Ausbildungslagern« trainiert würden. Und diesen Ruf würden sie nicht mehr los, so daß die Genossen für immer von bestimmten, als sicherheitsempfindlich eingestuften Jobs ausgeschlossen blieben, von denen es in Schweden ja erstaunlich viele gebe. Diese jungen Studenten, die sich auf solche idealistische Arbeit einließen, würden für den Rest ihres Lebens als Sicherheitsrisiko behandelt, als national unzuverlässig und als potentielle Terroristen. Diese Ironie sei um so bitterer, da ja gerade die medizinische Hilfsarbeit ständig mit echtem Terrorismus in Berührung komme: Die schwedischen Helfer hätten Granatsplitter, Brandwunden, Schußverletzungen hinnehmen müssen, Kinder seien amputiert worden, alle hätten Phosphor erlebt, Napalm, Tretminen, als Spielzeug getarnte Bomben, Splitterbomben amerikanischen wie israelischen Ursprungs, Raketen, die unzählige kleine Splitter in einer Messinglegierung absonderten, die man kaum aus den Wunden herausbekommen könne, ferner Kunststoffsplitter, die auf Röntgenbildern nicht zu erkennen seien.

Der Dank des schwedischen Staates an den, der sich dieser Arbeit anschließe, sei also die Abstempelung als Terrorist. Der schwedische Staat schicke seine Hilfe lieber an korrupte Regimes in Afrika oder in Milliardenhöhe an ein Unterdrücker-Regime und eine Besatzungsmacht wie etwa Nordvietnam.

Carl hatte sein Bier ausgetrunken und bestellte sich ein neues.

»Ich habe drei Jahre einer Palästina-Gruppe angehört«, sagte er schließlich. »Ich gebe dir in allen diesen Dingen recht. Aber jetzt jage ich einen Mörder und eine Terroristen-Gruppe, die auch dann gestoppt werden muß, wenn es sich um Palästinenser handelt. Möglicherweise jagen wir auch eine westdeutsche Terroristenbande, aber das wissen wir nicht. Je schneller wir es erfahren, um so besser.«

»Welcher Palästina-Gruppe hast du angehört?«

»Das will ich nicht sagen, da ich meinen Namen nicht nennen möchte. Es steht jedenfalls in keinem Zusammenhang mit meinem gegenwärtigen Job, falls du das annehmen solltest.«

»Woher soll ich das wissen?«

»Das kannst du natürlich nicht wissen. Aber was beunruhigt dich eigentlich, ich bitte dich doch nur um einen Dienst, nämlich mir einen Kontakt zu vermitteln. Das ist alles, und danach werden wir uns vermutlich nicht wiedersehen.«

Der Arzt sah ihn forschend an. Es war ihm anzumerken, daß er zweifelte.

»Wollt ihr Beweise dafür, daß die Helfer mit Rased Verbindung haben? Das wäre nichts Besonderes, denn die sind nämlich für unsere Sicherheit verantwortlich. Nur die können vorher wissen, ob man uns evakuieren muß, ob jemand plant, unsere Anlagen und derlei zu sabotieren. Das ist völlig normal, das sollte euch klar sein.«

»Ja«, erwiderte Carl, »das verstehe ich. Das ist auch genau der Grund, daß ich mich an dich gewandt habe, um nur diesen ersten Kontakt zu bekommen, nichts weiter. Außerdem habe ich es eilig, du vielleicht auch. Denn mit jedem Tag, um den sich diese Geschichte in die Länge zieht, sitzen deine Genossen hinter Gittern, isoliert, und werden von nicht besonders freundlichen und verständnisvollen Beamten bei der Säpo verhört.

»Okay, wen möchtest du kennenlernen?«

»Abu al-Houl persönlich.«

Der Arzt lachte auf und nickte entzückt, als hätte ihm nur das noch gefehlt.

»Das ist eine Person, von der ich nicht mal weiß, ob sie existiert. Ich kenne keinen Schweden, der ihm je begegnet ist. Vielleicht ist er nur ein Mythos, ein Name oder eine Bezeichnung für die Führung der Rased. Und falls es ihn gibt, kann er sich im Augenblick in einem völlig anderen Erdteil aufhalten.«

»Na schön, dann versuchen wir es eben ein paar Stufen tiefer. Ich kenne ja niemanden von der Rased. Bring mich aber mit irgendeinem Residenten in Verbindung, dann kann ich meinen Wunsch auf dem Weg weitergeben. Das müßte sich doch machen lassen?«

»Wo kann ich dich finden?«

»Ich würde ein Treffen in der Stadt vorziehen.«

»Das wird wohl nicht gehen. Sie müssen zu dir kommen und nicht umgekehrt.«

»In Ordnung. Hotel Plaza, Zimmer 414. Wann kannst du das in die Wege leiten?«

»Zwischen einer halben Stunde und vierzehn Tagen, ich weiß es nicht.«

Carl überlegte, ob er den Versuch machen sollte, den Arzt zum Essen einzuladen, verwarf den Gedanken aber. Er würde gern eine Menge erfahren, und zwar aus rein persönlicher Neugier. Ihn interessierte die medizinische Hilfsarbeit, und folglich würde er dasitzen und bohrende Fragen stellen, und folglich würde der zartgliedrige Arzt dann glauben, daß es sich in Wahrheit um ein verdecktes Verhör handelte.

»Okay«, sagte Carl und legte einen Geldschein auf den Tisch. »Dann trennen wir uns jetzt. Ich hoffe, es klappt, und wenn es klappt, wirst du sicher auf die eine oder andere Weise von dem Ergebnis erfahren. Wenn ich in zwei Tagen noch nichts gehört habe, muß ich dich wieder aufsuchen. Wollen wir so verbleiben?«

Als Carl aufstand und in das zunehmende Gedränge auf der Hamra Street hinaustrat, blieb der Arzt reglos sitzen und blickte in sein Bierglas. Carl hatte trotzdem das Gefühl, daß er die Verbindung tatsächlich herstellen würde. Carl suchte sich ein kleines orientalisches Restaurant und aß Schwarma in Pita-Brot mit Salat und Öl. Anschließend spazierte er ziellos auf den Straßen um die Hamra Street herum, bis er vor einem Kino stand, in dem der Film *Amadeus* gezeigt wurde. Dort verbrachte er gut drei Stunden. Der Film war arabisch synchronisiert, aber die Musik war immer noch die gleiche. Er kannte den Film schon, und es war ein bemerkenswert bezauberndes Erlebnis, Mozart arabisch sprechen zu sehen und zu hören.

Als er den Schlüssel ins Schloß seines Hotelzimmers stecken wollte, entdeckte er, daß jemand die Tür geöffnet hatte. Carl zögerte und machte eine intuitive Bewegung auf das leere Versteck zu, in dem sein Revolver hätte stecken sollen. Er holte tief Luft und betrat sein dunkles Hotelzimmer. Er spürte einen schwachen, fremden Duft, bevor er das Licht anmachte und sich überraschen ließ. Es saßen zwei Personen im Zimmer, ein Mann von etwa fünfunddreißig Jahren mit rauchgefärbten Brillengläsern und eine zehn Jahre jüngere schwarzhaarige Frau in westlicher Kleidung, die eine Colt Automatic auf Carls Magengegend richtete. Beliebte Marke, dachte er, blieb mitten im Zimmer stehen und öffnete mit langsamen, deutlichen Bewegungen seine Wildlederjacke in beide Richtungen.

»Ich bin unbewaffnet«, sagte er.

»Ich heiße Michel, und das ist Mouna«, sagte der Mann mit den rauchgefärbten Brillengläsern leise, »du wolltest uns treffen, und jetzt hast du Gelegenheit dazu.«

Carl zeigte auf das Bett, und der Mann nickte. Carl setzte sich, nachdem er die Jacke auf einen Stuhl geworfen und sich die Schuhe ausgezogen hatte.

»Und woher soll ich wissen, wer ihr seid?« fragte er.

Der Mann, der sich Michel nannte, hielt einen kleinen weißen Briefumschlag mit dem regenbogenfarbenen Monogramm von *Sveriges Radio* hoch. Es war der Brief Erik Pontis.

»Gut«, sagte Carl, »mein Name ist Carl Hamilton, und ich bin Angestellter des schwedischen Sicherheitsdienstes. Ich bin hier, um euch offiziell, oder wie sollen wir es nennen, zwar offiziell, aber diskret, um Hilfe zu bitten.«

Der Mann, der sich Michel nannte, gab seiner Begleiterin mit einer Kopfbewegung ein Zeichen, die die Pistole daraufhin in ihre Handtasche steckte.

»Ja, wir hören«, sagte Michel, »aber laß mich sicherheitshalber darauf hinweisen, daß du das Zimmer nicht plötzlich verlassen kannst und daß du am besten auf dem Bett sitzenbleibst. Das nur, um bedauerliche Mißverständnisse zu vermeiden.«

Carl nickte. Er fand ihr Auftreten sympathisch und korrekt. Es war ein befriedigendes Gefühl, daß sein Gegenüber sich kompetent verhielt.

»Ich möchte Abu al-Houl treffen«, sagte er geradeheraus. Das Mädchen riß die Augen auf, beherrschte sich aber schnell. Der Mann, der sich Michel nannte, verzog keine Miene.

»Und warum?« fragte er nur.

»Darf ich euch etwas aus dem Kühlschrank anbieten?« fragte Carl und fügte hastig hinzu: »Dort gibt's nichts anderes als gekühlte Getränke.«

»Das wissen wir. Nein danke, zur Sache«, entgegnete der Mann, der sich Michel nannte, kurz, aber nicht unfreundlich.

Carl referierte die ganze Geschichte von Anfang bis Ende. Dann erzählte er, man habe bei der schwedischen Sicherheitspolizei den Schluß gezogen, daß wenn dies eine PLO-Operation sei, werde man vom Nachrichtendienst der PLO natürlich keine besonders erhellende Antwort erhalten. Aber wenn die PLO *nicht* dahinterstecke, was gegenwärtig tatsächlich am wahrscheinlichsten scheine, werde es möglicherweise besser aussehen. Überdies habe man von schwedischer Seite keinerlei Möglichkeit, die Herkunft einer in der Sowjetunion hergestellten Pistole zurückzuverfolgen, die in der syrischen Armee gelandet sei. *Falls* dies überhaupt möglich sei, habe vielleicht Jihaz as Rased die Möglichkeit dazu. Das lasse sich in Stockholm nicht ohne weiteres beurteilen. Bis dahin hatte Carl etwa zehn Minuten für seine Darlegung gebraucht, und erst jetzt unterbrach ihn der Mann, der sich Michel nannte, mit seiner ersten Frage:

»Und *warum* hofft ihr, daß wir euch helfen können, auch wenn es sich nicht um eine unserer Operationen gehandelt haben sollte, was nebenbei bemerkt sehr unwahrscheinlich klingt. Nun, warum sollten wir euch helfen?«

»Der Grund ist einfach. Wenn die Sache nicht aufgeklärt wird, wird es für immer so aussehen, als hätten Palästinenser einen von uns ermordet. Das würde sich einmal für die palästinensische Sache in der schwedischen Öffentlichkeit unangenehm auswirken. Zum andern würde es einigen Kräften in schwedischen Behörden dann leichter fallen, in unserem Land Palästinenser zu verfolgen.«

»Normalerweise arbeitet ihr doch immer mit Israel zusammen«, sagte das Mädchen. Sie äußerte sich jetzt zum erstenmal. Sie sprach englisch mit einem leichten Akzent, der sich französisch anhörte. Die junge Frau wäre sehr schön gewesen, wäre da nicht ihre linke Wange gewesen. Sie war bis zum Mundwinkel durch etwas entstellt, was wie eine schwere Brandwunde aussah. Die Verletzung hatte ihr Gesicht in einem ewigen, grotesken Lächeln erstarren lassen.

»Das stimmt«, gab Carl zu. »Ich kann nur sagen, daß ich selbst noch nie eine derartige Zusammenarbeit gehabt habe und daß ich jetzt eure Hilfe suche. Irgendwann muß es ohnehin das erstemal sein.«

»Hast du die Seriennummer der Pistole?« fragte der Mann, der sich Michel nannte, »und kann ich die bekommen?«

Carl streckte sich demonstrativ deutlich nach seiner Brieftasche – das Mädchen mit der Pistole reagierte nicht – und zog einen kleinen Zettel heraus, auf dem die Daten der Tokarew-Pistole mit Maschine geschrieben waren. Er reichte den Zettel dem Mann, der sich Michel nannte. Dieser steckte das Papier in die Brusttasche, ohne es anzusehen.

»Warum willst du Abu al-Houl treffen? Es genügt doch, wenn du die verfügbaren Angaben von uns bekommst«, sagte das Mädchen.

»Nein«, entgegnete Carl. »Ihr könntet mich anlügen, ohne daß es etwas ausmacht, und im übrigen werden mir meine Chefs nicht glauben, falls sich herausstellen sollte, daß eure Angaben, sagen wir der palästinensischen Sache, günstig sind.«

»Und wie verändert sich dieser Sachverhalt, wenn du gerade Abu al-Houl triffst?« wollte das Mädchen wissen.

»Er gehört zur Führungsspitze der PLO. Wenn der schwedische Sicherheitsdienst mit der Führung der PLO Verbindung aufzunehmen sucht, wird es erstens zu einer Art diplomatischen Angelegenheit. Wir beginnen eine Zusammenarbeit, könnte man sagen. Und wenn er mir die Auskünfte gibt, wird die Wahrscheinlichkeit geringer, daß er mich anlügt, denn dann liegt mehr Prestige in der Sache. Zum erstenmal arbeiten wir nicht mit den Israelis zusammen, sondern mit euch. Das ist eine politische Veränderung und ebensosehr eine politische Frage wie eine der Polizeiarbeit.«

Die beiden Palästinenser blickten sich an, nickten und lächelten fein. Sie schienen den Gedanken sofort akzeptiert zu haben.

»Das hört sich ganz vernünftig an, aber du siehst hoffentlich ein, daß wir auf ein paar Widerstände stoßen werden, vielleicht sogar unüberwindliche Widerstände. Die Sicherheitsaspekte dürften jetzt etwas anders aussehen, wie dir vielleicht klar ist?« sagte der Mann, der sich Michel nannte.

»Ja, aber das muß ich akzeptieren. Für mich ist nur das eigentliche Ergebnis wichtig«, erwiderte Carl beinahe munter, weil er das Gefühl hatte, daß sich alles in die richtige Richtung entwickelte.

»Aber du begibst dich jetzt aufs Glatteis«, sagte das Mädchen und betonte dabei jedes Wort, »denn wenn du vom Mossad bist, endet es damit, daß du selbst und nicht Abu al-Houl oder ein anderer von uns getötet wird.«

»Aber du möchtest trotzdem gerade Abu al-Houl sehen«, ergänzte der Mann, der sich Michel nannte.

Carl nickte.

Der Mann sagte schnell und unverständlich etwas auf arabisch zu der Frau, die sich erhob und hinausging. Sie nahm die Handtasche mit der Pistole mit, aber im selben Moment zog der Mann, der sich Michel nannte, eine eigene Waffe, die er neben sich auf die Armlehne des Sessels legte.

»Wir werden eine kleine Reise machen«, erklärte er nach einer Weile, »und hier im Zimmer werde ich nicht sehr viel mehr darüber sagen. Wenn du auf der Straße bist, gehst du nach rechts. Nach zwanzig Metern oder so findest du einen blauen Peugeot, und dort wartet Mouna. Sollte der Wagen mit dir und Mouna verfolgt werden, wirst du sterben. Sonst sehen wir uns später am Abend. Abgemacht?«

Carl nickte, zog sich die Wildlederjacke und die Schuhe an und ging auf die Straße hinunter, ohne zu erwarten, daß der Mann, der sich Michel nannte, ihm folgte. Der blaue Wagen stand an dem angegebenen Platz. Er setzte sich neben Mouna auf den Beifahrersitz, die ihm wortlos eine schwarze Brille mit dunklen, breiten Seitenbügeln reichte, eine Brille, wie man sie manchmal bei Blinden sieht. Als Carl die Brille aufsetzte, wurde ihm das Blickfeld total verstellt. Die Brille hatte federnde Bügel und saß fest an den Ohren.

»Statt einer Augenbinde, die würde bei Straßensperren zu merkwürdig aussehen«, sagte das neben ihm sitzende Mädchen und ließ den Wagen weich und ruhig anfahren.

Carl spürte, wie der Wagen unaufhörlich mal nach links, mal nach rechts abbog, und dem Verkehrslärm entnahm er, daß die Fahrt auf Umwegen kreuz und quer durch die Innenstadt verlief. Nach fünf Minuten hörte er das Rauschen eines Funkgeräts, und das Mädchen, das sich Mouna nannte, antwortete etwas. Man vergewisserte sich offenbar, daß der Wagen nicht verfolgt wurde. So ging es etwa eine halbe Stunde, und Carl wurde schon unruhige, irgendein Polizeibeamter oder Milizangehöriger könnte auf den Einfall kommen, daß sich dieser Wagen mit dem seltsamen Fahrgast merkwürdig verhielt, und auf Grund dieser Beobachtung eine Verfolgung einleitete. Würde sie dann versuchen, ihn im Wagen zu erschießen? Nein, das war nicht sehr wahrscheinlich. Er versuchte sich zu erinnern, ob er gesehen hatte, wo die Handtasche lag, als er in den Wagen stieg. Er erinnerte sich nicht, die Tasche gesehen zu haben, und außerdem spielte das kaum eine Rolle, da sie die Waffe jetzt vermutlich woanders untergebracht hatte. Falls die Palästinenser etwas Verdächtiges entdeckt hätten, würde sie per Funk eine verschlüsselte Meldung erhalten und anschließend irgendwohin fahren und ihn bitten zu warten. Dann würde sie den Wagen verlassen und schnell davonlaufen. Würde man vielleicht per Funk eine Sprengladung im Kofferraum auslösen?

Nein, dachte Carl. Es wäre ein unnötiges Risiko, in einem Wagen mit einer Sprengladung im Kofferraum herumzukutschieren, einmal wegen all dieser seltsamen Straßensperren, zum andern weil eine scharfgemachte Sprengladung aus vielerlei unerwünschten Gründen explodieren kann, vor allem, wenn sie per Funk zur Explosion gebracht werden soll (durch jeden beliebigen Sender in der Nähe, ein Taxifunkgerät, ein Polizeifunkgerät ...). Carl wurde allmählich unbehaglich zumute. Würde er die Brille absetzen und das Mädchen außer Gefecht setzen, würde er eine sehr unangenehme Jagd vor sich haben.

Der Wagen hielt.

»Ich komme herum und hole dich, und dann führe ich dich in ein Haus«, sagte das Mädchen, das sich Mouna nannte.

Carl stellte fest, daß sie sich in einem recht stillen Stadtviertel befanden. Das Hupen der Autos in dem dichten Innenstadtverkehr war nur entfernt zu hören. Er hatte das Gefühl, daß sie meist bergauf gefahren waren. Vielleicht befanden sie sich irgendwo ... nein, der Wagen konnte kaum die Grenze zum christlichen Teil der Stadt überschritten haben? Er gab diese Überlegungen auf und ließ sich wie ein Blinder durch einen Hauseingang und zwei Treppen hinauf in eine Wohnung führen. Jemand schob ihn sanft auf ein Sofa. Kurz darauf nahm ihm ein anderer recht unsanft die Brille ab.

Carl saß in einem Zimmer mit vernagelten Fenstern. Der Fußboden bestand aus weißen Steinplatten. Die Wände waren braungestrichenes Mauerwerk ohne jede Dekoration. Vor dem Sofa stand ein kleiner Tisch, und daneben befanden sich nur ein kleiner Schreibtisch aus braunem Kunststoff im Raum sowie ein paar Stühle. An der einen Tür saß ein junger Mann mit langem, lockigem Haar, einer grünen Uniform und einer AK 47 auf dem Schoß. Am Schreibtisch saß der Mann, der sich Michel nannte, und wandte Carl das Gesicht zu. Die anderen, die sich ebenfalls im Raum aufgehalten haben mußten, waren hinausgegangen und hatten die Tür geschlossen.

»Wir haben ein Sofa reingestellt, damit du es etwas bequemer hast. Du wirst diesen Raum nämlich für einige Zeit nicht verlassen«, sagte Michel, sobald Carl ihn blinzelnd geortet hatte.

»Was passiert dann?« wollte Carl wissen.

»Wir sind nicht verfolgt worden, aber hundertprozentig kann man das nie wissen. Der nächste Schritt wird für dich leider etwas peinlich, aber ich hoffe, du verstehst uns. Du hast keine Kleinigkeit von uns verlangt.«

Carl antwortete nicht, sondern wartete, wie es weitergehen würde.

»Zunächst muß ich dich bitten, alle Kleidungsstücke auszuziehen und sie uns zu geben. Anschließend bekommst du von uns neue Kleidung. Bevor du die aber anziehst, wird dich ein Arzt untersuchen, ob du nun willst oder nicht. Damit wir auch weiterhin gut miteinander auskommen, hoffe ich, daß wir das so schnell wie möglich hinter uns bringen.«

Carl ahnte, was passieren würde, und nickte. Er zog die Brieftasche heraus und entnahm ihr seinen Ausweis mit dem kleinen Reichswappen, den er neben die Brieftasche und die Armbanduhr auf die Schreibtischplatte legte. Dann zog er sich lautlos aus und legte die Kleider auf den Tisch vor dem Sofa.

»Gut«, sagte der Mann, der sich Michel nannte, ging an die Tür und klopfte leicht. Zwei Männer traten ein, ein jüngerer und ein älterer. Beide trugen schwarze Kapuzen, die den ganzen Kopf verhüllten. Der jüngere Mann hatte eine Plastiktüte bei sich, in die er Carls Habseligkeiten hineinstopfte, nur die Brieftasche und den Ausweis nicht. Dann verschwand er und schloß wieder die Tür.

Der ältere Mann in der schwarzen Kapuze trat an den Tisch und holte aus einer kleinen Tasche einige Geräte. Dann zog er sich einen dünnen Kunststoffhandschuh mit Vaseline an und wandte sich an Carl.

»Ich bin Doktor Mahmoud und bitte wegen meiner merkwürdigen Erscheinung um Entschuldigung«, sagte er, »aber ich schlage vor, daß wir mit dem unangenehmsten Teil beginnen. Wollen Sie so freundlich sein, herzukommen, sich nach vorn zu beugen und die Beine zu spreizen.«

Carl seufzte und zögerte kurz, bis er der Aufforderung nachkam. Es war das erste, zu seiner späteren Enttäuschung jedoch nicht das letztemal im Leben, daß er einer solchen Inspektion ausgesetzt wurde, die bei den Grenzkontrollen in Schweden sogar recht üblich war und vor allem oben im Untersuchungsgefängnis von Kronoberg, wo im Augenblick vier schwedische Palästina-Aktivisten als *terrorist suspects* einsaßen, obwohl dies nicht der rein formale Grund für ihr Einsitzen war. Die nächste Inspektion galt der Mundhöhle. Mit einem Zahnarztspiegel und einem scharfen Instrument prüfte der maskierte Arzt, der tatsächlich Arzt zu sein schien, Zahn für Zahn und machte sich an jeder Plombe zu schaffen, die er fand.

Darauf wurden sämtliche Zehen und Fingernägel geprüft. Anschließend betastete der Arzt sorgfältig Carls Arme und Beine, suchte offensichtlich nach Anzeichen von Knochenbrüchen, bevor er fragte. Nein, Carl hatte sich nie etwas gebrochen.

Darauf holte der Arzt einen Metalldetektor hervor, den er höher stellte, als wollte er die Lautstärke steigern. Damit suchte er Carl Quadratzentimeter um Quadratzentimeter ab. Damit war die Inspektion beendet. Der Arzt steckte seine Geräte in die Tasche, blieb auf dem Weg zur Tür neben dem Wachtposten mit dem halb verlegenen, halb ausdruckslosen Gesicht stehen und verbeugte sich höflich.

»Es scheint alles in Ordnung zu sein. Ich danke Ihnen für Ihre freundliche Zusammenarbeit. Ich hoffe, daß für Sie alles gutgeht, worum es sich auch handeln mag, was ich leider nicht weiß, aber man wird Sie bestimmt nicht erschießen, da wir diese Untersuchung hinter uns gebracht haben. Also, auf Wiedersehen, mein Herr«, sagte der Arzt. Das Ganze wirkte absurd und komisch, da die gepflegte Sprache des Arztes in seltsamem Kontrast zu seiner schwarzen Kapuze stand. Dann klopfte der Arzt an die Tür und wurde hinausgelassen.

Der Mann, der sich Michel nannte, trat ein und warf Carl einen kurzen Blick zu, den man möglicherweise als etwas verlegen deuten konnte.

»Ich hoffe, du verstehst uns«, sagte er.

Carl nickte. Im selben Moment ging dem Palästinenser mit dem Karabiner auf, daß Carl noch immer nackt war. Er ging schnell hinaus und kehrte mit einem Kleiderbündel zurück. Es waren grüne amerikanische Uniformteile von recht neuem Schnitt. Rang- und Waffengattungsabzeichen waren entfernt worden. Die Kleidungsstücke schienen zur Ausrüstung eines Marineinfanteristen zu gehören. Mitten im Rücken des grünen Hemdes entdeckte Carl ein paar gestopfte Löcher, die wie Einschußlöcher aussahen, und schwache braune Farbe, die in der Wäsche nicht weggegangen war. Carl hielt es für unwahrscheinlich, daß man die Ausrüstungsgegenstände erschossener Soldaten wieder in normalen Umlauf brachte. Carl bohrte mit dem Zeigefinger in den Löchern und an den gestopften Stellen, und der Mann, der sich Michel nannte, las offensichtlich seine Gedanken.

»Das ist keine absichtliche Symbolik. Wahrscheinlich hatten sie nichts anderes zur Hand. Die Sachen haben einem amerikanischen Soldaten gehört, der hier in der Stadt gefallen ist«, erklärte er mit einer entgegenkommenden Freundlichkeit, die genauso komisch war wie die Freundlichkeit des Arztes mit der schwarzen Kapuze.

»Habt ihr ihn erschossen?« fragte Carl, während er sich die grünen Kleidungsstücke anzog.

»Ja, da wir seine Kleidung geerbt haben. Jedenfalls haben wir sie nicht von der *US Aid* bekommen. Nun. Jetzt, wo der erste Schritt erledigt ist, laß uns ein bißchen über deine Funktion beim schwedischen Sicherheitsdienst sprechen. Du bist ziemlich jung, um mal damit anzufangen?«

»Mein Alter geht aus dem Ausweis hervor.«

»Welche Funktion hast du beim Sicherheitsdienst, wozu bist du ausgebildet worden und worauf spezialisiert?«

»Darauf gedenke ich nicht zu antworten.«

»Dann kann ich dich zu einer Antwort zwingen.«

»Das glaube ich nicht einen Augenblick. Du fragst nach Geheimsachen des Königreichs Schweden.«

»Wir sollen also genötigt sein, die Unterhaltung unangenehm zu gestalten?«

Carl überlegte. Der Mann drohte ihm also damit, ihn foltern zu lassen. Was Carl nicht verraten wollte, war seine Spezialausbildung. Er hatte nicht die Absicht, irgendeinem Menschen militärische Geheimnisse Schwedens zu enthüllen.

Einerseits.

Wenn sie andererseits aber begannen, ihn zu foltern, würde die Zusammenarbeit, gelinde gesagt, erschwert, und wenn sie ihn zu sehr folterten, würden sie ihn kaum lebendig nach Schweden zurückkehren lassen.

»Ich habe hier unten nicht einmal den Schweden meinen Namen genannt, den ich euch immerhin gegeben habe. Mit meinem Namen könnt ihr aus zugänglichen Quellen in Schweden immerhin feststellen, daß ich Angestellter des Sicherheitsdienstes bin, auch wenn es etwas schwierig sein sollte, diese Angaben zu erhalten. Und außerdem wißt ihr es schon. Überdies bin ich Leutnant der schwedischen Marine. Ich habe dort eine Ausbildung erhalten, die in etwa dem entspricht, was Marineinfanteristen in der ganzen Welt durchlaufen müssen. Ich bin unbewaffnet nach Beirut gekommen, habe euch selbst aufgesucht, um eure Zusammenarbeit zu erbitten, und mehr gedenke ich nicht zu sagen.«

»Bist du dir da sicher?«

»Ja, so sicher, wie man eben sein kann. Mir gefällt deine Drohung nicht, mich foltern zu lassen. Nicht so sehr weil es weh tut, sondern weil es unsere Zusammenarbeit zu einem totalen Fehlschlag machen würde.«

»Dir ist klar, daß wir dich ohne weiteres töten können?«

»Ja, natürlich. Aber das werdet ihr nicht tun.«

»Und warum nicht?«

»Wenn ich mit meiner Theorie recht habe, daß dieser Plan ein Plan *dalet* und kein Plan *dal* ist, haben wir ein gemeinsames Interesse. Solltet ihr einen schwedischen Sicherheitsbeamten getötet haben, habt ihr euch damit schon genug Ärger aufgehalst. Wenn ihr noch einen umbringt, und mein Verschwinden in Beirut würde keine andere Schlußfolgerung zulassen, würde alles nur noch schlimmer. Der Preis, den ihr bezahlen müßtet, wäre zu hoch. Außerdem würdet ihr eure schwedischen Sympathisanten, die den Kontakt vermittelt haben, in eine teuflische Lage bringen. Man würde sie nämlich wegen eines Verbrechens vor Gericht stellen. Ich bin sicher, daß du das alles begreifst. Also können wir mit diesem Gruseltheater aufhören.«

»Gut!« sagte der Mann, der sich Michel nannte, »sehr gut! Ich fange tatsächlich an, dich zu mögen. Dann wollen wir mal die Folter sein lassen.«

Das letzte sagte er mit einem plötzlich aufplatzenden Lächeln. Dann wurde er wieder ernst.

»Wir wollen jetzt mal praktisch sein«, fuhr er fort. »Du wirst also mit oder gegen deinen Willen noch eine Weile hierbleiben. Welche

Probleme könnten sich ergeben, die wir nicht vorhergesehen haben, beispielsweise bei der Botschaft?«

»Keine, ich operiere unabhängig von der Botschaft. Die werden mich nicht vermissen. Allerdings kann ich sie jederzeit anrufen, falls ich auf Probleme stoße. Das dürfte aber kaum das sein, was du in erster Linie im Auge hast.«

»Nein, wir haben uns schon bei der Botschaft erkundigt. Sie bestätigen – gegenüber einem Schweden, der sie angerufen hat –, daß es dich sozusagen gibt, aber im übrigen wollten sie nicht über die Sache sprechen. Sonst noch etwas?«

»Ja, das Hotel. Die werden mich vermissen. Im schlimmsten Fall rufen sie die Polizei an, falls es so etwas in Beirut noch gibt.«

»Das ist erledigt. Wir haben deine Rechnung bezahlt, und deine Sachen sind auf dem Weg hierher. Du hast das Hotel also sozusagen verlassen.«

»Dann kann ich kein anderes Problem sehen als die Zeit.«

»Inwiefern?«

»Ich kann nicht einfach verschwinden.«

»Drei bis vier Tage?«

»Ja, aber dann wird es allmählich brenzlig, dann habe ich nämlich schon recht lange nicht von mir hören lassen.«

»Das ist klar. Nun, sprechen wir von etwas anderem. Wie sieht dein persönlicher Standpunkt aus, was uns und die Israelis betrifft?«

»Sie haben den besten und ihr den zweitbesten Sicherheits- und Nachrichtendienst. Was ich bisher von euch gesehen habe, macht einen kompetenten Eindruck.«

»Ich meine natürlich: Auf wessen Seite stehst du rein persönlich?«

»Darauf will ich nicht antworten!«

»Und warum nicht?«

»Weil meine Antwort in meiner etwas speziellen Lage zurechtgelegt erscheinen würde.«

Der Mann, der sich Michel nannte, lächelte von neuem.

»Ich glaube, wir lassen das einfach sein, nicht wahr?« sagte er nach kurzem Zögern.

Carl nickte.

»Wir werden jetzt folgendes tun«, fuhr der palästinensische

Nachrichtendienstoffizier fort. »Wir untersuchen deine Kleidung, die du wahrscheinlich morgen wiederbekommst. Außerdem haben wir mit der Suche nach dieser Waffe begonnen. Und dann untersuchen wir, ob Abu al-Houl überhaupt in der Stadt und daran interessiert ist, dich zu sehen. Es ist aber möglich, daß er dann erst Abu Amar (Jassir Arafat) konsultieren muß, und Abu Amar hält sich in Kuwait auf. Das erste Frühstück wird morgen gegen neun Uhr oder so serviert. Das Haus ist gut bewacht, und die Wachtposten da draußen werden nicht einschlafen. Außerdem ist dieses Zimmer absolut ausbruchsicher. Sollen wir dir etwas zu lesen besorgen?«

»Ja, am liebsten ein paar lokale Zeitungen in englischer Sprache.«

»Gut, darum werde ich mich kümmern. Ich hoffe, wir sehen uns bald wieder.«

Der Mann, der sich Michel nannte, ging hinaus und nahm den jungen, bewaffneten Wachtposten mit. Die Tür wurde von außen zugeschlossen, und dem Rasseln und Quietschen konnte Carl entnehmen, daß man einen Stahlbalken vor die Tür gelegt hatte.

Carl machte sich nicht die Mühe, Fenster oder Tür zu untersuchen. Bis auf weiteres hatte er keinerlei Absicht, einen Fluchtversuch zu machen.

Am nächsten Morgen saß Kriminalkommissar Arne Fristedt lange in dem gemeinsamen Arbeitszimmer und betrachtete seine große graphische Darstellung des Ereignisverlaufs, die jetzt eine ganze Wand bedeckte. Er wartete auf seinen Kollegen Appeltoft, der unterwegs war, um von der Firmengruppe, die sich mit den sieben Palästinensern beschäftigt hatte, eine Ladung Ermittlungsmaterial zu holen. Die Graphik wies keinen natürlichen Mittelpunkt auf. Das war die deutlichste und unangenehmste Beobachtung, die Fristedt machen konnte.

Den bisherigen mageren Ermittlungsergebnissen zufolge und aufgrund der unklaren Erkenntnisse und Zusammenhänge zwischen den verschieden Festgenommenen gab es nun zwei theoretische Möglichkeiten. Entweder würde die deutsche Ermittlung neue und konkrete Hinweise ergeben. Oder das Material über die sieben Palästinenser würde die Fahnder weiterbringen, was, wie Fristedt einsah, allerdings nur eine äußerst theoretische Chance war.

Abgesehen davon blieben nur noch Carl Hamiltons Versuche, in Beirut die Nadel im Heuhaufen zu finden. Es war natürlich den Versuch wert, gab aber kaum Anlaß zu realistischer Hoffnung.

»Dies wird die Sache nicht sehr viel klarer machen«, sagte Appeltoft, als er das Zimmer betrat und mißgelaunt einen dreißig Zentimeter hohen Stapel mit Ermittlungs- und Vernehmungsprotokollen auf den Konferenztisch in der Mitte des Raums warf.

»So ist es leider wohl, aber wir sehen uns die Sachen doch noch einmal durch«, erwiderte Fristedt und griff mit gespielter Selbstverständlichkeit nach dem Kaffee. Er hatte inzwischen gelernt, wie die kleine Höllenmaschine funktionierte.

Sie verbrachten den größten Teil des Tages mit den sieben Palästinensern. Sie nahmen sich einen nach dem anderen vor und prüften die Vernehmungsprotokolle, die Protokolle der Hausdurchsuchung und den persönlichen politischen Hintergrund jedes einzelnen sowie die Erkenntnisse der schwedischen Einwanderungsbehörden und der örtlichen Polizei, die sich schon bei den Anträgen auf Aufenthaltsgenehmigung ergeben hatten. Um als politische Flüchtlinge zu gelten, hatten sich die Palästinenser aus höchst natürlichen Gründen als so etwas wie Deserteure verschiedener palästinensischer Organisationen ausgegeben. Wenn man sie in den Nahen Osten zurückschicke, werde man sie in große Gefahr bringen; es war daher nur zu wahrscheinlich, daß sie ihre Tätigkeit oder Bedeutung für die verschiedenen Organisationen übertrieben hatten, und jetzt war es vor allem diese Organisationszugehörigkeit, die sie als Terroristen belastete.

Wie nicht anders zu erwarten, hatten die sieben »interne Verbindungen zueinander«, das hieß im Klartext, sie kannten sich – und zwar besser, wenn sie sich räumlich nahe waren, und nicht etwa aufgrund gemeinsamer Sympathien für diese und jene Organisationen. So pflegten etwa die beiden am stärksten belasteten Sympathisanten des PFLP-General Command keinerlei Umgang mit den gleichermaßen belasteten Sympathisanten der ideologisch nahestehenden Organisation PFLP, sondern vielmehr mit den Al-Fatah-Anhängern. Da sie nämlich im selben Studentenwohnheim auf demselben Flur wohnten.

Nun hatten die Ermittler geltend gemacht, gerade dies sei für die Al-Fatah-Anhänger besonders belastend. Man solle auch sie des

Landes verweisen, obwohl die Al Fatah von der Regierung nicht als Terrororganisation eingestuft wurde.

Man solle zu gegebener Zeit die Ausweisung aller sieben verlangen. Man könne sie zwar mehrere Monate in Polizeigewahrsam halten, da das Gesetz vorschreibe, daß der Sicherheitsdienst bei den Haftprüfungsterminen sowohl als Staatsanwalt wie auch als Richter auftritt. Näslund war in dieser Sache jedoch noch nicht beim Einwanderungsminister vorstellig geworden.

Die Verbindungen zwischen den sieben Palästinensern und den vier festgenommenen Schweden waren, gelinde gesagt, dünn. Sie bestanden aus ein paar Telefongesprächen, die in diesem Zusammenhang völlig natürlich erschienen. (Wißt ihr etwas? Habt ihr gehört, was *Rapport* über die PFLP als mögliche Tätergruppe gesagt hat? Aha, über die PFLP ist kein Wort gefallen? Wird es Demonstrationen geben? Und so weiter.)

Nach einem, wie sie nachträglich meinten, unnötig anstrengenden Arbeitstag waren Fristedt und Appeltoft wieder bei der Schlußfolgerung angelangt, die sie schon zu Beginn gemutmaßt hatten. Gegen die sieben Palästinenser hätte Näslund jederzeit zuschlagen können; sie hatten mit der Sache nichts zu tun. Es sollte nur so aussehen. Das war seine Methode, das war seine Medien-Show und sein Werbeapparat, da brauchte man sich nicht einzumischen. So hatte die Firma mit dem Kröcher-Dreh schon oft gehandelt.

»Und wie sieht es jetzt aus?« fragte Fristedt, nachdem er an die Wand getreten war und die Bilder aller sieben Palästinenser entfernt hatte.

»Jetzt bleibt noch die Ermittlung der Deutschen. Und dann noch Carl unten in Beirut, natürlich, aber das ist wohl kaum mehr als eine Vermutung?« erwiderte Appeltoft.

»Scheint ein guter Mann zu sein, dieser Hamilton«, sagte Fristedt prüfend und zündete zum erstenmal an diesem Tag seine Pfeife an.

»Schon, ich bin vielleicht etwas altmodisch, aber mir fällt es ein bißchen schwer zu kapieren, daß heute in der Firma Kommunisten arbeiten«, knurrte Appeltoft.

»Durchaus, aber wir sind in diesem Job auch schon recht altgedient. Und der Ministerpräsident hat in seiner Umgebung ja auch ein paar Leute mit so einer Vergangenheit. Er ist jedenfalls keiner von Näslunds Zöglingen.«

»Nein«, sagte Appeltoft, »das ist er ganz und gar nicht. Aber ich begreife nicht, wie zum Teufel er hier gelandet ist. Ein richtiger Polizist ist er ja auch nicht. Und seine Art, mit Waffen umzugehen, macht mich schon ein bißchen nachdenklich. Sind die dabei, hier eine neue Abteilung aufzubauen?«

Diese Frage ließ sich nicht beantworten. Carl war jedenfalls keiner dieser jungen Halbakademiker, die Näslund für seine neue Garde rekrutierte und die gerade dabei waren, in der Firma das Ruder zu übernehmen. Im Augenblick gab es zwei solche Burschen, die neben Karl Alfredsson an Näslunds Stelle die Chefs spielten, da Näslund nach Hamburg geflogen war, um sich »über die Lage zu informieren«, das heißt, um sich im Glanz der Entdeckung zu sonnen, die er ironischerweise Carl Hamilton verdankte und die den deutschen Kollegen sicher viel Freude machte.

Näslund hatte in Hamburg tatsächlich einen sehr angenehmen Tag verbracht. Mochte die umfassende Aktion in Bremen und Hamburg auch nicht zu mehr führen, als daß man eineinhalb Terroristen hinter Schloß und Riegel brachte (eine weitere Person war inzwischen wegen unerlaubten Waffenbesitzes festgenommen worden), so hatten jedoch die vielen Dokumente und Aufzeichnungen einen klaren Fingerzeig ergeben, daß es gelungen war, eine ganze Gruppe von Sympathisanten einzukassieren, von denen man bislang nur vage Erkenntnisse gehabt hatte. Falls diese Gruppe ein potentieller Rekrutierungskader der deutschen Terroristen der dritten Generation sein sollte, hatte dieser Einsatz ihre Angehörigen jetzt wohl ein wenig abgekühlt. Was noch wichtiger war – wollte man sie jetzt eventuell für den Aufbau einer neuen Organisationsstruktur einsetzen, würde es höchst unangenehm sein, daß sie der Terroristenabteilung des Sicherheitsdienstes nachweislich bekannt waren. Von diesem Standpunkt aus betrachtet, waren die westdeutschen Kollegen mit der Hilfe aus Schweden sehr zufrieden, und Näslund hatte einen mehr als herzlichen Empfang erhalten. Es hatte jedoch nicht den Anschein, als hätte man auch nur den kleinsten Hinweis auf eine Aktion in Schweden erhalten.

Henrik P. Näslund fühlte sich trotzdem nicht sonderlich niedergeschlagen, als er gemeinsam mit zwei seiner westdeutschen Kollegen nach Paris weiterflog. Wegen des bevorstehenden Treffens in

Paris hatte er den Weg über Hamburg gewählt, sein Besuch dort hätte sonst unmotiviert ausgesehen. Das Pariser Treffen war jedoch wichtig, es war nämlich eine der alljährlichen Zusammenkünfte der Kilowatt-Gruppe, und Näslund war guter Hoffnung, von mehreren der Chefkollegen beim Zwei-Tage-Treffen draußen in Versailles weitere Hinweise zu erhalten.

Die Kilowatt-Gruppe ist ein informeller Zusammenschluß, der auf israelische Initiative hin zustandegekommen ist und der aus den Sicherheitsdiensten Norwegens, Dänemarks und Schwedens besteht, ferner aus den Spezialabteilungen beim holländischen, italienischen und belgischen Sicherheitsdienst, die sich mit Terrorismusbekämpfung befassen, dem »Zweiten Büro« des französischen Nachrichtendienstes DGSE, einer Abteilung, die sich zum einen mit Terrorismusbekämpfung beschäftigt, zum anderen mit dem, was in dem internationalen Berufsslang der Branche entweder als »Spezialoperationen« bezeichnet wird oder offener als *dirty tricks*.

Großbritannien nahm wie gewöhnlich mit Leuten vom MI 6 wie vom MI 5 teil, ebenso Israel, das mit Mossad und Shin Beth vertreten war, sowie die Bundesrepublik Deutschland mit BND und Verfassungsschutz. Sowohl in Großbritannien wie in Israel kann man die Terroristenjagd nämlich unmöglich der einen oder anderen Organisation allein überlassen; die Tätigkeit der IRA in London etwa läßt sich mit einer gewissen Selbstverständlichkeit als Aufgabe des MI 5 ansehen, während die mutmaßlichen Verbindungen der IRA zu Libyen oder mit anderen Aktivitäten in Europa in die Zuständigkeit des MI 6 fallen. In Israel ist es das gleiche: Die Terroristenbekämpfung ist ebensosehr eine Aufgabe des Sicherheitsdienstes Shin Beth wie des Nachrichtendienstes Mossad.

Der Zweck der Kilowatt-Gruppe besteht also nicht so sehr darin, die europäischen und israelischen Terroristenjäger zusammenzukoppeln, denn das sind sie durch ihre tägliche enge Zusammenarbeit ohnehin. Die zweimaligen Treffen pro Jahr auf Chefebene, in der Regel in Paris, ergeben jedoch die Möglichkeit, taktische und strategische Überlegungen auszutauschen, ohne daß etwas schriftlich festgehalten oder in den Computern gespeichert wird, wie etwa die tägliche und bürokratisch fest etablierte Zusammenarbeit. Die Treffen haben auch den Vorzug, daß man das Besprochene den Politikern zu Hause vorenthalten kann.

Der Chef von Büro B der schwedischen Sicherheitspolizei ist der ständige Vertreter Schwedens in der Kilowatt-Gruppe. So war es seit Näslunds Vorgänger im Amt gewesen. Dieser Mann hatte sich später gemeinsam mit dem pensionierten Reichspolizeichef Schwedens auf den expandierenden Exportmarkt für Schnüffeleigerät verlegt; man verkaufte schwedische Abhör- und Computertechnik, die sicherheitspolitischen Bedürfnissen angepaßt war.

Die schwedische Sicherheitspolizei ist natürlich nicht die gewichtigste Vertretung in einem Zusammenschluß, in dem die meisten anderen Organisationen mehr als doppelt so groß sind und vielfach größere praktische Erfahrungen besitzen, selbstverständlich auch größere Probleme, wenn es um Terrorismus geht. Die Vorteile für die schwedische Seite liegen, wenn man einmal von der persönlichen Befriedigung einzelner Schweden absieht, bei den großen Jungs mit dem breiten Rücken mitreden zu dürfen, eher darin, daß man ein kontinuierliches Bild davon erhält, was für technische Neuerungen in die Arbeit eingeführt und wie verschiedene terroristische Tendenzen auf dem europäischen Schlachtfeld vereitelt oder erkennbar werden. Auf seiten der einflußreicheren Mitglieder der Gruppe, zu denen vor allem der israelische Mossad zu rechnen sind, liegt der Vorteil der Zusammenarbeit der Kilowatt-Gruppe darin, daß man die Kollegen in ganz Europa dazu bringen kann, die gelieferten Tips und Erkenntnisse in die Praxis umzusetzen. Nach einem natürlichen Gesetz bei diesem Informationsaustausch der Sicherheits- und Nachrichtendienstorganisationen untereinander kommt es aber dazu, daß derjenige, der über viele Informationen verfügt, Dienste und neue Erkenntnisse leichter als Gegenleistung eintauschen kann. Das Problem der Schweden in dieser Hinsicht ist ihre ständig wachsende Dankesschuld vor allem an die Westdeutschen und Israelis.

Dieses Treffen der Kilowatt-Gruppe setzte zwei Hauptpunkte auf die Tagesordnung. Der erste betraf eine neue Attentatswelle gegen britische Hotels und gegen den britischen Fremdenverkehr, welche die IRA in den letzten drei Wochen ausgelöst hatte. Der zweite beschäftigte sich mit der inzwischen besorgniserregend klaren Notwendigkeit, Verbindungen zwischen der sogenannten dritten Terroristengeneration in der Bundesrepublik sowie zwei oder drei Gruppen in Frankreich und Belgien zu bekämpfen, die an die Öffentlichkeit getreten und eine Art Internationale des Terrorismus sowie einen gemeinsamen Krieg gegen die NATO in Frankreich, Belgien und der Bundesrepublik Deutschland proklamiert hatten. Ein amerikanischer Oberst war neulich in Paris auf offener Straße erschossen worden; die Organisation Action Directe hatte sich dazu bekannt. Der französische Oberst, der bei dem Treffen die DGSE vertrat und in Wahrheit der Chef des ursprünglich fast ausschließlich von Korsen beherrschten Zweiten Büros war, deutete an, man habe die Gruppe unterwandert und rechne schon bald damit, in großem Umfang zuschlagen zu können. Man dürfe hoffen, daß dieser Einsatz auch zu Hinweisen auf die belgische Gruppe führen werde.

Näslunds Anliegen, wer den Mord an einem schwedischen Sicherheitsoffizier begangen haben konnte, sowie die Frage nach der Identität der vermutlich palästinensischen Mörder, landeten auf der Tagesordnung ganz unten.

Während der zwei angenehmen Tage in Versailles – schließlich wurde französische Küche geboten – erhielt Näslund jedoch wie gehofft Gelegenheit zu mehreren informellen und privaten Gesprächen mit seinen israelischen Kollegen.

Die Israelis neigten zu der Ansicht, es müsse sich um eine Operation handeln, die noch nicht stattgefunden habe, also dieser Plan Dal, und da es bei den Gruppierungen Jassir Arafats in der PLO zur Zeit keinerlei Anzeichen für großangelegte Operationen gebe, solle man sich besser auf eine Operation einstellen, die wohl von einer Oppositionsgruppe der Palästinenser gestützt oder geplant werde, einer Gruppe, die vielleicht vom Irak oder von Libyen unterstützt werde. Und bei diesen beiden Alternativen erscheine Libyen wahrscheinlicher.

Etwa soviel konnten Näslunds Untergebene nach seiner Rückkehr aus Paris erfahren oder vermuten. In Wahrheit ein etwas mageres Ergebnis. In Näslunds Umgebung zog man daher den einfachen und völlig korrekten Schluß, daß die Israelis weit mehr erzählt haben müßten und Näslund die Details aus irgendeinem Grund für sich behalten wolle.

Carl befand sich fast achtundvierzig Stunden in Gefangenschaft, als der Mann, der sich Michel nannte, in Gesellschaft zwei sehr junger und schwerbewaffneter Männer wiederkam.

Sie waren nervös und hatten es eilig: Sie müßten sofort aufbrechen. Carl versuchte, etwas Zeit fürs Rasieren, Kleiderwechseln und für eine Dusche zu bekommen, aber das war nicht möglich. Er mußte sich die dunkle Brille aufsetzen, wurde die beiden Treppen hinuntergeführt und mußte etwas besteigen, was die Ladefläche eines Kombis zu sein schien. Dann begann wieder eine Irrfahrt. Der Verkehrslärm ließ Carl vermuten, daß er zunächst durch die Innenstadtteile des westlichen Beirut gefahren wurde und anschließend wieder zu einem Viertel am Rand der Stadt. Nachdem der Wagen angehalten hatte, führte man ihn über einen Hof, der eine Art Bauplatz zu sein schien, da er immer wieder über lose Bretter und Steinhaufen stolperte.

Mit je einem Mann neben sich, die ihn an den Armen unterfaßten, trat er durch einen offenen Hauseingang und ging schmale Treppen hoch, die nicht mit Teppichen belegt waren. Von den Wänden hallte ein lautes Echo von Schritten und Stimmen wider; er vermutete, daß sie sich in einem Hochhausneubau befanden, der noch nicht fertiggestellt war.

Sie treten durch eine Tür, die offensichtlich von mehreren Wachtposten bewacht wurde, da es zu kurzen Unterhaltungen kam, die Carl als Sicherheitskontrollen deutete. Er hörte das Rascheln von Papieren, die jemand durchlas.

Auf dem Weg durch einen Korridor nahm Carl jemand die Brille ab. Er befand sich tatsächlich in einem halbfertigen Hochhaus. Sie passierten mehrere künftige Wohnungen ohne Türen und ohne Fußbodenbelag auf dem Beton. Alle Fenster im Korridor oder in den angrenzenden Wohnungen waren so ausgerüstet, daß man sich bei Luftangriffen jederzeit durch Verdunkelung schützen konnte. Carl vermutete, daß man die Hausbeleuchtung draußen nicht sehen konnte. Die Beleuchtung im Korridor war äußerst sparsam.

»Wir haben diesen Treffpunkt übrigens allein für diesen Anlaß hergerichtet«, flüsterte der Mann, der sich Michel nannte und der gleich hinter Carl ging.

Am hinteren Ende des Korridors waren an den Wänden Sandsäkke, wohl zum Schutz gegen Granatwerferfeuer, aufgestapelt. Anschließend gingen sie durch eine kurze, geschwungene Doppelreihe aus Sandsäcken und betraten einen Raum, in dem Abu al-Houl an einem der für den Nahen Osten so typischen Kunststoff-Schreibtische mit imitierter Holzmaserung saß. Es befanden sich zwei Wachtposten im Raum, die an je einer Längswand auf Stühlen saßen, etwa vier Meter voneinander entfernt. Abu al-Houl saß an der Rückwand des Zimmers, und vor seinem Schreibtisch standen zwei Stühle.

Auch wenn der Raum voller Menschen gewesen wäre, dachte Carl, hätte es trotzdem nicht den geringsten Zweifel gegeben, wer den Codenamen »Sphinx« hatte und der Chef des zweitbesten Sicherheits- und Nachrichtendienstes des Nahen Ostens war.

Abu al-Houl grüßte nicht, sondern zeigte nur auf einen der Stühle. Carl setzte sich, ohne dem Mann die Hand zu geben, da er instinktiv spürte, daß sein Gruß nicht erwidert werden würde. Abu al-Houl hatte kurzgeschorenes graues Haar, war kräftig gebaut und hatte die Sechzig schon überschritten. Seine Augen wurden durch eine dunkle Brille verborgen, und das harte Gesicht prägten vor allem eine kräftig gekrümmte arabische Nase und ein großer Mund, der nicht lächelte.

Der Mann, der sich Michel nannte, setzte sich neben Carl, und darauf wurde eine Zeitlang nichts gesprochen. Dann nahm Abu al-Houl mit einer langsamen Bewegung die Brille ab. Er hatte blaue Augen.

»Ich bin Abu al-Houl«, sagte er mit einem leisen und melodischen Bariton.

Carl hielt dies für den überflüssigsten Hinweis, den er je gehört hatte.

»Ich bin Carl Hamilton, Offizier des schwedischen Sicherheitsdienstes, und freue mich, Sie kennenzulernen«, erwiderte er.

Abu al-Houl fixierte ihn mit seinem festen blauen Blick, ohne zu antworten, und klappte dann eine kleine Mappe auf dem Schreibtisch auf.

»Wir besitzen Erkenntnisse, daß unser kompetentester Feind – denn wie Sie wissen, haben wir ja viele Feinde – ein Attentat gegen einen unserer führenden Leute hier in Beirut plant. Ich selbst könnte ohne jeden Zweifel ein solches Ziel abgeben. Nach unseren Informationen könnten bei solchen Plänen auch Skandinavier eine Rolle spielen. Was sagen Sie dazu, Mr. Hamilton?« fragte Abu al-Houl, ohne seinen Tonfall oder sein Mienenspiel auch nur im geringsten zu verändern.

»Ich weiß nichts davon, und wir haben auch keinerlei Hinweise auf einen solchen Plan, auch keine Tips in dieser Richtung«, erwiderte Carl vorsichtig.

»Aber wenn Sie nun selbst Teil einer solchen Operation sind? Sie stammen ja unleugbar aus Skandinavien. Und wie Ihnen klar sein dürfte, haben wir diese beiden Tage, an denen Sie unser Gast gewesen sind, damit zugebracht, ein paar Kontrollen durchzuführen«, fuhr Abu al-Houl mit der gleichen unveränderten Stimme fort.

Carl dachte eine Weile nach. Er hatte gerade angefangen, sich erleichtert zu fühlen, weil es tatsächlich und ohne jeden Zweifel zu dem gewünschten Treffen gekommen war. Es war also nicht zu einer Fahrt in die endgültige Dunkelheit gekommen, ein Gedanke, der ihm mehr als einmal gekommen war. Wenn die Palästinenser sich jetzt aber in den Kopf gesetzt hatten, er sei an einer gegen PLO-Führer gerichteten Operation beteiligt – das hatte sich tatsächlich einmal ereignet, und Carl erinnerte sich sehr gut daran, da er etwa um die gleiche Zeit in Beirut gewesen war, als eine israelische Kommandogruppe in eine Wohnung mit drei hohen PLO-Führern eingedrungen war und sie erschossen hatte –, befand er sich in einer, gelinde gesagt, besorgniserregenden Lage.

»Ich kann natürlich nicht beurteilen, welche Kontrollen Sie vorgenommen haben, aber ich glaube nicht, daß ich mir Sorgen machen muß«, erwiderte Carl langsam, während er sich sorgfältig Mühe gab, nicht nervös zu erscheinen.

»Können Sie beweisen, Mr. Hamilton, daß Sie an einer solchen Aktion nicht beteiligt sind? Wenn Ihnen das gelingt, werden wir uns vielleicht einigen können.«

»Was soll ich Ihrer Meinung nach beweisen?«

»Daß Sie beispielsweise kein hergeschickter Mörder sind.«

Abu al-Houl verzog noch immer keine Miene, aber die vier Männer im Raum blickten Carl jetzt gespannt an.

Carl dachte schnell und fieberhaft nach. Die Unterhaltung nahm eine unangenehmere Wendung, als er sich vorgestellt hatte. Entweder folgten die Palästinenser einem Standardmodell für Vernehmungen, bei denen man dem Vernommenen einzureden versuchte, man »wisse alles« und so weiter, oder aber die Palästinenser hatten die ganze Geschichte aus irgendeinem Grund in den falschen Hals bekommen. Seine Sanduhr würde dann schnell ablaufen.

Carl faßte im selben Augenblick, in dem er handelte, einen Entschluß, ohne sich anschließend darüber klar werden zu können, wie das Ganze zugegangen war.

»Sie verlangen immerhin eine ganze Menge«, sagte er und streckte sich, als wäre er müde und als wollte er gähnen – und dann lächelte er. Nachdem er die Arme seitlich ausgestreckt hatte und sich noch mitten in der Bewegung befand, wälzte er sich vom Stuhl, packte den Lauf des Karabiners, den der nächste Wachtposten hielt, riß den Karabiner mit der einen Hand an sich, während er gleichzeitig, immer noch in seiner Drehbewegung befindlich, dem überrumpelten Leibwächter mit voller Kraft einen Ellbogen in den Bauch stieß. Als er aufstand, entsicherte er blitzschnell die Waffe, mit der er während seiner Ausbildung unzählige Male geschossen hatte, und richtete sie auf den zweiten Wachtposten, der sich auf der anderen Seite des Zimmers befand. Carl machte mit Mund und Gesicht eine Geste, die etwa *schh* bedeuten sollte.

Der zweite Wachtposten erstarrte in seiner Bewegung. Der niedergeschlagene Posten lag gekrümmt am Boden und stöhnte leise.

»Etwa so«, sagte Carl und richtete seine AK 47 auf Abu al-Houl, der sich während der schnellen Aktion Carls weder gerührt, eine Miene verzogen noch überhaupt etwas registriert zu haben schien. »Etwa so könnte ich es möglicherweise beweisen. Sie sind nämlich noch am Leben.«

Damit legte er die AK 47 vorsichtig vor Abu al-Houl auf den Schreibtisch, beugte sich über den zu Boden geschlagenen Mann, half ihm auf die Beine und entschuldigte sich. Dann setzte er sich wieder auf seinen Stuhl. Der Mann, der sich Michel nannte, erhob sich von der Schutzstellung, die er auf dem Fußboden eingenommen hatte, und setzte sich ruhig neben Carl.

Abu al-Houl zeigte ein dünnes Lächeln, das in jedem anderen Gesicht fast unmerklich gewesen wäre, bei der sogenannten Sphinx jedoch zu unbezweifelbarer Deutlichkeit anwuchs.

»Gut«, bemerkte Abu al-Houl, »Sie können Initiative ergreifen, Mr. Hamilton, und das gefällt mir. Übrigens haben wir nicht aus Mißtrauen, sondern aus reiner Vorsicht dafür gesorgt, daß gerade diese Waffe ungeladen ist. Wie ich schon sagte, haben wir ein paar Untersuchungen angestellt, und sie haben uns sogar bis nach Kalifornien geführt, falls Sie verstehen, was ich meine?«

»Nein, das verstehe ich nicht«, erwiderte Carl und griff sich den Karabiner auf dem Schreibtisch, ohne daß einer der Anwesenden ihn daran zu hindern versuchte. Er zog das Magazin heraus. Es war leer. Er legte die Waffe wieder auf den Schreibtisch.

Abu al-Houl lächelte nicht einmal.

»Jetzt möchte ich Ihnen zunächst einige Standpunkte vortragen, Mr. Hamilton, und dabei handelt es sich nicht um meine private Meinung, sondern um die Position der PLO. Ich gehe davon aus, daß Sie mir eine Weile zuhören mögen?«

Carl nickte.

Jihaz as Rased besitze keinerlei Informationen, die auf eine palästinensische Operation in Stockholm hindeuteten. Etwas so Aufsehenerregendes wie der Mord an einem hohen schwedischen Sicherheitsbeamten hätte in den dahinterstehenden palästinensischen Kreisen normalerweise eine ganze Reihe von Gerüchten auslösen müssen. Und jetzt sei seit dem Ereignis schon eine gute Woche vergangen.

Man könne nicht ausschließen, daß der eine oder andere arabische Staat in mehr oder weniger enger Zusammenarbeit etwas vorhabe, beispielsweise Syrien, aber selbst davon hätte man durch ein paar Hinweise Kenntnis erhalten müssen. Das sei der jetzige Informationsstand. Wenn man sich der politischen Seite der Angelegenheit zuwende, habe nicht einmal der verrückte Oberst in Libyen, geschweige denn die PLO, irgendeinen Anlaß, in Schweden Krawall zu machen. Das wäre in politischer Hinsicht ein gravierender strategischer Fehler, da jedes Unternehmen dieser Art, so gut man es auch plane, fehlschlagen könne. Der politische Preis – soweit es die PLO betreffe – für die Ermordung eines hohen Sicherheitsbeamten würde nie in einem rechten Verhältnis zu dem stehen, was man politisch vielleicht gewinnen könne.

Dagegen sei es wahrscheinlich, daß die Israelis sich eine solche Operation vorstellen könnten, nämlich unter zwei Voraussetzungen. Erstens: Das Ziel der Aktion müsse taktisch oder strategisch wichtig genug sein, und es sei nicht leicht, sich vorzustellen, worum es gehen könne. Zweitens: Die Israelis könnten mit einiger Sicherheit davon ausgehen, daß man den Palästinensern die Schuld geben werde. Zudem werde der schwedische Sicherheitsdienst etwa den Rückzug decken.

Dies war keine allgemeine Theorie oder Propaganda der Feinde Israels. Es gab begründeten Anlaß, in dieser Richtung Überlegungen anzustellen.

Abu al-Houl klappte seine Aktenmappe zu.

»Dies hier«, sagte er, »gibt uns wirklich Anlaß, in dieser Richtung weiterzudenken.«

»Ach so?« sagte Carl mit einem Gemisch aus Neugier und Irritation über eine Kunstpause, die ihn an Näslund in Stockholm denken ließ. »Und inwiefern, wenn ich fragen darf?«

Abu al-Houl ließ die Hand auf der Mappe liegen und sah Carl direkt in die Augen.

»Weil die Pistole, nach der Sie fragen, aus Israel kommt«, erwiderte er, ohne seine Stimmlage zu verändern.

»Wie können Sie das beweisen? Die Russen sind ja nicht gerade dafür bekannt, daß sie Waffen an Israel liefern«, sagte Carl mit einer Skepsis, die ihm vermutlich anzumerken war.

Die Tokarew-Pistole Nr. ADP-4576543 habe einem Major Rashid Abdel Hama al Kholeily von der 23. motorisierten Infanteriebrigade gehört. Er war im Oktober 1973 bei den Kämpfen um die Golan-Höhen verwundet und gefangengenommen worden. Im Januar 1974 hatte der fragliche Major zu einer Gruppe von Syrern gehört, die unter der Aufsicht des Roten Kreuzes an der Waffenstillstandsgrenze in Quneitra gegen israelische Gefangene ausgetauscht worden war. Er war wie die anderen Gefangenen auch unbewaffnet übergeben worden, was unzweifelhaft in der Natur der Sache lag. Die Dienstpistolen syrischer Offiziere sind mit einem Lederriemen oder einer Messingkette an der Uniform befestigt, woraus man mit ziemlicher Sicherheit den Schluß ziehen konnte, daß er die Pistole bei seiner Verwundung nicht verloren hatte. Folglich war sie bei den Israelis gelandet. Folglich konnte man, nein, mußte man im Fall des schwedischen Sicherheitsbeamten mit einem israelischen Mörder rechnen.

»Das Problem besteht hier natürlich darin, daß diese Angaben sozusagen im Interesse der PLO liegen«, bemerkte Carl.

Abu al-Houl nickte fast unmerklich und wartete, daß Carl fortfuhr.

»Ich muß mir also sofort die Frage stellen, ob ich die Richtigkeit dieser Angaben irgendwie prüfen kann?«

»Wir haben über diese Frage natürlich nachgedacht«, erwiderte Abu al-Houl langsam, »und es ist kein leichtes Problem. Soweit ich feststellen kann, Mr. Hamilton, sind Sie über die politische Lage im Nahen Osten recht gut orientiert, und Sie wissen auch gut über unseren Kampf gegen die zionistischen und andere Feinde Bescheid, nicht wahr? Nun, dann wissen Sie jedenfalls, um mal damit anzufangen, daß Syrien nicht gerade ein Staat oder ein Regime ist, von dem wir Liebe und Unterstützung erwarten können. Wenn Sie sich mit diesen Erkenntnissen also an das syrische Regime wenden, nun, ich möchte Sie nur bitten, in diesem Fall nicht anzudeuten, daß wir unser Wissen von den Syrern haben. Das würde für unseren Informanten nämlich zu gewissen Komplikationen führen. Es gibt jedenfalls keinen Anlaß zu glauben, daß die Syrer den Sachverhalt bestätigen, falls er nicht zutrifft. Syrien hat, beim Allmächtigen und Barmherzigen, keinerlei Grund, Israel zu beschützen. Auf diesem Weg gibt es folglich eine Möglichkeit, zu einem positiven Ergebnis zu kommen, aber das müssen wir Ihnen überlassen. Jetzt wollen wir fortfahren und sehen, ob wir unsere Zusammenarbeit noch fruchtbarer gestalten können. Haben Sie schon mal etwas von ›Gottes Rache‹ gehört?«

Carl schüttelte den Kopf.

Abu al-Houl unterbrach seinen Bericht und bestellte türkischen Kaffee. Nach weniger als dreißig Sekunden war einer der Wachtposten mit einer klassischen Messing-Kaffeekanne und drei kleinen Tassen wieder da. Der Mann goß erst Abu al-Houl ein, dann Carl und dann dem Mann, der sich Michel nannte.

»Gottes Rache« sei eine Spezialabteilung des Mossad, die zu der Zeit geschaffen worden sei, als Golda Meïr israelische Premierministerin war. Anfang der siebziger Jahre war die Abteilung am aktivsten gewesen. Sie verfolgte eine Doppelstrategie. Erstens konzentrierte man sich darauf, palästinensische Intellektuelle in Europa auszuschalten. Also nicht solche Leute, die mit militärischen Operationen zu tun hatten, sondern Intellektuelle, die Propagandaarbeit betrieben, Journalisten, Dichter, Schriftsteller. Dieses in operativer Hinsicht sehr kompetente Spezialkommando des Mossad hatte eine beunruhigend lange Serie von Morden verübt. Daneben wurde die Strategie verfolgt, die fraglichen Morde den mit der PLO rivalisierenden Palästinenser-Gruppen in die Schuhe zu schieben. In der

Öffentlichkeit sollte der Eindruck entstehen, daß die Palästinenser sich gegenseitig umbrächten.

Ein israelischer General und enger Freund Golda Meïrs, Aharon Zamir, leitete die Abteilung bis 1973, als es zum ersten schweren Rückschlag kam, nämlich dieser Lillehammer-Geschichte in Norwegen. Daß die falsche Person erschossen worden war, wie es damals hieß, war an und für sich nicht so schlimm, daß jedoch ein halbes Dutzend Operateure dabei geschnappt wurden, war eine Katastrophe, da sie vor ein norwegisches Gericht gestellt werden mußten. Das Ganze endete damit, daß Aharon Zamir, der damals selbst in Norwegen gewesen war, entlassen wurde und daß die Abteilung auf Eis gelegt wurde.

»Gottes Rache«, fuhr Abu al-Houl fort, sei inzwischen jedoch reaktiviert worden. Der Mord an dem palästinensischen Botschafter bei der Sozialistischen Internationale, Hissam Sartawi, verrate in mancherlei Hinsicht die unverkennbare Handschrift von »Gottes Rache«: Die Aktion sei technisch perfekt durchgeführt worden, und in der Geschichtsschreibung werde es wieder heißen, daß Palästinenser sich gegenseitig umbrächten, daß die verhandlungsbereiten Palästinenser stets von der blutdürstigen Falange ermordet würden, die für immer einen entscheidenden Einfluß auf die Palästinenser hätten, etcetera.

Es gebe jedoch einen interessanten operativen Unterschied. Der Mißgriff von Lillehammer bestand darin, daß man zu viele Amateure an dem Unternehmen beteiligt hatte. Die Mörder entkamen. Sie waren ja Spezialisten und traten in solchen Situationen sicherer auf, aber die Männer, die die Aktion vorbereitet hatten, wurden geschnappt. Das Fiasko von Lillehammer hatte für Israel folglich sehr spürbare Auswirkungen. Der Mord an Hissam Sartawi mußte jedoch ohne jede Einmischung von Amateuren ausgeführt worden sein. Und mit der Regierungsübernahme Menachem Begins vor einigen Jahren war Aharon Zamir wieder in Gnaden aufgenommen und als Abteilungsleiter des Mossads wiedereingesetzt worden.

»Aus diesem Grund«, schloß Abu al-Houl seinen Bericht, »habe ich hier den Angaben über die Geschichte der Tokarew-Pistole einiges Material über ›Gottes Rache‹ und Aharon Zamir beigelegt. Es ist für mich angenehm gewesen, eine Zusammenarbeit mit dem schwedischen Sicherheitsdienst zu beginnen. Sollten Sie wieder mit uns Kontakt aufnehmen wollen, zögern Sie nicht. Falls wir über den Mord in Stockholm noch etwas erfahren, werden wir es Ihnen persönlich mitteilen, Mr. Hamilton.«

Abu al-Houl erhob sich, hielt Carl einen bärenstarken Arm hin und drückte ihm fest die Hand.

Der Mann, der sich Michel nannte, schob Carl sanft aus dem Zimmer. Sie gingen in der Dunkelheit den langen Korridor hinunter, bis sie an eine Tür mit neuen Sandsäcken und neuen Wachtposten kamen, durch die Carl vorhin offenbar hereingekommen war.

Der Mann, der sich Michel nannte, sagte etwas auf arabisch zu den Wachtposten und ging dann allein mit Carl die Treppe hinunter. Die dunkle Brille schien nicht mehr nötig zu sein. Sie gingen vorsichtig über den Unrat und das Baumaterial vor dem halbfertigen Hochhaus, in dem das Treffen stattgefunden hatte, und kamen bei einem wartenden Wagen an, den sie auf je einer Seite umrundeten und sich dann auf den Rücksitz setzten. Der Fahrer fuhr los, ohne Anweisung erhalten zu haben, wohin die Fahrt gehen sollte. Sie fuhren wieder in die Innenstadt Beiruts.

»Ich heiße Husseini, Rashid Husseini«, sagte der Mann, der sich Michel genannt hatte, und reichte Carl die Hand. »Deine Kleidung und die übrigen Dinge sind in deinem Hotelzimmer, und wir werden dich einen Häuserblock entfernt absetzen. Ich habe mir die Freiheit genommen, für dich einen Platz in einer Maschine zu buchen, die morgen nachmittag fliegt. Du findest das Ticket mit einer bestätigten Buchung im Hotelzimmer. Wollen wir morgen mittag noch zusammen essen, bevor du abfliegst?«

»Sehr gern«, erwiderte Carl.

»Mouna wird dich kurz vor eins abholen. Bring unsere Sachen mit: Fleisch oder Fisch und Schalentiere?«

»Fisch und Schalentiere wären mir recht«, erwiderte Carl.

Eine Viertelstunde später betrat Carl das Hotel und bekam seinen Schlüssel mit einer Selbstverständlichkeit, als wäre er nur zu einem kurzen Spaziergang außer Haus gewesen. Man hatte ihm sogar sein altes Zimmer gegeben.

Er duschte, wusch sich die Haare und rasierte sich. Auf dem Nachttisch stand seine noch immer ungeöffnete Flasche Whisky aus dem Flugzeug, sogar genauso mit dem Etikett nach innen gedreht, wie er sie ursprünglich hingestellt hatte. Seine Unterwäsche und die

Hemden lagen in der Reisetasche, und die Dokumente aus der Computerbranche waren so im Zimmer verteilt, wie er sie zurückgelassen hatte. Im Kleiderschrank hingen sein Anzug und sein Mantel. Nichts fehlte. Carl ging mit einem Handtuch um die Hüften durch das Zimmer und versuchte sich vorzustellen, wie sie es fertiggebracht hatten, das Zimmer genauso wiederherzurichten, wie er es hinterlassen hatte. Vielleicht sollte man mit einer Polaroid-Kamera alles aufnehmen, bevor man Dinge wegnimmt?

Carl brach das Siegel der Whiskyflasche und goß sich ein großes Zahnputzglas voll. Er legte sich mit der Mappe, die Abu al-Houl ihm gegeben hatte, aufs Bett. Die Angaben über die syrische Geschichte der Tokarew-Pistole bis zur Gefangennahme des syrischen Majors waren maschinegeschrieben und umfaßten eine knappe Seite.

Das übrige Material bestand aus einer längeren Operationsanalyse, die offenbar aus den Tiefen irgendeines Archivs stammte; sie rekapitulierte die israelische Aktion von 1973 in Lillehammer. Beigeheftet waren einige Anlagen mit Schlußfolgerungen. Das Material erschien Carl weder sonderlich erhellend noch spannend. Es kam ihm zwar eigentümlich vor, daß diese Aktion jetzt wieder in den Köpfen herumgeisterte, denn ähnliches Material lag ja auch in den Stockholmer Archiven. Es würde aber interessant sein zu erfahren, was die Gegenseite über die Aktion zu sagen hatte. Die Analyse des palästinensischen Nachrichtendienstes begann mit einer kurzen Rekapitulation des Verlaufs.

Am 21. Juli 1973 um 22.40 Uhr steigt der marokkanische Staatsbürger Ahmed Bouchiki zusammen mit seiner Ehefrau bei Furubakken außerhalb von Lillehammer aus dem Bus. Er und seine Frau, die übrigens im neunten Monat ist, gehen in Richtung ihrer Wohnung. Sie werden von einem hellen Mietwagen der Marke Mazda überholt, der keine gefälschten Kennzeichen trägt. Zwei Männer steigen aus und gehen dem Paar entgegen. Als sie kurz vor den beiden stehen, ziehen sie je eine Pistole und bitten die Frau, aus dem Weg zu gehen. Dann feuern sie einige Schüsse auf Bouchiki ab, der zu Boden stürzt. Darauf stellen sie sich über ihn und geben aus nächster Nähe insgesamt vierzehn Schüsse auf ihn ab. Sämtliche Schüsse bis auf einen sind lebensgefährliche oder sofort tödliche Treffer.

Dann werfen sich die beiden Männer in ihren Wagen und verschwinden. Soweit der eigentliche Mord.

Da die beiden israelischen Agenten fähige Offiziere der Mossad-Abteilung für *special operations* sind, genauer der Abteilung, die den Namen »Gottes Rache« trägt, ist dieses Vorgehen etwas merkwürdig. Die Zahl der abgegebenen Schüsse gibt darüber Auskunft, daß beide die Magazine ihrer Pistolen leergeschossen haben, Waffen mit dem Kaliber 7,62.

Hier ergeben sich zwei Fragen. Warum vierzehn Schüsse abfeuern, warum stehenbleiben und Aufsehen erregen und die Operation verlängern, womit man das Risiko eingeht, von mehr Zeugen als unbedingt notwendig gesehen zu werden? Und warum Pistolen verwenden, so daß der Tatort mit Patronenhülsen übersät ist, warum keine Revolver?

Der palästinensische Analytiker hatte hier zwei Schlußfolgerungen gezogen, um seine eigenen Fragen zu beantworten. Der Tathergang, nämlich immer wieder auf einen schon toten Menschen zu schießen, lasse sich nicht als sonderlich professionelles Verhalten bezeichnen, da es auf Haß und/oder persönliche Rache hindeute.

Der Mord sei mit anderen Worten so ausgeführt worden, daß er als »arabischer Racheakt« erscheine, und um diesen Eindruck zu verstärken, wurden nicht-israelische Waffen verwendet.

An den folgenden Tagen faßt man einige der eher peripheren Figuren der operativen Einheit. Es sind sechs Personen unterschiedlicher Nationalität, aber jüdischen Glaubens: Marianne Gladnikoff, 1943 geboren, Schwedin, Sylvia Rafael, 1937 in Südafrika geboren, Abraham Gehmer, 1937 vermutlich in Österreich geboren, Dan Aerbel, 1937 in Dänemark geboren, Zwi Steinberg, 1943 vermutlich in Israel geboren, sowie Michael Dorf, 1946 in Holland geboren.

Sie erhielten für den Mord, der vor Gericht »fahrlässige Tötung« genannt wurde, mehr oder weniger symbolische Strafen; nach eineinhalb Jahren befand sich keiner von ihnen mehr in einem norwegischen Gefängnis.

Von diesen Festgenommenen hatte keiner eine herausragende Funktion bei dem Unternehmen gehabt, und sie waren alle Amateure. Nach der Festnahme der Schwedin und des Dänen – nämlich als sie einen ihrer Mietwagen zurückgeben wollten, ein unfaßbarer Fehler – begannen sie fast sofort zu gestehen, die Mittäterschaft an dem Mord jedoch von sich zu weisen.

Der Mossad hatte sich also eines gemischten Kommandos bedient, bei dem mehrere Amateure Handlangerdienste leisten mußten, nämlich Wagen mieten, Zeitungen tragen, telefonieren und eine Reihe einfacherer Beschaffungsaufträge erledigen. Und es waren ausschließlich solche Amateure festgenommen worden, während der besser ausgebildete Teil des Kommandos über Schweden nach Israel verschwand.

Wären die Festgenommenen Profis gewesen, hätten sie bei den Vernehmungen überhaupt nichts gesagt, und dann hätte man sie auch nicht verurteilen können. Möglicherweise hätte man den Skandal dann vertuschen können.

Von einem rein operativen Standpunkt aus war es auch interessant, daß der Erschossene keinerlei Verbindung zu Palästinensern besessen hatte. Er hatte seit seiner Ankunft in Norwegen in Lillehammer als Kellner gearbeitet. Für die Israelis stellte er jedoch ein ernsthaftes Ziel dar, weil einige der Amateure einen arabischen Touristen von Oslo nach Lillehammer beschattet und dabei beobachtet hatten, daß dieser sich ein paarmal mit Bouchiki unterhielt. Das genügte.

Die zur Tat führende Analyse dieser Observierungen war mit anderen Worten ziemlich dilettantisch, was auch mit dieser bizarren Mischung von Amateuren und Profis zusammenhängen mochte.

Operativer Chef der Aktion war ein bekannter Mossad-Offizier namens Gustav Pistauer. Seine engsten Mitarbeiter hießen »Mike« und »François«. Ihre genaue Identität war unbekannt. Chef des ganzen Unternehmens war kein Geringerer als Aharon Zamir persönlich, Leiter von »Gottes Rache«, der auch für die Liquidierung des Marokkaners grünes Licht gegeben hatte.

Aus der Affäre konnten die Israelis wie auch andere die Lehre ziehen, daß es unklug ist, bei einer Operation dieses Umfangs und dieser Zielrichtung Amateure einzusetzen.

Der palästinensische Analytiker fuhr mit seiner nüchternen Durchleuchtung der Affäre fort.

Carl brauchte nicht weiterzulesen. Er hatte bei der Lektüre einige wenige Worte dick unterstrichen und ein Ausrufungszeichen an den Rand gesetzt. Dieser Abschnitt betraf das Kaliber der Mordwaffen, 7,62 Millimeter – ein ungewöhnliches Pistolen-Kaliber; solche Waffen haben meist das Kaliber 7,65 Millimeter, beispielsweise die Walther der schwedischen Polizei.

Aber 7,62 war genau das Kaliber der Tokarew-Pistole. Andere Waffen kamen nicht in Frage. Die Mörder hatten mit Tokarew-Pistolen geschossen. Und sie waren nachweislich Israelis.

Die palästinensische Analyse, die Carl in der Hand hielt, war offensichtlich vor vielen Jahren abgefaßt worden, bevor das interessante Tokarew-Kaliber von neuem in einem skandinavischen Mordfall auftauchte.

Carl fror ein wenig. Er meldete ein Telefongespräch mit Fristedt in Stockholm an und brauchte nur eine Viertelstunde zu warten.

Das Gespräch wurde sehr kurz, nicht nur aus Sorge um die Steuergelder des Staates.

»Hej«, sagte Carl, »ich habe mit meinen ersten Geschäftskontakten ein paar Probleme gehabt. Es ist dann aber besser als erwartet verlaufen, und wir können mehr verkaufen, als wir erwartet haben. Ich bin morgen abend wieder zu Hause. Die Maschine startet hier um 16.30 Uhr Ortszeit.«

Fristedt grunzte nur, das sei ja schön. Dann legten beide auf. Carl kroch ins Bett. Er lag eine Weile mit den Armen unter dem Kopf und starrte in der Dunkelheit an die Decke. Von der Hamra Street her hörte er das ewige Hupkonzert der Autos.

Warum waren die beiden stehengeblieben und hatten ihre Magazine auf einen schon toten Menschen leergeschossen?

Er mußte mitten in dieser Überlegung eingeschlafen sein. Er schlief fest und traumlos.

Am nächsten Vormittag brachte er einige Stunden damit zu, in den großen Buchhandlungen der Innenstadt zu stöbern, an die er sich von seiner ersten Beirut-Reise her noch gut erinnerte. Damals waren die Buchhandlungen Beiruts bei Büchern über den Nahen Osten die bestsortierten der Welt gewesen. Inzwischen war das Angebot natürlich etwas schmaler geworden, aber doch nicht annähernd so knapp, wie man hätte erwarten können. Es war unbegreiflich, wie sie das anstellten. Wurden die Bücher per Schiff herangeschafft? In den Hafen des christlichen Teils der Stadt? Und wie kamen sie dann nach West-Beirut? Etwa per Lastwagen von Damaskus oder per Luftfracht?

Soweit Carl es beurteilen konnte, hatte sich der Anteil religiöser Literatur mindestens verdoppelt. Neueste amerikanische, englische und französische Werke über die jüngsten Kriege im Nahen Osten waren in einem solchen Umfang vorhanden, daß das Angebot einen kompletten Eindruck machte. Carl kaufte einen Stapel Bücher in englischer Sprache, in denen es um die Palästinenser oder die erstarkende militärische und organisatorische Präsenz der Schiiten im Libanon ging.

Überall hielt man Carl für einen Amerikaner, was nicht anders zu erwarten war, da er das gleiche Amerikanisch sprach wie alle Studenten in San Diego. Niemand behandelte ihn jedoch feindselig, jedenfalls nicht so, daß er es spürte, und Carl vermutete, daß man ihn für einen Journalisten hielt. Und bei amerikanischen Journalisten in Beirut durfte man davon ausgehen, daß sie keine glühenden Anhänger der amerikanischen und der israelischen Nahostpolitik waren.

Als er in sein Hotelzimmer zurückkehrte, saß Mouna schon da und erwartete ihn, diesmal jedoch ohne Pistole. Sie bat ihn, das Gepäck im Zimmer zurückzulassen. Sie gingen zu einem dunkelgrünen Fiat, den sie einen halben Häuserblock entfernt geparkt hatte. Sie fuhr auf der Corniche am Strand und an den großen, freistehenden Felsenformationen entlang, die wie uralte Kreuzfahrerburgen aus dem Meer hervorragen. Es war ein lauer, angenehmer Tag mit einem leichten Dunst.

»Leg den Arm um mich und zeig erst deinen Paß, ich heiße Mouna und bin Krankenschwester«, sagte sie schnell, als sie sich auf dem Weg nach Süden der ersten Straßensperre näherten. Gleichzeitig donnerte eine Boeing 707 der MEA in geringer Höhe über sie hinweg; der Flugverkehr war offensichtlich wieder in Gang gekommen.

Als sich Carl zu Mouna hinüberbeugte, um seinen Paß der Amal-Miliz zu überreichen, küßte er sie spielerisch auf die Wange (»Übertreib nicht«, fauchte Mouna mit gespielter Entrüstung).

Nach einer halben Stunde erreichten sie ein kleines Dorf am Meer und schließlich einen geschlossenen Innenhof. Sie stiegen aus und gingen durch ein paar leere Gassen weiter, bis sie ein recht großes Gebäude in Gelbklinker erreichten, das einen verlassenen Eindruck machte. Sie betraten das Haus, durchquerten es und verließen es auf der anderen Seite, wo sie auf eine große, von einer Mauer umgebene Terrasse hinaustraten, die einen Ausblick auf einen Abhang und das

Meer freigab. Auf der Terrasse war ein Tisch mit einer wunderbaren libanesischen Mahlzeit gedeckt: fritierte rote kleine Fische (Sultan Brahim), Oliven, Pita-Brot, Laban (libanesischer Joghurt), Schüsseln mit geschnittenem frischen Gemüse, Houmous (Kichererbsencreme), gegrillte Langustenschwänze, Mittelmeerkrabben, ein größerer Fisch, der wie eine Art Seebarsch aussah, Mineralwasserflaschen, die in der leichten Wärme beschlugen, sowie libanesischer Roséwein.

Am Tisch saßen Rashid Husseini und zwei blutjunge, höchstens zwanzigjährige Helfer, die ihre Karabiner einige Meter entfernt an die Terrassenwand gelehnt hatten.

Rashid kam ihm entgegen und drückte ihm herzlich die Hand. Er stellte Carl die beiden anderen als Moussa und Ali vor.

»Ich fand es angenehmer und weniger riskant, die normalen Restaurants zu meiden. In Beirut gibt es so viele Augen und Ohren«, sagte Rashid, als sie sich setzten und sich über die Speisen hermachten.

»Aber ist dies eigentlich euer Territorium?« wunderte sich Carl.

»Nein«, erwiderte Mouna, »dies ist das Gebiet der Amal, aber hier suchen sie Jihaz as Rased nicht, da sie so damit beschäftigt sind, uns in der Innenstadt zu suchen.«

»Genau weiß man's aber nie«, lächelte Rashid hinter seinen rauchfarbenen Brillengläsern, »und sollten sie gegen jede Vermutung herkommen, werden wir dir eine Waffe leihen müssen. Aber sie kommen nicht, und das ist die Pointe. Erzähl mal, wann bist du von Kalifornien weggezogen?«

Rashid brachte die Frage vor, als sei sie nicht sonderlich wichtig, während er gleichzeitig mit einer eleganten und geübten Geste einen Klecks Houmouscreme auf eine Scheibe Brot schmierte.

»Wie kommst du darauf, daß ich in Kalifornien war?« fragte Carl in dem gleichen beiläufigen Tonfall, während er an seinem Roséwein nippte.

»Wang Lee«, erwiderte Mouna kurz.

»Wer zum Teufel ist Wang Lee?« fragte Carl, während er sich von dem fritierten Fisch nahm.

»Dein Schneider in San Diego«, lächelte Mouna. »Wir haben deine Kleidung Millimeter für Millimeter untersucht. Dein Hosenbund hat ja ein paar interessante Vorrichtungen, einmal die Fächer für Patronen des Kalibers 38, soviel wir sehen konnten, und dann noch eine kleine Tasche im Kreuz, in die du eine Pistole unbekannten Fabrikats steckst.«

»Beretta, falls euch das weiterhilft«, knurrte Carl. »Nun, und Wang Lee?«

Wang Lee war der Besitzer einer chinesischen Wäscherei und Schneiderwerkstatt, die diese Ergänzungen in Carls Kleidung eingenäht hatte. Der Chinese hatte hier und da jedoch einen kleinen chinesischen Glücksvers eingenäht. Das war vermutlich sehr fürsorglich gemeint gewesen, aber neben den Versen befand sich auch – Wang Lee war ja nicht nur Chinese, sondern auch Amerikaner – ein kleiner Reklameaufdruck mit dem Firmennamen. So waren die Palästinenser rasch auf San Diego gekommen. Der Rest war nicht mehr schwierig gewesen.

Die Arbeitsweise des palästinensischen Nachrichtendienstes erinnert in vielem an die seines Hauptfeindes Israel. Israelis stehen mehr als hundert Sprachen und Nationalitäten zur Verfügung, und sie können in den meisten Ländern der Welt auf Sympathisanten und Informanten zurückgreifen, was nicht schwer zu verstehen ist. Die Situation der Palästinenser nach 1948, als die halbe Bevölkerung nach dem Sieg Israels auf Flüchtlingslager verteilt wurde, ähnelte im Lauf der Jahre immer mehr der der frühen Juden; gleichzeitig mit der Errichtung des Staates Israel kam es bei den Palästinensern, Ironie der Geschichte, zu einem umfassenden nationalen Exodus der Palästinenser.

Die Tatsache, daß es überall im Nahen Osten Flüchtlingslager der UNO gab, hatte für sie einen Vorteil, zwar nur einen einzigen, aber einen doch sehr bedeutenden Vorteil. Alle palästinensischen Kinder gingen in die Schule. Und nach der Grundschule bekamen sie Stipendien für jedes Gymnasium im arabischen Teil des Nahen Ostens, und danach ging die intellektuelle Auswanderung an alle Universitäten der Welt weiter. Zwanzig, dreißig Jahre später hatte dies zur Folge, daß es in der ganzen Welt, im Osten wie im Westen, nicht eine anständige Universität mehr ohne eine kleine Palästinenser-Kolonie gab. Ein weiteres Ergebnis, jetzt, vierzig Jahre nach dem ersten Krieg, war die Tatsache, daß die Palästinenser nach den Israelis das am besten ausgebildete Volk des Nahen Ostens waren. Auf manchen Gebieten gebe es, sagte Rashid, sogar mehr palästinensische Akademiker als bei den Israelis, etwa Ärzte oder Atomphysiker.

Rashid erwähnte, daß der palästinensische Nachrichtendienst allein in San Diego mindestens fünfzig Informanten habe. Der Ausbildungsweg des schwedischen Stipendiaten Carl Hamilton sei innerhalb von vierundzwanzig Stunden zurückverfolgt worden. Alles dank dem palästinensischen Exil und Wang Lees Glücksversen.

»Ich habe sie herausgetrennt, sie liegen in deinem Handgepäck. Du kannst sie ja lesen, wenn du chinesisch kannst«, sagte Mouna fröhlich. »Wenn du sie behalten willst, mußt du sie dir selbst wieder einnähen.«

»Habt ihr die Kleider nach irgendeinem eingenähten Metallgegenstand abgesucht? Das hättet ihr auch auf andere Weise herausfinden können. Und wozu dieses verfluchte Mißtrauen gegenüber einem ganz normalen Schweden?« fragte Carl, während er Rashids Methode, Houmous zu essen, nachzuahmen versuchte.

»Weil wir Experten im Überleben sind. Während der israelischen Besetzung Beiruts beispielsweise waren wir die ganze Zeit in der Stadt. Sie entdeckten unsere Archive, unsere Informationsbüros sowie die Forschungs- und Ausbildungsstätten, aber Jihaz as Rased haben sie nie gefunden. Wir konnten uns nicht einfach nach Tunis zurückziehen, wie es ein großer Teil unserer Streitkräfte tun mußte. Es hätte zuviel Zeit erfordert zurückzukehren, und außerdem verstehen wir uns besser darauf, uns vor Entdeckung zu schützen, als die militärischen Verbände. Was unsere Durchleuchtung deiner Person betrifft, ist sie jetzt ja vorbei, und es ist angenehmer, so miteinander umzugehen, ohne daß einer ständig Angst haben muß!«

Carl lächelte über Rashids einfache und faszinierende Erklärung. Er hatte einige Male wirklich Angst gehabt.

»In all den Jahren in San Diego kannst du aber nicht nur elektronische Datenverarbeitung, Staatswissenschaft und amerikanische Literatur studiert haben. Warum bist du beim schwedischen Sicherheitsdienst gelandet?« fragte Mouna.

Carl ignorierte die Frage. Er nahm sich einen gegrillten Langustenschwanz und entschloß sich, eine ebenso indiskrete Gegenfrage zu stellen.

»Was für Funktionen habt ihr beiden beim Jihaz as Rased?« fragte er.

»Ich bin Stratege und beschäftige mich mit Operationsanalyse.

Mouna ist Offizier in einer unserer operativen Abteilungen, Ali und Moussa sind Schutzwachen und künftige Operateure und gehören zu Mounas Verband. Was für eine Funktion hast du?« erwiderte Rashid prompt und ohne zu zögern.

Carl seufzte. Er hatte erwartet, keine Antwort zu erhalten.

»Ich bin vor allem als *field operator* ausgebildet, aber meine Hauptarbeit besteht in der Analyse von Fahndungsergebnissen sowie in Datenverarbeitung. Aber so können wir nicht weitermachen. Ich darf solche Fragen nicht beantworten. Könnt ihr hier im Libanon überleben, reicht eure militärische Abwehrkapazität aus?«

Die kritischste Phase hätten sie bereits hinter sich, wie Rashid und Mouna berichteten. Es habe mehrere Jahre gedauert, die sechstausend Mann aus verschiedenen militärischen Verbänden wieder ins Land zu schmuggeln, die 1973 von Amerikanern und Israelis evakuiert worden waren. Das hatte zu einer schwierigen Periode fast totaler Wehrlosigkeit geführt, als sich verschiedene feindliche Gruppen auf die Flüchtlingslager stürzten, aber jetzt war das Gleichgewicht einigermaßen wiederhergestellt. Die Verteidigungsbereitschaft war inzwischen fast wieder in alter Stärke aufgebaut, und es gab auch genügend personelle Reserven zur künftigen Verteidigung der Flüchtlingslager. Es fehlte jedoch vor allem noch an schweren Waffen, und es würde noch einige Zeit dauern, eine offensive militärische Kapazität auszubauen, die für Operationen gegen Israel ausreichte. Beim Wiederaufbau des militärischen Teils der Befreiungsbewegung stand natürlich der Schutz der Zivilbevölkerung an erster Stelle.

»Aber glaubt ihr wirklich, Israel besiegen zu können, oder ist das nur etwas, was ihr als religiöse Zielsetzung braucht?« fragte Carl.

»Wir können Israel nicht in einer offenen Panzerschlacht besiegen, falls du das meinst. Wir können Israel aber dadurch besiegen, daß wir hierbleiben, und das wissen sie selbst sehr wohl. Aus diesem Grund haben sie immer wieder versucht, uns zu vernichten, oder andere dazu zu bringen. Wenn wir überleben, geht Israel unter, und zwar nicht etwa wegen unserer militärischen Stärke, sondern wegen der Widersprüche in der israelischen Gesellschaft. Für uns geht es darum, Zeit zu gewinnen, zu überleben und Zeit zu gewinnen«, erwiderte Rashid mit plötzlichem tiefem Ernst.

»Sie haben eineinhalb Millionen Palästinenser innerhalb ihrer

Landesgrenzen, dazu uns, daneben noch eineinhalb Millionen außerhalb ihrer Grenzen«, fuhr Mouna fort, »und hier außerhalb Israels können sie es mit Bomben versuchen, aber was machen sie mit den eineinhalb Millionen im Lande? Sollen sie etwa Gasöfen bauen? Das werden sie aus einer Menge von Gründen niemals tun. Nun, sollen sie dann einem jüdischen Staat mit arabischer Mehrheit entgegenblicken, Verhältnisse wie etwa in Südafrika? Und gleichzeitig eine Militärmaschinerie unterhalten, die nicht nur uns unter der Fuchtel hält, sondern auch potentielle Feinde unter den arabischen Staaten? Nein, mein Freund, die Zeit arbeitet für uns, genau wie Rashid sagt. Das heißt, wenn es uns gelingt zu überleben, und bislang haben wir das ja ganz gut geschafft. Es werden ständig mehr Palästinenser geboren als ermordet, das beste, um unsere Kampfmoral intakt zu halten. Wo stehst du selbst in diesem Kampf? Auf wessen Seite bist du?«

»Wenn ihr meine Vergangenheit unter die Lupe genommen habt, wißt ihr das schon«, sagte Carl mürrisch. Er fühlte sich in dieser Diskussion allzu unterlegen, moralisch, taktisch und wissensmäßig.

»Ja, wir wissen, daß du vor langer Zeit mal auf einem Links-Trip gewesen bist. Das ist aber schon lange her, und damals hast du noch nicht in einem der palästinafeindlichsten Sicherheitsdienste der Welt gearbeitet. Die Frage ist also ziemlich interessant«, fügte Rashid vorsichtig hinzu.

»Wollt ihr eine diplomatische oder eine ehrliche Antwort?« wollte Carl wissen.

»Erst die diplomatische Antwort, dann werden wir sehen«, sagte Mouna.

Carl grübelte kurz. Jetzt ging es für ihn darum, sich nicht nur selbst zu verstehen, sondern auch für die beiden anderen richtig zu formulieren. Sie warteten mit sichtlichem Interesse.

»Ich habe immer den Standpunkt vertreten, daß es nur eine vernünftige Lösung gibt: ein demokratisches Palästina mit gleichen Rechten für Juden und Araber. Rein moralisch ist das vielleicht noch immer die vernünftigste Antwort, die man geben kann.«

»War das die diplomatische Antwort?« wollte Mouna wissen.

Carl nickte.

»Dann wollen wir die ehrliche Antwort wissen«, sagte Rashid.

»Ich halte es aus sowohl praktischer wie psychologischer Sicht für unbillig zu verlangen, daß die Israelis sich sozusagen selbst abschaffen. Eine solche Forderung würde sich in ihrer Propaganda nur in eine Forderung nach Vernichtung der jüdischen Bevölkerung Israels verwandeln, nach physischer Vernichtung. Außerdem sind die Hälfte aller Israelis in Israel geboren, sie *sind* Israelis. Heute sieht meine ehrliche Meinung also so aus: Man sollte sich auf einen Palästinenserstaat an der Seite Israels einstellen.«

»Ich bin nicht deiner Meinung, wie du sicher verstehst. Ich halte das nur für Heuchelei, da Israel eine solche Teilung nicht überleben würde. Aber wir sollten das Thema wechseln. Welchen Nutzen wird unser Material für dich haben, was meinst du?«

Rashid machte den Eindruck, als bereute er, die politische Diskussion in Gang gebracht zu haben. Mouna beschäftigte sich mit ihren Fingernägeln, als ob sie sich tatsächlich dafür interessierte. Sie sah wirklich wie eine Krankenschwester aus. Es war fast unmöglich, sie sich als Operateur im Feld vorzustellen, vor allem auf einem der blutigsten Schlachtfelder der Weltkarte.

Carl war dankbar, daß sich die Unterhaltung jetzt den praktischeren Dingen zuwandte.

»Wenn eure Angaben korrekt sind, stoßen sie unsere Arbeitshypothese um. Aber andererseits bin ich auch hergekommen, weil ich diese Hypothese anzweifle, und das hat euch ermöglicht, in meiner Hose den Hinweis auf Wang Lee zu finden. Die Frage ist also sehr wichtig: Habt ihr mir korrekte Angaben gemacht oder nur Propaganda geliefert?«

»Wir haben dir nach bestem Wissen geantwortet«, erwiderte Rashid ernst, »und das hätten wir wahrscheinlich auch dann getan, wenn diese Operation tatsächlich von Palästinensern geplant werden würde. Du brauchst für uns oder unsere Sache keine Sympathien zu haben, um das zu verstehen. Wir denken nämlich praktisch. Hier hat sich eine erste Möglichkeit einer Zusammenarbeit mit dem schwedischen Sicherheitsdienst eröffnet, was bislang ja ein Privileg Israels gewesen ist. Wir sehen es als Chance an, einen neuen Markt zu öffnen, und darum liefern wir das Beste, was wir haben. Zufrieden?«

»Das ist eine sehr logische Antwort«, sagte Carl, »und ich hoffe, daß sie korrekt ist, denn es wird mir zu Hause schon schwer genug fallen, der Führungsspitze zu erklären, was ich hier getrieben habe.

Und wenn ich dann mit pro-palästinensischen und falschen Angaben nach Hause komme, werde ich mich wohl nach einem neuen Job umsehen müssen.«

»Mach dir keine Sorge. Ein Detail an der Lillehammer-Sache interessiert mich noch, es ist nicht so wichtig, aber da ich Anwalt bin ... ich meine die Tatsache, daß die Mörder in Norwegen so geringe Freiheitsstrafen erhielten. Wäre das auch in Schweden so gewesen?«

»Das weiß ich nicht. Aber welche Teile des Materials lassen sich in deinen Augen am besten mit unserem aktuellen Problem in Verbindung bringen?«

»Daß sie versucht haben, den Mord als Wahnsinnstat erscheinen zu lassen, macht auf mich den Eindruck, sie wollten in ihrer Propaganda durchsickern lassen, daß die verrückten Araber sich gegenseitig umbringen, daß sie blutrünstig sind und so weiter. Es finde, es gibt eine ganz bestimmte Parallele zu eurem Fall. Und was hat euch so sicher sein lassen, daß es Araber sind, wo es in Wahrheit wohl Israelis sein dürften? Das ist ein sehr interessanter Aspekt, wie ich finde.«

»Ist euch bekannt, welche Waffen sie in Lillehammer verwendet haben?«

Carl brachte die Frage vor, als wäre sie von untergeordneter Bedeutung, während er sich gleichzeitig etwas Mineralwasser in sein Weinglas goß. Nur er und Mouna tranken Wein, die anderen hielten sich strikt an Mineralwasser.

»Nein, ihre Waffen wurden ja nicht gefunden, da die Mörder davonkamen«, erwiderte Rashid mißmutig.

Das ist aber interessant, dachte Carl. Entweder haben sie selbst nicht herausgefunden, daß diese drei Hundertstel Millimeter die Tokarew von einem der gewöhnlichen Pistolenkaliber unterscheiden. Oder er tut einfach nur so, um seine Entdeckung zu meiner zu machen und daher wichtiger.

»Soviel ich weiß, haben sie die gleiche Waffe verwendet, ich meine die gleiche Marke und das gleiche Kaliber«, sagte Carl schnell, um es mit einer Überraschung zu versuchen.

Rashid sah ihn verblüfft an.

»Als ich dieses alte Material durchlas, ging das nicht daraus hervor, wirklich nicht. Aber das stärkt ja nur unsere neue These, nicht wahr?«

»Ja, in allerhöchstem Maße. Übrigens, welche Waffen verwenden eure Operateure?«

»Das mußt du Mouna fragen, das ist ihr Ressort«, brummte Rashid.

Mouna dachte kurz nach.

»Unsere Operateure benutzen die Waffen, an die sie gewöhnt sind. Bei leichteren Handfeuerwaffen vermeiden wir die Tokarew, ich selbst habe noch nie eine in der Hand gehalten. Sie soll einige Mängel haben, außerdem ist sie selten, und zudem ist es nicht gerade eine Empfehlung, daß die syrische Armee sie verwendet. Wir verwenden gröbere Kaliber. Die gewöhnlichste Pistole hier bei uns in Beirut ist Colt Automatic, dann gibt es eine Reihe von Leuten, die Browning mit feinerem Kaliber und einiges andere vorziehen. Unser gebräuchlichstes Kaliber ist Kaliber 38 und 9 mm, und das aus rein praktischen Gründen, da der gesamte Nahe Osten mit Pistolen dieser Art geradezu überschwemmt wird.«

»Du selbst hast eine Colt Automatic, wie ich gesehen habe. Darf ich mir die mal ansehen?«

Mouna griff nach ihrer Handtasche, zog die Waffe heraus, die sie Carl mit dem Kolben reichte. Er zog das Magazin heraus und drückte ein paar Patronen in die Hand. Die Patronen hatten keine Herkunftsbezeichnung.

»Wo kommen die her?« fragte er und spielte mit den beiden Patronen.

»Die sind unser Fabrikat«, lächelte Mouna. »Wir haben eine Weile sogar überlegt, sie mit *Made in Palestine* zu kennzeichnen, aber das hätte sich früher oder später als unpraktisch erwiesen.«

»Aber wenn die Amal dich mit diesen Dingern faßt, könnte das nicht zu Problemen und unangenehmen Fragen führen?«

»Wenn die Amal mich schnappt, gibt es kaum noch Probleme, denn die werden mich sofort töten«, erwiderte sie kurz und blickte aufs Meer.

Sie schlossen die Mahlzeit mit angestrengten Versuchen ab, sich über neutrale Dinge oder über Jugenderinnerungen zu unterhalten. Rashid war an der American University von Beirut zum Juristen ausgebildet worden und hatte 1975 gerade eine eigene Kanzlei eröffnet, als der langandauernde Bürgerkrieg begann. Seitdem hatte die Nachfrage nach juristischem Beistand in Beirut spürbar nachgelassen, und neuerdings hielt Rashid sich das Anwaltsbüro nur noch als Fassade, hinter der er seinen eigentlichen Beruf als Analytiker und Stratege des Jihaz as Rased verbarg. Rashids Vater stammte aus einer sehr bekannten Palästinenser-Familie, und er hatte eine libanesische Christin geheiratet – nein, seine Mutter unterstütze die Falangisten nicht –, die aus einer ziemlich reichen Familie kam. Das gab ihm eine recht praktische Identität, teils Anwalt, teils Halb-Libanese.

Mouna war in Gaza geboren und hatte dort einige Jahre einer Widerstandsgruppe angehört. Aber nachdem die Israelis, die ihre Brüder getötet und die zwei Häuser der Familie gesprengt hatten, die Gruppe einkreisten, flüchtete sie nach Jordanien. Sie wurde später von der Al Fatah aufgenommen und gehörte eine Zeitlang im Süd-Libanon einer Sabotagegruppe an, bis Abu al-Houl sie auffischte und sie zu einer zweijährigen Ausbildung nach Nordkorea schickte. In den letzten fünf Jahren hatte sie als Operateur in Europa und im Nahen Osten gearbeitet; hier in Beirut hatte sie einen Schnellkurs in Krankenpflege erhalten und arbeitete gelegentlich zum Schein im Lager Bourj el Barajneh. Sie war die Kontaktperson zwischen Jihaz as Rased und den skandinavischen Helfern.

Ali und Moussa, die sich in Gesellschaft der beiden Offiziere die ganze Zeit still und passiv verhalten hatten, gehörten seit dem fünfzehnten Lebensjahr den kämpfenden Verbänden an und heute zu der Elite, die Jihaz as Rased gelegentlich für Schutzaufträge oder militärische Operationen requirierte.

Ein weiterer junger Mann mit einem Karabiner in der Hand trat auf die Terrasse und flüsterte Rashid kurz etwas auf arabisch zu, um dann wieder zu verschwinden.

»Also«, sagte Rashid, »es wird Zeit, daß wir uns trennen. Dein Gepäck ist aufgegeben. Wir haben nichts damit angestellt, und es gibt natürlich auch keine Überraschungen. Das war jedoch die beste Methode, die Berichte mitzuschmuggeln. Sie liegen im Geheimfach deiner Reisetasche. Ticket und Handgepäck sind im Wagen, und Mouna begleitet dich zu einem zärtlichen Abschied auf dem Flughafen. Jetzt bleibt nur noch, weitere Kontakte zu verabreden.«

Carl zu finden würde nicht schwer sein, er besaß ja einen höchst offiziellen Arbeitsplatz in einem wohlorganisierten Land. Falls Carl aber mit Jihaz as Rased Kontakt haben wolle, müsse er in der

Anwaltskanzlei anrufen und ganz normal von Geschäften sprechen. Die Zahl 16 bedeute, daß er nach Beirut reise, die Zahl 15, daß er ein Treffen in Stockholm wünsche, und die Zahl 21 solle bedeuten, daß die Operation in Stockholm gut abgelaufen war.

Als Carl sich am Flughafen nach seiner Aktentasche auf dem Rücksitz streckte, beugte Mouna sich vor und küßte ihn auf beide Wangen.

»Wenn du diese israelischen Operateure zu Gesicht bekommst, übermittle ihnen meine zärtlichsten Grüße«, flüsterte sie.

»Ja, das verspreche ich«, erwiderte Carl, »ich verspreche, sie von dir zu grüßen.«

Die Maschine der MEA nach Athen startete ohne Probleme und beinahe pünktlich. Die Abendsonne warf lange, schräge Schatten auf Zypern. Carl schlief ein.

10

Arne Fristedt hatte seit sieben Uhr morgens in seinem Zimmer gesessen und die Festnahme geplant. Das Problem war, daß es zwei Ein- und Ausgänge gab und daß sich in der Nähe voraussichtlich viele Menschen aufhielten. Der Ort war das Café des Hauptbahnhofs im zweiten Stock, die Zeit war 12.00 Uhr mittags, vermutlich auf die Sekunde genau, und bei den Personen, die festgenommen werden sollten, handelte es sich um einen höheren Beamten bei der Einwanderungsbehörde und einen iranischen Spion, der keine diplomatische Immunität besaß, aber als Fahrer bei der iranischen Botschaft arbeitete. Er hieß Marek Khorass, war im Fahndungs- und Vorstrafenregister der Polizei wegen unerlaubten Waffenbesitzes gespeichert und wurde als gewalttätig bezeichnet.

Fristedt war nicht wohl bei dem Gedanken an die vielen Menschen. Wenn aber alles nach Plan verlief, würde einer der beiden als erster hereinkommen, sich einen Kaffee bestellen und eine Zeitung lesen. Dann würden die beiden einen klassischen Tausch vornehmen – der zweite Mann setzt sich nach einiger Zeit zu dem ersten an den Tisch und liest ebenfalls Zeitung, ohne daß sie auch nur ein Wort wechseln müssen. Sie falten die Zeitungen zusammen und legen sie auf den Tisch. Beim Gehen nimmt jeder die Zeitung des anderen; die eine enthält Dokumente, die andere Geldscheine.

Der Vorteil des Treffpunkts lag darin, daß der ganze Verlauf mit einer Video-Kamera aufgezeichnet werden konnte. Eine der neuesten Überwachungskameras im Hauptbahnhof deckte das gesamte Café ab. Aus diesem Grund war im Café selbst nicht viel Fahndungspersonal nötig.

Wenn alles nach Wunsch ging, würde man die beiden in aller Stille mit dem Beweismaterial schnappen, sobald sie das Café verließen. Der Schwede würde sicher keinen Krawall machen. Aber der Iraner?

Im Café würden zwei Mann von der Fahndungsabteilung sitzen und per Funk zu Fristedt unten in der provisorischen Polizeiwache des Hauptbahnhofs Verbindung halten; die Wache lag am anderen Ende des Gebäudes. Dort würde man die Videoaufnahmen auf Band aufzeichnen. Die Wahl des Lokals ließ vermuten, daß die beiden Männer verschiedene Ein- und Ausgänge benutzen würden. Einen von ihnen könnte man mit Leichtigkeit festnehmen, wenn er zu der Bushaltestelle auf dem Klarabergs-Viadukt hinausging. Der zweite würde jedoch im Inneren des Hauptbahnhofs verschwinden, möglicherweise in Richtung U-Bahn. Man sollte die Treppe zum Café blockieren und den Mann, der eventuell diesen Weg wählte, schon dort fassen. Wenn der andere jedoch sitzenblieb, würde er von oben vielleicht etwas mitbekommen, je nachdem, wo im Café er saß. Auch das konnte zu Problemen führen.

Also. Wenn der Iraner die Treppe hinunterging und das Treffen als erster verließ, würde man ihn sofort festnehmen. Dann brauchten sie nur noch auf den Schweden zu warten. Aber wenn es umgekehrt verlief? Um die Beweise zu sichern, war es unerläßlich, beide zu ergreifen, den einen mit dem Geld und den anderen mit den Dokumenten. Die Dokumente waren am wichtigsten. Sie mußten sich also unter allen Umständen auf den Iraner konzentrieren.

Carl und Appeltoft erschienen gleichzeitig ein paar Minuten nach acht Uhr morgens. Carl war noch ganz erfüllt von seinen Entdekkungen und Ideen und redete mehr als eine Viertelstunde ununterbrochen.

Der Mörder sei ein Israeli und habe eine von den Israelis eroberte Waffe verwendet. Es sei überdies der gleiche Waffentyp, der schon einmal verwendet wurde. Angesichts der Warnung dieser israelischen Sicherheitsbeamtin, werde das Bild allmählich klarer. Sie hatte tatsächlich vor einem Plan Dalet gewarnt und nicht vor einem arabischen Plan Dal. Daß sie anschließend mehr als unwillig geworden war, nach ihren Andeutungen gegenüber Folkesson noch weiter viel zu sagen, war nicht verwunderlich, wenn man bedachte, wie das Ganze sich entwickelt hatte.

Es gab also zwei offenkundige Probleme. Erstens ging es um die Frage, ob eine Operation überhaupt noch geplant war – denn müßten die Israelis sich nicht zurückziehen, nachdem die Ermordung eines schwedischen Polizeibeamten eine so unerwartete Komplikation gebracht hatte? Vermutlich waren sowohl der Mörder wie seine Helfer um diese Zeit schon in Israel.

Die nächste Frage war peinlicher. Wie zum Teufel waren diese vier Palästina-Aktivisten in der Tinte gelandet? Bei mindestens einem von ihnen konnte man sich schon vorstellen, daß er zu allerlei fähig war, aber auf keinen Fall, daß er mit Israelis zusammenarbeitete.

»Es besteht natürlich die Möglichkeit, daß die Palästinenser in Beirut nicht ganz aufrichtig gewesen sind«, bemerkte Appeltoft säuerlich, »ich meine, es wäre ja nicht total aus der Welt, daß Palästinenser einem alten Sympathisanten wie dir eine Geschichte auftischen, die darauf hinausläuft, daß sie selbst und ihre Freunde unschuldig sind, während die Bösewichter sozusagen auf der anderen Seite stehen.«

»Es gibt zwei Dinge, die wir prüfen müssen«, fuhr Carl fort, ohne sich durch Appeltofts offenkundigen Mangel an Begeisterung irritieren zu lassen, »wir können bei den Norwegern nachfragen, welche Munition in Lillehammer verwendet worden ist. Und vielleicht können wir das Außenministerium irgendwie dazu bringen, bei den Syrern nach der Pistole dieses Majors zu fragen. Wenn beide Angaben übereinstimmen, ist der Tip in Ordnung.«

»Nun ja«, entgegnete Fristedt, »bei den Norwegern nachzuhaken ist eine Sache, das kannst du selbst erledigen, denn du brauchst nur anzurufen und zu fragen. Aber beim Außenministerium und den Syrern dürfte es nicht so einfach sein, denn das müßte Näslund erledigen. Und dazu mußt du ihm die ganze Geschichte offenbaren, und dann wird er vor Freude nicht gerade an die Decke springen. Das läßt sich doch vorhersehen.«

»Du meinst, er würde arabische Mörder vorziehen?«

»Das habe ich nicht gesagt. Außerdem haben wir heute mittag eine Festnahme vor uns. Ich habe erst gedacht, die hätte keinen Zusammenhang mit unserer sonstigen Untersuchung, aber jetzt bin ich da nicht mehr so sicher.«

Hier gab es einen Punkt, der den Männern Kopfzerbrechen bereitete, nicht zuletzt im Hinblick darauf, woher der Tip über den schwedischen Beamten im Sold des Iran gekommen war. Der Abteilungsleiter der Einwanderungsbehörde war nämlich in einer Voruntersuchung um die sieben terrorismusverdächtigen Palästinenser aufgetaucht, und das mußte nachdenklich stimmen.

Der Mann hatte ein Gutachten für die Regierung und die Reichspolizeiführung geschrieben, in dem er vier der sieben Verdächtigen als klare Terroristenfälle beurteilte. Er begründete dieses Urteil mit den bekannten oder unterstellten früheren Vorhaben des PFLP-General Command in Europa sowie mit einer Analyse der politischen Mittel und Ziele der Organisation.

Ferner hatte er in einem Memorandum an die Regierung die Möglichkeit geprüft, die sieben Palästinenser des Landes zu verweisen. Er hatte untersucht, ob es gesetzliche Vorschriften gebe, die ihrer Ausweisung im Wege stünden, etwa die Möglichkeit, daß man sie im Nahen Osten mit ernsten Repressalien bedrohte oder gar mit Folter und Todesstrafe. Er war zu dem Schluß gekommen, die sieben würden solchen Risiken nicht ausgesetzt sein, weder in dem friedlichen Libanon noch in dem von Israel besetzten Gebiet, auch nicht in Syrien oder Jordanien.

Fristedt gestand, er sei kein großer Kenner der Verhältnisse in diesen Ländern, aber es wirke auf ihn trotzdem nicht überzeugend, was der Mann geschrieben hatte, den sie um zwölf festnehmen sollten.

»Ich begreife immer noch nicht, was das mit der Sache zu tun hat«, knurrte Appeltoft, der sauer und reserviert wirkte, »denn der Umstand, daß unser Flüchtlingsspion ganz allgemein ein Arschloch ist, wirkt dem Verdacht gegen ihn ja nicht direkt entgegen.«

»Nein, darum geht es nicht«, entgegnete Fristedt langsam, »aber ihr wißt doch, woher ich diesen Tip bekommen habe. Kein anderer in der Firma weiß darüber Bescheid, jedenfalls jetzt noch nicht. Und mir kommt es ein bißchen gespenstisch vor, daß uns der Geheimdienst der Sowjetunion einen Burschen auf dem silbernen Tablett liefert, der mit unserer Grundgeschichte offenbar eng zusammenhängt.«

»Wir schnappen ihn uns, und dann werden wir sehen. Wenn er ein Flüchtlingsspion ist, soll er jedenfalls nicht mehr frei herumlaufen«, bemerkte Appeltoft.

»Ja, nehmen wir ihn fest, und dann sehen wir weiter. Wenn du willst, kannst du mitkommen, Hamilton, aber ruf bitte erst in Norwegen an. Heute nachmittag, wenn wir uns um die Festgenommenen kümmern, kannst du zu Sherlock Holmes gehen, um dir deine Ovationen zu holen.«

Fristedt leitete das Unternehmen von der kleinen Polizeiwache aus, die normalerweise nur die Krawallmacher im Hauptbahnhof beobachtete. Jetzt waren alle Kameras bis auf zwei abgeschaltet, die man mit einiger Mühe an ein Videoaufzeichnungsgerät gekoppelt hatte.

Sie waren schon um elf Uhr zur Stelle gewesen, aber wie erwartet tauchte niemand vor der verabredeten Uhrzeit auf. Der Schwede erschien als erster. Er kam von Klarabergsgatan her, und das Fahndungspersonal dort oben meldete ihn über Funk, eine Minute, bevor er eintrat und sich in dem Selbstbedienungscafé in die Schlange einreihte.

Der Abteilungsleiter der Einwanderungsbehörde nahm sich eine Tasse Kaffee und ging zu einem Tisch in der Nähe der Fenster zu den Bahnsteigen an der Nordseite. Eine der Kameras brauchte nur ein wenig geschwenkt zu werden, um den Cafétisch deutlich zu präsentieren.

»Das sieht gut aus«, brummte Fristedt zu Carl, »er sitzt jedenfalls nicht so, daß er verdeckt ist und hat sich auch nicht in die Nähe des Geländers auf der anderen Seite gesetzt. So kann er nicht ins Lokal hinuntersehen.«

»Wenn sie gehen, werden sie vermutlich tauschen. Der Iraner kommt von der anderen Seite, von unten. Wenn er aber sein Handwerk versteht, geht er geradewegs auf den Klarabergs-Viadukt hinaus und schlimmstenfalls direkt zu einem Auto und verschwindet. Dann stehen wir da mit einem Abteilungsleiter, der nur Geld bei sich hat«, flüsterte Carl, als könnte der Überwachte ihn hören.

»Wie viele Leute haben wir vor dem Eingang am Klarabergs-Viadukt?« fragte Fristedt sofort über Funk.

Dort oben standen zwei Mann und in unmittelbarer Nähe befanden sich weitere zwei. Normalerweise müßte das mehr als ausreichend sein.

Der Iraner erschien wie erwartet wenige Minuten vor zwölf. Er holte sich eine Tasse Tee und ein Butterbrot und tat, als suchte er eine Weile nach einem Platz, bevor er sich zu dem schwedischen Abteilungsleiter an den Tisch setzte, der ihn nicht zur Kenntnis nahm. Im Lokal waren noch recht viele Tische frei. Die Sache war also so gut wie entschieden. Der Tip war korrekt gewesen. Beide Männer waren zweifelsfrei identifiziert.

Dann, als das Aufzeichnungsgerät lief, kam wie auf Bestellung die Zeitungsnummer. Der Schwede faltete als erster seine Zeitung zusammen. Er faltete sie nur einmal, was vielleicht daran lag, daß er Dokumente der Größe Din-A-4 übergab. Ein paar Minuten später legte der Iraner seine Zeitung weg, die er zweimal zusammenfaltete.

»Damit das Geld nicht rausfällt«, flüsterte Carl.

Der Schwede erhob sich und ging. Er nahm mit einer selbstverständlichen Geste die Zeitung des Iraners an sich. Er wählte den Weg über die Treppe zur großen Bahnhofshalle, genau wie Carl vermutet hatte.

»Okay«, sagte Fristedt in sein Funksprechgerät, »schnappt euch den Mann, sobald er die Treppe hinunterkommt. Behandelt die Ware vorsichtig und gebt sofort Bescheid, wenn es erledigt ist.«

Der Iraner blieb ruhig sitzen, aß sein Butterbrot und trank langsam seinen Tee aus.

»Wann wird er gehen, was meinst du?« flüsterte Fristedt zu Carl.

Aber Carl war nicht mehr im Zimmer.

Der Iraner stand auf, nahm die Zeitung des Schweden mit und ging, wie man jetzt erwarten konnte, auf den Ausgang zum Klarabergs-Viadukt zu.

»Objekt zwei festnehmen, sobald es vor der Tür ist«, befahl Fristedt über Funk.

Als Marek Khorass mit den Dokumenten unter dem Arm dem Ausgang zustrebte, betete er in Gedanken zu dem Barmherzigen, ihn bei diesem Projekt zu unterstützen, das der Aufspürung seiner Feinde diente. Der Barmherzige und Wohlwollende hatte jedoch gerade an diesem tristen schwedischen Dezembertag keine Zeit für einen fanatischen religiösen Mörder und Händler in politischen Flüchtlingen.

Marek Khorass, der das, was er tat, nicht für Geld tat, sondern aus Überzeugung, hatte dem Barmherzigen und Wohlwollenden jedoch gelobt, sich nie lebendig ergreifen zu lassen; lieber würde er sich mit allen anderen Märtyrern im Paradies, die für Seine Sache gestorben waren, vereinen.

Der ehemalige iranische Sicherheitsbeamte erfaßte blitzschnell, daß die beiden Männer in Turnschuhen, blauen Hosen und Sportjacken, die ihm jetzt entgegenkamen, nur Polizeibeamte sein konnten. Ohne zu zögern oder auch nur sein Gebet zu Allah zu unterbrechen, zog er einen Revolver aus der Jackentasche, um entweder den Weg ins Paradies zu finden oder sich freizuschießen.

Er fand nicht mehr die Zeit, auf die beiden anscheinend arglosen Fahndungspolizisten zu feuern, die ihre Walther-Pistolen noch immer in den Schulterholstern trugen. Die Lampen gingen aus, und als der Iraner das Licht wiedersah, befand er sich nicht im Paradies, sondern im Untersuchungsgefängnis Kronoberg in ärztlicher Behandlung.

Carl Hamilton war einen halben Meter hinter ihm durch die Tür gekommen.

Ein paar Stunden später saß Henrik P. Näslund in seinem Zimmer; ihm gegenüber saß Carl Hamilton auf einem der Besucherstühle. Der Sektionschef hatte Carls nur vage begründeten Theorien gelauscht, die ein Ergebnis dieses, gelinde gesagt, unnötigen Ausflugs nach Beirut waren. Vor ihm lag ein kurzgefaßter Bericht, in dem die Festnahme des iranischen Sicherheitsbeamten geschildert wurde. Es fiel Näslund schwer zu entscheiden, wie er mit diesem Grünschnabel umgehen sollte, den der Alte ihm auf den Hals geschickt hatte. Wenn die Israelis unter sich waren, bezeichneten sie die Leute beim schwedischen Nachrichtendienst verächtlich als Grünschnäbel. Als Näslund damit geprahlt hatte, er habe einen dieser Grünschnäbel unter sich, und es sei tatsächlich dieser Mann gewesen, der die Querverbindungen zu den westdeutschen Terroristen entdeckt und überdies mehr oder weniger auf eigene Faust ein Terroristenversteck in Stockholm gestürmt habe, hatte der Israeli laut gelacht und gesagt, dann sollten wir ihn vielleicht lieber einen Hahn nennen. Gar nicht so dumm, hatte Näslund zugegeben, dieser Bursche sei ein recht hochnäsiger Typ und außerdem als Student einmal so ein verfluchter Kommunist gewesen.

»Nennen Sie ihn doch Coq Rouge, den roten Hahn, wie hier auf der Weinflasche«, scherzte der israelische Oberst. Sie tranken einen Beaujolais, und auf dem Flaschenhals saß ein kleines Etikett mit einem roten Hahn. Näslund hatte zufrieden festgestellt, das sei ein außerordentlich guter Vorschlag, und damit hatten sie auf Coq Rouge einen Toast ausgebracht.

Keiner der beiden hätte diesen Toast ausgebracht, wenn sie in die Zukunft hätten blicken können. Sie hatten Carl immerhin einen Decknamen gegeben, der ihn für den Rest seines Lebens verfolgen würde und der unter Kollegen in aller Welt zum Gegenstand vieler seltsamer Erklärungen und Deutungen werden würde, bei Freunden wie Feinden.

Ein roter Hahn, ein hochnäsiger Kommunist? Oder ein spanischer Kampfhahn mit blutigen Sporen an den Beinen? Näslund würde aus verschiedenen Gründen nie erzählen, wie er mitgewirkt hatte, den Decknamen Coq Rouge zu schaffen. Und Carl würde nie erfahren, daß Näslund damit etwas zu tun hatte, und würde es auch nie erraten.

Jetzt jedoch saß Näslund mit diesem lästigen Coq Rouge da und wußte nicht, wie er anfangen sollte, ob er ihm eine Zigarre verpassen oder ihn loben sollte. Näslund wählte die weiche Tour, zumindest den weichen Anfang.

»Soweit ich sehe, Hamilton, wären diese Burschen von der Fahndung getötet oder verwundet worden, wenn du nicht eingegriffen hättest. War das deine oder Fristedts Improvisation?«

»Meine. Mir gefiel die Situation nicht. Daß der Schwede ungefährlich war, konnte jeder sehen. Aber so ein religiöser Spinner aus dem Iran . . . Was ich aber nicht begreifen kann, sind diese Burschen von der Fahndung. Warum sind die so herumspaziert, als ginge es nur darum, einen Besoffenen einzukassieren?«

»Weil sie nicht auffallen und ihre Waffen nicht unter so vielen Menschen ziehen wollten, weil sie gewohnt sind, Dummköpfe zu schnappen, die keinen Widerstand leisten, was weiß ich? Es war jedenfalls ein Glück, daß du rechtzeitig zur Stelle warst.«

»Reichen die Beweise?«

»Ja, keine Frage, sie sind schon vorläufig festgenommen. Namenslisten mit Adressen, Anstellungsverhältnissen und so weiter gegen Geld, immerhin fünfzehntausend Kronen. Dieser Typ muß ab und zu einen schönen Schnitt gemacht haben. Wie habt ihr den Tip bekommen?«

»Der stammt von Fristedt, das kann ich nicht beantworten.«

Carl überlegte, ob er gelogen hatte. Das würde davon abhängen, wie man die Worte »kann ich nicht beantworten« auslegte. Carl konnte nichts anderes sagen, weil er Fristedt versprochen hatte, die Schnauze zu halten. Das mußte genügen.

»Jetzt von dem Angenehmen zu dem weniger Angenehmen, Hamilton. Dieser Ausflug nach Beirut gefällt mir nicht. Wäre ich zu der Zeit im Haus gewesen, wärst du nie abgehauen, oder wie soll ich das ausdrücken. Aber du verstehst, was ich meine.«

»Wieso? Das Ergebnis ist doch interessant. Die Norweger bestätigen, daß es sich um die gleiche Munition und folglich um die gleiche Waffe handelt.«

»Ach was, diese Munition besagt nicht viel.«

»Doch, es ist ein extrem ungewöhnliches Kaliber. Diese Pistole der Russen ist die einzige funktionierende Waffe, die man in diesem Kaliber heute noch finden kann, alle anderen sind mehr oder weniger uralte deutsche Dinger aus der Zeit der Jahrhundertwende, die nicht mehr hergestellt werden. Nazi-Deutschland hatte auch dieses Kaliber, aber mit dem Reich ging es ja bekanntlich mal zu Ende.«

»Diese Geschichte von einem Syrer und so weiter, das riecht ja schon von weitem nach Bluff.«

»Ja, aber dann solltest du versuchen, die Sache irgendwie bestätigen zu lassen, vielleicht über das Außenministerium und die nächste Botschaft. Und wenn die Syrer die Geschichte bestätigen ...«

»Ein Araber ist wie der andere, die halten doch immer zusammen. Nein, ich weiß zufällig, daß du auf der falschen Fährte bist. Du hast ehrgeizig gearbeitet, keine Frage, wenn auch vielleicht ein bißchen zu sehr. Und künftig gibt es ohne meine Genehmigung keine Dienstreisen mehr, ist das klar?«

»Ja.«

»Du mußt dich auf diesen Hedlund konzentrieren, in unserem Bild von ihm fehlt noch etwas, nicht wahr?«

»Ja.«

»Und was?«

»Da er sämtliche Briefe der Deutschen in Aktenordnern aufbewahrt, glaube ich nicht, daß er die Kopien seiner eigenen Briefe weggeworfen hat. Folglich hat er sie versteckt. Folglich kann er mehrere Dinge versteckt haben, die bei der Hausdurchsuchung nicht entdeckt wurden, und das stimmt außerdem mit unserem Bild von ihm überein. Er ist ein sehr mißtrauischer Bursche.«

»*Good thinking*, Hamilton. Wirklich gut gedacht. Und wie sollen wir die Sachen finden, die er versteckt hat?«

»Das weiß ich nicht.«

»Dann mußt du dich auf diese Aufgabe konzentrieren. Ist das klar?«

»Ja.«

»Und dann noch etwas. Dieser Ponti. Ich finde es ziemlich leichtfertig von euch, den einfach abzutun. Er kann sich durchaus umgezogen haben, kann seinen Besuch so arrangiert haben, daß er ein Alibi hatte. Es sieht fast so aus, als müßte man sich eher wundern, wenn er das nicht getan hat. Selbstverständlich hätte er mit einer vorbereiteten Erklärung aufwarten können, falls das Unternehmen fehlschlagen sollte.«

»Welches Unternehmen?«

»Nun, falls er eins vorbereitet hatte.«

»Dann ist es nicht mehr aktuell.«

»Nein. Wir haben jetzt zwar schon eine ganze Menge im Schleppnetz, aber ein Mörder fehlt uns immer noch.«

»Es war eine Sekretärin des Norwegischen Rundfunks, die das Hotelzimmer bestellt hat, nicht er selbst.«

»Ja, aber sie wird ihn wohl gefragt haben, wo er wohnen will. Hat dieser Hästlund, oder wie der Kerl heißt, das geprüft?«

»Ich glaube nicht. Ich weiß es jedenfalls nicht.«

»Na bitte, da haben wir es doch schon. Jetzt keine Dummheiten mehr, sondern ran an diesen Hedlund und seine Verstecke. Du bekommst die Leute, die du brauchst. Was schlägst du vor?«

»Man sollte die Wohnung noch einmal durchsuchen. Bei der Hausdurchsuchung wurden nur solche Dinge mitgenommen, die offen herumlagen, da wir davon ausgingen, ihn überrascht zu haben. Wenn er aber ein umsichtiger Mann ist, kann er etwas in der Wohnung versteckt haben, das uns entgangen ist.«

»Wieder *good thinking*, Hamilton. Bis morgen beschaffe ich euch ein paar Spezialisten, und du kümmerst dich um die Sache, und bis auf weiteres nimmst du dir nichts anderes vor. Habe ich mich klar genug ausgedrückt?«

»Nein.«

»Also keine Extratouren mehr? Teufel auch, bleib jetzt mal auf dem Teppich, du Grünschnabel, habe ich mich jetzt klar genug ausgedrückt!«

»Ja.«

»Gut. *Dismissed!*«

Carl regte sich über die anglo-amerikanische Formel auf, mit der Näslund ihn schließlich abgefertigt hatte; gerade wegen der Doppelbedeutung des Wortes, jemanden abfertigen und entlassen.

Carl schaute schnell bei Fristedt und Appeltoft herein, die mit den nachfolgenden Ermittlungen der gelungenen Festnahme beschäftigt waren. In Norrköping hatte man eine Hausdurchsuchung vorgenommen und große Bargeldbeträge sowie einiges Arbeitsmaterial der Einwanderungsbehörde gefunden, das mit der Arbeit des Abteilungsleiters nicht im Zusammenhang stand, und bei dem Iraner auf Lidingö hatten sich eine Reihe von Namenslisten und Aufzeichnungen gefunden, die Art und Weise seiner Tätigkeit bestätigten. Ein Teil davon wurde gerade übersetzt. Es stand schon jetzt fest, daß die Ermittlungsergebnisse ausreichen würden, um zwei Urteile wegen illegaler nachrichtendienstlicher Tätigkeit zu erwirken.

»Was werden sie kriegen?« fragte Carl.

»Etwa drei Jahre«, erwiderte Appeltoft fröhlich, »und den Schweden wird man feuern und sein Geld beschlagnahmen. Das hat er davon, dieses Arschloch. Solche Leute sollte man eigentlich so behandeln, wie es im Iran üblich ist.«

»Einem von ihnen wird es vielleicht passieren, nachdem er seine Strafe abgesessen hat und ausgewiesen worden ist«, scherzte Fristedt.

Beiden war anzumerken, daß sie guter Laune waren. Der Tag hatte ein Ergebnis gebracht, und die Polizei hatte ein paar Bösewichter eingebuchtet, und genau dazu ist die Polizei da. Und sowohl Fristedt wie Appeltoft waren im Grunde eher Polizisten als irgend etwas sonst.

»Näslund hat mich gefragt, woher wir den Tip bekommen haben«, sagte Carl und zerstörte damit sofort die muntere Stimmung im Raum.

»Und was hast du geantwortet?« wollte Fristedt mit gespielter Gleichgültigkeit wissen.

»Ich sagte, ich könne das nicht beantworten, es sei dein Tip gewesen. Wenn er dich fragt, weißt du also Bescheid.«

»Danke«, erwiderte Fristedt und vertiefte sich in seinen Aktenberg.

Carl ging hinaus, ohne etwas zu sagen. Die Iran-Geschichte war jetzt eine reine Polizeiangelegenheit, und die konnten die beiden anderen am besten erledigen, ohne Einmischung eines anderen, der sich nicht mal unter den Formularen zurechtfinden würde.

Nachdem Carl gegangen war, kam es zwischen Fristedt und Appeltoft zum erstenmal zu einem kurzen Streit. Fristedt war sich nämlich sicher, daß Carl Näslund nicht verraten hatte, daß der Tip von den Russen gekommen war, folglich gehörte Carl für ihn zu den Guten und war keiner dieser unzuverlässigen jungen Näslund-Spione. Darin gab ihm Appeltoft recht. Andererseits war Carl jedoch eine Art Kommunist, der nach Beirut flog, um sich von palästinensischen Terroristen erzählen zu lassen, sie seien unschuldig. Was eine Aussage war, der jede Glaubwürdigkeit fehlte.

Da war Fristedt anderer Meinung. Und so wühlten sich beide schweigend in die Arbeit an einer Geschichte, die schon im Abend-*Echo* des Rundfunks mit lautem Knall explodieren würde: »Hoher Beamter der Einwanderungsbehörde als iranischer Spion festgenommen.«

Zur gleichen Zeit riß Carl irritiert zwei Strafzettel von der Windschutzscheibe, da sein Wagen schon mehrere Tage vor den Polizeihäusern auf Kungsholmen gestanden hatte.

Er hielt bei McDonalds an Sveavägen und bestellte sich einen Quarterpounder Cheese, einen Applepie und einen schwarzen Kaffee, bevor er in die Altstadt nach Hause fuhr. Er empfand keine Begeisterung bei dem Gedanken, daß er jetzt anfangen sollte, nach den brieflichen terroristischen Überlegungen dieses Hedlund zu suchen, obwohl sich die natürlich irgendwo befinden mußten.

Nachdem er die Zeitungen der letzten Tage mit dem Fuß beiseite geschoben hatte, lag unter dem Briefkasten noch eine Ansichtskarte; wie ihm sofort aufging, war es vermutlich die wichtigste Mitteilung, die er je erhalten hatte.

Mit der Ansichtskarte in der Hand ging er direkt zum Telefon, ohne in der Wohnung Licht zu machen, und wählte eine der wenigen Nummern, die er auswendig kannte.

»Ich bin in einer Viertelstunde da«, sagte er und legte sofort auf, um zu zeigen, daß nichts wichtiger sein konnte.

Zwanzig Minuten später setzte sich der Alte die Lesebrille auf. Zuvor hatte er wie immer den Apfelwein des Hauses eingeschenkt. Der Text der Ansichtskarte war in englischer Sprache geschrieben, das Motiv auf der Vorderseite zeigte exotische Fische im Roten Meer. Der Alte las den Text langsam und nur einmal.

> *Geliebter Carl. Ich sehne mich so nach Dir, daß ich verrückt werden könnte. Ich habe mich entschlossen: wir müssen uns bald sehen. Tu, was Du kannst, um über Weihnachten freizubekommen, dann fahren wir zu einem Liebesurlaub nach Eilat und baden und fischen. Ich bestelle ein Zimmer. Ruf mich an, sobald Du in Israel bist, Nummer 067/37290 (privat). Du hast versprochen zu kommen, und ich weiß jetzt, daß ich Dich mehr als je brauche, ich kann ohne Dich nicht leben.*

Der Text war mit einem deutlich lesbaren Namenszug unterschrieben: *Shulamit Hanegbi.*

Der Alte legte die Ansichtskarte nachdenklich auf den Tisch, stand auf und kramte einen Zigarillo hervor, den er im Zimmer versteckt hatte. Er rauchte eine Weile, bevor er etwas sagte.

»Diese Bemerkung, ›ich kann ohne Dich nicht leben‹, darf man natürlich nicht wörtlich nehmen. Die Israelis würden nie einen ihrer eigenen Leute töten. Sie will damit nur sagen, daß es sich um etwas zutiefst Persönliches und Wichtiges handelt«, sagte der Alte und blies eine Rauchwolke an die Decke.

»Es wird also keine Falle für mich sein?« fragte Carl.

»Das glaube ich nicht. Ein schwedischer Polizeibeamter kann in Israel nicht einfach verschwinden, ohne daß es großen Krach gibt. Wenn sie etwas über deine Absichten erfahren wollen, brauchen sie nur zu Näslund zu gehen, und dann bekommen sie, was sie wollen.«

»Aber sie haben Axel Folkesson getötet.«

Carl ging im selben Moment auf, daß er seine Entdeckungen in Beirut noch mit keinem Wort erwähnt hatte. Der Alte zog seine buschigen Augenbrauen fragend hoch, was etwa bedeutete, daß er um eine Erklärung bat.

Carl brachte die nächsten zehn Minuten damit zu, die Gründe für seine Hypothese zu erläutern, daß der Mord von einer Sondereinheit des Mossad verübt worden sei, die man früher als »Gottes Rache« bezeichnet habe. Während Carl erzählte, rauchte der Alte seinen Zigarillo in aller Ruhe zu Ende, ohne Carl zu unterbrechen oder irgendwelche Anzeichen der Überraschung erkennen zu lassen.

»Gute Arbeit«, sagte er, als Carl seinen Bericht beendet hatte, »und eine spannende Theorie. Vielleicht hast du sogar recht. Diesem verfluchten Aharon Zamir darf man nicht über den Weg trauen. Das ändert aber noch nichts an dem Problem mit der Ansichtskarte. Es ist also dieses Mädchen gewesen, das diesen Polizeibeamten vor etwas warnte, was sie dir später nicht erzählen wollte?«

Carl nickte. Der Alte dachte eine Weile weiter, bevor er fortfuhr.

»Sie will ihre Warnung also wiederholen, verdeutlichen, könnte man vielleicht sagen. Oder was meinst du?«

»Ja, sie weiß vermutlich, was es mit diesem Plan Dalet auf sich hat. Sie weiß außerdem, daß israelische Mörder unterwegs sind. Aber warum sollte sie ihre eigenen Leute hereinlegen wollen? Das ist es, was mich nachdenklich macht; so traue ich beispielsweise diesem Näslund nicht über den Weg.«

Der Alte hob die Ansichtskarte hoch und besah sich den Poststempel, bevor er antwortete.

»Die Karte ist in Israel an dem Tag aufgegeben worden, an dem du abgereist bist. Weder Näslund noch die Israelin kann gewußt haben, was dir in Beirut passieren würde. Sofern dieser Abu al-Houl kein Israeli ist, natürlich.«

»Das wäre nicht besonders logisch, abgesehen davon, daß ich es nicht glaube. Sollten die Israelis mir erst einen Tip über sich selbst geben, indem sie sich in Beirut eine ganze Theatertruppe mieten, um sich dann an mir zu rächen, weil ich diesen Tip bekommen habe, und das alles in dem Wissen, daß ich unterdessen dem halben schwedischen Sicherheitsdienst erzählen konnte, warum ich in Israel möglicherweise verschwinden werde?«

»Nein«, gab der Alte zu, »diese Theorie trägt nicht. Die Ansichtskarte ist echt. Du mußt hinfliegen und sie fragen.«

»Aber warum will sie ihre eigenen Leute reinreißen?«

»Sie ist Sicherheitsoffizier und arbeitet entweder für Shin Beth oder Aman. Bei den Israelis ist es wie bei allen anderen, die verschiedenen Organisationen rivalisieren miteinander. Es kann etwas in der Richtung sein. Vielleicht gefällt ihr der Mossad nicht oder das *dirty tricks department* im Mossad.«

»Aber wenn sie uns da unten in Israel erwischen?«

»Das wäre außerordentlich unpraktisch.«

»Was willst du damit sagen?«

»Das will ich nicht mal andeuten. Aber sie wird keine Lust haben, ein Geständnis abzulegen, und du ebenfalls nicht. Und du wirst dich alle zwölf Stunden bei mir melden, und wenn du das nicht tust, gehe ich zu meinen alten Bekannten und drohe ihnen mit *Odins Rache* und einem handfesten Skandal. Ich glaube, mich werden sie kaum foltern können. Ein Glück, daß du kein Araber bist.«

»Und was machen wir mit Näslund?«

Näslund, der soeben aus Paris zurückgekehrt sei – was Fristedt ironisch und nebenbei angedeutet habe – behaupte zu *wissen*, daß es sich noch immer um eine arabische Operation handle, und er habe sich geweigert, der syrischen Geschichte der Tokarew-Pistole nachzugehen. Überdies habe er ihm, Carl, ein Reiseverbot erteilt.

Die operativen Schwierigkeiten, die sich jetzt auftürmten, munterten den Alten sichtlich auf, und er räumte mit seiner methodischen Arbeitsweise eine nach der anderen aus dem Weg. Über die Pistole werde er über persönliche Freunde beim französischen Nachrichtendienst SDECE (er verwendete die alte Bezeichnung der Organisation) Nachforschungen anstellen – die hätten den besten Kontakt zu den Syrern, und eine Anfrage von französischer Seite würde höflich aufgenommen werden und zudem weniger Aufsehen erregen, als wenn sie von einem schwedischen Diplomaten komme, der noch dazu erkläre, daß es um eine Voruntersuchung in einem Mordfall gehe.

Das war das Problem der Pistole.

Die Tatsache, daß die »Polizei« (das heißt Näslund) nach einer kurzen Spritztour nach Paris behaupte, das eine oder andere zu wissen, sei bei diesem Mann nicht anders zu erwarten. Näslund sei außerdem ein Idiot. Natürlich hätten ihn die Israelis mit irgendeinem »fundierten« Tip über eine arabische Operation gefüttert – an dieser Erkenntnis sei vor allem wichtig, daß damit vermutlich ein solches Unternehmen immer noch bevorstehe, worauf im übrigen auch die Ansichtskarte hindeute.

Das war die zweite Frage.

Und dann das Reiseverbot. Jetzt wurde der Alte noch munterer und eifriger, denn bürokratische Hindernisse dieser Art müßten mit den gleichen Waffen bekämpft werden. Carl könne sich – und das sei sicher etwas, was den schwedischen Sicherheitsdienst von allen entsprechenden Organisationen der Welt unterscheide – wie jeder andere Schwede krankmelden, und wie jeder Schwede habe er das Recht auf einen einwöchigen Schnupfen, ohne sich näher erklären zu müssen, und das zu jedem beliebigen Zeitpunkt und in jedem beliebigen Arbeitsstadium. Und was die Reise angehe, sei es ja besonders praktisch, daß Weihnachten bevorstehe, denn da gebe es nur einen Weg: Carl müsse mit *Ansgar Tours* reisen, inmitten aller anderen Anhänger der Pfingstbewegung und Rentner. Er, der Alte, habe in der Richtung alte und gute Verbindungen.

»Es wäre schon schön«, faßte der Alte zusammen, »wenn wir diesem Aharon Zamir eins auswischen könnten. Ich habe viele alte israelische Kollegen, die das zu schätzen wüßten. Übrigens, soll ich dir eine Liste mit Verhaltensmaßregeln geben, denn wenn ich mich recht erinnere, bist du noch nie in Israel gewesen?«

»Nein, weder als Pilger noch als Spion.«

Der Alte summte munter vor sich hin, als er aufstand, um Whisky zu holen. Als er mit der Flasche wiederkam, prostete er seinem großen Gemälde mit dem Hahn zu.

»Wie sieht es mit diesen Palästina-Aktivisten aus, die ihr festgenommen habt? Die muß man doch früher oder später freilassen. Wird lustig sein zu sehen, wie Näslund sich da herauswindet. Mit Eis oder ohne?«

»Ohne. Drei von ihnen sind unschuldige normale Aktivisten, na ja, du weißt, welcher Typ. Einer von ihnen ist ein sehr unangenehmer Bursche, der sich in den Kopf gesetzt hat, die Baader-Meinhof-Bande sei die Wahrheit und das Licht. Mit dem Plan Dalet hat er aber genausowenig zu tun wie die anderen.«

»Gibt es irgendwelche legalen Gründe, ihn verurteilen zu lassen?«

»Nein, das glaube ich nicht. In Schweden sind beschränkte Ansichten ja erlaubt, nur Araber können deswegen zu Terroristen werden. Und deine Übertretungen des Waffengesetzes mit deinen Flinten an der Flurwand sind übrigens bedeutend schlimmer als seine. Ich kann also nicht sehen, womit sie ihn zu Fall bringen können. Näslund ist aber sehr darauf bedacht, daß ich gerade bei ihm nach mehr Dreck suche.«

»Läßt sich da was finden?«

»Möglicherweise weitere Beweise dafür, daß er ein Terroristen-Sympathisant ist. Arbeit fürs Archiv sozusagen. Aber an ein Verbrechen glaube ich nicht, vor allem nicht an irgendeine Zusammenarbeit mit den Israelis.«

»Nein, das klingt weniger wahrscheinlich. Wie schön, ich liebe Näslunds Schwierigkeiten, die er in einer Woche oder so bekommen wird. Hier müssen sich *Svenska Dagbladet* und *Expressen* schon mächtig anstrengen, um ein anständiges *cover up* hervorzuzaubern. Das wird mir sogar sehr viel Spaß machen.«

»Wart ihr damals hinter Leuten wie Hedlund her, als ihr die Linke unterwandert habt?«

Mit einemmal wurde der Alte ernst. Bei Carl hielt er diese Frage für brisant. Der Alte glaubte keinen Augenblick, daß Carl ihn jetzt zu irgendeiner allgemeinen, alles zudeckenden Entschuldigung dessen, was gewesen war, aufforderte.

Der Alte ließ sich mit seiner Erklärung Zeit.

Erstens sei diese Periode in der Geschichte des Nachrichtendienstes beendet. Abgesehen von ein paar operativen Erfolgen sei es keine gelungene Strategie gewesen. Unter anderem habe das damalige Informationsbüro ja den Kommunistischen Verband KFML-r organisiert, und eine Zeitlang hatte man so viele der eigenen Leute in der Spitze der Organisation sitzen, daß man sie total habe lenken können. Das sei der klassische Trick der russischen Ochrana von 1906. So etwas hätte der Polizei nie einfallen können. Für die seien außerdem alle Sozialisten ein und dasselbe, als gäbe es heute noch die Komintern. Durch die Organisation des KFML-r habe man die schlimmsten Extremisten an ein und demselben Ort bequem zusammenfassen können (»KFML-r war sozusagen unser Fliegenfänger«). Bei den begrenzten personellen Möglichkeiten des Ladens sei das eine praktische Lösung gewesen. Eine Überwachung der gesamten Linken mit konventionellen Mitteln hätte sich nie vernünftig organisieren lassen, und dann hätte man auch nie den Weizen von der Spreu trennen können.

Aber. Wenn man die Sache von einem rein operativen Stand punkt aus betrachte, sei es eine nette Geschichte. Eine schöne und klassische Lösung eines klassischen Problems. Dagegen sei es für den Nachrichtendienst nicht gerade nützlich, seine Kräfte auf einem Gebiet zu binden, das eigentlich das Arbeitsfeld der Polizei sei. Das sei *auch* ein klassisches Problem. Die Direktiven seien jedoch direkt von der Regierung gekommen, erst von Tage Erlander und später von Olof Palme, weil die Regierung ganz einfach kein Vertrauen mehr zur Polizei gehabt habe und weil man besonders Ende der sechziger und Anfang der siebziger Jahre Erkenntnisse über die Linke höher bewertete als sonstige Erkenntnisse. Das sei aber schon lange vor der Zeit gewesen, in der die sowjetische Spionage zunehmend aggressiv geworden sei. Die Russen habe man damals völlig vergessen; für die Regierung sei es nur darauf angekommen, Linke zu jagen. Außerdem hätten auch ausländische Kollegen dabeisein und auf dem Markt kaufen wollen, und auch das sei ein operativer Vorteil gewesen.

Carl wurde immer düsterer, während der Alte erzählte, was diesem nicht entging.

»Ich erzähle, wie es gewesen ist, ohne zu moralisieren. Künftig wird es anders aussehen. So etwas wie die KFML-r wird es nicht mehr geben, das kann ich dir versichern. Diese Leute sind heute übrigens wie ein elektrisches Klavier – der Laden läuft von allein. Ich glaube sogar, daß wir inzwischen unsere Leute zurückgezogen haben, da die sich so gut führen.«

»Im Augenblick bin ich dabei, Palästina-Aktivisten zu jagen. Und danach komme ich zu dir und soll wohl die KFML-r unterwandern?«

»Dummes Zeug. Wenn du zu uns kommst, machen wir auf die Feinde des Landes Jagd, und nicht auf die Linke. Bist du übrigens immer noch Kommunist?«

»Bist du noch immer Sozialist oder Sozi?«

»Ich glaube, ich bin auf meine alten Tage noch mehr nach links gerutscht. Aber bist du Kommunist?«

»Ich weiß nicht. Ich bin für alles, was Gerechtigkeit und ökonomische Gleichheit bringt, aber mir gefallen diese kommunistischen Traditionen nicht, etwa die Geheimpolizei und die Tatsache, daß man Oppositionelle ins Irrenhaus steckt und ihnen Schwefelspritzen in den Hintern jagt. Aber Sozi bin ich auch nicht. Ich weiß nicht recht.«

»Bereitet es dir Kopfzerbrechen, daß du es nicht weißt?«

»Nein. Damals bei der Clarté hat es noch Spaß gemacht, denn damals waren wir unserer Sache völlig sicher. Aber jetzt bin ich es nicht mehr, und daher vermisse ich nicht diesen ›Marxismus-Leninismus-Maoismus‹, wie wir damals sagten. Aber ein politischer Polizist will ich nicht sein, darauf kannst du Gift nehmen.«

»Gut. Wenn du zu mir kommst, wird es um die Russen gehen. *Any objections?*«

»*None whatsoever.*«

»Du willst weg von der Polizei?«

»Ja, so schnell wie möglich.«

»Bring diese Geschichte zu einem guten Ende, dann bist du bei der Polizei ohnehin unmöglich, und ich bekomme genügend starke Argumente in die Hand, um dich direkt zu uns zu holen.«

»Ist das ein Versprechen?«

»Ich werde tun, was ich kann, das verspreche ich. Aber du hast noch ein Stück Arbeit vor dir. Sieh zu, daß du mit heiler Haut aus Israel zurückkommst, um nur ein Beispiel zu nennen.«

»Und wenn nicht?«

»Das würde auch das Problem lösen, jedoch nicht auf die beste Weise. Noch einen Whisky?«

Am nächsten Vormittag befand sich Carl von neuem in der Wohnung Hedlund/Hernberg. Er war jedoch nicht allein, sondern hatte zwei Mann vom Erkennungsdienst bei sich, zwei Mann, die garantiert alles finden würden, was noch versteckt war. Unten auf der Straße stand ein unansehnlicher grauer VW-Bus voller Ausrüstungsgegenstände, deren Funktionen Carl nur vermuten konnte. Es hatte etwas mit Ultraschall, Metalldetektoren und Wärmewellen zu tun.

Aha, sagten sie und sahen sich um, was sollen wir für dich finden? Carl erwiderte, es seien vermutlich Papiere in der Größe DIN-A-4, wahrscheinlich maschinegeschrieben, vielleicht gefaltet. Das sei jedenfalls das, was er sich in erster Linie vorstellen könne. Dann gehe es rein theoretisch noch um eventuell vorhandene Waffen, aber es seien ja schon zweimal Leute hiergewesen, so daß Waffenfunde wohl nicht mehr zu erwarten seien.

Die beiden Experten begannen ohne Ausrüstung. Sie gingen zunächst kurz durch die Wohnung, dann begannen sie in der Küche zu arbeiten. Carl nahm sich wieder das große Wohnzimmer vor und schnüffelte etwas im Bücherregal, drehte ein paar Gegenstände auf dem Schreibtisch um, die er sicher schon in der Hand gehabt hatte, wühlte in der Bettwäsche, hob die Kissen der IKEA-Sofas hoch und fühlte sich ganz allgemein ziemlich überflüssig, während er aus den Geräuschen in der Küche schloß, daß die beiden Spezialisten dabei waren, sie Stück für Stück zu demontieren.

Plötzlich blickte er in den Papierkorb. Soweit er sich erinnerte, war er leer gewesen. Er war aber nicht mehr leer. Auf dem Boden lag ein kleiner Haufen zerschnittener Buchseiten. Er hob vorsichtig den rechteckigen Buchblock heraus, der offenbar mit einem scharfen Messer aus einem Buch herausgeschnitten worden war. Der Text war englisch. Er las ein paar Bruchstücke, bis er erkannte, um welches Buch es sich handelte. Er ging zum Bücherregal und fand schnell eine ältere englische Ausgabe von *Gullivers Reisen*, die unten im Regal in der Nähe des Strindberg stand.

Er schlug das Buch auf und erstarrte. In der ausgeschnittenen Höhlung in der Mitte des Buches lagen sechzehn Pistolenpatronen, und er brauchte nur einen schnellen Blick auf eine davon zu werfen, als er sie mit einer Schere herausnahm, um seiner Sache völlig sicher zu sein: Tokarew 7,62 mm.

Das darf nicht wahr sein, dachte er. Das ist unmöglich, es darf nicht wahr sein. Ihn überkam eine Versuchung, die Patronen in die Tasche zu stecken und das Buch zu vergessen, aber ihm ging auf, daß seine Enttäuschung nicht in schiere Dummheit umschlagen durfte. Er legte das Buch mit den sechzehn Patronen auf den Schreibtisch und setzte sich, alle viere von sich gestreckt, in einen der Sessel, während er nachzudenken versuchte. Er war noch nicht weit gekommen, als die Experten in der Küche ihn riefen. Als er die Küche betrat, hatten sie den Kühlschrank zur Seite geschoben.

»Der Kühlschrank ist fast immer ein sicherer Tip«, erklärte einer der beiden. »Wenn sie die Sachen nicht im Kühlschrank versteckt haben, liegen sie dahinter im Staub.«

Sie hatten einen DIN-A-4-Aktenordner mit Briefkopien und einem handgeschriebenen Tagebuch entdeckt.

»Sollen wir das in eine Plastiktüte stecken und alles auf Fingerabdrücke untersuchen?« fragte der zweite Experte.

»Nein«, sagte Carl, »aber im Wohnzimmer liegt Munition für eine Pistole in einem ausgeschnittenen Buch. Dafür brauchen wir eine Plastiktüte.«

Carl hatte Näslund sofort Bericht erstattet; der nahm die Nachricht entgegen, als wäre sie ein kostbares Weihnachtsgeschenk. Anschließend war das ausgeschnittene Buch mit der Munition zum Erkennungsdienst gewandert, um auf Fingerabdrücke hin untersucht zu werden, während Carl sich mit den beschlagnahmten Texten hinsetzte und von neuem Politische Polizei spielte.

Die Briefe enthielten nichts, was ihn überraschte, abgesehen davon, daß sie in einem erstaunlich guten Deutsch abgefaßt waren. Diese Briefe waren jedoch nur die Spiegelbilder der Antworten, die er schon gelesen hatte. Carl fertigte pflichtschuldigst ein Verzeichnis der wenigen Personennamen an, die in den Briefen vorkamen, jagte die Namen durch den Computer und ließ die Antworten ausdrukken. Anschließend verbrachte er ein paar Stunden mit dem Tagebuch.

Hedlund war tatsächlich ein leibhaftiger Terroristen-Romantiker. Diese Neigung war jedoch gegen Europa gerichtet, gegen die NATO, gegen den »Faschismus im sogenannten Westdeutschland« und gegen das Monopolkapital und die Polizei in den kapitalistischen Ländern, das heißt in allen Staaten von Schweden bis zu den USA.

Hedlund bejammerte sich gelegentlich in nur mehr als einer Hinsicht als »einsamen« Mann. Er sei seelisch »vereinsamt« und unter seinen kleinbürgerlichen Genossen einsam mit seiner klaren Erkenntnis. Ferner stehe er allein in seinen Bemühungen, für eine schwedische Stadtguerilla revolutionäre Zellen aufzubauen, und weil er so verflucht einsam sei, könne er den Kampf nicht aufnehmen, etcetera.

Leider, dachte Carl, gab es auf Seite 97, die vor mehreren Jahren geschrieben worden war, auch einen fröhlichen Hinweis auf den Titel von etwas, was eine Art Rocklied gewesen sein mußte: »Gehen wir Bullen erschießen im Park.« Hedlund hatte eine Bemerkung dazugeschrieben, die kurz und bündig lautete: »Einverstanden!«

Carl notierte pflichtschuldigst Seite und Formulierung des Zitats.

Er schrieb einen Bericht, der darauf hinauslief, daß nichts in dem beschlagnahmten Text das schon vorliegende Bild verändere. Hedlund sei ein Gewaltromantiker, der sich stark zum westdeutschen Terrorismus hingezogen fühle. Es gebe in Hedlunds Überlegungen jedoch nichts, was ihn mit einem Projekt in Verbindung bringen könne, bei dem mit palästinensischer Hilfe in Schweden eine größere Aktion durchgeführt werden solle. Die Aufforderung »Gehen wir Bullen erschießen im Park« sei zwar vorhanden, spiele aber auf ein altes Rocklied einer schwedischen Punkband an (Carl hatte sich inzwischen in einem Plattenladen nach dem Titel erkundigt; es war ein Gespräch gewesen, das ihn ungewöhnlich verlegen gemacht hatte).

Er versuchte von neuem nachzudenken. Er rief ungeduldig den Hausanschluß der Techniker an, die sich mit den Fingerabdrücken beschäftigten. Sie waren mit ihrer Arbeit noch nicht fertig, könnten aber schon vorab mitteilen, daß Hedlunds Fingerabdrücke auf der Munition nicht zu finden seien und keinesfalls auf den Buchseiten, die in der Mitte des Buches gelegen hatten, wo die einzelnen Seiten herausgeschnitten waren.

Carl versuchte sich zu vergegenwärtigen, ob er bei seinem ersten Besuch in der Wohnung tatsächlich in diesem Papierkorb nachgesehen hatte. Er war sich fast sicher. Außerdem hätten doch auch alle anderen, die mit der Hausdurchsuchung beschäftigt waren, an einem solch selbstverständlichen Ort nachsehen müssen?

Hedlund als Mörder? Als *hit man* in einer arabischen Operation mit dem Namen Plan Dal? Nie im Leben.

Carl holte sich das Material über Hedlund auf den Bildschirm, suchte nach den Daten der Armee und fand, wie er schon geahnt hatte, daß Hedlund ein pazifistischer Wehrdienstverweigerer war.

Sollte es den Palästinensern in drei Monaten in Beirut gelungen sein, diesen pazifistischen Wirrkopf zum Mörder auszubilden? Statt einen solchen Auftrag Mouna und ihren Jungs anzuvertrauen? Nie im Leben.

Würde Hedlund selbst, um seine Thesen zu erhärten, um sich vertrauenswürdig zu machen, um neue Aufgaben zu erhalten, um »die repressive Maschinerie« in Gang zu setzen, eine solche Tat ausführen können?

Warum hätte Axel Folkesson ihn in früher Morgenstunde treffen sollen? Hatte Folkesson Hedlund überhaupt gekannt?

Carl machte sich eine Notiz, daß diese letzte Frage so lange liebenbleiben sollte, bis sie beantwortet war.

Wieviel hatte es zu bedeuten, daß er, Carl, nicht *wollte*, daß Hedlund beteiligt war? Dachte er in Wahrheit nicht genauso wie

Näslund, der einen palästinensischen und keinen israelischen Mörder haben *wollte*?

Vielleicht kannte Shulamit Hanegbi die Antwort. Er mußte sie unter allen Umständen sehen.

Carl schloß seine Berichte ab und legte sie in einen Hauspostumschlag; Kopien gingen an Näslund und Fristedt. Es war spät geworden, schon mehrere Stunden nach Büroschluß, als die meisten bereits nach Hause gegangen waren.

Carl ging zu seinem Strafzettel hinunter und fuhr seine gewohnte Runde über McDonalds in die Altstadt nach Hause. Zum zweitenmal innerhalb von vierundzwanzig Stunden lag Post im Briefkasten, die ihn zwang, die Arbeit des Tages fortzusetzen. Der Alte hatte ihm ein Ticket der *Ansgar Tours* für einen Flug früh am nächsten Morgen geschickt und eine Liste mit Verhaltensmaßregeln beigelegt, die mit einem unterstrichenen Satz begann:

Nimm auf keinen Fall Handfeuerwaffen mit.

Nein, es war wohl angezeigt, sich an diesen Ratschlag zu halten. Carls roter Aktenkoffer enthielt zwar eine Plexiglasscheibe mit Metalleinlagen, die bei einer Durchleuchtung auf dem Flughafen nur einige Kameras und Objektive erkennen lassen würde. In einem verborgenen Fach war Platz für seinen Revolver, und wenn man die Tasche aufmachte, lagen tatsächlich eine Kamera und ein Zusatzobjektiv in der Tasche, jedoch auf der anderen Seite der Plexiglasscheibe und des Geheimfachs. Die meisten Flughafenkontrollen der Welt lassen sich damit täuschen. Es war eine Waffentasche, wie sie der amerikanische Nachrichtendienst im eigenen Land routinemäßig verwendet, um keine besonderen Formulare ausfüllen zu müssen, die das Mitführen von Waffen bei Flügen gestatten. Aber gerade die Israelis würden sich vielleicht nicht täuschen lassen. Außerdem fuhr er nicht nach Israel, um einen Krieg auszufechten. Überdies würde er in einem solchen Krieg kaum mehr als die erste Schlacht gewinnen.

Die restlichen Anweisungen des Alten waren überraschender. Er legte den Brief jedoch beiseite und rief Fristedt an. Ein Sohn nahm ab und sagte, Mama und Papa seien heute abend auf irgendeinem Fest bei Verwandten. Carl rief Appeltoft an, der zu Hause war.

»Ich komme rüber«, sagte Carl und legte auf.

Als Carl eine halbe Stunde später bei Appeltoft am Küchentisch saß, fiel es ihm anfänglich schwer, sich auf das zu konzentrieren, was gesagt werden mußte. Obwohl er keine Erwartungen oder klare Vorstellungen davon gehabt hatte, wie es bei einem Sicherheitsbeamten zu Hause aussah, hatte Appeltofts Vorortswohnung trotzdem etwas so absurd Schwedisches an sich, wie es sich zumindest die Genossen bei der Clarté nie hätten vorstellen können.

Carl hatte kurz ins Wohnzimmer geblickt und Appeltofts Frau begrüßt, die vor dem Fernseher saß. In den obersten Bücherregalen standen verschiedene Reiseandenken; Schnecken, die in Mustern auf Streichholzschachteln geklebt waren, spanische Kampfstiere, ein Weinschlauch *en miniature* mit der Aufschrift *Torremolinos*, Fotos von Appeltoft und Ehefrau Greta im Badeanzug und mit gefalteten Zetteln auf der Nase und roter, sonnenverbrannter Haut, Hochzeitsfotos vor einer Kirche auf dem Land, vor langer Zeit aufgenommen, Tochter mit Studentenmütze.

In den Bücherregalen ganze Reihen mit gekürzten Billigausgaben der Klassiker der Weltliteratur in imitierten Halblederbänden sowie die alte *Folket i Bild*-Serie mit schwedischer Arbeiterliteratur. Und in der Küche, in der sie jetzt auf Holzstühlen an einem mit Perstorps-Platten belegten Tisch saßen, hing ein Wandbehang, der ein rotgemaltes Häuschen an einem kleinen See mit Ruderboot und so weiter zeigte und die Aufschrift trug: *Eigener Herd ist Goldes wert.*

Appeltoft saß auf dem dritten Holzstuhl der Küche, die Beine ausgestreckt. Er saß in bloßen Strümpfen da; am rechten großen Zeh entdeckte Carl ein großes Loch. Ein Mann in Strümpfen sieht automatisch kleiner aus als voll angekleidet, wehrloser und weniger wie ein Polizist.

Appeltoft fühlte sich erschöpft, alt und unentschlossen. Es sei natürlich wichtig, daß Carl herausfinde, ob diese Israelin jetzt endlich etwas zu sagen habe. Es sei natürlich unmöglich, Näslund aus diesem Grund dazu zu bewegen, sein Reiseverbot aufzuheben. Natürlich sei es richtig, daß Carl sich krankmelde und trotzdem fliege. Es sei natürlich wichtiger als alles andere, daß sie die Jagd nach Axel Folkessons Mörder fortsetzten. Natürlich sei es so, daß sie im Grunde gar keine klare Spur unter den festgenommenen Palästina-Aktivisten und den mit Ausweisung bedrohten Arabern hätten.

Aber trotzdem. An der ganzen Ermittlung sei etwas grundlegend falsch, wenn einer der drei an diesem Auftrag Beteiligten jetzt schon zum mindestens dritten Mal zu Methoden greifen müsse, die sich außerhalb der Regeln bewegten. Und besonders unangenehm sei auch diese Geschichte mit dieser Pistolenmunition, die bei Hedlund gefunden worden sei. Das könne einfach nicht stimmen, wie man die Sache auch drehe und wende. Dennoch gebe es unbestreitbar sechzehn versteckte Patronen, die in Hedlunds Bücherregal gestanden hätten. Und Carl zufolge, an dessen Sachkenntnis Appeltoft nicht im geringsten zweifeln könne, handle es sich um die gleiche Munition, die der Mörder verwendet habe, und überdies um eine extrem ungewöhnliche Munitionsart. Die Lage sei zutiefst unangenehm, da komme man nicht herum.

»Nein«, sagte Appeltoft nach lastendem Schweigen, »es kann unmöglich jemand von der Firma gewesen sein, der diese Patronen da gepflanzt hat.«

»Und warum nicht?« entgegnete Carl kurz und schnell.

»Weil wir so was nicht tun. Das würde herauskommen, es würde zu Gerüchten kommen. Außerdem ist es ein Verbrechen. Nicht mal diese smarten Jungs der Näslund-Garde würden so etwas wagen. Es würde nie funktionieren, er kann so etwas nicht anordnen, und daß er selbst in die Wohnung schleicht, können wir trotz allem ausschließen. Außerdem ist diese Munition wohl nicht so ohne weiteres erhältlich. Man kann ja nicht einfach auf Sergels Torg rennen und unter den Drogendealern mal schnell sowjetische Armeemunition besorgen.«

»Und die Israelis?«

»Warum sollten die das Risiko eingehen, sich in eine unserer Voruntersuchungen einzumischen. Du meinst natürlich, um uns auf eine falsche Fährte zu lenken?«

»Ja, genau das.«

»Tja, das ist zumindest eine theoretische Möglichkeit. Am wahrscheinlichsten ist aber, daß der Bursche die Patronen die ganze Zeit in der Wohnung gehabt hat, genau wie das Tagebuch und die Briefe. Ich meine, die Sachen sind ja erst beim dritten Besuch gefunden worden.«

»Nachdem Näslund mir so begeistert darin recht gegeben hat, daß man nochmals in der Wohnung suchen solle, ja. Und was zum Teufel ›weiß‹ Näslund nach seinem komischen Besuch in Paris überhaupt?«

»Nun ja, aber das Tagebuch und die Briefe sind ja keine Fälschungen. Sie stammen wirklich von Hedlund, nicht wahr? Und bei den ersten beiden Hausdurchsuchungen wurden sie nicht gefunden. Dann ist es auch bei der Munition möglich.«

»In einem Papierkorb! Kann bei Hausdurchsuchungen ein Papierkorb zweimal übersehen werden?«

»Nein, das klingt nicht sehr wahrscheinlich. Du hast natürlich recht. Zwischen dem Papierkorb und dem Versteck hinterm Kühlschrank gibt es einen gewissen Unterschied.«

»Einen *gewissen* Unterschied?«

»Nun ja, einen ziemlich großen Unterschied. Ich werde der Sache noch mal nachgehen, das verspreche ich dir. Wenn jemand die Munition dahingepflanzt hat, muß es doch möglich sein, dafür Belege zu finden. Fristedt kann sich mit dieser Laus von der Einwanderungsbehörde beschäftigen, dann kann ich wieder zu Hedlund gehen und sehen, was daraus wird. Aber warum bist du so geil darauf, nach Israel zu fliegen? Du setzt dabei doch eine ganze Menge aufs Spiel?«

»Weil ich herausbekommen will, was wahr ist. Ich will nicht, daß wir drei diese Ermittlung nach einiger Zeit aufgeben, ohne je etwas zu erfahren. Außerdem fühle ich mich irgendwie hereingelegt.«

»Damit könntest du recht haben. Es ist sogar ein verdammt unangenehmer Gedanke, aber auch ich werde ihn nicht los. Jemand will uns hereinlegen.«

»Näslund, natürlich.«

»Ja, aber stell dir vor, jemand legt Näslund herein. Er ist ein Scheißkerl, der in der Firma schon viel Unheil angerichtet hat, das muß ich zugeben. Aber es fällt mir schwer zu glauben, daß er ein echter Verbrecher ist. Nein, es ist schon gut, daß du fliegst. Ich vertraue dir. Es ist schön, das sagen zu können, aber ich vertraue dir jetzt tatsächlich.«

»Aber das hast du zu Anfang nicht getan?«

»Nein.«

»Und warum nicht?«

»Es ist schwer, das ganz konkret zu sagen. Aber alle neuen Leute, die wie du aussehen und in die Firma kommen, sind ja Näslunds Leute, und die zerstören die Firma, laufen außerdem überall herum und spionieren für ihn, und wenn man etwas sagt, was man nicht sagen sollte, wenn so ein Kerl in der Nähe ist, hat Näslund es noch am selben Tag auf dem Tisch. Ich habe dich für so einen Typen gehalten, ›Abteilungsleiter‹ und so weiter. Vielleicht könnte man sagen, daß wir alten Bullen Abteilungsleiter nicht ausstehen können.«

»Vor allem, wenn sie Kommunisten sind?«

»Bist du das?«

»Nun ja, ehrlich kann ich das nicht behaupten. Aber ich bin in der Firma immerhin als Sicherheitsrisiko registriert.«

»Ja, daraus bin ich nicht schlau geworden. In meinen ersten Jahren habe ich in der Außenstelle Luleå gesessen und mußte mich um die Kommunisten kümmern. Habe jeden Tag *Norrskenflamman* gelesen. Die Familienseiten. Erst die Todesanzeigen, denn jeder, der gestorben war, mußte im Register gelöscht werden, und wenn es unter den Trauernden neue Namen gab, mußten die rein. Die Welt war damals noch ein bißchen einfacher. Nein, ich glaube schon, daß ich dich mag, Hamilton, und ich bitte dich für diese Sache um Entschuldigung. Aber du weißt, alte Hunde erzieht man nicht mehr.«

Appeltoft entschuldigte sich, stand auf, ging zu seiner Frau ins Schlafzimmer und sagte ihr gute Nacht. Er deckte sie zu und kam nach einer Weile mit einer Flasche billigen Weißweins in der Hand zurück.

»Sie schläft immer vor dem Fernseher ein, trotzdem muß sie jeden Abend dasitzen. Ich muß allerdings zugeben, daß ich auch sehr viel hier am Küchentisch sitze und meine Arbeit erledige. Bist du verheiratet?«

»Nein, der Job hat die Sache platzen lassen. Ich war verliebt, wagte aber nie, von meiner Arbeit zu erzählen, und das hat zu einigen Mißverständnissen geführt.«

»Ich habe meiner Frau auch nie erzählt, was genau ich arbeite«, sagte Appeltoft traurig und entfernte den Schraubverschluß der Weinflasche.

11

Der Tag vor dem Heiligabend der Christen vermittelt an der Klagemauer einen eigentümlichen Eindruck. Die meisten Besucher stehen nämlich außerhalb der Einfriedung auf der halben Fläche des heiligen, im Jahre 1967 errichteten Platzes, der direkt an der Mauer liegt. Wer den eingefriedeten Raum betritt, muß sich ein Käppi aufsetzen, und ein großer Teil der christlichen Touristen verzichtet darauf, aus Gründen, die weder sie selbst noch ein anderer erklären könnte. Daher ist der gesäuberte Platz vor der Klagemauer einer der wenigen Orte in Israel, an denen man einigermaßen deutlich erkennen kann, wer Jude ist und wer nicht.

Aber auch das ist nicht sicher. Und gerade an diesem Tag vor Heiligabend erschien eine skandinavische Reisegruppe mit einem Reiseleiter an der Spitze, der gleichzeitig Pastor war, und mietete sich unter mancherlei Gekicher und Komplikationen die Ausstattung, die erforderlich war, um von den Wachtposten der Grenzpolizei mit ihren grünen Baskenmützen an die Mauer herangelassen zu werden. Für die Wachtposten gab es jedoch nicht sonderlich viel zu kontrollieren, als die Gruppe durchgelassen wurde. Man hatte alle schon vor dem Betreten des einstigen Tempelbezirks durchsucht, und sowohl Jahreszeit wie das hohe Durchschnittsalter unter den Damen der Gruppe garantierten gesittete Kleidung.

Vorn an der Mauer hielt der Reiseleiter einen kurzen, geflüsterten Vortrag, der mit dem Hinweis endete, hier könne man kleine Gebete auf Zettel schreiben und diese in eine der Spalten des Mauerwerks stecken. Es sei üblich, daß Juden aus der ganzen Welt herkämen, um ihre Gebete so anzubringen. Von den Besuchern fühlte sich jedoch keiner dazu aufgefordert. Es war ja nicht die Mauer ihres Gottes. Im übrigen wollten sie direkt nach der Besichtigung der Klagemauer die Treppe zur Omar-Moschee hinaufgehen, die sich als eines der schönsten Bauwerke der »Mohammedaner« erweisen würde, in der man kein Käppi auf dem Kopf brauchte, dafür jedoch die Schuhe ausziehen mußte. Die Gebühren für die beiden Besuche waren in den Kosten dieser Weihnachtsreise ins Heilige Land enthalten.

Es war Nachmittag, und es nieselte leicht. Die chassidischen Juden in ihren langen dunklen Kaftans und ihren runden, pelzbesetzten Hüten widmeten sich unter ihrem ewigen Sichwiegen den Gebeten vor der Mauer, von ihrem Attraktionswert für die Touristen anscheinend völlig unberührt. Die Augen des Sicherheitsdienstes waren überall in der Nähe, auf jedem hohen Platz, besorgt und wachsam auf der Hut; manche Beamte waren so postiert, daß man sie sehen konnte, andere so, daß nur ein Besucher in der letzten Reihe der skandinavischen Touristengruppen sie entdecken konnte. In Israel kommt es im Durchschnitt zu einem Bombenanschlag pro Tag, aber die treffen eher unbewachte Orte wie Bushaltestellen, Supermärkte und Cafés. Außerhalb Israels erregen diese Vorfälle seit ein paar Jahrzehnten keine besondere Aufmerksamkeit mehr. Aber hier, am Allerheiligsten, durfte nichts geschehen, nicht einmal oben in dem moslemischen Tempelgebiet, nachdem es einem durchgedrehten amerikanischen Studenten einmal gelungen war, die Al-Aqsa-Moschee in der Absicht in Brand zu setzen, das Tempelgebiet von Moscheen zu säubern, damit der Tempel wiedererrichtet werden könne. Dies war die Erklärung, die der Student nachträglich abgab, was zu Demonstrationen führte, zu Blutvergießen sowie zu einem Strom arabischer Proteste und zu unerwünschter Publizität.

Nachdem die skandinavische Touristengruppe zu den moslemischen Heiligtümern hochgekeucht war, wurde sie folglich noch einmal durchsucht, eher aus Gründen der göttlichen Gerechtigkeit denn aus reinen Sicherheitsgründen. Natürlich erwartete beim Sicherheitsdienst niemand, daß Terroristen wie Terroristen aussehen müssen, und andererseits war man an christliche Rentner gewöhnt; in dieser Gruppe machten alle einen völlig normalen Eindruck, auch der adrette junge Mann, der beim Betreten der Omar-Moschee seine ältere Verwandte am Arm führte, um zunächst die hellenistischen und andere nicht-moslemische künstlerische Einflüsse zu bewundern, möglicherweise etwas christlich-widerwillig zu bewundern, die dem Pastor/Reiseleiter zufolge den Bau prägten. Eine echte »mohammedanische« Kunst gebe es im Grunde nicht. Anschließend durften die Touristen in die eigentliche Grotte unter dem nackten

Felsen direkt unter der Kuppel hinabsteigen, unter dem Felsen, von dem vermutet werde, daß Abraham dort seinen Sohn habe opfern wollen (und unter diesem Felsen begann Mohammed seine Reise über das Himmelsgewölbe, was der Grund dafür ist, daß die Omar-Moschee gerade hier errichtet worden ist; ein Hinweis, den der Pastor versäumte, ebenso die Tatsache, daß Abraham einer der Urväter des Korans ist, was Ibrahim zu einem häufigen arabischen Namen macht).

Das Hotel Jordan House lag nur einige Minuten Fußweg von der Altstadt entfernt, und nach dem Besuch des Tempelgebiets wurde denjenigen, die sich auf eigene Faust in den Basars an der Via Dolorosa umsehen wollten, Zeit zur freien Verfügung gegeben, an der Via Dolorosa, auf der man schon früher an diesem Tag der Kreuzwanderung Jesu Station für Station gefolgt war.

Frau Eivor Berggren war dreiundsiebzig Jahre alt und die Witwe eines Herrenausstatters aus Jönköping. Sie befand sich auf ihrer ersten Auslandsreise, wenn man die nach Dänemark nicht mitzählte. Im Moment war sie unendlich dankbar, daß der wohlerzogene junge Mann, der sich schon auf dem Ben-Gurion-Flughafen ihrer angenommen hatte, sich nochmals und ebenso selbstverständlich erboten hatte, sie zu den Basars zu begleiten. Sie hatte zwar scharfsichtig beobachtet, daß er am Abend zuvor das Kirchenlied nicht mitgesungen hatte, in dem vom Aufstieg nach Jerusalem die Rede ist. Die Reisegesellschaft hatte sich nämlich gleich nach der Ankunft im kleinen Speisesaal des Hotels versammelt, um Kirchenlieder zu singen. Der junge Mann hatte aber immerhin teilgenommen, und es gab in der Gruppe einige, die sich gar nicht hatten blicken lassen.

Außerdem war es schön, einen Beschützer bei sich zu haben, wenn man die engen Gassen des Araberviertels betrat. Sie war zwar fest entschlossen, sich nicht hereinlegen zu lassen, und hatte die verstohlenen Warnungen in dieser Hinsicht ernstgenommen, aber ihre Sprachkenntnisse waren mangelhaft. Soweit sie sehen konnte, unterhielt sich aber ihr Begleiter völlig problemlos mit den Verkäufern.

Er begleitete sie in ein Geschäft, in dem Araber die entzückendsten bestickten Decken verkauften, sie zum Sitzen einluden und Tee in kleinen Gläsern mit Minzblättern und viel zuviel Zucker anboten. In ihrem vorgerückten Alter vertrug sie keinen Zucker mehr, doch der junge Mann beschaffte ihr schnell ein neues Glas ohne Zucker. Der Tee schmeckte ein wenig wie Kaugummi, aber der junge Mann versicherte, das liege nur an dem grünen Minzblatt. Sie glaubte ihm und fühlte sich in seiner Gesellschaft völlig geborgen. Sie war beinahe mehr eifersüchtig als verwirrt, als er kurz darauf den arabischen Geschäftsführer fragte, ob er mal telefonieren dürfe.

Carl stand in drangvoller Enge in einem Vorratsraum mit ledernen Sitzkissen, gestapelten Tricktrack-Spielen und verstaubten, bestickten Kleidern mit einem uralten schwarzen Telefon in der Hand, das ein zur Hälfte abgescheuertes Kabel hatte, und führte ein Telefongespräch, das seine Phantasie an den letzten beiden Tagen fast ununterbrochen beschäftigt hatte. Er wußte, daß die Nummer zu einem Kibbuz in der Nähe von Kinneret bei Tiberias gehörte und daß der Kibbuz ein paar Autostunden entfernt war. Jemand nahm am anderen Ende ab und antwortete auf hebräisch. Carl hatte sich jede denkbare Wendung des Gesprächs vorgestellt, aber es schien gar nicht erst zustande zu kommen, da er kein Hebräisch konnte. Nachdem er jedoch auf englisch nach Shulamit Hanegbi gefragt hatte, hörte es sich an, als solle er warten. Es dauerte ein paar Minuten, und unterdessen erstarb auch dort draußen im Laden aus Mangel an gemeinsamen Sprachen die Konversation. Schließlich kam Shulamit außer Atem an den Apparat. Sie antwortete gleich auf englisch.

»Hallo, Liebling, ich hatte das Gefühl, unbedingt kommen zu müssen. Du kannst dir gar nicht vorstellen, wie ich mich nach dir gesehnt habe. Vielen Dank übrigens für deine Karte«, begann Carl.

Am anderen Ende blieb es ein paar Sekunden still, bis sie antwortete.

»Oh, Liebling, du ahnst gar nicht, wie ich mich nach dir gesehnt habe. Ich habe aber kaum zu hoffen gewagt, daß du dich losreißen und kommen könntest. Wieviel Zeit haben wir?« erwiderte sie in einem Tonfall, als meinte sie tatsächlich, was sie sagte.

»Ich habe fünf Tage. Wollen wir zu dem Ort fahren, den du vorgeschlagen hast? Mir paßt es jederzeit, sowie du Zeit hast.«

»Ich muß erst ein paar Dinge erledigen, aber übermorgen geht es. Wo bist du jetzt, in Jerusalem?«

»Ja.«

»Übermorgen im ersten Bus. Du darfst ihn nicht verfehlen, versprich mir das.«

»Ich verspreche es.«

»Es wird wunderbar. Ich muß noch einiges hinter mich bringen, du sicher auch, aber dann sehen wir uns also?«

»Ja, endlich, ich freue mich genauso darauf wie du.«

»Ich muß jetzt aufhören, aber wir sehen uns bald«, sagte sie und legte plötzlich auf.

Carl blieb noch einige Augenblicke mit dem Hörer in der Hand stehen, bevor er stumm auflegte. Er erinnerte sich an jedes Wort, aber dem kurzen Gespräch ließ sich trotzdem nicht sehr viel entnehmen. Sie meinte den ersten Bus, *im* ersten Bus, von Jerusalem nach Eilat am ersten Weihnachtstag. Daran konnte kein Zweifel bestehen. Er hatte keinen anderen Ort als Jerusalem genannt. In ihrer Ansichtskarte hatte sie Eilat geschrieben.

Er trat wieder in den kleinen Laden hinaus, wo die schon etwas ungeduldige alte Dame und der etwas unangenehm berührte palästinensische Ladenbesitzer, der keinen Jönköpinger Dialekt sprach, auf ihn warteten. Jönköpinger Dialekt war möglicherweise eine der wenigen Sprachen, in denen er nicht verkaufen konnte. Carl kaufte eine bestickte syrische Tischdecke etwa der gleichen Art wie die der alten Dame, und anschließend wanderten beide auf den Steinplatten der Via Dolorosa weiter, vorbei an Cafés, Obstständen mit mageren Auslagen, ein paar Cafés und Souvenirgeschäften, in die man sie hineinzulocken versuchte. Als sie fast das Damaskus-Tor erreicht hatten, kamen sie zu einer Münzhandlung, in der auch Tonscherben und mehr oder weniger komplette Amphoren aus vermeintlich phönizischer Zeit verkauft wurden (wenn die Touristen nicht-jüdisch aussahen, waren die Krüge »phönizisch«, sonst jüdisch). Frau Eivor Berggren wollte sich schüchtern, aber gern ein paar Scherben ansehen, die angeblich aus urchristlicher Zeit stammten. Carl riet ihr von einem Kauf ab.

Als sie durch das Damaskus-Tor kamen und der schlüpfrige, tausendjährige Straßenbelag in Asphalt überging, wurde der Regen stärker. Frau Berggren sprach von ihren Eindrücken; Jerusalem sei kleiner, als sie gedacht habe, ja, natürlich die richtige Altstadt, die außerdem so arabisch aussehe, was sie zur Zeit Jesu sicher nicht getan haben könne. Und jetzt, wo die Juden in ihr Land zurückgekehrt seien, sei es ja merkwürdig, daß die Araber in der Heiligen Stadt wohnen bleiben dürften.

Carl nickte von Zeit zu Zeit, als hörte er ihr zu, war jedoch in ganz andere Probleme versunken. In eineinhalb Stunden sollte er sein zweites Telefongespräch mit einer Geheimnummer im Stockholmer Stadtteil Östermalm führen; es würde zwar niemand abnehmen, aber ein wachhabender Offizier würde sorgfältig die Zahl der Klingeltöne zählen, und dann die folgenden Minuten, bevor wiederum eine verabredete Anzahl von Klingeltönen erfolgte. Für den Alten würde dieser Zahlencode so klar sein wie ein Telegramm:

Kein Grund zur Sorge. Melde mich innerhalb von vierundzwanzig Stunden mit neuer Nachricht. Kontakt hergestellt.

Kein Computer in der Welt würde diesen Code brechen können, da er eine ganz persönliche Konstruktion des Alten und Carls war. Überdies war das Risiko, daß Computer überhaupt in der Lage sein könnten, diesen Anruf Carl Hamiltons bei einer geheimen Telefonnummer in Stockholm zu registrieren, statistisch unbedeutend, denn es war nur eins von zwanzigtausend Telefonaten zwischen Europa und Israel allein an diesem Tag. Und eine Geheimnummer kann sowieso jeder x-Beliebige beantragen.

»Mir ist schon klar, daß Sie eine kleine Freundin angerufen haben, aber Sie sind ja auch noch jung«, sagte Frau Berggren, die blitzschnell Gesprächsthema und Tonfall gewechselt hatte. Sie schien etwas beleidigt zu sein.

»Ja«, lächelte Carl schüchtern, »ich muß zugeben, daß Sie mich durchschaut haben.«

Er begleitete sie zum Hotel und ging dann in die Stadt, suchte den zentralen Busbahnhof bei Rehov Jafo, besorgte sich Fahrpläne, eine Buskarte und einige Telefonnummern. Er rief jedoch nirgends an und blickte sich bei seiner Wanderung durch die Stadt auch nicht um, da er einerseits davon ausging, daß man ihn möglicherweise verfolgte und daß man ihn dann beobachten würde, ob und wen er anrief; andererseits wären die Verfolger in ihrer eigenen Stadt kaum zu entdecken. Die modernen jüdischen Stadtteile Jerusalems machen es jedem schwer, der Verfolger abschütteln will; in den schlammigen, engen Straßen mit ihrem Menschengewimmel zwischen niedrigen Häusern kann man nicht überraschend mit dem Wagen verschwinden; es gibt keine U-Bahn und nur kleine Flächen, so daß man immer wieder schnell geortet wird, selbst wenn man sich vorübergehend unsichtbar machen kann. Die gewundenen Gassen des arabischen Stadtteils jenseits der Mauern bieten natürlich ganz andere Möglichkeiten. Aber auch das nur für kurze Zeit, da das Objekt früher oder später die Ringmauer durch eines der großen Tore verlassen muß und dann sofort wieder entdeckt wird.

Warum brauchte Shulamit Zeit, um etwas vorzubereiten? Und was bereitete sie vor? Wenn das Ganze eine Falle war, hätten sie seine Ankunft schon im voraus registrieren müssen. Bereits die Überwachung aller Passagiere und deren Gepäck auf dem Kopenhagener Flughafen Kastrup durch den israelischen Sicherheitsdienst hätte die Operation auslösen müssen. Wenn es sich aber tatsächlich nur um eine private Initiative Shulamits handelte, war es offenkundig, daß sie einen oder zwei Tage brauchte, um loszukommen. Sie hatte es am Telefon vermieden, Eilat zu nennen. Das hätte sie nicht nötig gehabt, wenn sie selbst wie auch der Shin Beth alles vorausgeplant hätten. Andererseits konnten sie aber auch davon ausgehen, daß er genau zu dieser Schlußfolgerung kommen würde.

Sie hatte betont, daß er den ersten Bus nach Eilat nicht verpassen dürfe, daß er sich *in* ihm befinden müsse. Folglich stand nicht fest, daß sie selbst schon in Jerusalem zusteigen würde. Vielleicht hatte sie andeuten wollen, daß er sich auch eine spätere Haltestelle suchen könne. Bis jetzt war alles einfach und klar. Carl brauchte nicht lange zu überlegen, bis sein Plan feststand. Er wußte, wie er erst verschwinden und dann den Bus besteigen würde.

Erik Appeltoft hatte weniger als einen Arbeitstag gebraucht, um herauszufinden, daß man die »Munition für die Mordwaffe«, wie Näslund die sechzehn 7,62-mm-Patronen nannte, nach der ersten Hausdurchsuchung in Hedlunds Wohnung geschmuggelt haben mußte. Und derjenige, der das gefälschte Beweismaterial dort untergebracht hatte, hatte sich offensichtlich nicht recht klargemacht, wie es bei einer schwedischen Hausdurchsuchung zugeht. Die Beschlagnahmeprotokolle aus der Wohnung Hedlund/Hernberg waren in einem dicken DIN-A-4-Ordner gesammelt, und die verschiedenen Rubriken verzeichneten mehrere tausend Gegenstände.

Die Gegenstände 537 bis 589 befanden sich in Protokoll 37 B unter der Rubrik *Papierkorb am Schreibtisch*.

Der Papierkorb war sorgfältig in einen eigens numerierten Plastiksack geleert worden, der anschließend vom Personal des Erkennungsdienstes geöffnet und dessen Inhalt genau registriert worden war. Da fanden sich soundso viele zusammengeknüllte Manuskriptblätter mit dem und dem Inhalt, vier zusammengeknüllte Zigarettenschachteln der Marke X, Holzsplitter vom Bleistiftanspitzen, das Umschlagpapier eines Schokoladenriegels der Marke Bounty, zwei Apfelgehäuse, ein gebrauchtes Farbband für eine Schreibmaschine der Marke Facit, und so ging es von Nummer 537 bis 589 weiter.

Es war folglich völlig undenkbar, daß die Beamten, die den Papierkorb geleert hatten, etwas so Auffälliges wie die ausgeschnittenen Buchseiten auf dem Boden des Papierkorbs hätten übersehen können. Appeltoft hatte überdies mit den beiden Männern gesprochen, die das Material in den Plastiksack gesteckt hatten. Sie erinnerten sich genau, daß einer den Plastiksack gehalten und der andere den Papierkorb geleert hatte. Anschließend hatten sie wie immer, das war selbstverständlich, auf den Boden geklopft und kontrolliert, daß nichts hängengeblieben war.

Es war nicht sonderlich erstaunlich, daß sich Hedlund bei einem Verhör, bei dem man ihm mitteilte, er sei der Mittäterschaft eines Mordes verdächtig, völlig konsterniert zeigte und sich dann wie gewöhnlich geweigert hatte, ohne Anwesenheit seines Anwalts Fragen zu beantworten.

Appeltoft hatte lange gezögert, bevor er am Ende den Staranwalt anrief und diesen bat, er möge sich im Untersuchungsgefängnis einfinden, damit man ein kurzes Verhör vornehmen könne, mit oder ohne das Tonbandgerät des Anwalts. Es sei zwar einen Tag vor Heiligabend, aber es sei wichtig und werde nicht lange dauern. Vermutlich werde das Ergebnis zum Vorteil des Verdächtigen ausfallen. Bestimmte Anzeichen deuteten nämlich darauf hin, daß die russische Munition *nach* der Hausdurchsuchung und nach der Festnahme in der Wohnung gelandet sei.

Appeltoft empfand leichten Ekel, als er sich gezwungen sah, den Staranwalt darüber aufzuklären. Aber Recht muß Recht bleiben, auch wenn es einem nicht schmeckt. Sein Anruf hatte immerhin dazu geführt, daß sich der Anwalt innerhalb von zwanzig Minuten einfand. Jetzt saßen alle drei in einem der fensterlosen Besucherzimmer des Untersuchungsgefängnisses Kronoberg. Appeltoft hatte in seiner Aktentasche das ausgehöhlte Buch und zwei kleine Plastiktüten mitgebracht, in denen sich die sechzehn Patronen sowie die ausgeschnittenen Papierreste von *Gullivers Reisen* befanden.

Appeltoft legte die Gegenstände auf die leere grüne Tischplatte. Er saß dem widerwärtigen jungen Terroristen-Sympathisanten gegenüber, und der widerwärtige Mode-Anwalt saß an der langen Seite des Tisches. Der Anwalt hatte sein Tonbandgerät demonstrativ auf den Tisch gelegt und eingeschaltet, seinem Klienten zugenickt und sich dann mit auf der Brust verschränkten Armen zurückgelehnt.

»Nun«, sagte Appeltoft nervös und peinlich berührt, »ich gehe davon aus, Hedlund, daß du zu diesem Vorwurf schon Stellung nehmen konntest. Und du bestreitest also, daß es deine Munition ist, ist das richtig?«

»Ja, ihr müßt sie dort reingeschmuggelt haben, so geht es wohl in der feinen bürgerlichen Demokratie zu«, entgegnete der Terroristen-Sympathisant.

»Nein, wir haben das Zeug nicht dort hingelegt. Die Frage ist aber, wie die Patronen in einem Buch aus deinem Bücherregal gelandet sind.«

»Darauf kann ich doch nicht antworten.«

»Nein, möglicherweise nicht. Aber ich will wissen, ob du eine Vorstellung davon hast, wie es zugegangen sein kann.«

»Es kann doch kaum der Sinn der Sache sein, daß mein Klient für die Sicherheitspolizei die Ermittlungen führt«, unterbrach der Anwalt.

Appeltoft beherrschte sich mit Mühe, bevor er antwortete.

»Nein«, sagte er mit kontrollierter Ruhe, »natürlich nicht. Aber wir haben Grund zu der Annahme, daß die Munition erst nach der Hausdurchsuchung in den Papierkorb gelegt worden ist. Die Frage ist also, ob du diese Theorie irgendwie erhärten kannst.«

»Und ob«, entgegnete der Terroristen-Sympathisant, »ich habe tatsächlich eine Meinung dazu. Wenn wir mal davon absehen, daß ich weder eine russische Pistole besitze noch überhaupt weiß, wie man mit so einem Ding umgeht, weiß ich genau, was es mit diesem Buch auf sich hat.«

»Ja, und was bitte?« fragte Appeltoft ungeduldig.

»Falls ich auf die Idee kommen sollte, eins meiner Bücher zu zerschneiden, um Pistolenmunition zu verstecken, würde ich dazu todsicher keine bibliophile Rarität nehmen. Dieses Buch ist eine Ausgabe, die zwischen 200 und 250 Pfund Sterling wert ist. Aber eure Paviane haben natürlich nicht gewußt, was sie da zerschneiden. Ich werde dafür Schadensersatz verlangen, darauf kannst du Gift nehmen.«

Appeltoft schwieg eine Weile. Ihm war peinlich bewußt, daß die anderen ihn jetzt intensiv anstarrten und daß das Tonbandgerät des Anwalts immer noch lief.

»Ja«, sagte er schließlich, »das wäre vielleicht gar keine dumme Idee. Die Frage ist nur, von wem du Schadensersatz verlangen willst.«

»Diese Frage ist nicht besonders kompliziert«, schaltete sich der Anwalt ein, »da die Polizei nach der Hausdurchsuchung für die plombierte Wohnung verantwortlich gewesen ist. Aber darf ich fragen, was Sie auf den Gedanken gebracht hat, daß mein Klient für diese Geschichte nicht verantwortlich ist?«

Appeltoft zögerte. Dann zeigte er wortlos auf das Tonbandgerät. Der Anwalt machte ein verblüfftes Gesicht, stellte aber entschlossen das Gerät ab, nahm demonstrativ die Kassette heraus und legte sie mit einem Knall auf die Tischplatte.

»Beschlagnahmeprotokoll 37 B verzeichnet den Inhalt des Papierkorbs zur Zeit der Hausdurchsuchung. Da ist alles festgehalten, aber von ausgeschnittenen Buchseiten ist nicht die Rede. Die sind also nach der Hausdurchsuchung in den Papierkorb gelangt«, knurrte Appeltoft leise und sah dabei zur Seite.

Es war nicht sein Job, den Anwalt zu spielen oder so einen ekelhaften Terroristen-Sympathisanten zu verteidigen, und der Staatsanwalt würde sich über diese Aussage möglicherweise nicht entzückt zeigen. Aber Recht muß Recht bleiben, und Appeltoft verabscheute Leute, die gefälschtes Beweismaterial auslegen. Er war jetzt nämlich völlig überzeugt, daß das Unerhörte tatsächlich geschehen war.

Beim Mitternachtsgottesdienst des Heiligen Abends in Bethlehem drängten sich zehntausend christliche Besucher vor der Geburtskirche. Bethlehem ist eine unansehnliche palästinensische Kleinstadt mit überwiegend christlicher Bevölkerung, und ganz besonders christlich wird natürlich der Bevölkerungsteil, der am Heiligen

Abend fünf bis sechs Tonnen Jesus-Kinder mit oder ohne Krippe und Hirten aus Kunststoff verkauft.

Die kleine Gruppe der Firma *Ansgar Tours* hatte in der Kirche keinen Platz mehr gefunden, aber immerhin überdachte Sitzplätze in einem Straßencafé mit zwei Fernsehgeräten ergattert, wo der Gottesdienst direkt übertragen wurde, während der Reiseleiter Liturgie und Predigt ins Schwedische übersetzte. Zuvor hatte die Gruppe ein sogenanntes *Feld der Hirten* besucht, wo den Hirten einst die Weihnachtsbotschaft des Herrn verkündet worden sein sollte (Lukas 2,8–12), und tatsächlich hatten sie dort palästinensische Hirten mit Krummstäben und einigen Schafen gefunden, die sich gegen ein angemessenes Entgelt mit den Besuchern im Vordergrund betrachten und fotografieren ließen. Die Luft war kalt und unangenehm, aber es regnete nicht.

Frau Eivor Berggren gehörte zu der kleinen Gruppe, die im Hotel geblieben war, um sich das Ganze lieber im Fernsehen anzusehen, statt sich eine halbe Nacht im Freien um die Ohren zu schlagen; es hatte nämlich eine große Enttäuschung gegeben, als der Reiseleiter erklärte, in der Kirche selbst sei leider kein Platz mehr, da sie hauptsächlich für Zelebritäten der Christenheit reserviert sei.

Als Carl schätzte, daß der Gottesdienst noch etwa eine halbe Stunde dauern würde, erhob er sich ruhig von seinem Stuhl ganz hinten im Café und leitete sein Verschwinden mit einem Besuch der Toilette ein. Dort öffnete er seine, wie es vielleicht scheinen mochte, unnötig große Schultertasche und zog sich rasch um. Er vertauschte seinen Anzug gegen Jeans, Polohemd und eine große grüne Freizeitjacke von etwa dem militärischen Schnitt, wie sie alle Männer und die meisten Frauen Israels unter fünfzig Jahren tragen. Carl verließ die Toilette, ging schnell durch eine Küche, in der ein paar erstaunte, kartenspielende Palästinenser saßen, und trat auf eine leere Nebenstraße hinaus. Aus den Lautsprechern auf dem Marktplatz auf der anderen Seite des Viertels waren Kirchenlieder zu hören. Carl ging die Straße hinunter und bog in ein hügeliges Viertel mit kleinen Gäßchen ein; er hatte sich die Topographie Bethlehems sorgfältig eingeprägt und war sicher, den Weg zu finden.

Er fühlte sich eigenartig aufgekratzt und gutgelaunt. Von jetzt an stand er auf eigenen Füßen. Von diesem Augenblick an war er genau das, was seine gesamte Ausbildung zum Ziel gehabt hatte, und die

Gegner waren nicht irgendwelche russischen Tschekisten, sondern der beste Nachrichtendienst der Welt auf eigenem Terrain, und jetzt war er entweder dabei, in irgendeine Falle zu geraten, oder auf dem Weg zum Durchbruch zu wirklich wichtigen Informationen. Für Carl spielte es keine große Rolle, welche der beiden Alternativen auf ihn wartete, denn er war für eine solche Aufgabe da und nicht dazu, als Abteilungsleiter im Maßanzug in einer obskuren Abteilung zu sitzen, in der die Sicherheitsrisiken des Landes gespeichert wurden.

Dieser Einsatz war endlich Realität. Der erste Probeflug unter realistischen Bedingungen, bei dem alle Systeme auf Herz und Nieren geprüft werden sollten.

Die Straßen und Gassen in dem Teil des moslemischen Bethlehem, in dem er sich jetzt befand, waren still und fast völlig verlassen; jedenfalls menschenleer genug, um ihm nach kurzer Zeit das sichere Gefühl zu geben, daß niemand ihn verfolgte.

Er durchquerte den Stadtteil, umrundete den großen Platz von der anderen Richtung her und ging zu den Parkplätzen, auf denen die Touristenbusse, die *Sherut*-Taxis und die normalen Taxis warteten. Der Touristenstrom würde frühestens in zwanzig Minuten zurückkommen.

Carl fand schnell den Bus mit dem Schild *Ansgar Tours* an der Windschutzscheibe. Der Fahrer saß auf einem der Beifahrersitze, las und hörte orientalische Musik. Carl klopfte an und überreichte einen Brief an den Reiseleiter, in dem er erklärte, er setze sich für ein paar Tage ab, werde aber vor der Heimreise von sich hören lassen. Es sei alles in Ordnung (es wäre nicht angenehm gewesen, wenn die Polizei plötzlich nach einem vermißten Pilger hätte fahnden müssen). Dem Fahrer erklärte er mit einer Miene des Ekels, Jesus Christus könne nicht aus Plastik sein und zum Gegenstand von Geschäften werden. Dann entfernte er sich mit entschlossenen Schritten. Der Fahrer zuckte die Achseln, steckte Carls Brief in die Jackentasche und stellte wieder die Musik an.

Carl nahm ein Taxi nach Jerusalem. Um diese Zeit war die gewundene Bergstraße noch immer nicht stark befahren. Es kamen ihnen zwar ein paar Autos entgegen, aber auf dem Weg in die Stadt waren sie allein. Carl nannte eine Adresse im jüdischen Teil der Stadt.

Ein paar Blocks von der Stelle, an der er aus dem Taxi ausstieg, sollte es den Touristenbroschüren zufolge ein Café geben, das auch nachts geöffnet war. Der Hinweis stimmte. Er kaufte ein paar englische Zeitungen, bestellte sich Milchkaffee, Houmous und etwas Brot und fand eine Ecke, in der er einige Stunden totschlug, bis er seine Zeitungen durchgelesen hatte und es ihm allmählich zu langweilig wurde. Niemand hatte sich sonderlich für ihn interessiert. Die Gäste des Cafés waren hauptsächlich junge Israelis, die in kleinen Gruppen zusammensaßen und über Politik zu diskutieren schienen. Wenn ihm jemand einen flüchtigen Blick zuwarf, hatten ihn die englischsprachigen Zeitungen sofort zum Ausländer gestempelt, dem man kaum irgendwelche vernünftigen Standpunkte zu Politik oder Fußball zutraute.

Als er ging, war es fast schon Morgen, aber immer noch stockdunkel. Carl durchquerte den jüdischen Teil der Stadt, ging den Berg zu der stillen, illuminierten alten Stadtmauer hinunter und verließ die Altstadt durch das Jaffa-Tor. Die Gassen waren regennaß und völlig menschenleer, und sämtliche Geschäfte hatten ihre metallenen Rolläden bis zu den Bürgersteigen heruntergezogen. Die Stadt, die am Tage von Menschen wimmelte, machte jetzt einen völlig verlassenen Eindruck.

Er brauchte zehn Minuten, um die Stadt zu verlassen und am anderen Ende in der Nähe des Tempelbezirks hinauszukommen. Er ging weiter in Richtung Gethsehmane. Dort unten in der Talsenke lag ein kleines Haus, von dem behauptet wurde, es berge das Grab Marias. Dort angekommen, verließ Carl die Straße und stieg den Ölberg hinauf. Er ging zwanzig Minuten unter Büschen und Bäumen weiter, bis die Dunkelheit sich öffnete und er bei einem Olivenhain angelangt war.

Er machte seine Tasche auf und entnahm ihr einen Regenmantel, den er auf der Erde ausbreitete. Dann setzte er sich mit dem Rücken an einen Ölbaum und wartete. Niemand würde sich ihm nähern können, ohne daß er es hörte. Kein Mensch war in der Nähe, aber die Aussicht war großartig.

Unter ihm breitete sich das klassische Jerusalem aus. Die große goldene Kuppel der Omar-Moschee, die kleinere Silberkuppel der Al-Aqsa-Moschee, der Turm der Grabeskirche, die Stadtmauer und einige Bauwerke, die er nicht identifizieren konnte, wurden von

Scheinwerfern und Fassadenleuchten angestrahlt. Dieser Anblick symbolisierte einen fast siebzig Jahre währenden modernen Krieg. Er spiegelte den Kern der Gegensätze wider, die den Nahen Osten in permanentem Kriegszustand hielten. *Yerushalaim*, die Stadt, von der die Juden jetzt behaupteten, sie hätten sie für immer erobert; *Al Quds*, die ebenso heilige Stadt der Moslems, die zurückzuerobern sie geschworen hatten. Von hier aus spannte sich der Krieg wie ein riesiges Geflecht grober und feiner Drähte über die ganze Welt, und am Rand des Netzes hatte einer dieser Fäden einen gewissen Polizeipräsidenten Folkesson in Stockholm erreicht, was zu einem Mord geführt hatte; zwar nur zu einem einzigen kleinen Mord, aber einem schwedischen. Die Omar-Moschee dort unten war rund sechshundert Jahre nach der Zerstörung des jüdischen Tempels durch die Römer errichtet worden, die nach der Eroberung der Stadt einige zigtausend aufrührerische Juden in andere Provinzen Roms deportiert hatten, um den ewigen Unruhen in den judäischen Kolonien ein Ende zu machen; diese Deportierten waren den Legenden zufolge zum Volk in der Diaspora geworden, das seitdem sein Gebet und seinen Gruß *Nächstes Jahr in Jerusalem* sprach. Nach der Wiedereroberung des Landes und der Vertreibung einer weit größeren Zahl von Palästinensern wollten diese jetzt die nächsten hundert Jahre damit zubringen, den Sieg Salah Eddins über die Kreuzfahrer zu wiederholen, und damit würde es wieder von vorn beginnen können.

Und irgendwo dort unten im Lichterglanz des jüdischen Teils der Stadt oder in der Dunkelheit unter den Kuppeln des arabischen Stadtteils lebte vielleicht der Mörder, den Carl Gustaf Gilbert Hamilton, Reserveleutnant der schwedischen Marine, jetzt suchte.

Das war eine bizarre Vorstellung, ein unmögliches Vorhaben. Carl zog seine grüne, dick gefütterte Militärjacke enger und saß still und traumlos da, betrachtete die Lichter und lauschte der Stille auf dem Ölberg. Ihm kam plötzlich der Gedanke, daß Jesus vielleicht hier seine letzte Nacht verbracht hatte, bevor man ihn in die Stadt hinunterführte und ans Kreuz schlug. Die Stunden verstrichen, als säße Carl bei der Jagd auf Anstand.

Kurz nach Anbruch der Morgendämmerung stand er mit steifen Gliedern auf, holte Rasierzeug und Rasierwasser hervor und machte eine kurze Morgentoilette. Er fand einen Pfad, der den Berg hinunterführte, und nur eine Viertelstunde später ging er durch eines der neugebauten Vorortviertel, mit denen die Israelis den arabischen Stadtkern umringt hatten. Es wurde immer noch viel gebaut. Überall lagen Stapel von Armierungseisen, Reste von Baumaterial und gestapelte Leichtbetonblocks, Bretterhaufen, Lehmpfützen, verrostete Maschinen oder Maschinenteile, gestapelte oder bunt durcheinandergewürfelte zerschlagene weiße Kalksteinblocks, die für die Fundamente der Hausfassaden verwendet werden sollten.

Carl gelangte zu dem neueren Teil des arabischen Stadtviertels, fand in der Salah ed-Din Street ein offenes Café, trank Kaffee und aß dazu ein paar arabische Hörnchen. Er gab einem halbwüchsigen Jungen einen Dollarschein und bat ihn, ein Taxi zu holen. Carl hatte noch fünfundvierzig Minuten Zeit, bis er den Bus nach Beersheba-Eilat fünf Kilometer und zwei Haltestellen von dem großen, zentralen Busbahnhof entfernt erreichen mußte. Er ging auf die Toilette, putzte sich die Zähne und betrachtete sich kurz im Spiegel. Äußerlich unterschied er sich nicht sonderlich von anderen Männern seines Alters in Israel. Carl war zwar etwas größer und blonder als der Durchschnitt, als Amerikaner oder Israeli würde er jedoch ohne weiteres durchgehen.

Als das Taxi Jerusalem verließ und die steil ansteigende Hauptstraße nach Tel Aviv hinaufkeuchte, hatte Carl eine gute Sicht nach hinten. Nein, er war immer noch sicher, daß niemand ihn verfolgte. Falls Shulamit tatsächlich die Absicht hatte, den Sicherheitsdienst ihres eigenen Landes zu hintergehen, falls sie selbst nicht überwacht, abgehört und beschattet wurde, falls das Ganze nichts war, was sie aus unbegreiflichen Gründen mit einer der mehr oder weniger kollegialen Organisationen Israels zusammen plante, wenn sich all dies zu einem Puzzle zusammensetzen ließ, würde wenigstens er allein und unbewacht zu dem verabredeten Treffen erscheinen.

Als er bei dem Bushalteplatz kurz vor der Abzweigung nach Qiriayt Gat im Südwesten ankam, gab er dem Fahrer Anweisung, weiterzufahren, so daß er die wenigen Wartenden schnell in Augenschein nehmen konnte. Carl ließ das Taxi einen Kilometer weiter halten, bezahlte und blieb stehen, bis das Taxi gewendet hatte und verschwunden war. Dann ging er zur Haltestelle zurück; es hätte unnötiges Aufsehen erregt, mit einem Taxi aus der Stadt an der Haltestelle zu erscheinen.

Er wartete eine Viertelstunde. In dieser Zeit kamen zwei Busse vorbei, beide auf dem Weg nach Tel Aviv. Nur er selbst und eine ältere Frau mit zwei Kindern standen am Halteplatz, als der richtige Bus erschien. Jetzt erst spürte Carl, wie seine Anspannung und Nervosität wuchsen.

Nachdem er den Bus bestiegen hatte, sah er sich nicht um. Er hatte sich entschlossen, ihr die Initiative zu überlassen. Dann konnte er immer noch schnell entscheiden, wie er sich verhalten sollte. Es war nicht sicher, ob sie noch immer die Absicht hatte, ihn als Liebe ihres Lebens auszugeben. Es stand nicht einmal fest, daß sie ihn wiedererkennen wollte. Nachdem er gezahlt hatte und in dem zu zwei Dritteln besetzten Bus nach hinten ging, konnte er schnell feststellen, daß sie noch nicht zugestiegen war. Er war nicht allzu enttäuscht. Das war eine Möglichkeit, mit der er aus mehreren Gründen gerechnet hatte. Jetzt hieß es für ihn einfach nur nach Eilat weiterzufahren. Wenn unterwegs nichts passierte, mußte er sie wieder anrufen. Er wählte einen der leeren Plätze am Ende des Busses in der Nähe eines älteren Palästinensers, der zwei Käfige mit lebenden Hühnern bei sich hatte. Carl lehnte sich zurück und schlief ruhig ein, da er alles richtig gemacht hatte und das Geschehen bis auf weiteres nicht beeinflussen konnte.

Als er aufwachte, hatte er das Gefühl, ein paar Stunden geschlafen zu haben. Der Bus hielt an einer größeren Haltestelle, an der mehr Leben und Bewegung herrschten als an den Haltestellen, bei denen er geschlafen haben mußte. Der Palästinenser mit den Hühnerkäfigen wollte unter den Flüchen seiner Sitznachbarn und dem Gegacker der Hühner den Bus verlassen wie die meisten anderen, die offensichtlich Araber waren. Als Carl aus dem Fenster blickte, entdeckte er auf einem Schild in drei Sprachen, daß sie sich in Beersheba befanden. Das nächste, was er sah, war Shulamit Hanegbi in der Schlange wartender Fahrgäste. Sie trug eine grüne Jacke, hatte eine Uzi über der linken Schulter und eine große grüne Militärtasche in der Hand.

Carl schloß die Augen und stellte sich schlafend. So mußte sie ihn »wecken« und den Gesprächston angeben, ohne daß er gezwungen war, ihr zu eifrig oder zu gleichgültig zuzuwinken.

Hinter geschlossenen Augenlidern versuchte er sich zu vergegenwärtigen – es war jetzt zu spät, sich von neuem zu vergewissern –, wie die anderen Fahrgäste in der Schlange ausgesehen hatten. Er entschied sich, nichts Beunruhigendes gesehen zu haben, und gab sich Mühe, so schlafend auszusehen wie noch vor einer halben Stunde.

Carl spürte, wie Shulamit zu ihm trat und sacht seine Reisetasche wegnahm. Aber statt ihr und sein Gepäck auf die Gepäckablage über den Sitzen zu legen, schlang sie mit einer heftigen Bewegung die Arme um ihn, schüttelte ihn und küßte ihn hart und mit gespielter Leidenschaft, als er die Augen aufschlug. Er dachte, so muß es im Film sein, ein Kuß, der von außen völlig richtig aussieht, aber ganz aus der Nähe, von Angesicht zu Angesicht, nur Theater ist. Als sie sich behutsam trennten und er sie fragend anblickte, legte sie ihm einen Zeigefinger auf den Mund.

»Oh, endlich, Charlie«, sagte sie weder laut noch leise auf englisch, »ich habe so wahnsinnige Sehnsucht nach dir gehabt. Wie geht es deinen Verwandten?«

»Ach, denen geht es einigermaßen. Und deinen?«

»Wie du verstehst, Charlie, hat es in der Familie Probleme gegeben. Papa wollte nicht, daß wir uns sehen, und, nun ja, es ist, wie es ist.«

Sie faltete einen kleinen Zettel auseinander, den sie ihm diskret zeigte. Es war eine kurze Mitteilung: *Liebespaar auf dem Weg nach Eilat. Gespräch später.*

»Jetzt sind wir jedenfalls zusammen, da können wir alles andere bis auf weiteres vergessen«, sagte Carl und nickte zum Zeichen, daß er verstanden hatte. Gleichzeitig fuhr der Bus mit einem Ruck an, und in den Lautsprechern begann eine Nachrichtensendung. Radio Israel meldete die Nachrichten des Tages, denen Carl nur entnehmen konnte, daß das Wort *Terroristen* mehrmals vorkam.

»Ist was Besonderes passiert?« fragte er mit einer Geste zu den Lautsprechern.

»Ja, hast du's nicht gehört?« erwiderte sie. »Heute nacht hat es in Bethlehem gleich nach dem Weihnachtsgottesdienst einen großen Terroranschlag gegeben.«

»Was ist passiert?« fragte er starr.

»Bomben. Als die Leute aus der Kirche kamen, explodierten zwei Bomben. Die Christen haben um diese Zeit ihren Weihnachtsgottesdienst. Vier oder fünf Tote und Dutzende Verletzte.«

»Das ist wirklich nicht gut«, sagte Carl aufrichtig besorgt. Der Kopf schwirrte ihm plötzlich vor lauter theoretischen Möglichkeiten, wie sich sein »Verschwinden« in diesem Zusammenhang mißdeuten lassen könnte. »Das ist wirklich nicht gut. Hat man die Schuldigen gefaßt? Palästinenser, natürlich?«

»Nun ja, es ist wie immer, soundso viele Festgenommene, aber es dauert, bis man weiß, was man daraus schließen kann. Radio Beirut hat sich bereits darüber geäußert, wer dahintersteht oder es behauptet.«

Carl betrachtete sie, ohne sie allzu auffällig anzustarren, während ihm die beiden großen Fragen im Kopf herumsurrten, die der Anlaß zu diesem Treffen waren, aber ihm gingen auch die kleinen Fragen durch den Kopf, etwa warum sie eine Maschinenpistole bei sich hatte, ob die drei dicken Messingspangen auf ihren Schulterklappen bedeuteten, daß sie Hauptmann war und nicht Feldwebel (was er als sowohl Leutnant wie erster Liebhaber wahrlich hätte wissen müssen), welchen Grund es dafür gab, warum sie gerade nach Eilat fuhren, warum sie sich verhielt, als könnten sie belauscht werden, was aus technischen wie praktischen Gründen kaum denkbar war. Er sah jetzt deutlich, wie schön sie war. Sie mußten aber jetzt eine Art neutraler Unterhaltung finden, um in den verbleibenden Stunden nicht aufzufallen, am besten etwas, wobei sich das Nützliche mit dem Angenehmen verbinden ließ.

»Eigentlich weiß ich viel zuwenig von deiner Familie. Seitdem wir uns kennengelernt haben, haben wir uns nur für uns interessiert. Erzähl mir doch etwas mehr, damit ich dich besser verstehe«, sagte er.

Sie erwiderte mit einem feinen Lächeln, das sei eine ausgezeichnete Idee, es gebe tatsächlich Dinge, die sie noch nicht erzählt habe, die ihm aber das Verständnis erleichtern würden.

Die Landschaft draußen begann, den Charakter zu verändern. Sie waren ohne Zweifel auf dem Weg in die Wüste, und die Temperatur stieg so sehr, daß sie sich bald die grünen Militärjacken ausziehen mußten.

Shulamit Hanegbi war eine *Sabra*, in zweiter Generation in Israel geboren. Ihr Großvater war schon vor dem Ersten Weltkrieg und der Balfour-Deklaration aus Pinsk in Polen eingewandert. Er gehörte zur Pioniergeneration der Kibbuzniks, der ersten Idealisten, die in Palästina die jüdische sozialistische Gesellschaft errichten wollten. Er hieß ursprünglich Ledermann, nahm später aber den hebräischen Namen Chaim Hanegbi an, was »Leben in der Wüste« bedeute – sein Lebensziel.

Chaim Hanegbi heiratete eine Russin, die 1924 ins Land kam. Sie bekamen drei Söhne. Die drei Brüder standen schon als Halbwüchsige zwei gegen einen, da der älteste politisch nach rechtsaußen driftete, sowohl die sozialdemokratische Bewegung Mapai wie den Kibbuz in Galiläa verließ, nach Tel Aviv zog, Geschäftsmann wurde und politisch in derselben Gruppe wie Menachem Begin landete. Während des Zweiten Weltkriegs und der Zeit bis zum Freiheitskrieg von 1947 bis 1948 wurden die Brüder fast zu Todfeinden; die beiden jüngeren Brüder gehörten der Haganah an, der älteste Bruder Begins Terrortruppe Irgun Zvai Leumi.

Shulamits jüngster Onkel war in der Haganah geblieben, aus der später die Zahal wurde, Israels reguläre Armee. Dort war er in den letzten zehn Jahren einer der höchsten Bosse des Aman, des militärischen Nachrichtendienstes, gewesen. Shulamits Vater heiratete 1946 ein polnisches Mädchen, das als einziges Familienmitglied das KZ Sobibor überlebt hatte. Über die Sammellager auf Zypern war sie mit einem der kaum seetauglichen Schiffe nach Palästina gekommen, mit denen die Zionisten die britische Blockade gegen die jüdische Einwanderung nach Palästina zu durchbrechen versuchten.

Einer von Shulamits zwei Brüdern war vor neun Jahren bei einem Palästinenser-Angriff im Gazastreifen ums Leben gekommen. Er war gerade Offizier geworden und hatte nur noch zwei Tage seines jährlichen Reservistendienstes abzuleisten. Es waren palästinensische Jugendliche, die von einem Hausdach aus Handgranaten in seinen Panzerspähwagen warfen; darauf war das ganze Viertel buchstäblich in die Luft gesprengt und dem Erdboden gleichgemacht worden. Man erwischte jedoch nur einen der Schuldigen, ein junges Mädchen. Man sei übrigens, fügte Shulamit hinzu, der Meinung gewesen, daß auch die Mittäter Mädchen gewesen seien, aber die Festgenommene verriet das bei den Verhören nie, obwohl die nicht besonders angenehm gewesen sein konnten. Sie wurde zu achtzig Jahren Gefängnis verurteilt.

Carl dachte an Mouna, die er in Beirut kennengelernt hatte.

Rein theoretisch könnte Mouna eine der Fedajin gewesen sein, die davongekommen waren.

Shulamits Familie hatte jedoch noch größere Verluste gehabt. Sie selbst sei Witwe, ja, sie bitte um Entschuldigung, daß sie es nicht schon früher erzählt habe, aber ihr Mann sei kurz nach der Heirat gestorben. Bei der Invasion des Libanon 1973 sei er bei einem schiitischen Kamikaze-Angriff getötet worden. Ihr Sohn sei gerade in die Schule gekommen, und das sei der Grund, daß sie sich nur mit Mühe habe freimachen können.

Die Verwandtschaft war in zwei politische Fraktionen aufgeteilt. Alle Familienangehörigen waren zwar *Ashkenazim* sowie *Saborim* der ersten oder zweiten Generation wie sie selbst und hätten überdies den ethnischen Ursprung und die historisch-politische Herkunft gemeinsam, was in Israel Einfluß bedeute. So habe sie Verwandte sowohl beim politischen Establishment wie bei der Gewerkschaftsbewegung Histadrut, die vielleicht noch einflußreicher sei als die politischen Parteien, und dann natürlich bei den Streitkräften. Die Gegensätze seien aber ziemlich hart. Der politisch rechtsstehende Teil der Verwandtschaft (der Onkel in der Irgun habe in zwei Ehen nicht weniger als sieben Kinder gehabt) vertrete eine Linie, welche den Traditionalisten wie Shulamit zufolge zum Untergang Israels führe, das heißt zu ewigem Krieg, bis zumindest in der nächsten Umgebung alle Araber getötet seien. Nach Ansicht der Rechten dürfe nicht ein Fußbreit »befreiten« Bodens durch Verrat oder aus Schwäche zurückgegeben werden.

Dennoch habe diese politische Linie Israel in eine zunehmende Katastrophe geführt, in den wirtschaftlichen Ruin, zu ständig steigender Auswanderung und zu einer verringerten Einwanderung. Am Ende sei es sogar noch zu einem halb verlorenen Krieg im Libanon mit mehreren tausend toten Israelis gekommen. Der einzige Gewinn habe darin bestanden, daß man sich im Libanon noch mehr fanatische Feinde Israels geschaffen habe. Der Begin-Truppe sei ja fast das unglaubliche Kunststück gelungen, Arafat mehr oder weniger in den Libanon zurückzudrängen und ihm überdies eine Allianz oder zumindest eine bewaffnete Neutralität der ehemaligen Todfeinde bei der christlichen libanesischen Rechten zu sichern. Wenn diese Begin-Leute ihre desperate Politik weiterführen dürften, ob nun in der Außenpolitik, der Wirtschaftspolitik oder in manchen

Abteilungen des Nachrichtendienstes – fast unmerklich betonte sie das letzte Wort –, treibe man Israel ins Armageddon.

So sähen die Verhältnisse in ihrer Familie aus. Carl werde nun besser verstehen, daß sie sich an Israel gebunden fühle und wie schwierig es für sie sei, zu heiraten und das Land zu verlassen.

»Im Augenblick macht das gar nichts. Denn nun sind wir jedenfalls zusammen, hier und jetzt«, tröstete Carl etwas theatralisch, was die Ehehindernisse betraf. Er verstand nicht so recht, worauf sie anspielte.

Der Bus schlängelte sich zwischen roten, erodierten Bergformationen weiter. Sie näherten sich dem Tiefland in der Nähe des Roten Meeres. Shulamit hatte lange und ausführlich erzählt. Carl versuchte alles, was sie ihm anvertraut hatte, mit ihrem Motiv in Einklang zu bringen, Axel Folkesson vor etwas zu warnen, was vermutlich eine Operation der »Rechten« beim Nachrichtendienst war. Konnte es so einfach sein? Man liefert militärische Informationen doch nicht einfach an eine fremde Macht, nur weil man mit den dahinterstehenden Entschlüssen nicht einverstanden ist?

»Ich bin nicht ganz sicher, daß ich alles verstanden habe, was du gesagt hast, ich meine, was es für uns beide bedeutet, aber du mußt mir später noch mehr erzählen«, sagte er, ergriff ihre Hand und drückte sie ein paarmal freundlich-brüderlich. Sie lächelte ihn an und zog kurz darauf die Hand zurück.

Eilat ist ein häßlicher kleiner Ort, ziemlich wirr geplant, etwa so, wie Carl erwartet hatte, voller halbfertiger Bauten, mit Baugerüsten, Zementhaufen, Armierungseisen und Hotels, die man überall in der Welt Luxushotels nennt und die auf Farbfotos weiß und ordentlich aussehen, in denen aber die Türgriffe herunterfallen, wenn man sie etwas unsanft anfaßt, und in denen oft das Wasser im Badezimmer streikt.

Es war jedoch mehr als fünfundzwanzig Grad warm und damit so etwas wie ein schwedischer Badesommer. Als sie in der Ortsmitte den Bus verließen, packten sie sofort ihre Jacken ein, zogen sich die Pullover aus und gingen mit den vollgestopften Reisetaschen zum Wasser hinunter. Sie hielten sich eng umschlungen wie so viele junge Israelis.

Shulamit erklärte, ihr Hotel liege eineinhalb Kilometer in Richtung der ägyptischen Grenze, und sie sollten per Anhalter fahren. Carl hielt aber trotz ihrer Versicherung, daß man in Israel immer mitgenommen kkpwerde, ein Taxi an; Carl war nicht mehr per Anhalter gefahren, seitdem er in der Marine ausgebildet worden war, und seine Jahre in Kalifornien hatten ihn in seiner Auffassung bestärkt, daß man sich völlig unnötige Probleme auf den Hals lud, wenn man sich mitnehmen ließ.

Sie fuhren nach Süden, vorbei an dem alten Hafen in der Nähe des metallisch grünblauen Roten Meeres, und die Küste Saudi-Arabiens war nur wenige Kilometer entfernt.

Das Hotel war weiß, und im Fahrstuhl wurden sie mit *Muzak* berieselt, wie zu erwarten gewesen war. Als sie ihr Zimmer betraten, legte Shulamit sofort den Zeigefinger auf den Mund. Sie warnte ihn davor, etwas Unpassendes zu sagen. Dann fragte sie ihn frech, ob sie sich erst lieben oder erst essen und was sie anschließend anfangen sollten. Carl zögerte kurz, bevor er vorschlug, sie solle entscheiden. Sie sagte, sie könnten sich auch am Strand lieben, wenn sie ein Stück weiterführen. Sie könnten sich auch eine Taucherausrüstung mieten, falls er damit umzugehen wisse, sonst könne er auch nur mit einem Schnorchel an der Oberfläche bleiben. Sie könnten unten am Strand essen.

In der Hotelhalle befand sich eine kleine Autovermietung, und kurz darauf fuhren sie in einem gelben japanischen Cabriolet mit israelischem Kennzeichen auf Ägypten zu. Die Grenzstation Taba lag nur rund einen Kilometer vom Hotel entfernt, und sie zeigten nur ihre Pässe vor, die sie nicht aufzuschlagen brauchten. Die Grenzposten winkten sie durch. Sie wollten zur Coral Island fahren. Das ist ein Badeplatz mit einem Restaurant des üblichen und mäßigen israelischen Standards gegenüber einer kleinen Insel mit recht gut erhaltenen Ruinen einer Kreuzritterburg.

Sie betraten eine der runden, strohgedeckten Hütten des Restaurants und bestellten gegrillten Fisch und Coca-Cola, die Carl in den USA widerwillig, aber beherrscht trinken gelernt hatte. Während sie aßen und sich immer noch über Nichtigkeiten unterhielten, blätterte er in einer Broschüre, um Coral Island zu finden, und fand entzückt das, was er gesucht hatte. Er las ironisch den Text der Broschüre vor: »Die Koralleninsel liegt im Golf und ist fast völlig von den wohlerhaltenen Ruinen einer Kreuzritterfestung bedeckt, die von den Mohammedanern zerstört wurde, jedoch von Mamelucken und Arabern wiederaufgebaut worden ist.«

»Na«, fragte er, »was für Mohammedaner? Daß sie die Festungen der Kreuzritter zerstörten, ist ja nicht schwer zu begreifen; so haben sie das Land ja erobert. Daß sie später, obwohl der israelische Staat sie freundlich Mamelucken und Araber nennt, die Festung wiederaufgebaut haben, ist auch nicht schwer zu begreifen. Das tut ihr hier doch auch, nicht wahr?«

Sie ignorierte kalt seinen Scherz. Statt dessen blickte sie ihm mit ihrem blauen, festen Blick direkt in die Augen und stellte ihm eine Frage. Er hätte viel darum gegeben, sie nicht beantworten zu müssen:

»Bist du für oder gegen uns, Carl?«

Das Bild Mounas in Beirut tauchte vor seinem inneren Auge auf, Mouna, die eine von denen hätte sein können, die Shulamits jungen Bruder, den israelischen Offizier, getötet hatten. Er antwortete Shulamit intuitiv genauso, wie er Mouna geantwortet hatte.

»Willst du eine diplomatische oder eine ehrliche Antwort?«

»Gib mir eine diplomatische Antwort, dann werden wir weitersehen?«

»Ich glaube, daß du mit deiner Familie hier die Chance einer Zukunft hast. Du bist hier zu Hause, und Menschen wie du gehören hierher, das wissen sogar die Palästinenser. Es ist aber auch ihr Land. Auch sie sind hier zu Hause.«

»Das war nicht besonders aufregend, so denke ich selbst. Aber wenn wir es mit einer ehrlichen Antwort versuchen?«

»Können wir das nicht ein bißchen verschieben . . . bis wir über unser mehr persönliches Verhältnis gesprochen haben?«

»Nein.«

»Dann komme ich in Versuchung, dich nur deshalb anzulügen, weil ich mit dir schlafen will.«

»Versuch mich doch reinzulegen, dann werden wir sehen. Also, eine ehrliche Antwort?«

»Ich unterstütze die Palästinenser. Als Student habe ich einer Solidaritätsbewegung für Palästina angehört, und das ist etwas, was ich nicht bereue.«

»Gut.«

»Was ist daran gut?«

»Ich glaube, nichts. Aber es ist gut gewesen, daß du mir wirklich eine ehrliche Antwort gegeben hast. Wollen wir uns in die Einsamkeit zurückziehen, Liebling?«

Sie zogen sich Badeanzüge an, mieteten sich ein paar Handtücher und dünne Bastmatratzen, kauften etwas Sonnencreme und fanden einen Platz unten am Wasser, an dem sie weit weg und ganz allein waren. Sie legten sich in den Sand, die Gesichter einander zugewandt, und taten so, als küßten sie sich.

»So, jetzt hör mal«, sagte Carl, »hast du wirklich geglaubt, man könnte uns belauschen, und warum bist du erst in Beersheba zugestiegen?«

»Es war nicht sehr wahrscheinlich, daß man uns belauschen würde, das gebe ich zu. Aber ich möchte keinerlei Risiko eingehen, und du wirst auch bald begreifen, warum. Und es gab einen Grund, daß ich erst in Beersheba zustieg. Es hätte nämlich sehr gut sein können, daß man mein Telefon abhört. In dem Fall war es der erste Bus nach irgendwo, mit dem wir von Jerusalem fahren wollten. Wo bist du eingestiegen?«

»Ein paar Haltestellen außerhalb von Jerusalem, bei der Abzweigung nach Qiriayt Gat. Ich habe meine Reisegesellschaft schon gestern abend verlassen, bin ins Hotel zurückgekehrt und ganz sicher nicht verfolgt worden.«

»Beherrscht du das?«

»Ja.«

»Ich bin jedenfalls im Land herumgereist und habe eineinhalb Tage Freunde und Bekannte besucht, bevor ich mich auf den Weg nach Beersheba machte. Ich hatte gehofft, du würdest im Bus bleiben, da ich gesagt hatte, du dürftest ihn nicht verfehlen.«

»Nun, jetzt sind wir hier. Was ist Plan Dalet, und wovor hast du Axel Folkesson gewarnt?«

»Rein formal ist es wahrscheinlich ein Verbrechen von mir, das zu erzählen.«

»Ich weiß. Aber niemand hört uns, und du verrätst nichts, und ich verrate dich nicht. Sag mir um Himmels willen bloß nicht, daß ich mitten an unserem komischen Heiligabend bis nach Eilat gefahren bin, um mir wegen der Lammkoteletts noch mal einen Korb zu holen.«

»Lammkoteletts?«

»Ja, das war doch der Grund, daß ich dir meine Karte mit meiner privaten Adresse gab. Ich sagte, es würde Lammkoteletts geben.«

»Du hast erst Schweinekoteletts gesagt«, lachte sie. Sie beugte sich vor und gab ihm einen leichten Kuß. Dann richtete sie sich auf und setzte sich eine Sonnenbrille auf, worauf sie sich mit Sonnencreme einzureiben begann. Gleichzeitig blickte sie sich um. Es wäre technisch jedoch nicht möglich gewesen, sie hier zu belauschen.

»Weißt du, was Sayeret Matkal ist?« fragte sie. Sie legte sich hin und gab ihm ein Zeichen, er solle ihren Rücken eincremen, was er auch tat. Gleichzeitig erhielt er einen perfekten Überblick über die Umgebung, was sie vermutlich beabsichtigt hatte.

»Nein«, sagte er, »das weiß ich nicht.«

»Es ist eine besondere Abteilung der Fallschirmtruppen, deren sich der Mossad gelegentlich bedient. Wir nennen sie mit einem hebräischen Slangausdruck *die Jungs.*«

»Nasse Jobs und so was?«

»Genau. Nicht nur nasse Jobs, was bei den Kollegen im Westen übrigens eine ganz wunderbare Umschreibung ist, wenn man daran denkt, wofür das steht. Die Jungs tun auch eine ganze Menge Gutes, das muß man zugeben. Aber jetzt waren also vier Jungs nach Stockholm gekommen, gleichzeitig mit einem der alten Freunde meines rechtsextremistischen Onkels, der Aharon Zamir heißt. Hast du je von ihm gehört?«

»Ja, die Abteilung ›Gottes Rache‹, Spezialisten in der Ermordung von Arabern in Europa sowie ganz allgemein darauf gedrillt, intellektuellen Palästinensern das Leben zur Hölle zu machen, etcetera.«

»Hat man dir das beigebracht, oder ist es deine eigene Erkenntnis?«

»Nein, ich habe nur Ahnungen. Wir haben Unschuldige eingebuchtet. Ich glaube nicht mehr, daß die etwas mit der Sache zu tun haben, aber sie laufen Gefahr, verurteilt zu werden, und außerdem ist die Führung unserer Organisation gerade dabei, eine ganze Gruppe palästinensischer Flüchtlinge aus dem Land zu werfen, die mit einem Plan Dalet garantiert nicht das geringste zu tun haben. Aber zurück zur Sache.«

»Ich weiß, in den Zeitungen hat eine Menge darüber gestanden, nicht ohne ein gewisses Entzücken in der Berichterstattung, daß man wegen des Mordes an Axel Palästina-Extremisten und Terroristen festgenommen habe.«

»Hast du ihn gekannt?«

»Ja, flüchtig.«

»Wovor hast du ihn gewarnt?«

»Vor Onkel Aharon und seinem Plan Dalet. Wenige Tage zuvor hatte ich zwei Nachrichten erhalten. Einmal, daß der Empfang einer schweren Diplomaten-Sendung von Onkel Aharon quittiert werden sollte. Dem Gewicht nach zu urteilen, mußte es sich um Waffen handeln. Gleichzeitig erfuhr ich, daß eine Operationsgruppe von vier Mann der Sayeret Matkal auf dem Weg nach Stockholm war und daß sie mit Pässen verschiedener Nationalitäten eingereist seien. Falls die Sache schiefginge, sollte ich versuchen, ihnen beim Entkommen zu helfen.«

»Und Plan Dalet?«

»Ich habe mich mit Onkel Aharon getroffen. Seit meiner Kindheit versucht er mir immer und immer wieder ins Gewissen zu reden, obwohl wir von unserem Teil der Familie seiner Ansicht nach nur scheißliberale und naive Mapainiks sind. Wir gingen essen, und er sagte, er bereite gerade eine Operation mit dem Decknamen Plan Dalet vor, und ›Gottes Rache‹ sei gerade reaktiviert worden. Es gehe jetzt darum, diese Operation gerade in Skandinavien durchzuführen, da es beim letztenmal dort schiefgegangen war.«

»Lillehammer in Norwegen. Weil sie an der eigentlichen Aktion zu viele Amateure beteiligt hatten.«

»Ja, und wenn vier der *Jungs* gleichzeitig ins Land einreisen, hat es den Anschein, als wollten sie den Fehler nicht wiederholen.«

»Was ist diesmal das Ziel?«

»Das weiß ich nicht.«

»Dummes Gerede. Wenn dir das Ziel unbekannt wäre, könntest du dich politisch nicht so sehr entrüstet fühlen. Vielleicht glauben sie, eine versteckte palästinensische Terrorgruppe oder etwas in der Richtung entdeckt zu haben.«

»Dann wüßte ich es. Ich bin oder war immerhin Sicherheitsoffizier. Falls es in Stockholm so etwas geben würde, hätten wir in der Botschaft unweigerlich davon erfahren.«

»Du gehst also zu Axel Folkesson und warnst ihn vor etwas, wovon du gar nichts Näheres weißt? Das geht nicht zusammen.«

Er hörte auf, ihr den Rücken zu massieren, und legte sich neben sie, um ihr in die Augen sehen zu können. Er nahm ihr vorsichtig die Sonnenbrille ab, und sie protestierte nicht. Aber sie gewann auf eine für Nichtraucher so bekannte wie irritierende Weise etwas Zeit, indem sie nach einer Zigarettenschachtel tastete, eine Weile nach ihrem Feuerzeug suchte und dann ein paar Züge rauchte, bevor sie fortfuhr.

Sie sei Sicherheitsoffizier. Folglich sei ihr bekannt, daß es in Stockholm keine plötzlichen neuen taktischen Ziele gebe, etwa eine frischangekommene Terrorgruppe. Folglich handele es sich um ein *strategisches* Ziel, das heißt ein Ziel, das permanent in Stockholm sei.

Und jedes strategische arabische Ziel in Stockholm sei politisch unannehmbar. Carl müsse sich Mühe geben, das wirklich zu verstehen. Sie habe keine moralischen Einwände gegen militärische Unternehmungen an sich, die habe niemand, der in Israel aufgewachsen sei. Es sei jedoch eine Sache, etwa in Beirut zuzuschlagen – wenn eine solche Aktion fehlschlage, komme Israel dabei jedenfalls nicht zu Schaden, es zerstöre die diplomatischen Verbindungen des Landes nicht, verringere auch nicht den Goodwill draußen in der Welt, und so weiter. Eine mißlungene Aktion in Stockholm jedoch wäre eine totale Katastrophe. Wie günstig das operative Klima in Stockholm auch sein möge – der schwedische Sicherheitsdienst gehöre ja nicht gerade zu Israels Feinden –, so bestehe immer das Risiko, daß die Aktion fehlschlage. Die politischen Schäden eines solchen Fehlschlags wären hundertmal größer als der private Triumph einiger weniger Angehöriger von »Gottes Rache« über eine gelungene Aktion.

Carl richtete sich auf und betrachtete die Kreuzritterruine, die weniger als zweihundert Meter entfernt war. Er versuchte sich vorzustellen, wie ein rangniedriger Offizier einer westlichen Streitmacht auf eigene Faust eingreift, um den Gegner zu warnen. Shulamit mußte ihm angesehen haben, daß er zögerte und vielleicht nicht recht glaubte, was er gehört hatte. Sie hatte ihre Zigarette im Sand ausgedrückt und wartete auf seinen nächsten Einwand.

»Wenn du sagst, es muß um ein strategisches, permanentes Ziel gehen, was bedeutet das ganz konkret?« fragte er, reichte ihr die Sonnencreme und legte sich auf den Bauch, den Blick auf die Kreuzritterburg gerichtet.

»Eine arabische Botschaft beispielsweise«, sagte sie und drückte einen kalten, fetten Strang Sonnencreme auf seinem Rücken aus. »Es würde aller Wahrscheinlichkeit nach wie eine arabische Arbeit aussehen, höchstwahrscheinlich eine palästinensische, da dies früher eine übliche Methode gewesen ist. Sagen wir mal, die eine oder andere Fraktion schlägt gegen die Botschaft Libyens zu. Die ist übrigens ein leichtes Ziel. Ein Wachmann der ABAB davor, junge Universitätsstudenten ohne militärische oder politische Ausbildung im Gebäude, die ›Volksvertreter‹, wie du weißt. Dann von irgendwoher ein rätselhaftes palästinensisches Bulletin, man müsse ›den Verräter Ghadaffi bestrafen‹, und dann wäre bei euch nach etwa einer Woche die Hölle los, wenn Ghaddafi seine mehr oder weniger tolpatschigen Rachepatrouillen losschicken würde. Es könnte aber auch die PLO-Vertretung sein. ›Eine Palästinenser-Fraktion greift die andere an‹. Etwa so. Oder, falls man es etwas verfeinert haben will, die ägyptische Botschaft und das ägyptische Reisebüro, da Ägypten sich aus dem Kampf gegen den Zionismus zurückgezogen hat. Etwas in der Richtung.«

»Muß es ein arabisches Ziel sein?«

»Ja.«

»Warum? Warum könnten diese palästinensischen Terroristen nicht auch gegen die USA zuschlagen, das würde doch genauso logisch wirken.«

»Ja, aber wenn es je herauskäme, und in der Familie der Nachrichtendienste pflegen solche Dinge bekannt zu werden, damit auch den Amerikanern und der *Washington Post* oder *Newsweek*, dann würde das den schlimmsten Skandal auslösen, der die israelischen Streitkräfte je betroffen hat.«

»Läßt sich ein schwedisches Ziel denken?«

»Ja, wenn es sich klar mit palästinensischem Terrorismus in Verbindung bringen läßt. Eine große Sache würde es in dem Fall aber nicht geben, das wäre ein *over-kill*, und ich glaube nicht, daß Aharon Zamir sich so etwas vorstellt.«

»Er stellt sich also nicht vor, schwedische Sicherheitsbeamte zu töten? Dieses Ziel ist doch schwedisch und überdies interessant genug. Außerdem ist es ja passiert.«

»Das gehörte nicht zu den Plänen, ich kann es mir jedenfalls nicht vorstellen.«

»Und warum nicht?«

»Weil es in gewisser Weise meine Schuld war, daß Axel Folkesson starb.«

Sie zündete sich eine neue Zigarette an. Carl begriff nicht, wie jemand in dieser flirrenden Hitze am Strand liegen und rauchen konnte. Sie lagen außerdem im Windschatten der Kreuzritterburg, so daß die Rauchsäule ihrer Zigarette ungehindert fast gerade aufstieg, bis sie in der kaum spürbaren Brise aufgelöst wurde. Carl schwitzte heftig unter den Armen. Das war mehr als die Hitze, es mußte auch Nervosität sein.

Shulamit erzählte ruhig und methodisch, wie es ihrer Meinung nach zusammenhänge. Sie habe Axel Folkesson vor Aharon Zamir und einem gewissen Plan Dalet gewarnt, von dem sie nichts Näheres wisse. Sie hätten die Sache zu Hause in ihrer Wohnung besprochen, ja, sie hätten sich lieber dort als in der Stadt getroffen, wo man sie hätte sehen können, und außerdem gehörte es zu ihrer Arbeit, sich gelegentlich zu treffen. Sie hatten genauso wie Carl und sie jetzt argumentiert, und sie hatte Folkesson einen Tip gegeben, wie er mit Aharon Zamir Verbindung aufnehmen konnte und unter welchem Namen Zamir normalerweise reiste (als Geschäftsmann mit österreichischem Paß und unter dem Namen Abraham Mendelsohn). Sie hatte den Hintergedanken gehabt, Folkesson sollte ganz einfach mit Zamir Kontakt aufnehmen und sagen, wie es war: Die Operation sei dem schwedischen Sicherheitsdienst bekannt, der von solchen dummen Geschichten nichts wissen wolle. Die Israelis sollten also einfach ihre Koffer packen und diskret nach Hause fahren, dann könne man als Freunde auseinandergehen.

»Nein«, sagte Carl, »das paßt nicht. Woher zum Teufel hätte er das wissen sollen? Wenn unsere gesamte Organisation informiert gewesen wäre, wenn Folkesson also *das* gesagt hätte, hätte man ihn ja kaum umbringen können.«

»Das ist ja gerade so traurig. Ich nahm ihm das Versprechen ab zu sagen, er sei der einzige, der von der Sache wisse. Das sollte eine Garantie sein, daß nichts herauskommt. Ist dir klar, was das bedeutete?«

»Ich glaube schon«, sagte Carl, während es ihm allmählich aufging.

Er versuchte, sich die Szene vorzustellen. Polizeipräsident Axel Folkesson trifft eine wichtige Verabredung, sagt, es sei von größter Bedeutung, sagt vielleicht sogar, daß es um Plan Dalet gehe, und dann trifft er den Chef der israelischen Aktion. Auf der Fahrt zu

Djurgården plaudern sie ein wenig – vielleicht fährt Folkesson einfach ins Blaue, vielleicht sagt der Israeli, sie sollten irgendwo hinfahren, wo sie sich in Ruhe unterhalten und ungesehen bleiben könnten.

Draußen in Djurgården hält Folkesson an und fängt an zu argumentieren. Er sagt, es sei ihm bekannt, daß eine größere Aktion bevorstehe. Er sagt, in Schweden wolle man von solchen Dingen nichts wissen, aber wenn die Gruppe diskret wieder verschwinde, werde nichts an die Öffentlichkeit dringen.

Der Israeli muß Folkesson jetzt unbedingt drei Dinge entlocken:

1) Woher zum Teufel weiß Folkesson all dies?

2) Welche Garantien hat Israel, daß es nicht doch zu peinlichem Aufsehen kommt?

3) Wie viele Angehörige der schwedischen Organisation kennen den Sachverhalt, handelt Folkesson aus eigenem Antrieb oder auf Befehl von Näslund?

Folkesson begeht kurz darauf buchstäblich den Fehler seines Lebens. Erst sagt er natürlich, er wolle das in ihn gesetzte Vertrauen nicht enttäuschen, aber natürlich handele es sich um eine israelische Quelle, wie könne er sonst so sicher sein?

Dann versichert er ehrenwörtlich oder ähnlich ernsthaft, es werde nichts an die Öffentlichkeit dringen – und dann, um in diesem Punkt richtig überzeugend zu wirken – sagt er, er sei der einzige in der ganzen Sicherheitsabteilung, der von der Angelegenheit wisse. Kein anderer ahne etwas von der Sache. Folglich könne nichts herauskommen.

Er ist Schwede. Er ist überdies ein schwedischer Polizeibeamter in hoher Position. Er kann sich das ungeheure Risiko nicht vorstellen, einer israelischen Mordpatrouille zu erzählen, daß man der einzige Mensch sei, der ihre Pläne kenne.

Darum stirbt er.

Carl nickte.

»Folkesson hat also erzählt, daß er in unserer Abteilung als einziger von der Sache wisse?«

»Ja, so muß es zugegangen sein«, gab sie zu und zeichnete mit dem Zeigefinger ein paar schnelle Kreise in den Sand, während sie wegblickte.

»Du hast einen ziemlich kriegerischen alten Onkel.«

»Ich glaube nicht, daß er es gewesen ist.«

»Und warum nicht?«

»Er ist General, wenn auch ein israelischer General. Ich vermute, daß es sein Operationschef getan hat. Es muß jedenfalls jemand gewesen sein, der das Recht hat, solche Beschlüsse zu fassen und selbst in die Tat umzusetzen.«

»Wer ist sein Operationschef?«

»Man nennt ihn Elazar, aber das ist nicht sein richtiger Name. Er ist in Israel ein sehr bekannter Mann, jedenfalls in unseren Kreisen. Er ist einer der Besten, die wir haben.«

»Einer der besten Mörder, einer der sich am besten darauf versteht, unbewaffneten Schweden in den Kopf zu schießen?«

»Ja, unter anderem. Aber er ist auch in vielen anderen Dingen einer der Besten.«

»Weißt du mehr über ihn, Dienstgrad, Aussehen, Alter und so weiter?«

»Er ist an die Vierzig, für einen Israeli ungewöhnlich hochgewachsen, kräftig gebaut, sieht arabisch aus, mit Schnurrbart und allem, ist aber trotzdem Ashkenaze. Ich glaube, er ist Oberstleutnant. Ich habe ihn mal kennengelernt, aber das ist lange her.«

»Du kennst keinen weiteren Namen von ihm, kein Alias, unter dem er reist?«

»Nein.«

»Es gibt immer noch zwei Dinge, die ich nicht verstehe.«

»Ja, welche?«

»Erstens verstehe ich nicht, warum man dich noch nicht vor ein Kriegsgericht gestellt hat, falls ihr so etwas habt. Zweitens verstehe ich nicht, warum du zum zweitenmal so ein Risiko eingehst.«

»Das läßt sich erklären. Aber wollen wir nicht erst baden?«

»Lieber nicht.«

Sie ließ sich Zeit. Sie richtete sich auf, zog die Knie unters Kinn und blickte beim Erzählen aufs Wasser hinaus – keiner von ihnen machte sich noch die Mühe, die Umgebung im Auge zu behalten; wenn bis jetzt nichts passiert war, mußte alles in Ordnung sein. Sie begann mit einem Versuch, die politische Struktur Israels zu erklären. Ihre Familie gehöre zur sogenannten Oberschicht. Schon aus diesem Grund sei es unmöglich, sie öffentlich irgendwelchen Repressalien auszusetzen; natürlich sei herausgekommen, daß sie diesen schwedischen Polizeibeamten gewarnt und damit ihre Befugnisse übertreten hatte. Die schwedische Reichspolizeiführung habe ja sogar aus Anlaß der Tagebuchaufzeichnung Folkessons eine förmliche Anfrage gemacht.

Aber es gebe noch einen rein praktischen Grund. In Israel ließen sich Gerichtsverhandlungen gegen Juden nicht geheimhalten. Falls man sie wegen ihrer Handlungsweise vor Gericht stelle, würde sie sich natürlich verteidigen, und damit explodierte die ganze Geschichte, nicht nur innenpolitisch, wo sie allen Beteiligten das Leben schwer machen würde, sondern auch außenpolitisch.

Und außerdem habe sie schon A gesagt. Und es gebe einen ganz bestimmten Grund, auch B zu sagen: Die Aktion laufe noch immer.

Das sei nicht nur eine Vermutung. Denn wenn nun Elazar oder ein anderer in Aharon Zamirs Kommando so weit gehe, einen schwedischen Polizeibeamten zu erschießen, könne man schon aus dem Grund annehmen, daß es den Zamir-Leuten, gelinde gesagt, am Herzen liege, die Aktion durchzuführen.

Aber das sei noch nicht alles. Denn so wie die israelische Propaganda diese festgenommenen Aktivisten und Palästinenser für sich nutze, könne man davon ausgehen, daß der Boden für eine Fortsetzung der Aktion vorbereitet werde.

Aber auch das sei noch nicht alles. Denn der Plan habe beim israelischen Nachrichtendienst-Establishment zu heftigen internen Streitigkeiten geführt. Kurz gesagt, ihr Onkel im Aman *wisse*, daß die Operation immer noch aktuell sei. Und beim Mossad hätten zwei andere Abteilungen dem Unternehmen eine gewisse operative Unterstützung gewährt, obwohl sie, Shulamit, nicht genau wisse, worauf die hinauslaufe. Aber es sei ja nur logisch, sich vorzustellen, daß ein neues »arabisches« Unternehmen den Zweck habe, mit dem Mord an Folkesson in Verbindung gebracht zu werden. Damit könne man das unangenehme Mißgeschick aus der Welt schaffen und folglich zwei Fliegen mit einer Klappe schlagen. Mit anderen Worten: Es habe den Anschein, als ob es fast notwendig geworden sei – nämlich für diejenigen, die eher militärisch als politisch dächten –, die Aktion zu Ende zu bringen.

Carl erhob sich steif. Der Schweiß lief an ihm herunter, und ihm wurde schwindelig vor den Augen. Er redete sich ein, daß es nur die Hitze war.

»Jetzt baden wir«, sagte er. »Wollen wir uns die Fische ansehen, die auf deiner Ansichtskarte zu sehen waren?«

Der Sand brannte unter ihren Füßen, als sie auf eine der runden Strohhütten zugingen, bei denen man sich eine Taucherausrüstung mieten konnte. Ursprünglich hatten sie sich beide mit Schnorcheln zufriedengeben und nur dicht unter der Wasseroberfläche tauchen wollen, aber dem einen Vermieter schien es dringlich zu sein, zwei Preßluftgeräte zu vermieten. Beide Vermieter schienen gleichermaßen überrascht zu sein, daß der Ausländer felsenfest überzeugt war, mit der Ausrüstung umgehen zu können, wovon sie sich aber schnell überzeugen konnten.

Carl erhielt ein schweres und älteres Gerät einer Marke, die er nicht genau kannte, aber es schien etwa dreihundert Kilopond Druck zu enthalten. Das neuere Gerät, das Shulamit erhielt, hatte einen Manometer mit zweihundert Kilopond Druck. Seine Luft würde länger reichen als ihre, und es war kaum wahrscheinlich, daß sie mehr als eine Stunde unter Wasser blieben.

Carl verzichtete auf einen Taucheranzug, als er hörte, das Wasser sei vierundzwanzig Grad warm. Er befestigte mit einer Schnur ein Messer an der Hüfte, als Shulamit erzählte, sie kenne eine Stelle an der Südspitze der Insel, wo es etwas tiefer sei und eine Grotte gebe, in der man die Langustenart des Roten Meeres fangen könne. Sie nahm einen Korb mit, um den eventuellen Fang unterzubringen.

Als sie sich am Wasser die Ausrüstung anschnallten, beobachtete er sie genau, um absolut sicher zu gehen, daß sie wußte, was sie tat. Sie machte jedoch alles richtig. Bevor sie tauchten, kontrollierten sie routinemäßig, daß der Handgriff für den Reservetank im Gerät tatsächlich das Ventil öffnete.

Carl hatte sich vorgestellt, beim Tauchen genau das gleiche vorzufinden wie in Südkalifornien, aber obwohl er die meisten Arten wiedererkannte, die er zu Gesicht bekam, waren sie hier unendlich zahlreicher vertreten. Auf den ersten fünfzig Metern zu den Teilen der Koralleninsel, die aus dem Wasser herausragten, zählte er mehr als fünfzig verschiedene Arten. Die Sicht unter Wasser war gut und reichte bis in eine Tiefe von mindestens zwanzig Metern. Er schwamm hinter Shulamit her, da sie den Weg kannte. Noch tauchten sie nur einige Meter tief, und da die Wasserfläche ziemlich still war, war das Licht gleichmäßig und stark, mit nur wenigen reflektierenden Lichtbrechungen.

Shulamit schwamm ruhig und rhythmisch, die Hände baumelten an den Seiten, und in der vergrößernden Perspektive durch das Plexiglas stellte er beiläufig fest, daß sie kräftige und durchtrainierte Beine hatte. Er schwamm etwas schneller, schloß zu ihr auf und fragte sie mit Handzeichen nach Richtung und Abstand, und sie antwortete mit völlig korrekten Zeichen, daß sie noch gut hundert Meter in der bisherigen Richtung zu schwimmen hätten und dann zehn Meter in die Tiefe. Eine ungefährliche Tiefe, die beim Wiederaufstieg keine besonderen Umrechnungsprobleme mit sich brachte.

Sie begegneten einem Schwarm kleiner Thunfische, der aus Zehntausenden von Individuen bestehen mußte. Carl sah sich nach möglichen Raubfischen um (eine solche Speisekammer konnte Hai wie Barracuda anziehen; er war schon oft Haien begegnet und eher neugierig als besorgt). Sie sahen aber nur Korallenfische und stille Ruhe. Die Korallen schimmerten, die Seeanemonen wogten in der schwachen Strömung, und die Engelsfische sausten wie Pfeile zwischen den Korallenformationen hindurch. Carl ergriff Shulamit am Arm und zeigte auf die kleine Öffnung einer Grotte, in der man den wiegenden Kopf einer Muräne sah.

Das Korallenriff war plötzlich zu Ende, und vor ihnen öffneten sich ein dunkelblaues Nichts und ein Abhang, der sich tiefer erstreckte, als sie sehen konnten. Shulamit zeigte nach unten, und beide folgten dem Absatz des Korallenriffs schräg hinunter, bis der felsige Untergrund begann, das Tierleben aufhörte und das Licht etwas schwächer wurde. Carl schätzte, daß sie die Zehn-Meter-Grenze schon passiert hatten.

Sie zeigte nach links und deutete an, hier irgendwo müsse die Grotte sein, vielleicht in fünfundzwanzig Meter Entfernung. Sie schwammen nach links und hielten nebeneinander Ausschau, bis sie die Grotte als erste entdeckte.

Sie gab ihm durch Zeichen zu verstehen, daß die Langusten oben an der Decke der Grotte säßen, nur wenige Meter tiefer in der Grotte. Sie schwammen in die Dunkelheit hinein und begannen zu suchen. Shulamit fand die erste Languste, die sich zappelnd entfernte und einige Meter weiter wieder festklammerte. Carl zog sein Messer und schwamm ihr nach, tötete sie, schwamm zurück und legte sie in Shulamits Korb. Sie zeigte auf zwei weitere Langusten, und jeder holte sich eine; sie brach ihnen rasch die Schwänze ab – auch eine Methode, sie zu töten. Sie fanden noch zwei weitere, die sie auf die gleiche Weise tötete.

Mehr Langusten schien es nicht zu geben, wie sehr sie auch die Decke der Grotte abtasteten, und sie gab ihm ein Zeichen, wieder zur Öffnung zurückzuschwimmen. Kurz vor dem Licht der Grottenöffnung spürte Carl, daß die Luft allmählich knapp wurde. Er hielt es zunächst nicht für möglich, da er einen Dreihundert-Kilo-Tank hatte, der dreimal solange hätte reichen müssen. Aber da man sich bei Luftmangel nicht irren kann, zog er automatisch den Handgriff des Reservetanks.

Das hatte keinerlei Wirkung.

Er hatte die Grotte verlassen und konnte die Wasseroberfläche sehen. Shulamit war drei Meter entfernt. Es war eine Situation, in der ein Amateur von tödlicher Panik ergriffen worden wäre.

Carl hatte zwei Möglichkeiten. Die natürliche Reaktion wäre gewesen, sich des Preßluftgeräts zu entledigen und an die Wasseroberfläche zu schwimmen, aber das würde Fragen und Probleme geben. Carl nahm das Mundstück heraus und schwamm schnell zu Shulamit. Er faßte sie sanft, aber bestimmt beim Handgelenk. Sie wandte sich um, sah ihn an, machte hastig die Hand frei und machte ein paar schnell Bewegungen mit den Schwimmflossen, um von ihm wegzukommen. Nach ein paar Metern hielt sie inne und sah ihn fest an. Er konnte ihre Augen hinter dem Plexiglas der Taucherbrille nicht klar erkennen. Er gab ihr durch Zeichen zu verstehen, daß er keine Luft mehr hatte; aus seinem lose herabhängenden Mundstück kamen nur noch wenige Luftblasen, und ihm war klar, daß sie ihm jetzt rasch Luft abgeben mußte, sonst würde er die Ausrüstung abschnallen und an die Oberfläche gehen müssen. Er wußte nicht, ob sie sein Gesicht sehen konnte, aber er hielt den Blick fest auf sie gerichtet, als er begann, den Preßluftbehälter und den schweren Gürtel abzulegen. Da schwamm sie auf ihn zu, nahm ihr Mundstück heraus und reichte es ihm.

Er schnallte den Luftbehälter wieder an. Sie begannen den Wiederaufstieg zur Wasseroberfläche, aber auf halbem Weg hatte es den Anschein, als hätte sie ihre Meinung geändert. Sie gab ihm ein Zeichen, daß sie unter Wasser zum Strand zurückschwimmen sollten. Carl nahm Shulamits Manometer und warf einen Blick darauf. Ihr Behälter war noch halbvoll. Er nickte, und dann schwammen sie nebeneinander auf den Strand zu, während sie ihm immer wieder das Mundstück herüberreichte.

Als sie nur noch eineinhalb Meter Wassertiefe hatten, tauchten sie auf, rissen sich die Taucherbrillen ab und starrten auf den Strand, ohne etwas zu sagen. Es sah alles noch so aus wie vorher, als sie losgeschwommen waren.

»Wo zum Teufel ist deine Luft geblieben?« fragte sie atemlos.

»Es war nicht nur die Luft. Der Reservetank hat auch nicht funktioniert. Der Handgriff ließ sich bewegen, und es hörte sich an, als ob das Ventil funktionierte, aber dann passierte nichts.«

Sie schleppten die Ausrüstung auf den Strand und besprachen kurz die Lage. Sie hatte unter Wasser Angst bekommen und wild davon phantasiert, dort unten mit einem leeren Behälter steckenzubleiben. Als sie den leeren Behälter gesehen habe, hatte sie zunächst gedacht, er wolle ihr einen unvorteilhaften Tausch anbieten.

Die beiden Vermieter hatten sie überredet, eine komplette Ausrüstung zu mieten. Das versuchten sie wohl bei allen. Sie hatten Carl aber mit Absicht den halbleeren, nein, zu zwei Dritteln leeren Behälter gegeben. Wahrscheinlich nur, weil er der größere war. Er war aber nicht verdächtig leicht gewesen, nicht einmal jetzt, wo er nachweislich leer war.

»Was sollen wir tun?« fragte sie.

»Überhaupt nichts. Wir sagen nur, daß mein Behälter leer ist, wenn wir die Sachen zurückgeben. Und daß das Ventil zum Reservetank nicht in Ordnung ist. Nichts weiter. Das hätte auch gar keinen Sinn. Sollen wir etwa die Shin Beth holen?«

»Kann es Absicht gewesen sein?«

»Ja, denn so viel Luft darf einfach nicht fehlen. Und dann noch das Ventil.«

»Dann hat man uns entdeckt.«

»Wir bitten die ägyptischen Behörden um politisches Asyl.«

»Mach jetzt keine Witze.«

»Nein, Verzeihung. Hast du einen anderen Vorschlag?«

»Wir fahren zum Hotel zurück und lieben uns, aber richtig. So daß man es hören und auf Band aufnehmen kann.«

Als sie die Geräte zurückgaben, war nur noch ein Vermieter in der Hütte mit dem Strohdach. Er spielte den Entrüsteten, als er meinte, der Nachlässigkeit beschuldigt zu werden. Carl und Shulamit argumentierten jedoch nicht, sondern zahlten und gingen zu ihrem Platz am Strand zurück. Sie legten sich in die Sonne und versuchten, von anderen Dingen zu sprechen als dem unerklärlichen Zwischenfall, der vielleicht keiner gewesen war. Sie fragte ihn, ob er verheiratet oder verlobt sei. Er erwiderte, sein merkwürdiger Job habe das verhindert. Es war, als wollten sie jetzt beide persönlich werden, als wollten sie wie ein ganz normales Liebespaar erscheinen. Als sie sich auf dem Heimweg umarmten, küßten sie sich richtig. Zumindest empfanden sie es so und wollten es so empfinden.

Im Hotelfahrstuhl mit seiner *Muzak*-Musik fühlte Carl sich zunehmend unbehaglich und nervös. Sein Unbehagen hatte nichts mit der Tatsache zu tun, daß möglicherweise jemand vor eineinhalb Stunden versucht hatte, ihn umzubringen. Das Gemisch aus Angst und Unsicherheit, das in ihm aufstieg, hatte vielmehr etwas mit Shulamits Forderung zu tun, sie sollten sich vor einem heimlichen Publikum lieben.

Sie war in mehrerer Hinsicht eine der anziehendsten Frauen, die er je kennengelernt hatte. Sie war Offizier in seiner eigenen Branche, stand rangmäßig über ihm und war sicher unendlich erfahrener als er selbst. Sie setzte für ihre Überzeugung ihre ganze Existenz aufs Spiel, ging ein enormes Risiko ein, da sie jetzt zum zweitenmal eine geheime Operation verriet, die von den Streitkräften Israels geplant wurde, und ihr ganzes Verhalten machte einen kompakten Eindruck von Mut und ideologischer Prinzipientreue, und zu allem Überfluß war sie noch sehr schön.

Gerade dies war eine Tatsache, die Carl entschlossen zu leugnen versuchte. Er hatte versucht, sie als Offizier zu sehen, als Verbündete, als »Quelle« oder Informantin, als alles mögliche, nur nicht als erotisch anziehende Frau. Was sie jedoch in allerhöchstem Maße war.

Carl war die Liebe als liebloses Spiel bislang viel zu leicht gefallen. Frauen, die er kaum kannte, waren für ihn Konsumgut gewesen, Nachtisch, Zeitvertreib oder Trainingspartner, aber Liebe war nie im Spiel gewesen.

Entweder liebte man ganz bewußt mit einer Frau, die man auch sonst liebte, oder man vögelte eine Verkäuferin mit Rolex-Uhr, die man kurz vor der Polizeistunde im Café Opera abschleppte. Shulamit Hanegbi war jedoch weder das eine noch das andere, und er respektierte sie zu sehr, um sie einfach nur zu vögeln, und er liebte sie nicht, da er sie kaum kannte. Mit diesen Überlegungen geriet er in eine Zwickmühle und hatte schließlich das immer stärkere, unangenehme Gefühl, daß er vermutlich gar nicht können würde.

Das Hotelzimmer wurde von einem großen Doppelbett mit einer rosafarbenen Tagesdecke beherrscht. Jemand war im Zimmer gewesen und hatte ihre Sachen zurechtgerückt. Es mußte eine Putzfrau gewesen sein oder jemand, der deutlich zeigen wollte, daß er dagewesen war. Shulamit warf den Verschluß ihrer Maschinenpistole in die Reisetasche, in der sie die Waffe aufbewahrte; es war eine sinnvolle Sicherheitsmaßnahme, Verschluß und Waffe zu trennen, wenn man die Waffe in einem Hotelzimmer zurückließ, obwohl es Carl immer noch schwerfiel zu akzeptieren, daß es hier natürlich war, wenn junge Liebespaare automatische Waffen bei sich trugen oder daß sie aus dem Reisegepäck hervorragten, wenn man sich ein Hotelzimmer nahm. Er begriff noch immer nicht, warum sie bewaffnet erschienen war, und hatte vergessen, sie zu fragen.

Shulamit zog sich schnell aus und warf ihre Kleider auf den Fußboden. Wie selbstverständlich ging sie nackt an ihm vorbei, betrat das Badezimmer und stellte die Dusche an. Er selbst blieb unsicher, grübelnd und unentschlossen mitten im Zimmer stehen. Dann zog er sich zögernd aus und folgte ihr ins Bad. Sie stand schon unter der Dusche. Er schluckte und trat zu ihr in die Duschkabine. Sie hatte die Langustenschwänze ins Waschbecken geworfen.

Carls Rücken war von der ungewohnten Sonne heiß geworden, und als das laue Wasser sein Haar durchspülte und über das Gesicht lief, hatte er einen salzigen Geschmack im Mund. Er stand vor ihr, und sie wandte das Gesicht dem strömenden Wasser zu und schloß die Augen. Hier in der Duschkabine konnte man unmöglich hören oder aufzeichnen, was sie sagten, das mußte ihr klar sein. Er beugte sich über sie und legte den Mund ganz dicht an ihr Ohr.

»Ich habe das Gefühl, als würde ich hier nicht können, ich mag dich viel zu sehr, ich respektiere dich zu sehr«, flüsterte er.

Sie schlug kurz die Augen auf und warf ihm einen amüsierten, fast spöttischen Blick zu.

»Die Panne mit deinem Preßluftgerät hast du bewältigt, wie es den meisten anderen nicht gelungen wäre«, erwiderte sie, ohne auf seine seltsame Entschuldigung einzugehen.

»Ich bin ausgebildeter Marinetaucher, das ist also nichts Besonderes«, entgegnete er mürrisch.

»Ich weiß«, flüsterte sie, als sie sich plötzlich auf die Zehenspitzen stellte und den Mund an sein Ohr hielt, »du bist kein Sicherheitsmann, du bist beim Nachrichtendienst, und unsere Leute haben dir einen Decknamen gegeben, den du noch gar nicht kennst. Coq Rouge.«

Er faßte sie bei den Schultern und schob sie ein Stück von sich. Sie hielt jedoch ihr völlig ausdrucksloses Gesicht immer noch unter den Wasserstrahl. Als er seine Verblüffung überwunden hatte, beugte er sich wieder vor und hielt den Mund an ihr Ohr.

»Als wir die Sachen mieteten, hast du so getan, als ob du nicht wüßtest, daß ich Marinetaucher bin. Und woher weißt du das andere?«

»Das hat mir mein Onkel erzählt. Es hat irgendwo in Europa eine Konferenz gegeben, bei der unsere Leute mit euren Bossen gesprochen haben, und die haben etwas von einem bevorstehenden arabischen Terroranschlag in Stockholm erzählt. Du bist auch ein Gesprächsthema gewesen, obwohl ich nicht viel mehr weiß als das. Aber jetzt wollen wir von etwas anderem reden. Ja, bitte?«

»Warum hast du die Unwissende gespielt, und warum erzählst du mir das jetzt?« beharrte er.

»Ich habe mich entschlossen, dich nicht anzulügen, nicht mal in Kleinigkeiten. Ich respektiere dich nämlich zu sehr.«

Diese letzte Bemerkung machte sie laut und lachte gleichzeitig auf, als sie mit noch lauterer Stimme und außerhalb des Duschstrahls hinzufügte, sie könne das aber nicht als Problem im Bett ansehen. Dann nahm sie Shampoo aus ihrem Kulturbeutel. Sie seiften sich gegenseitig ein und begannen, sich zu liebkosen. Als aller Schaum abgespült war, blieben sie unter dem strömenden Wasser stehen und küßten sich. Als Carl ihren geschmeidigen Körper in den Armen hielt, fühlte er sich zunehmend überzeugt, daß er – ob nun mit oder ohne Tonbandgerät – wohl in der Lage sein würde, dem Sicherheitsdienst zu geben, was des Sicherheitsdienstes war, und der Liebe, was der Liebe war.

Ihr Haar war noch naß, als sie das Bad verließen und auf das Bett zugingen. Sie entfernten die rosafarbene Tagesdecke. Shulamit verführte ihn ohne Schwierigkeiten, zunächst jedoch ganz behutsam.

Zwei Tage später kam es bei der 13. Abteilung des Landgerichts Stockholm zu einem Haftprüfungstermin. Die Verhandlung wurde in dem großen, dem sogenannten Terroristensaal geführt. Am selben Tag waren vier des Terrorismus verdächtige Palästinenser des Landes verwiesen worden, drei nach dem Libanon, einer nach Libyen.

Der vierte Palästinenser war nach Libyen ausgewiesen worden, da er staatenlos war. Sein letzter Wohnsitz war Ramallah im Gebiet des von Israel besetzten oder annektierten westlichen Jordan-Ufers. Damit war ein schwieriges juristisches Problem entstanden. Wenn man nämlich einen Palästinenser nach Israel ausweist, dazu an einen schwedischen Kriminalinspektor gekettet, während man ihn gleichzeitig zum Terroristen stempelt, bleibt unklar, welche juristischen Folgen sich für den Betroffenen in Israel ergeben. Einerseits war es unwahrscheinlich, daß die Israelis einen mit dem Etikett »Terrorist« versehenen Palästinenser frei herumlaufen lassen würden. Andererseits könnten sie ihn ohne Anklagegründe nicht vor Gericht stellen. Und da es nach israelischem Recht keinen Anklagepunkt gab, nicht einmal nach einem der sehr weitgehenden israelischen Ausnahmegesetze für palästinensische Terroristen, hatte sich die israelische Botschaft in Stockholm die Lieferung diskret verbeten.

Der Verdächtige selbst wußte nicht um diesen Sachverhalt, da die israelische Bitte von den schwedischen Behörden mit Rücksicht auf eine fremde Macht zur Geheimsache erklärt worden war. Der Verdächtige hatte bei seiner Verteidigung vielmehr geltend zu machen versucht, daß eine Ausweisung nach Israel lebenslange Haft und Folter mit sich bringen werde, und daher sei es gegen schwedisches Recht, ihn dorthin auszuweisen.

Nach schwedischem Recht war er jedoch Terrorist. Das heißt, das schwedische Recht verlangt nicht, daß ein Terrorist ein Terrorist ist, um Terrorist zu sein, es genügt vielmehr, daß er bloß des Terrorismus verdächtig ist. Und ein Verdächtiger wird so definiert, daß er verdächtig ist und damit folglich zum Terroristen wird.

In dieser Hinsicht ist die schwedische Gesetzgebung sehr viel strenger als die irgendeines vergleichbaren Landes. Gewöhnlich sind Beweise nötig, um jemanden als Terroristen zu verurteilen. Auch in Israel.

Aber da der Verdächtige ein Terrorist *war*, da der schwedische Sicherheitsdienst ihn im Verdacht hatte, mußte er des Landes verwiesen werden. Dies verlangte überdies die Vorschrift der Gleichbehandlung, da man auch seine Genossen ausgewiesen hatte. Er durfte sich daher das Land selbst aussuchen. Er schlug zunächst England vor, weil er dachte, er habe die freie Wahl. Freie Wahl des Landes bedeutete jedoch bloß das Recht, ein Land zu wählen, das ihn nicht sofort wieder an Schweden oder Israel ausliefern würde, was sofort passiert wäre, wenn man ihn, an einen Kriminalinspektor gekettet, auf dem Londoner Flughafen Heathrow abgeliefert hätte.

In der Praxis blieben ihm folglich nur zwei Länder, eventuell drei. Er wählte Libyen und wurde darauf, an einen schwedischen Kriminalinspektor gekettet, nach Tripolis geflogen (wo er wahrscheinlich von dem libyischen *al mochabarat* in Empfang genommen und zum Terroristen umgeschult wurde).

Die gleichzeitig mit den Ausweisungen erfolgte Inhaftierung des »schwedischen Kopfs der Bande«, wie *Expressen* und *Svenska Dagbladet* den Gymnasiallehrer Hedlund nannten, sollte dem vermeintlich erfolgreichen Kampf gegen den Terrorismus möglichst viel positive Publizität verschaffen. Ein unglücklicher Ausgang des Haftprüfungstermins – daß der Verdächtige auf freien Fuß gesetzt wurde, da es für seine Mittäterschaft an einem Mord keinerlei Beweise gab – würde in einer Flut von Bildern angeketteter palästinensischer Terroristen auf dem Stockholmer Flughafen Arlanda (mit Polizeizäunen, Hunden, kugelsicheren Westen, etcetera, was mit der Gefahr eines Befreiungsversuches begründet wurde; es war zwar unklar, wer wen befreien sollte und warum, jedoch hatte der Sprecher des Sicherheitsdienstes, Karl Alfredsson, seinen Verbündeten bei der Presse mitgeteilt, die Gefahr eines Befreiungsversuchs sei groß) ertrinken.

Der Ausgang des Haftprüfungstermins war also unsicher. Denn auch der Anwalt hatte zur sichtlichen Entrüstung des Staatsanwalts und der Sicherheitspolizei Zugang zu den Medien. Der Anwalt verbreitete sich ausführlich, das Ganze sei ein Skandal. Wenn man die

Verschwörer des Sicherheitsdienstes von der Leine lasse, sei die Rechtssicherheit gleich Null, und wenn sein Klient Ausländer wäre, hätte man ihn ohne Zögern zum Terroristen abgestempelt, aber jetzt werde das Gericht schwarz auf weiß erfahren, daß die Verdächtigungen haltlos seien.

Oberstaatsanwalt K. G. Jönsson hatte natürlich verlangt, den Haftprüfungstermin hinter geschlossenen Türen abzuhalten. Die Verteidigung widersetzte sich vehement, da dies bedeuten würde, daß man der Öffentlichkeit nicht erzählen durfte, was vor Gericht geäußert wurde.

Das Gericht ging wie erwartet auf die Forderung ein, den Haftprüfungstermin mit Rücksicht auf die Sicherheit des Reiches unter Ausschluß der Öffentlichkeit abzuhalten.

Es kam zu einer langen Sitzung. Nach Ende der Verhandlung ließ sich das Gericht mit der Verkündung seines Beschlusses drei Stunden Zeit: Hedlund werde in Haft genommen, und zwar wegen begründeten Verdachts auf unerlaubten Waffenbesitz sowie wegen des Verdachts, an einer Mordverschwörung mitgewirkt zu haben, alternativ Mittäter bei einem Mord gewesen zu sein.

Der Anwalt tobte, konnte sich wegen des ihm verpaßten Maulkorbs aber nicht äußern. Er teilte der Presse jedoch mit, das Verfahren sei ein Rechtsskandal, der in seiner fünfunddreißigjährigen Berufspraxis ohne Vorbild sei. Er gedenke daher, sofort beim Oberlandesgericht Berufung einzulegen, und benannte dazu einen neuen Zeugen, nämlich Kriminalkommissar Erik Appeltoft.

Das Oberlandesgericht kam der Verteidigung in mehreren Punkten zum allgemeinen Erstaunen schon vor der Entscheidung in der Sache entgegen. Erstens wurde die Forderung akzeptiert, die Verhandlung möglichst rasch anzusetzen, nämlich mit Rücksicht auf die lange Zeit, die der Inhaftierte schon seiner Freiheit beraubt war.

Außerdem akzeptierte das Oberlandesgericht eine mündliche Verhandlung sowie den Antrag, daß große Teile der Verhandlung öffentlich sein sollten. Schon das war ein verwirrender Beschluß. Er stand im Widerspruch zu allen Erwartungen. Die Haltung des Oberlandesgerichts, die der Öffentlichkeit nie bekannt wurde, beruhte darauf, daß man dort ganz allgemein allem mißtraute, was von der 13. Abteilung des Landgerichts und dem »Spionage-Staatsanwalt« kam. Hinzu kam, daß die Juristen durch ihren internen

Hausklatsch von der schwachen Beweislage in der laufenden Terroristen-Affäre schon eine recht gute Vorstellung hatten. Zu allem Überfluß leitete die Präsidentin des Oberlandesgerichts die Berufungsverhandlung persönlich. Juristisch gesehen, würde das Oberlandesgericht also eine demonstrativ klare Entscheidung fällen.

Es kam daher zu einem glänzenden Tag für den Staranwalt und zu einem grausamen Tag für den Oberstaatsanwalt in Sondersachen, das heißt für den »Spionage-Staatsanwalt« K. G. Jönsson.

Der Saal war voller Journalisten. Spekulationen und fröhliche Erwartungen einer bevorstehenden Sensation schwirrten durch die Luft, als die Vorsitzende dem sichtlich unangenehm berührten Jönsson, dessen Ohren auf die für ihn typische Weise erröteten, das Wort erteilte.

Jönssons Darlegung des Sachverhalts war erstaunlich kurz. Einleitend gab er zu, daß der Besitz einer Schrotflinte der Marke Husqvarna im Kaliber zwölf, eines älteren Modells mit außen befestigten Hähnen, von denen zudem einer fehle, für sich genommen kaum einen Haftgrund konstituiere, obwohl das Vergehen als solches nicht bestritten werde. Man müsse es im Zusammenhang mit den übrigen Verdächtigungen sehen. Dagegen sei der Besitz von Munition für die Mordwaffe ein so belastendes Indiz, daß es den Verdacht der Mittäterschaft an einem Mord erhärte. Die Munition sei äußerst selten und in Schweden nicht erhältlich. Dieser Munitionstyp passe zur Mordwaffe, die gleichfalls sehr selten sei. Es sei höchst unwahrscheinlich, daß Hedlund rein zufällig diese Munition besitze und keinerlei Verbindung mit dem Mord habe. Hinzu komme, daß Hedlund – teils durch Verschulden seines Anwalts – sich geweigert habe, bei den Vernehmungen mitzuwirken, was im Hinblick auf den unbestreitbaren Ernst der Sache als belastend angesehen werden müsse. Das war alles. Es folgte einiges Material des Erkennungsdienstes, das die Angaben des Staatsanwalts über den Munitionstyp bestätigte, das Fehlen von Fingerabdrücken, etcetera.

Ein Raunen der Erwartung ging durch den Saal, als der Staranwalt jetzt das Wort erhielt. Er hatte versprochen, diesem Scheißkerl Jönsson die Eier abzuschneiden (eine Art von Aussage, der gewöhnlich die Forderung folgt, »das darfst du natürlich nicht schreiben«, was ein Vertrauensbeweis ist, den Gerichtsreporter fast immer respektieren, zumindest wenn er von staatsanwaltschaftlicher Seite kommt).

Der Anwalt war strahlender Laune. Er begann sanft und bewußt umständlich, bevor er die erste Falle um den immer noch mit roten Ohren dasitzenden Staatsanwalt zuschnappen ließ.

»Wenn ich den Herrn Staatsanwalt richtig verstanden habe, was im Fall von Herrn Jönsson nicht immer leicht ist«, begann der Anwalt und legte eine Pause ein, um die Zuhörer über diese Unverschämtheit in Ruhe kichern zu lassen, »soll mein Klient von ursprünglich vier festgenommenen Palästina-Aktivisten der einzige sein, den man jetzt als Terroristen in Haft nehmen kann. Stimmt das, Herr Staatsanwalt?«

Die letzte Frage hatte er fast gebrüllt. Der Staatsanwalt blätterte ungerührt in seinen Papieren und tat, als hätte er die Frage nicht gehört. Was keine besonders gelungene Taktik war.

»Ich frage. Stimmt es, Herr Staatsanwalt?« wiederholte der Anwalt mit einem dünnen Lächeln, da er sicher war, seinen Gegenspieler in eine peinliche Lage gebracht zu haben.

»Es findet noch immer eine Voruntersuchung statt, und ich habe keinen Grund, mich über deren Inhalt oder Richtung zu äußern«, knurrte K. G. Jönsson schließlich, den Blick starr auf seine Papiere gerichtet.

»Trotz der Bedeutung, die Sie der Sache in den Medien gegeben haben, soll mein Klient also der einzige sein, gegen den Beweise vorliegen. Und diese Beweise bestehen zunächst aus einer funktionsunfähigen alten Schrotflinte, die vermutlich seit sechzig Jahren nicht mehr abgefeuert worden ist und die für einen Schützen vermutlich eine größere Gefahr bedeuten würde als für ein mögliches Wild. Darf ich Sie fragen, Herr Staatsanwalt, welche Strafe Sie für eine solche Gesetzesübertretung erwarten, da Sie das Vergehen offensichtlich für bewiesen halten?«

»Herr Vorsitzender«, wandte der provozierte Staatsanwalt jetzt ein, »dies ist ein Haftprüfungstermin, und dabei hat die Staatsanwaltschaft keinen Anlaß, sich über mögliche Rechtsfolgen zu äußern.«

Die fünf Mitglieder des Gerichts blickten den Staatsanwalt starr an. Die Oberlandesgerichtspräsidentin antwortete kurz und mit kaum hörbarer Stimme:

»Es kann schon von Interesse sein zu wissen, ob die Staatsanwaltschaft der Ansicht ist, daß das mutmaßliche Verbrechen zu einer Freiheitsstrafe führen kann. Immerhin fordert die Staatsanwaltschaft, daß wir den Verdächtigen bis zur Eröffnung des Hauptverfahrens in Haft behalten.«

Das war eine Ohrfeige. Der Staatsanwalt war also gezwungen, auf die offenkundig demagogische Frage des Anwalts zu antworten.

»Nein«, sagte er, »der Besitz der Schrotflinte allein kann nicht zu einer Freiheitsstrafe führen. Zwischen dieser Flinte und der russischen Pistolenmunition besteht jedoch ein himmelweiter Unterschied, und ich möchte die Aufmerksamkeit des Gerichts darauf lenken, daß der Besitz solcher Munition erstens strafbar ist, und zweitens, und dies ist sehr viel ernster, konstituiert der Besitz solcher Munition den Verdacht der Mitwirkung an einem Verbrechen, das zu mindestens vier Jahren Freiheitsstrafe führen kann.«

Der Anwalt schnurrte wie eine Katze, und das war ihm auch anzusehen, als er jetzt seinen nächsten Schritt tat.

»Falls ich Sie recht verstanden habe, Herr Staatsanwalt, ist es also unmöglich, Munition dieses Typs zu beschaffen. Stimmt das?«

Der Staatsanwalt wand sich. Er wollte nicht riskieren, die offensichtlich feindselig eingestellte Gerichtspräsidentin gegen sich aufzubringen. Folglich war es besser, selbst zu antworten:

»Ja, diese Art Munition läßt sich ganz einfach nicht beschaffen. Jedenfalls nicht außerhalb der Sowjetunion«, erwiderte er, ohne auch nur die kleinste böse Vorahnung zu haben.

»Sehr interessant zu hören«, sagte der Staranwalt und ging langsam auf den Tisch der Staatsanwaltschaft auf der anderen Seite des Gerichtssaals zu, während er gleichzeitig in der Hosentasche nach etwas Klirrendem wühlte. Etwa einen Meter vom Tisch des Staatsanwalts entfernt blieb er stehen und ließ die Spannung im Raum routiniert anwachsen, während er demonstrativ in der Hosentasche wühlte.

»Dies«, sagte er, »ist der gleiche Munitionstyp. Ein Kollege von mir hat diese Patronen gestern in Hamburg gekauft.«

Und damit knallte er sechs Patronen vor dem Staatsanwalt auf die Tischplatte. Im Publikum begannen ein paar Leute Beifall zu klatschen. Die Vorsitzende gebot Ruhe im Saal und wies darauf hin, daß Meinungsäußerungen der Zuhörer nicht erlaubt seien.

Der Staranwalt übergab seine Patronen dem Gericht und zog dann seine entscheidende Karte aus dem Ärmel – diese Patronen würden sich später als etwas unsichere Karte erweisen, da es sich um deutsche Mauser-Munition des Kalibers 7,63 handelte. Der Unterschied zu der russischen Original-Munition machte also einen hundertstel Millimeter aus. Die Munition, die der Anwalt in Hamburg entdeckt hatte, würde sich jedoch ohne weiteres in einer Tokarew verwenden lassen.

Zum Eklat kam es in einem völlig anderen Punkt. Der Anwalt stellte fest, die Staatsanwaltschaft habe nur einen einzigen Grund für ihr Inhaftierungsbegehren, nämlich den Besitz, den die Verteidigung bestreite, russischer Munition. Es verhalte sich jedoch erstens so, daß Hedlunds Wohnung sofort nach seiner Festnahme durchsucht worden sei, und später, wie die Verteidigung erfahren habe, noch einmal. Und erst bei der dritten Hausdurchsuchung bei Hedlund wolle die Polizei das belastende Material gefunden haben. Und selbst wenn man in mancherlei Hinsicht die Effektivität der schwedischen Sicherheitspolizei in Zweifel ziehen könne, seien deren Angehörige jedoch nicht solche Tölpel, daß sie zweimal hintereinander einen derart interessanten Fund übersehen würden. Es gebe also zweitens Grund zu der Annahme, daß die fragliche Munition nach Hedlunds Festnahme in dessen Wohnung geschmuggelt worden sei, und zwar von jemandem, der aus unbekanntem Anlaß einen Haftgrund habe schaffen wollen, den diese Husqvarna-Flinte nicht liefern könne, was die Staatsanwaltschaft ja schon liebenswürdigerweise zugegeben habe.

Um ihre Ansicht in diesem Punkt zu erhärten, was eigentlich nicht notwendig sein solle, rufe die Verteidigung jetzt ihren Zeugen auf, Kriminalkommissar Erik Appeltoft.

»Aha«, sagte die Vorsitzende, »dann schlage ich vor, daß wir mit der Einvernahme des Zeugen weitermachen.«

Sie gab dem Gerichtsreferendar ein Zeichen, den Zeugen hereinzurufen. Der Referendar stellte den Lautsprecher an und rief den tief unglücklichen Erik Appeltoft in den Saal.

Appeltoft trat in den Zeugenstand und mußte seinen vollständigen Namen und seine Anschrift nennen – hier protestierte jedoch die Staatsanwaltschaft, die Adresse Reichspolizei in Stockholm genüge –, und darauf sprach die Gerichtspräsidentin den Eid vor, mit dem Erik Gustaf Sebastian Appeltoft gelobte und versicherte, die ganze Wahrheit zu sagen und nichts zu verschweigen, hinzuzufügen oder zu verändern. Dann durfte Appeltoft sich setzen, während ihn die Vorsitzende auf den Ernst der Eidesformel hinwies.

Anschließend verlangte die Staatsanwaltschaft, die Einvernahme des Zeugen müsse unter Ausschluß der Öffentlichkeit erfolgen, eine Forderung, auf die sich das Gericht sofort einließ.

»Aha«, sagte der Staranwalt, als sich nur noch sechs Personen im Saal befanden, die sich als Beamte der Sicherheitspolizei herausstellten, »darf ich mit der Frage anfangen, was Sie als Kommissar mit der laufenden Ermittlung zu tun haben?«

»Ich gehöre zu der Gruppe, die mit den Mordermittlungen betraut worden ist.«

»Dann ist Ihnen dies Beweismaterial also zweifellos bekannt, oder wie wollen wir es nennen, ich meine diese Patronen, die in der Wohnung Hedlunds gefunden worden sind.«

»Ja.«

»Wann wurden sie gefunden?«

»Bei einer Hausdurchsuchung, die nach der Festnahme des Verdächtigen erfolgte. Ich nehme an, daß Sie darauf hinauswollen, Herr Anwalt.«

»Die Polizei soll hier keine Annahmen äußern, Sie sollen nur auf Fragen antworten, ist das klar?«

»Ja.«

»Kommt es oft vor, daß man nach einer Hausdurchsuchung solche Funde macht?«

»Nein.«

»Normalerweise findet man solche Dinge gleich?«

»Ja.«

»Ist Ihre Ermittlungsgruppe zu dem Schluß gekommen, daß mein Klient etwas mit dem Mord an Ihrem Kommissar, Verzeihung, an Ihrem Polizeipräsidenten zu tun hat?«

»Wir haben keine bestimmten Schlußfolgerungen gezogen.«

»Seien Sie so nett und beantworten Sie meine Frage. Sehen Sie diesen Fund als eine wichtige Spur bei der Jagd nach dem Mörder an?«

»Nein.«

»Haben Sie erklären können, wie diese Pistolenmunition in Hedlunds Wohnung gelandet ist?«

»Nein.«

»Kann man sie nachträglich, nach der Festnahme meines Klienten, in die Wohnung geschafft haben?«

»Ja.«

»Ist das in Wahrheit nicht die Schlußfolgerung, zu der Sie selbst gelangt sind?«

An dieser Stelle folgte ein erregtes Palaver. Die Staatsanwaltschaft wandte ein, es gebe für den Sicherheitsdienst keinerlei Grund, öffentlich bekanntzugeben, zu welchen Schlußfolgerungen eine einzelne Ermittlungsgruppe komme. Das sei schon aus fahndungstechnischen Gründen höchst unangebracht. Die Verteidigung solle nur das Recht haben, Fragen zu stellen, die unmittelbar mit dem Tatverdacht gegen den Festgenommenen zu tun hätten.

Das Gericht vertagte sich, um sich zur Beratung zurückzuziehen, die etwa zehn Minuten dauerte. Nachdem sich alle wieder im Gerichtssaal versammelt hatten – nachdem der Staranwalt unter den draußen wartenden Journalisten wie eine Sonne gestrahlt hatte –, teilte das Gericht mit, »es dürften keine unnötigen Fragen gestellt werden, welche die Fahndungsarbeit der Sicherheitspolizei gefährdeten«. Und mit diesem etwas unklaren Bescheid durfte der Anwalt das Verhör des unglücklichen und bald noch unglücklicheren Appeltoft wieder aufnehmen.

»Dann wollen wir uns strikt an die gegen meinen Klienten vorgebrachten Beschuldigungen halten. Sie erinnern sich doch an Ihre letzte Vernehmung meines Klienten, am Tag vor Heiligabend.«

»Ja.«

»Welchen Grund hatten Sie für diese Vernehmung, wissen Sie das noch?«

»Ja.«

»Nun, lassen Sie uns hören.«

»Das Motiv war . . .«

Appeltoft seufzte und blickte auf den Tisch, bevor er fortfuhr, »daß wir sehen wollten, ob Hedlund eine Erklärung dafür hatte, wie die Patronen in seinem Papierkorb gelandet waren.«

»Sie meinen, Sie glaubten nicht, daß es seine Munition war?«

»Nein, das glaubten wir nicht.«

»Und warum nicht?«

»Weil das Beschlagnahmeprotokoll sehr genau ist. Alles, was

zum Zeitpunkt der Festnahme in dem Papierkorb gelegen hatte, ist aufgeführt. Es erschien uns unglaubhaft, daß die Beamten diese Buchseiten hätten übersehen können.«

»Aha. Sehr interessant. Hat diese Vernehmung meines Klienten Ihrer Auffassung nach wichtige Erkenntnisse gebracht?«

»Ja.«

»Welche denn? Lassen Sie sich doch nicht immer so bitten, Herr Kommissar, wir sind ja nur hier, um die Wahrheit ans Licht zu bringen und um einen unschuldigen Menschen freizubekommen. Also bitte, welche!«

»Da war diese Sache mit dem Buch. Es handelte sich also um ein kostbares Buch, das jemand zerschnitten hatte, um dieses Versteck zu schaffen. Und es ist kaum wahrscheinlich, daß der Verdächtige gerade ein solches Buch ausgesucht haben sollte.«

»Aha, genau das hat mein Klient auch gesagt. Sie haben ihm also geglaubt, obwohl er ein Mordverdächtiger sein soll?«

»Nein. Aber ich habe seine Angaben überprüft.«

»Aha, das haben Sie getan. Und wie?«

»Ich habe ein paar Antiquariate angerufen. Ich erhielt die Auskunft, daß dieses Buch mehr als 3000 Kronen kostet. Der Verdächtige hatte noch eine Reihe anderer biblio . . . ja, solche teuren Bücher. Er schien eine Art Büchersammler zu sein.«

»Was meinen Sie mit dem Ausdruck *schien*, man hat ihn doch noch nicht hingerichtet?«

»Nein, ich bitte um Entschuldigung. Seine Angaben haben sich jedenfalls als richtig erwiesen. In unserer Gruppe gehen wir nicht mehr davon aus, daß er die Munition selbst am Fundort untergebracht haben könnte.«

Es sind solche Aussagen, die in der Journalistensprache als »Bombe« im Gerichtssaal bezeichnet werden. Appeltoft blickte auf die Tischplatte. Er fühlte sich gedemütigt und völlig verdreht. Jedoch nicht, weil er hätte lügen wollen. Daran hatte er nicht eine Sekunde gedacht. Es lag auch nicht daran, daß Recht nicht Recht bleiben sollte, denn dies war Appeltofts Überzeugung, die einzige, die ihm nach bald drei Jahrzehnten beim Sicherheitsdienst geblieben war. Aber daß er als Polizeibeamter als Zeuge der Verteidigung aufgerufen werden sollte, das würde oben bei Näslund oder bei den Kollegen nicht gut ankommen. Das war eine Situation, die ein wenig an die Situation von Verbrechern erinnerte, wenn jemand vor der Polizei *sang*. Appeltoft hatte gesungen wie ein *Kanarienvogel*. Aber Recht mußte doch Recht bleiben.

»Haben Sie besten Dank. Keine weiteren Fragen«, sagte der Staranwalt, der schon wußte, daß er gesiegt hatte.

»Aha«, sagte die Vorsitzende, »hat die Staatsanwaltschaft noch Fragen an den Zeugen?«

»Nein, Herr Vorsitzender«, sagte K. G. Jönsson. Seine Ohren liefen wieder rot an, als ihm endlich aufging, wie er die Vorsitzende dauernd angesprochen hatte.

Dann geschah, was geschehen mußte, jedoch unerhört schnell. Das Gericht zog sich zur Beratung zurück. Der Staranwalt hatte kaum Zeit gehabt, sich draußen bei den Journalisten seine Zigarre anzuzünden, als die Parteien schon wieder in den Gerichtssaal gerufen wurden.

Die fünf Richter hatten sich noch nicht einmal von ihren Plätzen erhoben, als die Vorsitzende den Beschluß verkündete. Ein paar Journalisten schrieben später am Abend, sie hätten in den berufsmäßig ausdruckslosen Gesichtern der Richter so etwas wie Hohn gesehen.

»Das Oberlandesgericht verkündet folgenden Beschluß in der Haftprüfungssache Hedlund. Das Oberlandesgericht ist zu dem Beschluß gekommen, daß Hedlund sofort auf freien Fuß zu setzen ist. Der Beschluß des Landgerichts wird hiermit aufgehoben.«

Damit zog sich das Gericht eilig zurück. Ein paar erstaunte Gerichtsdiener gingen zu Hedlund und nahmen ihm Handschellen und Fußfesseln ab.

Auf Verlangen der Staatsanwaltschaft hatte man Hedlund diese nämlich angelegt, da er angeblich besonders gefährlich sei. Außerhalb des Gerichtssaals waren an die hundert Polizeibeamte postiert, fünfzehn davon mit kugelsicheren Westen, Helmen und Tränengas. Man hatte sie zum Gericht abkommandiert, um jeden denkbaren Befreiungsversuch zu vereiteln.

Appeltoft ging gesenkten Hauptes und mit düsteren, gemischten Gefühlen durch den unterirdischen Gang unter dem Stockholmer Rathaus, den sogenannten Seufzergang, der die Gerichtssäle mit den Haftzellen und den Polizeihäusern verband. Er bedauerte keineswegs, daß der widerwärtige kleine Terroristen-Sympathisant auf freien Fuß gesetzt worden war und daß jede mögliche Anklage gegen ihn jetzt unmöglich sein würde, was der Staatsanwalt der Presse auch sagen mochte. Die Freilassung war rechtens. Der Widerwärtige war nämlich unschuldig.

Appeltoft schauderte jedoch vor dem, was unvermeidlich geschehen würde, wenn Sektionschef Näslund ihn zu sich rief.

Als Appeltoft das Arbeitszimmer betrat, brauchte Fristedt nur einen Blick auf ihn zu werfen, um zu wissen, was passiert war.

»Man hat ihn natürlich auf freien Fuß gesetzt?« fragte Fristedt.

Appeltoft murmelte eine bejahende Antwort und sank auf einen der Besucherstühle. Er fühlte sich wie ein Idiot. Außerdem war sein Weihnachtsurlaub bei der Tochter und deren Familie zerstört.

Fristedt war jedoch in einer ganz anderen Verfassung. Fristedt hatte nämlich die graphische Darstellung der Ermittlungen an der Wand angestarrt und endlich das gesehen, was er die ganze Zeit hätte sehen müssen. Er blitzte förmlich vor Eifer und Energie.

»Was hast du am 30. November 1963 gemacht?« fragte er Appeltoft in einem Ton, der trotz der Absurdität der Frage deutlich zeigte, daß er es ernst meinte.

Appeltoft rieb sich mit Zeigefinger und Daumen zwischen den Augen und schloß sie, während er sich an einen Zeitpunkt zu erinnern versuchte, der fast ein Vierteljahrhundert zurücklag.

»Ich war damals Polizeiassistent und war gerade von Luleå nach Stockholm versetzt worden. Es war mein erstes Jahr bei der Sicherheit, ich arbeitete in der Dienststelle, aus der später Büro A wurde, beschäftigte mich vor allem mit den Russen. Wohnte in einer Zweizimmerwohnung in Bagarmossen, meine Tochter war zwei Jahre, finanziell waren wir etwas klamm, aber es ging«, erwiderte er eintönig.

»Am 30. November 1963 wurde unser Mann oder unsere Frau geboren«, sagte Fristedt.

Appeltoft blickte auf. Fristedt stand auf und ging an die Wand. Er legte den Finger direkt auf die Telefonnummer, die erst zu einer jungen Frau führte, die man jetzt zwar auf freien Fuß gesetzt habe, die jedoch gegenwärtig in der psychiatrischen Klinik von Danderyd wegen irgendeines Schockzustands behandelt werde, die Telefonnummer, die dann zu dem Haus mit den vier Palästina-Aktivisten führte, von denen dieser kleine Deutschenfreund, der mit dem Mord nichts zu tun habe, einer sei.

»Verstehst du?« fuhr Fristedt fort, »es ist so verflucht einfach. Sieh doch mal, hier in Folkessons Kalender, was steht denn da eigentlich?«

Fristedt schob den Kalender mit dem richtigen Datum zu Appeltoft hinüber.

»301163 anrufen oder überprüfen«, las Appeltoft.

»Genau. Eine Telefonnummer kann man anwählen, aber wozu eine Telefonnummer überprüfen, die man schon hat? Er wollte prüfen, um wen es sich handelte, oder diese Person anrufen«, fuhr Fristedt mit der gleichen unbezwinglichen Energie fort.

»Es war also gar keine Telefonnummer? Hast du schon geprüft, um wen es sich handelt? Uns fehlen zwar diese vier letzten Zahlen der Geburtsnummer, aber das werden die Computer wohl herausfinden«, erwiderte Appeltoft, während er plötzlich spürte, wie seine Lebensgeister zurückkehrten.

»Das ist es ja gerade. Ich habe um Auskunft gebeten, bekam aber die etwas unbegreifliche Antwort, daß, wenn es eine solche Person im Fahndungsregister oder in anderen Registern überhaupt gebe, so seien die Angaben als geheim eingestuft.«

»Hamilton«, sagte Appeltoft, »Hamilton hat an seinem Computer herausgefunden, was hinter dieser Telefonnummer steckte, und muß jetzt statt dessen diesen Kerl hervorzaubern.«

»Habe ich mir auch schon gesagt. Er ist unterwegs, hat aus Athen angerufen, kommt heute abend wieder.«

»Hat er was gesagt?«

»Ja. Er sagte, er habe Namen und Personenbeschreibung des Mörders, nicht wörtlich, er redete ein bißchen drumherum, aber darauf lief es hinaus.«

»Weißt du, wann er ankommt? Wollen wir rausfahren und ihn abholen?«

»20.05 Uhr von Kopenhagen. Das wollte ich dir auch gerade vorschlagen, denn jetzt nimmt die Sache allmählich Gestalt an, findest du nicht auch?«

Appeltoft nickte. Die Sache begann tatsächlich Gestalt anzunehmen. Bisher war alles falsch gewesen. Die ausgewiesenen Ausländer hätte man gar nicht ausweisen und die vier jungen Schweden nicht festnehmen dürfen. Und wenn das nicht schon Grund genug war, sich düsteren Gedanken hinzugeben, wartete um die Ecke noch mehr Elend, und als eine der Abteilungssekretärinnen den Kopf durch die Tür steckte, sah Appeltoft ihr schon an, was sie sagen würde, bevor sie den Mund aufgemacht hatte:

»Näslund will dich sehen. In seinem Zimmer. Er sagt, es sei eilig«, teilte sie kurz und leise mit, was darauf hindeutete, daß der Telefonhörer bei diesem Anruf Näslunds Funken gesprüht hatte.

»Wir sehen uns, sobald ich bei ihm gewesen bin«, sagte Appeltoft, als er sich schwer erhob und zur Tür ging.

Sektionschef Näslund war außer sich vor Wut und machte sich nicht einmal die Mühe, es zu verbergen. Man konnte sehen, wie seine Schläfenadern pochten, als er loslegte und ihm die Gebrauchtwagenhändlertolle ins Gesicht hing. Neben ihm saß Oberstaatsanwalt K. G. Jönsson mit verkniffenem Mund.

»Ich möchte mal wissen«, begann Näslund, bevor Appeltoft überhaupt im Zimmer war, geschweige denn einen Stuhl erreicht hatte, »ich möchte jetzt wirklich gern mal wissen, womit du dich eigentlich beschäftigst?«

»Ich beantworte Fragen unter Eid, falls es darum gehen sollte«, erwiderte Appeltoft leise, während er sich setzte, ohne dazu aufgefordert worden zu sein.

»Ich habe dich nicht gebeten, dich zu setzen!« schrie der Sektionschef, und Appeltoft stand langsam auf, ohne die Beleidigung zu erwidern.

»Bitte setz dich!« schrie Näslund und strich sich die Halbstarkenlocke aus dem Gesicht, die ihm in die Stirn hing. »Nun? Bist du plötzlich Rechtsanwalt geworden, oder wie darf ich dein Verhalten verstehen?«

Die Wut des Sektionschefs hatte Appeltoft verwirrt. Ihm fiel keine Antwort ein. Er setzte sich, ohne etwas zu sagen.

»Dann wiederhole ich meine Frage«, fuhr Näslund mit leiserer und kälterer Stimme fort, »was für einen Tip hast du diesem Arsch von Staranwalt gegeben und warum?«

»Als ich Hedlund nach der Durchsicht der Beschlagnahmeprotokolle verhörte ... nun ja, anders hätte ich kaum handeln können. Ich meine, ich wollte unsere Meinung erhärten. Ich meine, daß er selbst diese Munition nicht in die Wohnung gebracht haben konnte. Und dann war da noch dieses Buch ...«

»Danach frage ich nicht. Ich frage dich, was du diesem verfluchten Anwalt gesagt hast. Nicht genug damit, daß wir Terroristen Anwälte haben müssen, sie brauchen nicht auch noch die Hilfe von Kanarienvögeln bei den Bullen! Also, was hast du ihm gesagt?«

»Ich habe darauf hingewiesen, daß es schwarz auf weiß in dem Beschlagnahmeprotokoll steht ... aber er hat doch selbst Zugang zum Beschlagnahmeprotokoll; ich habe doch nur gesagt, was schon in seinen eigenen Papieren stand.«

»Anwälte lesen doch nie Papiere! Vor allem nicht vor Weihnachten. Du hast ihm also einen Tip gegeben.«

»Ja, aber es war doch die Wahrheit.«

»Für uns ist der Vogel damit ausgeflogen. Ist dir klar, was das bedeutet?«

»Ja. Es gibt keine tragfähigen Haftgründe.«

»Keine Unverschämtheiten, wenn ich bitten darf. Ist dir klar, was dies bedeutet, habe ich gefragt.«

»Nein. Es wäre jedenfalls nicht möglich gewesen, ihn anzuklagen.«

»Ist das deine Beurteilung?«

»Ja.«

»Dann muß ich dich aufklären, daß du nicht hier bist, um operative oder juristische Urteile abzugeben, du bist hier, um zu ermitteln. Ist das klar?«

»Nein. Wir müssen doch alles in Erfahrung bringen, was einem Verdächtigen zum Nachteil und zum Vorteil gereichen kann. Das ist doch eine Art juristischer Beurteilung.«

»Erzähl mir keinen Scheiß.«

»So steht es jedenfalls in der Dienstanweisung der Polizei, und wenn das Scheiß ist, weiß ich nicht, was wir überhaupt tun.«

»Wir sind doch keine Bullen! Dies ist der Sicherheitsdienst des Reiches, und es ist schon ziemlich seltsam, daß man euch darüber aufklären muß. Ob man Anklage erheben kann oder nicht, ist eine Sache. Aber es ist etwas völlig anderes, daß wir versuchen müssen, die Terroristen hinter Schloß und Riegel zu halten.«

»Es deutet nichts darauf hin, daß er etwas mit einer Terroraktion zu tun hatte. Jedenfalls mit keiner arabischen Aktion.«

»Und das *weißt* du?«

»Ich weiß, daß es keine Beweise gegen ihn gibt. Und wenn ich unter Eid aussagen muß ...«

»Aber *ich* weiß zufällig, daß ein palästinensisches Terrorunternehmen bevorsteht. Vermutlich mit libyscher Rückendeckung, den fröhlichen Jungs Ghaddafis, und dann kommt so ein kleiner Scheißer wie du daher ...«

Näslund beherrschte sich plötzlich. Nicht so sehr wegen der Beleidigung, sondern weil er ein Wort mehr gesagt hatte, als er vorgehabt hatte. Appeltoft entdeckte die Blöße sofort und setzte sich im Stuhl auf, bevor er seine einfache, in diesem Zusammenhang jedoch höchst unangebrachte Frage stellte.

»Woher weißt du, daß eine palästinensische Terroroperation bevorsteht? Für uns Ermittler ist das nämlich eine Neuigkeit.«

»Das brauchen wir dir nicht zu erklären«, schaltete sich plötzlich der Oberstaatsanwalt ein, »dieses Material ist geheim.«

»Ja, aber«, wandte Appeltoft mit unterdrückter Aggressivität ein, »für uns Ermittler wäre es vielleicht ganz gut zu wissen, welche Terroroperationen bevorstehen.«

»Du hast mit keiner Ermittlung mehr was zu tun«, sagte Näslund und riß die Initiative auf dem gleichen Aggressionsniveau wie vor seinem Versprecher wieder an sich.

»Du und Fristedt, ihr könnt von jetzt an ausschließlich an dieser Neben-Ermittlung über diesen Flüchtlingsspion bei der Einwanderungsbehörde arbeiten. Vom heutigen Tag an werden wir andere Leute mit der Terroraktion betrauen, und das ist eine verdammt eilige Angelegenheit, und ich will nicht, daß auch nur ein Wort an die Öffentlichkeit dringt, hast du mich verstanden.«

»Nein«, entgegnete Appeltoft, »ich will verdammt sein, wenn ich das verstanden habe. In unserem Material gibt es nicht einen einzigen Beleg für eine libysche ...«

»Ich spreche nicht von eurem Material. Und sei jetzt so freundlich und verschwinde, und keine Anrufe nach draußen, wenn ich bitten darf. Ich wünsche nicht, daß du dich bei der Presse ausweinst, ich will auch nichts lesen, was von einem ›anonymen Gewährsmann bei der Säpo‹ stammt, kapiert?«

»Aber ja. Wir sind es ja nicht, die sich bei der Presse ausweinen«, sagte Appeltoft und ging. Er war einigermaßen zufrieden, daß er wenigstens den letzten Schlag gelandet hatte, obwohl er selbst grün und blau geprügelt worden war.

Was ihn betraf, war die Geschichte immerhin zu Ende. Jetzt würde alles im Sande verlaufen und in den Abendzeitungen breitgetreten werden. Weder er noch Fristedt brauchten sich noch um diese erfundenen libyschen Terroristen zu kümmern.

Jetzt ist die Geschichte Gott sei Dank überstanden. Jedenfalls, was mich betrifft. Dachte er. Völlig falsch. Jetzt fing es erst an.

12

Carl saß auf dem Flug von Kopenhagen nach Arlanda irgendwo über Småland in einer Linien-DC-9 der SAS. Zumindest befand er sich rein körperlich in der Maschine über Småland; in Gedanken war er noch in Eilat.

Er war zwei Tage geblieben. Shulamit hatte ihn überzeugt, daß die Operation, falls sie überhaupt zustandekomme, erst nach Chanukka stattfinden könne, der jüdischen Entsprechung des christlichen Weihnachtsfests, da alle Israelis, auch Mossad-Generäle und Operateure des Sayeret Matkal, über Chanukka bei ihren Familien waren. In Israel sind Kriege an den großen religiösen Feiertagen unbeliebt; diese Einstellung hatte sich im Jom-Kippur-Krieg als so folgenreich erwiesen.

Er hatte seine Verliebtheit anfänglich bekämpft.

Aber schon am ersten Abend, als sie das Bett verließen und zu einem kleinen Straßenrestaurant in der Nähe des alten Hafens gingen – sie nahmen die Langustenschwänze mit und bekamen sie nach kurzem Preispalaver gegrillt – und bei der zweiten Flasche Carmel Rosé angelangt waren, spürte er, daß er sie richtig zu begehren begann, mit seinem ganzen Ich.

Sie hatten gebadet, am Strand gelegen und über ihr Leben gesprochen. Er bekämpfte seine Verliebtheit nicht mehr. Statt dessen mußte er jetzt mit seiner starken Lust kämpfen, ihr alles zu erzählen; über den Alten, wie man ihn angeworben hatte, womit er sich in San Diego beschäftigt hatte, all die Dinge, die er Tessie nie erzählt hatte.

Aber bei Shula – er nannte sie nur noch so – lagen die Dinge anders. Sie wußte ohnehin schon genug und konnte sich bei Dienstgeheimnissen nicht über einen Mangel an Vertrauen beklagen.

An ihrem zweiten Tag am Strand hatten sie gar nicht mehr über die Arbeit gesprochen, sondern nur darüber, daß er als *Goj* nie nach

Israel ziehen könnte und daß sie als Kibbuznik der dritten Generation Israel nie verlassen würde. Das war völlig klar und logisch und ließ sich nicht beiseite schieben. Sie konnten es genießen, sich von ihrer Verliebtheit kurze Zeit mitreißen zu lassen, aber mehr konnte es nie geben. Sie brauchten darüber gar nicht mehr viel zu reden. Bald konnten sie schon darüber Scherze machen, daß der von ihr gewünschte Deckmantel einer unmöglichen Verliebtheit in einen schwedischen Sicherheitsbeamten, einen Goj dazu, jetzt zu einem absolut echten Deckmantel geworden war.

Sie phantasierten davon, wie und wann sie sich wiedersehen würden, ob sie ihren Job in Stockholm wiederbekommen könne – was mehr als unsicher war; man hatte ihr sogar den Auslandsrang als Majorin genommen und sie wieder zum Hauptmann degradiert, nachdem man sie zurückgerufen hatte. Aber vielleicht würde es in Israel zu politischen Veränderungen kommen – vielleicht könnten sie dann ihren Deckmantel zur Perfektion weiterentwickeln.

Carl quälte nur eins: Er durfte auf keinen Fall von seiner Begegnung mit den Palästinensern in Beirut erzählen; er durfte nichts über Mouna sagen, die wie Shulas kleine Schwester aussah, dennoch aber die Frau gewesen sein konnte, die in Gaza Shulas kleinen Bruder getötet hatte; er durfte auch Rashid Husseini nicht erwähnen, den Mann, der sich Michel genannt hatte, den Mann, der so sprach und argumentierte, als gehörte er zu der Falken-Truppe von Shulas Verwandtschaft; all dieses Kriegsmaterial aus der Wirklichkeit, das jetzt wie eine unsichtbare Dauerlast auf ihrer Erleichterung, ihrer Freude und am Ende auch ihres Entzückens lag, daß die Verliebtheit echt wurde, durfte mit keinem Wort erwähnt werden.

Als sie sich an der Bushaltestelle in Beersheba trennten, versprach sie ihm, nach Stockholm zu kommen – »nächstes Jahr in Stockholm«, scherzte sie in Anspielung auf das israelische Gebet *Nächstes Jahr in Jerusalem* –, und er versprach, sich auf keine Konfrontation mit Elazar einzulassen, falls dieser Mann sich in ein paar Tagen tatsächlich in Stockholm aufhalten würde.

Keiner von ihnen würde sein Versprechen halten können.

Das letzte, was er von ihr sah, waren der Pferdeschwanz und die baumelnde Uzi-Maschinenpistole mit dem abgenutzten Tragriemen, die in dem Moment durch die Bustür verschwand, als diese geschlossen wurde.

Sein Halbschlaf wurde gestört, als sich der Luftdruck in der Kabine änderte. Carl kompensierte ihn automatisch, als befände er sich bei einer Tauchübung. Von nun an stellte er sich um. Die sanften Wachträume von Shula wichen jetzt einer gezügelten, beherrschten und kalt disziplinierten Wut.

Zu seinem Erstaunen entdeckte er, daß Appeltoft vor der Paßkontrolle auf ihn wartete, obwohl es einen Tag vor Silvester war.

»Los, schnell, wir müssen uns unterhalten, Fristedt wartet draußen im Wagen«, begrüßte ihn Appeltoft. Appeltoft schien ziemlich üble Laune zu haben, aber das erwies sich bald als totale Fehldeutung von Appeltofts Gefühlen. Er war nämlich auf seine in sich gekehrte nordländische Art fuchsteufelswild.

Auf dem Weg in die Stadt redeten sie fast ununterbrochen aufeinander ein. Die Tatsache, daß man sie von der Ermittlung tatsächlich abgekoppelt hatte, ging ihnen erst in dem verlassenen Korridor auf dem Weg zu Carls Dienstzimmer richtig auf. Es war fast neun Uhr abends, es war der Abend vor Silvester, und es gibt sowohl gewerkschaftliche wie private Erklärungen dafür, daß der Sicherheitsdienst des Reiches die Jagd auf Spione zu solchen Zeiten nur mit halber Kraft betreibt.

»So«, sagte Carl, als er die Abdeckhaube von der Tastatur nahm und seinen persönlichen Code eingab, »wir haben also eine Person, die am 30. November 1963 geboren wurde, aber uns fehlen die letzten Zahlen der Geburtsnummer. Dann wollen wir mal sehen.«

Die beiden älteren Kommissare betrachteten fasziniert Carls scheinbares Spiel mit den flimmernden grünen Namen- und Zahlenkombinationen, die nacheinander auf dem Bildschirm erschienen. Für sie war dies Science Fiction, die künftige Alptraumgesellschaft, in der die Geheimpolizei alles weiß.

Vielleicht doch nicht alles, wie es nach einer Weile schien.

»Es ist so«, erklärte Carl. »Wir haben in dem Brei hier zwei Personen mit demselben Geburtsdatum. Die eine ist ein Mädchen in Piteå, die eine glühende Bewunderin des Genossen Gorbatschow zu sein scheint. Sie ist aber nicht unser Mann oder unsere Frau. Denn es gibt noch eine Person, die zu einer Reihe von Personen gehört, nach denen ich nicht fragen darf. Die sind besonders codiert, und ich muß Näslund um Erlaubnis fragen, um in diesen Teil des Computers hineinzugehen.«

»Dann platzt es«, sagte Appeltoft kurz. »Darauf läßt er sich nie ein.«

»Was sind das für Leute, nach denen du nicht fragen darfst«, fragte Fristedt neugierig.

»Ich weiß es nicht«, erwiderte Carl, »das geht aus diesen Angaben nicht hervor, und das soll auch gar nicht daraus hervorgehen, aber sie sind mit einem bestimmten Code belegt, den ich immerhin entdeckt habe, und es scheint dreiundzwanzig Leute zu geben.«

»Dann ist die Sache also doch gestorben«, wiederholte Appeltoft.

»Nein, das ist nicht sicher«, erwiderte Carl zögernd. »Aber dann muß ich euch eine Gewissensfrage stellen. Ich glaube, daß ich diese Sperre überlisten kann. Das ist natürlich verboten. Aber immerhin könnte ich den Mann herausbekommen, den wir suchen. Soll ich?«

Sie blickten sich an. Es war sehr still geworden, und das Surren von Carls grünem Bildschirm wirkte in der Stille lauter. Alle drei hatten schon größere und kleinere Dienstvergehen begangen, mochte Appeltofts Schnitzer, einen Unschuldigen zu befreien, auch ein etwas subtilerer Fehlgriff gewesen sein.

»Los!« sagte Fristedt. »Mach, was immer du willst, wenn wir nur diesen Kerl bekommen.«

Appeltoft nickte zustimmend.

Carl überlegte. Bei der Computer-Ausbildung in Kalifornien war es bei den Studenten der große und alles in den Schatten stellende Sport gewesen, fremde Codes zu knacken, die Sperren der Computer von Banken, Unternehmen und in einigen Fällen sogar des Pentagon zu überwinden. Sie hatten sogar kleine Wettbewerbe veranstaltet. Carl war bei diesem Sport nie so recht auf den Geschmack gekommen, aber bei allen Studenten, die sich überhaupt mit Computern beschäftigten, war diese Freizeitbeschäftigung das beherrschende Gesprächsthema gewesen. Diese jungen Hacker und ihr Treiben waren in den gesamten USA zur Landplage geworden. Niemand, der in dieser Branche arbeitete, hatte darauf verzichten können, es einmal auszuprobieren.

Carl spielte ein wenig mit der Tastatur, während er ein paar Dinge aus dem Speicher holte und sich behutsam weitertastete, wie ein Pianist, der sich an ein Thema zu erinnern versucht.

»Doch, es wird schon klappen. Wenn es euch interessiert, kann ich euch erzählen, wie es funktioniert. Wollt ihr es wissen?«

»Lieber nicht«, meinte Appeltoft.

»Aber ja, leg los«, sagte Fristedt.

Carl spielte eine Variante dessen durch, was Hacker »Das trojanische Pferd« nennen. Das Verfahren laufe kurz gesagt darauf hinaus, erklärte Carl, daß man den Computer anweise, alle unerreichbaren Personen – denn in diesem Fall gehe es ja um Personen – mit einem Zusatz zu programmieren.

Das sei Schritt Nummer eins und kein Problem. Er, Carl, sei ja als Programmierer zugelassen.

Er versah die dreiundzwanzig unerreichbaren Namen mit dem Zusatz »Coq Rouge«.

Beim nächsten Schritt wies er den Computer an, mitzuteilen, welche Personen mit dem Zusatz Coq Rouge bezeichnet seien sowie eine Liste auszudrucken. Sowie danach jede Bezeichnung Coq Rouge zu löschen. Sowie die Anweisung zu löschen.

»Jetzt wollen wir mal sehen«, sagte Carl endlich. »Entweder gibt es irgendeinen Scheißalarm, oder es klappt. Fristedt, sei so freundlich und drück auf diesen Knopf da, nur diese Taste.«

Fristedt streckte ohne zu zögern seinen Zeigefinger aus und drückte auf die angegebene Taste. Im nächsten Augenblick begann der Drucker am anderen Ende des Zimmers wie wahnsinnig Buchstaben auszuspucken.

»Es hat geklappt«, sagte Carl, »hier kommt unser Mann oder unsere Frau.«

Er stellte sich neben den Papierstreifen, der vom Drucker ausgeworfen wurde, und riß ihn heraus, sobald das Geknatter aufgehört hatte. Es war eine Liste mit den Namen von dreiundzwanzig Personen, die folgendes gemeinsam hatten: Sie waren mehr oder weniger stark mit israelischen Sicherheits- oder Nachrichtendiensten assoziiert, sie waren Juden, sie waren nicht als Sicherheitsrisiken bezeichnet, und ihre Adressen waren ebenso aufgeführt wie einige Notizen über die Zugehörigkeit zu politischen Organisationen. Sie waren mit einigen wenigen Ausnahmen Schweden oder eingebürgerte schwedische Staatsbürger.

»Hier ist unser Mann«, sagte Carl. »Alois Morgenstern, am 30. November 1963 in Wien geboren, 1969 nach Schweden eingewandert, 1974 naturalisierter Schwede, wohnhaft in Fleminggatan, einen halben Kilometer von hier entfernt, Sympathisant, nun ja, zahlreicher israelischer Organisationen, die meisten scheinen religiöse Organisationen zu sein, und dann JDL, was Jewish Defense League bedeuten muß. Im Zusammenhang mit logistischen Operationen vorstellbar. Das steht da tatsächlich.«

»Teufel auch. Wir haben ihn die ganze Zeit genau vor der Nase gehabt«, sagte Fristedt.

»Und was nun? Sollen wir mit der fröhlichen Neuigkeit zu Näslund gehen, daß wir seinen libyschen Terroristen gefunden haben?« knurrte Appeltoft.

Der Vorschlag lohnte das Nachdenken. Näslund hatte ihnen praktisch verboten, sich weiter mit der Frage zu beschäftigen. Andererseits ist ein Polizeibeamter verpflichtet, unverzüglich einzugreifen, sobald er von einem Verbrechen Wind bekommt (eine etwas formlose Abkürzung eines tragenden Abschnitts der Dienstanweisung der Polizei).

Sie faßten zwei einfache Beschlüsse. Fristedt sollte sich ans Telefon setzen und auf der Jagd nach Aharon Zamir alias Abraham Mendelsohn, Geschäftsmann mit österreichischem Paß, die Hotels abklappern. Daß sie mit der Methode auch einen gewissen Elazar finden würden, schien allerdings ausgeschlossen.

Appeltoft und Carl sollten Alois Morgensterns Wohnung in Fleminggatan in Augenschein nehmen. Carl öffnete seinen Panzerschrank, steckte sich den Revolver ein, füllte den Hosenbund mit Patronen und holte das kleine Kombi-Instrument hervor, das wie ein reichbestücktes Taschenmesser aussah.

Die Wohnung in Fleminggatan war nur einen kurzen Spaziergang entfernt. Sie blickten von der Straße zu den dunklen Fenstern hoch. Die Wohnung schien leer zu sein. Sie gingen hinauf und läuteten an der Tür, in dem recht sicheren Gefühl, daß niemand aufmachen würde. Das Treppenhaus war leer, und aus einer angrenzenden Wohnung war der Ton eines Fernsehers zu hören, der viel zu laut eingestellt war.

»Wir gehen doch rein?« flüsterte Carl, und bevor Appeltoft Zeit gehabt hatte, zu der Frage Stellung zu nehmen, ob sie sich noch ein Dienstvergehen auf die Schultern laden sollten, hatte Carl sein Instrument aus der Tasche gezogen, einen schmalen Dietrich herausgeklappt und das Schloß geöffnet.

Die Wohnung war in modernem Stil behaglich und geschmackvoll möbliert; Morgenstern war Innenarchitekt. Die Räume wirkten sauber und aufgeräumt; zwei Zimmer und Küche zur Straße hin, drei hintereinanderliegende zum Hof. Dieser Umstand kam Appeltoft und Carl zupaß, da sie so in einem großen Teil der Wohnung Licht machen konnten, ohne von der Straße her gesehen werden zu können.

Rein juristisch nahmen sie jetzt eine Form der Hausdurchsuchung vor, die das Strafgesetzbuch aufrichtiger als widerrechtliches Eindringen oder gar Einbruch beschreibt.

Carl ging sofort zum Schreibtisch, während Appeltoft die verschiedenen Zimmer und Garderoben der Wohnung durchsuchte. Sie entdeckten sofort, daß Herr Morgenstern Gäste gehabt hatte oder noch hatte, die israelische Zigaretten rauchten. Und in einem der Wohnzimmer befanden sich zwei nicht gemachte Gästebetten.

Carl stand am Schreibtisch und verfluchte sich selbst, daß er keine Kamera mitgenommen hatte, um alle Papiere aufzunehmen, die er hier fand. Er entdeckte Einkaufslisten für Lebensmittel, die eindeutig für mehrere Personen bestimmt waren, Karten des U-Bahnnetzes und von Stockholms näherer Umgebung sowie überhaupt eine Menge Dinge, denen man einen völlig unschuldigen, aber auch hochgradig kriminellen Inhalt geben konnte, falls man Zeit hatte, das Material zu analysieren. Während Carl über die Bedeutung eines kleinen Pensions-Verzeichnisses nachdachte, rief ihn Appeltoft.

Appeltoft befand sich im Schlafzimmer ganz hinten auf der Hofseite in einem großen begehbaren Kleiderschrank. Er hatte drei stabile Holzkisten gefunden. Sie waren zwar leer, aber dennoch nicht uninteressant. Sogar Appeltoft konnte erraten, daß die Beschriftung der Kisten Hebräisch war.

»*This is it*«, flüsterte Carl, als er sich über die Kisten beugte. »Das ist eine Luftfrachtsendung, die von Israel an die israelische Botschaft gegangen ist. Sie ist plombiert gewesen, weil sie als Diplomatenpost aufgegeben worden ist. Es ist nicht schwer zu raten, was sich in diesen Kisten befunden hat, nicht wahr?«

Appeltoft nickte. Die Kisten waren innen mit Aluminium ausgekleidet, so daß sie vermutlich nicht durchleuchtet werden konnten. »Waffen«, flüsterte Appeltoft, »eine teuflische Menge Waffen. Das ist also die Sendung, deren Empfang dieser Aharon Zamir quittiert hat.«

Carl nickte. Sie gingen zum Schreibtisch zurück. Sie notierten, was sie in die Hand bekamen, ohne näher über den Inhalt nachzudenken.

Es war ein Wettlauf zwischen ihrer Furcht vor Entdeckung und ihrem jetzt wütender werdenden Willen, endlich Beweise zu finden.

Eine Stunde später saßen alle drei zum letztenmal in der jetzt völlig stillen und im übrigen dunkel daliegenden Sicherheitsabteilung in ihrem gemeinsamen Arbeitszimmer. Die diensthabenden Beamten saßen in einem anderen Stockwerk.

Fristedt hatte einen gewissen Mendelsohn gefunden, der im Park Hotel wohnte und für eine weitere Nacht gebucht hatte. Er würde das Hotel und vermutlich auch das Land am letzten Tag des Jahres noch vor zwölf Uhr verlassen. Das führte zu einer sehr einfachen Vermutung.

»Wenn sie etwas tun, dann heute nacht«, stellte Fristedt fest. »Und das wird wohl rauszukriegen sein, und hinterher kann man natürlich abwarten und sehen, wer bei unserem Freund Morgenstern auftaucht. Aber das hat sicher nicht viel Sinn.«

»Obwohl er an der eigentlichen Aktion nicht teilnehmen wird«, sagte Carl. »Folglich wird er heute abend rechtzeitig nach Hause gehen. Unter anderem hat er ja einiges aufzuräumen.«

Und wenn man anschließend eine Hausdurchsuchung vornehme – Grund dazu gebe es ja, da der Sicherheitsdienst inzwischen auf unbekannte Weise Kenntnis von dem Beweismaterial in der Wohnung habe –, könne man sie vielleicht in Panik versetzen und so die Aktion stoppen?

Aber dann würde man vermutlich diese Figur laufenlassen müssen, Näslund würde toben, und außerdem bestand die Gefahr, daß es am Abend zwischen Morgenstern und der Kommandogruppe keine weitere Kommunikation mehr geben würde. Und die Operation würde dennoch stattfinden.

»Ich glaube, ich habe einen besseren Vorschlag«, sagte Carl. »Wir fahren zu ihm nach Hause und schnappen ihn, wenn er kommt, falls er nicht schon zu Hause ist, und fragen ihn, wann und wo die Sache steigen soll.«

Die beiden Polizisten starrten Carl ungläubig an. Es erschien ihnen höchst unwahrscheinlich, daß eine solche Anfrage besonders freundlich aufgenommen würde. Aber Appeltoft hatte seine Vorahnungen.

»Und während wir auf ihn warten, falls er noch nicht zu Hause ist, können wir das Material auf seinem Schreibtisch systematisch fotografieren«, fuhr Carl fort.

»Ja, aber er wird sicher nicht mit uns zusammenarbeiten wollen«, wandte Fristedt ein.

»Das kommt darauf an, wie man fragt, und ich finde nicht, daß wir in der gegebenen Situation besonders höflich sein müssen«, sagte Carl und ging zu seiner Reisetasche, die in einer Ecke stand, und zog seine grüne, militärisch geschnittene Jacke hervor.

Sie holten sich von der Fahrbereitschaft zwei Wagen mit Funksprechgeräten. Fristedt nahm mit Arnold Ljungdahl Kontakt auf und bat ihn, zu den diensthabenden Kriminalbeamten zu fahren und in den folgenden Stunden ständigen Kontakt zu halten. Carl zog sich Jeans und einen grünen Pullover an und setzte sich eine grüne Strickmütze auf. Außerdem entnahm er seinem Panzerschrank noch eine Reihe anderer Dinge, die er seinen älteren Kollegen nicht zeigte.

Zwanzig Minuten später befanden sich Fristedt und Carl in Alois Morgensterns immer noch leerer Wohnung. Sie fotografierten jede Notiz oder anderes schriftliches Material, das sie fanden, machten sich aber nicht die Mühe, die Dinge ordentlich zurückzulegen. Vielmehr stellten sie alles fotografierte Material auf einen großen rauchfarbenen Glastisch vor dem offenen Kamin am anderen Ende des Zimmers. Neben ihnen auf dem Schreibtisch lag ein eingeschaltetes Walkie-talkie. Appeltoft saß in einem Wagen auf der Straße, bereit, jederzeit ein Warnsignal zu geben, sobald sich jemand dem Haus näherte, der Morgenstern sein konnte.

Als Alois Morgenstern den Schlüssel ins Türschloß seiner Wohnung steckte, war er glücklich erregt. Man hatte ihm großes Vertrauen entgegengebracht, und endlich war er bei einer Aktion dabei, was er sich lange, sehr lange gewünscht hatte. Er hatte mit einem der Männer zusammen gegessen, die er am meisten bewunderte, und das war die einzige Bezahlung gewesen, die er akzeptiert hatte.

Er brachte dem israelischen General volles Vertrauen entgegen. Und die beiden Spezialisten, die ein paar Tage bei ihm gewohnt hatten, entsprachen genau dem Bild von Israelis, das Alois Morgenstern höher schätzte als alles andere: Israels eiserne Faust, die Garantie, daß die Parole *Never Again* nicht nur eine schöne These blieb, sondern auch Wirklichkeit wurde.

Morgenstern wäre es nicht einen Augenblick in den Sinn gekommen, daß diese Männer versagen könnten oder daß ihnen etwas vergleichsweise so Lächerliches wie die schwedische Polizei Hindernisse in den Weg legen könnte. Aharon Zamir hatte überdies versichert, daß man die stillschweigende Unterstützung der Schweden habe.

Als Morgenstern im Flur eine Wandlampe anmachte, um ins Wohnzimmer zu gehen, hielt er fast mitten im Schritt inne. Jemand war in der Wohnung gewesen. Jemand hatte die Wohnung durchsucht. Überall lagen Papiere durcheinander. Er trat an den Glastisch, wo Papiere von seinem Schreibtisch in kleinen Stapeln lagen, diese Papiere, die er gleich nach seiner Heimkehr verbrennen sollte. In diesem Augenblick ging ihm auf, daß er vielleicht nicht allein in der Wohnung war, und die Angst kroch in ihm hoch. Und dann hörte er eine amerikanische Stimme hinter sich.

»*Now. Turn around real slow. And keep your hands where I can see them.*«

Als Morgenstern sich umdrehte, stand ein sonnenverbrannter Mann in grüner Kleidung und mit einer grünen Mütze vor ihm und richtete einen amerikanischen Revolver auf seine Magengegend. Wie versteinert wartete er auf das, was folgen würde.

»Wir können dies angenehm oder unangenehm gestalten«, fuhr der grüngekleidete Mann auf amerikanisch fort. »Wir wollen wissen, wann und wo die Operation stattfindet, und das ist deine einzige Chance, am Leben zu bleiben, mein Junge. Wann und wo? Wenn wir es nicht erfahren, stirbst du.«

Alois Morgenstern entdeckte jetzt einen zweiten Mann, der im Schlafzimmer hinten an der Tür stand. Keiner der beiden sah aus wie ein Palästinenser. Aber Schweden waren sie auch nicht.

Morgenstern schüttelte verzweifelt den Kopf. Was auch immer, dachte er, nur nicht zum Verräter werden.

»Wie ich schon sagte«, fuhr der Mann mit dem amerikanischen Akzent und dem amerikanischen Revolver fort (Konnte es die CIA sein? Oder libysche Söldner?), »wir können dich am Leben lassen, wenn wir es erfahren. Und wir können die Sache angenehm oder unangenehm gestalten, darüber verhandeln wir jetzt. Du hast die Wahl.«

Der Mann in der grünen Jacke ging in die Knie und griff mit einer

Hand nach der Fessel, während er den schwarzen Revolver noch immer auf Morgenstern gerichtet hielt. Mit der anderen Hand zog er sein Hosenbein hoch. An Lederriemen um das Bein war ein Kommandomesser befestigt.

Mit dem Messer in der Hand kam der Mann langsam auf ihn zu. Plötzlich spürte Morgenstern einen heftigen Stoß in der Brustgegend, und im nächsten Moment lag er auf dem Fußboden, zunächst in dem Glauben, der Mann habe zugestochen. Der andere warf ihn herum, drehte ihm einen Arm auf den Rücken und hielt ihn mit dem Knie fest. Dann setzte er Morgenstern das Messer an den Hals.

»Okay, du hast immer noch die Wahl«, fuhr der Mann mit dem Messer fort, »wo und wann? Heute abend, nicht wahr?«

Bei der letzten Frage fühlte Morgenstern, wie das Messer gegen den Hals drückte und wie ihm die Schneide in der Nähe der Halspulsader die Haut aufgeschlitzt hatte.

»Ich habe damit nichts zu tun . . .«, versuchte Morgenstern.

»Heute abend, aber wo und wann?« hakte der andere unerbittlich nach.

Morgenstern machte eine schnelle Rechnung auf. Wenn er jetzt nichts sagte, würde man ihn ohne Zweifel in wenigen Minuten ermorden, und wenn er etwas sagte, würde er vielleicht oder vermutlich ebenfalls getötet werden. Die Vernunft sagte ihm, daß er jetzt für die Sache sterben mußte, von der er gesagt hatte, er sei bereit, dafür sein Leben zu riskieren. Es gibt im Leben jedoch viele Situationen, in denen die Vernunft nicht mehr regiert. Dies war so eine Situation.

»Die PLO-Residenz in Viggbyholm, heute abend«, stöhnte er und spürte, wie die Scham in ihm aufwallte.

Was dann geschah, war die böseste und zugleich angenehmste Überraschung in Alois Morgensterns Leben. Erst fühlte er, wie seine Hände auf dem Rücken von Handschellen umschlossen wurden. Dann riß man ihn hoch, so daß er stand.

Der Mann, der hinten an der Schlafzimmertür gestanden hatte, also Kriminalkommissar Fristedt vom Büro B der schwedischen Sicherheitspolizei, der während der letzten Minute das Kunststück probiert hatte, die Ohren zu verschließen, trat vor und hielt dem verstummten, soeben festgenommenen, etwas unkonventionell vernommenen Morgenstern einen Ausweis vor die Nase.

»Wir sind von der Polizei, Sicherheitsdienst. Du bist vorläufig festgenommen und mußt mitkommen.«

Der zweite Mann mit der grünen Kleidung grinste ein wenig, während er sein Messer wieder feststeckte und seinen amerikanischen Revolver ins Schulterholster schob.

»Seid ihr Schweden, Schwe-Schweden?« stammelte Morgenstern.

»Ja, darauf kannst du Gift nehmen, aber wenn wir das gleich gesagt hätten, wärst du wohl nicht so hilfsbereit gewesen, kann ich mir vorstellen«, erwiderte der Mann mit der grünen Kleidung.

Sie führten Morgenstern in Handschellen zum Hauseingang hinunter, nachdem sie Appeltoft über Funk gebeten hatten, er solle mit seinem Wagen ein Stück vorfahren. Sie schoben den Festgenommenen auf den Rücksitz und berieten kurz. Sie hatten es eilig.

Appeltoft wußte, wo die PLO-Residenz lag. Er schlug vor, sie sollten draußen anrufen und die Leute warnen, aber davon riet Carl entschieden ab. Denn wenn das Unternehmen schon angelaufen sei, sei es mehr als wahrscheinlich, daß die PLO in der Telefonleitung israelische Gäste habe. Eine solche Warnung werde die Aktion auf der Stelle auslösen. Er und Appeltoft, meinte Carl, sollten sich jetzt sofort auf den Weg machen. Fristedt könne Morgenstern bei dem diensttuenden Staatsanwalt abliefern, da werde es in diesem Fall keine Probleme geben. Morgenstern sei nachweislich ein Verbrecher. Dann könnten sie sich nach der Ankunft in Viggbyholm wieder melden.

Carl fuhr mit seinem Wagen nach Täby, anfangs mit rasender Geschwindigkeit, aber als sie sich der weißen Villa in Viggbyholm näherten, verlangsamte er das Tempo. Er ging mit Appeltoft die Ausgangslage durch. Sie sollten nicht gleichzeitig das Haus betreten. Sie sollten Funkkontakt halten, aber Appeltoft durfte sich nicht als erster melden. Sobald Carl im Haus war und die Lage unter Kontrolle hatte, würde er Appeltoft hereinrufen.

Das Haus lag allein an einem Abhang. Es war völlig dunkel. Als sie daran vorbeifuhren, sahen sie in der Nähe keinerlei Zeichen von Bewegung, und im Haus brannte kein Licht. Vielleicht waren sie rechtzeitig gekommen. Vielleicht schon zu spät. Carl hielt ein paar hundert Meter von der Villa entfernt, außer Sichtweite.

»Okay«, sagte er, »laß das Gerät eingeschaltet. Ich lasse von mir hören, sobald die Lage im Haus unter Kontrolle ist.«

Dann zog er seine Jacke aus und verschwand in der Dunkelheit.

Fristedt lieferte seinen vorläufig festgenommenen und inzwischen nicht mehr unter Schock stehenden Fang bei den diensthabenden Kriminalbeamten ab. Er nahm Arnold Ljungdahl schnell beiseite und erklärte ihm die Lage. Während sie die nächste Maßnahme besprachen, warteten sie darauf, daß der diensthabende Staatsanwalt die Taschen des Festgenommenen leeren würde, der sich jetzt lautstark über Polizeibrutalität und »rechtswidrige Morddrohungen« beklagte. Anschließend schleppten ein paar Mann den Festgenommenen zu einer Haftzelle und schlossen ihn ein.

Ljungdahl entschied, man müsse die Sondereinheit alarmieren. Das werde einige Zeit erfordern, aber die Situation sei unleugbar dringlich. Unterdessen würden sie selbst und ein paar der diensthabenden Beamten sich zur Villa in Täby begeben.

Carl hatte sich der Villa von der Rückseite her genähert. Jemand hatte im Erdgeschoß Licht gemacht. Im ersten Stock war ein Fenster geöffnet. Das kam Carl merkwürdig vor. Der Erdboden war mit einer dünnen Schneeschicht bedeckt, und es waren einige Grad unter Null. Kein Mensch aus dem Nahen Osten würde bei dieser Temperatur bei offenem Fenster schlafen.

Unter dem Fenster befand sich das Dach eines Anbaus, zu dem ein kurzes Fallrohr hinaufführte. Carl hielt diese Ecke des Hauses für geeignet, einmal, weil er hier ins Haus gelangen konnte, zum andern, weil dies der einzige Winkel war, aus dem er sich der Villa nähern konnte, ohne von jemandem gesehen zu werden, der möglicherweise hinter einem der dunklen Fenster stand. Als er an der Ecke des Hauses angekommen war, blieb er stehen und lauschte. Er meinte, drinnen unterdrückte Schreie zu hören. Er spürte, wie sich sein Puls beschleunigte, als er daran dachte, was jetzt unweigerlich bevorstand. Die Operation hatte schon begonnen. Sie waren schon im Haus.

Er überlegte, ob er Appeltoft bitten sollte, Hilfe zu holen, ob die Beamten die Zeit finden würden, das Haus zu umstellen, und so weiter. Nein, die Männer würden zu spät kommen. Niemand würde ihn dafür tadeln, wenn er es unter diesen Umständen vorzog, abzuwarten. Aber was hatte dann seine Ausbildung für einen Sinn? Wie würde er vor sich selbst dastehen?

Es ist unklar, inwieweit ihm diese Fragen überlegt durch den Kopf gingen. Nachträglich erinnerte er sich kaum noch an diesen kurzen, eisigen Moment des Zögerns.

Er kletterte rasch und lautlos auf den Anbau und stellte sich neben das offene Fenster, während er gleichzeitig seinen Revolver zog und den Hahn spannte.

Hinter dem Fenster war es still, aus dem Erdgeschoß hörte er dagegen deutlich Schreie und Lärm. Carl holte tief Luft und schwang sich schnell durchs Fenster, darauf gefaßt, daß es das letzte sein würde, was er im Leben tat.

Der Raum war leer und dunkel. Es war ein Schlafzimmer. Er erkannte ein paar ungemachte Betten und einige umgestoßene Stühle. Die Tür zu dem, was ein Flur sein mußte, war angelehnt. Von unten waren immer deutlicher Schreie und Weinen zu hören, und jetzt auch kommandierende Stimmen in einer Sprache, mit der er sich vor kurzem bekanntgemacht hatte. Es gab keinerlei Zweifel mehr.

Carl hatte Turnschuhe an, er ging leise auf die Tür zu. Die Tür quietschte nicht, als er sie vorsichtig aufstieß. Er trat rasch in die Dunkelheit eines Korridors hinaus, der auf der einen Seite zu mehreren halboffenen Türen und auf der anderen Seite zu einer Treppe ins Erdgeschoß führte. Er bewegte sich behutsam auf die Treppe zu. Er ertappte sich dabei, daß er den Revolverkolben zu fest umfaßte, und erinnerte sich daran, wie er die Waffen halten mußte.

Er spähte über den Treppenabsatz hinunter. An einem der Fenster dort unten entdeckte er eine Gestalt, die drei Meter von einer halboffenen Tür entfernt stand. Aus der Richtung der Tür strömte Licht in die Diele, und aus dem angrenzenden Raum drang der Lärm mehrerer Personen, der sich jedoch nicht deuten ließ. Vom unteren Ende der Treppe bis zu der Person am Fenster, die offensichtlich Wache hielt, waren es vier Meter. Es schien unmöglich, sich dem Mann unentdeckt zu nähern. Carl hob sacht den Revolver und zielte mitten auf die Gestalt. Aber dann besann er sich anders. Der folgende Schußwechsel konnte nur auf eine Weise enden, und die Operation würde trotzdem zu Ende geführt werden.

Im selben Moment war eine kurze, ratternde Salve einer Schnellfeuerwaffe aus dem angrenzenden Raum zu hören, der das große Eßzimmer im Erdgeschoß sein mußte. Außer den Schüssen waren verzweifelte Schreie zu hören.

Der Wachtposten wandte sich vom Fenster ab und ging auf die halboffene Tür zu, um sich anzusehen, was nebenan geschah. In dem Moment, in dem er durch die Tür blickte, ging das Licht aus.

Carl, der sein Funksprechgerät abgelegt und sich von hinten an den Mann herangeschlichen hatte, als dieser sich für das Nebenzimmer zu interessieren begann, fing den bewußtlosen Kommando-Soldaten jetzt sanft auf und legte ihn neben der Tür leise auf den Fußboden. Dann sah er durch den breiten Türspalt ins Wohnzimmer. Er entdeckte vier Personen, die mit den Händen über dem Kopf an einer Wand saßen. Sie waren blutüberströmt. Neben ihnen lag ein zerschossener Mensch, die Erklärung der Schußsalve, die Carl gerade gehört hatte.

Durch die Tür am anderen Ende des Raums kam ein dunkelhaariger Mann etwa Mitte Dreißig herein und schleifte eine junge Frau von arabischem Aussehen hinter sich her. Sie schien schwer mißhandelt worden zu sein und war nur halb bei Bewußtsein. Sie wurde zu den anderen an die Wand geworfen. Carl hörte mehrere aufgeregte Stimmen auf hebräisch. Carl überlegte blitzschnell. Dort drinnen standen zwei oder drei Personen mit Schnellfeuerwaffen. Die Israelis hatten alle Personen hergebracht, die sich im Haus aufgehalten hatten, und damit begonnen, sie niederzuschießen, die Schießerei dann aber aus irgendeinem Grund unterbrochen, möglicherweise weil jemand das versteckte Mädchen irgendwo im Haus entdeckt hatte. Daher die erregten Stimmen. Wenn Carl jetzt die Tür aufstieß und das Feuer eröffnete, würden sie ihn treffen, bevor er selbst mehr als einen hätte treffen können. Das war einfache Mathematik, sonst nichts. Und die *Jungs* der Sayeret Matkal waren Profis, sie würden sich nicht bluffen lassen. Einer der Männer dort drinnen verließ das Zimmer auf der anderen Seite, wo er soeben mit der letzten Gefangenen hereingekommen war, und gab einen kurzen Befehl. Im nächsten Augenblick begannen ein oder zwei Männer, ihre Schnellfeuerwaffen gleichzeitig auf die an der Wand sitzende Gruppe abzufeuern.

Carl handelte, ohne zu überlegen. Er hatte aus den Schußgeräuschen intuitiv erfaßt, wo seine Ziele standen. Er schob die Tür mit dem Fuß auf und hielt den Revolver mit beiden Händen vor sich. Er gab auf den ersten Mann zwei Schüsse in den Kopf ab, auf den zweiten zwei Schüsse ins Gesicht.

Als die Kommandosoldaten in der plötzlichen Stille zurückgeschleudert wurden, ging Carl auf, daß er den einen Mann seitlich und den zweiten ins Gesicht getroffen hatte, weil der zweite noch Zeit gehabt hatte, sich zu ihm umzudrehen. Carls Schüsse waren gleichzeitig mit den Salven der Schnellfeuerwaffen losgegangen.

Was jetzt geschehen würde, ließ sich daher schnell vorhersehen.

Carl richtete den Revolver auf die halboffene Tür auf der anderen Seite des Zimmers, ohne die Schußrichtung auch nur für eine Zehntelsekunde aus den Augen zu verlieren, ohne auch nur einen Seitenblick auf die durchlöcherte Wand mit den Hingerichteten zu werfen; er hörte Geräusche, die erkennen ließen, daß vielleicht noch zwei Opfer am Leben waren, aber er hielt den Blick trotzdem fest auf die Türöffnung gerichtet.

Erst hörte er die Stimme. Jemand fragte irritiert auf hebräisch, ohne eine Antwort zu erhalten, und im nächsten Augenblick erschien der Mann, der Elazar sein mußte, in der Tür auf der anderen Seite. Er hielt mit beiden Händen eine AK 47, die eine Hand an der Vorderseite der Waffe, die zweite Hand am Abzug; die Mündung war jedoch auf den Fußboden gerichtet.

»Schalom, Elazar«, sagte Carl vom anderen Ende des Zimmers, während er seinen Revolver auf die Brust des kräftigen, schnurrbärtigen Israeli von arabischem Aussehen richtete.

Elazar erstarrte und stand völlig still. Sein Brustkorb hob und senkte sich vor Erregung, aber er rührte keine Miene.

»Schwedische Polizei. Laß deine Waffe fallen. Du bekommst zwei Jahre Gefängnis«, sagte Carl auf englisch, während ihm gleichzeitig aufging, daß der Mann mit der Schnellfeuerwaffe ihn auf der Stelle töten würde, wenn er ihm auch nur eine Zehntelsekunde Zeit gab.

Elazar war wie zur Salzsäure erstarrt.

Aus dem Augenwinkel sah Carl einen Blutstrahl, der rhythmisch auf das Parkett gepumpt wurde: Einem der Angeschossenen war eine Arterie abgerissen worden, aber ein lebendiges Herz pumpte noch und entleerte das Leben jetzt auf den Fußboden. Carl gab sich eisern Mühe, keinen Seitenblick auf die Wand mit den Erschossenen zu werfen.

»Wie ich schon sagte, Elazar, laß die Waffe auf den Boden fallen«, versuchte Carl es nochmals.

Elazar atmete heftig. Er rührte jedoch keine Miene und wandte den Blick auch nicht von seinem Gegner ab, gleichgültig, was er aus den Augenwinkeln über den Zustand des Fußbodens gesehen haben mochte. Einer der Angeschossenen an der Wand begann zu stöhnen und zu ächzen. Es mußte das arabisch aussehende Mädchen gewesen sein, das Elazar zuletzt ins Zimmer geschleift hatte.

Carl fühlte, wie seine Sanduhr ablief. Er hatte solche Situationen oft geübt, aber jetzt war es Wirklichkeit. Er hörte die Stimme des Ausbilders in San Diego.

Du hast zwei Möglichkeiten. Wenn der Kerl schießt, hat er eine Chance von fünfundsiebzig Prozent, dich mit seinem Schnellfeuer zu treffen, und deine Chance beträgt fünfundzwanzig Prozent. Wenn er sich also nicht ergibt, zähl bis fünf und drück ab.

Carl hatte weiter gezählt als bis fünf. Mit einer weichen Bewegung drückte er ab und zielte genau auf den Punkt, an dem die Rippen mit dem Brustknorpel zusammenwachsen.

Elazar wurde fast zwei Meter zurückgeschleudert.

In Carls Ohren klingelte es, und er brauchte einen kurzem Moment, um zu begreifen, warum er mehr gehört hatte als nur seinen eigenen Schuß. Der andere mußte den Finger am Abzug gehabt haben und durch den Anschlag so heftig zurückgeschleudert worden sein, daß ein oder zwei Schüsse in den Fußboden gegangen waren.

Elazar lag rücklings auf dem Boden, sein Schnellfeuerkarabiner etwas weiter weg. Carl nahm seinen Revolver in die linke Hand, während er gleichzeitig seine Pistole aus der Hülle auf dem Rücken nahm. Er mußte fünf Schüsse abgegeben haben, hatte im Revolver also noch einen übrig. Er hatte plötzlich das bedrohliche Gefühl, daß die Gefahr noch nicht vorüber war, und plötzlich ging ihm auf, daß er mit dem Rücken zu der Tür stand, durch die er gekommen war. Er hätte diesen Wachtposten vorhin töten können, als er sich ihm von hinten genähert hatte. Er hatte jedoch darauf verzichtet.

Carl trat blitzschnell zur Seite und preßte sich an die Wand neben der Tür. Er hielt den Revolver in der linken Hand vor sich, blickte schnell um die Ecke, in die Dunkelheit hinein, und riß sofort wieder den Kopf zurück; warum er das tat, wußte er weder jetzt noch später, und er hatte keine Erinnerung daran, etwas gesehen oder erkannt zu haben, bevor er den Kopf zurückzog.

Drei oder vier Schüsse aus einem Schnellfeuergewehr schlugen in den Türpfosten ein oder gingen an ihm vorbei ins Zimmer. Carl hielt den Revolver in die Türöffnung und drückte zweimal ab. Er hörte einen Schuß und ein kräftiges Klicken, das sich lauter anhörte als der Schuß. Carl machte einen Satz, vorbei an der Türöffnung zur Mitte des Zimmers, wo ein großer Eßtisch stand. Er warf sich unter den Tisch und drehte sich in derselben Bewegung zur Tür herum, in der der andere jetzt erscheinen würde, da er das Klicken des leergeschossenen Revolvers gehört haben mußte und gesehen hatte, wie Carl die Türöffnung mit einem Riesensatz überwand.

Der Israeli war noch etwas benommen, hatte jedoch blitzschnell die Lage erfaßt. Er trat durch die Tür und gab gleichzeitig Schnellfeuer in die Richtung ab, in der er Carl vermutete.

Carl lag unter dem Tisch schon in Schußposition, die Beretta vor sich, und gab zwei Schüsse auf den Israeli ab. Carl war sicher, mit beiden zu treffen. Er hielt die Pistole niedrig, zielte unter den Herz-Lungenbereich, da er nicht töten wollte.

Die beiden Neun-Millimeter-Kugeln durchschlugen den Mann und drangen in die Wand hinter ihm ein. Der Israeli wurde umgeworfen und sank neben dem Türpfosten stöhnend zusammen. Carl war mit ein paar schnellen Sätzen bei ihm und entriß ihm das Schnellfeuergewehr. Das war möglicherweise eine übertriebene Vorsichtsmaßnahme. Der Israeli war zwar bei Bewußtsein, hatte aber einen Schock. Eine Kugel hatte den Bauch durchschlagen, die zweite etwas weiter seitlich die Leber.

Carl blieb mitten im Zimmer reglos stehen. Hier lagen vier Mann. Es mußte stimmen.

Sollten es aber noch mehr Männer sein, befanden sich die anderen nicht im Haus. Vielleicht irgendwo draußen. Dann würden sie entweder innerhalb von dreißig Sekunden erscheinen oder waren schon auf der Flucht.

Carl ging schnell auf den dunklen Flur und lief die Treppe hinauf. Er hob sein Walkie-talkie auf und drückte den Sendeknopf.

»Hier Carl. Kannst du draußen jemanden sehen? Bitte kommen!«

»Was zum Teufel passiert da drinnen, nein, ich kann hier draußen nichts sehen. Bitte kommen!« erwiderte Appeltoft mit blecherner Stimme.

»Laß Krankenwagen kommen. Wir haben hier fünf oder sechs

Tote und fünf oder sechs Schwerverletzte, aber es scheint jetzt vorbei zu sein. Bitte kommen!«

»Verstanden. Ich bestelle Krankenwagen. Bist du unverletzt? Bitte kommen!«

»Ich bin unverletzt. Ich will sehen, ob ich etwas tun kann, während die Krankenwagen unterwegs sind, und du kommst rein, wenn du sie bestellt hast. Ende!«

Carl hob seinen Revolver auf und schob ihn ins Schulterholster. Er sicherte die Pistole und steckte sie wieder in die Hülle auf dem Rücken. Dann legte er sein Walkie-Talkie eingeschaltet auf den Tisch, zog sein Messer und ging wieder ins Wohnzimmer.

Erst jetzt konnte er die Lage überblicken. Der Israeli, auf den er zuletzt geschossen hatte, war noch am Leben. Die anderen Israelis gaben keine Lebenszeichen von sich. An der kurzen Wand des Zimmers lagen sieben Menschen in verdrehten Körperhaltungen, mehr oder weniger zerschossen. Die Wand hinter ihnen und der Fußboden vor ihnen war so sehr mit Blut vollgespritzt und überspült, daß es aussah, als hätte jemand Eimer mit Blut über sie ausgegossen.

Carl ging von rechts nach links an der Wand entlang. Es schien, als hätten die Israelis mit den Hinrichtungen auf der rechten Seite begonnen. Die ersten drei Menschen waren von dem Schnellfeuer buchstäblich zerfetzt worden. Die Israelis hatten von oben und dann an der Körpermitte entlang nach unten geschossen.

Die nächste in der Reihe sah aus wie ein schwedisches Mädchen. Es schien eine gemischte Gesellschaft aus Palästinensern und Schweden zu sein. Vielleicht war sie noch am Leben. Das palästinensische Mädchen neben der Schwedin, die letzte in der Reihe, lebte noch. Sie war bei Bewußtsein und sah Carl an, schien die Situation aber nicht zu verstehen.

Carl kniete sich neben den beiden Mädchen hin. Die junge Frau, die Schwedin zu sein schien, hatte keinen Kopfdurchschuß erhalten, aber eine Wange war weggeschossen, so daß sie die eine Kieferhälfte in einem totenschädelähnlichen blutigen Grinsen zeigte. Der eine Arm war fast völlig abgeschossen, und aus der abgerissenen Arterie pulsierte noch immer das Blut; sie würde schon bald kein Blut mehr im Körper haben.

Carl riß ihr schnell den Gürtel ab und schnürte ihn um den Armstumpf zu. Das Blut hörte fast sofort auf zu fließen, was aber daran liegen mochte, daß der Blutverlust schon die tödliche Grenze erreicht hatte. Carl zog die junge Frau zu einer sitzenden Stellung hoch und lehnte sie vorsichtig gegen die Wand. Er lief ins Schlafzimmer hinauf, durch das er ins Haus gekommen war, riß ein paar dicke Steppdecken an sich, lief die Treppe hinunter und deckte sie zu, damit sie in ihrem Schockzustand nicht noch mehr Körpertemperatur verlor. Soweit er sehen konnte, hatten die anderen Treffer in ihrem Körper entweder Fleischwunden oder innere Verletzungen verursacht, gegen die er ohnehin nichts unternehmen konnte.

Im selben Moment, in dem er sich um das palästinensische Mädchen kümmerte, das immer noch bei Bewußtsein war, torkelte Appeltoft ins Zimmer.

Appeltoft blieb wie versteinert auf dem Fußboden stehen. Was er sah, übertraf die schlimmsten denkbaren Alpträume. Es war ein Blutbad.

»Schnell, hilf mir mit diesem Mädchen«, fauchte Carl. Appeltoft zog sich sein Jackett aus und näherte sich zögernd der Wand mit den Hingerichteten.

»Ist noch jemand am Leben?« fragte er.

»Ja, diese beiden Mädchen und dann noch einer der Israelis, der da hinten an der Tür«, erwiderte Carl. Er zerschnitt ein Tischtuch in mehrere lange Stoffstreifen, um das palästinensische Mädchen verbinden zu können. Sie hatte Treffer in der Brust, im linken Lungenflügel, in der Bauchgegend und an ein paar Stellen am linken Schenkel. Carl schnürte zunächst den Schenkel ab, dann schnitt er rasch ihre Bluse auf und entdeckte neben ihrer linken Brust ein Loch, aus dem Blasen aufstiegen. Er riß der jungen Frau die Bluse ab und drehte sie auf die Seite, um mit den Stoffstreifen herumzukommen, so daß er ihr einen provisorischen Druckverband anlegen konnte. Als er sie umdrehte, entdeckte er die Durchschußlöcher auf dem Rücken.

»Diese Teufel«, flüsterte er, »die verwenden Patronen mit weicher Spitze statt ummantelter Kugeln.«

Das bedeutete, daß die Durchschußlöcher auf dem Rücken wie Krater aussahen und so groß waren wie geballte Fäuste. Das Mädchen lag in einer Lache, die mindestens eineinhalb Liter ihres Bluts enthielt. Carl riß eine Lederplatte von einem Beistelltisch an sich, drückte sie auf das Durchschußloch auf dem Rücken der jungen

Frau und wickelte dann die Stoffstreifen ein paarmal um sie herum, bevor er sie auf eine der Steppdecken legte und zudeckte.

Appeltoft stand neben ihm. Er fühlte sich hilflos, angeekelt und war einer Ohnmacht nahe.

Seltsamerweise war das Mädchen immer noch bei Bewußtsein. Sie flüsterte etwas, was Carl nicht hörte. Er legte ihr den Finger auf den Mund und lächelte sie an.

»Ssch, nicht sprechen. Wenn du ein tüchtiges Mädchen bist, kommst du durch«, sagte er. Er beugte sich über sie und sah ihr aus nächster Nähe ins Gesicht, um ihre Pupillen betrachten zu können und um zu erkennen, wie sehr sie sich geweitet hatten. Noch lag sie nicht im Sterben.

»Seid ... ihr ... Schweden ...?« flüsterte sie schwach.

»Ja«, sagte Carl, »wir sind Schweden. Aber es waren Israelis, die auf euch geschossen haben. Es ist jetzt vorbei, nicht mehr sprechen.«

Er strich ihr behutsam über die Stirn und spürte erst jetzt, wie der Schock, den er in sich haben mußte, ins Bewußtsein aufzusteigen begann.

Er stand schnell auf. Ihm war schwindlig vor den Augen.

»Was zum Teufel machen wir jetzt?« fragte Appeltoft mit einer kaum hörbaren Stimme, da sein Mund völlig ausgetrocknet war.

Carl schloß die Augen und spannte sich einige Augenblicke an, um die Selbstkontrolle zu behalten.

»Sieh mal nach diesen beiden Israelis da hinten, sieh nach, ob einer von ihnen noch lebt«, sagte er und ging selbst zu dem einen hin, auf den er als letzten geschossen hatte.

Der Mann saß zusammengesunken am Türpfosten. Er war weiß im Gesicht und hielt sich mit beiden Händen den Bauch. Er war bei Bewußtsein und atmete schnell und stoßweise.

Carl hockte sich vor ihm hin und sah ihm in die Augen.

»Schalom, ich soll dich von Mouna grüßen«, sagte er, ohne zu begreifen, warum er das sagen mußte; einen kurzen Moment lang hatte er das Gefühl, als sei er dabei, den Verstand zu verlieren.

Der Israeli lächelte schwach.

»Wer zum Teufel bist du?« fragte er mit kaum vernehmbarer Stimme, aber immer noch angestrengtem Lächeln. Er sprach ein stark gebrochenes Englisch.

»Sayeret Matkal, aber auf schwedisch«, erwiderte Carl, zog seine Pistole und machte vor dem Gesicht des israelischen Kommando-Soldaten die Waffe demonstrativ schußbereit. Dann hielt er ihm die Pistolenmündung kurz an die Stirn, bevor er seine Frage stellte.

»Wo befindet sich Aharon Zamir, wo befinden sich die anderen?«

Wieder lächelte der Israeli matt, antwortete aber nicht. Carl wiederholte seine Frage.

»Sei kein Idiot ... sage nichts ... schieß doch, wenn du willst«, entgegnete der Israeli mit letzter Kraft.

Carl sicherte die Pistole, steckte sie wieder ein und zog den Mann auf den Fußboden. Er begann, dessen Taschen zu leeren. Er fand Munition, ein paar tausend Kronen in Hundert-Kronen-Scheinen und einen arabischen Paß. Carl nahm den Paß und stand auf.

Appeltoft hatte sich über die anderen Israelis gebeugt, um zu sehen, ob sie noch lebten oder schon tot waren. Er war sich nicht sicher.

»Der ganz hinten und der hier scheinen tot zu sein, aber ich weiß nicht, wie es mit dem Mann in der Mitte steht«, sagte er tonlos.

Carl trat zu dem Mann, den Appeltoft ihm zeigte. Er war an zwei Stellen getroffen worden. Eine Kugel hatte den Unterkiefer durchschlagen, vermutlich der zweite Schuß. Der erste Treffer saß neben der Nasenwurzel und hatte ein Auge gesprengt. Beide Kugeln waren im Nacken wieder ausgetreten. Der Mann atmete, aber nur schwach.

Der andere neben ihm schien jedoch tot zu sein. Auf ihn hatte Carl als ersten geschossen, und im Augenblick des Schusses hatte der Mann stillgestanden. Die erste Kugel war dicht neben dem rechten Ohr eingedrungen und war nach dem Aufprall möglicherweise abgefälscht worden, denn das Austrittsloch auf der anderen Seite war groß wie ein Tennisball.

»Ja, er ist tot«, sagte Carl und ging zu Elazar hinüber, der mit ausgestreckten Armen und starrem, an die Decke gerichtetem Blick am anderen Ende des Zimmers lag. Carl sah, daß das Eintrittsloch exakt saß, mitten in der Brust. Er drehte Elazar mit einiger Mühe um. Die Kugel war auf der anderen Seite nicht ganz ausgetreten, da sie offenbar an der Wirbelsäule abgeprallt und dort steckengeblieben war. Carl hörte im Rücken des Mannes das gedämpfte Knirschen von Knochensplittern.

Carl erhob sich und sah zu Appeltoft hinüber. Sie starrten sich kurz an. Aus der Ferne hörten sie die Sirenen von Krankenwagen.

»Dieser Mann ist Oberstleutnant Elazar«, sagte Carl leise, »das war unser Mann. Er dürfte Axel Folkesson getötet haben. Er war ihr operativer Chef, in Israel ein großer Held.«

Sie blickten kurz auf den toten Mörder.

»Was hast du da in der Hand?« fragte Appeltoft und spürte im selben Moment, daß er aus dem Zimmer gehen und Wasser trinken oder sich übergeben mußte, möglicherweise beides.

»Einen Reisepaß«, erwiderte Carl, als er Appeltoft in die Richtung folgte, wo sie eine Küche oder ein Badezimmer vermuteten. »Es ist ein arabischer Paß, kein europäischer, und soviel ich sehen kann, ist es ein libyscher Paß.«

»Libysch?«

»Ja, aber ich habe sie hebräisch sprechen hören, sie sind Israelis, da gibt's keinen Zweifel.«

Sie tranken in der Küche ein Glas Wasser und gingen dann zur Außentür, um den Krankenwagen-Besatzungen und Polizisten aufzumachen, die jetzt in Massen auf die Villa zurannten.

Es war vier Uhr morgens, als Carl Näslunds Amtszimmer betrat. Der Raum war nur schwach erleuchtet, und draußen vor den Fenstern war es stockdunkel. Im Zimmer saßen außer Näslund sein bevorzugter Sprecher Karl Alfredsson sowie der Briefträger persönlich, der Chef der gesamten Sicherheitsabteilung, der nach außen hin für das Vorgefallene verantwortlich sein würde – oder auch nicht.

Die drei Männer waren vor etwa einer Stunde geweckt worden. Sie hatten sich halbangezogen und unrasiert in ihre Autos gestürzt und waren zu Kungsholmen gefahren. Sie waren zwar blitzschnell aufgewacht und hatten die kurzen Mitteilungen begriffen, aber trotzdem nicht alles ganz verstanden, was sie von den diensthabenden Kriminalbeamten erhalten hatten. Die Villa draußen in Viggbyholm war gegenwärtig von rund fünfzig Beamten der Sondereinheit der Polizei umstellt, die keine andere unmittelbare taktische Aufgabe hatte als die wenigen Pressefotografen und Journalisten auf Abstand zu halten.

Die drei Männer starrten mit schreckerfüllter Faszination auf Carl, als er das Zimmer betrat. Hose und Pullover waren voller Blut, auch seine Hände waren blutig, und er hatte sich offensichtlich übers Haar gestrichen, denn an der Stirn klebte ihm geronnenes Blut. Er war unrasiert, aber der Sonnenbrand von Eilat bewirkte vermutlich, daß er weniger erschöpft aussah, als er sich fühlte. Er schien gesammelt und konzentriert, als er ohne ein Wort vortrat und einen der Besucherstühle vor Näslunds Schreibtisch an sich zog.

Es wurde still im Raum. Keiner der drei Vorgesetzten fühlte sich aufgefordert, mit Fragen zu beginnen, da sie viel zuwenig von dem wußten, was geschehen war. Schließlich räusperte sich der Briefträger und machte einen Anlauf; mit einer Stimme, die nicht richtig trug.

»Kannst du uns kurz ins Bild setzen, Hamilton?«

»Ja«, sagte Carl. »Appeltoft und ich kamen zu spät, die Operation hatte schon begonnen. Ich verschaffte mir Zutritt, aber die Israelis hatten schon begonnen, die Menschen hinzurichten, die sich im Haus befanden. Es kam zu einer Konfrontation. Ich habe drei Männer getötet. Einer liegt im Karolinska-Krankenhaus auf dem Operationstisch. Zwei der anderen Angeschossenen haben vor einer halben Stunde noch gelebt, vermutlich werden auch sie gerade operiert. Die fünf anderen Opfer, wie wir glauben drei Palästinenser und zwei Schweden, sind tot. Sie liegen noch draußen am Tatort. Inzwischen ist der Erkennungsdienst eingetroffen, Appeltoft leitet den Einsatz.«

Das jetzt eintretende Schweigen beruhte teilweise auf einem Grund, der Carl unbekannt war. Eine Viertelstunde zuvor hatte Näslund den beiden anderen Spitzenbeamten erklärt, es handle sich um die erwartete libysch-palästinensische Operation, auf die er sichere Hinweise erhalten habe.

»Du sagst, du hast vier *Israelis* erschossen?« fragte Näslund mit schreckerfülltem Zweifel.

Carl mißverstand den Zweck der Frage.

»Ja. Ich hatte kaum eine Wahl. Ich war allein und hatte nicht die Möglichkeit, mit ihnen zu verhandeln. Die Operation hatte ja offensichtlich das Ziel, keine Zeugen zurückzulassen.«

»Soviel wir gehört haben, besaßen sie libysche Pässe«, wandte Karl Alfredsson ein. »Wie kannst du so sicher sein, daß sie Israelis sind?«

»Der Chef der Gruppe ist Oberstleutnant Elazar, einer von Israels bekanntesten Spezialisten für solche Aufträge. Ich habe gehört, daß sie untereinander hebräisch sprachen, da gibt es gar keinen Zweifel.«

»Du kannst doch kein Hebräisch«, entgegnete Näslund.

»Ich weiß, wie sich Hebräisch anhört und wie Arabisch. Außerdem haben wir entsprechende Tips bekommen, daß es gar keinen Zweifel geben kann. Und zudem ist da noch ein Scheißkerl, den wir lebend gefaßt haben.«

Diese letzte Nachricht war den drei Männern im Zimmer neu. Die Aufregung um das Blutbad draußen in Viggbyholm hatte Alois Morgenstern, der oben in einer Haftzelle saß, vorübergehend in Vergessenheit geraten lassen.

»Ihr habt einen sogar lebendig gefaßt«, flüsterte Näslund, dem nicht bewußt war, daß er flüsterte.

»Ja«, sagte Carl, »er heißt Alois Morgenstern, wohnhaft Fleminggatan, ist schwedischer Staatsbürger und hat dieser Kommando-Gruppe geholfen. Als wir ihn am frühen Abend besuchten, erzählte er uns, wo und wann die Operation stattfinden solle. Es war seine Geburtsnummer, die Folkesson notiert hatte, und er war der Mann, den Folkesson überprüfen wollte. Es handelte sich also nicht um eine Telefonnummer.«

Die drei Vorgesetzten begannen plötzlich wild durcheinanderzusprechen. Der Briefträger wollte wissen, was das für eine Telefonnummer sei (er kannte den Stand der Ermittlung nicht und hatte daher noch nie etwas von dem entscheidenden kleinen Detail gehört), Näslund fragte, woher man den Namen des operativen Chefs wissen könne, und Karl Alfredsson wollte erfahren, wie dieser Morgenstern auf den Einfall gekommen war, von der Operation zu erzählen.

»Um mit dem letzten anzufangen«, sagte Carl, »Fristedt und ich besuchten Morgenstern am frühen Abend und fragten ihn, wo und wann, und dann fuhren wir nach Viggbyholm, Appeltoft und ich, während Fristedt Morgenstern hier ablieferte. Der diensthabende Staatsanwalt hat ihn wegen Teilnahme an einem Mordkomplott vorläufig festgenommen, aber unterdessen dürfte daraus Mittäterschaft geworden sein. Er sitzt jedenfalls hinter Schloß und Riegel.«

»Wie zum Teufel ist es zu dieser Sache gekommen!« brüllte Näslund. »Ich hatte euch doch befohlen, euch nicht mehr um diese Ermittlung zu kümmern, und ihr habt trotzdem weitergemacht.«

Carl zuckte die Achseln. Der Einwand war ein Rohrkrepierer, wenn man an die Entwicklung dachte, zu der ihr Ungehorsam geführt hatte.

»Warum hat er es euch erzählt?« beharrte Karl Alfredsson.

»Er bekam Angst. Er hielt uns für Palästinenser oder so etwas, da ich ihn auf englisch verhört habe«, erwiderte Carl wachsam. Ihm war mehr als bewußt, daß es nicht gerade die schwedische Art ist, Menschen mit einem rasiermesserscharfen amerikanischen Kommando-Messer am Hals zu verhören. Carl sah jedoch keinen Grund, dieses Detail zu bereuen oder gar zu gestehen.

Näslund fuhr sich mit beiden Händen durch seine schmierige Frisur. Bis Carl den Raum betreten hatte, war er sicher gewesen, daß eine libysch-palästinensiche Operation bevorstand. Trotz der libyschen Pässe, welche die Täter bei sich getragen hatten, waren drei tote Israelis, ein verwundeter Israeli und ein festgenommener jüdischer Sympathisant in diesem Zusammenhang kaum wegzuleugnen. Näslund starrte stumm auf den blutbespritzten Hamilton, der jetzt dasaß, ohne zu begreifen, welche Verwicklungen er heraufbeschworen hatte. Näslund sah voraus, daß die folgenden Tage das Risiko bargen, daß jede Form der Zusammenarbeit mit den Israelis ein Ende fand, und das konnte für die schwedische Terroristenfahndung zu unabsehbaren Konsequenzen führen. Einer seiner Männer hatte also drei, möglicherweise vier Kollegen getötet. Das würden die Israelis nie vergeben.

»Fürs erste tun wir folgendes«, sagte Näslund resigniert. »Du, Hamilton, setzt dich hin und schreibst sofort einen Bericht. Dann möchte ich noch betonen, daß hier die strengste Schweigepflicht zu wahren ist. Kein Wort an die Presse, ist das verstanden?«

»Ja, selbstverständlich. Aber was machen wir mit dem Chef und anderen eventuellen Operateuren?«

»Welcher Chef, welche anderen?«

»Ihr Chef ist Generalleutnant Aharon Zamir, und der hat einen österreichischen Paß auf den Namen Abraham Mendelsohn und wohnt im Park Hotel. Außerdem ist vorstellbar, daß es da noch ein paar Mann in Reserve gibt, die sich folglich noch auf freiem Fuß befinden könnten. Und dieser Zamir muß ja inzwischen erfahren haben, daß die Operation daneben gegangen ist. Wenn wir ihn fassen wollen, müssen wir uns beeilen. In Morgensterns Wohnung haben wir zwei Gästebetten entdeckt, und wenn wir Glück haben, können wir jetzt hinfahren und noch zwei Mann abholen. Ich würde jetzt lieber das tun als einen Bericht zu schreiben.«

»Kommt nicht in Frage«, brüllte Näslund. »Du läßt deine Waffe hier bei mir, sie muß sowieso zum Erkennungsdienst, da du sie abgefeuert hast. Dann setzt du dich hin und schreibst einen ersten Bericht, den wir so schnell wie möglich brauchen. Wir müssen Presse und Regierung informieren. Ich hoffe, du hast jetzt noch die Kraft, den Bericht zu schreiben, aber es ist wirklich notwendig.«

Carl blickte zu Boden. Was Näslund sagte, gab ihm einen brennenden Widerwillen ein.

»Ihr setzt doch aber sofort ein paar Fahnder auf die anderen an?« fragte er in erkennbar mißgelauntem oder mißtrauischem Tonfall.

»Das ist nicht deine Sache. Leg deine Waffe her, geh in dein Zimmer und schreib«, sagte der Briefträger.

Carl zögerte eine Weile. Dann zog er seinen Revolver aus dem Schulterholster und legte ihn vor Näslund auf den Schreibtisch. Er zögerte noch etwas länger, bevor er die Hand unter dem Jackett auf den Rücken führte und zur Verblüffung der drei Männer seine zweite Waffe hervorzog, die er neben den Revolver legte. Dann stand er auf und ging, ohne noch etwas zu sagen.

Die drei Männer blieben sitzen und starrten wie verhext auf die beiden Waffen, die vor nur einer Stunde eine ganze israelische Kommando-Gruppe getötet hatten. In dem schwarzen Revolver steckten noch alle sechs leeren Hülsen in der Trommel. Die Kugeln steckten folglich in den Körpern der israelischen Soldaten. Auf dem Kolben des Revolvers und auf dem weißen Handgriff der schweren italienischen Pistole entdeckten sie einen Wappenschild mit Goldkrone, drei roten Rosen und einem silbernen Halbmond.

»Süßer Jesus«, sagte der Briefträger, der noch vor einer Stunde nicht einmal von Carl Hamiltons Existenz gewußt hatte, geschweige denn von dessen Hintergrund, »wo hast du den denn aufgegabelt?«

»Der gehört nicht zu mir. Er ist einer der Jungs des Alten. Wir haben ihn nur ausgeliehen. Er sollte hier eine Art Grundausbildung erhalten, oder wie man das nennen soll«, erwiderte Näslund steif, ohne den Blick von den beiden Waffen wenden zu können. An dem weißen Pistolenkolben klebte Blut.

Anschließend kam es unter den drei Männern zu einem langanhaltenden Streit. Sie hatten sehr gegensätzliche Auffassungen davon, was jetzt zu tun sei und was nicht.

Carl fuhr mit dem Fahrstuhl hinunter, ging durch den unterirdischen Gang zum Nebengebäude und nahm den Fahrstuhl zu dem Flur mit seinem Arbeitszimmer. Dort war alles still, nur die schwache Nachtbeleuchtung brannte. Er ging in eine der Toiletten, zog den Pullover aus und begann sich zu waschen. Das Wasser im Waschbecken färbte sich hellrot.

Anschließend ging er in ihren alten Konferenzraum, um sich Kaffee zu machen, aber der Glasbehälter fehlte. Er legte die Hand auf die Maschine und fühlte, daß sie warm war. Appeltoft befand sich mit den Technikern noch draußen am Tatort. Es mußte also Fristedt sein.

Fristedt saß mit Kaffee, dem Zuckerpaket und zwei Plastikbechern in Carls Zimmer.

»Was haben sie gesagt?« fragte Fristedt kurz, ohne aufzustehen oder zu erklären, warum er auf Carl gewartet hatte.

»Die Botschaft läuft kurz darauf hinaus, daß wir Aharon Zamir laufen lassen und nicht nach weiteren Operateuren suchen sollen, wenn ich das Ganze richtig verstanden habe. Ich hatte mir gedacht, wir hätten wegen dieser beiden Schlafplätze bei Morgenstern noch eine Chance, aber auch das hat Näslund verboten«, erwiderte Carl und riß einen Kaffeebecher an sich.

»Wie fühlst du dich?« fragte Fristedt leise.

»Ich weiß nicht. Es ist, als ob ich gar nichts fühle, das ist vielleicht auch besser so. Ich habe einen von ihnen erschossen, ohne daß er eine Chance hatte. Er stand mit einer gesenkten AK 47 in der Hand vor mir, die er nicht loslassen wollte. Ich habe nicht gewagt, anders zu handeln. Ich wußte schließlich, wer er war.«

»Elazar persönlich?«

Carl nickte. Erst jetzt dachte er nach. Elazar hatte vollkommen stillgestanden, hatte keinerlei Miene gemacht, schießen zu wollen, hatte überhaupt keine Miene gerührt. Was war ihm in diesen letzten Augenblicken seines Lebens durch den Kopf gegangen?

Hatte er bei Carl auf einen kleinen Anflug von Unsicherheit gewartet, der ihn dazu gebracht hätte, sich zur Seite zu werfen, um gleichzeitig die Waffe zu heben und Schnellfeuer zu schießen? Oder hatte er sich die Konsequenzen überlegt, wenn man ihn am Tatort lebend faßte?

»Er hat einen Schuß abgegeben. Aber das war in dem Moment, in dem er nach meinem Treffer zurückgeschleudert wurde. Was zum Teufel soll ich in meinem Bericht darüber schreiben?« fragte Carl.

»Schreib, daß er zu schießen versuchte und daß du erst dann das Feuer eröffnet hast. Sonst wird Näslund sich rächen, sonst wird es ein schweres Dienstvergehen und schlimmstenfalls Totschlag und kommt zu einer Anklage durch K. G. Jönsson. Diese Freude solltest du ihnen nicht machen.«

»So wie ich aber geschossen habe, kann es sich also um eine Art Mord handeln. Aber wenn er sich vorher ein bißchen gerührt hat, ist alles in Ordnung?«

»In etwa.«

Carl setzte sich an seine Schreibmaschine. Daneben lag auf dem Schreibtisch ein dünner Stapel Formulare, die Fristedt besorgt hatte.

»Ich habe mir gedacht, ich kann dir ein bißchen helfen, damit alles stimmt«, erklärte Fristedt freundlich. »Wir haben gegen ziemlich viele Bestimmungen verstoßen, um ans Ziel zu kommen, aber ich habe mir gedacht, ich sollte dir bei den Berichten helfen, falls du verstehst, was ich meine.«

Carl verstand sehr wohl. Er mußte in mindestens vier Punkten lügen oder die wahren Verhältnisse verschweigen.

Er hatte sich die entscheidenden Informationen in Israel besorgt, und zwar gegen strikten Befehl auf private Initiative, während er sich krankgemeldet hatte, und außerdem durfte er unter gar keinen Umständen seine Quelle verraten.

Er hatte den Computercode des Sicherheitsdienstes durchbrochen und das Schutzsystem umgangen.

Er hatte einen Festgenommenen mit dem Tod bedroht und mißhandelt.

Er hatte getötet, ohne angegriffen worden zu sein.

»Das ist doch Wahnsinn«, sagte er. »Im Grunde bin ich eine Art Verbrecher. Ich nehme an, daß man mich vor Gericht stellen könnte?«

»O ja. Während Näslund diesen Aharon Zamir laufen läßt. Man wird gar nicht fröhlich, wenn man daran denkt. Aber es spielt ja keine Rolle mehr. Du kannst dich wenigstens damit trösten.«

»Wieso? Warum spielt es keine Rolle? Es ist doch eine Schweinerei, daß der letztlich verantwortliche Mann davonkommt, während wir die Hände in den Schoß legen?«

»Ja, so kann man es sehen. Aber nimm mal an, du und ich gingen jetzt zum Park Hotel und schnappten ihn uns und würden ihn hier oben einbuchten.«

»Ja, warum denn nicht?«

»Wer würde ihn vorläufig festnehmen und aus welchem Grund? Wie sollen wir beweisen, daß er der Chef dieser Gruppe ist? Du glaubst doch wohl selbst nicht, daß so einer Beweismaterial bei sich hat. Vielleicht besitzt er sogar diplomatische Immunität, und dann wird es zu einer Angelegenheit, die über unsere einfachen Köpfe hinweg entschieden wird. Nein, vergiß ihn und denk lieber ein bißchen an dich selbst.«

»Habe ich recht gehandelt?«

Es mußte Carl deutlich anzusehen sein, welchen besonderen Zweck seine Frage hatte. Fristedt antwortete ruhig und ohne zu zögern.

»Ja, du hast richtig gehandelt. Dieser Mörder hat bekommen, was er verdient hat, um mal damit anzufangen.«

»Aber so kann man doch nicht argumentieren?«

»Nein, so kann man nicht argumentieren. Aber zweitens hättest du selbst dagelegen, wenn du nicht gehandelt hättest. Wir wissen ja trotz allem eine ganze Menge über das Verhalten dieses Mannes. Mach dir deswegen aber keine Sorgen mehr, versuch es jedenfalls. Jetzt wollen wir eine Zeitlang schön lügen.«

»Eigentlich ... warum müssen wir so verdammt lügen, warum sind wir ständig gezwungen gewesen, hinter dem Rücken unserer Bosse zu arbeiten? Man könnte verrückt werden, wenn man näher darüber nachdenkt.«

»Ja, es ist wirklich Wahnsinn. Obwohl wir richtig gehandelt haben. Sonst wären sie davongekommen. Näslund hätte Libyen die Schuld gegeben. In den nächsten sechs Monaten wäre hier in der Stadt der Teufel los gewesen, und es wären noch mehr Menschen gestorben. Und außerdem haben wir am Ende den Mörder bekommen. Das ist es, was wir richtig gemacht haben, Carl. Vergiß das nicht. Wir haben richtig gehandelt.«

»Und trotzdem falsch. Wir haben die falschen Menschen gejagt, nur zum Schluß nicht, und dann sind wir noch zehn Minuten zu spät gekommen, hast du daran gedacht?«

Fristedt holte seine Pfeife hervor und zündete sie sorgfältig an. Sehr sorgfältig, um Zeit zu gewinnen.

»Sie sind so verflucht gleich«, sagte er schließlich. »Israelis oder Palästinenser, sie haben die haargenau gleiche Logik und das haargenau gleiche Verhalten. Der Unterschied war klein, nur eine Telefonnummer. Schreib jetzt, Carl. Ich bleibe, bis du fertig bist.«

Es hatte einen ganz besonderen Grund, daß Plan Dalet in der Nacht vom 30. auf den 31. Dezember durchgeführt werden sollte. Dieser Grund hatte etwas mit den Medienreaktionen zu tun, die auf die Operation erfolgen würden.

Bei den Morgenzeitungen wären die Ausgaben für den 31. Dezember schon zwei Stunden vor der Schlußphase der Operation fertig und würden gerade ausgeliefert. Danach hätte die Arbeit für vierundzwanzig Stunden geruht, da der 31. Dezember ein arbeitsfreier Tag ist. Am Neujahrstag erscheinen in Schweden keine Zeitungen.

Die Stockholmer Abendzeitungen gehen am 30. Dezember zur gleichen Zeit in Druck wie an Sonnabenden. Das bedeutet, daß man nach acht, möglicherweise nach neun Uhr am Morgen des 31. Dezember, eine nur sehr geringe Chance hat, noch weiteres Material in die letzte Ausgabe über die nächsten zwei Tage aufzunehmen.

Als die Arbeit am Morgen des 31. Dezember bei Rundfunk und Fernsehen begann, waren die Nachrichtenredaktionen weniger als zur Hälfte besetzt. All das hatte bei der Planung der Operation eine wichtige Rolle gespielt. Die einzige Publizität von Bedeutung, die es am Tag nach dem Einsatz der Kommando-Gruppe geben würde, war das, was die beiden Abendzeitungen während einiger kurzer Nachtstunden ergattern konnten, sowie die öffentlichen Kommuniqués, die Nachrichtendienste, Rundfunk und Fernsehen von den schwedischen Behörden erhalten würden, also das Material, das Büro B der Sicherheitsabteilung für die Öffentlichkeit freigab.

Die Artikel beider Abendzeitungen über die langwierige Terroristen-Affäre waren entweder längst fertig oder so gut wie fertig, als mitten in der Nacht Alarm gegeben wurde. Man hatte der unerwarteten Entwicklung beim Haftprüfungstermin vor dem Oberlandesgericht, bei dem der vermeintliche Kopf der schwedischen Terroristengruppe auf freien Fuß gesetzt worden war, relativ breiten Raum eingeräumt.

Expressen ging die Sache so an, daß ein billiger Advokatenkniff den Terroristenführer freibekommen habe; der Staranwalt habe das Gericht mit einem Munitionstyp hereingelegt, der in diesem Zusammenhang völlig irrelevant sei (keiner der Zeitungsreporter war bei dem entscheidenden Punkt von Appeltofts Zeugenaussage anwesend gewesen, und die offiziellen oder inoffiziellen Sprecher der Sicherheitspolizei waren dieses eine Mal ungewöhnlich verschwiegen). Der Spezialist von *Expressen* für arabischen Terrorismus mußte überdies eine Reihe interessanter Tips erhalten haben, und einer dieser Tips hatte ihn dazu gebracht, sich mit einem bereits geschriebenen Hintergrundartikel über Libyen und die Mordpatrouillen des libyschen Diktators bereit zu halten. Dieser Mann wußte nämlich aus sicherer Quelle, daß etwas bevorstand, was mit Libyen und Terrorismus zu tun hatte.

Als im Polizeifunk die nächtliche Musik begann, stand bei beiden Abendzeitungen sofort fest, daß sich etwas unerhört Großes ereignet hatte. Schon zwanzig Minuten nach der Ankunft der ersten Krankenwagen waren die ersten Reporter in Viggbyholm zur Stelle.

Anfänglich erfuhren sie nicht viel. Man teilte ihnen nur mit, zwei Krankenwagen mit Verletzten seien auf dem Weg ins Krankenhaus, und das Haus sei voller toter und zerschossener Menschen.

In den folgenden Stunden setzten die Zeitungen jedoch immer mehr Leute ein, und mochte das Bild auch nicht deutlich werden – denn das würde noch dauern –, so wurde es zumindest deutlich genug, um damit sechs oder sieben ganze Seiten zu füllen. Sie enthielten jedoch hauptsächlich Fotos: von Polizeibeamten in kugelsicheren Westen, von Blutspuren im Schnee, von Tragbahren und Krankenwagen. Hinzu kamen fragmentarische Zeugenaussagen der Sorte: »Es war ein Blutbad, das schlimmste, das ich in meinen dreißig Jahren bei der Polizei erlebt habe«, und so weiter.

Carl hatte traumlos geschlafen, fast wie bewußtlos. Den Telefonstecker hatte er zuvor aus der Wand gezogen.

Als er aufwachte, war es schon früher Nachmittag. Er trat ans Fenster und sah hinaus. Dort unten standen St. Georg und der Drache, wie in all diesen Tagen mit Schnee bedeckt. Dort hinten floß das Wasser des Strömmen genau wie sonst. Stockholm stand noch, als wäre nichts Besonderes geschehen.

Carl war unentschlossen, ob er nach Kungsholmen fahren oder einfach wegbleiben sollte. Er trank eine Tasse schwarzen Kaffee, rasierte sich und ging in die Stadt, um seinen Wagen zu suchen (er konnte sich nicht genau erinnern, wo er ihn abgestellt hatte).

Als er ein Stück von seiner Wohnung entfernt an dem Tabakgeschäft vorüberkam, hatte er das Gefühl, als hätte ihn ein Keulenschlag getroffen.

ARABISCHES MASSAKER
11 TOTE

schrie ihm *Aftonbladet* entgegen.

MASSENMORD
LIBYSCHES TERROR-KOMMANDO
ermordete in Stockholmer Vorort
12 Menschen

heulte *Expressen.*

Carl betrat den Laden, riß die Zeitungen an sich und rannte wieder in seine Wohnung. Zunächst war die Geschichte in beiden Blättern etwa gleich dargestellt. Eine arabische Terrorgruppe habe gegen die PLO in Stockholm zugeschlagen. Unter den Getöteten befänden sich vier junge Schweden, die in der PLO-Residenz draußen in Viggbyholm offenbar zufällig hätten übernachten wollen. Soviel man wisse, seien sie freiwillige Krankenpfleger, die auf dem Weg vom oder nach dem Libanon gewesen seien und denen man aus Anlaß ihrer Abreise oder ihrer Heimkehr eine kleine Feier arrangiert habe. Die Polizei habe ihre Namen nicht bekanntgegeben.

Unter den sonstigen Toten befänden sich zwei oder drei Personen, die mit der Stockholmer PLO in Verbindung gebracht würden, darunter der »Botschafter« (Anführungszeichen in *Expressen*) der PLO und seine engste Mitarbeiterin. Die libyschen Terroristen seien bei einem Schußwechsel mit einem Sonderkommando der schwedischen Sicherheitspolizei getötet worden.

Der Säpo-Chef weigere sich, sich zu der Sache zu äußern, verweise aber auf ein bevorstehendes Kommuniqué. Der reguläre Sprecher der Säpo, Polizeipräsident Karl Alfredsson, zeigte sich sehr zurückhaltend, als es um die Identität der Mörder ging. Offen wurde er nur in einem einzigen Punkt zitiert:

»Die Terroristen, die hinter dem Überfall standen, verwendeten arabische Waffen und hatten libysche Pässe bei sich. Wir haben jedoch Anlaß zu glauben, daß die Pässe gefälscht sind, und daher können wir gegenwärtig keine weiteren Kommentare abgeben.«

Insoweit sah die Geschichte in beiden Blättern etwa gleich aus. Der *Expressen*-Spezialist für arabischen Terrorismus veröffentlichte jedoch auch ausführliches Hintergrundmaterial. Er schrieb, es handele sich um eine libysche Terroraktion unter dem Decknamen Plan Dal, und der libysche Diktator Moammar Ghaddafi führe einen Krieg gegen alle gemäßigten Kräfte in der PLO, die bereit seien, den heiligen Krieg zu verraten, für den der libysche Diktator kämpfe, nämlich für die Auslöschung Israels, nachdem man die Juden ins Meer getrieben habe.

Expressen zufolge habe die Säpo schon lange gewußt, daß die Aktion unmittelbar bevorstehe, und das sei auch der Grund, daß die Sondereinheit der Säpo zur Bekämpfung des arabischen Terrorismus den Mördern dicht auf den Fersen gewesen sei. Bei dem Schußwechsel sei keiner der Schweden verwundet worden, vermutlich weil die arabischen Mörder nicht kompetent genug waren, es mit einem ebenbürtigen Gegner aufzunehmen. Die Schweden hätten drei der arabischen Terroristen getötet und einen schwer verwundet. Der Zustand des verwundeten Terroristen sei kritisch, und zur Zeit der Drucklegung sei es nicht möglich, etwas über seine Überlebenschancen zu sagen.

Es sei noch unsicher, ob die Täter Libyer oder Palästinenser seien. Es sei aber eine bekannte Tatsache, daß der libysche Diktator Abweichler-Gruppen seiner Richtung in den palästinensischen Terrororganisationen unterstütze. Es sei daher am wahrscheinlichsten, daß man es hier mit Palästinensern zu tun habe, die der libysche Diktator mit falschen Reisepässen ausgestattet habe.

Und so weiter.

Nirgends fand sich auch nur eine Zeile über einen festgenommenen naturalisierten Schweden namens Alois Morgenstern.

Carl blieb eine Weile mit den Zeitungen auf dem Schoß sitzen. Er war unfähig zu denken. Vermutlich hatte er hier eine Art Fazit gelesen, wie das Ganze gestaltet werden sollte und wie Näslund die Geschichte dargestellt haben wollte.

Dann warf er außer sich vor Zorn die beiden Zeitungen weg, ging zum Telefon, steckte den Stecker in die Wand und wählte eine der Telefonnummern, die er fast im Schlaf kannte.

»Ich bin in zehn Minuten bei dir. Es ist verdammt wichtig«, sagte er.

Dann ging er zu Skeppsbron hinunter und hielt ein Taxi an.

Beim Alten stand eine gepackte Reisetasche im Flur. Er wolle zu seiner Familie nach Kivik hinunterfahren, um Silvester zu feiern, sei fast schon unterwegs gewesen, habe jetzt aber seinen Flug stornieren lassen. Es sei ihm gelungen, noch einen Platz in einer späteren Maschine zu erhalten.

Carl hatte schnell alles erzählt, was von Bedeutung war. Vor ihnen auf dem Tisch lagen die zerknüllten Abendzeitungen. Der Alte saß stumm da und überlegte, während Carl vor Ungeduld fast vibrierte.

»Ach übrigens, habe ich dir das schon gesagt«, sagte der Alte, »einer meiner französischen Freunde hat den Namen dieses Syrers herausbekommen, dem die Pistole gehörte. Er wurde 1973 von den Israelis gefangengenommen. Ich habe den Namen hier irgendwo auf einem Zettel, aber das spielt im Moment vielleicht keine Rolle ...«

Und damit versank der Alte wieder in Gedanken.

»Es gefällt mir überhaupt nicht«, sagte er schließlich. »Dieser Idiot von der Polizei wird nie mit dem durchkommen, was er da vorhat. Wenn die Desinformation sich aber noch vierundzwanzig Stunden hält, endet das Ganze mit Aufregung und unzähligen Untersuchungen, und dann wirst du ans Tageslicht gezerrt, und das wäre, aufrichtig gesagt, überhaupt nicht gut.«

»Ja, aber was ist damit, daß er den Arabern die Schuld in die Schuhe schiebt?«

»Nun ja, damit kann er sich ruhig amüsieren. Es wäre aber nicht unbedingt wünschenswert, wenn Palästinenser und andere hier in der Stadt Racheaktionen veranstalten. Das müßte er begreifen, dieser Dummkopf. Und ich kann nicht begreifen, wie er den Ministerpräsidenten mit dieser Geschichte hinters Licht führen zu können glaubt. Das wird er nie schaffen. Nun ja, wir müssen die Sache wohl selber in die Hand nehmen und ihnen den Weg verstellen.«

Der Alte lächelte plötzlich breit. Er wußte ganz genau, wie er die Situation bewältigen würde. Ohne nähere Erklärung stand er auf und betrat den angrenzenden Raum, der einmal das Amtszimmer des früheren Operationschefs beim alten Informationsbüro gewesen war, und nahm den Hörer ab. Er kannte die Nummer auswendig. Er war einer der wenigen, die sie besaßen.

Er rief eine Wohnung an, die einem schwedischen Diplomaten in der Altstadt gehörte. Er wollte jedoch nicht den Eigentümer sprechen oder die amerikanische Mieterin der Wohnung, sondern den Ministerpräsidenten des Landes, der sich offiziell auf der Heimreise von einem kürzeren Auslandsaufenthalt befand, sich in Wahrheit jedoch zu einem höchst privaten Besuch mitten in der Altstadt aufhielt. Carl hörte fast das gesamte Gespräch mit.

»Hej, der Alte. Entschuldige bitte, daß ich störe, aber es geht um die Operation gegen die PLO – – – ja, es war eine israelische Kommandogruppe, keine Palästinenser oder so was – – – ja, ich weiß es genau, einer meiner Männer war in den Schußwechsel verwickelt – – – das wissen wir nicht, einer wurde heute nacht operiert, aber von den Leuten im Hintergrund haben sie einen lebend geschnappt – – – er heißt Carl Hamilton – – – ja, genau – – – ja, das könnte man sagen, hehe – – – nein, ich finde aber, daß wir diese Idioten so schnell wie möglich zum Schweigen bringen müssen, du kannst diesen verfluchten Näsberg oder wie der Kerl heißt zu dir rufen und ihn zur Schnecke machen – – – doch, wir wissen es genau, es gibt keinerlei Zweifel. Anführer der Gruppe war ein Oberstleutnant namens Elazar, aber sag diesem Idioten ja nicht, daß du das von mir hast, dann nimmt er sich nur meine Quelle vor – – – nein, keine Ursache. Ich melde mich später noch mal.«

Der Alte strahlte still vor sich hin und pfiff vergnügt, als er wieder ins Zimmer trat. Er empfand fast kindliches Entzücken, als er sich die Szene vorzustellen versuchte, die »dieser Näsberg« in etwa einer Stunde beim Ministerpräsidenten erleben würde. Der Gedanke an einen Polizeichef, der bei lebendigem Leib gehäutet wurde, munterte ihn auf.

»So, das hätten wir«, sagte er. »Jetzt kann sich dieser Näsberg die Version seiner Jungs abschminken. Es wird übrigens diplomatische

Verwicklungen geben. Lustige Geschichte ... ja, wenn man von einigen der Todesfälle absieht. Aber jetzt müssen wir es so einrichten, daß es keine öffentliche Untersuchung gibt, und dazu müssen wir augenblicklich eine einigermaßen wahre Geschichte herausbringen. Ich habe übrigens eine gute Idee.«

Carl starrte den alten Spionagechef verständnislos an. Die berufsmäßige Munterkeit kam ihm psychologisch unbegreiflich vor. Carl konnte weder antworten noch fragen, er war sprachlos.

»Denn wir wollen doch dafür sorgen, daß unsere Freunde bei *Expressen* und oben auf Kungsholmen schon heute abend wieder auf den Teppich kommen, oder was meinst du?«

»Aber ja«, knurrte Carl, »das wäre vielleicht gut. Aber es reicht doch, wenn der Ministerpräsident informiert ist?«

»O nein, da weiß man nie, was er mit Rücksicht auf eine fremde Macht zur Geheimsache erklärt, und dann zieht sich die Geschichte noch in die Länge. Ich habe zwar keine Sympathie für diese israelischen Patrouillen, er wohl auch nicht, aber wir sollten doch ein paar Voraussetzungen für ein ungewöhnlich aufrechtes Ministerpräsidenten-Verhalten schaffen, nicht wahr?«

»Natürlich ...«, zögerte Carl.

»Geh zum Telefon, meins wird garantiert nicht abgehört. Ruf diesen Ponti an und erzähle ihm alles, nur nicht, daß du die Israelis erschossen hast. Sonst alles, von Anfang bis Ende. Gib ihm dann meine Telefonnummer, er wird seine Geschichte nämlich gegenchecken wollen, wie diese Vögel zu sagen pflegen. Dann hat er nämlich zwei sichere Quellen, hehe.«

Die Geschichte wurde in der ersten Abendsendung vom *Echo des Tages* ohne Umschweife präsentiert. Auslandschef Erik Ponti schien außerordentlich wohlinformiert zu sein.

Später am Abend hielt der Ministerpräsident eine Pressekonferenz ab und teilte kurz mit, er könne die Angaben im *Echo des Tages* bestätigen.

Die vier toten israelischen Offiziere würden an Israel ausgeliefert werden. Das Land habe schon ihre Rückführung verlangt. Die israelische Regierung habe dem schwedischen Kabinett auch ihr tiefes Bedauern ausgesprochen. Schweden habe seinen Botschafter in Tel Aviv zu Konsultationen zurückgerufen und zwei israelische Diplomaten, darunter den abgereisten Sicherheitschef der Botschaft, zu unerwünschten Ausländern erklärt. Der zweite Diplomat habe vierundzwanzig Stunden Zeit erhalten, das Land zu verlassen. Die schwedische Regierung halte das Geschehene für außerordentlich ernst. Die Regierung habe der PLO-Führung kondoliert und ihr tiefes Bedauern ausgesprochen. Der Zwischenfall habe zur bisher tiefsten Krise der schwedisch-israelischen Beziehungen geführt.

Auf die vielen anschließenden Fragen, wie sich das Massaker abgespielt habe und wer von der schwedischen Sicherheitspolizei in den Schußwechsel verwickelt gewesen sei, hatte der Ministerpräsident nur kurz und ausweichend geantwortet. Er habe im Lauf des Tages mit der Person beim Sicherheitsdienst Kontakt gehabt, die beteiligt gewesen sei. Die Beamten hätten kompetent und bewundernswert eine sehr gefährliche Aufgabe gelöst. Das war alles, was er zu diesem Punkt zu sagen hatte.

Das interne Ermittlungsmaterial des Sicherheitsdienstes solle für geheim erklärt werden – nicht mit Rücksicht auf eine fremde Macht, Rücksichten dieser Art seien zu diesem Zeitpunkt ziemlich hinfällig –, aber mit Rücksicht auf die persönliche Sicherheit der schwedischen Säpo-Mannschaft.

Carl stand am Fenster seiner Wohnung und blickte auf den Schneeregen über Strömmen. Er hatte soeben ein Telefongespräch mit Beirut geführt, mit einem Mann, der sich Michel nannte. Dieser Mann war den ganzen Tag in seinem Büro geblieben, um auf genau die kurze Nachricht zu warten, die er dann erhielt. Carl hatte seine Nachricht zunächst aufgesetzt, und jetzt hielt er den zerknüllten Zettel in der geballten Faust. Der Text lautete:

Der Vertrag ist jetzt abgeschlossen. Wie du inzwischen wissen dürftest, ist es nicht sehr gut ausgegangen, und ich glaube nicht, daß wir den Vertrag in diesem Monat am fünfzehnten oder sechzehnten unterschreiben können. Aber grüße Mouna von mir und sag ihr, daß ich ihr persönlich einundzwanzig rote Rosen schicken werde. Ich habe bei den Vertragsverhandlungen ihre Grüße ausgerichtet.

Im Klartext bedeutete diese Nachricht, daß sie sich in der nächsten Zeit nicht sehen könnten, daß die Israelis die Operation durchgeführt hätten, aber daß Carl sie getötet und Mounas Grüße ausgerichtet habe.

Der letzte Israeli war nämlich auf der Intensivstation des Karolinska-Krankenhauses gestorben, wenige Stunden nach der Operation in der Chirurgie. Das palästinensische Mädchen schwebte noch immer zwischen Leben und Tod. Die junge Schwedin war an ihrem Blutverlust gestorben, der nicht rasch genug hatte ersetzt werden können. Eine weitere Komplikation war in Form einer Fettembolie hinzugekommen.

Carl ging zu seiner Stereoanlage und legte ein Streichquartett von Brahms auf. Er goß sich ein Glas Whisky ein und ging wieder zum Fenster. Genau in dem Augenblick wurde das Neue Jahr eingeläutet. Über Strömmen begannen die Feuerwerkskörper zu explodieren. Carl nippte behutsam am Whisky.

Plötzlich war ihm, als senkte sich große Kälte auf ihn, und er sah, wie das Whiskyglas in seiner Hand zu zittern begann. Er weinte ohne Tränen, aber das Feuerwerk über Strömmen wurde unscharf, und dann lief ihm etwas Warmes die Wange hinab. Er verstand seine Gefühle nicht, und er begriff auch nicht, was sich in ihm abspielte.

»Skål, Shula, nächstes Jahr in Jerusalem«, sagte er und hob das zitternde Glas zum Fenster.

Er wußte, daß es nicht wahr war. Sie würden sich nie mehr wiedersehen.

Der Alte stand auf seiner Veranda und blickte auf die dunklen, weichen Umrisse der Landschaft Österlens rings um die Apfelplantage. Er hielt ein Glas Champagner in der Hand. Er war strahlender Laune.

Er hatte recht gehabt. Zwei weitere Operateure wurden gerade in San Diego ausgebildet. Der Prototyp war soeben im Feld gewesen und unter den denkbar realistischsten Verhältnissen getestet worden, dazu gegen den fähigsten aller bisher bekannten Feinde.

Für den Alten repräsentierte Carl eine neue Waffengattung, einen billigeren und effektiveren Schutz des schwedischen Territoriums als die um ein vielfaches teurere Ausrüstung etwa bei der elektronischen Territorialüberwachung. Der Alte sah künftig eine ganze Gruppe neuer Operateure vor sich, alle mit der Feuerkraft und Effektivität des jungen Hamilton. Das würde sich in Zukunft als notwendig erweisen. Das war der eigentliche Kernpunkt der festen

Überzeugung des Alten. Die Feinde der Zukunft waren natürlich keine israelischen Kommando-Soldaten, die auf Araber Jagd machten. Der wirkliche Feind war vermutlich genauso fähig und gefährlich. Nach der strategischen Beurteilung des Alten ging es letztlich um eine unvermeidbar näherrückende Konfrontation auf schwedischem Territorium zwischen seinen Leuten und den Sabotage- und Spionage-Operateuren der Sowjetunion.

Darum war es lebenswichtig gewesen zu verhindern, daß Carl Hamilton an die Öffentlichkeit gezerrt wurde. Das hätte die gesamte neue Waffengattung in Gefahr bringen können, und in diesem Punkt hatte er den Ministerpräsidenten ohne längere Überredungskünste zu überzeugen vermocht.

In einem anderen Punkt hatte es stärkerer Überzeugungskraft bedurft. Aber immerhin gab es noch ein paar der zuletzt 1949 geprägten Medaillen, und in dieser Sache konnte nur Seine Majestät der König eine Entscheidung fällen. Dies war für den Alten jedoch politisch wichtig gewesen, ein Punkt, den er gegen gewisse alte Verleumder in der militärischen Führung gewinnen wollte, und der Ministerpräsident hatte ihm jetzt sein Wort gegeben.

Carl Hamilton sollte die Tapferkeitsmedaille Gustavs III. erhalten – als erster schwedischer Offizier seit mehr als achtzig Jahren.

Der Alte sah in Gedanken schon vor sich, wie andere Offiziere erstaunt die Augenbrauen heben würden, wenn der junge Hamilton mit einem kleinen blau-gelben Farbenfeld an seiner Uniform an ihnen vorbeigehen würde, das nicht dem altgewohnten »Für rühmenswerte Leistungen« entsprach, das jeder x-beliebige General erhalten konnte – gerade die Generäle, die sich in den letzten Jahren den Projekten des Alten widersetzt hatten.

Der Alte hatte auch ein kurzes Gespräch mit dem Oberbefehlshaber geführt, jedoch ohne ein Wort von der Auszeichnung zu erwähnen, die auf seinen Schützling wartete. Er hatte dem Oberbefehlshaber aber die Zusage abgerungen, Carl eiligst in einem Hauptmannskurs der Militärhochschule unterzubringen. So würde Hamilton eine Zeitlang dem Irrenhaus auf Kungsholmen entkommen und immer mehr dem Offizierstyp ähnlich werden, den die militärische Führung eigentlich im Nachrichtendienst haben wollte. Kapitän, der nächste Schritt, machte sich besser als Leutnant. Überdies war es ein wichtiger Punkt der Personalpflege, daß Carl in seiner Anonymität etwas Aufmunterung erhielt, daß er stärker in die Streitkräfte eingebunden wurde und sich weiter von der Polizei entfernte.

Einer seiner Männer hatte sich also durch Tapferkeit vor dem Feind ausgezeichnet. Der Alte spürte einen Schauer des Entzückens.

All Swedish aircraft returned safely to base, flüsterte er und lächelte vor sich hin. Dieser Satz war in Israel nach den Einsätzen der Luftwaffe üblich.

Dann hob er sein Champagnerglas in die Dunkelheit. Danach kehrte der Alte zu seiner Familie zurück. Während er dort draußen gestanden hatte, hatte die Uhr zwölf geschlagen.

Epilog

Das gerichtliche Nachspiel in Schweden war recht undramatisch. Alois Morgenstern wurde wegen illegaler nachrichtendienstlicher Tätigkeit zu zwei Jahren Gefängnis verurteilt, jedoch von der Anklage der Mittäterschaft an einem Mord freigesprochen, und zwar mit der Begründung, er habe nicht um das wirkliche Ziel der israelischen Operation gewußt. Das Oberlandesgericht war sich in diesem Punkt uneinig. Die beiden Schöffen plädierten jedoch gemeinsam mit einem der Richter für Freispruch, so daß es zum Stimmenergebnis drei zu zwei kam. Morgenstern wurde nach acht Monaten aus der Haft entlassen und emigrierte kurz darauf nach Israel.

Ein Abteilungsleiter bei der staatlichen Einwanderungsbehörde wurde zu vier Jahren Gefängnis verurteilt und anschließend entlassen. Und zwar wegen Flüchtlingsspionage, die ebenfalls als illegale nachrichtendienstliche Tätigkeit gilt. Der Zusammenhang zwischen seiner Festnahme und der israelischen Operation würde noch für viele Jahre in Dunkel gehüllt bleiben.

Vier schwedische Palästina-Aktivisten erhielten rund ein Jahr später einen Schadensersatz von je 4500 Kronen für die Zeit, in der sie ihrer Freiheit beraubt gewesen und grundlos verschiedener ernster Verbrechen verdächtigt worden waren.

Die vier Palästinenser, die als Terroristen des Landes verwiesen wurden, erhielten nicht das Recht, nach Schweden zurückzukehren, da in dieser Frage der Chef von Büro B der Sicherheitspolizei die letzte Entscheidung hatte.

Ein einziger Mensch überlebte den israelischen Angriff körperlich völlig unverletzt. Sein Name drang nie an die Öffentlichkeit. Die internationale Gemeinschaft der Nachrichtendienste kochte jedoch in den nächsten vier Wochen vor Gerüchten um die sensationelle Stockholmer Affäre. Der westdeutsche BND erhielt als erster ein korrektes Bild davon, wie es bei dem Schußwechsel zugegangen war. Damit wurde bei allen westlichen Nachrichtendiensten schnell bekannt – und kurze Zeit darauf folglich auch beim sowjetischen Nachrichtendienst –, daß ein einziger schwedischer Marineoffizier das israelische Sonderkommando unschädlich gemacht hatte. Es hatte den Anschein, als würde in Schweden ein neues operatives Muster entwickelt, was für alle Geheimdienste höchst unerwartete Bedeutung bekommen konnte. Der schwedische Offizier trug den Codenamen Coq Rouge.

Zum erstenmal erhielten die Kollegen in aller Welt Anlaß, sich diesen Namen zu notieren.

Noch eine Person überlebte den israelischen Angriff, nämlich die engste Mitarbeiterin des PLO-Repräsentanten, Rashida Ashraf. Nach sechsmonatigem Krankenhausaufenthalt konnte sie in die Villa in Viggbyholm zurückkehren. Sie wurde die neue Vertreterin der PLO in Stockholm.

Den Mann, den man Coq Rouge nannte, lernte sie nie kennen, und sie hatte auch keine deutliche Erinnerung an ihn. Nur eine kleine Besonderheit war ihr im Gedächtnis geblieben: Sie erinnerte sich messerscharf daran, daß er auf dem Kolben seiner Pistole einen merkwürdigen Waffenschild mit einer goldenen Krone gehabt hatte.

Plan Dalet kann sowohl »Plan D« wie »Plan Vier« bedeuten, da Dalet im hebräischen Alphabet der vierte Buchstabe ist. Gemeint war »Plan Vier«, und Aharon Zamir hatte die vier Operateure »die vier Weisen« genannt. Diese Bezeichnung des Plans wurde – mehr oder weniger ironisch – in Israel verwendet, nachdem der peinliche politische Skandal nach dem Stockholmer Fiasko aufgerollt wurde.

Unter den vielen Offizieren beim Nachrichtendienst, die gefeuert wurden, befand sich auch Generalleutnant Aharon Zamir. Die Abteilung der operativen Einheiten des Mossad mit dem Namen »Gottes Rache« wurde bis auf weiteres auf Sparflamme heruntergeschaltet, mit einer völlig neuen Führungsspitze ausgestattet und angewiesen, neue operative Aufgaben zu suchen. Irgendwelche neuen Aktionen in Europa der Art, die zu dem Stockholmer Fiasko geführt hatten, würden sich in der nächsten Zukunft unmöglich durchführen lassen, da der diplomatische und politische Preis für Israel zu hoch sei. Überdies war das besondere Arbeitsmuster der Abteilung, die Aktionen so aussehen zu lassen, als handle es sich um interne arabische Auseinandersetzungen, inzwischen so bekannt, daß es sich kaum würde wiederholen lassen. Jedenfalls nicht kurzfristig.

Der Mann mit dem Decknamen Elazar – nach einem biblischen Helden, der sein Leben im Kampf gegen anscheinend übermächtige Kampfelefanten des Feindes geopfert hatte – wurde postum zum Oberst befördert. Das führte zu Auseinandersetzungen und einem Skandal. Skandal, weil man ihn befördert hatte, oder Skandal, weil er nur Oberst geworden war. Bei seinem Tod war er einer der höchstdekorierten Soldaten Israels, wurde aber nicht auf dem Militärfriedhof außerhalb von Jerusalem beigesetzt, sondern in seinem Heimatkibbuz in Galiläa in der Nähe der Stadt Kinneret. Bei der Beerdigung und dem Gedenkgottesdienst waren an die fünfhundert Personen anwesend.

Unter den trauernden Angehörigen aus dem Kibbuz befand sich auch seine Schwester Shulamit.

Elazar hatte seinen wirklichen Namen nach seinem Großvater aus der Pionierzeit erhalten. Sein wirklicher Name war Chaim Hanegbi, was »Leben in der Wüste« bedeutet; Leben in der Wüste – das Ziel, für das der Großvater in Palästina gelebt hatte und gestorben war.